Né en 1953 dans une famille franco-britannique, Romain Slocombe est l'auteur d'une trentaine de romans, dont *Monsieur le Commandant* sélectionné pour le Goncourt et le Goncourt des lycéens 2011 (réédité en 2021 en collection « Signatures »). *L'Affaire Léon Sadorski*, *L'Étoile jaune de l'inspecteur Sadorski*, *Sadorski et l'ange du péché*, *La Gestapo Sadorski* et *L'inspecteur Sadorski libère Paris* sont disponibles chez Points. L'auteur vit entre Paris et la Normandie.

Romain Slocombe

J'ÉTAIS LE COLLABO SADORSKI

Robert Laffont

ISBN 979-10-414-1136-8

Pour Michel Sorine

« Malheur à ceux qui ont joué la défaite de la patrie ! Il vaudrait mieux, pour eux, qu'ils ne fussent jamais nés. »

Charles DE GAULLE,
discours du 12 mars 1941 à la radio de Londres

« "Pourquoi ce sang sur la pierre ?", demande Thérèse.
D. ne répond pas. D. et Thérèse restent sur le pas de la porte et regardent le sang. C'est le premier qu'on exécute. C'est la première fois.
Beaupain repasse. Et sans que D. l'interroge :
"Il a chialé", dit Beaupain. »

Marguerite DURAS,
« Ter le milicien », in *La Douleur*

« Replacez tous ces déments, ces sadiques dans le contexte de l'Occupe, de la Libération et vous avez les auxiliaires de la Gestape… ceux de la Carlingue, les bourreaux des Juifs… et puis ensuite les épurateurs sanglants comme ce capitaine Paul. Certains d'ailleurs ont su s'arranger, à je ne sais quel amiable, pour passer sans remords de l'une à l'autre. Ce sont les mêmes, la même engeance… y a pas de mystère, pas de beurre au cul. Ces monstres, on préfère bien sûr les oublier vite… peut-être parce que leurs turpitudes sommeillent en chacun de nous, qui sait ? »

Alphonse BOUDARD,
Le Corbillard de Jules

« D'ailleurs, il y a ceci d'enivrant que, quand tout le monde crie à mort, personne ne se sent directement responsable. »

Jean-Pierre ABEL (René CHÂTEAU),
L'Âge de Caïn

Avertissement

Ni l'auteur ni l'éditeur ne cautionnent les propos ou les agissements du personnage central de ce livre. Ils sont pourtant le reflet de son époque, comme ils peuvent présager celles qui nous attendent. Car « le ventre est encore fécond, d'où a surgi la bête immonde ».

Certains s'étonneront de découvrir dans les pages qui suivent des crimes commis par des individus se réclamant, parfois à bon droit, de la Résistance. Ces crimes, où, selon l'expression de Robert Aron, « le sadisme confinait presque à la démence[1] », se trouvent documentés de façon irréfutable par les archives (voir annexe « Sources » en fin de volume).

1. Robert Aron, *Histoire de l'épuration*, t. I, *De l'indulgence aux massacres, novembre 1942-septembre 1944*, p. 579, Fayard, 1967. (*Toutes les notes sont de l'auteur.*)

I

LES MAUVAIS FRANÇAIS

[*Extrait du quotidien* L'Humanité, *28 septembre 1944*]

HIER BAGNE NAZI DRANCY ***deviendra-t-il*** VILLÉGIATURE POUR LA 5e COLONNE ?

Drancy !... Pour tout le monde, c'était avant guerre une simple cité ouvrière de la banlieue parisienne.

Drancy !... C'est maintenant un morceau de l'histoire tragique de la France.

Drancy !... Mot affreux qui glaçait de terreur tous les juifs traqués par les Boches dans la région parisienne.

Drancy !... Depuis quelques semaines, un lieu où l'on flirte, un salon où l'on cause... On n'y sert pas le thé, mais on y fume de bon tabac, on y mange du poulet, des pommes rouges, extraits des nombreux colis que l'on reçoit. C'est avec l'argent volé en servant les Boches que l'on paie !

Que l'on soit M. Alfred Fabre-Luce, Sacha Guitry, demi-mondaine sans scrupule et sans patrie, miliciens assassins de Français ou tueurs aux gages de la Gestapo, on reçoit un colis par semaine au moins. Les colis qui n'ont pas été remis à temps, les médicaments confidentiels pouvaient être remis à M. l'aumônier, très compatissant, qui se faisait un devoir de les transmettre à l'intéressé.

La presse patriote pénètre au milieu de ceux qui, pendant quatre ans, ont servi l'ennemi et renseigné les assassins et les traîtres.

J'ai vu à Drancy des faces hilares et des sourires goguenards. Un détenu que j'interrogeais m'a demandé mes papiers !... Non, ces gens-là ne sentent pas que l'heure du châtiment approche. Ils pensent que la justice du peuple ne les atteindra pas, qu'ils pourront encore trahir impunément leur patrie.

Les 70 000 victimes de la barbarie nazie réclament justice. Ceux qui, dans les camps allemands, souffrent et meurent encore, chaque jour, crient vengeance.

C'est en cela que réside le scandale de Drancy.

S'il y a des innocents, qu'on les libère ! Il est inadmissible que des règlements aveugles retiennent ici un brave facteur, membre d'une Milice patriotique[1]*, qui a été arrêté par erreur.*

Il est non moins inadmissible que des gens qui ont livré des patriotes à la Gestapo, que des miliciens se promènent autour des pelouses ensoleillées.

Les avocats patriotes du barreau de Paris, les membres du Comité parisien de la Libération qui, sans relâche, ont participé aux commissions de classement chargées de statuer sur le sort des personnes actuellement arrêtées, en ont assez.

Il faut créer des juridictions promptes devant lesquelles les internés répondront des crimes commis contre la patrie.

1. Il s'agit là des milices d'obédience communiste, créées en juin 1944 à l'initiative du Front national – ne pas les confondre avec leurs ennemis mortels la Milice française de Joseph Darnand et les autres milices collaborationnistes.

Il faut vider Drancy et remplir les prisons.

En attendant, il faut empêcher les évasions : 15 gendarmes pour garder 6 000 détenus, c'est insuffisant[1]*. Un coup de main de la part des bandits encore cachés dans Paris est encore possible ! Qu'on y veille.*

Quant aux Milices patriotiques, qu'on a menacées de dissolution, leur place est tout indiquée à l'intérieur du camp pour assurer, en accord avec la police, l'ordre et la bonne discipline.

L'inquiétude est grande depuis quelques jours parmi les patriotes qui écrivent et crient :

Il faut châtier les traîtres !

Roland DIQUELOU

1. Il est à noter qu'au temps de l'Occupation, le quotidien collaborationniste *Paris-Soir*, dans son édition du 12 septembre 1941, avait publié, sous la plume du journaliste antisémite et anticommuniste André Chaumet, un article du même ton sarcastique mais à propos des israélites à Drancy, avec pour titre : *Je les ai vus, ces Juifs millionnaires... ex-célébrités du barreau parisien internés dans un camp proche de notre capitale.*

1

Le Val-de-Grâce

Le gamin, dans le lit d'à côté, file un mauvais coton. Une balle de mitrailleuse chleuhe lui a perforé l'abdomen, tirée du toit du ministère de la Marine, place de la Concorde, le vendredi 25 août 1944 peu après 16 heures, en pleine bataille entre panzers et tanks de l'armée Leclerc devant les Tuileries.

Calibre 7,92 mm.

Déjà le visage cireux, creusé, le souffle presque inaudible et l'affaiblissement lent, désespéré, des mourants. Tout à l'heure, murmurent les infirmières, il va subir une deuxième opération – hélas ce ne sera que souffrances inutiles, charcutage vain.

L'ex-IPA[1] des Renseignements généraux Léon Sadorski, lui, bien qu'il ait perdu un œil, le droit, à l'issue de la libération de la capitale, l'après-midi du grand défilé de la Victoire, vivra. Borgne, mais il vivra.

… Sauf, se dit-il, si ces fumiers de résistants – les authentiques, ou ceux, mille fois plus nombreux, de la

1. Inspecteur principal adjoint, grade qui correspond à celui de brigadier-chef dans la PJ de l'époque. (*Voir glossaire en fin de volume.*)

dernière heure –, ou bien ses collègues, les poulets qui ont retourné leur veste *in extremis* et ne jurent désormais que par de Gaulle au lieu de Pétain, parviennent à le démasquer. Dans ce cas ce sera direct le poteau des traîtres. Collabo notoire, traqueur de Juifs et de communistes, pourvoyeur d'internés de Drancy, d'otages à fusiller au mont Valérien, agent de la Gestapo berlinoise et pourquoi pas, même si c'est faux : milicien, tireur des toits, massacreur d'honnêtes gens et de patriotes. Les chefs d'accusation ne manqueront pas ! Verdict inéluctable, la peine capitale. Article 75 du Code pénal, décret du 29 juillet 1939, paragraphe 5 : *Sera coupable de trahison et puni de mort, tout Français qui, en temps de guerre, entretiendra des intelligences avec une puissance étrangère ou avec ses agents en vue de favoriser les entreprises de cette puissance contre la France.* Malgré les apparences, l'armistice de juin 1940 n'a pas mis fin à l'état de guerre entre notre pays et l'Allemagne ; on n'a jamais signé de traité de paix. Techniquement tout citoyen français ayant été en relation avec les Boches est un traître. Même s'il a agi par conviction idéologique, ce n'est pas une circonstance atténuante. Voilà, le tour est joué, juridiquement imparable ! Ce décret-loi qui date du gouvernement Daladier, donc du temps de la République avant la défaite, autorise à fusiller à peu près n'importe qui, il suffit aujourd'hui de vouloir sa peau. Léon Sadorski ne serait pas le premier lampiste exécuté, ni le dernier.

Au chevet du jeunot, la mère de l'agonisant sanglote ; elle pleure toutes les larmes de son corps frêle, dans ses habits distingués, son tailleur sombre, au parfum discret. Elle lui caresse les cheveux, humecte ses lèvres avec de l'eau de Lourdes, ou lui en met sur les mains. C'est comme ça depuis trois jours, paraît-il. On peut la comprendre. Regarder s'en aller son fils unique, un brave petit, doté à l'en croire de toutes les qualités.

Musicien, prix d'harmonie, d'orgue, de fugue, pianiste, compositeur à dix-sept ans d'un quintette pour cordes et piano, promis à un grand avenir d'artiste selon ses professeurs… Tout à l'heure, il a murmuré : « Maman, va voir si les autres n'ont besoin de rien, car tu sais, ici on se rend de menus services… » Même Sadorski, le dur à cuire, qui a toujours refusé de s'apitoyer sur le sort des autres, on n'en finirait plus, s'est senti touché. Et tout ça, cette misère, parce que au lieu de rester chez lui peinard le fils de bourges a voulu, entraîné par son bon cœur, son patriotisme, s'engager dans la Croix-Rouge française, et qu'il a traversé ce vendredi la rue de Rivoli sous les balles pour ramener des FFI ou des passants blessés ! Si ça se trouve, le marin fritz qui vidait sa bande de cartouches de mitrailleuse depuis le toit du ministère n'était pas plus âgé que lui, ou que l'infirmière de vingt-neuf ans qui, quelques secondes plus tôt ou plus tard, aux côtés du môme, a eu la tête éclatée… les yeux, le front, plus rien, un grand trou noir lui bouffant le visage, aux dires des témoins horrifiés qui l'ont ramassée.

Putain de vie de merde. Comme le faisait observer à tout bout de champ Monsieur Henri, patron de la « Carlingue », la Gestapo de la rue Lauriston…

Celui-là aussi risque à présent les douze dragées dans la peau. Pas fou, il a quitté Paris quelques jours avant le début de l'insurrection, avec ses complices[1]… Il n'y a que les imbéciles, ou les malchanceux comme Sadorski, qui restent !

1. Trahis par Joseph Joinovici *alias* « Monsieur Joseph », Henri Chamberlin dit Lafont et son adjoint l'ex-inspecteur Pierre Bonny, arrêtés le 31 août dans la ferme du Loiret où ils s'étaient réfugiés en attendant de passer en Espagne, seront fusillés avec six de leurs complices le 27 décembre 1944 au fort de Montrouge.

La femme se lève, étreint les mains exsangues du blessé.

– Je reviendrai tout à l'heure. Il faut que je me repose un peu. Courage, mon chéri. Le chirurgien promet que tu t'en sortiras.

– Mais oui, maman.

Il a répondu dans un souffle. De la sueur perle sur son front.

Au passage, la mère glisse poliment à Sadorski :

– À tout à l'heure, monsieur.

– À tout à l'heure, madame. Ne craignez rien, je garde un œil sur votre gosse…

Il a failli ricaner. *Un* œil. Le seul qui lui reste. L'autre, sous l'épais bandage, est foutu, il le sait. Éclaté, crevé. Les toubibs lui ont annoncé la nouvelle sans ménagement. C'est un hôpital militaire ici, on cultive le style pète-sec.

L'ex-chef du Rayon juif des RG est arrivé dans la nuit du 26 au 27 août. Avec d'autres blessés, comme lui en piteux état. Mais son cas est assez particulier : lynché par la foule enragée[1] qui assiégeait le commissariat de la rue des Bons-Enfants, il n'a dû la vie, en premier lieu, qu'à l'initiative d'un des inspecteurs de quartier qui l'avaient arrêté et conduit au poste dc police ; pour décourager les émeutiers, il a tiré des coups de feu en l'air. Sanglant, aveuglé, ses habits en loques, Sadorski a reçu des soins d'urgence dans le poste bourré de troufions boches désarmés, de prétendus collabos et de femmes tondues. Vers 11 heures du soir, à peine conscient, le visage gonflé comme un ballon, une souffrance abominable lui vrillant le cerveau, la carcasse percluse de douleurs, il a senti qu'on le portait sur un brancard pour l'enfourner dans

1. Voir *L'inspecteur Sadorski libère Paris*.

un car de police secours. Destination, sous le vacarme de l'avertisseur, *pin-pon, pin-pon*, un établissement qu'il connaît bien pour y avoir séjourné à plusieurs reprises : la Maison de santé du gardien de la paix, boulevard Saint-Marcel, sur la rive gauche.

L'agent préposé à sa surveillance et le chauffeur fumaient en rigolant, échangeaient des anecdotes cocasses ou instructives sur ces journées de folie. Autour, les cloches des églises de la capitale carillonnaient à tout-va – comme au soir du 24 août, lorsque les premiers blindés des Forces françaises libres, menés par le capitaine Dronne et ses républicains espagnols de la 9e compagnie, la Nueve, infiltrés par surprise avaient gagné l'Hôtel de Ville. Les deux tons de l'avertisseur se mêlaient aux échos des bals populaires, des valses musettes et de l'accordéon, aux rires, cris et hurlements de « Vive Leclerc ! », « Vive de Gaulle ! », « Vivent les Américains ! », « Victoire ! », « À bas les Boches ! », répétés à n'en plus finir par des voix égosillées. Car la parade triomphale de ce samedi, avec à sa tête le Général et ses compagnons, depuis l'Étoile jusqu'à Notre-Dame, la fête immense, la foule incroyable se déversant dans les rues, l'explosion de bonheur de tout un peuple libéré, tout cela se prolongeait la nuit entière en des centaines d'attroupements, de bals, de cortèges joyeux, sous les fenêtres et les balcons pavoisés de tricolore et les chants beuglés dans l'ivresse : *La Marseillaise*, *L'Internationale*, *It's a Long Way to Tipperary*… Des couples se formaient, chaque Parisienne, les jeunes comme les moins jeunes, ayant trouvé son GI ou son soldat de la 2e DB ; ça s'enlaçait, gémissait, baisait dans tous les coins obscurs, escaliers, cours d'immeuble, bosquets des jardins publics, sièges de jeep, plates-formes de camion bâché, tentes des cantonnements dressés par les libérateurs auprès de leurs chars. Une prodigieuse partie de jambes en l'air, à l'échelle de toute une ville ! Un concert de râles, de cris étouffés, de soupirs d'amour et de reconnaissance, des torrents de sperme… Pendant ce temps, le véhicule où gisait le blessé suivait le quai des Célestins vers le pont Sully, et plus loin le pont d'Austerlitz, dans l'intention de franchir le fleuve pour rejoindre la clinique des flics. Quelle ironie du destin, quel crève-cœur ! Ils passaient devant l'immeuble du nº 50, son propre domicile, au troisième étage face à la Seine ; désert depuis la veille, pillé sans aucun doute par la concierge, les voisins… Un lieu mort désormais, éventré et saccagé, le douillet petit appartement de trois pièces qui abrita, des années durant, son bonheur. *Leur* bonheur. À lui, à Yvette, et à Julie…

Et puis un sourd grondement a envahi le ciel. Alors que s'élevait, avec un temps de retard, le mugissement que l'on croyait oublié des sirènes d'alerte, couvrant la rumeur des cloches. Des appareils approchaient à faible altitude, venant du sud. Sadorski allongé prêtait l'oreille. Il n'identifiait pas le vrombissement des bombardiers américains, ce n'était pas la cadence des B17 ni celle des Marauder. Mais plutôt des Heinkel. Les Chleuhs ! ils étaient de retour. La Luftwaffe prenait Paris pour objectif ! On commençait en effet à entendre des explosions. Le chauffeur a pilé net. « Merde ! Des incendiaires ! Des bombes au phosphore ! Gaffe, ça cramc, là-bas ! » Puis une forte déflagration, tout près. Le car en vibrait encore, le flic hurlait : « Bordel ! Ils visent la caserne ! Sauve qui peut ! – Et not' client ? a questionné son collègue. – Le collabo ? On s'en fout, il peut crever ! » Les portières ont claqué, le bruit des brodequins ferrés s'est éloigné sur la chaussée, recouvert par les cris et les explosions. Sadorski est resté seul, abandonné sur sa civière. Incrédule. Devant ce qui était peut-être un énorme coup de bol, pour lui en tout cas. Il a repoussé la couverture, est sorti, titubant, de l'arrière du car, a jaugé la situation avec son œil indemne. Il reconnaissait le décor, à deux pas de chez lui. De l'autre côté du boulevard Henri-IV la caserne de la Garde républicaine flambait. Et un énorme brasier, au-delà du pont, ravageait la Halle aux vins, consumait le bois des milliers de tonneaux, on devinait jusqu'au bruit des bouteilles en train d'éclater. Les flammes illuminaient les deux rives, sous un ciel étrangement rose, plat, irréel. La défense antiaérienne ne réagissait pas, ou à peine, par des tirs très faibles. Les vagues de bombardiers allemands survolaient Paris sans qu'aucun appareil soit inquiété.

L'air s'empuantissait d'une odeur âcre, suffocante, de brûlé. Des silhouettes passaient en courant, des filles criaient. Les arbres du quai Henri-IV flambaient comme des torches et une énorme fumée noire montait vers le ciel. Avec un fracas d'apocalypse, un immeuble entier s'est effondré. Sadorski a couru dans cette direction, en dépit de sa vieille terreur des bombardements. Toussant à cause de la fumée, il a gagné la rue de Schomberg, où des pans de mur continuaient de s'écrouler, où jaillissaient de part et d'autre des exclamations de douleur, des appels à l'aide. Il se rappelait ce bâtiment, on y logeait des gardes républicains et leurs familles. De l'autre côté, un balcon à demi arraché pendait le long d'une façade. La rue était éclairée comme en plein jour. En bas, un gosse en pyjama déblayait des pierres brûlantes encombrant la chaussée, crevée par endroits ; il voulait atteindre les victimes qui appelaient sous les débris. D'autres sauveteurs s'activaient avec des barres à mine, des pelles et des pioches. Sadorski les a aidés un moment dans leur tâche, suant dans la chaleur effroyable du phosphore ; ils ont dégagé une femme morte, horriblement brûlée, sans cheveux, la peau du crâne boursouflée, recouverte de cloques noirâtres éclatées ; une jeune fille saine et sauve hormis quelques écorchures ; et un type le thorax écrasé. Puis, pendant que les blessés, en pyjama, en chemise, en robe de chambre, ensanglantés, étaient évacués sur des brancards, le fugitif s'est approché discrètement des ruines, sous les appartements coupés en deux exhibant dans les hauteurs un lit éventré, de la tuyauterie, une cheminée, du papier peint, des placards ouverts… Il a fouillé le mobilier qui émergeait des décombres, et, au fond du tiroir d'une commode, trouvé ce qu'il cherchait : une chemise de nuit d'homme. À l'abri d'un mur il s'est débarrassé de ses habits déchirés et tachés de sang, a retiré, à regret, jusqu'à sa montre-bracelet, et enfilé le vêtement propre. Là-haut le bourdonnement des moteurs diminuait, tandis que les explosions se déplaçaient vers le nord. Un coup de feu a claqué plus loin dans la rue, une silhouette s'est affalée sans un cri. Peut-être un pillard, ou un suspect de pillage ; les lieux devenaient malsains d'une autre façon. Des renforts rappliquaient en nombre, volontaires de la défense passive, infirmières, soldats, gardiens de la paix… L'inspecteur a rampé parmi les débris fumants, prenant soin de salir sa nouvelle tenue de suie, de poussière, déchirant exprès une manche sur un clou ; puis il s'est installé sur le dos, les yeux levés vers le ciel, et a gueulé :

– Au secours !… À moi, par ici !… À l'aide !…

La chance, décidément, avait tourné ; après l'avoir quitté des jours de suite, elle revenait et choisissait d'accompagner le collabo Léon Sadorski. Échapper au peloton d'exécution devenait possible ! Tous les survivants du sexe masculin relevés rue de Schomberg ont été considérés jusqu'à plus ample information comme des membres de la Garde républicaine et transportés à l'hôpital Saint-Louis, puis, faute de place dans l'établissement bondé, au Val-de-Grâce : où depuis des jours affluaient FFI, secouristes et soldats des Forces françaises libres, blessés au cours des combats acharnés de la semaine sanglante et de la Libération. Politiquement parlant, Sadorski s'est retrouvé en excellente compagnie dans sa chambrée ! Que des patriotes et des antifascistes ! Quant à lui – jusqu'à plus ample information également, mais ça, un type aussi malin saurait se débrouiller pour les questions d'identité –, au lieu d'un traître il était devenu une infortunée victime du bombardement boche, de l'attaque décidée par le scélérat Hitler afin de punir le peuple parisien rebelle de s'être libéré par ses propres forces, par sa volonté, de la barbarie nazie !

Donc, en quelque sorte, un héros.

En cette période où si l'on veut faire de vieux os, il vaut nettement mieux être un héros qu'un « salaud »...

À 6 heures, une fille de salle vient lui apporter la soupe, et, comme elle semble avoir son patient à la bonne, va savoir pourquoi, lui refile un journal en même temps. Le petit voisin, atteint au ventre, n'a pas le droit de manger, le pauvre. On le ravitaille par intraveineuse. Et l'intervention chirurgicale est confirmée pour ce soir. L'inspecteur a déplié le quotidien *Libération*[1] daté du 28 juillet, il lit, d'un seul œil, mais il va falloir en prendre l'habitude, et flou parce qu'il a perdu ses lunettes :

Le général Eisenhower

Commandant en chef des forces expéditionnaires

A PARCOURU HIER LES RUES DE PARIS

« JE SUIS VENU ICI POUR RENDRE HOMMAGE À L'ESPRIT INDOMPTABLE DE PARIS. »

1. Journal dirigé par Emmanuel d'Astier de la Vigerie, fondateur du mouvement de résistance Libération-Sud, édité de 1941 (clandestinement) à 1964 et représentant une résistance de gauche qui bénéficie du soutien du Parti communiste. Aucun rapport, à part l'homonymie, avec le quotidien actuel, créé en 1973.

Les généraux Bradley, Koenig, Leclerc et le maréchal de l'Air Cunningham l'accompagnaient…

Sadorski écœuré secoue les épaules – tous ces pontes alliés, on les appelait dans la presse nationale, jusqu'à la semaine dernière, des « ennemis » –, avant de passer à un article de la page un qui le concerne de plus près :

LES BOMBES AU PHOSPHORE ET À RETARDEMENT

que l'aviation allemande a déversé [*sic*] *sur Paris et sa banlieue*

ont tué 110 personnes et blessé 719

PLUS DE 500 IMMEUBLES DÉTRUITS OU ENDOMMAGÉS

Les bombardements de la nuit de samedi à dimanche ont causé des dégâts considérables à Paris et en banlieue, car l'ennemi a utilisé un grand nombre de bombes au phosphore.

Rappelons que des points de chute ont été relevés à Paris dans le 14e arrondissement, au parc Montsouris, 62, rue de l'Amiral-Mouchez. Dans le 17e arrondissement, 150 et 63, rue de Balagny, 12, rue Pouchet, cité des Fleurs, 20, rue Gauthey, 18 et 34, rue Davy, rue Tautencourt, 30 et 38, rue Lagny, 83, rue des Moines, enfin Porte de Clichy.

Dans le 18e arrondissement, le quartier de l'hôpital Bichat et les rues adjacentes ont été sérieusement touchés. Les pompiers qui voulaient combattre le sinistre ont dû se retirer devant de nombreux coups de feu tirés de plusieurs fenêtres…

On ne mentionne pas la caserne du boulevard Henri-IV, ni les morts de la rue de Schomberg. Mais apparemment les « tireurs des toits » et autres miliciens continuent de sévir. L'article suivant leur prédit un avenir des plus sombres :

« Tout individu armé ayant fait partie d'associations "collaborationnistes" sera abattu »,
DÉCLARE LE COLONEL ROL, CHEF DES F.F.I.

Les événements du 26 août[1] et les renseignements qui nous sont parvenus montrent que l'ennemi a laissé derrière lui des éléments devant créer des troubles dans la région parisienne.

Ces éléments sont d'anciens tueurs de la Milice de Darnand, du P.P.F., de la L.V.F[2]. Ils ont tous été recrutés dans les bas-fonds de Paris et sont commandés par les chefs de bandes de la pègre.

Certains portent les brassards F.F.I. et circulent dans des voitures volées, également aux initiales F.F.I.

Chargé de la défense de la population parisienne, je suis décidé à agir avec la dernière rigueur contre les

1. Au cours du défilé de la victoire, des coups de feu tirés depuis les toits et les fenêtres, notamment autour des Tuileries et à Notre-Dame (au moment de l'entrée du général de Gaulle dans la cathédrale), ont causé une panique et des tirs de riposte incontrôlés. On a relevé des morts et plusieurs centaines de blessés, beaucoup étant atteints par des balles perdues ou souffrant de fractures subies dans la bousculade. Si ces attentats semblent avoir été le fait de miliciens ou d'Allemands isolés restés à Paris, l'action de provocateurs n'est pas à exclure. Les quelques individus, dont une femme, pris ou abattus par les soldats et les FFI ont été soit immédiatement mis en pièces par la foule, soit laissés sur place sans qu'on ait songé à les fouiller pour les identifier.

2. PPF : Parti populaire français, parti fascisant créé en 1936 par l'ex-communiste Jacques Doriot ; LVF : Légion des volontaires français contre le bolchevisme, instituée en 1941 après l'invasion de l'URSS par la Wehrmacht.

éléments du « milieu » qui ont trop longtemps bénéficié de complaisances vraiment étonnantes.

Des équipes spéciales sont constituées.

Je leur donne l'ordre d'abattre sans explication tout individu qui aura tiré sur la population ou qui sera trouvé en possession d'armes, alors qu'il aura fait partie des organisations suivantes : P.P.F., Milices de Darnand, L.V.F., R.N.P., Francistes[1]*, et en général de toute association de « collaborateurs », donc de traîtres.*

J'invite toute la population à coopérer à cette œuvre en guidant nos équipes et en apportant toute l'aide demandée par leurs chefs.

Le colonel chef de la région « Île de France » des F.F.I.,

ROL

Le policier repose son journal avec un soupir. Ce fameux colonel Rol est un coco, ex-commissaire politique aux Brigades internationales du temps de la guerre d'Espagne. Les marxistes ont pris le pouvoir – ou, plus précisément, ils le partagent pour l'instant avec les gaullistes, liés à eux par quelque pacte, en dépit d'une détestation réciproque et de la nature bancale de leur alliance. Et tous ces canards de la France libérée se ressemblent – davantage encore que ne se ressemblaient, quatre années durant, ceux de la presse aux ordres de l'ambassade de Bochie ! On imprime un journal unique sous dix titres différents. Pas mieux que chez les dictateurs Hitler et Staline ! La presse échafaude un nouveau mythe, une nouvelle légende, celle de l'insurrection du peuple victorieux : *Paris eut une immense armée qui se trouvait partout mais qu'on ne voyait nulle part. Ces soldats,*

1. RNP : Rassemblement national populaire, parti collaborationniste créé en 1941 par l'ex-socialiste Marcel Déat ; Francisme : organisation ultranationaliste et fasciste fondée en 1933 par Marcel Bucard.

c'étaient le modeste artisan, le petit ouvrier, l'étudiant, le patron, l'intellectuel, le commerçant, le rentier que l'on coudoyait dans le métro, dans la rue, tandis qu'ils se rendaient à leurs occupations quotidiennes... Un jour, pendant que, venant de l'ouest, les armées alliées se rapprochent de Paris qu'elles commencent à enserrer, l'ordre d'insurrection est donné. Le drapeau tricolore est hissé sur le toit de l'Hôtel de Ville et fièrement, claque au vent. Les autres édifices publics sont également pavoisés. Un vent de liberté souffle enfin sur la capitale opprimée. Les volontaires de la Résistance se groupent et courageusement à un contre vingt, parfois contre cent, n'ayant pour toute arme que de simples pistolets aux chargeurs à peine garnis et des fusils démodés, s'élancent en avant. Il n'y a plus de clan ni de parti : le communiste fraternise avec le royaliste, le riche avec le pauvre, l'étudiant avec l'ouvrier, le commerçant avec l'industriel. Tous n'ont qu'un but : chasser le Boche, le bouter hors de notre ville en attendant le moment où pour toujours il repassera nos frontières[1]*...*

Dans son lit au milieu des invalides, des « gueules cassées », des aveugles, des mutilés, des agonisants, Sadorski l'éborgné se gondolait en découvrant ce genre de prose. S'il n'y avait pas eu les Amerloques, les Rosbifs, les Canadiens, et puis surtout les Russkoffs à l'est pour saigner la Wehrmacht, l'insurrection du peuple on pouvait toujours essayer ! Ç'aurait fini *illico presto* comme c'est en train de se passer à Varsovie... mais plus vite encore qu'avec les Polonais – ses aïeux côté paternel – qui ont l'héroïsme dans la peau. Dans tous les cas, un massacre, un carnage. Une boucherie orchestrée avec joie par la SS.

1. Georges Fronval, dans la brochure *Paris brise ses chaînes*, reportage « d'après les documents officiels », Les Éditions et Revues françaises, 1944.

D'ailleurs, chez nous à l'été 1940, il les a bien vus, ses compatriotes, les fiers-à-bras ! Empressés de s'accommoder de la défaite, d'admettre la supériorité teutonne, de célébrer l'inattendue « korrection » de nos touristes vert-de-gris… Et de se réjouir, dès le 17 juin, du terme mis, par la sage décision du vainqueur de Verdun, à l'effusion de sang. Quarante millions, comme lui-même du reste, de pétainistes ! Parmi lesquels, à peine moins nombreux, les pétochards soulagés. Maréchal, nous voilà ! Pour Sadorski, cet homme providentiel incarnait à la fois la continuité de l'État et le sentiment de résistance, subtile mais réelle, à l'ennemi. Car la vérité, bordel de merde, c'est que Pétain, une fois de plus, avait sauvé la France ! Jusqu'en avril compris de cette année 1944, où lorsqu'il est venu à Paris la population était dans la rue pour le remercier et l'acclamer ! Comme elle acclame à présent de Gaulle… Nos compatriotes ont la mémoire courte. Et les Françaises, que l'inspecteur a contemplées naguère aux terrasses, des fleurs dans les cheveux, riant et buvant avec les beaux Siegfried en uniforme ! et qui à présent ouvrent leurs cuisses aux GI. Il y a de quoi vomir.

Il s'est énervé tout seul, sa température a dû grimper. Ce n'est pas bon. Pas prudent. L'objectif immédiat est de se rétablir au plus vite, de quitter ces environs malsains, où le collabo n'est pas à l'abri d'une enquête, d'un interrogatoire sérieux, par des résistants ou policiers plus inquisiteurs que le médecin capitaine qu'il a rencontré jusqu'ici.

– Mademoiselle !

L'infirmière-major à trois galons s'est arrêtée net à son chevet. Comme ses consœurs, elle porte une cocarde tricolore au corsage, et à sa coiffe en est épinglée une aux couleurs bleu et rouge de la ville de Paris.

– Monsieur ?

– Vous savez, je vais mieux. Je pense qu'on pourrait me laisser sortir…

– Et où iriez-vous ? Avec un seul œil, trente points de suture, sans compter votre ciboulot dans la semoule !... Voyez avec le capitaine Larruy.

Toujours le style pète-sec.

– Oui, mais... quand ?

– Demain vers 10 heures. Pendant la visite.

– C'est que... j'occupe ce lit depuis hier matin... il y a sûrement des combattants plus gravement touchés que moi, qui auraient besoin de...

– Voyez avec le docteur.

– Mais...

– Lorsque le capitaine estimera que vous pouvez sortir, il vous laissera sortir. Ici au Val, on est soigné comme il faut, Français, Allemand, milicien, résistant... nous n'avons que des malades militaires, d'où qu'ils viennent. Croyez-moi, tout le monde est traité du mieux qu'on peut ! Ce n'est pas comme à la Pitié, où le personnel boche s'est enfui en laissant tout dans un état de saleté repoussant... On pourra nous parler, après ça, de l'hygiène et de l'organisation allemandes ! Les blessés étaient couchés sur des lits de bois, véritables foyers d'infection, sans draps ni couvertures, et la plupart dans un état épouvantable... Des plaies affreuses, mal soignées, remplies de vermine !

Elle est repartie avec un haussement d'épaules. Ses talons claquent durement sur le parquet ciré. Sadorski jure en silence. Alarmé. Qu'a-t-elle sous-entendu, la vieille bique ? « Français, Allemand, milicien, résistant... » On le soupçonne encore d'être milicien ? Ou boche ? En dépit des couleurs françaises et alliées épinglées à sa chemise, comme à celles de tous les occupants de la salle ?... Il en attrape des sueurs froides. Peut-être soigne-t-on en effet tous les militaires à la même enseigne, mais, une fois sur pied, un blessé ennemi ou collabo est obligatoirement livré au service concerné ! pour être jeté en camp d'internement ou en taule ! ou pire... Avant le sien propre, l'inspecteur principal adjoint a pu assister dans les rues du Paris insurgé à des lynchages. Ce n'était pas beau à voir. Ce qui restait des pauvres diables, et même une fois d'une femme, une prostituée, accusée d'avoir fait des clients *feldgrau*, n'avait plus vraiment apparence humaine. Sans oublier ce milicien abattu sur les toits, rue de Rivoli, et qui a atterri devant les chenilles d'un tank Sherman en marche…

Demain matin, il faudra absolument parler au docteur.

2

Les iniquités

Toute la nuit le canon a grondé au loin. Ça venait du nord-est, dans les banlieues, où Américains et division blindée des FFL[1] harcèlent les Fritz, notamment la 47e division d'infanterie avec ses chars, qui refuse de déposer les armes sous prétexte qu'elle n'est pas sous les ordres de von Choltitz. On a eu une alerte aérienne durant plus d'une heure. Et l'on entend les claquements espacés de coups de fusil tirés en ville, ainsi que des salves de mitraillette : peut-être encore la chasse aux tireurs des toits ? Ou des patrouilles FFI ouvrant le feu sur des voitures suspectes ? Ou de simples règlements de comptes entre malfrats... eux aussi sont armés, et, dans le boxon généralisé qui perdure, ont eu la riche idée de se déguiser en patriotes.

Par la fenêtre arrivent parfois des relents nauséabonds, ça sent le cadavre. Du genre faisandé. Beaucoup des 5 000 victimes environ des combats en ville demeurent dans des morgues improvisées, non réfrigérées ou mal, car les coupures d'électricité sont fréquentes et tendent à durer longtemps. Tous les hôpitaux ne disposent pas

1. Forces françaises libres ; en l'occurrence, les troupes de l'armée Leclerc.

d'équipement frigorifique. La chaleur estivale n'arrange rien. Des dépôts mortuaires ont été improvisés dans des lieux publics, des écoles, des églises, et au musée des Colonies près du bois de Vincennes. Il y a aussi, paraît-il, de nombreux morts oubliés ou non encore découverts, tombés chez eux à cause d'un éclat ou d'une balle perdue. Enfin, beaucoup de familles gardent le défunt à la maison pendant plusieurs jours, car tout est difficile ; les pompes funèbres sont débordées et les cercueils en rupture de stock.

Le petit va très mal.

Jusqu'à l'aube il s'agitait dans son lit, n'arrivait pas à trouver de position qui le soulage, délirait, rêvait tout haut de bombardements, de mitraille, se plaignait qu'on lui cachait quelque chose…

Avant l'opération, le lundi dans l'après-midi, le curé de Saint-Louis d'Antin lui a administré les derniers sacrements, en présence de sa mère et de son père, un barbu à l'expression douce, aux allures vieillottes de notable. Un violoniste renommé, paraît-il. Famille de musiciens. Une fois le prêtre parti, le gamin a constaté, avec calme, et tristesse :

– Je suis donc mourant.

– Non, mon chéri, a protesté la mère. Tu es seulement très malade, prions ensemble la Sainte Vierge, promettons-lui d'aller à Lourdes tous les trois…

L'inspecteur a entendu le blessé répéter à voix basse : « Mon Dieu, guérissez-moi pour que je fasse encore beaucoup de bien sur la terre… » Un bon petit chrétien, comme sa maman. Et son fils à lui, Sadorski ? Son Bernard ? qui aura un an en novembre… Séparé de ses géniteurs… sa mère, adolescente juive capturée par les Boches, disparue, volatilisée, au cours des combats du 25 août… son père, collabo traqué, échoué dans cet hôpital militaire, menacé à tout instant d'être reconnu et fusillé… Quel splendide départ dans l'existence !

Une voix de femme, à l'étage en dessous, braille :

– Merde alors, c'est trop.

Suivi de :

– Vous me faites chier, à la fin, non ?

C'est pareil tous les matins. La lingère du Val-de-Grâce qui rouspète. Et ensuite, on a droit au bruit d'enfer des chariots métalliques qui trimbalent les plateaux depuis les cuisines. Ces chariots n'ayant pas de roues en caoutchouc, cela fait comme un roulement de tambour qui accompagnerait les pas d'un bataillon piétinant du gravier, c'est insupportable...

Dans la lueur blême du petit jour les filles de service sont venues installer des rideaux pour séparer le lit de l'agonisant du reste de la salle. Offrir un peu d'intimité aux parents dans l'affliction. Puis elles distribuent le café aux alités. Après cela on passe aux prises de température, aux lavements, au vidage des urinaux, au remplacement des pansements et linges sales... Sadorski soucieux médite sur l'attitude à adopter en face du capitaine, tout à l'heure. Éviter de se couper, de se trahir. Jouer son rôle avec conviction et persévérance. Ne pas bavarder exagérément. Moins on en dit, dans la vie, et mieux on se porte ! Un policier des Renseignements généraux est payé pour le savoir. Il prie à son tour, répète mentalement un *Pater* et un *Ave*. Puis, autant mettre toutes les chances de son côté, l'idée lui vient de se confesser.

Pas pour de vrai, bien entendu. Trop risqué : l'aumônier de l'hosto pourrait être tenté de le dénoncer. Mais une confession dans le silence de son cœur. Sadorski fera les questions comme les réponses. Il imagine en face de lui un visage noble, réfléchi, aux cheveux de neige. Dans l'ombre du confessionnal de sa conscience... Une voix digne de respect, de sincérité.

– *Je vous écoute, mon fils.*

Les lèvres du blessé remuent tandis que, mains jointes

sous le drap et la couverture, il marmonne les formules rituelles :

– Au nom du Père et du Fils et du Saint-Esprit. *Amen*. Bénissez-moi, mon père, parce que j'ai péché… Je confesse à Dieu tout-puissant, je reconnais devant mes frères que j'ai péché en pensée, en paroles, par action et par omission. Oui, j'ai vraiment péché.

– *Êtes-vous membre de l'Église catholique ?*

– Oui, mon père. J'ai reçu le baptême à l'église de Sfax, en Tunisie. En 1901.

– *Participez-vous à la messe tous les dimanches, et aux fêtes d'obligation ou de précepte ?*

– Euh… non, mon père. Pas régulièrement. Et puis, ces temps derniers, il s'est déroulé tant d'événements…

– *On ne saurait le nier. Mais, au moins, avez-vous fait votre examen de conscience avant de venir me voir ?*

– Oui, mon père.

– *Alors, ayez confiance en Dieu, mon fils. Que le Seigneur vous inspire les paroles justes et les sentiments vrais pour confesser avec contrition vos péchés. Parlez sans crainte. Ma mission est de vous aider.*

– Je… je ressens le besoin de vous parler, mon père, parce que j'ai tué un jeune homme.

– *Pendant les combats ?*

– Non. Il y a plus d'un an. En avril 43. Et je… j'avais prémédité ce crime.

– *Prémédité ?... Mais pour quel motif vouliez-vous tuer ce garçon ? Il vous avait offensé ?*

– Non. C'était par jalousie. La jeune fille que je convoitais – une israélite cachée à mon domicile – était amoureuse du petit con. Euh, pardonnez-moi, mon père ! Était amoureuse de ce lycéen. Dont les sentiments, comme je l'ai appris, étaient réciproques à son égard.

– *Ce que vous me confessez est extrêmement grave, mon fils.*

– Je le sais, mon père. D'autant que je suis censé faire respecter la loi… J'ai d'ailleurs, profitant de mon pouvoir en tant qu'inspecteur d'un service actif de police judiciaire, maquillé ce crime en une opération contre les terroristes. Mon rival souhaitait s'engager dans la Résistance ; je lui ai facilité la tâche en me faisant passer pour un chef de réseau, afin de l'attirer dans un guet-apens. Et, ensuite… j'ai… j'ai commis, sous mon propre toit, dans le lit conjugal, le péché d'adultère avec cette adolescente. Laquelle bien entendu ignorait mon rôle dans la mort de son fiancé…

– *Mais c'est de pire en pire ! c'est abominable !*

– Ce n'est pas fini, mon père. La jeune fille est tombée enceinte de mes œuvres. L'enfant est né, enfin, prématurément, mais il a vécu. Il est en bonne santé. J'ai persuadé Julie… euh, la jeune fille en question… de raconter à mon épouse que le père du bébé était ledit lycéen… C'était une explication logique, plausible.

– *Un enfant posthume.*

– Exactement.

– *Sauf qu'il est* votre *enfant, en réalité.*

– Oui. D'ailleurs ma femme et moi l'avons déclaré à la mairie du quatrième arrondissement comme étant le nôtre. Forcément, puisque la Juive était cachée, et que personne dans l'immeuble ne soupçonnait sa présence…

– *Vous protégiez cette israélite des persécutions ?*

– Oui, mon père.

– *Voilà qui constitue tout de même un bon point pour vous, mon fils. À présent il faut avouer votre faute à votre épouse, et laisser la jeune mère élever seule son enfant. Ou le confier à une institution catholique…*

– Je… je ne pourrais pas avouer à Yvette que… non, jamais ! tout sauf ça, mon père !…

– *Comprenez-vous que vous êtes en état de péché mortel ? Et, au sujet de l'assassinat, vous devez vous constituer prisonnier. Avouer votre acte à vos supérieurs. C'est à eux de régler le problème. Et aux juges.*

– Mes supérieurs sont arrêtés, mon père. Ils vont comparaître devant une commission d'épuration. Et pour ceux qui sont accusés d'avoir torturé des résistants, ce sera la cour de justice. Certains probablement seront fusillés.

– *Mais on les remplacera par d'autres fonctionnaires. Il ne peut exister de société sans une force publique pour la protéger... Quant aux juges, je doute qu'on les remplace, on va garder les mêmes. Présentez-vous aux autorités dès que vous le pourrez !*

– Si je me rends, je serai fusillé moi aussi. Ou guillotiné…

– *Peut-être, mais c'est votre seule chance – le paradis étant exclu, naturellement – d'être admis dans le purgatoire. Sinon, à l'issue de votre existence terrestre vous serez précipité aux abîmes de la mort éternelle ! Votre âme prisonnière du diable ! Plongé dans l'étang de feu et de soufre, vous resterez en proie à mille supplices... Cela de par la volonté de votre chair et du mal qui est en elle... Et vous pleurerez et vous vous lamenterez !*

Il y a un moment de silence, dans ce dialogue fabriqué de toutes pièces, pendant que Sadorski examine l'alternative qu'on lui propose…

Le confesseur reprend :

– *Je suggère d'abord que vous prononciez ces phrases extraites du psaume 37 des Psaumes de la pénitence. Elles conviennent à une âme affligée de Dieu pour son péché, qui déplore les maux qu'elle s'est attirés en péchant contre Notre-Seigneur, et implore humblement sa miséricorde. Répétez après moi, mon fils :*

« Domine, ne in furore tuo arguas me, neque in ira tua corripias me... *Suspendez vos châtiments, Seigneur, jusqu'à ce que votre indignation contre moi ait eu le temps de se ralentir.*

« *Atteint et percé des traits de votre justice, j'ai senti l'effort de votre bras vengeur, qui s'appesantissait sur moi.*

« *J'ai des iniquités par-dessus la tête ; c'est un poids sous lequel je suis près de succomber.*

« *La concupiscence irritée par mes premiers désordres m'a livré les combats les plus opiniâtres, et je n'ai plus senti que faiblesse dans ma chair.*

« *Enfin affligé et abattu à l'excès, j'ai poussé vers le Ciel des sanglots qui ressemblaient à des rugissements.*

« *Vous les avez entendus, Seigneur, vous qui connaissez les plus secrets mouvements de mon cœur ; et vous avez été témoin de mes larmes. Vous avez vu à quels troubles mon cœur était livré ; vous avez vu mes forces épuisées et mes yeux éteints...*

« *Vous, ô mon Dieu ! vous, Seigneur, de qui seul je dois attendre mon salut, ne vous éloignez pas de moi : ne me laissez pas sans secours à la merci de mes ennemis.*

« *Gloire soit au Père, et au Fils, et au Saint-Esprit.*

« *Maintenant, comme au commencement, et toujours, et dans tous les siècles des siècles.*

« Amen.

Sadorski, son œil unique embué, répète : « *Amen.* » Pendant que résonne, dans sa tête, la voix tout à la fois bienveillante et sévère de l'ecclésiastique :

– *Maintenant avez-vous d'autres fautes à me confesser, mon fils ? Ne me dites pas que vous avez tué d'autres personnes !*

– Malheureusement si, mon père. Un Russe, nommé Goloubine[1]. Mais pour des raisons qui me semblaient justes : ce trafiquant de drogue avait assassiné et violé une jeune femme. J'ai aussi frappé à mort une bourgeoise du seizième arrondissement dont le nom est Arlette Leaumier. Cette dénonciatrice menaçait de s'en prendre

1. Voir *L'Affaire Léon Sadorski.*

à la jeune israélite dont je vous ai parlé. Et j'ai aidé un collègue à étrangler un policier nazi, pour la même raison ; le gars fouinait dans mon immeuble à la recherche de Julie, il se doutait que quelqu'un la cachait[1]...

– *Hum. Ces actes de violence vous étaient donc dictés par la volonté, disons chevaleresque, de protéger une jeune personne et d'en venger une autre ?*

– C'est précisément cela. Vous me l'avez ôté de la bouche, mon père ! Parce que moi, les types qui tuent les femmes, mon seul désir c'est de leur écraser la gueule à coups de marteau !

– *Je n'irais pas jusqu'à approuver pareil vocabulaire, mon fils, ni ne puis vous donner absolution de ces actes... mais il faut convenir que vous bénéficiez encore une fois de circonstances atténuantes !*

– Tout à fait, mon père ! Nous sommes d'accord !

– Monsieur ! Vous dormez ?

Il rouvre son œil valide. Le médecin capitaine Larruy, en blouse blanche avec des traces de sang et de crasse, vient s'inscrire dans le décor, sur fond de mur nu et de plafond verdâtre. Flanqué d'un personnage que Sadorski n'a jamais vu auparavant. La trentaine, veston cintré et boutonné – dans un style débraillé – par le seul bouton du milieu, chemise blanche au col largement ouvert, brassard tricolore. Cheveux roux coupés court et lissés en arrière, front rectangulaire, oreilles pointues, yeux pâles enfoncés sous les sourcils, nez court et busqué, expression vindicative... L'homme tient un calepin où il finit de prendre des notes.

– Et celui-là, son nom, c'est... ?

– Nous n'en savons rien. On l'a ramassé en chemise, grièvement blessé à l'œil et à la pommette, et

1. Pour ces deux derniers meurtres, voir *Sadorski et l'ange du péché.*

sérieusement contusionné, parmi les décombres d'un immeuble touché par le bombardement de samedi soir. Il n'avait pas ses papiers. (Le médecin ajoute, haussant les épaules :) On garde rarement sa carte d'identité sur soi pour dormir, vous savez.

Le type roux ne paraît pas apprécier la remarque et grogne :

– Oui, bon, mais il a bien dû vous dire comment il s'appelle ? Votre blessé, il est pas muet ?

– Muet, non, mais il souffre d'amnésie rétrograde presque totale.

– « Rétrograde » ? Un amnésique de droite, vous voulez dire ? Ha ha.

En réaction à la plaisanterie un vague sourire étire les lèvres minces du capitaine, qui secoue la tête.

– Je vous explique, monsieur : d'un point de vue descriptif les amnésies rétrogrades, contrairement aux amnésies antérogrades, sont celles où sont oubliés les événements de la vie passée *antérieurs* à la maladie – ou, dans le cas qui nous occupe, au choc subi lors de l'effondrement du bâtiment lorsque cet homme a été blessé. Il n'a pu nous dire son nom ni son prénom… *Idem* pour le statut familial, la profession, les lieu et date de naissance, etc. Le malade se remémore néanmoins de façon détaillée les combats du 25 août dans le secteur de la place de la République, combats auxquels il semble avoir pris part[1]…

Le civil griffonne dans son carnet.

– Il s'est battu côté résistants ou côté fascistes ?

Le Dr Larruy semble choqué par la question.

– Clairement du côté des résistants, monsieur.

– Ouais, on dit ça… Fastoche. Ce serait pas le premier à se racheter une conduite ! Moi aussi, même sans études

1. Voir *L'inspecteur Sadorski libère Paris*.

médicales, je peux vous le faire, le coup de l'« amnésie rétrograde »… Zut alors, docteur, je sais plus mon nom ! Ça, c'est pas de pot ! Oh là là !… (Il s'esclaffe.)

Anxieux, concentré, Sadorski suit l'échange entre le praticien et l'individu aux blagues stupides. Ce doit être un FFI chargé de vérifier les identités et les comportements passés des hospitalisés du Val-de-Grâce, où l'on aura décidé de faire du tri. Un traqueur de miliciens et de collabos… Il cache sans doute un flingue dans une des poches du veston poussiéreux, ou du pantalon large et froissé, troué au genou. Une arme de petit calibre. Mais chargée.

– Et d'abord, qu'est-ce qu'il fout là ? poursuit-il. Je croyais que c'était un hosto militaire. Réservé à nos héroïques défenseurs de la liberté. Alors que le bonhomme, vous savez même pas comment il s'appelle ! Moi, je lui trouve plutôt une tronche de perdreau. Je suis déjà passé entre leurs mains, voyez-vous. J'y ai laissé des dents. Sans compter les côtes cassées, et les coups dans les roubignolles !

– Monsieur, répond le capitaine Larruy avec froideur, ne parlez pas si fort, nous avons des grands blessés ici. Parfois dans un état critique. (D'un geste du menton, il indique les rideaux derrière lui avant de poursuivre :) L'immeuble dans les ruines duquel a été retrouvé le patient, à proximité de la caserne des Célestins, hébergeait des gardes républicains. Plusieurs d'entre eux sont soignés chez nous. Et, comme les gardes ont participé à la libération de Paris, de même que les agents de la préfecture et d'autres services de l'État ou de la santé publique, nous n'avons pour l'instant aucune raison de juger que…

– Attendez voir, coupe le résistant. (Il sort d'une poche de son veston une feuille qu'il déplie.) Le comité de libération du quatrième arrondissement m'a justement fourni la liste des victimes chez les gardes. Le maréchal des logis-chef Lecompte, ça vous dit quelque chose, hé, monsieur ?… Oui, réveillez-vous, c'est à vous que je parle !

Et vous connaissiez peut-être le maréchal des logis-chef Larrèche ?

L'interrogé hésite. Caserné là-bas, il devrait savoir les noms des gradés. Enfin, la plupart. Mais ce pourrait être un piège... Des grades authentiques mêlés à des patronymes inventés ou modifiés. S'il prétend les reconnaître, il se grille. En dépit des plaisanteries, son visiteur lui semble un malin, un vicieux.

– Euh... oui, le... le maréchal des logis... Mais... oh, je ne sais plus... J'ai mal à la tête...

– Ou bien le maréchal des logis Dedieu ? Le garde-trompette Violeau ?...

– Je... je... c'est possible... Oh, j'ai mal... Les explosions... La sirène d'alerte... Les bombes au phosphore... J'ai vu la Halle aux vins qui brûlait... Sur le quai les arbres étaient en feu... Et puis mon bâtiment a été touché... Le plafond s'est effondré... J'ai appelé au secours... Je... je ne me souviens plus...

– Mais vous êtes bien un garde républicain ?

– Je... je ne me rappelle plus qui je suis... Je me souviens de m'être battu contre les Chleuhs vendredi devant la caserne Prince-Eugène, et l'hôtel Moderne, à République... Il y avait une traction FFI qui a été mitraillée à l'angle de la rue de Malte et du boulevard Voltaire... Quatre petits jeunes ont été massacrés par les SS... C'était horrible...

L'autre ne paraît pas écouter, il insiste, le regard hostile :

– Seuls *deux* gardes républicains sont encore portés disparus, rue de Schomberg... Le garde Davy, et le maître bottier Barre... sa fille Yolande, seize ans, a été tuée... Vous vous rappelez ce prénom ? Yolande ?...

– Yolande ?

Sadorski a interrogé une Yolande. Son nom de famille était Metzger. Alsacienne. Une jolie pépée, qui couchait avec les troufions boches et transportait de la drogue pour la Gestapo. Elle aussi a fini à l'hôpital. La bande des Corses lui a écrasé les doigts l'un après l'autre, pour le compte de la police SS, avant de la balancer depuis une bagnole devant l'entrée de l'hôpital Rothschild. Épaule et jambe fracturées, ainsi que la mâchoire, rafistolée avec du fil de fer…

– Si je vous annonce que votre fille est morte ça devrait vous faire quelque chose. Non ? Alors vous n'êtes pas le maître bottier Barre… Dans ce cas vous êtes Davy ? C'est la dernière possibilité.

– D-davy ?… Je… je ne sais pas…

Le médecin aux armées intervient :

– Revenez un autre jour. Ce combattant patriote a subi un grave traumatisme de la région orbitaire droite, avec enfoncement du malaire et fracture du plancher orbitaire. L'éclatement du globe oculaire a nécessité une énucléation. On a réduit la fracture et suturé, mais nous manquons désespérément de pénicilline, le malade est sous sulfamides et il devra sans doute être opéré si l'on veut éviter des séquelles beaucoup plus sérieuses que le simple préjudice esthétique…

L'expression fait rigoler le FFI.

– Préjudice *esthétique* ? Si c'est un salopard de milicien, ou de flic des Brigades spéciales, on lui en foutra, du « préjudice esthétique » ! Après un traitement maison, on va le coller au mur ! Une rafale de Sten, et après on le balance à la flotte, ou on le ramène devant chez lui avec une étiquette autour du cou rappelant quel salaud il était ! Tout ce qu'ils méritent…

Sadorski a une inspiration. Son interrogateur, il en est persuadé à présent, est un coco, un résistant FTP[1]. Majoritaires chez les FFI, ils sont coutumiers des méthodes expéditives. Vers la fin de la décennie précédente, l'été 1938 si ses souvenirs sont bons, on a repêché

1. Francs-tireurs et partisans : réseau de résistance armée du Parti communiste français clandestin.

le cadavre d'un militant trotskiste[1] découpé en morceaux, dans une valise jetée à la Seine, victime des tueurs du Guépéou. En 1941, la police allemande a découvert à l'ambassade d'URSS de Paris dans de curieux petits cercueils des ossements humains calcinés, ainsi que des fours crématoires, il y a eu des articles à ce sujet dans la presse. Et il a entendu parler tout récemment de locaux spéciaux, comme l'usine Hispano-Suiza, boulevard Brune dans le quatorzième, où depuis le début de l'insurrection les camarades se font un plaisir de sataner les collabos, vrais ou accusés à tort… Son seul espoir est de détourner les soupçons. Se présenter comme un Rouge. Le blessé gigote, gémit, lève avec un semblant de difficulté son poing droit. Et, devant ses interlocuteurs médusés, se met à chanter, pas très juste mais en faisant des efforts louables :

Debout, les damnés de la terre,
Debout, les forçats de la faim,
La raison tonne en son cratère,
C'est l'éruption de la fin…
Du passé faisons table rase,
Foule esclave, debout ! debout !
Le monde va changer de base :
Nous ne sommes rien, soyons tout !

Reprenant son souffle, il attaque le refrain :

C'est la lutte finale,
Groupons-nous, et demain,
L'Internationa-a-le
Sera le genre humain.
C'est la lutte fina…

1. Rudolf Klement, secrétaire de Trotski.

– Taisez-vous ! glapit le capitaine. Enfin, il y a des malades graves…

L'attitude du résistant, au contraire, s'est adoucie. Avec le sentiment d'avoir fait fausse route jusqu'à présent. Par précaution, néanmoins, il ordonne :

– Camarade, chante-nous le dernier couplet.

L'inspecteur hoche sa tête enturbannée de bandes Velpeau, et, dressant de nouveau le poing, simulant l'enthousiasme :

Ouvriers, paysans, nous sommes
Le grand parti des travailleurs…
La terre n'appartient qu'aux hommes,
L'oisif ira loger ailleurs.
Combien de nos chairs se repaissent !
Mais si les corbeaux, les vautours,
Un de ces matins disparaissent,
Le soleil brillera toujours !

C'est la lutte…

La tête retombe sur l'oreiller, le poing sur les draps, les doigts s'ouvrent, comme s'il n'en pouvait plus… Le rouquin a froncé les sourcils.

– Tu es inscrit au Parti ? Quelle cellule ?

Sadorski répond par un signe négatif.

– Je ne sais pas… je ne sais plus !… Mais… j'ai toujours chanté… avec les copains… depuis le Front popu… et même avant… Je crois… je me rappelle… les manifs… on criait : « Le fascisme ne passera pas ! »… « Les soviets partout ! »… et, devant, les « vaches noires[1] » nous tiraient des grenades lacrymogènes… et puis… L'Armée rouge… le grand Staline… les camarades Duclos, Marty,

1. Surnom donné aux gardes mobiles.

Thorez… ils vont à présent travailler… de toutes leurs forces… à l'avènement du socialisme en France…

Il s'interrompt, de peur d'en faire trop. Le mieux est l'ennemi du bien. Mais la situation a changé dans le bon sens ; le FFI rajoute quelques mots sur son carnet et le remet en poche, avec un léger sourire.

– Je pense que ça peut aller. Rétablis-toi vite, camarade ! La nation a besoin de tous ses gars de bonne volonté pour reconstruire l'avenir ! Allez, docteur, on poursuit la visite guidée. Dénicher les imposteurs et les traîtres, les misérables valets de Vichy et de la Gestapo… Le peuple qui a souffert exige une justice prompte et impitoyable ! C'est la seule réponse à apporter à nos martyrs fusillés ou déportés, et à ceux qui sont tombés sur les barricades pendant les glorieuses journées insurrectionnelles !

Les deux hommes s'éloignent, le policier adossé à sa paire d'oreillers réprime un soupir de soulagement. Il l'a échappé belle ! Une fois de plus… Grâce à son astuce, et aux années de boulot aux RG du temps de la Section spéciale des recherches, où, chargé des enquêtes parmi les militants de mouvements révolutionnaires, il « assurait des réunions », c'est-à-dire qu'on l'envoyait espionner les meetings politiques de gauche. *L'Internationale*, il l'a écoutée et gueulée lui-même tant de fois, levant le poing au milieu des prolos, qu'il ne se tromperait plus d'une virgule !… Ce crétin à tignasse rousse n'avait pas songé à ça !

Va te faire enculer, camarade !

Maintenant que l'emmerdeur est parti, le caïd de la 3e section rigole tout seul.

Puis il perçoit des pleurs, derrière le paravent.

Des infirmières arrivent à la rescousse : cocardes bleu, blanc, rouge sur tenue blanche, voiles blancs flottants. Il y a du remue-ménage, elles déplacent un des paravents pour faciliter la circulation, les soins.

Sadorski, de l'œil gauche, peut voir maintenant ce qui se passe à côté.

Sur son lit, le petit musicien halète, sa figure de plus en plus livide ; la mère essuie doucement le visage et les mains où perle la sueur. Le gosse entrouvre ses bras, pour les suspendre au cou de la femme en noir penchée sur lui, ils s'embrassent, sans rien dire. Ils demeurent immobiles, longtemps, puis la maman se relève, et, d'un geste furtif et tendre, ferme les yeux de son fils.

Une mort toute simple.

Dehors le soleil radieux vient filtrer à travers les hauts rideaux de toile jaune, que remue un souffle de vent.

Des blessés se sont redressés, ils observent la scène, graves, le regard fixe. La salle du Val-de-Grâce est plongée dans le silence.

3

L'infirmière de garde

La nuit est tombée sur l'hôpital, lourde et étouffante, ponctuée de claquements d'armes à feu à travers la ville, et de cris, moins fréquents que les jours derniers cependant. On a retiré les paravents, emporté le corps ; son lit est demeuré vide et plat dans la pénombre, jusqu'à ce qu'un nouveau blessé débarque. Quatre jours ont passé. Les malades écoutent le roulement lointain du canon vers le nord-est. Des rumeurs circulent. La parade des troupes américaines sur les Champs-Élysées, le mardi 29 août, serait une démonstration de force à la demande du général de Gaulle, qui a réclamé deux divisions US au commandement allié pour mater l'insurrection communiste à venir – le défilé a eu lieu, mais que des faces blanches sous les casques, pas un seul soldat noir ! Interdiction de l'état-major américain, aussi raciste que les Fritz, au bout du compte… Il paraît d'autre part que dans le bois de Boulogne, au campement des Espagnols de la fameuse 9e compagnie, c'est un défilé de Parisiens et surtout de Parisiennes. De vraies délices de Capoue, prétendent les gars de l'hosto, envieux de leurs camarades. Les habitants accueillent ceux-ci à bras ouverts, on les invite, on les fête. Chez les femmes célibataires, on peut rester coucher sans problème. Tandis que la bataille se poursuit à la périphérie où les avant-gardes du groupement tactique Langlade tiennent Enghien, Montmorency, Sarcelles et la transversale de Gonesse à la route de Chantilly. Les blindés du 12e chasseurs et les tanks destroyers des fusiliers marins ont manœuvré en direction d'Ermont, le groupement Dio se heurte à une résistance acharnée des Allemands au Bourget. Mais, dans l'ensemble, la déroute ennemie se confirme. Ça irait encore mieux, se plaignent certains, si des FFI d'un genre spécial – faux résistants mais vrais truands – qui roulent en voiture ne piquaient pas l'essence des chars, empêchant ceux-ci de quitter Paris pour rejoindre leurs postes de combat. Et une infirmière racontait à un petit gradé mal rasé, poignet en écharpe et clope au bec : « Hier, caporal, j'ai vu une femme nue, sur l'avenue de la Grande-Armée. Les gens lui crachaient au visage. Le crâne rasé, la peau bleue de coups reçus. On lui avait collé un écriteau : "J'ai fait fusiller mon mari." Vous vous rendez compte ? – J'en ai rencontré une autre, de gonzesse à poil, a rigolé le militaire. À l'entrée du pont Saint-Michel, le samedi 26. Maintenue par un spahi noir et par un FFI à galons, et la foule autour qui se marrait… Après, j'ai su que c'était la caissière du bureau de tabac. Son mari prisonnier au stalag, elle était courtisée par un voisin. Rien à faire, la buraliste avait pas voulu baiser avec le mec ! Femme honnête et patriote. Alors il s'est vengé et l'a dénoncée comme collabo, sous prétexte qu'elle vendait des cigares à des officiers de la Wehrmacht logés dans un hôtel de la même rue… – Les gens sont devenus fous. Ils dénoncent, ils volent, ils coupent les cheveux… On est suspect sans raison, il suffit d'être accusé par n'importe qui et de n'importe quoi pour se retrouver entouré d'hommes avec des mitraillettes. Dans le village de ma famille, ils ont tondu une gosse de dix ans parce qu'un soldat allemand lui avait autrefois réparé sa voiture de poupée ! – Sans blague ! Les parents ont laissé faire ?

– Pensez ! ils sont tous morts de frousse… – Moi, j'ai une explication à tout ça, mademoiselle : la France entière est devenue subitement résistante du jour au lendemain. À présent que les Chleuhs se sont fait la malle, il n'y a plus de danger, mais au contraire intérêt, à étaler son patriotisme ; alors, obligatoirement, les Français ils découvrent des collaborateurs partout, afin de le crier haut et fort ! Le moment est venu de se rattraper, hein… »

Les murmures des conversations s'éteignent, le temps s'écoule lentement. L'amnésique de la rue de Schomberg a du mal à trouver le sommeil. En dépit des calmants, de la morphine qui l'abrutit et lui refile des nausées, la douleur dans son orbite vide continue de le tourmenter. L'épiderme recousu tire et pique, la sueur coule de son front, sous le bandage chaud, sur la face enflée couverte d'hématomes. Sa langue tourne et retourne dans la bouche pâteuse, puante. Elle caresse de la pointe les trous mous des gencives où manquent des dents, brisées et arrachées pendant le lynchage. Le drap moite, rugueux, irrite ses jambes, les plis de la chemise lui grattent les reins et les fesses. Déjà il a dû récolter des escarres, comme d'autres alités dont il a vu les infirmières badigeonner la peau avec du mercurochrome, au rouge flamboyant, l'établissement étant dépourvu de teinture d'iode…

Sadorski distingue les lumières de l'autre côté de la cour. Dans l'obscurité autour de lui, des types gémissent, remuent, soupirent. L'un d'eux geint sans arrêt : « Morphine… morphine… par pitié, donnez-moi de la morphine… » C'est pénible pour ses compagnons de salle. Merde, comment dormir si cela dure toute la nuit ? Et ces odeurs d'hôpital, fétides, persistantes. De potions, d'excréments, de Crésyl, de bandages et de draps souillés… « T'as fini de gueuler ? » Ce n'est pas l'inspecteur qui a braillé la protestation, mais un autre, quelques lits plus loin sur sa droite. L'officier privé de son bras, tranché net par un obus de panzer ? Le chef de char qui, debout sur sa tourelle, a pris une balle dans le poumon tirée des toits ? Le jeune FFI qui souffre de lésions à la colonne vertébrale et ne marchera plus jamais ? Le sergent du régiment du Tchad à la jambe gauche en lambeaux ? Le pompier atteint à la tête par un éclat de grenade ? Peu importe. Le geignard s'est tu, au bout du compte. L'engueulade a suffi, ou bien le gars vient de clamecer ou de sombrer dans le coma… Depuis que Sadorski a atterri au Val-de-Grâce il a connu deux morts dans ce service. Ça n'encourage pas à s'éterniser.

S'il pouvait retrouver Yvette ! Mais il ignore à peu près tout de son destin. La dernière fois qu'il l'a aperçue, c'était l'après-midi du vendredi 25, sur le quai devant chez eux. Méconnaissable, enlaidie, affreuse, le crâne rasé, en combinaison tachée par le goudron de la croix gammée barbouillée par nos « résistants » frais du jour, ses jambes et ses pieds nus, le dos voûté, les poignets liés, secouée de pleurs, humiliée et terrorisée… Blessée par une pierre lancée vers son épaule par un gosse haineux, elle se voyait dirigée, au milieu d'un pitoyable troupeau de femmes tondues et de quelques hommes, ceux-là cognés et saignants, vers la préfecture, pour être probablement enfermée au Dépôt. Parmi des centaines, ou des milliers, de prisonniers en tous genres, dont des Allemands et des flics. Si Sadorski avait eu la naïveté de se rendre sur son lieu de travail, la caserne, pendant l'insurrection, un collègue lui aurait certainement braqué son revolver sous le nez et il aurait fini lui aussi au trou, entre les murs suintant l'humidité, sous le niveau de la Seine ! Près d'Yvette mais captif à son tour. Et risquant beaucoup plus qu'elle.

Les informations reproduites dans la presse nouvelle attisent la colère du peuple, et celle des « vengeurs » : ils ont tendance à se présenter spontanément, à jaillir de partout, dès que le danger véritable est passé. La moitié des articles dans les journaux concerne l'avancée triomphale des Alliés, l'autre est un catalogue de massacres commis par le Boche avant son départ ; résultat, les esprits sont chauffés à blanc ! Dans la cour des Maréchaux, au château de Vincennes, on a exhumé trente-quatre cadavres : six employés du métro, trois civils et vingt-cinq policiers, dont un commissaire divisionnaire, que les SS ont abattus le dimanche 20 août après les avoir obligés à creuser leur fosse. Ongles arrachés, doigts coupés, crânes brisés, tous les corps portaient les traces d'horribles sévices. Un rescapé a raconté que la petite cour où on les torturait ruisselait de sang, et que les suppliciés devaient essuyer le sol avec leur chemise… Dans les jardins du Luxembourg, devant le Sénat, un charnier vient d'être trouvé où gisaient sept corps, FFI et gardiens de la paix. Eux aussi forcés de creuser leur tombe, ils ont été exécutés d'une balle tirée dans la face ou dans la nuque. Déjà, le 20, les libérateurs qui pénétraient dans le fort de Romainville ont découvert onze résistants abattus sauvagement à la mitraillette par des auxiliaires géorgiens ivres : parmi les cadavres emmêlés, un homme décapité par les balles, et une femme le ventre ouvert… Des photographies sont parues, atroces, de ces morts dont se repaissaient les mouches bourdonnantes. La femme[1], emmenée parce qu'elle aurait abrité des parachutistes alliés, avait fait l'objet d'une dénonciation par une voisine. Les pisse-copie s'en donnent à cœur joie : *Les Allemands ont pris ces pauvres gens. Ils ont tiré dans le tas. Les héros portent encore les liens qui les attachèrent…*

La forteresse était vide, les prisonniers de Romainville ayant rejoint, le 15 août, un des derniers grands convois de déportés. Et dans ce train, autant que Sadorski puisse

1. Marie-Jeanne Benoît, hôtelière à Champigny-sur-Marne. Son fils André fait partie également des victimes.

savoir, se trouvait Jacqueline Perret – arrêtée par sa faute[1] –, la meilleure amie de Julie et la sœur du lycéen Bernard Perret, que l'inspecteur des RG a assassiné… De tous ses péchés, avoués ou non, celui-là est le seul qu'il regrette, ou, disons, qui le met encore un peu mal à l'aise lorsqu'il y repense. Le meurtrier se souvient encore des phrases du « petit con », de ses intonations bien élevées du quartier rupin du Trocadéro…

Je désirais vous rencontrer... Mais ce n'est pas quelque chose dont on s'entretient au téléphone, comme ça...

Il y a un air de famille avec Jacqueline, naturellement...

Nous pourrions peut-être marcher un peu dans le parc ?

Je songeais à vos autres *activités... Celles pour la patrie.*

Je tiens à préciser que je ne suis pas communiste mais gaulliste...

Je n'ai pas peur du danger, monsieur Sadorski. Je suis prêt à donner ma vie pour la libération de mon pays...

Eh ben ouais, tu l'as donnée, ta vie ! Ou plutôt, l'IPA Léon Sadorski, faux résistant mais vrai rival, vrai jaloux, et type à la fois futé et sans scrupule, te l'a prise. Deux valdas à bout touchant, en plein dans la boîte crânienne… Fallait te méfier, mon garçon. Ne pas croire tout ce qu'on te disait…

On perçoit du remue-ménage en dessous. Des voix mécontentes, au premier étage de l'hôpital, dans les bureaux de l'administration semble-t-il. Ça s'engueule ferme. L'éborgné prête l'oreille. À cause de l'épais bandage, les sons lui parviennent assourdis, amortis. Quelqu'un proteste : « Vous n'avez pas le droit ! » Un autre lui rétorque : « On a *tous* les droits, mon pote ! Tu parles aux représentants de la Résistance ! » Et : « T'étais

1. Voir *La Gestapo Sadorski.*

où, toi, le toubib de mes deux, pendant que nous, on risquait not' peau pour libérer Paris ?... »

Les bruits de dispute décroissent. À présent il n'entend plus rien. Nerveux, Sadorski a envie de pisser ; il se penche pour attraper l'urinal placé sous le lit et le glisse entre ses cuisses. Introduisant sa verge dans le goulot du récipient, il relâche les muscles et laisse l'urine, avec difficulté, couler dans le « pistolet » malodorant déjà à moitié plein. Depuis des mois qu'il a des soucis avec sa prostate, le policier est coutumier des mictions pénibles. Peut-être pourrait-il profiter de son séjour au Val pour causer avec l'urologue ? L'idée de consulter un spécialiste au sujet d'un cancer possible l'a toujours angoissé davantage que la Gestapo...

Une porte claque, des pas rapides retentissent à l'entrée de la salle. Une silhouette en blanc. L'infirmière surveillante, on dirait. Ce soir c'est une jeune femme.

Elle s'arrête devant son lit. Chuchote, très agitée :

– Monsieur ! Monsieur ! Suivez-moi, il faut vous habiller ! Venez, venez !

De saisissement, il renverse une partie du liquide en voulant reposer l'urinal. Il jure. Et marmonne des excuses. Les doigts de la nouvelle venue crochent le haut de son bras. Elle paraît terrifiée.

– Aucune importance. Lâchez ça et dépêchez-vous !...

Il se lève, le bas de sa chemise mouillé, la suit en trébuchant le long de l'allée centrale, entre les lits. L'infirmière le guide le long d'un corridor faiblement éclairé. L'index sur les lèvres, elle indique une porte :

– Chut ! Vite, entrez là !

Elle repousse le battant derrière eux, se penche sur une lampe de bureau, fait jaillir la lumière. Éclairant plusieurs dossiers qui jonchent le dessus du meuble. Des radiographies dépassent d'entre les feuilles cartonnées. Des dossiers médicaux.

– C'est le bureau du Dr Larruy, murmure-t-elle.

Il garde des vêtements de rechange dans son armoire. Retirez votre chemise sale et habillez-vous !

– Mais qu'est-ce qui se passe ?

– Ils vous cherchent.

– Qui ?

– La Milice patriotique. Ils s'imaginent que vous êtes un imposteur, un collabo… L'interne de nuit essaie de les retenir. Ils sont venus avec des mitraillettes…

La porte de cette pièce exiguë est surmontée d'une baie vitrée sans tain. On aperçoit la lumière depuis le couloir. L'infirmière a vu le regard inquiet de Sadorski.

– J'éteindrai dès qu'on les entendra arriver. Mettez ces habits, vite !

Elle jette un complet, une chemise, un caleçon et des chaussettes sur le bureau.

– Flûte, il n'y a pas de chaussures, se désole-t-elle. J'essaierai de vous en trouver ailleurs. Vous faites quelle pointure ?

– 40.

– Ça n'irait pas, le capitaine chausse au moins du 43… Quoique… ça vaut mieux que le contraire.

Il écoute à peine, enfile en vitesse les vêtements, qui ne sont pas à sa taille non plus. Leur propriétaire est à la fois plus grand et plus mince que Sadorski, trapu et court sur pattes. Le pantalon retombe sur les chaussettes flottantes, la ceinture lui comprime le ventre, la veste le coupe aux aisselles, craque aux épaules, la chemise bâille sur le devant entre les boutons. La femme en blanc l'observe en se mordant les lèvres. Pour ne pas rire, ou sous l'effet de la terreur ?

– Maintenant, cachez-vous dans l'armoire ! Je reste ici, rassurez-vous. Quand ils seront partis, je vous préviendrai. On trouvera moyen de vous faire quitter l'hôpital au petit jour.

Sans répondre, il se tasse à l'intérieur du meuble, dont le bois gémit et grince, en compagnie de la chemise de nuit souillée, roulée en boule à ses pieds. Les battants se referment et la clé tourne. La surveillante éteint la lampe de bureau, le laissant dans le noir total, ce qui augmente l'anxiété du confinement. La claustrophobie. On respire très mal et ça pue la naphtaline. Il croit entendre couiner le fauteuil. Sa protectrice a dû s'asseoir. Elle aussi attend, immobile, l'oreille aux aguets. Une brave fille, pense-t-il. S'il s'en sort, il lui revaudra ça un jour. Des fleurs ? une boîte de chocolats ? Mais si elle savait qu'il est *réellement* un collabo…

Des voix qui se rapprochent. Des pas lourds, des cliquetis d'armes. Quelques exclamations, semblant provenir de la grande salle. Les malades protestent. Il y a des cris de colère. Puis :

– Il s'est sauvé ! Il n'est plus là !

Après un concert d'exclamations, suivi de bruits divers – ils regardent sous les lits ? –, le vacarme diminue, les cocos semblent chercher de l'autre côté de la salle. Des minutes passent. Sadorski transpire dans son réduit, parmi les relents d'insecticide, d'eau de toilette et de chemise mouillée. En dépit de sa taille modeste, impossible de tenir complètement debout. Les reins et les genoux douloureux, le fuyard prie dans sa tête. Un *Pater*. Un *Ave*. Et encore un *Pater*… Et, choisie dans les prières du matin, celle-ci, qui convient assez…

– *Mon Dieu, vous connaissez ma faiblesse. Je ne puis rien sans le secours de votre grâce. Ne me la refusez pas, ô mon Dieu ; proportionnez-la à mes besoins...* euh, qui sont grands, qui sont désespérés, ces individus veulent ma peau… *Donnez-moi assez de force pour éviter à l'avenir tout le mal que vous défendez, pour pratiquer tout le bien que vous attendez de moi... et pour souffrir patiemment toutes les peines qu'il vous plaira de m'envoyer...*

Merde. Les mecs reviennent. Piétinements dans le corridor. Des portes sont ouvertes, puis claquées brutalement. De plus en plus près. Les voix sont très jeunes, et vulgaires pour la plupart. Sadorski ne prie plus, se retient de respirer.

La porte de la pièce s'ouvre.

– Oh ! Pardon !

Un type à l'accent méridional.

La femme réplique :

– Mais qui êtes-vous ?

– La milice du peuple !

– Ah bon. Ici, c'est le bureau de l'infirmière de garde…

De nouveau elle a appuyé sur le bouton de la lampe : Sadorski distingue de la lumière, par les interstices le long des battants.

– Tiens donc ? Et vous gardiez quoi, dans le noir ?

– Je dormais. On a bien droit à un peu de repos ?

– Et vous laissez s'enfuir vos patients !

– Mais de qui parlez-vous, monsieur ?

– L'« amnésique ». Il s'est fait la belle !

– Le garde républicain ?

On réagit par des éclats de rire.

– Garde républicain, je t'en foutrais, ma poulette ! C'est un fameux tortionnaire des Brigades spéciales !

Elle ne se démonte pas.

– Ça m'étonnerait. De nos jours, le simple commérage d'une concierge suffit à vous envoyer au Vél' d'Hiv, ou à Drancy ! Ce militaire a perdu un œil pendant le bombardement boche. Il est en attente d'opération. Parlez-en demain avec le capitaine Larruy. Ou avec le colonel Melnotte. Le directeur de l'hôpital militaire du Val-de-Grâce…

– Votre blessé n'est pas un gendarme, mademoiselle…

Une voix nouvelle. Qui n'est pas inconnue de l'occupant du placard.

– … mais un flic. Un de mes collègues aux Renseignements généraux. Il fait semblant d'avoir perdu la mémoire, paraît-il, mais je vous fiche mon billet qu'il sait très bien comment il s'appelle ! C'est l'inspecteur principal adjoint Sadorski. Une des pires crapules de la PP[1] pendant l'occupation ! On l'a interpellé rue de Rivoli le 26 août, pendant que ses amis fascistes tiraient sur des citoyens innocents et cherchaient à tuer le général de Gaulle ! Les inspecteurs l'ont conduit au poste du premier arrondissement, où le traître Sadorski a été démasqué par une résistante qu'il avait arrêtée en 42. Pas de veine, hein ! L'assistance indignée a voulu le passer à tabac, c'est là qu'il a été blessé à l'œil, les agents l'ont protégé, soigné. Mais ce salopard a profité du bombardement pour s'évader du car de police secours qui l'acheminait à la Maison de santé... On a retrouvé ses habits. Tout près de la caserne des gardes !

– Vous devez faire erreur sur la personne. Ce malade est un garde républicain, j'en suis convaincue...

– Non, mademoiselle. Dites-moi où il est, je le confondrai devant vous. Nous avons des preuves.

– Mais je n'en sais rien, moi ! Il y a une demi-heure tous les blessés étaient couchés, je suis passée voir.

Une troisième voix, que Sadorski identifie comme celle du rouquin, le communiste :

– Vous avez tort de le protéger, ça peut vous coûter cher !

– Le Comité médical de libération transmettra les noms du personnel qui s'est mal comporté, menace un quatrième type. Et le Comité d'épuration de la préfecture de la Seine sera avisé ! Je vous conseille de bien réfléchir. Si vous souhaitez garder votre poste...

Le collègue intervient :

– Écoutez, mademoiselle, je vais vous apprendre un peu, moi, qui c'est, ce Léon Sadorski dont vous avez avalé les bobards ! À la 3e section il commandait une

1. Préfecture de police.

brigade du « Rayon juif »... ça veut dire que tous les malheureux youpins, euh, les malheureux israélites, c'est lui qui les raflait dans la rue pour les envoyer à Drancy ! Et qui, dans ses rapports, les désignait à la Gestapo afin qu'ils soient fusillés comme otages au mont Valérien ! Je l'ai entendu se vanter d'avoir l'oreille des Boches ! d'avoir fait fusiller plus de 70 you..., euh, Juifs, en les accusant d'être communistes ! Et un jour, dans son bureau, la pièce 516 à la caserne de la Cité, je l'ai vu planquer dans un tiroir une enveloppe à son nom, qu'il avait reçue de Berlin ! Du service IV E 3 de la préfecture de l'Alexanderplatz ! La preuve que cet enfoiré était un agent d'Hitler !

– Putain de salopard ! gronde le Méridional.

– Si vous le protégez, vous êtes complice, mademoiselle, signale le FTP. Ça ira beaucoup plus loin qu'un simple licenciement.

– Je l'ai vu aussi frapper des femmes, ajoute le flic des Renseignements généraux. Des gifles terribles, et des coups de baguette de cornouiller ou de nerf de bœuf ! Après, on embarquait ces malheureuses sur des civières, direction l'Hôtel-Dieu ! Vous savez comment on le surnommait, le brigadier-chef Sadorski, à la caserne ? « Sado » ! Parce qu'un sadique de son espèce, ce nom lui allait bien ! Tous les patriotes le détestaient. C'est un des plus féroces ennemis de la Résistance !

Le désigné, au fond de son armoire, transpire abondamment, écoutant ce qu'il considère comme de grosses exagérations. Il entend le rouquin grogner :

– Tenez, lisez ! C'était dans *L'Huma* ! Le traitement infligé par les fumiers des Brigades spéciales à nos camarades... « Yvonne Berto : multiples contusions, hémorragies pulmonaires, transportée de BS à Rothschild, séjour cinq semaines, depuis l'arrivée à la Roquette troubles nerveux, crachements de sang journaliers... Suzanne Payen, fortes contusions aux reins, au ventre, aucun soin... Marcel

Gouzien : frappé avec une telle sauvagerie qu'on dut le conduire à l'Hôtel-Dieu, où le toubib chef s'indigna, fit une pétition avec le personnel hospitalier et intervint auprès du ministre… François Breut : frappé à coups de pied dans le ventre, les côtes, matraqué durant cinq heures consécutives par huit inspecteurs se relayant, décollement de la plèvre, nombreuses contusions… François Robin : frappé par cinq tortionnaires, enchaîné pieds et mains, deux séances de matraque, coups de pied, avait sur les fesses des plaies dont le sang avait traversé jusqu'au pantalon, de même dans le dos… » Vous désirez que je continue ?

– Vous êtes infirmière, insiste le collègue de Sadorski. Cela doit vous parler un peu, tout ça ? Non ?

– Des blessés graves, j'en vois tous les jours. La plupart sont victimes des Boches. Je suis une patriote. La Résistance était présente au Val, renseignez-vous. Nous avons aidé un officier polonais à fuir, déguisé en infirmier et muni de faux papiers… Plusieurs officiers anglais hospitalisés en médecine se sont échappés aussi. Ce n'était pas facile. Les Allemands opéraient des contrôles des entrées et des sorties de l'hôpital, procédaient parfois à des fouilles…

– Ouais, mais si vous êtes une patriote pourquoi aider ce tortionnaire ?

– Je ne l'aide pas ! Il a dû quitter la salle pendant que je dormais… Vous perdez votre temps, messieurs, et le malade doit être déjà loin !

Il y a un moment de silence.

– C'est quoi, ces dossiers, sur le bureau ?

La question était posée par le gars des RG.

– Des dossiers de patients.

– Faites voir.

Sadorski entend froisser du papier. Il baigne littéralement dans sa sueur. Le communiste questionne, soupçonneux :

– Vous les connaissez ?

– J'ai pris mon service tout à l'heure, je n'ai pas eu le temps de…

– Pourquoi vous faites cette tête ?

– Quelle tête, monsieur ?

– Une tête pas franche. Une tête de coupable.

Le collègue vérifie :

– C'est bien le bureau de garde, disiez-vous ? Qu'est-ce qu'il y a dans ces tiroirs ?

Silence. Puis :

– Comment voulez-vous que je sache ? Je viens d'arriver, je…

– Où sont vos affaires ? Je ne vois pas de sac ou de manteau.

– Je les ai laissés au vestiaire.

– Et à l'intérieur de ce meuble, vous rangez quoi ? Vos uniformes ?

Nouveau silence.

Des pas se rapprochent de la porte du placard.

– Allume le plafonnier, René ! Ça sent la pisse, dis donc.

La clé joue dans la serrure.

Le battant pivote sur ses gonds. Sadorski cligne des paupières sous la lumière vive. Les mains devant lui pour se protéger.

Sous une avalanche de jurons et d'insultes.

– Putain ! Bordel…

– Ah, le fumier !

– Saloperie de milicien ! Traître !

– Allez, sors !

– Cette fois, t'y couperas pas ! Ton compte est bon !

Les canons de deux pistolets et d'une mitraillette Sten sont braqués dans sa direction. On le pousse par les épaules. Quittant son abri, il récolte quelques bourrades, en plus des injures. Des doigts le palpent, le fouillent. Une fouille rapide et peu professionnelle. Seule découverte, un paquet de cigarettes anglaises, qui passe prestement de la poche du Dr Larruy à celle d'un des FTP.

Le résistant roux ricane.

– Tu m'as bien eu, l'autre jour ! Avec *L'Internationale* !… On va t'apprendre, à chanter ! Salopard ! Ordure, sale Boche !

Il lui balance une gifle. Sur sa droite se tient un quadragénaire en bras de chemise, porteur d'un large brassard rouge avec en son centre un triangle blanc frappé de la croix de Lorraine et des lettres *HP*, qu'accompagnent les sigles *NAP* et *MLN*[1]. L'homme a un étui à revolver accroché devant sa poitrine, côté cœur. L'arme, elle, est pointée vers Sadorski. Il reconnaît l'inspecteur spécial Cormier, Prosper, de la 5e section : pas précisément un copain. Ils ont déjà eu des mots. Notamment après l'arrestation, lors d'une descente de police dans un hôtel boulevard de Reuilly, d'un soi-disant agent gaulliste qui jouait double jeu au service de la Sipo-SD[2]. Renseigné par Sadorski, le commissaire avait passé un savon au collègue, accusé d'avoir gaffé. À présent, les comptes se règlent.

Cormier le contemple avec étonnement mais sans déplaisir.

– Ils vous ont bien arrangé ! Mon pauvre Sado ! Allez, suivez-nous…

L'interpellé secoue les épaules.

– J'ai compris, je m'y attendais.

1. Pour, respectivement : Honneur de la police, Noyautage des administrations publiques, Mouvement de libération nationale.

2. Appellation officielle de la police politique hitlérienne en France. La *Sicherheitspolizei* (police de sûreté), qui englobait la police criminelle (Kripo) et les services à l'étranger de la police secrète d'État (Gestapo) était jumelée avec le *Sicherheitsdienst*, service de sûreté de la SS et du Parti nazi.

– Toi, t'es bon pour l'« usine », déclare le rouquin. Pas un geste ou on t'abat !

Sur un signe de sa part, les autres types, très jeunes, qui ont envahi le bureau armés jusqu'aux dents, s'emparent du fugitif, le rudoient, l'insultent. Avant qu'on l'emmène, Sadorski jette un coup d'œil à la surveillante de salle. Sous l'éclairage cru du plafonnier il la découvre mieux à présent. Cheveux châtain clair tirés sous la coiffe, front bombé, yeux bleu pâle, jolie bouche un peu grande, menton volontaire. Le voile et la tenue blanche lui vont bien. La taille est mince, la poitrine assez forte, serrée dans la blouse décorée du macaron tricolore. Elle a rougi, ses lèvres tremblent légèrement, tandis qu'elle essaie de faire bonne contenance sous les regards hostiles, haineux.

– Comment vous appelez-vous ? questionne un individu maigre, dégainant un calepin et un stylo.

Sa voix est celle du représentant du Comité médical de libération qui avait parlé tout à l'heure.

L'interrogée répond :

– Vicomtesse Henriette de Laperouse.

Il y a un instant de flottement chez les FFI. Et quelques rires, du genre goguenard.

– Oh, purée ! Gaffe l'aristo !

– Mon mari est prisonnier en Allemagne, ajoute-t-elle par-dessus les rires. Capitaine au 14e bataillon de chasseurs alpins. Blessé sur le front de Norvège en mai 1940, croix de guerre, deux citations dont une à l'ordre de l'armée... Mon frère Guy est lieutenant de vaisseau, il a participé au débarquement en Provence sous les ordres du général de Lattre de Tassigny...

– Et alors ? riposte le rouquin.

– Alors rien, monsieur. Mais je ne veux pas que vous mettiez en doute mon patriotisme, ni celui de ma famille.

– Attendez une seconde, fait Cormier. Vous n'embarquez pas Sado, c'est moi, je dois le livrer à la préfecture.

Les autres n'ont pas l'air content ; mais l'inspecteur brandit une feuille de papier :

– J'ai un mandat. Signé par le commissaire Levasseur, pour le divisionnaire Lamboley, chef du mouvement Police et Patrie. La maison poulaga lave son linge sale en famille. Ne vous chagrinez pas, à mon avis il finira au poteau. Mais nous allons faire ça dans les règles.

– Les règles, c'est nous qu'on s'en charge, riposte le communiste. On vous a juste fait venir pour l'identification du traître. Maintenant c'est réglé. Nos camarades vont le conduire à Montreuil, rejoindre les autres salauds dans l'usine. Il sera fusillé avec eux. Séance tenante.

Cormier a blêmi. Son poing se serre sur la crosse de son arme.

– Je ne suis pas d'accord. Les mouvements de résistance de la préfecture…

L'individu maigre fait un pas en avant.

– Votre nom, c'est bien Cormier ? Prénom Prosper ? Né le 27 septembre 1904 ? à Notre-Dame-du-Pé, dans la Sarthe ?

Un des plus jeunes parmi les FFI s'exclame :

– Notre-Dame du pet ?

Gonflant les joues, il ponctue son intervention par un bruit correspondant. L'hilarité devient générale. Seuls l'infirmière et les deux flics ne rient pas. La figure de Cormier s'est empourprée. Le maigre poursuit :

– En 1941 vous êtes entré dans la police de Vichy comme simple auxiliaire, puis stagiaire. Titularisé le 12 juin 1942. Nommé inspecteur spécial au 1er juillet de la même année, soit trois semaines plus tard ! Vous aviez arrêté combien de patriotes, ou de Juifs, pour mériter cette promotion éclair, quasi miraculeuse ? Monsieur Cormier ?

Les jeunes résistants se rapprochent. L'interrogé roule des yeux affolés.

– Mais… mais…

– En décembre 1941, le 18 plus précisément, au cours d'une descente de police dans un hôtel situé au 6, rue de Rivoli, vous avez embarqué un nommé Razinowski, lequel a été subséquemment remis aux Boches. Et déporté.

– Je ne me souviens plus.

– Vous aussi vous êtes amnésique ? ironise le rouquin. Une maladie courante, on dirait, dans la police française…

– Et qui concerne, renchérit son camarade, plus spécifiquement la période allant de juillet 40 à août 44… Hein ? *Comme c'est bizarre*… (Il rigole après avoir imité Louis Jouvet dans *Drôle de drame*.) Un phénomène qui devrait intéresser les toubibs de la faculté…

Sadorski suit l'échange avec angoisse. L'humour des Rouges ne le fait pas spécialement rire, c'est sa peau à lui qui est en jeu ! Escorté jusqu'à la Cité par Cormier, il aurait encore une petite chance d'échapper à l'exécution, car un bon avocat devant la cour de justice serait capable de sauver sa tête. Au pire, les travaux forcés à perpétuité mais pas la peine capitale. Et plus tard, une détention révisée à la baisse pour bonne conduite, voire une amnistie, car les temps vont changer, on va se calmer et passer à autre chose. Dans quelques années il sortirait libre. Retrouverait sa femme. Tous deux pourraient refaire leur vie ensemble… Si, au contraire, les insurgés le conduisent en banlieue à cette « usine » de mauvais augure, il n'aura évidemment pas droit à une défense. Le jugement sera rapide et automatique. Comme en Espagne par les tchékistes staliniens, ou comme à Moscou… Une balle dans la nuque et on ne s'emmerde pas avec les détails. Chez ces gens le verdict est décidé avant même que ne débute le procès. Lequel n'est pas ouvert au public, n'inclut pas la présence d'avocats et dépasse rarement les cinq minutes.

Cormier s'est ressaisi.

– Maintenant je me rappelle. Ce n'est pas moi qui ai arrêté ce Razinowski, c'est l'inspecteur principal adjoint

Serra. C'est lui qui a décidé que les papiers du youtre… enfin, du Juif, étaient faux.

– Mais vous l'aviez interpellé vous-même ?

– Oui. Cependant la décision de l'emmener n'a pas été prise par moi.

– Et pourquoi votre chef a-t-il pris la décision de l'emmener ?

– Parce qu'il a vu que c'était une carte de province, délivrée par la mairie de Toulouse, il a dit c'est une fausse carte, ce type-là n'est pas français…

Le délégué du comité ricane.

– De toute manière, votre compte est bon, Cormier. Vous ne couperez pas à la Commission d'épuration ! Vous faites l'objet de l'appréciation suivante, de la part de vos collègues membres de la Résistance : « A eu des relations suivies avec des officiers allemands sur lesquelles il conviendrait de lui demander des explications. Opportuniste jusqu'en 1943. A changé d'avis à cette époque et a déclaré : “Il ne faut plus jouer la carte allemande.” S'est montré très strict dans l'exécution des consignes relatives à l'hôpital Rothschild[1], a prétendu depuis quelques mois avoir rendu des services aux réfractaires en établissant des fausses cartes d'identité… A fait partie des corps francs au moment de l'insurrection parisienne. »

Sadorski et l'infirmière voient Cormier, livide, se rebiffer :

– Je… je voudrais bien savoir quelles sont les personnes qui prétendent ça… euh… que je fréquentais des officiers allemands. Que je… Mais, pour les cartes, c'est vrai ! De même que j'étais dans les corps francs, à la préfecture… On a eu des morts !… Vous le savez, camarades…

1. Où étaient internés provisoirement les malades de Drancy, avant retour au camp et déportation.

Le roux passe au tutoiement. Tout en lui mettant un petit automatique 6,35 sous le nez.

– Je ne suis pas ton camarade. Et je te préviens, le flic. Si tu nous empêches de capturer un tortionnaire des Brigades spéciales, ça se saura vite. J'en parle au camarade Airaud. La commission qu'il est chargé de présider te révoquera de la police définitivement. Adieu la pension, monsieur l'ex-inspecteur spécial Cormier Prosper ! Sans compter nos copains qui viendront chez toi te réclamer, eux aussi, des explications. Car les partisans ont le *droit* de faire usage de leurs armes contre les policiers qui gênent leur action de justice, et qui se font ainsi les complices des Boches. C'était signé par le comité militaire des FTP. T'as jamais vu les affiches ou les tracts ?

Le collègue transpire à grosses gouttes. Et Sadorski également. La déconfiture de Cormier signifie le transfert illico à la fameuse usine, pour le « tortionnaire des BS »… Il échange un regard avec Mme de Laperouse. Celle-ci lui adresse un petit sourire triste, de regret ou d'impuissance. Sans doute qu'elle aussi le juge désormais foutu. Pour lui, les carottes sont cuites. *Putain de vie de merde…*

Cormier a rengainé son pistolet dans l'étui de poitrine. Il hausse les épaules.

– Oh, bordel, faites comme vous voulez. Après tout, je m'en tape… Qu'on fusille ce salopard de Sado demain ou dans six mois…

– C'est bien, vous êtes prudent, Cormier, commente le maigre.

– On prend aussi la surveillante, décrète le rouquin.

L'intéressée proteste :

– Mais de quel droit ?

– Du droit du peuple, réplique-t-il en la considérant avec satisfaction. Votre comportement est plus que louche, cela nécessite une enquête.

Depuis le couloir, un jeune persifle :

– Elle a bochi ! Ouais, je suis sûr qu'elle a bochi ! On va lui apprendre !

Sadorski suppose que l'expression, qu'il entend pour la première fois, mais dont il connaît des variantes, signifie coucher avec l'occupant. L'infirmière, très pâle, tente de faire bonne contenance. D'ironiser à son tour :

– Je suis la seule femme dans cette pièce. Vous pénétrez armés comme pour une bataille. Vous venez de Normandie… je suppose ?

– Ne jouez pas la comédie, fait le maigre, qui a blêmi de rage.

– Je ne joue pas la comédie. Je dis toujours ce que je pense, voilà tout ! Et vous n'appartenez pas à la police régulière.

– Nous sommes en période révolutionnaire. Par conséquent, les opérations de police ne relèvent plus de l'ordre judiciaire, mais des organisations militaires et politiques ! Vous parlez à la Milice patriotique, nous avons des ordres. D'arrêter les personnes suspectes.

– Parce que j'en suis une ?

Le roux braque son pistolet sur elle.

– Vous devrez expliquer pourquoi vous cachiez cet homme. Pourquoi vous nous avez menti ! On aura beaucoup de renseignements à vous demander…

– Dans ce cas, allons-y, monsieur, et laissez-moi revenir ici le plus vite possible. Le Val-de-Grâce manque de personnel qualifié et les blessés ont besoin de soins !

L'homme rit, laissant traîner son regard sur l'ampleur de la poitrine sous la blouse blanche, et sur les mollets bien galbés de Mme la vicomtesse de Laperouse.

– « *Revenir ici le plus vite possible* » ? (Il a répété la phrase en minaudant d'une voix flûtée, faisant s'esclaffer ses compagnons.) Ma parole, l'aristo, tu crois au père Noël !

4

Le trou de bombe

Deux tractions avant Citroën attendent garées dans l'obscurité devant la grille de l'hôpital, place Alphonse-Laveran, avant le dernier tronçon de la rue Saint-Jacques qui débouche sur Port-Royal. De loin en loin, les réverbères dispensent leur sourde lueur bleuâtre : le black-out est toujours de rigueur ; Paris est libéré, mais la guerre continue. Un chauffeur fume, accoudé à l'une des carrosseries, mitraillette à la bretelle. Sadorski – trottinant en chaussettes trop grandes sur les vieux pavés de la cour qui lui meurtrissent la plante des pieds – ne distingue pas grand-chose, mais le son de la voix qui les accueille indique, là aussi, une jeunesse extrême. Le roux prend la direction des opérations, répartit les passagers dans les véhicules :

– Bon, le tortionnaire sur la banquette de la première tire. La poule monte dans l'autre.

– Et moi, où je me mets ? s'informe Cormier.

Le FTP réfléchit.

– Tu mériterais de rentrer à pinces. D'accord, viens avec nous, on te dépose à la préfecture. Après, tu te démerdes !

Il se retourne vers le reste du groupe.

– Riton, Bouboule, Louis, Bébert et Dédé, vous

conduisez la gonzesse au PC Fabien, pour interrogatoire. Voyez avec le capitaine Rivier au bureau des entrées.

L'un des jeunes questionne, provoquant de nouveaux rires :

– On peut faire un « petit détour », mon capitaine ?

Un autre, entre deux gloussements, ajoute :

– Il est tard, ou tôt, mon capitaine ; moi j'crois qu'on pourrait se faire soigner par une infirmière… surtout qu'elle est gironde. Ça devrait la ramollir un peu, avant qu'on lui pose des questions, là-bas… Elle f'ra moins la fière !

Les gars s'envoient des bourrades. On dirait des adolescents attardés. Mais pressés de jeter leur gourme. Un troisième, le surnommé Bouboule, à en juger par son gabarit, palpe les hanches de la femme en blanc. Elle serre contre elle, comme pour se protéger, son sac à main et un imperméable plié qu'on lui a permis de récupérer au vestiaire. L'inspecteur n'en croit ni ses yeux – son œil, plutôt – ni ses oreilles. Ces jeunes résistants comptent stopper la bagnole dans un coin tranquille et violer leur prisonnière. Si leur supérieur n'y met pas bon ordre. L'officier communiste répond, d'un ton amusé :

– Moi j'ai rien entendu de vos conneries. Tant que vous la débarquez vivante square de Choisy avant l'aube…

Il pousse Sadorski dans l'habitacle de la « 11 légère », pour s'installer à côté de lui. L'inspecteur spécial Cormier contourne la traction et vient prendre en sandwich son ancien collègue. Un jeune FFI en veste de cuir occupe la place à côté du chauffeur, mitraillette Sten sur les genoux, il est rejoint par le type maigre, prénommé René, ils se tassent comme des sardines. Les portières claquent, l'auto démarre, feux allumés mais réduits par le camouflage de la défense passive, et fait demi-tour puis enfile en zigzaguant la rue du Val-de-Grâce vers le Boul'Mich ; tandis que la seconde Citroën s'est éloignée tout droit du côté de Port-Royal, avant de disparaître dans le noir. La brise qui pénètre par les glaces baissées ne suffit pas à rafraîchir le captif marinant dans sa sueur. Il hasarde, à l'intention de son voisin :

– Vous signalerez quand même qu'on m'a emmené, Cormier. Afin que la préfecture, et ma femme quand elle sera libérée, soient au courant…

Cormier ne réagit pas. Putain de pétochard ! Mais, ayant regagné son poste, et les miliciens repartis, on peut conjecturer qu'il fera remonter l'information… Malheureusement, ce n'est pas sûr à 100 pour 100. Dans la caserne, un des trois mouvements de résistance, le Front national de la police, est l'instrument du PC ; quant au mouvement Honneur de la police, il est contrôlé, indirectement, par Moscou *via* le ferrailleur roumain Joinovici lié aux services de renseignement russes. Et tout se saura : qui a dit quoi, et à qui. Si Cormier se montre trop bavard, lui aussi risque des ennuis. Des ennuis graves. Déjà qu'à l'instant on le menaçait de la Commission d'épuration, de visites amicales à domicile par les patriotes… Sadorski accablé exhale un profond soupir. Il n'y a plus d'espoir. Cette nuit d'août à Paris, chaude et douce et parfumée, *est sa dernière nuit*. Bientôt son muscle cardiaque, qui tape si fort en ce moment, ne battra plus. Ce corps souffrant ne sera plus qu'un tas de bidoche en voie de décomposition. Voué, selon les cas, aux asticots, aux rats, aux larves, aux mouches nécrophages, aux poissons, aux petits crustacés du fond des rivières… Inhumé dans la cave d'un pavillon loué par les cocos, à fleur de terre sous les broussailles d'un bois de banlieue, abandonné dans un terrain vague au milieu des détritus… ou enfermé dans un sac jeté à la Seine, à la Marne, ou dans un canal. À moins, ça s'est vu, qu'on le noie dans une cuve à mazout… Les possibilités sont nombreuses. Mais, toutes, définitives. Il ne sera plus là pour observer la suite. Son âme aura pris la route du purgatoire… ou, plus vraisemblablement, des enfers ! L'étang de feu et de soufre…

Non seulement il souffrira mille supplices pour l'éternité, mais il ne reverra jamais Yvette. Ni Julie.

Ni son fils.

Dans la voiture, afin de redorer son blason, renflouer un amour-propre mis à mal par l'algarade de quelques minutes plus tôt, Cormier évoque l'arrestation du préfet de police Bussière. Lors de la prise de la caserne par les poulets grévistes, le 19 août au matin, action à laquelle il aurait participé.

– Le préfet, il se tenait pâle et raide dans son bureau, les bras au-dessus de la tête… M. Bayet[1] lui a dit : « Au nom du général de Gaulle, nous prenons possession de la PP ! » Bussière a répliqué qu'il ne savait pas ce qu'il faisait, que ç'allait être le massacre de tout Paris… Il a demandé si on avait hissé les couleurs nationales. « Oui, le drapeau flotte aux quatre coins de la caserne ! » qu'on lui a répondu, fièrement. Le grand patron a voulu encore répliquer, mais le brigadier Fournet – enfin, aujourd'hui commissaire divisionnaire – lui a fait comprendre que ce n'était plus à lui de donner des ordres, que dorénavant c'était nous qui commandions et qu'il était consigné dans ses bureaux… Ensuite on est descendus faire sauter les disjoncteurs du standard téléphonique, afin qu'aucun appel ne puisse être passé vers l'extérieur…

Les FFI écoutent à peine, ou l'ignorent délibérément. Ils n'ont rien à foutre d'un policier douteux : le pouvoir leur appartient désormais. Ils ont les armes, l'autorité, peuvent décider de la vie ou de la mort, au gré de leur fantaisie. Ou de leurs plus bas instincts. Sadorski se

1. Yves Bayet, chef du réseau NAP (Noyautage des administrations publiques).

demande si l'infirmière, quelque part dans l'obscurité du quatorzième ou du treizième arrondissement, a commencé de passer à la casserole. Combien les gars étaient-ils ? quatre ? non, cinq… Dans quel état arrivera-t-elle à l'interrogatoire, à ce « PC Fabien » dont ils parlaient ? Mais s'il fallait s'apitoyer sur tous les sorts… La voiture a atteint la place Saint-Michel. À cette heure tardive, la circulation est quasi inexistante. Le capitaine et sa bande ne croisent qu'une jeep avec deux GI encadrant une fille qui rit aux éclats. Un des soldats, manifestement ivre et brandissant une bouteille de cognac, braille, en français avec l'accent yankee : « À bas les Japonais ! », ce qui déclenche de nouveaux rires chez ses compagnons. Dans la lueur des phares, Sadorski a remarqué que le conducteur de la jeep était noir. On ne verrait pas ça dans la Wehrmacht ! La Citroën franchit le petit bras du fleuve, fait halte à l'angle du quai du Marché-Neuf. Un agent de faction devant le massif bâtiment, porte ouest sous les appartements de l'ancien préfet de police, se dirige vers l'auto, équipé d'une mitraillette MAS 38.

Le prénommé René met pied à terre.

– Résistance, FFI commandement de Paris-Sud, envoyés du PC Fabien ! annonce-t-il pendant que Cormier, descendu à son tour, confirme en indiquant son brassard :

– Police et Patrie ! Renseignements généraux, 5e section ! Inspecteur Cormier. Voici ma brème[1]…

Sadorski le juge bien prudent – mais le gars n'a pas tort : par les temps qui courent, une salve est vite partie, on fait feu d'abord et on vérifie ensuite.

Justement, quelques coups claquent, dans le lointain. On entend courir, et des cris.

– C'est toutes les nuits pareil, rouspète le planton.

1. En argot policier : la carte de réquisition.

Ça tire, ça hurle… On ramasse les maccabs à l'aube, et puis ils finissent à la morgue, où après les combats de la Libération c'est quasi plein, qu'on m'a dit…

Il sort une lampe de poche, jette un bref coup d'œil à la carte métallique barrée de tricolore.

– Ça me semble bon, monsieur l'inspecteur.

– On vous le ramène, ricane le rouquin depuis sa banquette. Salut, Cormier. Allez, René, grouille, on y va !

Ce dernier vient remplacer le collègue sur le flanc de Sadorski. Le chauffeur redémarre le long du boulevard du Palais, passe le grand bras de Seine, puis la place du Châtelet à toute allure et vire à droite, sur les chapeaux de roues, avec un dérapage dû aux pavés de bois glissants. On prend la rue de Rivoli direction plein est. Le moteur de la traction semble seul à gronder sur les artères désertes, bordées de façades aux volets clos – derrière lesquels Sadorski se représente, ce soir, des silhouettes recroquevillées, inquiètes, insomniaques, redoutant la visite nocturne de « patriotes »… Tout comme naguère, quatre années durant, on a redouté celles de la Gestapo. Car l'exubérance, la liesse, la joie folle des Parisiens, les heures de délire des 25 et 26 août, les chants, les bals pavoisés de bleu, blanc, rouge, les embrassades et la reconnaissance éperdue, l'inimaginable popularité des insurgés et des libérateurs, tout cela semble appartenir déjà au passé. Il a suffi de quelques jours pour que l'atmosphère de la ville, du moins la nuit, se transforme de manière radicale. Les papotages des infirmières et des filles de salle du Val-de-Grâce ont renseigné l'ex-policier : des bandes de FFI, vrais ou faux, débarquent maintenant à l'improviste, sous le moindre prétexte, ragot, dénonciation, munis, et encore pas toujours, d'ordres de mission signés par des officiers sans nom de famille, juste un prénom, membres de comités nouveaux, réseaux, groupes, bureaux d'épuration ou de Résistance… Armés et brutaux, ils fouillent les appartements, menacent leurs habitants terrorisés, font main basse sur les paquets de cigarettes, les bijoux, les billets de banque. Ils interrogent, torturent parfois, opèrent des arrestations, embarquent les suspects vers des destinations inconnues. Si la porte, barbouillée d'une croix nazie par un aimable voisin, demeure fermée, ils la défoncent. Après la chasse aux Allemands la chasse aux mauvais Français est ouverte ! Pas besoin de paperasses, de mandat de visite domiciliaire. Et l'on a même signalé des cas de viol, si les locataires étaient jeunes et avenantes. « Salope ! Putain ! Boche !… » Prétendus résistants et badauds se précipitent ensuite pour vider le lieu de tout ce qu'ils peuvent y trouver à manger ou à boire. Les violées qui n'ont pas été arrêtées dans la foulée sont reparties dans leurs familles, pour cacher leur honte. Personne n'ose se plaindre, c'est risquer de nouveaux ennuis, sans doute pires. La presse naturellement ne dit mot de cette nouvelle catégorie de faits divers.

Au fond, réfléchit Sadorski, c'était prévisible : qu'ont-ils vécu, ces gosses de Paris ou des faubourgs, pendant quatre ans, depuis la défaite ignominieuse de leurs aînés ? Le marché noir, la corruption, la démerde individuelle. Avec les restrictions, la bouffe infecte, les rutabagas, le café ersatz, les maisons glaciales en hiver ; et des slogans, il faut le reconnaître, peu aptes à soulever l'enthousiasme : « travail, famille, patrie », les « mensonges qui nous ont fait tant de mal », les « vents mauvais » ; ces portraits omniprésents, peintures, timbres-poste, photos, du Maréchal, pour eux juste un vieux gaga à moustache blanche, un radoteur… Qu'ont-ils entendu en écoutant Radio Londres plutôt que Radio Paris ? ou lu dans *L'Humanité*, et sur les tracts, les papillons, les affiches ? *Épuration ! Châtiment des traîtres ! Pétain, Laval au poteau ! L'action de la justice est d'une désespérante lenteur, il faut agir vite et fort contre les traîtres vichyssois, contre les gangsters de la cinquième colonne, contre les mercantis, profiteurs du malheur public ! La justice populaire des FFI doit servir d'exemple à la justice officielle ! L'épuration répond aux exigences de la conscience publique. Fusiller les collabos, les dénonciateurs, raser la tête des misérables filles du ruisseau qui s'étaient livrées aux occupants, c'est une garantie d'ordre dans la cité, qui ne pourrait vivre au contact de ses membres pourris…*

Ces gamins, songe-t-il, pareils au FTP en veste de cuir avec sa mitraillette, assis à l'avant, et ses potes qu'il doit envier, dans l'autre traction – bien réjouis par la perspective de tringler impunément leur captive, une aristo à particule, et tant pis, voire tant mieux, si sa famille compte des officiers de l'armée française ! tous des sales bourges ! –, ces gamins on les a dotés d'armes de toutes sortes, revolvers, PM, fusils-mitrailleurs, grenades anglaises ou boches, de munitions en quantité, de cartes flambant neuves de résistants, de jolis brassards tricolores à croix de Lorraine, avec la permission tacite de tuer et de violer. Et les journaux célèbrent leur gloire ! Ils sont les héros, les Gavroche de Paris, ceux qui ont incendié les panzers en leur balançant des cocktails Molotov, et chassé le Fritz détesté à coups de pied dans le cul ! (On oublie le support non négligeable des tanks Sherman et des half-tracks équipant la 2e DB…) La capitale appartient à ces jeunes pour quelques semaines ou quelques mois, tant que la kermesse et la folie de vengeance dureront. Enrôlés chez les authentiques combattants ils ont appris à assassiner, à saboter, à faire dérailler des trains, à piller les mairies pour récupérer papiers d'identité ou tickets de ravitaillement, et toujours à se soustraire à l'application de ce qu'on croyait être la loi française… Qui donc les aura jetés avec autant d'efficacité sur le chemin du crime, ces petits J3[1] ? Inutile de chercher longtemps : Maurice

1. La catégorie J3, établie pour le rationnement sous l'Occupation, concerne les jeunes de 13 à 21 ans.

Schumann ou Pierre Dac aux micros de la « Bibici » – ces évadés de France, bien nourris et bien abrités –, Georges Bidault président du Conseil national de la Résistance, Jacques Duclos depuis son repaire de banlieue où, protégé par les militants, il dirigeait le Parti communiste clandestin, Maurice Thorez, le lâche, déserteur en 1939, réfugié tranquille à Moscou dans les jupes de Staline ! Ce sont tous ceux-là, actifs mais peinards dans l'ombre, loin des bombes ou des balles… Les propagandistes, les donneurs d'ordres, de consignes, les orateurs, les incendiaires, les agitateurs, les bandits, les gangsters ! Les *vrais* responsables ! Merde !

Coincé sur la banquette entre ses gardiens, il fulmine de colère, de rage concentrée. C'est trop injuste ! Périr aux mains de ces « résistants à la coque », frais du jour, un destin minable et sans panache. Ne même pas connaître le prestige du poteau des fusillés : la dernière cigarette, le prêtre avec son absolution, le refus crâne qu'on lui bande les yeux… Le peloton à quelques mètres, les cliquetis d'armes, les fusils braqués… La possibilité de crier, avant de tomber, devant un public saisi soudain de respect, « Vive la France ! », et savoir que dans le futur on dira de lui : « Sado, c'était une belle fripouille, mais il est mort courageusement… » Il ricane. Courageux, Léon Sadorski ? Peut-être jadis, en 17, en 18, lorsqu'il a été blessé aux tranchées… Mais à présent, l'inspecteur principal adjoint se sent sur le point de tout lâcher dans son froc. Il a chopé la tremblote. Les nausées, le cœur au bord des lèvres. Le front dégoulinant de transpiration. L'envie de chialer. *D'ici une heure ou deux il sera mort.*

On a déjà passé la place de la Bastille, viré autour de la colonne, que l'on devinait vaguement dans l'obscurité, puis longé un impressionnant convoi de véhicules de l'armée américaine – camions bâchés, chars, bulldozers, camions-citernes, ambulances, et jeeps de policiers militaires US casqués de blanc, guêtres blanches et le long bâton au côté, prêt à taper. Mais sans rencontrer de barrage, de point de contrôle. Soldats et FFI ont démoli les barricades, désormais inutiles. Et ce Paris libéré semble offert chaque nuit aux Citroën noires qui foncent, leurs phares camouflés, bourrées de résistants louches pointant leurs mitraillettes. L'auto des bolcheviks du treizième suit l'interminable rue du Faubourg-Saint-Antoine, vers Nation. Tout le monde fume dans l'habitacle sauf le prisonnier. Odeur sucrée des blondes, piquées dans la veste du médecin capitaine à son bureau du Val. Le pilote et son voisin, un gros garçon rougeaud prénommé Maurice et gratifié du grade de « sergent », échangent des anecdotes à mi-voix, de temps en temps ils éclatent de rire. Sadorski les écoute se vanter de leurs missions récentes. Faire la chasse aux miliciens, aux tireurs des toits. Aller à telle ou telle adresse, arrêter quelqu'un, parfois participer à une exécution. « J'aime ça, dit le sergent. J'adore, j'suis toujours volontaire. Je tire à la tête, tout le temps. Y en a qui préfèrent tirer au ventre, moi c'est la tête… Qu'est-ce que tu veux, j'aime ça ! » Puis il entonne la rengaine à la mode en cette année victorieuse :

Ah ! le petit vin blanc
Qu'on boit sous les tonnelles
Quand les filles sont belles
Du côté de Nogent
Et puis de temps en temps
Un air de vieille romance
Semble donner la cadence
Pour fauter, pour fauter
Dans les bois, dans les prés
Du côté, du côté de Nogent…

Le chauffeur se joint à lui ; mais les deux autres, derrière, se taisent, ce ne sont pas des joyeux drilles. Pressé entre eux, le policier des RG se demande si le gros

Maurice fera partie de ses tueurs. S'il visera, et fera éclater, son crâne. Ou s'il aura commandé le feu du peloton, avant de venir donner, d'une balle au creux de l'oreille, le coup de grâce…

Cueillons en chemin
Ce minois mutin
Cette robe claire
Venez belle fille
Soyez bien gentille
Là, sous la charmille…

Chansons, rires et bavardages se succèdent tandis qu'on continue de rouler tout droit. Un itinéraire familier pour le Parisien souhaitant gagner les banlieues de l'est de la capitale. Rue d'Avron, avenue de la Porte-de-Montreuil, rue de Paris vers la Croix-de-Chavaux[1]. C'est après que les choses se compliquent. Le conducteur cherche le boulevard Rouget-de-Lisle dans Montreuil-sous-Bois, s'engage par erreur dans la rue du Général-Gallieni. Plus loin, rue de Rosny, l'auto doit s'arrêter tandis que le sergent Maurice, équipé d'une lampe de poche en plus de sa Sten, examine les plaques des rues.

– T'as été trop loin, Lucien ! On est chemin de la Boissière[2]…

– Merde, elle est où, la putain de rue de l'Ermitage ?

Le capitaine jure, cherche sur un indicateur de banlieue, avec sa torche électrique lui aussi. Sadorski songe à en profiter pour se carapater hors de la voiture, et tenter sa chance… Il suffirait que René, de l'autre côté, descende à son tour et laisse la voie libre. Mais courir en chaussettes à travers des lieux sombres et inconnus, avec

1. Aujourd'hui place Jacques-Duclos.

2. Aujourd'hui rue Édouard-Branly.

un seul œil, effectuant des zigzags pour éviter les rafales, les coups de revolver… la perspective est peu attirante.

Le sergent revient. Son supérieur guide le jeune qui est resté au volant :

– Tu prendras à gauche, et encore à gauche, puis à droite un peu plus loin. Rue de la Ferme. L'usine Valeri doit être à cent mètres au bout. Au coin de la rue…

La portière se referme en claquant. Une occasion gâchée, regrette Sadorski. La Citroën repart. Elle manœuvre parmi les ruelles lugubres, les pavillons de pierre meulière, isolés et sinistres, les palissades, les murs aux affiches pâles et lacérées. Bientôt, la forme de toits anguleux que domine une haute cheminée se découpe contre le ciel piqueté d'étoiles. Le chauffeur fait halte devant un portail. Une ampoule brille sous la marquise du pavillon d'entrée, sur la droite. Une voix retentit :

– Qui va là ?

– PC Fabien, FFI du treizième ! crie le roux par la fenêtre ouverte.

Le portail métallique pivote en grinçant. Les faisceaux de lampes balaient les tôles et le pare-brise de la « 11 légère ».

– N'avancez pas. Qui demandez-vous ?

– Le lieutenant Alexandre, *alias* Roger dit Roro, du bataillon La Marseillaise ! Ou le lieutenant Hasselsweiler…

– Répondez d'abord. Où est cantonné le bataillon La Marseillaise ?

– Caserne Valmy.

– Quel est le surnom du lieutenant Hasselsweiler ?

– « Le Fakir »…

– Qui est le frère du lieutenant Roro ?

– Le capitaine Henri.

– De quelle unité ?

– Pareil, La Marseillaise…

Il y a un instant de silence. Sadorski peut entendre bruisser les armes. Quelqu'un ordonne :

– Ça va ! laissez-les entrer…

L'auto pénètre prudemment dans la cour. L'inspecteur se doute qu'un nombre important de mitraillettes et de fusils sont braqués sur eux. Les communistes ont toujours été méfiants. Il n'y a pas de raison pour que cela cesse après la Libération. Et, vu comme les choses évoluent, des opérations de la police gaulliste pour désarmer ou calmer les Milices patriotiques sont du domaine du probable, dans un futur proche. Sadorski préférerait que ce fût dès aujourd'hui. Mais, en ce qui le concerne, le rétablissement de la légalité aura lieu trop tard. L'ancien brigadier-chef de la 3e section des RG va figurer parmi les victimes de l'épuration des premières semaines, forcément la plus sauvage. Celle, en vigueur depuis le début de l'insurrection, des petits soldats de Staline, des voyous et du populo déchaîné.

– Garez-vous là ! Sortez lentement, sans geste brusque…

Un jeune homme se dégage du groupe armé dans la cour, il braque une mitraillette tenue à la bretelle vers les occupants de la traction. Sadorski met pied à terre en dernier. Il se sent la cible de tous les regards, avec sa tête bandée qui fait une tache pâle dans la pénombre.

– Lève les mains en l'air ! ordonne René, en lui tapant sur la nuque. Tu m'entends ? Tu vas crever, fumier ! C'est décidé. Avance !

– Capitaine Coty, déclare le roux aux types de l'usine. Ancien des Brigades internationales, nommé capitaine FTP par le colonel André en 43, et depuis l'insurrection chargé par le capitaine Bernard, adjoint du colonel Rol, de la garde des prisonniers au PC Fabien ! On vous amène un tortionnaire des Brigades spéciales… Le lieutenant Roro doit être au courant. Ce flic est condamné à mort, on l'a déniché au Val-de-Grâce, où il se planquait lâchement…

– C'est moi le lieutenant Roro, se présente le FTP, sa mitraillette toujours pointée sur les arrivants. Le capitaine Henri ne m'a pas prévenu, mais c'est parfait, il va rejoindre les autres. Cette ordure fera le cinquième.

– Vous les dessoudez dans l'usine ?

– Non, à Noisy-le-Sec. Près du fort, pas loin d'ici. Allez, embarquez-le !

Dans l'obscurité, Sadorski distingue les carrosseries de deux automobiles, entourées de miliciens patriotes. Leurs moteurs tournent au ralenti. Les phares s'allument, et quelqu'un braille : « Y a encore de la place dans la Renault ! À côté de la salope de chien à Déat[1] !... » Le canon froid d'un revolver se pose sur la nuque du condamné. Une portière s'est ouverte ; on le pousse avec brutalité sur une nouvelle banquette, celle d'une Juvaquatre de couleur sombre. L'officier FTP s'installe contre Sadorski, lui enfonçant son arme dans les côtes. Un individu est assis au fond, il geint faiblement. L'habitacle sent le sang, la sueur et les excréments. Le mec se sera chié dessus, de trouille ou à force d'être cogné. Il paraît très jeune, la vingtaine à peine, comme le lieutenant Roro. Les portes claquent. On beugle, à l'avant : « Vas-y Gustave, mets les gaz ! » Le chauffeur proteste à mi-voix : « Pardon, hein, mon prénom c'est *Achille*-Gustave... » Il a l'accent belge. Les autres se marrent, leur haleine empeste l'alcool. Le premier répète :

– Ouais, vas-y, Gustave !

Puis il se retourne vers Sadorski.

– T'as assassiné combien de Français ? Sale fumier des Brigades spéciales... Moi, j'suis le sergent Lejeune. J'te cause !

– Je n'ai jamais appartenu aux BS...

1. Marcel Déat, fondateur du RNP.

– Ton collègue, pourtant, lui, il a craché le morceau… L'inspecteur Rambon. Il va crever en même temps que tézigue, et que ces pourritures de Cayet et Potherat, et que le Boche de Vincennes, Erhard… Alors tu prétends que les officiers FTP sont des menteurs ? Qu'on ne sait pas ce qu'on fait, nous, lorsqu'on règle leur compte aux fascistes ?

La Renault en tête, les deux véhicules franchissent le portail. Les hommes restés sur place font la haie avant de refermer les battants. Sadorski bredouille :

– Je ne dis pas que ce sont des menteurs… je dis que le capitaine Coty doit avoir de mauvaises informations… Moi, j'étais résistant, à la 3e section des Renseignements généraux… Je vous le jure ! Je fais partie du mouvement Honneur de la police… Je me suis battu contre les Boches à République, quand on a attaqué la caserne le 25…

Il ramasse une claque.

– Tiens, tu l'as pas volé ! Au lieu de dégoiser des bobards, t'as des cigarettes ? Vide tes poches ! Là où tu vas t'auras pas besoin de fumer…

– Je… On me les a déjà prises…

Son voisin vérifie, ses doigts parcourent les poches, inutilement.

– Putain, qu'est-ce que ça chlingue, dans c'te bagnole !

– De la merde de collabo…

Il y a des rires. Le pilote questionne :

– On roule vers le fort, comme hier ?

– Mais oui, Gustave. (Nouveaux rires.) Dégote-nous un beau trou de bombe dans le secteur. Hein, une fois !

– Oh ça, ça manque pas…

Le convoi circule en effet au milieu des ruines. Quatre mois et demi plus tôt, le 18 avril, au cours d'une vaste attaque sur la région parisienne, les aviateurs anglais ont voulu bombarder le dépôt et la gare de triage de Noisy-le-Sec, larguant 3 000 bombes à haute altitude, de manière très imprécise, et détruisant sur leur passage 75 pour 100 de l'agglomération. Plus de 460 morts chez les civils, des centaines de blessés graves, 500 maisons détruites, 2 800 sans-logis… Un arrêté préfectoral a déclaré Noisy « ville morte » ; mais quelques milliers d'habitants ont tenu à rester, en dépit de l'eau, du gaz et de l'électricité coupés. À mesure que l'on s'éloigne de Montreuil, par la rue de Romainville puis le boulevard de la Boissière, la lune montante presque pleine révèle un paysage dantesque. Pans de murs déchiquetés, à moitié écroulés, percés de fenêtres béantes sur le ciel étoilé, charpentes noircies, fils télégraphiques arrachés ; arbres tombés, grilles défoncées, poteaux tordus et montagnes de gravats, entre lesquels on a planté les tentes ou les abris provisoires des réfugiés… Avec, au fond du décor, deux dômes gigantesques dont ne subsiste que l'armature de ferraille : les carcasses des dépôts de la SNCF visés par les bombes et ravagés par l'incendie. Là-bas des pinceaux lumineux parcourent obliquement le ciel, ajoutant à cette atmosphère de fin du monde, de cauchemar de récit d'anticipation – comme Sadorski en feuilletait naguère, dans les illustrés que lisait Julie, et aussi Yvette… Sauf qu'ici ce sont de *vraies* ruines. Le résultat, tout à fait récent et actuel, d'une vraie, d'une sale guerre, pas la création d'un feuilletoniste… Les miliciens, eux, sont déjà venus, ils ne s'étonnent pas du spectacle. Le jeune qui pue à côté de Sadorski continue de gémir, la tête penchée sur ses genoux. La Juvaquatre gravit en cahotant le chemin qui s'élève vers les murailles du fort de Noisy-le-Sec. Ses pentes dénuées d'habitations ont eu leur terre retournée par les impacts des bombes anglaises. Le conducteur hésite, ralentit. La traction Citroën se rapproche dans la lunette arrière, les autos se suivent maintenant presque pare-chocs contre pare-chocs. « Voilà, vous cherchiez des trous d'bombe, commente le Belge, ben vous êtes servis ! »

Le sergent Lejeune grommelle, ordonne de faire halte. Les passagers sont extraits sans ménagement des véhicules, on leur hurle de mettre les mains sur la tête et d'avancer. Les retardataires prennent des coups de pied, de crosse. L'officier fait placer la Citroën et la Renault face aux fortifications, phares allumés. Ils éclairent un remblai de terre et de débris, et plus loin les remparts intacts de l'ouvrage défensif construit au XIXe siècle. On entend le canon rouler sourdement, vers le nord-est.

– Allez ! allez ! Grimpez, tas de cochons ! Plus vite !

Parmi ses quatre compagnons d'infortune, Sadorski a l'impression d'identifier son collègue Rambon, que mentionnait quelques instants plus tôt le sergent. Mais il ne reconnaît que l'allure générale du jeune secrétaire du commissaire Hénoque à la BS 2, sa coiffure, sa nuque rasée, ses cheveux courts… Le visage, lui, a perdu sa forme d'origine, ses traits réguliers assez beaux qui plaisaient aux femmes. Les yeux globuleux bordés de longs cils de gonzesse ont rétréci entre des paupières prodigieusement enflées, le nez, son arête brisée, est comme enfoncé dans la face, tandis que la bouche, à présent de traviole, offre un mélange de lèvres gonflées et de chicots branlants. La dernière fois que les deux collègues se sont vus c'était dans la cour d'honneur de la prison de la Santé, la nuit du 14 juillet, appelés en même temps que la Milice à réprimer la mutinerie des droits-communs. Rambon avait proposé un petit concours de tir. À celui qui descendrait le plus de rebelles chez les détenus. Il avait gagné trois-deux. Sadorski songe un instant à le dénoncer. Mais pas sûr que cela évite à son dénonciateur d'être fusillé. L'autre étant condamné à mort de toute façon, l'accuser de crimes supplémentaires… On ne ferait que maltraiter ce pauvre diable davantage encore avant de les descendre tous. Aucun intérêt.

Il trébuche sur les pierres, sur la terre molle. Les cailloux percent ses chaussettes. Un autre prisonnier, lui aussi la figure déformée par les coups, hurle, avec un accent de l'Est :

– Je n'ai rien fait ! Je suis seulement interprète ! Alsacien ! Mon nom est Joseph Erhard ! Les Boches m'ont recruté de force !... Je suis innocent !

Le voisin de Sadorski dans la Renault, le jeune homme aux vêtements souillés, pleure.

– Je ne veux pas mourir... Je suis marié... J'ai des enfants... Je n'ai rien fait, c'est une erreur...

– Ta gueule ! On le sait, que t'es inscrit au RNP ! Salaud ! Tu vas crever et tu l'as pas volé... Traître ! Ordure ! Ton compte est bon...

Le lieutenant ordonne :

– Alignez-les au bord du trou ! À un mètre l'un de l'autre ! Les yeux vers le fort ! Gardez vos mains sur la tête !

Un quatrième prisonnier de l'usine hurle :

– Camarades ! Vous pouvez pas faire ça, je suis innocent ! Je suis un militant communiste, membre de la Résistance ! Vous le savez bien...

– Traître ! Ta gueule ! Tu nous as vendus aux Brigades spéciales ! Tu leur as livré de nombreux patriotes !... Pour ça, un seul châtiment, la mort !

Sadorski a atteint le haut du remblai, dans la lumière étouffée des phares et le ronronnement régulier des moteurs tournant au ralenti. Devant, là, sous ses pieds, une gueule d'ombre. Un puits noir. Il s'imagine projeté sur ses pentes par les salves. Tomber, glisser au milieu des éboulis, puis rouler vers le fond, son sang s'échappant par des dizaines de trous, sa vie s'enfuyant, sa conscience, son âme... Un seul châtiment, la mort, pour lui également ! Mourir ici. Le 1er – non, il doit être passé minuit –, le 2 septembre 1944... La fin. Tout va s'arrêter. Pour de bon cette fois. Malchanceux comme il est, il ne crèvera même pas tout de suite ! Se vider peu à peu, et boire le calice, l'agonie, les souffrances, les douleurs abominables, jusqu'à la lie... Tel est son destin. L'heure, sa toute dernière, a sonné.

Seigneur, que Ta volonté soit faite.

Et toi…

Toi, Notre-Dame, dans l'église de Sfax… Si pure, si belle…

Les larmes coulent de son œil unique, sur la joue, les lèvres qui remuent doucement. Sadorski tremble de tous ses membres. Ses jambes courtaudes flageolent. Il a de la peine à rester debout.

Derrière, les types se mettent en position. Avec des rires, des exclamations goguenardes, impatientes. Que disait le jeune Maurice, dans la traction ? « Y en a qui préfèrent tirer au ventre, moi c'est la tête… Qu'est-ce que tu veux, j'aime ça ! » Maurice est-il présent, cette nuit, à Noisy ? Debout entre lui et les voitures, pointant le canon de la Sten vers son dos ?

L'ancien chef du Rayon juif rentre instinctivement la tête dans les épaules.

Que crier, à l'instant ultime ?

Vive la France ?

Merde à Staline ?

Ou penser, intensément, à Yvette ? à Julie ?

Au petit Bernard ?

La voix forte du sergent Lejeune :

– Vos gueules. Allez, on y va. Mitraillettes… Visez bien ces sales Boches, chacun le sien…

La première salve éclate derrière Sadorski.

5

La morte revient

Il n'est pas tombé.

Il n'a rien senti.

Les autres, à ses côtés, sont toujours là. Mains sur la tête…

Cette rafale paraissait plus lointaine que ce à quoi il s'attendait.

On perçoit le grondement de nouveaux véhicules. Dans les ruines de la localité dévastée. Et des pétarades de moto. Sadorski pivote précautionneusement. Le peloton, dans son dos, hésite. Des têtes se tournent vers le bas des pentes. Un side-car grimpe vers eux, suivi d'une Citroën « 11 légère » noire avec un gazogène à l'arrière. Ses phares camouflés envoient de minces pinceaux trouer la nuit. Un type se cramponne, juché sur le garde-boue de l'automobile. Il lâche une nouvelle salve de pistolet-mitrailleur vers le ciel, les petites flammes clignotent brièvement au bout du canon. Le tireur crie :

– Arrêtez ! Camarades !

Les hommes de l'usine, déconcertés, attendent des ordres de leurs chefs. Deux ou trois FFI pointent leurs armes en direction des arrivants.

– Qui vive ? N'approchez pas ! hurle le lieutenant Roro. Ou on ouvre le feu…

– C'est des Boches ! s'affole le sergent Lejeune. C'est une moto boche !

– Stop ! Camarades ! Ne tirez pas !

Le passager du tansad leur fait de grands signes. Il poursuit en braillant :

– … État-major FTP de Paris ! Envoyés du colonel Rol ! Du colonel André !

Sadorski était sur le point de dévaler la pente du cratère, se fondre dans l'obscurité, mettant à profit la diversion… Une voix derrière lui le fige.

– Hep, toi, tu bouges pas ! Fais pas le con !

Il obéit. Replace docilement les mains sur la tête.

La traction s'immobilise à quelques mètres des deux autos de l'usine. La moto cesse de pétarader. Quelqu'un demande :

– On cherche un nommé Sadorski, Léon. Inspecteur aux Renseignements généraux. Il est là ?

– Ouais, c'est celui avec la tête bandée, réplique le lieutenant. Condamné à mort, comme les autres.

– J'ai des ordres à son sujet. Voyez. Signés par le colonel André et par le lieutenant-colonel Froger, chef de région, du PC de la mairie de Montreuil. On doit conduire Sadorski à l'état-major.

– Ben merde ! Mais le capitaine Coty…

– On vient de le trouver, au centre Valeri, c'est lui qui nous a dit que vous procédiez aux exécutions près du fort de Noisy-le-Sec.

– Mais…

– Lis ce papier, camarade.

Un moment de silence, pendant que l'intéressé patiente, couvert de sueur. Aura-t-il droit à un sursis ? La vie sauve ? Mais que lui veulent ces FTP venus de la capitale ? Peut-être rien de bon. Un nouvel interrogatoire. De la torture et des coups…

Des pas résonnent dans sa direction, font rouler des pierres, crisser les débris sur la terre meuble. On l'attrape par le haut du bras.

– Allez, viens.

Puis :

– Les autres, restez où vous êtes. Peloton ! Reprenez vos armes, les gars ! En joue !

Quelques secondes s'écoulent, tandis que l'inspecteur et son guide redescendent, avec précaution, le remblai glissant.

– Feu !

Le *tac-tac-tac* des mitraillettes est immédiat. Sadorski se retourne vivement vers le haut du cratère, où les quatre dont il vient d'être séparé tressautent au milieu des rafales, en une grotesque danse saccadée – avant de s'effondrer sur place, ou de basculer de l'autre côté, avalés par le trou noir.

Les hommes interrompent leurs tirs pour escalader le reste de la pente, avec des rires et des cris de joie. Dans la lueur des phares il les voit braquer leurs armes sur les morts ou les mourants, balancer de nouvelles salves, vidant les chargeurs, dans un vacarme infernal. Lorsqu'ils cessent enfin, ils ont dû brûler au moins 200 cartouches ! Les cadavres hachés par les balles sont méconnaissables.

La suite échappe au policier, poussé rapidement à l'intérieur de la Citroën. Il a eu le temps de remarquer les deux fanions plantés de part et d'autre du capot : un tricolore et un rouge. Une voiture officielle du Parti ? L'intérieur sent la cigarette, du tabac blond venu d'Amérique. Le désir de fumer lui revient en même temps qu'un brin d'espoir. Mais pourquoi venir le chercher jusqu'à Noisy, l'arracher *in extremis* à la fusillade ? Les intentions de ses nouveaux ravisseurs semblent tout sauf amicales. On lui place le canon d'un automatique 7,65 sur la gorge.

– Pas un geste, mon gars.

Le communiste a l'accent rocailleux des Pyrénées.

– Je ne bouge pas, répond Sadorski.

– Tu fais bien.
– Où m'emmenez-vous ?
– À l'Opéra. (Rires dans la cabine.) On veut t'entendre chanter.
Le prisonnier essaie une plaisanterie.
– Vous avez pas de bol, je chante faux.
Les types ricanent, pendant que le conducteur passe la marche arrière, manœuvrant pour s'écarter des véhicules garés. Le side-car a redémarré lui aussi, il se place en tête afin d'ouvrir la voie. Le décor fantomatique de Noisy en ruine redéfile en sens inverse.
– Tu les connaissais ? Les traîtres qui viennent de subir le juste châtiment de leurs crimes ?
– Non, ment Sadorski.
Il faut oublier Roger Rambon. De toute manière, il ne pouvait pas le sentir. Et puis la vie, c'est chacun pour soi, hein ! La règle est valable autant du temps des Allemands que de celui, maintenant, des cocos. Avec lesquels d'ailleurs, pourquoi pas, il sera peut-être possible de s'arranger…
– Je ne suis pas plus collabo qu'un autre, vous savez. Ce sont des calomnies. J'ai résisté aux ordres injustes qu'on me donnait. J'ai relaxé beaucoup de crânes… enfin, de personnes interpellées. Et, chez moi, même que je cachais une Juive…
L'individu au 7,65 a abaissé légèrement le canon de l'arme.
– Ah tiens. Comment s'appelle-t-elle ?
– Julie Odwak. Lycéenne à Fénelon. Ses parents ont été déportés, alors ma femme et moi on l'a recueillie. En juillet 42. Ça fait deux années qu'elle a vécu planquée chez nous, quai des Célestins, dans le quatrième arrondissement. On l'a logée, nourrie, protégée… Les voisins ne s'en sont pas rendu compte, ni la salope de concepige, une vraie collabo, elle, malgré qu'elle prétende le contraire…

Un autre FTP, assis à l'avant, en uniforme d'officier de l'armée française et coiffé d'un calot à pointes, observe :

– Fais témoigner la Juive en ta faveur, ça pourrait t'éviter le poteau.

Sadorski secoue les épaules. Il soupire.

– La pauvre a disparu. Les nazis l'ont embarquée, boulevard Voltaire, pendant les combats devant la caserne...

– Merde.

L'originaire des Pyrénées rigole :

– Y a pas de preuve. T'as tout inventé. Chiqueur ! Remarque, t'es pas seul à vouloir te racheter une conduite... On en a vu d'autres.

– Je peux me justifier, je vous assure. Il y a des témoins...

Il réfléchit. Pas si nombreux, ces témoins, en vérité. Marie-Paule Cogez est morte, tuée à République, après l'accident de l'auto des jeunes résistants du lycée Janson[1] ; Bernard Perret, le « fiancé » de Julie, flingué par Sadorski lui-même ; Jacqueline Perret, sa sœur, déportée ; M. et Mme Perret, actuellement arrêtés et accusés de collaboration cinématographique avec les Boches ; Yvette Sadorski, arrêtée de même, ainsi, sans doute, que le beau-frère Mimile, trafiquant de viande au marché noir. Et la copine d'enfance d'Yvette, à Limoges, comment s'appelle-t-elle ?... Victoire Debreux, née Laffay, son mari est mort à Oradour tué par les SS... elle est venue à la maison en juillet dernier, on lui a présenté Julie... mais Mme Debreux est repartie dans sa province... Ah oui, il y aurait également Roselyne Bauger ! l'épouse de son collègue et ami, inspecteur des Brigades spéciales, lui aussi déporté par les Fritz... Bref, à part ces deux dernières éventuellement, que des morts, des déportés et des arrêtés... Une belle collection de témoins indisponibles,

1. Voir *L'inspecteur Sadorski libère Paris.*

ou peu crédibles ! Les carottes paraissent bel et bien cuites pour le collabo Sadorski.

L'officier au calot commente d'une voix égale :

– Économise ta salive, l'inspecteur. Tu en auras besoin lorsque tu passeras devant le colonel André.

Son captif opine du menton, servile.

– D'accord. Pigé. Mais qui est-ce ?

– Le colonel André ? Jamais entendu parler de lui ? C'est le commissaire national aux opérations des Francs-tireurs et partisans français. Membre du Comité militaire national des FTP. Un des plus grands chefs de la Résistance[1] !

– Ah…

Le policier est tenté de compléter, avec ironie : *la Résistance bolchevique*, mais ce n'est pas l'heure d'indisposer ses accompagnants. Mieux vaut continuer de les caresser dans le sens du poil.

– Les nazis me considéraient comme un dissident, je pourrai l'affirmer, tout à l'heure, devant votre chef… Je suis sincère, les amis ! Ils m'ont torturé, j'ai été déporté cinq semaines à Berlin, en 42, à la prison de l'Alexanderplatz. Puis ils m'ont arrêté en novembre 43, torturé encore, et j'ai fait huit mois à Fresnes et à la Santé ! Et pas plus tard que le mois dernier, j'étais arrêté par la Gestapo de la rue de la Pompe, je suis repassé à la baignoire, ils m'ont cogné tant qu'ils ont pu, et pourtant j'ai pas craché le morceau ! Je leur ai rien dit, je vous jure !

Sa voix, en dépit de ses efforts, tremble un peu sur cette dernière phrase. En réalité, comme à Berlin, il a parlé tout de suite, balancé tout ce qu'il savait. Pas

1. Il s'agit d'Albert Ouzoulias dit « Zouzou », *alias* « Marc » dans la Résistance, ou « Levieux » ou « colonel André », né en 1915 à Contrevoz (Ain) et décédé en 1995.

grand-chose hélas, puisqu'il n'était pas résistant ! Dans l'automobile, les bolchos n'ont pas l'air de le croire, de toute façon.

– Si tu n'as rien dit aux tortionnaires SS, comment ça se fait que tu es ici et encore vivant ?

– Je me suis évadé ! La nuit, avenue Victor-Hugo, profitant d'une minute d'inattention…

– Tu me fatigues, Sadorski, avec tes bobards. Allez, tu fumes ? Sers-toi.

L'officier lui tend un paquet de gauloises. Incrédule, son passager accepte, dégage une cigarette avec maladresse.

– Je… je peux en avoir deux… ou trois ?

– Vas-y. Ça pourra aussi te servir de monnaie d'échange, en taule. Prends-en cinq ! J'suis bon prince, envers une crapule de ton espèce…

– Ouais, z'êtes vraiment généreux, mon lieutenant, avec cette crevure !

Sans relever le commentaire, Sadorski balbutie des remerciements, introduit une gauloise entre ses lèvres enflées, glisse fébrilement les quatre autres dans une poche du veston avant de restituer le paquet à son propriétaire. Le Pyrénéen fait claquer un briquet, la flamme jaillit. L'inspecteur inhale la fumée et remplit ses poumons avec délice, en fermant son œil unique, se laissant aller contre le dossier. Bordel, que c'est bon ! Et il en fumera encore… Puisque ce n'était pas la dernière cigarette du condamné. La fatigue le rattrape ; sa tête dodeline contre le tissu de la banquette, ses jambes se détendent, pendant qu'on progresse dans l'obscurité, traversant la banlieue est vers Paris… Le ronronnement du moteur le berce…

– Hé !

Il sursaute. Une brûlure, sur la cuisse, et des tapes assenées par le FTP. Qui lui arrache le mégot. Pour le balancer à l'extérieur, par la fenêtre ouverte.

– T'allais foutre le feu ! Connard ! Tu dormais…

– P-pardon…

À l'avant, le chauffeur et l'officier rient. Sadorski interroge, la bouche pâteuse :

– On est où ?

– Pas loin de Nation… Dans dix minutes t'es arrivé. Tu l'as échappé belle, quand même. Sans nous t'étais mort.

– Je sais. Merci…

– Économise ta salive, je t'ai dit… Et puis, rien ne prouve que les chefs, là-haut, ils vont te gracier comme ça. Tout ce que je sais, c'est qu'ils ont deux ou trois questions à te poser. Sur une vilaine affaire…

Le convoi enfile les Grands Boulevards, on se rapproche de l'Opéra. Les dernières paroles n'ont pas particulièrement rassuré le passager – des vilaines affaires, il en a connues, et la plupart du temps il y était mouillé jusqu'au cou. Il aimerait savoir de laquelle on cause, malheureusement son cerveau repart dans le cirage, il commence à se rendormir… son menton retombe sur sa poitrine. Pendant que le side-car, boulevard des Italiens, ralentit, sans attendre d'avoir rejoint l'Opéra : il fait halte avec une dernière pétarade à l'angle de la rue du Helder. La Citroën se gare à sa suite le long du trottoir. Sadorski est extrait de son siège et bousculé vers un grand immeuble d'angle que décorent des drapeaux tricolores et quelques drapeaux soviétiques. Son rez-de-chaussée est protégé par des murets de sacs de sable et des chevaux de frise en fil barbelé. On discerne la forme de mitrailleuses. L'homme qui lui a donné les cigarettes salue les FFI montant la garde.

– Lieutenant Michel, état-major du colonel Rol. Le colonel André est réveillé ? On lui amène le poulet qu'il demandait…

L'expression entraîne des rires, et des blagues sur le « poulet rôti » livré par le grand restaurant du coin. Le hall d'entrée est brillamment éclairé, de même que les couloirs, alors que la plupart des bâtiments en ville subissent encore les coupures d'électricité dues au rationnement. Les résistants que croise Sadorski sont jeunes et vêtus de tenues disparates, pantalons kaki, shorts, maillots de corps ou chemisettes, leurs chevelures ébouriffées ou gominées selon les individus. Les seuls accessoires communs à tous paraissent être le brassard bleu, blanc, rouge et la Sten. Il voit des types bardés de cartouchières, d'autres équipés de grenades à manche allemandes passées dans la ceinture, ou dans les bottes. On dirait un poste de combat au milieu d'une révolution, d'une guerre civile, espagnole, mexicaine ou russe. L'éborgné à la tête pansée, aux vêtements mal ajustés, sales et déchirés, trébuchant en chaussettes flottantes et encadré par des résistants en armes, ne récolte que des regards blasés ou haineux. Le groupe de Noisy emprunte l'escalier principal, gagne le quatrième étage. Les lieux évoquent un immeuble de bureaux de grande société. Au bout d'un corridor cossu dont le tapis a été piétiné par des dizaines de semelles poussiéreuses, le lieutenant frappe timidement à une porte en acajou foncé. Une machine à écrire cliquette derrière le battant.

De l'intérieur, on grogne : « Entrez ! »

L'inspecteur est introduit dans une vaste pièce où une dactylo tape à la machine sur une petite table. Un civil à cheveux gris, de forte carrure, est installé dans un fauteuil tourné vers l'une des fenêtres, aux rideaux tirés, qui étouffent les rumeurs du boulevard. Il ne se dérange pas et fume en silence. Un deuxième homme, en vareuse kaki à galons de colonel, un pistolet dans son étui de ceinture, s'appuie au coin d'un meuble bureau jonché de dossiers. La trentaine, brun, de haute taille, lunettes à monture de corne noire, visage allongé et plein, lèvres épaisses, traits ronds mais amaigris ; le teint blafard, avec des paupières lourdes et cernées comme s'il n'avait pas dormi depuis plusieurs jours. Il désigne au nouveau venu, accompagnant son geste d'un sourire las, une chaise vide en face du bureau. Sadorski étudie l'officier avec appréhension : certes, il a plutôt une bonne bouille, mais avec les cocos on ne sait jamais. Ils ont déjà accroché le portrait du glorieux Staline, le petit père des peuples. Pétain, lui, a forcément disparu et l'on n'est pas près de le revoir sur les murs de nos administrations. La moustache noire a remplacé la moustache blanche. L'histoire, philosophe une fois de plus le policier, se montre toujours impitoyable en fin de compte envers les grands hommes.

– Je suis le colonel André. Asseyez-vous. Je vois que vous êtes blessé. La secrétaire va taper vos déclarations. Un conseil, inspecteur, car le temps presse et nous sommes débordés de travail. Soyez *absolument sincère* en répondant aux questions que je vous poserai ce soir. Michel, tu peux nous laisser s'il te plaît.

Ce préambule a été prononcé avec des intonations du centre de la France. La Corrèze ? la Haute-Loire ? le Rhône ? La porte du bureau se referme en douceur pendant que Sadorski, un peu étonné, observe que la dactylographe est appareillée d'une minerve qui lui tient le cou et le menton ; le buste apparemment enfermé de même, sous le chemisier blanc, par un corset orthopédique, donnant à la jeune femme une attitude insolite et raide. Elle semble ne faire qu'un avec sa machine. Près de la table, une paire de béquilles en bois est appuyée contre le mur. Le colonel a suivi son regard.

– Notre camarade a été torturée par l'un de vos collègues, un commissaire, dans la région Nord. Ce fasciste lui a déboîté le cou à force de gifles et de coups de poing… Elle vient d'être libérée de la Petite Roquette, juste avant le début de l'insurrection. Le directeur de la prison a relaxé les détenues politiques afin qu'elles ne soient pas déportées. Régine est une ardente patriote. À peine reposée chez des amis, elle a tenu à rejoindre ses copains militants à Chelles, et participer à la lutte pour la libération de notre pays ! N'espérez pas son indulgence à l'égard d'un flic des Brigades spéciales.

– Pardon, mon colonel, mais je n'ai jamais appartenu aux Brigades spéci...

– Exact, vous sévissiez à la 3e section des Renseignements généraux. Pas beaucoup mieux : nos plus dangereux ennemis dans la police du département de la Seine avec les BS. Ne jouons pas sur les mots, vous étiez en charge des « étrangers extrémistes ». Et des Juifs, en particulier les Juifs communistes...

– Je n'ai pas choisi, proteste Sadorski. J'obéissais aux consignes de mes supérieurs...

– Vous dites tous ça, vous les valets des hitlériens, les Français traîtres à leur patrie ! Les mauvais Français. Mais peu importe. C'est simple : vous êtes ici parce que j'ai des questions importantes à vous poser. Vous y répondez, sincèrement et complètement, je le répète. Sinon, je vous renvoie à Montreuil ou ailleurs et vous faites partie de la fournée des prochains fusillés. N'essayez pas de me tromper. J'en sais déjà beaucoup sur vous. Compris ?

– J'ai compris.

– Bon, Régine, tu tapes en haut de la première feuille : *Interrogatoire de l'inspecteur principal adjoint Léon Sadorski, des Renseignements généraux, affaire Gisèle Rollin 1942.* À la ligne, puis : *Paris, le 1er septembre 1944.*

Ce nom et ce prénom ont frappé l'interrogé de stupeur. Gisèle Rollin ! De l'eau a coulé sous les ponts, depuis le printemps 42, mais il n'a jamais pu oublier cette jeune résistante communiste... Ni les circonstances étranges et macabres de leur rencontre.

– Première question, inspecteur. Votre nom apparaît sur le procès-verbal de découverte d'un cadavre non identifié, dans le bois des Bruyères, à Sucy-en-Brie, le

9 juin 1942… C'est vous qui auriez découvert ce corps[1]. Une femme. Exact ?

– Je… oui, c'est exact. Par hasard. Mon épouse et moi étions partis pour une excursion à vélo en Seine-et-Marne. On allait pique-niquer, j'ai fait quelques pas autour de l'étang, et je suis tombé sur cette femme morte. Nue. En état de décomposition assez avancé.

– La police, avertie par vous, n'a pas identifié la victime ?

– N-non. Du moins, pas sur le moment.

– Il s'agissait bien d'un assassinat ?

– Aucun doute là-dessus… Elle avait été tuée de deux balles, dans la nuque et dans la tempe. Du 6,35, si mes souvenirs sont corrects. Ses assassins l'ont déshabillée ensuite. Les vêtements, les bijoux avaient disparu, tout comme les papiers d'identité.

– Vous connaissez la date du meurtre ?

– La police scientifique ne pouvait se prononcer de manière précise, les bois étaient marécageux donc humides, et on avait eu des orages, il faisait chaud… Tout ça accélère la putréfaction – enfin, en théorie. On a eu la bonne date par la suite, grâce aux aveux de son exécuteur. Je ne me rappelle pas bien mais elle a dû être tuée à la fin du mois de mai… le 28 ou le 29…

Il y a un moment de silence. La résistante achève une ligne, puis attend, ses doigts reposant sur le clavier. Sadorski remarque que plusieurs ongles manquent, sur la chair rose, un peu boursouflée.

L'occupant du fauteuil signale calmement :

– Raph était en mission en banlieue le 28 mai 1942. Avec son gazo[2]. Ce jour-là il est allé en Seine-et-Marne. C'était quelques mois après son évasion de la préfecture de police…

1. Voir *L'Étoile jaune de l'inspecteur Sadorski.*

2. Cette expression désignait les véhicules équipés d'un gazogène.

– Ça ne prouve rien, répond le colonel.

Son compagnon tire sur sa cigarette, après un léger haussement d'épaules. Il souffle la fumée vers les rideaux.

– Tu as raison, Zouzou. Ça ne prouve rien... Quant à Jacques il ne nous dira rien, lui non plus. Ça fait huit jours qu'il est rentré à Paris. Tu te doutes combien il est occupé...

L'homme a une trace d'accent de l'Ouest, peut-être breton, note le policier. Massif, les épaules puissantes, le front large et bombé, déjà dégarni, avec des cheveux gris filasse peignés vers l'arrière du crâne. Vêtu d'un costume croisé bien coupé, d'une élégance inhabituelle pour un représentant de la classe ouvrière. Le colonel André réplique :

– Jacques ne parlera pas, on en est certains ! Il a toujours couvert Raph, même pour les actions les plus discutables. Souvent accomplies sur ses ordres directs, soit dit en passant. Bon, question suivante, inspecteur : votre nom apparaît dans un second rapport, celui-là daté du 19 juillet 1942. Concernant l'arrestation d'une de nos camarades FTPF, Gisèle Rollin. Vous admettez l'avoir arrêtée ?

– Euh, non. En fait elle a été interpellée par un gardien de la paix nommé Thuillier. Un sale type, d'ailleurs. Et cette femme s'est défendue, elle lui a tiré une balle dans le pied, bien fait pour ce con ! Mais, euh, j'avoue que je suis à l'origine de l'arrestation, oui. Nous avions filé Mlle Rollin depuis Argenteuil, où elle se cachait. C'était une maligne, elle a réussi à semer tous mes inspecteurs. Et nous étions *onze* sur le coup ! Si je n'avais pas croisé par hasard le gardien Thuillier, dans le septième arrondissement, rue du Gros-Caillou, elle nous échappait... Je suis accouru en renfort pour la piquer, après avoir envoyé Thuillier surveiller la rue parallèle. L'immeuble avait deux sorties. On peut dire que ce gardien et moi on l'a arrêtée ensemble, si vous voulez.

– Je connaissais le père de Gisèle, déclare l'homme dans le fauteuil. Inutile de frapper ça, Régine.

Les autres écoutent, surpris. Il continue :

– Un vieux militant, inscrit à la SFIC[1] dès le jour de la création du Parti ! Louis Rollin était secrétaire de la Fédération locale des cheminots, à Châtillon-sur-Loire, il doit être à la retraite maintenant… Je l'ai vu dans les comités de chômeurs au temps de la marche sur Paris, à la fin de 1933. Un sacré bonhomme, le camarade Louis ! Il a élevé ses enfants dans la fidélité au syndicalisme et au Parti. Et bien sûr lorsque les nazis ont attaqué l'URSS, même avant je crois, la petite Gisèle est entrée dans la Résistance. Une de nos courageuses FTP, depuis le début des bataillons de la jeunesse… Je me souviens d'elle, avant la guerre, à la campagne électorale du printemps 36 à Aubervilliers. Elle avait vingt-quatre ou vingt-cinq ans… Je crois qu'elle souhaitait devenir infirmière puéricultrice. Et toi, le flic, tu l'as foutue en taule ! À cause de toi elle est déportée ! Aujourd'hui peut-être morte…

Solide, carré, il articule avec énergie, sur un ton des plus péremptoires. Pivotant sur son fauteuil, il se tourne vers l'interrogé. D'épais sourcils noirs surplombent des yeux bleus, enfoncés, avec un bizarre strabisme divergent : l'œil gauche, surtout, se balade vers le côté, et l'on a du mal à savoir qui l'homme regarde. Le nez est grand et aquilin, la figure bien dessinée, les joues un peu grêlées et la bouche large, sensuelle ; des traits de sénateur romain, en ce moment crispés de colère. Sadorski recule instinctivement sur sa chaise. Son interlocuteur dégage une autorité, une détermination peu communes.

1. Section française de l'Internationale communiste (nom d'origine du Parti communiste français, né de la scission au congrès de la SFIO socialiste à Tours en 1920).

Et une haine sans doute implacable de la police et de la bourgeoisie nationales. Sans oublier les Fritz, bien entendu. Mais eux ont déjà fichu le camp. Il ne reste, pour expier face aux Rouges, que les « mauvais Français » comme lui…

– Calme-toi, Charles, fait le colonel. Revenons à ce crime de Sucy-en-Brie. Lisez ceci, inspecteur.

Il lui tend des feuilles de papier pelure dactylographiées.

– Je… j'ai perdu mes lunettes. Et mon œil droit est crevé. Foutu.

– Essayez de lire quand même.

Il braque la lampe de bureau sur la première page. Le blessé se penche. Les caractères apparaissent flous, mais lisibles. Et le style administratif du document lui est familier.

vingt-trois Juillet audit an,

Interrogatoire de
BOURBEAU
Marc
/ suite

À propos du 6,35 dont je me suis servi rue des Moines, que vous me dites avoir été utilisé dans deux autres affaires : l'exécution de SAUTEREAU, Raymond[1]*, et celle d'une femme dans les bois des Bruyères, à Sucy-en-Brie, je précise que c'est Dédé JACQUOT, alias « Caen », qui a descendu SAUTEREAU. Il a également participé à l'attentat contre CLÉMENT*[2]*, mais en tant que guetteur.*

1. Cadre du Parti communiste clandestin, exécuté par ses camarades sur la foi de soupçons erronés, dans les bois de Meudon en mai 1942.

2. André Clément, ex-membre du Parti communiste, passé au PPF et devenu rédacteur en chef du *Cri du peuple*, abattu par des résistants des « groupes spéciaux » du Parti le 2 juin 1942.

Quant à la femme, je peux vous le dire. À la fin du mois de mai j'ai reçu communication par DUBOIS d'un ordre du Parti m'enjoignant d'exécuter personnellement une femme. Très exactement, DUBOIS m'a présenté à un camarade sur l'identité duquel je n'ai reçu aucune explication. C'est ce camarade qui m'a appris que j'étais chargé d'exécuter une militante qui trahissait. Son nom ne m'a pas été donné. Il me fut seulement dit que cette femme, qui occupait un poste assez élevé dans l'organisation, s'était vu supplanter par une autre camarade femme, plus qualifiée pour tenir le poste, mais qui devait accoucher prochainement. Aigrie, la première avait profité du séjour à l'hôpital de celle qui lui avait succédé, pour envoyer à la police une lettre la dénonçant. Lettre à la suite de laquelle la jeune accouchée fut arrêtée.

Pour éviter d'autres indiscrétions, le Parti avait décidé de supprimer la délatrice. C'est du moins ce qui me fut dit. Ça ne me plaisait pas de tuer une femme, une camarade. Et l'histoire me paraissait cousue de fil blanc. J'ai refusé de faire ce qui m'était commandé, et j'ai présenté la femme à CRETAGNE et à « Nice », de son vrai nom URBINI. Je sais que ceux-ci sont allés dans les bois de Verrières où l'inconnu qui m'avait fourni les détails concernant la militante à exécuter, devait amener celle-ci. D'après CRETAGNE et URBINI, leurs pistolets se sont enrayés et la femme est rentrée saine et sauve.

Ce n'est pas de notre faute, on n'a pas des parachutages de Londres, nous ! alors que les gaullistes n'ont même pas le droit de se servir des belles armes neuves qu'on leur envoie d'Angleterre... Nous, les résistants communistes, on fonctionne avec les armes dont les gens se sont débarrassés en les jetant dans les bouches d'égout. Forcément, elles ne sont pas en bon état. Et quand on s'entraîne, dans les bois, on évite de tirer, pour ne pas gaspiller de balles. Donc, sur le terrain, les choses ne se passent pas toujours comme prévu.

Au sujet de cette femme : par l'intermédiaire de DUBOIS, quelques jours plus tard, j'ai reçu dans la soirée une lettre, non signée, mais émanant certainement des hautes autorités de l'organisation. Dans la lettre, il m'était commandé de faire « moi-même », et ces mots étaient soulignés, le crime qui m'était demandé. J'étais traité de provocateur et des menaces à peine voilées terminaient la lettre pour le cas où je n'obéirais pas. Il m'était enjoint en conclusion de me trouver dès le lendemain, à 8 heures, à Maisons-Alfort où je rencontrerais le camarade qui m'avait été présenté par DUBOIS. J'ai dû me résoudre à obéir et suis allé au rendez-vous. Là, j'ai revu le camarade dont j'ai parlé dans cette affaire.

Je ne connais pas cet homme, je vous le répète. Mais puisque vous insistez, je peux le décrire. Brun, les cheveux plaqués et lissés en arrière. Le front assez large. Un visage plutôt allongé, avec des lèvres très minces. Soigné de sa personne.

Cet homme m'a mis en demeure de faire ce qui m'était commandé. J'ai accepté. Le camarade m'a dit qu'il viendrait avec moi pour être sûr que le travail serait fait. Il m'a fixé rendez-vous dans l'après-midi, à 15 heures, à Sucy-en-Brie. Il m'a montré sur la carte l'endroit où je le retrouverais. Je devais prendre devant moi en sortant de la gare, puis à droite après l'église, sortir du village et marcher jusqu'au lotissement des Bruyères, et de là suivre une route qui pénètre dans la forêt. Le rendez-vous était fixé là, à l'orée du bois.

En revenant à Paris, j'ai vu « Angoulême » et CRETAGNE et les ai informés de ce que j'avais à faire. CRETAGNE s'est insurgé que le Parti ne lui ait pas fait confiance. Je me serais bien passé de faire ce travail mais je craignais, en me dérobant, d'être suspect et assassiné à mon tour. J'ai demandé un pistolet qui m'a été remis par FOCARDI. Il s'agissait d'un MAB 6,35. J'ignorais qu'il avait servi à l'exécution de SAUTEREAU.

À Sucy-en-Brie j'ai retrouvé, à l'endroit convenu, le camarade dont j'ai parlé. Je dois dire ici que suivant les instructions qui m'avaient été données, j'étais en compagnie de « Toulouse » (Mme WALTER Angèle) car cette dernière devait ramener tous les vêtements de la femme que j'allais tuer. Elle m'a demandé, manquant personnellement de vêtements, de lui réserver le linge de corps après le dépouillement de la victime. Rien ne devait subsister sur son cadavre pour éviter toute identification possible. « Toulouse » ne m'a pas accompagné lorsque je suis allé à la rencontre de l'homme. Elle est restée à l'extérieur du bois. Sous la conduite du camarade, j'ai marché pendant une demi-heure à peu près jusqu'à un gros pavillon de chasse, de style normand, avec des colombages et des hautes cheminées. La femme que je devais exécuter nous attendait là, devant le pavillon. Je ne l'avais jamais vue. Il s'agissait d'une femme de 35 ans environ, plutôt grande et mince, avec des lunettes, les cheveux châtains coupés assez court. Portant un sac à main, elle était vêtue d'un imperméable et d'une jupe marron. Tous les trois avons marché ensemble pendant environ un quart d'heure. Nous avons quitté le chemin forestier pour entrer dans les taillis, en suivant un sentier étroit qui disparaissait sous les broussailles. Le camarade marchait devant, la femme était au milieu et moi derrière.

On lui avait raconté que nous cherchions une somme d'argent qui avait été enterrée par des camarades. Elle s'est piquée au jeu et cherchait aussi. Et puis je lui inspirais confiance, puisqu'elle m'a dit en aparté que l'autre camarade et ses motifs l'inquiétaient. Et que la fois précédente avec les deux autres, CRETAGNE et « Nice », elle avait eu peur... À un certain moment, l'homme s'est retourné et m'a fait signe, des yeux, qu'il était temps d'agir. J'avais le pistolet à la main. J'ai tiré sur la femme, à bout portant, une balle dans la nuque. Elle est tombée en arrière, sans dire un mot. Du sang coulait de sa bouche.

Le camarade et moi, nous l'avons déshabillée entièrement, sans oublier de récupérer les lunettes. Nous avons cherché et ramassé les douilles. Nous étions prêts à partir lorsque nous avons remarqué qu'elle remuait encore. Le camarade m'a donné l'ordre de l'achever. Il a réitéré son ordre, et j'ai dû obéir, tirant une nouvelle balle dans la tempe droite de notre victime qui n'a plus bougé.

Ensuite, nous avons placé les vêtements de la morte dans un filet qui avait été apporté par « Toulouse » et que celle-ci m'avait donné au moment de la quitter. Nous avons laissé le corps à l'endroit où il était tombé et sommes revenus sur la route sans incident. Nous avons marché environ un kilomètre, quand mon compagnon s'est aperçu qu'il avait oublié de retirer la bague que notre victime portait au doigt. Il m'a donné l'ordre d'y retourner pour la reprendre. J'ai refusé, mais il a sorti une arme et j'ai dû obéir. Il m'a accompagné jusqu'au bois que nous venions de quitter mais m'a laissé, seul, le soin de retrouver la femme et la dépouiller de sa bague. Je suis revenu ensuite. En reprenant la direction de Sucy-en-Brie nous nous sommes égarés à la sortie du lotissement des Bruyères. Finalement, le camarade qui m'avait accompagné m'a dit qu'il était venu en voiture et qu'il repartait de même. Il m'a quitté. J'ai retrouvé le chemin de la gare et j'y suis arrivé vers 17 heures, juste avant le dernier départ de train pour Paris. Je suis monté sans avoir revu « Toulouse » qui, je l'ai su par la suite, a dû faire de l'auto-stop pour rentrer.

L'interrogatoire se poursuit mais Sadorski est arrivé au bas du dernier feuillet qu'on lui a ordonné de lire. Il se rappelle vaguement la suite. Car il était présent ce jour-là dans le bureau où se déroulaient les tortures, au cinquième étage de l'aile ouest à l'époque. Au-dessus des appartements de M. le préfet. Salle 343, ce jeudi 23 juillet 1942…

6

Des tâches spéciales

Il revoit Marc Bourbeau. Nu, assis sur une chaise métallique. Du sang coulait de ses oreilles, les côtes et l'abdomen étaient bleus de coups, les testicules avaient atteint la grosseur d'un ballon de football. Dans le compte rendu tapé par Mme Meriguet, la sténodactylo des BS, les expressions comme « mais, puisque vous insistez » correspondent à une nouvelle grêle de coups de nerf de bœuf ou de poing.

– Bourbeau, *alias* « Cyrano » ou « Bordeaux », après avoir beaucoup parlé, a été déporté en Allemagne, l'informe le colonel André. De même que tous ceux du détachement Valmy que la police française a réussi à arrêter. Presque la totalité du groupe, donc. Les hommes qui étaient chargés des « tâches spéciales »… Protéger nos dirigeants, éliminer les traîtres, y compris dans le Parti. Mais cette histoire m'intrigue. Normalement les Boches auraient dû condamner nos camarades à mort et les fusiller. Des « terroristes » ayant admis être les auteurs de dizaines d'attentats… dont certains contre l'armée allemande. Qu'en penses-tu, Charles ?

– Normalement oui. Mais parfois on a de la chance… Après l'interrogatoire on est jeté en prison pour quelques mois, et envoyé aux camps… J'ignore pourquoi.

D'ailleurs, les Boches ont-ils des critères fixes pour en décider ? On ne saura peut-être jamais…

– Et que dit l'inspecteur ?

Sadorski hésite. Il n'y avait pas songé.

– Là, vous m'en demandez trop ! Je n'étais pas dans les confidences de la *Geheime Feldpolizei*[1] ou de la Sipo-SD… Au fait, comment avez-vous eu ce PV d'interrogatoire ?

– Les camarades du Front national police, à la préfecture, sont en train d'examiner les dossiers de ces brigades de tortionnaires et d'assassins. Pour la Commission d'épuration. On a toutes les preuves. Vos collègues qui ont massacré des patriotes vont passer de sales quarts d'heure ! C'est bien leur tour, ils ne l'ont pas volé !

Le civil questionne :

– Et le nom de la femme dont tu as découvert le corps ? Puisque d'après toi vous l'avez identifiée…

– Elle s'appelait Simone Vaillant.

Les résistants échangent des regards.

– Vous êtes sûr, Sadorski ? dit l'officier après un court silence.

– À 100 pour 100. Nous avons retrouvé son dentiste, à Bois-Colombes. L'examen comparatif du dossier médical de Mlle Vaillant avec le rapport d'autopsie a été formel. Les dents de la femme étaient en très mauvais état, elle portait même un dentier…

– Tu connaissais cette camarade, Charles, n'est-ce pas ?

– J'ai dû la rencontrer une fois. Une grande fille très myope, qui a travaillé comme infirmière, puis comme correctrice pour des maisons d'édition. Régine, tu ne

1. Police secrète de campagne, chargée des enquêtes sur les attentats contre l'armée allemande, et progressivement supplantée par la police SS à partir du printemps 1942.

tapes pas ce qui suit. Son surnom dans la clandestinité était « Odette ». Le camarade Leblanc[1] l'a eue comme agent de liaison, avant d'être arrêté, puis elle a assuré la liaison pour Benoît et Jacques. J'ai entendu ensuite qu'elle avait disparu au printemps 42… Sa sœur aînée Marguerite, quoique mariée au camarade Montal, était une des « copines » de Benoît… Elle est tombée vers la fin 41 et a été déportée. Benoît avait été hébergé pendant un mois chez les parents Vaillant en Haute-Vienne, des fermiers dévoués au Parti. C'était en juin 40 pendant la débâcle. Puis il est remonté à Paris avec les deux sœurs… Tu sais la réputation de l'« Oncle »… Toi aussi, Régine, n'est-ce pas. Pour un chaud lapin, c'est un chaud lapin !… Je n'en dirai pas plus.

De nouveau, un ange passe, dans la pièce de l'immeuble de bureaux occupé par les FFI. L'inspecteur a écouté, concentré, se demandant si ces « Jacques » et « Benoît » sont bien ceux à qui il pense, les numéros un et deux, respectivement, du Parti clandestin : Jacques Duclos et Benoît Frachon. C'est-à-dire, jusqu'à il y a peu, les individus les plus recherchés par la Gestapo comme par la police française à laquelle lui-même, Sadorski, appartenait. Le colonel ouvre un dossier sur son bureau et allume une cigarette.

– Je vais vous reparler de Gisèle Rollin. Tu peux transcrire de nouveau, camarade. Quelques jours après sa chute vous lui avez rendu visite, d'après le registre, à la prison de Fresnes, où elle était détenue dans une division allemande, en catégoric « Nuit et Brouillard[2] ».

1. Un des surnoms de Michel Feintuch *alias* Jean Jérôme, cadre de la Résistance juive communiste, éminence grise du Parti et après-guerre financier du PCF.

2. *Nacht und Nebel*. Il s'agit des déportés pour lesquels les Allemands ont décidé qu'ils ne reviendraient pas.

Quel est le motif de votre entrevue avec cette résistante ? Que vous a-t-elle appris ?

Il réfléchit, avec le sentiment de marcher sur des œufs. Sa conviction, en ce mois de juillet 1942, au terme de son enquête, était que Simone Vaillant avait été exécutée sur l'ordre personnel de Duclos, sans doute avec l'assentiment de Frachon. La détenue Rollin n'avait pas démenti cette hypothèse, au contraire. Mais les deux interrogateurs de Sadorski occupent de toute évidence des rangs élevés dans le Parti. Accuser leurs grands manitous serait se mettre en grave danger soi-même. Ils pourraient juger que le flic en sait décidément trop… D'ailleurs, le colonel André et le prénommé Charles semblent enquêter eux aussi sur l'affaire ; bon, très bien, mais comment savoir si ce n'est pas simplement dans le but d'identifier, puis d'effacer, les témoins gênants ?

– Euh… c'est moi qui lui ai appris quelque chose, en réalité. Mlle Rollin était une proche amie de Simone Vaillant, elles avaient habité ensemble à Bois-Colombes. Je voulais juste l'informer que sa camarade était décédée.

– Vous ne lui avez pas fait lire une copie de l'interrogatoire de Bourbeau ?

– Non, ment Sadorski.

– J'en doute, mais passons. Gisèle Rollin a été déportée le 27 avril 1943, depuis Compiègne, venant du fort de Romainville, sur un convoi de 213 femmes. Au terme de ce transfert on les a internées dans un camp à une centaine de kilomètres au nord de Berlin, appelé Ravensbrück. Nous ignorons si notre camarade est toujours vivante. Mais, avant de quitter Fresnes pour Romainville, elle a réussi à faire passer, par le « téléphone intérieur » de la prison, un message à des détenus d'une cellule proche. Ce message est parvenu ensuite au responsable interrégional FTP. Je vous le lis, c'est très bref : *Se méfier de R. après évasion mars 1942. Paris indic des BS.* Voilà. Cela signifie quoi, à votre avis, inspecteur ?

– Euh…

– Je vais te rafraîchir la mémoire, gronde l'homme aux cheveux gris. « Paris » était le surnom d'un des camarades du détachement Valmy. De son vrai nom, Lucien Magnan. En conséquence de ce message, il allait probablement être descendu sur ordre de notre direction, mais les flics l'ont arrêté avant. Comme les autres, il a été déporté chez les Boches. À son retour – s'il revient – nous aurons quelques questions à lui poser.

Sadorski se rappelle, au passage, que l'accusation contre le surnommé « Paris » était fausse et venait de lui. Afin de se venger rapidement de ce militant coco qui avait abattu Raymonde Bonnet, maîtresse du policier et pronazie notoire, il avait eu l'idée de le calomnier auprès de la détenue Rollin : en comptant sur ce fameux « téléphone intérieur », précisément.

– On s'en fout, Charles, pour l'instant, du camarade Magnan, intervient le colonel. Les hitlériens ont réglé la question à notre place. Mais que signifie « évasion mars 1942 » ? À quoi, ou à qui, faisait allusion notre camarade ?

La tension dans la pièce a grimpé d'un cran. La dactylo s'est arrêtée de taper. Sa figure paraît très rouge. Tandis que montent des cris et des rires, du boulevard des Italiens ou de la rue du Helder. Sadorski sue à grosses gouttes. Il aimerait fumer une des gauloises au fond de sa poche. S'en aller d'ici. Échapper à ce feu roulant de questions sur une vieille affaire. Une sale vieille affaire. Il veut dormir… Qu'on lui foute la paix. S'il pouvait retourner au Val-de-Grâce… se faire soigner… revoir les infirmières… Pas la vieille bique galonnée, mais la jolie aristo…

– Inspecteur Sadorski ? Je vous ai prévenu : nous exigeons des réponses *sincères* et *complètes*. Le lieutenant Michel peut vous reconduire illico à Montreuil… Sa voiture est encore en bas.

Cette menace suffit à le réveiller. Et il se remémore les paroles de Gisèle Rollin, sur son lit de cellule, à l'isolement à Fresnes, sa voix déchirée par la toux, après les tortures... *Les communistes commettent beaucoup d'erreurs... et manquent de moyens... Mais nous possédons la force collective. C'est ce qui permettra de sauver notre belle France. Je ne serai peut-être pas là... pour voir la défaite du nazisme... mais vous, vous la verrez ! Pensez à moi le jour où on vous collera au poteau.*

Il explique, à contrecœur :

– Votre Gisèle, voyez-vous, c'était une brave gosse. Je le dis comme je le pense. Elle comptait venger, toute seule, après la guerre, son amie Simone... J'ai réussi à la convaincre que son espoir était, disons, peu réaliste. Je lui ai demandé alors un moyen, pour moi, d'identifier le gars qui accompagnait Bourbeau dans le bois. Le gars qui donnait les ordres. Le type aux lèvres minces...

– Tu avais donc fait lire l'interrogatoire ?

– Euh, juste le passage avec son signalement. Et, après beaucoup d'insistance de ma part, Mlle Rollin a fini par dire... enfin, je ne me rappelle pas les mots exacts, mais c'était quelque chose comme : « Ce cadre du Parti, que j'ai reconnu à la description faite par le camarade... a été arrêté par la police le 6 mars de cette année... Quelques jours plus tard, il s'est évadé des locaux de la Brigade spéciale. »

Dans son fauteuil, « Charles » pousse un juron. Le colonel André paraît troublé.

– Le 6 mars ? vous êtes certain ?

– J'ai une mémoire très précise, mon colonel... Une mémoire de fonctionnaire. Et je suis un policier de métier et de vocation. Tout ce qui permet d'envoyer un assassin à la guillotine, j'ai tendance à m'en souvenir.

– La camarade Rollin n'a rien ajouté d'autre ?

– Elle ne voulait pas me donner le nom du gars, et ne l'a jamais fait. Mais... selon Mlle Rollin, qui l'avait entendu de sa copine Simone avant sa mort, l'évasion était simulée, ou organisée… Ce type, celui aux lèvres minces, avait passé un accord avec les inspecteurs de la BS. Sa liberté en échange de renseignements. Simone Vaillant aura fait part à quelqu'un, dans votre parti, de ses soupçons. L'autre l'aura su, et, pour se protéger, est allé répandre des calomnies contre elle… avec pour résultat qu'on lui a tiré une balle dans la nuque, à cette malheureuse. Voilà.

– Zouzou, sors-moi le rapport de Raph.

L'homme dans le fauteuil est pâle de colère. Son camarade cherche dans les dossiers sur le bureau. Il trouve deux feuilles manuscrites.

– Lis-le à voix haute.

– « J'ai été arrêté le 6.3.1942 au domicile du camarade Gaulué, 49 rue Geoffroy-Saint-Hilaire, dans l'affaire Cadras. J'étais en possession d'une fausse carte d'identité au nom de Huron, Maurice-Louis, demeurant 46 rue de Bagneux, à Montrouge… »

– Non. Lis plus loin. Les circonstances de l'évasion…

– Ah… Voilà : « Nous étions six détenus dans une pièce de six mètres de long sur trois de large. Et autant d'agents que de détenus. Au fond à gauche, un petit guichet ouvrait sur un bureau. À midi, ce bureau se vidait de ses occupants. J'ai remarqué un autre détenu qui, avec une ficelle trouvée dans une caisse de matériel d'imprimerie que les flics m'avaient piquée lors de mon arrestation, mesurait la largeur du guichet pour savoir si ses épaules passaient. Nous nous sommes mis d'accord pour tenter l'évasion ensemble. Nous avons demandé un balai, qui s'est révélé très efficace pour faire refluer flics et détenus vers le couloir. Nous avons poussé la caisse sous le guichet afin d'en faciliter l'accès. La table sur laquelle nous mangions fut mise debout pour masquer le guichet. La poussière balayée envahissait le local, notre diversion était réussie. Mon complice, le camarade Vignon, m'a relayé au balai, je suis monté sur la caisse et j'ai poussé le guichet. Le bureau était vide de l'autre côté. J'ai attrapé mon pardessus et mon chapeau. La porte suivante n'était pas fermée, j'ai gagné un couloir, heureusement sombre en raison du rationnement de courant. Les deux étages descendus, j'ai débouché sur le palier du rez-de-chaussée. Un flic en faction était là, je suis passé devant lui, chapeau enfoncé et col relevé, en tournant légèrement la tête de l'autre côté. Il m'interpella : "Monsieur… Monsieur…" mais sans fermeté. J'ai poursuivi du même pas, pour sortir par le porche le plus proche, quai des Orfèvres. Trente mètres plus loin je me suis mis à courir. À la station de métro Saint-Michel, j'ai sauté la barrière, n'ayant ni ticket ni argent, et me suis engouffré dans le wagon de queue. J'étais certain ainsi de n'être pas suivi. Quinze jours plus tard j'ai reçu le rapport de Vignon m'apprenant qu'il s'était évadé lui aussi. Le Dr Bauer, détenu avec nous, était resté avec le balai car sa forte carrure lui interdisait d'utiliser le guichet. »

– Qu'en penses-tu, le flic ? Cette évasion, tu la juges vraisemblable ?

– Je… euh, pas très.

– Pourquoi ?

– À la BS, en règle générale les suspects de terrorisme n'avaient pas les mains libres, ils étaient menottés. Parfois même aux chevilles en plus des poignets. Et moi je ne les aurais pas laissés seuls à trois avec un balai pour faire du nettoyage… ou déplacer une caisse dont je ne m'explique pas la présence dans cette salle où, si j'ai bien compris, on faisait manger les gardés à vue. Le planton, ensuite, qui autorise le type à passer alors qu'il n'obtempère pas à ses appels, euh, peut-être, mais c'est tout de même étonnant. Enfin, à la caserne de la Cité où étaient interrogés les terros, je veux dire, les communistes…, la sortie vers le métro ce serait quai du Marché-Neuf ou boulevard du Palais. Alors que le quai des Orfèvres, dont il parle, c'est la brigade criminelle de la PJ : un autre bâtiment, celui avec la tour pointue, de l'autre côté du boulevard. Quoique votre copain a pu se tromper sur le nom du quai en rédigeant son rapport… s'il n'était pas parisien.

L'officier fait la moue.

– Il faudrait interroger Vignon. Et aussi ce Dr Bauer.

– Le camarade Bauer *alias* « Clément » a été fusillé en mai 42 au mont Valérien, coupe « Charles ». En même temps que Gaulué et que Georges Politzer. Et Léopold Vignon, responsable technique au matériel, chargé du montage des postes radio clandestins, évadé en même temps que Raph, il a été viré. J'ai appris qu'il avait ensuite rejoint le mouvement Libération, dans l'Ain.

– Viré, mais pour quelle raison ?

– Parce qu'on ne reprend pas un militant qui a été arrêté.

– Au cas où les fascistes l'auraient « retourné » ?

– Évidemment. C'était le cas d'André Heussler, membre du Comité central, ancien commissaire politique à la 14e Brigade internationale sous les ordres directs de Marty. Arrêté en 41, Heussler s'est mis à table et a collaboré avec les flics. Qui lui ont organisé un simulacre d'évasion. Il connaissait les planques de nos imprimeries. Le camarade Grenier a failli tomber à cause de ce traître. Nous avons « invité » Heussler à se reposer en famille, du côté de Belfort, deux camarades, dont Frédo[1], ont été dépêchés pour le recevoir. Après avoir avoué il a été exécuté.

– Je le sais aussi bien que toi. Mais pourquoi a-t-on gardé Raph, alors ?

L'homme écarte les bras en un geste d'impuissance.

– Ah, ça ! Va demander à Jacques…

Sadorski questionne :

1. Un des surnoms de Pierre Georges *alias* le colonel Fabien.

– Vous avez perdu du monde, dans les semaines et les mois qui ont suivi l'« évasion », en mars, de votre copain ? Il y a eu des arrestations ?

– Oui mais pas plus que d'habitude, répond le colonel. Beaucoup de camarades sont tombés avant, d'autres après. Toute cette année 1942 a été terrible pour nous…

– Raph est un résistant communiste fidèle et courageux ! Sur le plan personnel on ne s'aime pas, ça c'est sûr, mais comme nous tous il connaissait les avertissements et les consignes FTP. Rien, pas même les tortures, n'excuse la délation. Un délateur est un traître et en plus un imbécile ! Il aggrave ses souffrances, car lorsque les flics ont repéré un sujet faible ils le torturent même s'il a tout donné, en espérant qu'il donnera encore… Neuf fois sur dix ils le supprimeront ensuite pour être sûrs qu'il ne rapportera pas les traitements subis. Enfin, si par extraordinaire la Gestapo et la police de Laval ne se débarrassent pas de lui, les patriotes ne pardonneront pas, et il subira le châtiment réservé aux traîtres ! Car ceux-ci ne perdent rien pour attendre, ils sont condamnés, et à la première occasion ils seront abattus comme des bêtes malfaisantes…

Le colonel acquiesce puis réfléchit à mi-voix :

– Plus encore qu'Heussler, Raph savait un grand nombre de choses… Obligatoirement, en tant que principal agent de liaison du triangle de direction. En particulier les adresses des planques de Jacques, de Benoît, et de toi-même… Il assurait, à lui seul, les liaisons entre tout ce réseau : votre secrétariat à trois, les imprimeries clandestines, le ravitaillement, le service technique… S'il parlait c'était la catastrophe ! Notre organisation ne s'en serait jamais remise…

L'homme aux cheveux gris s'énerve de nouveau, tapant du plat de la main sur le bras du fauteuil.

– Eh bien, c'est la preuve qu'il est innocent ! Jamais les flics ou les SS ne sont venus ! Jamais ! De toute l'occupation boche ! On a été tranquilles… Moi à Limours, Jacques à Villebon-sur-Yvette, Tonton à Forges-les-Bains… Je ne connaissais même pas d'autre adresse que la mienne, *seul Raph savait tout* ! Notre sécurité est restée entre ses mains pendant trois ans ! Son frère non plus n'a jamais parlé, sous les tortures les plus abominables, avant d'être fusillé par les nazis… Jacques, qui est pourtant méfiant, leur a maintenu sa confiance à tous les deux ; en dépit des consignes de sécurité il n'a pas déménagé lorsqu'il a su qu'ils étaient tombés ! Le jour où Raph est revenu de Paris, Jacques l'a serré dans ses bras. Et merde, il a eu raison !

Il ajoute après un silence :

– Pour ce qui est de la femme, Simone Vaillant, j'ignore si elle a été tuée par erreur. Ce genre de chose s'est déjà produit, et on s'en est rendu compte par la suite, comme pour l'affaire du pauvre Déziré… Mais si Raph a organisé l'exécution de cette camarade, à tort ou à raison, c'était afin de nous protéger tous les trois ! Elle en savait beaucoup et n'était pas fiable. Jacques, Benoît et Raph auront jugé que les risques qu'elle faisait courir à la direction et au Parti étaient trop importants. Enfin, Zouzou, seule comptait la libération de la France ! La victoire des masses populaires ! Et la défaite du fascisme… (Il se tourne soudain vers Sadorski.) Le fascisme, justement, qui n'est pas encore écrasé ! Ses complices sont infiltrés jusque chez nous, aujourd'hui encore. Chez nous, dans le Parti communiste, oui ! Ne fais pas semblant d'être étonné, toi, le flic… *Que peux-tu nous dire au sujet des informateurs que tes chefs ont placés chez les FTP ? ou dans le Parti ?*

L'interpellé ne s'attendait pas à cette question brutale. Une technique que pourtant il utilisait souvent, à la section spéciale des recherches[1], lui, l'as des interrogatoires

1. Première appellation de la 3e section des Renseignements généraux.

« psychologiques » ! Il hésite. Le colonel met la main sur l'étui de son arme.

– Votre intérêt est de parler, et vite, inspecteur. *Tout* ce que vous savez sur eux. Régine, tu vas noter ses nouvelles déclarations. Alors ? Sadorski ?

– Je… Les informateurs, ça concernait davantage la 1re section, aux RG. Les spécialistes de la lutte anticommuniste. Il faudrait demander aux inspecteurs Picard, Moret, Texier, Bourgeade…

– On leur demandera dès qu'on aura mis la main sur eux, ne t'en fais pas ! Ce Bourgeade, déjà, a été ramassé hier à l'hôtel rue Campagne-Première où il se terrait, on l'a enfermé au Dépôt. Ce ne sont malheureusement pas les Milices patriotiques qui l'ont arrêté, sinon il serait soumis ici à un interrogatoire maison ! (« Charles » a un rire sec.) Enfin, je pense que les nôtres parmi ses anciens collègues lui font déjà passer un mauvais quart d'heure. Mais dans la minute présente c'est *toi* qui es devant nous. Alors, on t'écoute, mon gars.

– Oui. Euh, à la préfecture nous avions une section dite « Information ». Parce que… à l'automne 1939, votre Parti a plongé dans la clandestinité, ayant été interdit par le gouvernement Daladier. Vous en êtes brièvement sortis en juin 40, à l'arrivée des Allemands, puisque grâce au pacte germano-russe ceux-ci étaient vos alliés…

L'autre le coupe :

– Je t'interdis ces calomnies à propos du pacte ! Avec ce traité de non-agression, l'Union soviétique avait entrepris une politique de dislocation du bloc de ses ennemis, lesquels s'étaient rassemblés sur la base du pacte anti-Komintern ! Les communistes ont *toujours* été au premier rang pour défendre la sécurité du pays, la liberté et l'indépendance contre l'agresseur !… Merde alors, c'est ce que nous avons fait ! Non ?

– Oui, oui… En tout cas, messieurs, vous avez bien joué : que les communistes soient redevenus clandestins a rendu notre tâche de surveillance plus difficile. Il n'y avait plus de réunions publiques, de presse officielle, qui étaient nos moyens traditionnels d'observation... L'importance des indics s'est trouvée accrue. Mes collègues Picard, Bourgeade et Texier, sous les pseudonymes de « Jean », « François » et « Louis », s'occupaient de traiter ces informateurs au sein de votre parti. La plupart de leurs indics étaient d'ailleurs les mêmes qu'avant la guerre... Parfois, à ce que j'ai entendu, des gens très haut placés chez vous dans l'appareil et la hiérarchie... ils étaient volontaires pour cette tâche, qui leur permettait d'arrondir leurs revenus...

Le cliquetis de la machine cesse brusquement. Tout le monde se tourne vers la dactylographe. Sa figure est encore une fois cramoisie. Sa voix tremble :

– P-pardon, je suis désolée, mais... *Je ne peux pas supporter* d'entendre des choses pareilles ! Quand je pense à... à mes frères et sœurs dans la Résistance ! Les torturés, les fusillés, les déportés... Et dans notre Parti il y aurait des chiens, des ordures, des traîtres, qui... pour de l'argent... et ils seront libres, ils pourront circuler en toute quiétude !... On ne peut trouver de l'humanité dans l'esprit des vipères ! Demain, ces hommes continueront leur sale boulot, peut-être sous une autre forme...

– Calme-toi, Régine.

– Pleure pas, ma petite, renchérit « Charles », visiblement touché. Reprends ton travail. Ça va nous aider à les coincer, justement, ces traîtres ! Continue, Sadorski. J'exige des noms !

– Les noms, je ne les connais pas... Ce n'était pas ma section, moi je bossais à la 3e. Tout ce que je peux dire, c'est que le directeur adjoint Baillet et le commissaire Labaume géraient une enveloppe mensuelle d'environ 20 000 francs, pour rétribuer d'une part les informateurs permanents, qui étaient « salariés »... et d'autre part payer « à la pièce » les informateurs occasionnels.

Ceux-là touchaient en général entre 200 et 300 francs à chaque fois.

– Il existe des listes de ces mouchards ?

– Oui, obligatoirement. Un jour Texier m'a montré une chemise avec écrit dessus : « Secret. À détruire en cas d'événement grave. » Elle contenait des feuilles d'engagement. Celle que j'ai vue, sur le dessus de la liasse, portait le nom et la fonction du signataire, accompagnés d'une photo d'identité. Et d'un numéro. Le nom et la fonction, je ne m'en souviens pas. Dans une note manuscrite, ce résistant, en échange de sa libération, promettait de collaborer avec la police dans sa lutte contre, euh... « l'activité communo-terroriste ». Ce n'est pas de moi, c'était formulé comme ça, hein. Ces lettres d'engagement étaient censées constituer un moyen de pression sur eux. Si le type ne fournit rien d'intéressant, il peut imaginer que nous les flics on n'hésitera pas à le griller auprès de son réseau...

– Salopards, grince le colonel.

– Euh... mais en réalité cette directive des Renseignements généraux ne servait pas à grand-chose. Un informateur, pour être utile et fiable, doit être volontaire. On n'obtient pas tout ce qu'on veut par la menace... Aussitôt libérés, beaucoup des signataires se sont évaporés dans la nature, et la section Information n'a jamais eu de leurs nouvelles. Peut-être que votre copain Raph, afin de sortir des locaux de la BS, a signé un de ces papiers mais il n'aura pas osé le dire ensuite à ses chefs, évidemment, de peur d'être exécuté illico ! Cela ne signifie pas qu'il soit un traître à votre cause... Gisèle Rollin elle-même n'en était pas sûre. Dans son message elle a juste dit : « se méfier »...

Sadorski se sent patauger, il parle vite, priant pour que ces maigres renseignements, ces conjectures, suffisent, et que ses tourmenteurs le jugent sincère. S'il connaissait les noms des indics, il les donnerait. Avec joie. Mais il a oublié, *réellement*, celui dans la chemise montrée par Texier ! Maintenant il maudit ce trou de mémoire. Ça leur aurait fourni au moins un os à ronger, aux cocos…

L'homme dans le fauteuil consulte sa montre.

– Je dois retourner rue Le Peletier. Et me préparer à ce foutu rendez-vous au ministère de la Guerre… Merde alors ! Je vais serrer la pince au grand Charles ! Tout ça ne me plaît pas, ça pue le rafistolage d'Alger[1]… Mais ils n'obtiendront pas la dissolution des Milices patriotiques ! Ni leur désarmement ! Jamais ! N'oublie pas, Zouzou, la libération de la patrie n'est que la première étape. Il suffit que l'ordre arrive de la direction, et les FTP partout en France dans les territoires libérés proclameront la république des soviets ! Ça commence déjà, les ouvriers occupent les usines Simca à Nanterre… (Il soupire.) Je compte sur le soutien de Lecœur, il appuiera mon point de vue. Ça va discuter ferme, là-haut. Bordel, je ne sais pas quand je vais trouver le temps de filer à Rennes revoir la famille…

Toujours en ronchonnant, il écrase sa cigarette dans un cendrier posé à ses pieds, puis relève la tête vers le captif prostré sur sa chaise.

– On va te conduire à Fresnes. Tu seras enfermé avec d'autres collabos. D'ici quelques jours, un nouveau détenu arrivera du Dépôt de la préfecture et viendra partager ta cellule. L'inspecteur Bourgeade, dont nous parlions il y a un instant. Tu le connais bien ?

– Pas tellement, non.

– Mais il se souvient de toi ?

1. À la suite du débarquement américain de novembre 1942 en Afrique du Nord, un gouvernement provisoire (antiallemand mais à ses débuts encore lié à Vichy) s'était formé à Alger, dirigé par le général Giraud bientôt supplanté par le général de Gaulle, arrivé de Londres.

– Oui. Je suppose…

– Rappelle-toi à son bon souvenir. Entre flicards ça devrait gazer. Une fois rétablie la confiance mutuelle, arrange-toi pour aiguiller la conversation sur ses mouchards… Tire-lui les vers du nez. Je veux des noms ! Les vipères infiltrées dans le Parti.

– Oui, d'accord, mais… je ne suis pas certain de…

– Tu as intérêt, Sadorski.

L'œil bleu et clair le fixe de nouveau, tandis que l'autre, celui qui dérive vers l'extérieur, paraît interroger le colonel André.

– Sinon, poursuit-il, tu ne reverras jamais ta poule.

Le blessé se fige.

– Ma… ?

– Oui, ta femme, ta légitime. Mme Sadorski prénom Yvette. Née à Limoges. Actuellement détenue pour faits de collaboration.

C'est la première fois, depuis le 25 août, qu'il a des nouvelles directes. Il tremble.

– Vous savez où elle est ?

– Zouzou ? Tu sais, toi ?

L'officier examine un dossier.

– Depuis quatre jours, sauf erreur, transférée au Vél' d'Hiv, d'où elle sera conduite avec les autres à Drancy. Là où vous faisiez interner les Juifs, inspecteur.

Le civil s'est levé, il ouvre la porte. Debout, sa carrure impressionne plus encore, dans le veston croisé large et élégant. Le visage de sénateur romain est crispé, tendu. Cet homme semble toujours sur le point d'éclater et de pousser une grosse gueulante. Strabisme et idéologie mis à part, Sadorski a connu à la police quelques commissaires divisionnaires ou principaux dans son genre.

– À bientôt, petite. On ne chiale plus, pigé ? Tu règles les derniers détails, Zouzou. Je te téléphonerai de là-bas. Ah, aussi, dis aux gars d'arrêter de se servir des voitures réquisitionnées pour faire la noce et balader les filles. Un peu de discipline, merde. Et toi, le flic, je te conseille d'obéir !

La porte claque derrière lui. Le colonel André sourit vaguement en observant son prisonnier.

– Je vais vous faire conduire à une pièce où vous pourrez vous reposer, inspecteur Sadorski. On vous portera de la bière et un sandwich. Dans la matinée des camarades viendront vous chercher pour vous emmener à la maison d'arrêt. Votre blessure sera examinée par un médecin à l'infirmerie de Fresnes, vous recevrez des soins. Si nous obtenons des résultats, c'est-à-dire des noms d'indicateurs, et que vos informations se révèlent exactes, votre épouse sera libérée de Drancy. Aucune charge ne sera retenue contre elle.

– Et… et moi ?

– Vous comparaîtrez devant la Commission d'épuration de la police. Avec votre passé, il est à peu près sûr que vous serez révoqué. Et votre dossier transmis à la cour de justice de la Seine… Mais vous échapperez au peloton d'exécution. Vous avez ma parole ! Le commissaire du gouvernement, à votre procès, proposera les circonstances atténuantes. J'y veillerai.

– J'aurai quand même les travaux forcés, alors…

L'officier hausse les épaules, toujours avec ce sourire fatigué. Sadorski guette son verdict. Il n'a pas l'air d'un trop mauvais bougre, le colonel Zouzou. Pour un communiste…

– À mon avis, dans dix ans vous serez libre. C'est mieux que cette usine où nous avons été vous chercher ce soir. Non ? (Il rit, mais semble à bout de forces, et passe une main sur son front où perlent des gouttes.) Dans une semaine ou deux… un envoyé de l'état-major FTP se fera connaître, et vous interrogera à propos de votre mission. Elle est ultrasecrète, alors pas de bavardages, hein ! Si ces gens que vous cherchez étaient au courant, ils n'hésiteraient pas à vous liquider, ainsi que l'inspecteur Bourgeade… Même à l'intérieur d'un établissement pénitentiaire ! Nous assurerons donc une protection discrète. Quiconque vient de ma part prononcera le mot de passe : « L'Armée rouge a vaincu sur la Volga. » Vous pourrez vous fier à ce camarade. Cette phrase, elle sera peut-être glissée au cours d'une conversation banale, alors ouvrez bien vos oreilles ! Compris ?

– « L'Armée rouge… a vaincu sur la Volga. » Oui, mon colonel. Compris.

– Je vais chercher des FFI pour s'occuper de vous. On ne se reverra sans doute pas, alors bonne chance !

Il a quitté la pièce. Sadorski se laisse aller contre le dossier du siège. La tension de l'interrogatoire l'a épuisé, lui aussi. La dactylo le considère d'un air hostile. Il demande :

– Votre patron, « Charles »… Euh, c'est un homme de caractère. Ça ne plaisante pas tous les jours. Comment s'appelle-t-il ?

L'inspecteur ne compte pas trop sur une réponse. Cette fille à la minerve doit les haïr, lui et tous ses collègues de la maison poulaga ; un éclair de fierté brille dans ses yeux, elle change de position, avec raideur, sur sa chaise.

– Vous ne savez pas qui c'est ? Eh bien, vous venez de parler au commandant en chef de tous les francs-tireurs et partisans français ! Un vrai héros, un révolutionnaire. Le mutin, en Méditerranée, du croiseur le *Guichen*… Il a connu le bagne, la prison, la grève de la faim… C'est Charles Tillon ! Demain, vous verrez, il sera ministre dans le gouvernement de De Gaulle[1] ! Et ensuite, les communistes, et le peuple français, prendront le pouvoir…

1. Ministre de l'Air puis de l'Armement et, dans le gouvernement Ramadier, de la Reconstruction, jusqu'en 1947, Charles Tillon sera radié du Comité central du PCF en 1952 à l'issue d'un « procès » stalinien, en même temps – ironie de l'histoire – qu'André Marty,

Se ravisant, elle ajoute, comme un crachat :

– Mais, en ce qui vous concerne, lui et le colonel André ont beau dire… Moi tout ce que je vous souhaite, monsieur le flic, c'est douze balles dans la peau !

---

l'hyperstalinien inspecteur général des Brigades internationales pendant la guerre d'Espagne.

7

Le bureau des entrées

Les types venus chercher Sadorski dans la pièce exiguë où il a dormi cinq ou six heures, sur un canapé et sans couverture, enfermé à double tour, totalement lessivé par ses expériences de la nuit, paraissent pour la plupart encore plus jeunes que les spécimens FTP rencontrés précédemment. Ils sont vêtus de bleus de chauffe, avec de larges ceintures en cuir, chaussés de bottes de l'armée allemande et, en contradiction avec leurs brassards de la Résistance, arborent des breloques fauchées aux prisonniers désarmés ou sur les cadavres : croix de fer, chaînettes, boucles de ceinturon décorées de l'aigle nazi. Leur chef est le « lieutenant Alain ». Le bras gauche en écharpe, il agite de la main droite un antique revolver d'ordonnance, modèle 1873 calibre 11 mm, et prend des poses d'acteur de théâtre. Il porte également une mitraillette Sten en bandoulière. Sadorski, physionomiste et qui n'oublie jamais un visage, a l'impression de l'avoir déjà vu quelque part – pas sur scène mais peut-être au bar du Pershing, ce restaurant du quartier de la Porte Maillot que fréquentaient collabos, gestapistes et miliciens. Drôle d'endroit pour un soi-disant rouge ! Son adjoint, Marc, un Nord-Africain, sa figure mince basanée ornée d'une petite moustache noire, surveille le policier avec un regard méchant. Une belle fille aux yeux cernés les accompagne, prénommée Chantal, en jupe et chemisier kaki, la taille ceinte d'une épaisse cartouchière bien pourvue en munitions.

On monte dans une Citroën – une autre, pas celle du lieutenant Michel – garée rue du Helder et arborant sur sa carrosserie, outre la désormais traditionnelle croix de Lorraine et son grand V, en lettres blanches peintes à la va-vite : *POLICE FFI*. L'inspecteur est pressé à l'intérieur par deux gamins dotés de semi-automatiques de gros calibre ; les canons de ceux-ci se posent de chaque côté du bandage autour de sa tête, avec des commentaires du genre : « Enfin on le tient ! » et « Tu vas voir, maintenant, mon salaud ! Ordure ! ». Comme si l'ex-inspecteur des RG représentait une vraie prise de choix. Ou, tout bêtement, pour gonfler leur propre importance, en même temps que celle de leur mission. Suant d'angoisse, il espère qu'ils ont songé à pousser le levier de sûreté de leurs armes. Dans une auto roulant à tombeau ouvert sur des chaussées dépavées (il y a peu, cette ville était hérissée de barricades), un coup est vite parti. Et pour ce qui est des Sten, il connaît leur tendance à tirer toutes seules.

Les drapeaux tricolores flottent au faîte de l'Opéra, des bâtiments publics, de l'ancienne Kommandantur et des hôtels de luxe des quartiers du centre. En plein jour la capitale libérée offre un aspect plus riant que durant la nuit. Le long des avenues pavoisées sous le ciel d'été, les vastes terrasses des cafés aux glaces et pare-brise étoilés par les balles se sont remplies de nouveau. À la seule différence que les treillis et blousons kaki de style décontracté des Forces françaises libres ou de l'armée américaine ont remplacé les strictes tenues noir, blanc et vert-de-gris germaniques. On note aussi un nombre surprenant d'officiers français, surgis d'on ne sait où, débarqués peut-être de Londres, d'Alger ou de la réserve de l'ex-armée d'armistice, propres et nets et n'ayant pas vu depuis longtemps le feu de la guerre ; ces vieux uniformes galonnés doivent les gêner aux entournures, et sentir la naphtaline. Les Parisiennes sont installées comme jadis sur les chaises en rotin, jambes croisées, parmi les militaires. Souriantes et fraîches, plus minces en général qu'à l'été 1940, après quatre années de restrictions, elles baragouinent des mots d'anglais – *lovely*, *yes*, *no* au lieu de *wunderbar*, *ja* ou *nein* – en sirotant des sodas, des cocktails, ou bien arpentent gaiement, bras dessus, bras dessous, les larges trottoirs devant les vitrines des boutiques et des agences de voyages. Toujours aussi aguicheuses, l'air insouciant dans ces robes légères aux motifs fleuris. La mode a repris ses droits, avec un fort saupoudrage de couleurs patriotiques. Quant au décor il garde les traces des combats de la semaine sanglante : blindés hors d'usage, voitures de la Wehrmacht calcinées, piles de gravats, rouleaux de fil barbelé, façades endommagées, marques de balles sur la pierre, fenêtres aux carreaux brisés… Mais, à ce que peut en distinguer Sadorski coincé dans la cabine contre ses gardiens, les dégâts qui lui avaient paru considérables lorsqu'il traversait à vélo ces lieux en pleine bagarre, une semaine plus tôt, paraissent minimes depuis que la circulation a repris, vive et grouillante comme avant l'invasion fritze. On revoit les bâtons blancs des agents en képi réglant le trafic, en grande majorité cycliste, au milieu des carrefours. Et l'on ne remarque même plus sur le sol les taches de sang noir qui s'effacent sous les pas des promeneurs.

Conduite par l'Algérien Marc, la « 11 légère » des communistes a descendu l'avenue de l'Opéra à toute vitesse, elle franchit le fleuve par le Pont-Neuf et, boulevard Saint-Germain, doit freiner devant une file interminable de véhicules alliés – jeeps, half-tracks, automitrailleuses, tanks Sherman, pièces de DCA, canons antichars, mitrailleuses jumelées, camions-citernes et GMC transports de troupes. Sous leur casque, les jeunes et solides gaillards bronzés assis à l'ombre des bâches ou penchés au-dessus des ridelles contemplent, ravis, la Ville lumière et ses balcons garnis de drapeaux. Ils jettent des paquets de cigarettes, des boîtes de lait condensé, du café en poudre, du chocolat. On rit, on applaudit, les bras se lèvent, enthousiastes, pour cette distribution qui témoigne des réserves inépuisables des vainqueurs. Des femmes leur offrent des fruits en retour, framboises, poires… On lève aussi le nez vers les nuées d'avions rasant les cheminées : fuselages étincelants, bourdonnements d'hélices, vrombissements de moteurs, tandis que par les croisées ouvertes résonnent des *Marseillaise* et autres chants nationaux – la radio ne joue plus que ça, dirait-on. Sur les trottoirs, la foule réserve bon accueil aux vendeurs de rosettes tricolores et de portraits du général de Gaulle et des généraux alliés. Pendant que des galopins débraillés, en simple pantalon et chemise, pieds nus dans des savates ou des sandales, PM à la bretelle, contrôlent le boulevard et les petites rues du Quartier latin. Bardés de baudriers, de grenades, ils s'amusent à braquer le canon de leur arme sur l'estomac des passants. L'inspecteur grommelle. C'est inouï ! Sa ville livrée aux voyous, aux escarpes, aux cocos ! Et occupée à nouveau par une armée étrangère… On est tombé de Charybde en Scylla ! Tout s'est écroulé, les hommes, les idées, les idoles… L'Europe est en ruine, et sur ses ruines se dressent les faces hideuses de la haine, de la peur, de la bêtise, camouflées sous les oripeaux de cette prétendue « libération » ! En vérité, on nous a libérés de quoi ? Des Allemands, peut-être, mais les autorités fraîchement mises en place vident nos prisons de leurs voleurs et de leurs assassins pour les remplir de manière inédite, avec autant sinon plus d'innocents que de coupables ! Pendant que la racaille déambule sur les trottoirs armée jusqu'aux dents, ivre de son pouvoir tout neuf ! Que les honnêtes gens tremblent, sous la menace de mitraillettes pointées sur leur poitrine par des zazous endoctrinés selon les normes d'une pédagogie du plus pur style moscovite ! Elle est belle, la société qui s'annonce ! Du joli travail ! On devine que dans ce pays le rétablissement de la loi et de l'ordre public n'est pas pour demain.

Place Maubert, la traction vire à droite et attaque la montée de la rue Monge, pour, imagine-t-il, rejoindre par la Porte d'Italie ou la Porte de Gentilly la route de Fresnes. Le lieutenant Alain, assis à l'avant, sa Sten dressée contre la fenêtre, le canon dépassant au-dessus de la glace à demi baissée, n'a sûrement pas de mandat pour cette incarcération. Ce qui va à l'encontre de l'article 609 du Code d'instruction criminelle… Sadorski secoue les épaules. Les codes n'existent plus, avec les Rouges tenant le haut du pavé ! La détention arbitraire va devenir la règle ! C'est pire que du temps des Chleuhs. Au moins, là, on avait des enquêtes sérieuses, des instructions menées par des magistrats, suivies de jugements rendus par des tribunaux légaux, qu'ils soient civils ou militaires ; et c'était sur leur ordre, l'ordre de l'envahisseur, du Teuton honni, que l'on internait et fusillait nos compatriotes ! Quoi qu'on puisse en penser, il faut admettre une certaine logique dans tout ça. Mais aujourd'hui, depuis la victoire, les *Français* arrêtent les Français ! Ils les arrêtent, les pillent, les cognent, les tondent, les fusillent… La plupart du temps sans mandat, sans vérification des faits et sans décision de justice. Quel progrès ! Quelle avancée sur le plan national et politique ! Et quel spectacle aux yeux du monde ! Les journalistes et correspondants de guerre anglo-saxons doivent bien rigoler, ou plutôt nous plaindre…

Ressassant ces réflexions amères, il bout de rage sur sa banquette. De rage, et de désespoir. Bientôt ce sera les retrouvailles avec les lugubres divisions de Fresnes. Les hauts murs gris, les barreaux noirs et l'odeur répulsive de la prison. L'inspecteur y a déjà séjourné cinq mois, de novembre 1943 à mai de cette année, avant son transfert à la Santé. Autour de lui, dans la voiture des bolchos, on bavarde. Les gars, comme le faisaient leurs camarades de la traction de la veille, se vantent de leurs expéditions à Pantin ou à Bobigny ; ces « policiers » de la Résistance vont y chercher à domicile des personnes douteuses pour les exécuter immédiatement, hors jugement. Et, dans les banlieues, ils collent des affiches relatant qu'il est inadmissible que M. Luizet ait été nommé préfet de police sans l'assentiment du peuple. Quelques jours plus tôt, boulevard du Montparnasse, l'équipe du lieutenant a abattu une jeune femme[1] qui s'enfuyait, nue, du centre FFI de l'hôtel du Dôme, rue Léopold-Robert, quatorzième arrondissement. Sadorski apprend aussi que le métro ne circule toujours pas dans Paris, que les soldats américains sont surnommés « les Amerlots », que les commerçants leur font payer des prix prohibitifs, le cours officiel n'étant que de 50 francs en échange d'un dollar, et qu'il y a déjà eu des incidents graves avec des troufions soûls ou énervés.

Les canons des armes de poing ne sont plus appuyés sur les tempes du transféré mais entre ses côtes. La fille – Chantal – rit, elle lui promet les pires abominations, comme si la maison d'arrêt de Fresnes était dédiée aux tortures et aux massacres ! Il en doute. Non, tout de même. Et puis, le colonel André, un des chefs de la Résistance, a besoin de lui pour démasquer les mouchards au sein du Parti. Il lui a promis la vie sauve. Ce héros FTP paraissait sincère et honnête, un brave garçon en dépit de ses idiotes croyances marxistes. Et Tillon, bien que presque entièrement dépourvu de chaleur humaine, semblait respectueux du code de l'honneur.

1. Son nom était Marie Le Guillou. Exécutée devant le 117, boulevard du Montparnasse (Archives de la préfecture de police).

La Citroën a viré autour de la place d'Italie pavoisée de drapeaux, enfilé l'avenue de Choisy que parcourent de très nombreux cyclistes et des camions. Elle ralentit après avoir dépassé un terrain vague, sur la gauche. En vue des jardins du square de Choisy, qui a remplacé l'ancienne usine à gaz du treizième arrondissement, le pilote effectue un brusque demi-tour pour s'arrêter au niveau d'une imposante bâtisse de style moderne, en briques rouges, aux lignes géométriques. Sadorski la reconnaît : il se rappelle que la Wehrmacht, sous l'occupation, y faisait soigner son personnel par une équipe de chirurgiens-dentistes de l'armée, détachés du *Kriegslazarett, Abteilung 680*[1] de l'hôpital de la Pitié réquisitionné par les Boches. Cet établissement qui borde le square, construit dans les années 1930 grâce à la fortune laissée par un philanthrope américain, fondateur de la compagnie Kodak, était à l'origine une sorte de dispensaire où l'on rebouchait à bas prix les caries des nécessiteux. Il a entendu dire que cet immeuble est désormais occupé par les FFI. On y fait halte aujourd'hui pour ramasser un autre suspect destiné à Fresnes ? Si c'est le cas, les passagers vont finir tassés comme des sardines…

Marc tire le frein à main et coupe le contact. Le lieutenant Alain claironne :

– Terminus, pour toi, la flicaille des Brigades spéciales ! Allez, tout le monde descend !

Les canons froids des pistolets le poussent dans les côtes, dans les reins. Sadorski ahuri est jeté hors de l'automobile. Il récolte des bourrades et des coups de crosse. Tente de protester :

– Le… le colonel André m'a dit qu'on allait à Fresnes…

Rires et quolibets en retour.

1. Hôpital militaire, département 680.

– Fresnes ? Tu t'prends pour qui ? pour un ministre ? ou p'têt' pour Sacha Guitry ?

– Ou pour Raimu ? (Nouveaux éclats de rire.)

– Mais…

– Y a pas de « mais », mon bonhomme ! De toute façon y a plus une cellule de libre là-bas, c'est farci à ras bords de collabos. Saloperie de traître ! Ton compte est bon !

Le conducteur ponctue son affirmation par un coup de pied vicieux dans le tibia de Sadorski. Son chef ricane :

– Tu vas faire connaissance avec le PC Fabien, p'tit gars. Hôtel quatre étoiles, tout confort, salle de projection, conférences scientifiques…

– Activités sportives ! renchérit la résistante. La boxe, surtout, à ce qu'on m'a dit.

– Et stand de tir… Tu seras récompensé suivant tes mérites.

– La belle vie, quoi, conclut l'Algérien.

– Belle mais brève, mon lascar…

– T'inquiète pas, on va t'arranger !

Les beaux yeux fatigués de Chantal le fixent avec une hostilité maximale. Il sent que cela la démange de presser la détente de son 7,65. Le jeune à l'accent gouailleur qui était assis sur sa gauche empoigne le captif par le bras et l'entraîne sans ménagement. Ils empruntent une étroite rue asphaltée perpendiculaire à l'avenue, partant de son n° 176, où deux tractions FFI attendent, stationnées en file indienne. Environ cinquante mètres plus loin, laissant le terrain vague sur leur gauche, ils franchissent une grille, derrière laquelle est garée une camionnette bâchée Renault, pour pénétrer dans le jardin ombragé, luxuriant et parfumé qui entoure l'institut sur trois de ses côtés. Au centre de cette façade nord, par-dessus le mince auvent que décore une caravelle de bronze stylisée, on lit en lettres capitales sur les briques rouges : *FONDATION GEORGE EASTMAN*. Des enfants piaillent au loin dans la direction du square de Choisy. Mais ici, hormis les pépiements de quelques oiseaux dans les branches, c'est le silence qui règne. Un calme étrange, vaguement oppressant. Par les allées de gravier le groupe armé contourne le grand bâtiment. Cela ressemble à une clinique, ou à une école, une université. Ou à des bureaux d'étude industriels. Hautes fenêtres étroites, baies vitrées et hublots percent ces murs aux lignes sobres et élégantes, quasi futuristes – mais Sadorski n'en a cure, il n'est pas venu pour admirer l'esthétique du lieu, ni s'essayer à la critique architecturale ! La crainte et la consternation l'ont envahi. Son estomac se noue, il a la bouche sèche, des frissons, et se remet à transpirer… Pourquoi le débarquer ici et pas à Fresnes, au mépris des ordres ? Que fabriquent les communistes dans ce « PC Fabien[1] » ? Il a entendu l'appellation à plusieurs reprises au fil de la nuit. Chaque fois prononcée sur un ton du genre inquiétant.

L'Algérien ouvre une petite porte latérale vitrée, au rez-de-chaussée de l'aile ouest, que dominent deux hublots percés l'un sous l'autre à quelques mètres de distance. Avec force bourrades, coups de crosse et insultes, le prisonnier est poussé à travers des corridors éclairés à l'électricité – ici on ne manque pas de courant – et, au

1. Si les FTP de Paris-Sud désignaient par ce surnom l'institut dentaire George-Eastman, le véritable PC de Pierre Georges *alias* le colonel Fabien durant l'insurrection était en réalité situé tout près, dans les locaux de l'École de la meunerie, 16, rue Nicolas-Fortin – aujourd'hui conservatoire de musique du 13e arrondissement –, construit dans un style similaire en briques rouges. Il n'existe aucune preuve d'une présence effective de Fabien (qui, au début de septembre 1944, organisait dans les casernes parisiennes les combattants FFI incorporés dans le groupement tactique de Lorraine, en partance vers l'est pour rejoindre l'armée de Lattre) à l'institut de l'avenue de Choisy.

passage, entrevoit des salles d'étude, claires et meublées assez luxueusement de tables et de fauteuils modernes. On tourne à angle droit et grimpe des volées de marches. Puis, à travers une immense baie vitrée tout en hauteur, le jardin apparaît : lumineux et tranquille avec ses allées, ses massifs fleuris, sa pièce d'eau, et en fond de décor les bassins, les fontaines, les grands arbres du square où circulent, en ce chaud samedi de septembre, les silhouettes lointaines de badauds et de promeneurs.

Le groupe a rejoint un vaste vestibule dallé, très haut sous plafond et coupé de larges colonnes. Du côté de l'aile droite par laquelle ils sont entrés, Sadorski remarque une grande porte double à battants dotés de hublots. C'est curieux : il émane de derrière la porte comme une sorte de pesant silence. En même temps que la sensation – l'inspecteur a les nerfs à vif – d'une présence humaine peut-être nombreuse. Mais que signifie ce silence, ou plutôt, ce qu'il perçoit maintenant en dépit du bandage, de très légers bruits étouffés, une rumeur sourde ?... Il n'y pige rien. De même qu'il ne pige rien à sa venue dans cet immeuble propre et net qui ne ressemble guère à un centre de détention ou d'interrogatoire...

Près de cette porte, un large guichet vitré, à travers lequel il distingue des tables et des gens. Le bureau des entrées, précise Marc. Le policier y est introduit avec une présentation excitée, triomphale, du lieutenant qui brandit son lourd revolver à gros canon :

– Regardez, un nouveau pensionnaire, camarades ! Pas n'importe qui : le bourreau Sadorski, un des chefs de la Brigade spéciale ! Il a été démasqué au Val-de-Grâce où il se planquait ! On vous le ramène de l'état-major des FTP ! En présence du colonel André, il s'est effondré et a avoué tous ses crimes...

L'annonce a été délivrée sur le mode théâtral, avec un certain sens du spectacle. Le bras en écharpe et l'impressionnante arme de poing ajoutent du pittoresque au tableau. Les conversations s'interrompent, tout le monde dévisage le « tortionnaire » avec intérêt.

Un homme mince d'une quarantaine d'années, en vareuse de l'armée française, aux galons de capitaine cousus de traviole, officie à une longue table au fond de la pièce, équipée d'un téléphone en bakélite blanche et jonchée de chemises éparses, de tampons et de feuilles de papier. Il discute avec un couple de bourgeois assis en face de lui. L'assiste un petit vieux maigre et chauve, aux allures de greffier ou de clerc de notaire. Dans un autre coin du bureau, une jeune femme rousse, jolie, au teint pâle, grasse et flegmatique, tape mollement à la machine. Un matelas douteux traîne sur le sol. Sur un banc près de la fenêtre qui donne sur la rue et son terrain vague à l'arrière de l'immeuble, trois gaillards à cartouchières, pistolets et mitraillettes Sten et MAS 38, surveillent la scène en fumant et en bâillant.

Le personnage qui trône à la table, brun, visage osseux, yeux noirs très enfoncés, paraît d'excellente humeur. Il considère les arrivants et leur officier à la posture héroïque. Et, allumant une cigarette américaine :

– C'est bien, c'est bien, lieutenant ! mais attendez ici, les gars. Je n'ai pas fini d'interroger M. et Mme Château. Mettez-vous où vous pourrez. Et qu'on fouille ce flic pendant ce temps-là !

Le vieux se lève pour rejoindre Sadorski en grommelant et en secouant la tête. Lui et la secrétaire sont les seuls, parmi les résistants du local d'accueil, à ne pas exhiber d'arme. L'air triste et maussade, il marmonne tout en pratiquant la fouille, et sautillant bizarrement autour du fouillé : « Si c'est pas malheureux... Encore un qui a trahi la France... Ah, qu'est-ce qu'y faut pas voir... » L'examen est peu professionnel, il ne trouve même pas la dernière cigarette restée dans la poche de veston. Le type aux yeux noirs s'adresse sur un ton jovial à ses vis-à-vis :

– Bon, en fin de compte je ne constate rien de trop

grave dans votre affaire, monsieur le député Château. Votre erreur est de n'avoir pas, au contraire de nous, eu foi dans Staline et dans l'Armée rouge… Hé ! vous n'avez pas, en 1940, prévu que l'URSS se jetterait bientôt dans la lutte et nous sauverait tous ! Vous, un ancien radical-socialiste, êtes tombé dans le piège du pacifisme ! Et vous avez voté les pleins pouvoirs à cette infâme crapule de Pétain ! Mais quelle stupidité ! Le Parti communiste est le *seul* qui a vu clair ! (Sadorski le regarde se rengorger. Un chef de bureau non seulement volubile, mais fort satisfait de soi.) Alors voilà : je vais faire un rapport au capitaine Bernard. C'est lui qui commande ici, au bénéfice de l'âge. Il décidera. Moi je suis le capitaine Rivier. Peut-être voudra-t-il vous entendre tous les deux. Mais je lui proposerai de vous libérer sans tarder. Vous pourrez sans doute partir ce soir, avec madame. Et je suis certain que d'ici deux ou trois mois, monsieur Château, nous combattrons dans les mêmes rangs. Qu'en pensez-vous ?

Le nommé Château, un brun trapu assez petit, au visage rectangulaire, yeux vifs et menton énergique, s'est rasséréné durant ce discours. Sadorski trouve son soulagement non seulement risible mais obscène et répugnant. Lui, hélas, n'aura pas droit à pareille mansuétude. On ne propose pas à un « tortionnaire de la Brigade spéciale » de combattre bientôt dans les rangs des Rouges ! Désormais il va lui falloir jouer serré, profiter des points faibles, des bonnes dispositions éventuelles de cet imbécile satisfait de Rivier. Sinon, l'exécution prévue dans un trou de bombe à Noisy-le-Sec n'aura été que déplacée et retardée de quelques heures…

Encore nerveux, le bourgeois bredouille, non sans hypocrisie :

– Euh, en effet, mon capitaine, les militants de gauche feraient mieux de se soutenir et se rassembler, plutôt que de se chercher des poux…

Sa propre expression le fait glousser, et le capitaine Rivier sourit largement, enchanté dirait-on à la perspective de convergences politiques avec un démocrate honnête que l'on peut encore récupérer… À cet instant la femme, qui se serrait contre son mari, se crispe, en écarquillant les yeux. Sadorski suit son regard et se tourne vers le guichet.

Un détenu vient d'entrer, encadré par deux FTP. C'est une vision de cauchemar. Sa tête boursouflée ressemble à quelque énorme pomme de terre avariée, pourrie. La peau du visage qui a viré au marron et au noir laisse affleurer le sang des petits vaisseaux éclatés. Les lèvres enflées, à vif, sont comme craquelées par des engelures saignantes. Un œil est fermé, l'autre, entre des bourrelets de chair déformée, apparaît minuscule, figé, sans expression, et fait penser à un petit œil de porc. Constatant l'émoi de Mme Château, le vieux clerc chauve, qui a terminé la fouille du policier, commente, gêné :

– Celui-là, c'est un dur, de la LVF[1]. Alors, vous comprenez…

Un des gardes questionne :

– Qu'est-ce qu'on en fait, mon capitaine ?

– Il passera devant le tribunal, répond Rivier. Cette nuit. On attend le retour du capitaine Bernard. Pour le moment, reconduisez-le à la salle.

Ils font demi-tour. Sadorski voit s'ouvrir la grande porte du fond, avec ses hublots. Le trio est avalé à l'intérieur, les battants se referment. Sur le silence.

Près de Sadorski, l'ancien député socialiste se racle la gorge.

– Euh, mon capitaine, je… j'aimerais qu'en me libérant, on me donne une pièce attestant que mon cas a

1. Légion des volontaires français contre le bolchevisme, créée en 1941 pour se joindre à la Waffen SS sur le front est, face à l'Armée rouge.

été sérieusement examiné, et décrété net. Une telle pièce assurerait ma tranquillité future…

Rivier a froncé les sourcils.

– C'est-à-dire ?

– Eh bien, je désire que vous ne me jugiez pas seulement sur mes paroles. Je souhaiterais mettre sous vos yeux des documents qui confirmeront ce que je vous ai raconté… Notamment des circulaires que j'ai adressées à mon syndicat, durant l'occupation allemande, et certains échos dans la presse collaborationniste, dirigés contre ma personne…

– Et où sont ces documents ?

– Chez moi. Dans une enveloppe cachée sous un meuble, depuis mes démêlés avec la Gestapo… Voudriez-vous les envoyer prendre ? Ils vous aideront à faire partager au capitaine Bernard la conviction que vous avez de mon innocence…

Le résistant tire sur sa cigarette, recrache pensivement la fumée.

– D'accord, pourquoi pas. À la réflexion votre proposition est loyale, et très judicieuse. Je vais appeler chez vous.

Son interlocuteur semble soudain inquiet.

– Euh… vous n'envoyez pas un de vos hommes ?

– Pourquoi ? Il y a encore des FTP dans votre appartement. J'ai ici le numéro de la concierge…

Il le compose sur le cadran du téléphone. Les prisonniers écoutent Rivier s'adresser à la pipelette, réclamer un des « jeunes gens qui ont arrêté M. Château ». Au bout de quelques minutes d'un silence tendu – l'épouse paraît sur le point de s'évanouir –, une voix résonne au fond de l'écouteur. Le capitaine répète les indications sur l'emplacement de l'enveloppe, ordonne qu'on apporte celle-ci au PC Fabien de toute urgence. Il raccroche en souriant.

– Les petits gars vont bientôt venir, monsieur, ne vous inquiétez pas. Vous non plus, chère madame. Votre époux et vous-même n'avez donc qu'à attendre tranquillement. Asseyez-vous sur ces chaises, là-bas. On vous donnera des sandwichs. (Il fait signe au lieutenant Alain et à sa bande.) Reprenez la bagnole et filez à Villejuif, passage Laury. Vous alpaguez le proprio d'une boucherie chevaline, nommé Delamarre René, qui aurait dénoncé des patriotes – notamment M. et Mme Gauchet Bertrand, domiciliés à Gentilly, les flics ont trouvé chez eux des disques communistes. Le mari a été déporté en Allemagne depuis le camp de Compiègne, après des mois à la Santé et aux Tourelles. Sa famille n'a pas de nouvelles de lui, ils ont un malheureux enfant de douze ans qui sera sans doute orphelin, la femme a fait une déposition et porté plainte… Ramenez-moi ce Delamarre, je vous autorise à lui faire une tête au carré, à ce salaud, après quoi j'aurai des questions à lui poser. Bon, les gars, nous manquons de bicyclettes. Alors ensuite cet après-midi allez vous poster sur les Champs-Élysées. Vous ferez descendre trois bourgeois de leurs vélos. Et vous les ramènerez ici. Les vélos, pas les bourgeois. (Il rit.) Écrivez vous-mêmes les ordres, voici du papier et un tampon !

Et, avec un clin d'œil à l'intention du couple Château :

– Récupération révolutionnaire…

Puis il pivote vers Sadorski.

– À nous ! Le poulet ! Comme ça, tu es un chef de la Brigade spéciale ? Le capitaine Coty m'a parlé de toi…

8

Sur les listes noires

– Nom, prénoms ?

– Sadorski, Léon, René, Octave.

– Date de naissance ?

– Le 10 août 1900.

– À ?

– Sfax, Tunisie.

– Adresse ?

– 50, quai des Célestins, Paris, quatrième.

– Date d'entrée dans la police ?

– 14 décembre 1920, en qualité d'inspecteur stagiaire. Titularisé le 18 janvier 1922.

– Grade actuel ?

– Inspecteur principal adjoint, à la 3e section de la direction générale des Renseignements généraux et des Jeux…

La dactylo rousse fait crépiter sa machine, en retard sur les questions comme sur les réponses.

– On devait te fusiller hier, observe Rivier, parcourant des notes dans un carnet. Ce n'est que partie remise. Tu t'en doutes, non ?

Le prisonnier, debout devant la longue table couverte de dossiers, de listes, d'interrogatoires de suspects, a disposé d'un court délai pour se fabriquer une défense, échafauder des justifications, préparer des mensonges plausibles, pendant qu'il étudiait l'officier rouge. Aujourd'hui Sadorski est conscient que sa vie, une fois de plus, va dépendre de sa ruse, de son talent manipulateur, de sa longue expérience de flic politique… sans oublier sa connaissance, acquise à la dure, de la psychologie de notre pauvre espèce humaine. Après une quinte de toux, l'air très malheureux, il bredouille :

– Vos camarades ont été induits en erreur par des policiers jaloux… qui, eux, en auraient beaucoup, à se reprocher ! Oui, contrairement à ce qu'on vous a dit, mon capitaine, *vous avez devant vous un résistant* ! Un fils du peuple, un homme qui a tout fait, sous l'occupation nazie… pour protéger les Juifs, et couler les enquêtes visant des patriotes FTP… Et je n'ai *jamais* appartenu aux Brigades spéciales ! Vous pouvez vérifier à la préfecture…

Rivier sourit.

– Tu m'en diras tant… Vous êtes tous pareils, les miliciens, les collabos, les gestapistes, les crapules hitlériennes… À vous croire, vous seriez tous de la Résistance ! Gaby, tu peux arrêter de taper, ça me suffit comme ça.

– Écoutez-moi, mon capitaine… Je vais tout vous raconter… Je suis né dans la banlieue de Sfax il y a quarante-quatre ans… Mon père, un immigré d'origine polonaise, et demi-juif, vivait misérablement de la cueillette des olives… (En réalité, le vieux grigou était propriétaire de sa ferme, et de milliers d'hectares d'oliviers, y employant pour des salaires de famine quarante à cinquante indigènes, terrorisés par des contremaîtres armés de revolvers et de gourdins.) Et ma pauvre maman, bonne à tout faire chez des colons, elle a trimé toute sa vie, avant de mourir de son cancer… En 1917 je m'étais engagé volontairement, en trichant sur mon âge, et j'ai été blessé deux fois à Verdun… Médaille militaire, croix de guerre 14-18… Vous pouvez vérifier ! Ensuite je suis resté en métropole, et j'ai essayé l'école de police… Mes origines pauvres, mon statut de Français de Tunisie, ça leur a déplu, à ma hiérarchie… Je n'étais pas un Français 100 pour 100, à leurs yeux… Malgré mes bonnes notes, ma carrière a avancé au ralenti, j'ai mis vingt ans pour passer brigadier-chef… Alors qu'aux BS, où on entrait sur la base du volontariat, un simple gardien de la paix avant juin 40, pouvait obtenir le même grade que moi, au bout d'un an à peine ! En tapant sur les patriotes !… Moi je n'ai jamais voulu entrer aux Brigades spéciales ! Jamais !… Mon boulot, au début de la guerre, c'était de démasquer les espions allemands. Ma section s'appelait la « section spéciale des recherches »… Plus tard on l'a transformée en « 3e section »…

Le chef de bureau écoute, l'air dubitatif, mais intéressé. Il fait tomber de la cendre de sa cigarette, en tapotant du bout de l'index.

– Ce n'est pas un des services chargés d'arrêter les Juifs ?

– Précisément, mon capitaine ! Précisément ! Ça me débectait plus qu'autre chose… Parce que les Juifs, je les connaissais bien, à Sfax tous mes amis étaient juifs !… Comme moi-même, oui, par ma grand-mère, une ouvrière polonaise qui se prénommait Sarah !… D'ailleurs la Gestapo m'a questionné à ce sujet, ça leur avait mis la puce à l'oreille… Enfin, bref, nous à la PP on avait des ordres de nos chefs, qui rampaient devant les Boches… Quand il y a eu les rafles, on nous pressait de faire du chiffre… Mais moi, autant que j'ai pu, les you… les Juifs, je les laissais filer ! Je les relaxais !… Même, je me rappelle, deux fois j'ai essayé d'en faire sortir, du Vél' d'Hiv et de Drancy… En prenant des risques… Deux Juives, des mères de famille… je me souviens de leurs noms, Chana Rosenwajn… et Mirla Wasserman[1].

1. Voir, respectivement, *L'Étoile jaune de l'inspecteur Sadorski* et *Sadorski et l'ange du péché*.

– Je veux bien, mais où sont les preuves ?

– On pourrait les obtenir… en interrogeant, par exemple, le lieutenant de gendarmerie qui triait les fiches, en 1942 au bureau du Vél' d'Hiv, ça doit être le lundi 20 juillet que j'ai été le voir… quand ils foutaient les Juifs dans des bus pour les évacuer du vélodrome vers la gare d'Austerlitz et les camps du Loiret… C'est là qu'a été expédiée cette malheureuse, avec son môme qui était malade… Et pour l'autre, Mme Wasserman, si vous retrouvez l'interprète de Drancy, l'inspecteur Koerperich… Il se rappellera sûrement… Le 23 ou le 25 mars de l'année dernière, au départ du train…

L'autre ricane.

– Tu crois qu'on a le temps et les effectifs pour une telle enquête ? Alors que tu comparais devant le tribunal dès ce soir avec le salopard de légionnaire ? Non, Sadorski, ton compte est bon.

– Attendez, attendez, mon capitaine ! J'ai fait plus, je cachais une jeune Juive chez moi ! Depuis la grande rafle…

– Ah, tiens. Elle est où ? Si c'est à Paris, je peux la faire venir ici, on vérifiera. Tu vois, je suis pas mauvais bougre… Le communisme, c'est aussi la justice !

– Oui, mon capitaine, je suis d'accord, mais… La pauvre petite Julie Odwak, le 25 août pendant l'insurrection, elle et ses copains de lycée ils ont voulu faire le coup de feu contre les Boches ! Ils ont participé à l'attaque de la caserne Prince-Eugène, à République !… Et… leur traction a été mitraillée par les SS présents sur la place… Les nazis les ont massacrés… sauf Julie qu'ils ont emmenée, je ne sais pas où…

Brusquement, un sanglot l'étouffe. Il comptait simuler quelques pleurs, voilà qu'il chiale vraiment ! Ça l'a pris d'un coup, en songeant à Julie. Parce qu'il l'aimait, oui ! ce n'était pas qu'une obsession perverse pour la gamine de l'entresol… Ils ont vécu presque deux ans ensemble, dans le minuscule appartement des Sadorski… Et elle lui a donné un fils. À présent, elle est morte. Ou esclave dans un de ces camps, en Allemagne ou en Pologne…

Son interrogateur l'observe, surpris. Voire ému, par ce chagrin manifestement sincère.

– Remets-toi, mon gars. Tiens, attrape une chaise, assieds-toi.

– M-merci.

Rivier a commencé de prendre des notes sur une feuille de papier.

– Tout ça c'est bien beau, mais faudrait m'expliquer en quoi ça fait de toi un résistant.

Sadorski se mouche bruyamment – le Dr Larruy gardait un mouchoir propre dans une poche de son veston, à l'hôpital, et le chauve ne l'a pas piqué pendant la fouille –, puis il essuie son œil valide.

– Je… je vais tout vous expliquer, mon capitaine. Au début de l'occupation boche, il y avait, au sein de la police française, un petit groupe clandestin nommé l'Armée des volontaires… (Il se concentre, s'efforçant de se rappeler ce que lui disait son adjoint Magne, à une terrasse des Grands Boulevards, tandis qu'ils éclusaient des bières par une torride journée d'été, peu avant que les Rouges donnent le signal de la grande bagarre antiboche… Quant à la suite, en se basant sur ses souvenirs il saura improviser.) Je… j'en faisais partie. La plupart de mes collègues de ce réseau ont été déportés au printemps 42. Moi-même, j'ai été arrêté et transféré à Berlin, début avril, avec mon ancien patron le commissaire Louisille[1] qui, lui, est toujours aux camps… La Gestapo de l'Alexanderplatz m'a torturé, afin de mieux connaître les Allemands antinazis réfugiés en France avant la guerre, que je surveillais dans le

1. Voir *L'Affaire Léon Sadorski*.

cadre de ma section… Je n'ai pas parlé… (En fait il a balancé tout ce qu'il a pu.) Ils ont fini par renoncer après cinq semaines et m'ont permis de rentrer à Paris. Là, avec mon collègue et ami l'inspecteur Robert Bauger, on a décidé de reprendre la lutte… À deux, on a tendu un piège à une fouine de la Gestapo, le *Kriminal Oberassistent* Pisk…

– Le criminal quoi ?

– *Kriminal Oberassistent*, mon capitaine. « Assistant-chef de police criminelle », si vous traduisez littéralement. Ça correspond plus ou moins à mon grade d'inspecteur principal adjoint, chez nous. Mais c'était un SS ! On a trouvé son livret de la Sipo-SD, à cette ordure, lorsqu'on a fouillé sa serviette après l'avoir tué…

– Vous l'avez descendu ?

– Étranglé, pour être exact, mon capitaine… Ça s'est passé dans une chambre d'hôtel de la rue Vivienne, dans le deuxième arrondissement. L'hôtel des Panoramas. Vous pourrez vérifier, si vous demandez à vos camarades du Front national de la police, à la caserne de la Cité… cet attentat figure certainement dans les rapports de quinzaine des Renseignements généraux. En date du 19 mars 1943.

L'officier souffle la fumée avant de poser sa cigarette sur un coin de cendrier. Il inscrit la date, ainsi que le nom et l'adresse de l'hôtel.

– Je vais leur téléphoner. Mais je n'aurai sûrement pas la réponse ce soir… Et ton collègue, ce Bauger ?

Sadorski soupire, avec une tristesse bien imitée.

– Les Boches l'ont eu. Ce brave Robert n'a pas parlé sous la torture… il est déporté, à présent. J'ignore s'il est encore en vie. La Gestapo m'a arrêté plus tard, pour une autre affaire, en novembre 43. Je suis tombé parce que les BS avaient filoché mon agent de liaison… Jacqueline *alias* « Marthe », du réseau Éleuthère… La pauvre a été horriblement torturée, ils l'ont plongée dans la baignoire, rue des Saussaies[1]… Alors elle a lâché mon nom… J'ai été arrêté par le sous-lieutenant Maag, de la Gestapo… et torturé moi aussi. Ils m'ont limé les dents, je peux vous montrer ! Voyez-vous, à Paris mes voisins du dessus, au 50, quai des Célestins, appartenaient à la résistance gaulliste… Nous avions, euh, joint nos forces, pour ainsi dire… Le colonel de Birague, et sa femme… et leur opérateur radio… Tout ça, vous pouvez vérifier, mon capitaine. Il y a eu une descente des Boches dans notre immeuble, le… ça devait être le 11 novembre 43. Marthe et moi on est tombés le lendemain. J'ai fait huit mois de taule, à Fresnes puis à la Santé… Ils m'ont relaxé faute de preuves, en juillet dernier. Contrairement à elle, je n'ai pas parlé. Rien, pas même les tortures, n'excuse la délation, mon capitaine… Un délateur est un traître, doublé d'un imbécile ! Il aggrave ses souffrances parce que quand les fascistes ont repéré un sujet faible, ils le torturent même s'il a tout donné… en espérant qu'il donnera encore… Neuf fois sur dix, ils le supprimeront ensuite !… Et si par extraordinaire la Gestapo et la police de Laval ne se débarrassent pas de lui, les patriotes ne pardonneront pas, il subira le châtiment réservé aux traîtres ! (Sadorski vient de se remémorer, opportunément, les phrases de Charles Tillon.) Ma copine de liaison a été déportée de Romainville par le convoi du 15 août…

– Attends, pas si vite.

La feuille est déjà remplie, Rivier en attrape une vierge sur le plateau de la table. Il transpire.

– Et pendant l'insurrection ? Quels sont tes états de service ?

1. Un des principaux centres de la Sipo-SD à Paris, situé dans les anciens locaux de la Sûreté nationale et du ministère de l'Intérieur. Pour l'arrestation de Jacqueline Perret – racontée ici de manière fantaisiste –, voir *La Gestapo Sadorski*.

– La Gestapo m'avait arrêté de nouveau. Une bande de gestapaches, Allemands et Français mêlés, aux ordres d'un salopard d'espion nazi nommé Friedrich Berger, dans le seizième arrondissement, rue de la Pompe puis avenue Victor-Hugo… J'étais enfermé avec une résistante qui s'appelait Louise Zembrowski. Ils l'ont emmenée, moi j'ai réussi à m'échapper. Mes adjoints l'inspecteur spécial Magne et l'inspecteur spécial Piazza étaient entrés dans le mouvement Honneur de la police, ils ont occupé la préfecture. Moi, je me battais dans les troisième et onzième arrondissements, avec les Milices patriotiques, on a participé à la prise de la caserne Prince-Eugène et de l'hôtel Moderne… Y a sûrement de vos camarades, là-bas dans le quartier de la République, qui se souviennent de moi…

– Pas facile à vérifier, commente le capitaine. Et ta blessure ? C'est là que t'as été blessé à la tête ?

Il hésite. Raconter son lynchage par la foule avide de sang de milicien ne serait pas du meilleur effet chez les cocos, eux-mêmes spécialistes en justice expéditive. Mieux vaut rester vague, risquer une légère entorse à la vérité :

– Non, c'était le lendemain, le samedi 26 au soir, pendant le bombardement par l'aviation nazie… On m'a relevé dans les décombres et transporté à l'hosto… J'avais perdu un œil. Je…

Un type arrive derrière Sadorski, le coupe.

– J'ai dégoté un revolver, j'ai un revolver, capitaine ! Je veux un port d'arme !

Le responsable pousse un grognement.

– Et merde, fais-le toi-même, prends un tampon ! Où est le tampon ? Passez-lui le tampon.

Le FFI rédige son permis de port d'arme, sur le premier bout de papier venu. Puis le clerc de notaire assène un grand coup de tampon. Le résistant repart satisfait. Il est remplacé par un jeune couple, le mari et la femme, en tenue de camping, les jambes nues ; l'homme porte une mitraillette, son épouse un fusil Mauser à la bretelle et un pistolet Union, calibre 6,35, à la ceinture. Le gars tient son épouse par la taille, de vrais tourtereaux ! Mais des tourtereaux armés jusqu'aux dents.

– On vient se rendre utiles, déclare le mari. Confiez-nous une mission !

– Ah, dit Rivier. Très bien. Vous deux allez me chercher Canon, Henri, dit Gabin, un salopard du RNP et du MSR. Voici l'adresse : 15, rue d'Albouy, dans le dixième. Le gars est limonadier restaurateur. Si vous le ramenez mort, je m'en fous. Il a de la chance d'être encore en vie. Je l'ai guetté trois soirs de suite, pendant la clandestinité. C'est un hasard si je ne l'ai pas descendu.

– Oh ! moi, proclame la campeuse, je lui tirerai bien dedans !

Ils s'en vont munis de l'adresse. Le chef se ravise :

– Non, ramenez-le plutôt vivant ! J'ai envie de le passer moi-même à la casserole !

Puis il se retourne vers Sadorski.

– Je ne sais plus quoi faire de toi. Écoute, en attendant le capitaine Bernard, seul habilité à prendre une décision à ton sujet, tu pourrais nous fournir des renseignements. Tu étais aux Renseignements généraux, hein ?

– Oui, je vous l'ai dit…

– Alors tu dois être bien renseigné, de façon générale. (Il s'esclaffe de sa plaisanterie.) Regarde cette liste. Où est-ce que je l'ai foutue ? Ah, voilà.

Il lui tend deux feuilles dactylographiées réunies par un trombone. Sadorski plisse les paupières, avec une grimace.

– J'ai perdu mes lunettes dans le bombardement…

– Lis sous la lampe.

Rivier braque l'abat-jour dans sa direction. Le prisonnier déchiffre :

PREMIÈRE LISTE d'ÉCRIVAINS et de JOURNALISTES s'étant MAL CONDUITS

Jean LEFRANC (de son vrai nom GIRAUD)	*A appartenu au cabinet de BRINON. À arrêter.*
André DUBOSC	*Qu'il faut considérer comme un agent japonais besogneux. À arrêter.*
André THÉRIVE	*A collaboré à la « Pariser Zeitung », « Je suis partout », etc. À arrêter.*
Paul LOMBARD	*Dénonciateur de Patriotes dans « Gringoire ». À arrêter.*
Jean VIGNAUD	*Président de la Société des Gens de Lettres, très collaborationniste dès le premier jour. À arrêter.*
Horace de CARBUCCIA	*Directeur de « Gringoire ». À arrêter.*
Jacques BOULENGER	*Membre du Comité Directeur de la L.V.F. À arrêter.*
Jean AJALBERT	*Collaborationniste notoire et provocant. À arrêter.*
Pierre DOMINIQUE	*Ancien Directeur de l'Agence Havas, qui a signé le traité mettant cette agence sous la coupe allemande. À arrêter.*
Louis-Léon MARTIN	*Collaborateur des « Nouveaux Temps », assez virulent. À arrêter.*

Robert LORETTE	*Représentant de « Paris-Soir » à Zurich, venu dans les premières années régulièrement en France, et qui a négocié avec les Allemands pour le compte de Prouvost. À arrêter.*
Jules SAUERWEIN	*S'est livré également à des tractations du même genre ; a fait de la propagande en France pour le compte du gouvernement allemand (Conférences). À arrêter.*
Étienne REY	*A collaboré aux « Nouveaux Temps » d'une façon particulièrement agressive. L'interroger, lui interdire l'exercice de la profession, lui assigner une résidence forcée.*
Raymond CARTIER	*Ancien rédacteur en chef de « l'Époque », et ensuite de « Sept jours », jusqu'à la disparition de ce journal. Germanophile par besoin d'argent et vanité. Interroger, interdire l'exercice de la profession, mettre en résidence forcée.*
Lucien SOUCHON	*Représentant de la presse de province auprès de Vichy. « Révolution Nationale[1] » acharné. À arrêter.*

1. C'est-à-dire pétainiste.

Henri MASSIS	*Conférencier de l'exposition antibolchevique, Membre du Conseil National, directeur de la « Revue universelle », antigaulliste. À arrêter.*
Henri BÉRAUD	*Collaborateur de « Gringoire ». À arrêter.*
St. AULAIRE	*Collaborateur répugnant de « Frontières ». À arrêter.*
Jacques CHARDONNE	*Collaborationniste de la première heure. À arrêter.*
Maurice PRIVAT	*Journaliste véreux qu'on voit reparaître dans les ministères. Lui interdire l'exercice de la profession, assigner une résidence forcée.*
CANAVAGGIO	*Représentant de « Paris-Soir » à Vichy, très collaborationniste, au service de Laval (à arrêter).*
René TRINTZIUS	*Collaborateur des « Nouveaux Temps ». Lui interdire l'exercice de la profession, assigner une résidence forcée.*
Robert VALLERY-RADOT	*Collaborationniste exalté. À arrêter.*
René MARTEL	*Collaborateur de « Paris-Soir », agent allemand de longue date. À arrêter.*
René BENJAMIN	*« Révolution Nationale » et collaborationniste. À arrêter.*
Charles MAURRAS	*« Action Française ». À arrêter.*

Le capitaine surveille attentivement les réactions de Sadorski.

– Eh bien ? Tu en connais, parmi ces traîtres ?

L'interrogé est arrivé en bas de la liste.

– Euh… Maurras, bien sûr, de nom. Mais jamais lu ses œuvres, ça ne m'intéresse pas ! Et Horace de Carbuccia, lui aussi c'est un collabo notoire. Les autres… Ah si ! Jacques Chardonne, une amie m'a parlé de lui. Un romancier célèbre, elle lisait un de ses bouquins…

– Ton amie lisait un écrivain « collaborationniste de la première heure » ? Elle partageait ses idées ? Comment s'appelle-t-elle ?

– Monique Mézard. Mais elle est morte… Assassinée par un milicien[1].

– Comment ça ?

Il continue de mélanger habilement réalité et invention pure :

– Monique était résistante, infiltrée chez des bourgeois collabos, elle travaillait pour moi… Ce milicien faisait partie de la bande des faux FFI du dix-septième arrondissement, rue Alphonse-de-Neuville. Il la soupçonnait, il l'a torturée puis massacrée… Demandez à l'inspecteur Pinson, du commissariat de la Porte Dauphine… Il suit l'enquête sur ce meurtre.

Rivier prend des notes.

– Le nom du milico ? Son adresse ?

– Claude Dagron. Il était caserné au lycée Saint-Louis. Je pense qu'il a fui Paris avec la Franc-Garde[2], vers l'Alsace… ou bien il est resté comme tireur des toits. C'est probable, d'ailleurs. Mais ses parents habitent Neuilly. Il se planque peut-être chez eux. Vous pourriez

1. Voir *L'inspecteur Sadorski libère Paris*.

2. Forces armées de la Milice française, qui ont combattu les maquis, de concert avec les troupes allemandes.

chercher de ce côté. Des fameux collabos, et trafiquants… Une fromagerie de marché noir.

– L'adresse ?

– Rue de l'Ouest, près du métro Les Sablons. « Au bon beurre de Normandie ». Cette pourriture de fromager trafiquant s'appelle Maxime Dagron. Il est comme qui dirait un champion du fascisme, du nazisme et du pétainisme ! Croix-de-Feu[1], PPF, Légion des combattants, SOL[2], Ami de la LVF, Révolution nationale… Un fidèle de Darnand, et qui s'en vantait !

Le chef de bureau retranscrit ces informations avec un sourire carnassier.

– Je vais lui envoyer mes gars. Si ce salopard n'est pas déjà en taule, il va venir ici visiter le PC Fabien ! On va lui faire la tronche format ballon puis le coller au mur ! Ici, dans le jardin, comme les autres ! Une bonne giclée de mitraille ! Ça va me faire très plaisir… Si on met la main sur le fils on l'abat sur place, dans la rue, à titre d'exemple. Les tireurs des toits, nous les liquidons tout de suite. Et pendant qu'on y est on va ramasser les stocks de fromage, de beurre et d'œufs. Ça nous fera du ravitaillement. Tu sais ce qu'a déclaré Jacques Duclos dans son rapport au Comité central ?

– Euh, non…

– C'était dans *L'Huma* hier. Trois formules importantes qui résument la politique du Parti communiste pour la période prochaine : libérer la France, châtier les traîtres, donner la parole au peuple ! En ce qui concerne le point numéro deux : le châtiment des principaux traîtres, c'est la mort ! C'est aussi la confiscation des biens ! La répression doit être d'autant plus impitoyable qu'elle a

1. Mouvement nationaliste social, présidé par le lieutenant-colonel de La Rocque et très actif durant les années trente.

2. Service d'ordre légionnaire, ancêtre de la Milice française.

à frapper plus haut, nous dit le camarade secrétaire du Parti. (Il sourit en fixant Sadorski dans les yeux.) La police patriote de Paris doit réaliser l'épuration sévère de ses rangs…

L'intéressé bondit sur l'occasion :

– Duclos et le PCF sont dans le vrai, mon capitaine ! D'ailleurs, en ce qui concerne ma section des Renseignements généraux, je peux vous donner des noms… Des flics tortionnaires, des hommes de Doriot, des types qui n'hésitaient pas à arrêter les patriotes et les Juifs pour gagner de l'avancement !… Car il en reste beaucoup qui pourraient passer entre les mailles du filet si on n'y veille pas…

– Très bien, refile-nous des noms de tes collègues ! Et les adresses si tu les connais. Je ferai suivre au Front national de la police. Tiens, voici une feuille et un crayon… Si tu as d'autres salopes à signaler, ne te gêne pas, vas-y ! Je pense que le capitaine Bernard sera content, ça pourrait faire progresser ton affaire.

Sadorski s'attelle à la tâche avec délectation. Il était déjà un artiste des lettres anonymes – quoique dans l'autre sens, en direction de la Sipo-SD, de la Feldgendarmerie, de la Kommandantur, du Commissariat aux questions juives… Aujourd'hui cela ne lui sauvera peut-être pas la vie, mais au moins il aura entraîné une flopée de rivaux dans sa chute ! Il souhaite à ces ordures tous les emmerdements du monde. En ordre croissant de gravité, de la révocation définitive sans pension jusqu'à la rafale exterminatrice, comme ce connard de Rambon, en passant par la mise à sac du domicile, le vol, le pillage, l'épouse tondue barbouillée de croix gammées, devant les gosses en pleurs, et puis l'interrogatoire renforcé, les coups de poing, de pied, de matraque, de crosse, les dents pétées, les glaouis écrasés, la figure en compote, les yeux crevés pourquoi pas, enfin une détention la plus longue possible, dans des culs-de-basse-fosse, sans rien à manger sauf de la soupe d'eau de vaisselle… Il marmonne et glousse de rire pendant que le crayon court sur le papier quadrillé.

Cormier, Prosper. 2, rue Guynemer à Vincennes. Inspecteur spécial à la 5e section des RG. A eu des relations suivies avec des officiers boches. Responsable de nombreuses arrestations de patriotes et d'israélites, de sa propre initiative. Opportuniste jusqu'en 1943, où il retourne sa veste. Se montrait extrêmement strict dans l'exécution des consignes à l'hôpital Rothschild pour persécuter les Juifs. Se dit maintenant résistant mais on peut en douter…

Cury-Nodon, Pierre. 17, rue de l'Alouette, à Saint-Mandé (Seine). Inspecteur principal, secrétaire du commissaire de la 3e section des RG, puis commissaire de police à partir de mai 1943. Collaborationniste notoire, s'est mis à la disposition des Boches dès leur arrivée. A porté à la connaissance des Allemands un grand nombre d'affaires communistes ou juives qu'ils auraient pu ignorer. Est l'auteur de manœuvres ayant abouti à la déportation du commissaire Louisille. A envoyé des réfractaires au STO, a travaillé pour la Police économique régionale à la demande du milicien Draghi.

Martz, Paul. (Je ne me rappelle pas son adresse, mais c'est facile à trouver.) Inspecteur principal technique à la 3e section des RG, chargé de la voie publique. Exerçait une pression constante sur le personnel, pression parfois suivie de menaces, notamment en ce qui concernait la répression des Juifs. A organisé des filatures pour déceler les éléments suspects parmi les étrangers résidant à Paris et dans le département de la Seine. Tous les jours, me faisait appeler pour me reprocher mon inertie, m'accusant de sabotage… Il m'a dit, ainsi qu'à l'inspecteur Vilfeu qui lui aussi souhaitait qu'on le change de service : « C'est ça, ou la porte. » Se prétend résistant, paraît-il, mais c'est le genre de type à jouer sur les deux tableaux…

Foin, Marcel. 179, rue Ordener, 18e arrondissement. Inspecteur principal à la 3e section des RG, chef de brigade de voie publique, à la retraite depuis mars 1943. Surveillait en particulier les gares, a arrêté de très nombreux Juifs pour les livrer aux Boches. Assistait aux réunions de la cellule que dirigeait l'inspecteur Bedel au sein de la PP pour le compte de Pucheu[1] *et dont les objectifs étaient les suivants : lutte anticommuniste, propagation des mots d'ordre de Pétain, diffusion de l'idée de collaboration avec l'Allemagne...*

Mercereau, Maurice. 15, rue Delerue à Montrouge. Inspecteur principal à la 3e section des RG, chef de brigade de voie publique. A arrêté de très nombreux Juifs pour les livrer aux Boches. Frappait les Juifs amenés à la PP. A fait preuve d'initiative en allant effectuer des arrestations à domicile. Couchait avec la sténodactylographe de la section, Mlle Suzanne Poirier, fieffée collaboratrice elle aussi...

Desmet, inspecteur spécial à la 3e section des RG. Était en relations avec les agents de la Gestapo...

Gachet, inspecteur spécial à la 3e section des RG. A été muté des Brigades spéciales, pour donner à la section un regain d'activité, qu'on jugeait trop sommaire...

Lietti, inspecteur principal adjoint à la 3e section des RG...

Il se racle les méninges afin de dénicher des poulets à ajouter. De toute manière, dans sa section, presque tous ceux envoyés sur la voie publique emballaient des youtres. C'était la consigne, autrement dit ce que tout

1. Ministre de l'Intérieur dans le gouvernement Darlan, créateur de la Section spéciale condamnant à mort des communistes en vertu d'une loi rétroactive, puis passé dans le camp proaméricain du général Giraud ; fusillé à Alger en mars 1944 aux débuts de l'épuration, de Gaulle ayant refusé sa grâce.

flic normalement constitué doit traduire par le *devoir*. L'avancement, la carrière étaient en jeu, avec le taulier ou l'inspecteur principal technique toujours sur leur dos. Il fallait ramener un maximum de « crânes » comme on dit en jargon policier… Et, au cours des perquisitions, ils se mettaient des billets de banque, des bijoux, des stylos en or ou des paquets de cigarettes dans les fouilles. Lui-même, d'ailleurs, le caïd du Rayon juif, était le premier à se servir. À flic malhonnête, flic malhonnête et demi. Il ricane en suçotant le bout de son crayon. « Si tu as d'autres salopes à signaler, ne te gêne pas », suggérait le capitaine coco. Excellente idée ! Sadorski n'a pas des ennemis qu'à la préfecture… Après quelques secondes de réflexion, il se remet à griffonner, hargneusement.

Mme veuve Lantin, Augustine. 50, quai des Célestins, 4e arrondissement. Concierge. Résistante « fraîche du jour », depuis le 25 août. Dénonce autour d'elle à tour de bras, mais c'est dans l'espoir de faire oublier qu'elle a toujours été une admiratrice fanatique d'Hitler !… Si l'on interroge les habitants de l'immeuble, les témoignages pleuvront à son encontre… Sous l'occupation, répétait fréquemment : « À mort les Juifs, vengeons la France, on aura votre peau… », « Les Juifs il faudrait les transporter dans la forêt vierge, en Amérique du Sud, les laisser tout nus se faire bouffer par les bêtes sauvages… »

Sourire aux lèvres, Rivier lui tend une nouvelle feuille.

… « Il faut les traquer sans pitié ! Éradiquer le cancer juif !… Mort aux youtres, tout ce qui est arrivé c'est de leur faute !… », « Nous devrions aider le peuple allemand par tous nos moyens, à écraser cette Russie bolchevique qui sème la haine, la misère et la mort partout… », « Maintenant que je connais les Allemands, je dis que ce sont des hommes dignes de notre amitié et en qui on peut avoir confiance !… » et, après le débarquement de nos alliés en Normandie, cette collaboratrice abominable persistait : « Je suis sûre que les Allemands vont

gagner ! Avec les V1, les V2, les V3... » D'autre part, elle a entretenu des relations avec des militaires boches tout au long de l'occupation, couchait avec les uns et les autres, simples soldats ou sous-officiers, donnant un exemple honteux dans tout le quartier, de collaboration horizontale. C'est cette femme qu'il aurait fallu tondre en priorité, et enfermer au Dépôt, avant de la faire passer en jugement !

Mme Marc (je ne connais pas son prénom). 46, quai des Célestins. Amie intime de Mme Lantin. Collaboratrice enragée elle aussi, ne cessait de répéter à propos des Juifs : « Ça fait mal au cœur de voir cette sale race profiter... », « Le grand nettoyage, c'est un service de poids que Hitler il va nous rendre... », « Le sang aryen a coulé, en réponse il faut faire couler du sang juif ! Et le faire couler à flots !... » À arrêter elle aussi !

Poissonnier, Gaston, et Poissonnier, Alberte, propriétaires du bistrot le café du Palais, vins et charbons, 18 rue de Loos, 11e arrondissement. Trafiquants de marché noir. Dénonçaient des Juifs afin de garder pour eux l'argent que ces victimes innocentes leur avaient confié... À arrêter, et confisquer leurs biens !

Wattrelin, Alfred. 168, avenue Parmentier, 10e arrondissement. Trafiquant de marché noir, complice des deux précédents[1]*. Cachait ses stocks de marchandises dans un entrepôt sis au 19* bis, *rue Latérale, à Saint-Ouen... À arrêter, confisquer ses biens !*

Pendant qu'il rédige fiévreusement ses dénonciations, et que M. et Mme Château mastiquent, inquiets mais reconnaissants, les sandwichs apportés par un FTP, on continue d'aller et venir dans le bureau des entrées ; cela crie, s'agite, avec beaucoup de désordre. La dactylo pianote sur ses touches, molle et placide en

1. Voir *Sadorski et l'ange du péché.*

comparaison, le clerc de notaire trépigne, grommelle, secoue sa tête chauve, l'air désolé d'on ne sait quoi, et de temps à autre opère une fouille approximative. Le capitaine contemple la mêlée sereinement, délivre des consignes, accorde des permis de port d'arme, questionne de nouveaux détenus mal en point introduits par des FFI. Il envoie des jeunes glaner des informations sur tel ou tel collabo suspect. « Vous interrogerez sa concierge. Puis vous verrez le patron du bistrot le plus proche. Enfin vous demanderez aux camarades sur place ce qu'on pense de lui dans le quartier… » De temps en temps, Rivier émet une blague qui fait rire le vieux, la secrétaire ou les costauds assis devant la fenêtre. Il revient à l'inspecteur, passe en revue sa liste, souriant et opinant du menton.

– C'est bien, mais tu n'aurais pas des journalistes à inscrire ?… Nous devons épurer sévèrement la presse, tu comprends…

Ah, mais oui ! Sadorski ajoute :

Loiseau, Edmond. Boulevard de Grenelle (je ne connais pas le numéro), 15e arrondissement. Reporter au Petit Parisien, *journal proboche stipendié par l'ambassade d'Allemagne...* (À la différence des dénoncés précédents, il ne déteste pas ce pauvre diable de pisse-copie avec qui il échangeait régulièrement des tuyaux « formidables », tout en dégustant, aux frais de l'administration, des apéritifs dans un bistrot de quartier, mais hélas on ne fait pas d'omelette sans casser des œufs…) *Fréquentait les officiers de la Gestapo et les crapules collabos enrichies au marché noir. Couchait avec l'espionne allemande la comtesse Hilde von Seckendorff, agent du Reich depuis l'accession d'Hitler au pouvoir... Elle-même une émissaire du capitaine Nosek de la Gestapo du boulevard Flandrin, section VI... Interroger Loiseau Edmond, lui interdire l'exercice de la profession, assigner une résidence forcée !*

Le dénonciateur s'arrête, il a un étourdissement. Sans lunettes, ces lignes floues, et avec un seul œil…

Rivier est tout à fait cordial désormais.

– Ça suffira, camarade ! Je vais communiquer ces renseignements et faire un rapport au capitaine Bernard. Assorti de remarques très positives. Le capitaine jugera. C'est lui qui préside le tribunal, où sont prises toutes les décisions d'importance, mais je pense que ton affaire est en voie de s'arranger. Peut-être voudra-t-il t'entendre, mais je vais lui proposer de te libérer… d'ici deux ou trois jours. Le temps de mener une enquête de routine dans ton voisinage, et auprès de nos camarades à la préfecture…

Le moral du prisonnier redescend dans ses chaussettes. Rivier n'a pas l'air de le connaître encore, mais dès que ses types auront recueilli des informations là-bas, tout est foutu ! N'importe quel fonctionnaire de la caserne de la Cité a entendu parler de « Sado » *alias* le bouffeur de Juifs. Si on ne le libère pas au plus vite, il n'aura gagné que deux ou trois jours de sursis avant d'entendre le départ de mitraillette dans son dos…

Mais bon. Qui vivra verra. Tant que la cervelle fonctionne, que le cœur bat, et que le sang circule encore le long de ses veines !

– Je… je vous remercie, mon capitaine. En attendant, serait-il possible… d'avoir des nouvelles de ma femme ?… Elle aussi a été arrêtée, sur la foi d'un malentendu… La bignole… enfin, la concierge, cette collabo ignoble que j'ai inscrite sur ma liste, a fait courir des bruits mensongers… afin de se dédouaner elle-même, vous comprenez.

L'autre hoche la tête.

– Je comprends. Ce genre de chose arrive tous les jours, malheureusement… Après, c'est à nous d'effectuer le tri… s'il n'est pas trop tard. On a fusillé des innocents. Des résistants, parfois, même, que des saligauds avaient calomniés… L'époque est dure. Vivement la révolution, le socialisme, que le peuple fasse régner la justice ! Que la démocratie, la souveraineté populaire deviennent une réalité dans notre pays qui a soif de liberté ! (Il attrape son stylo.) Comment s'appelle madame ?

– Yvette… Yvette Sadorski née Réquillard. Née le 27 septembre 1905. Selon le colonel André, on va la transférer à Drancy, depuis le Dépôt de la préfecture où elle était après son arrestation…

– Hum. Je vais voir ce qu'on peut faire… Il n'y a rien de grave contre elle ?

– Juste des ragots, des mensonges. Et puis d'être mariée à un flic…

Rivier sourit.

– Naturellement. Mais il y a flic et flic. Nous devons frapper à la tête : fusiller les directeurs, les préfets collabos, les commissaires divisionnaires, les pontes des Brigades spéciales ! Et les remplacer par des policiers patriotes, qui ont compris ce qu'était leur devoir contre le Boche ! Je pourrais donner l'ordre à la Milice patriotique de Drancy de la libérer… Ton épouse est elle aussi une fille du peuple ?

– Euh… son père était boucher. À Limoges. La boucherie triperie Réquillard, rue Saint-Aurélien…

– Mais c'est très bien ! Le camarade Raph a débuté comme boucher, le camarade Duclos dans la pâtisserie…

L'inspecteur tique. Ce nom…

– « Raph » ? Celui qui était agent de liaison de Jacques Duclos, de Charles Tillon et de tous vos dirigeants ? Quand ils se planquaient en banlieue sud ?

Le capitaine a froncé les sourcils.

– Tu es bien au courant… Oui, il commande toujours le dispositif de protection du camarade Duclos, chef du Parti en attendant le retour de Maurice Thorez… C'est un cadre exceptionnel, Raph, un héros de l'ombre…

Par réflexe, Sadorski saute sur une idée neuve. Qui pourrait…

– Je connais votre camarade Raph. C'est moi qui l'ai fait évader des locaux de la Brigade spéciale… où il était enfermé depuis son arrestation du 6 mars 1942.

– Ah ben merde ! s'étonne Rivier. Mais comment as-tu fait ?

– Il se trouvait dans une salle de garde, à la caserne. En compagnie de cinq autres résistants. Le 10 mars. J'ai ordonné aux agents de sortir, sous prétexte que Raph et ses copains voulaient balayer la pièce, qui était dans un état dégueulasse… Il y avait un petit guichet qui donnait sur un bureau voisin, que les inspecteurs avaient quitté pour aller déjeuner en laissant une porte ouverte. Je faisais le guet, et Raph et un autre camarade, nommé Vignon, se sont faufilés par le guichet…

Sadorski prie pour que Rivier ne connaisse pas suffisamment l'homme aux lèvres minces, le meurtrier de Simone Vaillant, pour aller s'enquérir des détails – en lui passant un coup de téléphone, par exemple, au siège du PCF, rue Le Peletier… Surtout si l'évasion était simulée, comme il l'avait envisagé lors de son interrogatoire par Tillon et le colonel André. Mais il est trop tard, les dés sont jetés. Le capitaine ramasse les feuilles manuscrites pour les ranger dans une chemise.

– Encore un bon point pour toi, mon gars. J'en causerai au capitaine Bernard. Quand il sera revenu du quartier général du colonel Rol… En attendant, va t'asseoir à côté du rad-soc', là, Château René, avec sa bourgeoise qui a eu bien peur, la pauvre. On va te porter un sandwich, tu as mauvaise mine… Et si le capitaine est d'accord, je te signerai plus tard un bon pour l'infirmerie. Nous avons ici un remarquable médecin FTP, le Dr Ngo Quac Quyen. Comme son nom l'indique il est annamite… Il a encore très peu de médicaments, hélas, mais on fait avec !

9

Le train immobile

Derrière les vitres du bureau des entrées, Sadorski a pu s'entretenir avec le couple de bourgeois, pendant que les heures s'écoulaient, interminables et déprimantes, à observer les arrivées et les sorties, les fouilles, les engueulades, les humiliations, écouter tout cela de loin en guettant le retour du taulier, le fameux capitaine Bernard qu'on n'a encore pas vu… Le policier broie du noir, les Château se tourmentent non seulement pour eux-mêmes mais pour leur fils, resté seul aux soins d'une voisine, dans l'immeuble occupé par les insurgés.

– Notre Jacques faisait le brave, explique son père, il nous a embrassés sans pleurer au moment du départ… Mais il a eu le tort de dire, assez haut, à Jane : « Maman, dis, tu reviendras bien ce soir ? » Sur quoi leur chef a ri d'un vilain rire : « Vraiment, le gosse, tu crois encore au père Noël ! Moi aussi je suis parti, et j'y suis resté quatre ans… » Alors le pauvre enfant a éclaté en sanglots. Des sanglots d'autant plus douloureux qu'il essayait de les contenir, pour ne pas nous causer de peine… Il a tout de même du courage, notre petit !

Mme Château abonde :

– Et nous l'avons quitté là, avec ses maigres épaules, qui tressautaient sous les hoquets… Pensez qu'ils voulaient l'arrêter lui aussi ! Un « collaborateur » de treize ans ! C'est monstrueux ! Quelques-uns d'entre eux, plutôt que de l'arrêter, suggéraient de le mettre à l'Assistance publique. Ils disaient : « Il souffrira, à l'Assistance. Un fils de criminel, il faut que ça souffre… »

– Mais Jane a été admirable ! Éloquente, pathétique à souhait… Elle les a suppliés avec une magnifique passion maternelle !… Enfin, ces jeunes gens ont cédé, d'assez mauvaise grâce, à ses arguments…

Elle se met à pleurnicher. Sadorski tâche de dissimuler son irritation. Leur chagrin, il n'en a rien à battre, il n'a jamais aimé personne sauf Yvette et Julie, et le bébé qu'ils ont eu ensemble ; toutes ces histoires d'amour familial l'exaspèrent ! quand cela concerne les autres. Du reste, on va bientôt les relaxer, ces veinards ! Le capitaine Rivier, si aisé à manœuvrer, semblait les avoir vraiment à la bonne… L'inspecteur hausse les épaules.

– Ne vous en faites pas, votre fiston vous allez le retrouver ce soir, comme il disait…

– Que Dieu vous entende ! murmure la mère.

– Mais oui, ça fait pas de doute. Vous allez partir avant moi…

Jusqu'ici on n'a vu que très peu de libérations accordées par le responsable du bureau d'accueil. Il arrive en moyenne trois prisonniers par heure. Des jeunes, des vieux, des hommes, des femmes. Plusieurs de celles-ci sont tondues. Cela lui fait penser à Yvette. L'état dans lequel Sadorski l'a vue l'après-midi du 25 août. « Des femmes, sans leurs cheveux, ce n'est plus rien d'humain… », remarque Château. L'épouse et le policier partagent son avis. Oui, c'est moche, c'est épouvantable, surtout si l'on devine qu'elle était jeune et jolie, une femme la tête rasée ! Et saignotante, en plus, les coiffeurs – qu'ils soient professionnels ou volontaires – n'y allant pas de main morte, en climat d'« épuration ». On cisaille à vif et en vitesse ! Sous les rires, les lazzis, les huées de la foule exultante, et les injures les plus vulgaires, les plus dégueulasses… On peinturlure les joues, le front, de svastikas. Parfois, sur le haut du crâne, une croix nazie est dessinée en y laissant les cheveux taillés moins court que le reste. Ça demande un peu de temps, de finesse, c'est du boulot d'artiste ! Ou on y va franchement au goudron. Il bave et dégouline sur la peau, sur le satin des sous-vêtements, des jupons, des combinaisons. Car ces dames on les a mises à moitié à poil. Souvent les pieds nus. Beaucoup d'entre elles pleurent, dans le bureau, mais des hommes également. Des arrêtés protestent de leur innocence, d'autres ne disent rien. Et le clerc de notaire sautille autour d'eux, repris d'accès de férocité il grommelle et fouille, glapissant des insultes à l'égard des « traîtres à la patrie ». Puis les détenus, ayant répondu comme ils pouvaient aux questions du capitaine, sont guidés vers le fond du vestibule, où la grande porte à double battant s'ouvre pour les absorber à leur tour dans le silence.

Sadorski et les Château sont hypnotisés par cette porte, elle devient pour eux un cauchemar. Tandis que dehors le jour s'éteint petit à petit sur les jardins du dispensaire et le vaste square de Choisy où les passants se font moins nombreux. Mais l'immense hall parcouru par des individus en armes est toujours aussi animé et brillamment éclairé. Les documents réclamés par l'ex-député tardent à venir. Le responsable du bureau paraît les avoir complètement oubliés. Sadorski n'a pas eu le sandwich promis et commence à avoir très faim. Ainsi qu'une envie pressante de visiter les toilettes ; mais il patiente encore avant de demander l'autorisation. Lorsqu'il n'en peut vraiment plus, un des gardes consent à le conduire jusqu'aux W-C, lesquels ont dû être propres autrefois mais, après plusieurs jours d'usage par les nouveaux et nombreux pensionnaires, ont tendance à se boucher et dégagent une puanteur affreuse – d'autant plus que la chasse d'eau est hors service.

À son retour, Rivier interroge une jeune fille de vingt ans à peine, la sœur d'un militant du PPF. Maigre, timide et douce, elle pourrait être jolie, fait observer Château, mais elle se recroqueville sur sa chaise, comme transie de froid. Terrifiée, elle a du mal à parler. Pourtant le capitaine se montre très aimable à son égard, presque paternel. Il semble qu'elle soit accusée également d'être du PPF puisque son frère en était. Elle murmure : « Ce n'est pas vrai... je n'ai jamais fait de politique... Je ne sais même pas ce que c'est, le PPF... » Sadorski entend Rivier tenter de l'instruire, se gargarisant de mots il exalte la Résistance, l'honneur français, et ainsi de suite. Elle écoute, on n'est même pas certain qu'elle comprenne. L'homme s'échauffe : « Voyons, mademoiselle, vous aimez votre patrie ? – Euh... oui. – Excellent ! Alors, réfléchissez... Vous aimez votre patrie, c'est bien. Mais, dans ce cas, si actuellement vous saviez où est votre frère, que nous recherchons, que feriez-vous ? Nous diriez-vous où il se cache ? – ... – Enfin, mademoiselle, qu'est-ce qui serait le plus fort en vous, l'amour de la patrie, ou l'amour fraternel ? hein ? n'est-ce pas ? » Elle semble sur le point de fondre en larmes. Ou de perdre connaissance. « Allons, réfléchissez à ma question... Prenez votre temps. Nous ne sommes pas pressés. Je sais, c'est difficile ! » Écrasée par ce problème, la jeune fille reste muette. Sadorski et les Château sont fascinés par ce dialogue de sourds. L'officier insiste, fier de la noblesse de sa péroraison, ému par sa propre tolérance, son humanité... Il se tourne vers ses auditeurs assis sur les chaises. Et cligne de l'œil : « Hein, n'est-ce pas ! C'est *cornélien* ! » Le député socialiste, à côté de l'inspecteur, glousse, il se retient d'éclater de rire. Puis il souffle à Sadorski : « Ce capitaine a du génie. Le plus beau génie comique que j'aie jamais vu... » Finalement, Rivier renvoie la jeune fille en détention. Il en reçoit une seconde, encore plus jeune, pâle et brune, avec de longs cheveux plats, très effacée. Accusée elle aussi d'avoir adhéré au PPF. Elle nie, se défend de manière peu convaincante, par monosyllabes. L'autre paraît excédé de devoir instruire des affaires de si peu d'importance, et de questionner de pareilles idiotes – ou faisant semblant de l'être. Il renvoie la fille à son tour.

Vers 20 heures, un type grand et maigre, dans les quarante-cinq ans, en pull-over gris, un lourd revolver à la ceinture, apparaît dans le vestibule pour se diriger à pas souples vers le guichet, où il s'accoude d'un air dégagé. Rivier, dont l'attitude se modifie instantanément, a jailli de derrière sa table et rejoint le nouveau venu. Ils bavardent à mi-voix ; les prisonniers assis à l'autre extrémité de la pièce ne peuvent entendre leurs paroles, mais Sadorski constate que l'individu conciliant de tout à l'heure est devenu curieusement servile et mal assuré. La conversation, bientôt, semble porter sur eux, l'homme au pull gris darde un regard vers l'inspecteur et vers le couple. Un étrange regard – sans âme, sans vie, totalement glacé – dans ce visage plutôt beau, le menton ovale, la bouche mince, le nez busqué et les cheveux poivre et sel lissés sur le côté avec une raie. Sadorski, qui a ressenti une vilaine impression, n'a jamais rencontré de regard pareil, aussi loin qu'il cherche dans ses souvenirs. Ni chez les criminels, ni chez les fous.

Là-bas le responsable des entrées s'exprime avec de grands gestes de Méridional, hoche vigoureusement la tête tout en désignant les trois prévenus, le dialogue se poursuit une dizaine de minutes. Son vis-à-vis paraît indifférent. Rivier semble vouloir le convaincre de quelque chose mais sans grand succès. Puis il trottine en direction des Château et interpelle, nerveux, le mari :

– Venez, venez, je me suis arrangé pour que vous disiez quelques mots au capitaine Bernard... S'il vous connaît, ce sera mieux... Oui, oui, ce sera mieux...

Résumez ce que vous m'avez dit… Attention, pas trop longtemps… Des paroles simples… Surtout pas de gaffe !

Lui et Château vont rejoindre l'homme devant le guichet. Sadorski et l'épouse observent, tendus. Cela discute ferme, mais le nommé Bernard ne répond, apparemment, qu'avec des mots brefs. Son regard demeure glacé et vide. On ne sait même pas si celui-ci est posé sur le détenu qui plaide sa cause… Château finit par se taire, déconcerté ou à court de mots. Le type aux cheveux gris réplique par une sentence courte et sèche, lui tourne le dos et s'en va.

Le député, très pâle, rejoint ses compagnons.

– Qu'est-ce qu'il a dit ? s'enquiert Mme Château d'une voix blanche.

– Presque rien. Il écoutait sans parler.

– Mais là, avant de partir ?

– Il m'a dit : « Vous êtes bien pressé. Moi, j'ai été en prison pendant des années. Nous verrons demain. »

Elle pousse un gémissement.

– Et tu lui disais quoi ?

– Que, si nous devions être libérés, comme Rivier le proposait, il serait humain de le faire vite, pour nous rendre à Jacques… J'ai demandé que du moins on te laisse toi, sans attendre, quitter les lieux, mon amour… Oh, je ne sais plus tout ce que j'ai dit ! Mais, tu l'as vu… cet œil, devant moi, cet œil immobile et comme mort, avait de quoi tarir toute éloquence !…

Il se rassied, désespéré. Sadorski juge lui aussi qu'ils sont dans de très mauvais draps. Maintenant tout est à refaire, on repart de la première case. Et avec un juge comme Bernard ce sera beaucoup plus difficile… Ils ont été bien nigauds de placer tous leurs espoirs dans Rivier ! Tous ces efforts pour se disculper auprès de lui ! Du gaspillage de salive et de matière grise… En dépit de son grade ce n'est qu'un comparse, un sous-fifre, un poltron, il ne détient pas l'autorité au PC Fabien.

Le voilà justement qui revient vers eux. Triomphant.

– Ça ne s'est pas trop mal passé ! Il est dur, certes, mais je crois que tout de même il vous libérera, monsieur Château, madame. Il lira demain vos documents – je ne sais pas pourquoi on ne les a pas encore reçus –, et j'insisterai. Le capitaine consent à ce que vous ne restiez pas la nuit enfermés chez les prisonniers. Vous serez dans cette pièce avec moi. Je dors tout habillé sur ce matelas, on n'en a qu'un seul au bureau, mais vous pourrez vous asseoir par terre dans un coin... À la bonne franquette, hein ! Ce n'est qu'une mauvaise nuit à supporter. J'éteindrai la lumière lorsque je n'aurai plus de collabos qui déboulent, donc d'ici trois ou quatre heures je pense... Si vous êtes fatigués installez-vous tout de suite, on vous dira rien, tant que vous gênez pas.

– Et moi ? questionne Sadorski.

– Ah. Toi. (Rivier a l'air emmerdé.) Le capitaine Bernard n'aime pas les flics, tu comprends. Il a vécu plusieurs années en internement avec d'autres camarades, ça a été très pénible, les camps de concentration de Vichy[1] ! En 40 la police fasciste l'a arrêté parce qu'il était conseiller municipal communiste... Et depuis longtemps syndicaliste de la CGTU, à ce que j'ai compris. C'est un grand résistant, un patriote ! Enfin bref, ton cas sera examiné dans quelques jours. Tu échappes au tribunal de cette nuit, c'est déjà ça ! Parce que le tribunal ne prononce pratiquement que des condamnations à mort... Faut prendre les choses du bon côté, hein, mon vieux...

1. En l'occurrence (les communistes arrêtés par la police française pour appartenance à un parti interdit) il s'agissait de CSS (centres de séjour surveillé), où les conditions, quoique dures – sans compter le danger d'être désigné comme otage et fusillé sur ordre des Allemands –, n'étaient pas comparables aux camps français où l'on internait les étrangers et les Juifs destinés à être déportés, ou aux camps de concentration ou d'extermination nazis.

On va te mettre dans la salle, avec les autres. Ça veut dire que toi aussi tu pourras te reposer ! Et peut-être dormir… C'est ce que t'as de mieux à faire !

Il hèle un gardien. Au même instant, le couple de campeurs revient, avec le traître Canon qu'ils ont arrêté à son domicile du dixième arrondissement. Rivier jubile et oublie provisoirement Sadorski. Cette fois l'interrogatoire est plus brutal.

– On sait ce que tu as fait, espèce de salopard ! Tu as dénoncé des patriotes. Tu les as livrés aux Allemands. Tu as détourné des biens appartenant aux Juifs. Tu étais responsable du bureau de propagande du 54, rue du Château-d'Eau… Tu vas payer, à présent !

Le système de défense du membre du MSR est assez pitoyable.

– Ce n'est pas moi, c'est mon associé… C'est lui, le gredin, l'escroc, et il m'a dépouillé moi aussi !…

– Tais-toi ! hurle le capitaine. Ne mens pas ! Tu n'as pas d'excuse ! Tu seras fusillé !

Ses cris sont interrompus par un nouveau boucan dans le hall. Cette fois c'est un groupe de FTP qui débarque, encadrant, ou soutenant, un grand gaillard bâti en hercule. Il est en chaussettes et culotte de cheval, le torse nu, une capote militaire jetée sur les épaules. L'individu se tient très droit, avec effort, les dents serrées, du sang dégouline le long de ses jambes. Ceux qui l'ont amené expliquent que c'est un dangereux, ils semblent avoir peur de lui. Lors d'une tentative d'évasion, à les croire, au centre de détention de la rue de Paris, à Vanves, ils lui ont logé trois balles de mitraillette. Blessé au bas-ventre, à la poitrine et au bras. Sadorski se dit qu'il doit horriblement souffrir. Rivier le questionne :

– Nom, prénoms ?

– Klein, René !

– Encore un René, c'est la grande mode aujourd'hui… Date de naissance ?

– 14 juin 1894 !
– À ?
– Strasbourg !
– Adresse actuelle ?
– 6, avenue du Parc !
– Oui mais où ?
– À Vanves !

Le nommé Klein répond avec des mots comme des haches. L'interrogateur poursuit, mal à l'aise :

– Ta profession ?

– Interprète ! Je parle allemand parce que je suis alsacien !

– Interprète pour les Boches, précise un des FTP.

– Ah, fait Rivier. Où ça ?

– À la *Kreiskommandantur* de Meaux ! crache le blessé. Après au service des métaux, à l'hôtel Crillon !

– Bon, ça suffit, grommelle le capitaine. Ton cas me paraît grave. On va te calmer. Emmenez-les tous les trois à la salle ! Canon, Sadorski et Klein ! Allez !

Des types pointent leurs mitraillettes sur eux. Sadorski doit se lever de sa chaise. Il ressent un vertige. Ses pas le portent comme dans un rêve, un peu chancelant, vers la large porte aux hublots.

Les hublots se rapprochent. Une paire de battants s'ouvre…

… sur une salle de cinématographe. Avec ses rangées de fauteuils d'orchestre et un balcon surplombant l'entrée. Au fond de celle-ci, dans l'ombre du balcon, il distingue un matelas et une femme frêle allongée à plat ventre, les bras le long du corps. À partir du slip baissé sur les fesses, son dos nu ressemble à un champ de plaies sanguinolentes. On lui a retroussé sa robe sur les épaules. Elle geint faiblement. La salle, autour, est très vaste, éclairée dans les lueurs orangées du crépuscule par de hautes et étroites fenêtres : cinq ou six côté ouest, où le soleil couchant éblouit entre les immeubles, et seulement quatre de l'autre, à gauche de l'orchestre. Elles s'élèvent jusqu'au ras du plafond. La dernière sur la gauche inclut à sa base une porte vitrée donnant sur la terrasse centrale, qu'entoure le vaste bâtiment en forme de U ; un type armé d'une Sten monte la garde devant la porte. Cette grande salle qui semble dédiée aux cours scientifiques occupe toute l'extrémité de l'aile droite qui s'avance dans les jardins : on peut voir, à travers les fenêtres, les arbres en feuilles et en fruits inclinant leurs feuillages contre les vitres. Le sol descend en pente douce vers un écran que borde une estrade. Là, une longue table de conférence, ainsi que quelques chaises à pieds métalliques, occupées pour la plupart, et derrière, en bas de l'écran, des tableaux noirs mobiles à glissières. Sadorski se tient trop loin pour déchiffrer les inscriptions. On dirait des poèmes ou des slogans. Il y a aussi une tête de mort, naïvement dessinée à la craie, avec deux tibias entrecroisés.

La salle de projection, quoique silencieuse – à l'exception de quintes de toux –, paraît comble. Sur chaque fauteuil est installée une forme humaine raide comme une poupée de cire ; *idem* pour les strapontins, au bord des allées menant à l'estrade, où deux petits cagibis ouvrant face à face encadrent la scène, destinés peut-être à ranger des accessoires. Au temps où l'on faisait ici des études, et pas de la vengeance politique…

Les hommes sont assis à droite, les femmes à gauche. Les fauteuils, au nombre d'une centaine, possèdent de larges accoudoirs plats en bois clair ; ils servaient sans doute aux apprentis dentistes pour poser leurs feuilles et prendre des notes. Dans le soir qui tombe et ce silence de mort, tous les détenus, des deux sexes, gardent la tête vissée vers l'écran comme si leur attention était monopolisée par la projection d'un film invisible ou sur le point d'être lancé par le technicien de cabine. Ou bien comme les passagers d'un train dont le chef de gare a sifflé le départ et qui va s'ébranler d'une seconde à l'autre. Mais le film ne démarre pas, le train ne part pas. Rien ne se passe. Pas un mouvement non plus, pas un geste, chez les épurés de la salle de cinématographe, figés dans cette immobilité peu naturelle. Sadorski et ses compagnons ne distinguent au-dessus des dossiers que des nuques. Un festival de nuques ! Hormis les femmes, enfin celles qui n'ont pas la tête rasée. L'une d'elles porte un voile blanc d'infirmière. Les gardiens grognent aux arrivants :

– Allez ! Ouste !... Rappliquez ! Tout droit, ou gare ! Faites-vous enregistrer.

Des matelas sont empilés au fond à droite à même le sol, d'aspect crasseux, celui du dessus apparaît taché de sang. Quatre FTP siègent à la longue table de l'estrade. Il y a une jeune insurgée très brune, en chemise rouge, bardée elle aussi de baudriers, d'armes et de cartouches. Le plateau est encombré par un arsenal invraisemblable de pistolets, revolvers, PM, baïonnettes, grenades de modèles variés, rondes et à manche, et même quelques fusils-mitrailleurs ! S'approchant dans l'allée centrale, le policier, incrédule, découvre au milieu du tableau noir, entourés des traditionnels « Vive Leclerc », « Vive Staline », « Vive de Gaulle », « Vive la libération de notre France », « Mort aux traîtres » etc., ces vers, en grandes lettres tracées avec maladresse, sous le crâne et les tibias :

Oh ! Vous qui êtes ici,
Méditez bien les paroles que voici :
Vous êtes ici devant la justice des ouvriers
Qui depuis longtemps sont vos prisonniers.
Dans cette salle plane le respect de nos morts
Que vous avez assassinés toujours à tort.
Faites un compte rendu de votre conscience
Vous comprendrez que nous avons de la patience
Car pour certains individus qui sont ici
La mort seule, les délivrera de leurs soucis.

La scène est haute d'environ un mètre. Chez les surveillants postés derrière la table, Sadorski levant les yeux reconnaît la face rougeaude du sergent Maurice. Le joufflu qui, dans l'automobile fonçant vers Montreuil, et son usine Valeri où l'on faisait leur affaire aux collabos, chantait *Ah ! le petit vin blanc...* et confiait sa prédilection pour les fusillades et le tir en pleine tête. Il rigole en retrouvant son passager.

– On t'avait paumé, hein, à Noisy-le-Sec... Mais t'es pas allé bien loin. Tu gagnes au change : on s'amuse beaucoup chez nous, tu pourras te rendre compte ! La course à pied, par exemple. J'suis sûr que t'es un champion !

Ses camarades se marrent.

– C'est un milico ? On va voir éclater sa cervelle ! Putain je vais rire... Demain, on fait un carton !

– Mais non, juste un flic de la Brigade spéciale.

Sadorski proteste de nouveau :

– Je n'ai *jamais* fait partie des BS ! J'étais à la 3e section des Renseignements géné...

– Ta gueule ! J'veux simplement ton nom et ton ou tes prénoms.

À quoi bon discuter ? Il obtempère. Le sergent a dégainé un stylo et recopie lentement, dans un cahier, avec l'application des gosses de la communale.

– Voilà, mon gars. T'es enregistré, tout est réglo, à présent je vais te placer. C'est moi l'ouvreuse, tu comprends ! T'inquiète, je n'accepte pas les pourboires !

La tablée entière hurle de rire. À gauchc de Sadorski, l'interprète alsacien, le géant, vacille, ses gardes le rattrapent de justesse. Maurice crie pour qu'on apporte une civière.

– Y a déjà Mme Albertini..., signale un des gardes.

– Elle, elle a droit à un matelas ! J'te parle d'une civière, c'est pas compliqué, merde ? Viens, toi...

Le rougeaud guide l'inspecteur vers l'allée le long

des fenêtres de la façade ouest. Pour la première fois, Sadorski discerne les visages de tous ces individus remplissant l'orchestre : on y compte environ un tiers de femmes. Elles ont meilleure allure que les hommes, de manière générale, parce que la plupart de ceux-ci, privés de rasoir, comme il est de règle en captivité, ont les joues envahies par une barbe qui donne même aux plus distingués un aspect sale. Le visage des femmes se défait moins vite. On leur aura laissé un peigne, du rouge, de la poudre de riz, elles ont pu, sinon se faire belles, du moins s'entretenir. Et s'ajuster les unes les autres, ça, elles savent, et puis – pour celles qui n'ont pas le crâne rasé – les coiffures indéfrisables, à la mode d'aujourd'hui, tiennent longtemps. Très peu de ces prisonnières ont sur la figure des traces de coups. En revanche, Sadorski remarque des types avec la « tête au carré », comme disait plaisamment Rivier. Mais le plus surprenant, le plus bizarre, le plus spectaculaire demeure la complète immobilité de la centaine et quelques de spectateurs, ils demeurent droits sur leur siège, les yeux ouverts, comme hypnotisés… à force de lire et relire, avec une stupéfaction toujours croissante, les strophes menaçantes et puériles portées au milieu du tableau noir. *Faites un compte rendu de votre conscience…* Le sergent commente, jovial :

– Y sont sages, et toi aussi tu vas l'être… Sinon gare ! Alors, consigne numéro un : ne pas parler. Consigne numéro deux : ne pas te retourner. Consigne numéro trois : te tenir bien droit, sans jamais même pencher la tête en avant, sinon gare ! Consigne numéro quatre : interdiction de dormir avant l'heure où nous, on le décide. Donc on ne ferme pas les yeux, hein ! Pour toi, ton seul œil, mon pauv'gars. (Il glousse gentiment.) Enfin numéro cinq : ne pas mâcher, ne pas manger, en dehors des heures qu'on vous désigne pour les repas. Voilà. Si t'as vraiment trop envie de pisser, tu lèves le doigt et un camarade t'accompagne aux cabinets. Pareil si tu veux chier, évidemment, mais attends le plus possible parce que nous aussi ça nous fait chier. On a pas que ça à foutre de vous conduire là-bas ! Bon, où est-ce que je te mets, mon colon ? Y a presque plus de places de libres…

Ils remontent l'allée, inspectant les rangs. Les têtes barbues, les têtes rasées, les têtes ravagées ne se tournent pas vers eux, c'est défendu, mais il y a tout de même des regards, dans ces faces muettes, apeurées, sans un sourire. Des regards de gens qui savent, qui brûlent de raconter leur calvaire, ou d'apprendre à l'arrivant ce que lui aussi est promis à subir… Rien de très drôle à première vue. Sadorski s'attend, avant de mourir, à vivre des jours et des nuits pénibles. Aux mains de geôliers inventifs. Il sait que l'imagination humaine n'a pas de limites lorsqu'il s'agit de faire souffrir un être vivant. Il a déjà enduré les techniques de la Gestapo. Mais elles avaient un but précis : faire parler. Extorquer au supplicié un maximum de renseignements. Et, si possible, ne pas le faire clamecer avant qu'il ait donné tout ce qu'il pouvait. À son avis, les infortunés rassemblés ici ne savent pas grand-chose. Pas grand-chose d'utile. L'objectif des FTP qui les gardent serait plutôt de leur faire payer un comportement durant l'occupation. Payer des crimes, réels ou supposés. Les payer au prix fort…

Au-delà de l'allée centrale, il aperçoit, de trois quarts cette fois, mais un peu loin, cette femme en tenue blanche dont il a noté le voile en entrant. À présent on voit son visage. Jeune, des traits harmonieux. Un front bombé, sous la coiffe, des yeux bleus, une touche de rouge aux lèvres. La poitrine assez forte, qui tend la blancheur de la blouse salie d'où le macaron tricolore a disparu. C'est bien elle : l'infirmière de garde, sa bienfaitrice du Val-de-Grâce. Mme de Laperouse. La vicomtesse, l'aristo.

Dont le mari est prisonnier en oflag[1], et le frère, lui aussi officier, lieutenant de vaisseau dans l'armée de Lattre en Provence. Les petits cocos de la traction, après la double arrestation au Val, l'ont donc bien conduite au PC Fabien, comme l'avait ordonné le rouquin, ce capitaine Coty. Il ne sait s'ils l'ont violée, après en avoir exprimé le désir devant leur chef et reçu, à ce sujet, sa bénédiction. Quoi qu'il en soit, elle est vivante, et on ne lui a pas rasé la tête, car il lui semble distinguer des mèches claires dépassant du tissu blanc serré sur le front, sous la minuscule croix rouge. Et son prénom, déjà ?... Adrienne ? Louise ? Marie ?... Non, c'était Henriette. C'est ça. Il aimerait l'approcher de plus près, c'est la seule personne qu'il connaisse ici, mis à part le sergent. Sa seule amie, pourrait-on dire. Sadorski voudrait la remercier de son aide, se parler serait un réconfort, pour lui et sans doute pour elle... Sauf que – consigne numéro un – il est interdit aux internés d'ouvrir la bouche dans la salle de projection. Excepté au moment des repas. Mais cela uniquement pour s'alimenter...

Maurice lui désigne un fauteuil vide au quatrième rang en comptant depuis le haut. Le deuxième siège à partir de l'allée centrale, vers la gauche. Ils s'en vont donc faire le tour, cela dérangera moins de monde. C'est comme au cinéma ou au théâtre. Sauf que l'ouvreuse est un gros garçon avec un 7,65 à la ceinture. Et que les spectateurs ne protesteront pas s'ils se font écraser les pieds. Avant de s'asseoir, le blessé glisse un coup d'œil en biais vers son infirmière. Celle-ci occupe une place au milieu du troisième rang chez les femmes – chaque rang compte dix sièges sur toute la largeur, plus les strapontins, et il est divisé en deux moitiés par l'allée. Elle se trouve donc

1. Pour *Offizierslager*, camp réservé aux officiers capturés par les Allemands.

en position un peu plus élevée par rapport à lui, et dans la partie opposée de l'orchestre. Mme de Laperouse fixe l'écran comme les autres, bien obligée, mais elle l'aura peut-être reconnu quand il déclinait son identité devant les surveillants. Une tête bandée attire forcément l'attention. Sadorski, à l'insu de son guide, adresse à la silhouette en blanc une mimique qu'il espère éloquente. Un mélange de tristesse, de plaisir à la retrouver, de gratitude et, pourquoi pas, d'espoir… même si les circonstances n'incitent pas à l'optimisme. Il lui semble qu'elle lui a rendu un bref instant son regard, et hoché légèrement le menton. Oh, très légèrement mais tout de même. Il se sent ragaillardi, moins seul, s'asseyant sur le bois lisse et dur, impeccablement ciré, du fauteuil conçu pour un public studieux de futurs dentistes… pas pour la garde à vue prolongée de suspects de trahison, ayant à peine le droit de bouger ou de manger !

Il se produit un remue-ménage en bas, au pied de la table : ce sont les résistants qui déposent le colosse blond sur un brancard. Sadorski présume qu'ils vont le porter à cette infirmerie dont parlait le capitaine Rivier, avec son médecin indochinois. Mais il faut croire que non : la civière et l'homme au torse nu, en culotte kaki, aux jambes sanglantes, demeurent sur le sol, à la vue des gardiens. C'est vrai qu'il s'agit d'un « dangereux » ! L'interprète gémit, il semble souffrir énormément, on se contente de le couvrir avec son manteau militaire. Puis on le laisse tranquille. Il reste là, sans soins, sous les yeux de tous. Pour les cocos il peut bien crever. Pas la peine de lui envoyer l'infirmière. Et les gémissements sourds, entre ses dents serrées, offrent un bruit de fond au temps qui défile avec lenteur, mêlés au son obsédant d'une toux pénible en provenance des rangs du haut.

Sadorski prend son mal en patience et s'interroge. Maintenant qu'il en a tout le loisir. D'abord, pourquoi l'a-t-on transféré ici, à ce PC Fabien, au lieu de la prison de Fresnes ? C'était bien la peine de le soustraire aux rafales de mitraillette sous les murs du fort de Noisy, puis de le conduire à l'état-major du boulevard des Italiens où on lui a confié une mission ! Une mission importante, confidentielle. En échange de la libération de sa chérie… Ce 2 septembre, le grand patron Tillon et son adjoint André l'expédiaient à Fresnes pour y rencontrer, d'ici quelques jours, l'inspecteur Bourgeade et lui tirer les vers du nez, en toute discrétion, à propos de ses indics dans le Parti communiste. Cette enquête a-t-elle été annulée entre-temps ? Un contrordre du Comité central ? Ou de Duclos lui-même ? Évidemment, avec les moscoutaires, tout est possible. Et en général le pire. Mais, merde, ç'aurait été la moindre des choses que de l'en informer ! Il ricane. Non, bien sûr. Tout ça est « top secret ». Et lui, un lampiste et un simple mort en sursis. Un condamné par la justice du peuple. Un mauvais Français coupable d'avoir fait le mauvais choix, une crapule, un traître ! Qui va passer par pertes et profits. Et ne fera plus de vieux os…

Le séquestré poursuit ses réflexions. Puisque la cervelle fonctionne encore. Combien de personnes sont-elles au parfum dans cette affaire ? Très peu, obligatoirement. On joue avec le feu, s'agissant d'individus sans scrupule, craignant d'être identifiés et démasqués. *Si ces gens que vous cherchez étaient au courant, ils n'hésiteraient pas à vous liquider, ainsi que l'inspecteur Bourgeade…* Ça, c'est le colonel André *alias* « Zouzou » qui le lui a affirmé. Son chef le civil aux cheveux grisonnants avait déjà quitté la pièce. Et le colonel a promis au policier une protection. Un inconnu va se présenter, prononçant ces paroles stupides qui évoquent, avec gloriole, Stalingrad : « L'Armée rouge a vaincu sur la Volga. » Sadorski secoue les épaules. En voilà un mot de passe de mélodrame ! De mélodrame communiste… S'il n'avait pas envie de pleurer il pourrait en rire.

Tillon était sorti en claquant la porte. Le colonel, quelques minutes plus tard, lui emboîtait le pas. Qui restait-il ensuite, avec le missionné, dans le bureau de l'état-major FTP ? et qui ait écouté cette conversation de bout en bout ? *La dactylo*. La fille au cou engoncé dans une minerve. Cette Régine qui hait les flics – ils l'ont torturée – au point qu'elle lui souhaite, en guise d'adieu et de bonne chance, « douze balles dans la peau ! ».

Les vieux réflexes professionnels lui reviennent. En même temps qu'une règle fondamentale, lue jadis dans un roman policier anglo-saxon, dont il a fait son profit : *Une fois éliminées toutes les hypothèses impossibles ou absurdes* (par exemple, soit Tillon, soit le colonel André désirait en réalité couler une enquête que pourtant ils se sont donné la peine d'ouvrir)*, la solution restante, même des plus improbables* (une résistante martyrisée voudrait, en dépit de tout, pour quelque raison mystérieuse, protéger des traîtres au Parti)*, est la bonne*. Partant de là, Sadorski a le sentiment d'avancer. Concentré, il repasse dans son esprit la scène de l'immeuble du boulevard des Italiens. Il y avait eu cet incident. La jeune communiste s'était soudain arrêtée de taper. Violemment émue, cramoisie, s'indignant : « Je ne peux pas supporter d'entendre des choses pareilles… Quand je pense à mes frères et sœurs dans la Résistance… Chez nous il y aurait des chiens, des traîtres qui… pour de l'argent… On ne peut trouver d'humanité dans l'esprit des vipères ! Demain, ces hommes continueront leur sale boulot… » Bref, une série de phrases énervées de ce genre. C'est donc contradictoire, elles cadrent mal avec la suite des événements. Avec le fait de saboter la mission de Sadorski, de transmettre des ordres fautifs aux types chargés de le mener à un centre de détention. L'aiguiller vers le square de Choisy, au lieu de Fresnes…

Si son indignation était sincère, si elle souhaitait que les chiens, les traîtres soient identifiés et châtiés, elle aurait dû s'abstenir de lui mettre des bâtons dans les roues ! Et au contraire favoriser sa tâche. Ou alors, la haine des flics aurait pris le dessus… Elle ne supportait pas qu'il échappe au peloton et aux douze balles dans la peau. L'inspecteur joue quelques minutes avec cette idée. Mais, non. Cela ne suffirait pas à la faire désobéir aux instructions de ses chefs. Il doit y avoir autre chose…

Cette idée finit par s'imposer dans son cerveau : *la colère de Régine était feinte*. Pas entièrement, cependant. La rougeur de ses joues était réelle et manifeste. On l'a même vue au bord des larmes. Si elle a paru si troublée, c'est pour un motif différent, mais lequel ? Voilà la bonne question – celle qui peut faire surgir les bonnes réponses. Sadorski sent de nouveau du progrès. De nouvelles perspectives s'ouvrent, très intéressantes. Il faudrait se renseigner à propos de cette petite salope. La filocher depuis son lieu de travail, la loger[1], planquer sous ses fenêtres, en apprendre davantage sur ses relations… Sauf que, pour un « mauvais Français », un flic éjecté de son poste à la préfecture et se retrouvant ici, sous la garde d'un bataillon de geôliers armés et vindicatifs, pareille enquête est difficile à envisager !

Un grondement mécanique l'arrache à ses pensées, assorti de grincements. Cela provient des fenêtres. Là-haut, des stores de métal, ou de tissu noir, descendent doucement. Ils obturent peu à peu les vitrages, cachent les feuilles des arbres puis les troncs et les buissons. À l'intérieur, l'éclairage étant assuré par de modernes lampes suspendues, on continue d'y voir comme en plein jour. Mais la sensation d'être davantage enfermé est angoissante. Son voisin de gauche soupire. Un soupir qui s'achève en gémissement. Cet individu mince et fluet se tortille sur son siège, et répète le geste horripilant pratiqué depuis

1. En langage policier, repérer le domicile ou la planque.

que Sadorski s'est assis à côté de lui : il se gratte obstinément la peau à la base des doigts. Entre les doigts. On dirait qu'il a attrapé la gale… L'homme a pourtant l'allure raffinée, tiré à quatre épingles, dans un complet foncé à rayures bien coupé, avec une cravate en soie, et il sent l'eau de Cologne. Le policier, de son œil unique, fait un effort pour l'examiner sans tourner la tête. Le profil au teint olivâtre porte des marques de coups. Le front est dégagé, les cheveux très noirs, coiffés en arrière, et la nuque curieusement velue – comme si les épaules, le dos, sous les vêtements, s'ornaient d'un épais système pileux. Le nez assez long, droit mais arrondi du bout, les sourcils marqués, le menton légèrement fuyant. La joue bleutée par une barbe de deux ou trois jours. Type méridional, voire sud-américain. Sadorski n'oublie jamais un visage, et celui-ci lui dit quelque chose. Il se demande s'il ne l'a pas vu le mois dernier chez les gestapaches de la bande de Friedrich Berger. Pas dans l'appartement de la rue de la Pompe, ni dans l'hôtel particulier de l'avenue Victor-Hugo… mais peut-être au 31 *bis* avenue Foch, parmi tous ces gars armés de mitraillettes, qui, dans la cour de l'hôtel SS, en embuscade, attendaient le camion des résistants… Avant que se déclenche la fusillade, rue Leroux, et que les balles partent dans tous les sens.

10

Les signaux inquiétants

Un nouvel entrant descend avec difficulté l'allée centrale, maintenu par deux FTP. Pour une tête au carré, c'en est une ! Ce prévenu, d'après ce que l'inspecteur saisit de la conversation des gardes, revient d'un interrogatoire renforcé subi dans la « cave »… Le visage rouge et tuméfié, les paupières gonflées, la démarche hésitante, il faut presque le porter pour l'installer sur son fauteuil, dans une des rangées du bas. À présent qu'il est assis il se passe les mains sur la figure, de façon bizarre. On dirait qu'il chasse les mouches – il en bourdonne effectivement dans la salle, avec la chaleur. Ou serait-ce afin de s'assurer qu'il y voit encore ? Personne ne le rabroue pour son comportement, malgré la consigne. Les résistants de la table de conférence bavardent entre eux et ne lui prêtent aucune attention. Le cabossé poursuit maladivement ses signes étranges. Sadorski l'observe de loin, intrigué puis fasciné. Il faut avouer que les distractions manquent, dans cette lugubre assemblée de statues de cire… Ce panorama de nuques et de crânes rasés, de chevelures hirsutes, d'épaules fourbues, de mains blêmes appuyées sur les accoudoirs…

Voilà qu'un type se dresse pour héler les gardiens. Dans la moitié droite de l'orchestre, placé vers le bas lui aussi : il lève le doigt, demande à se rendre aux W-C. La résistante aux cartouchières se lève de derrière la table, avec force jurons et dégainant un gros revolver anglais Enfield 9 mm, récupéré probablement d'un parachutage. En plus de son chemisier rouge vif elle porte une jupe à grands carreaux blancs et noirs, des bas et des souliers noirs, le tout lui donnant une apparence assez excentrique. Quelque part entre une étudiante des Beaux-Arts, une chanteuse de bastringue et une prostituée de Pigalle. Son vocabulaire inclinerait vers la dernière hypothèse car elle s'écrie vulgairement :

– Alors c'est moi qui m'y colle, à escorter Son Excellence aux cabinces ? C'est bien ça, mon lapin ? Mon p'tit m'sieur Georges ? T'en peux plus et t'as trop l'tracsir de te faire dessus ?

L'autre, un bourgeois court et rond, passablement agité, tandis que les FTP se marrent, opine vigoureusement.

– Oui, oui ! Vite, s'il vous plaît, mademoiselle Sonia ! Il n'y a pas une seconde à perdre !

Tous deux remontent l'allée, et au moment où ils passent près de Sadorski, il entend chuchoter :

– Conduisez-moi au capitaine Rivier, vite, je vous en supplie ! C'est très grave ! Je ne veux pas y être mêlé, moi, je suis innocent !…

Elle grommelle des paroles inaudibles en réponse. Le policier ne peut se retourner mais perçoit le bruit des battants de la grande porte qui se referme sur eux. Le silence est de retour dans la salle, avec en fond la toux spasmodique, et les gémissements de la femme sur sa paillasse là-haut, ainsi que le bavardage des surveillants et les plaintes du blessé, tout en bas. Sadorski s'interroge sur la signification de l'incident, s'inquiète des suites possibles. Après quinze ou vingt minutes, où l'on n'a vu revenir ni le petit gros ni la brune au revolver, une troupe nombreuse débarque, dans un tumulte de cliquetis d'armes, de cris martiaux. C'est un branle-bas de combat.

En tête de la troupe, Rivier hurle, brandissant un automatique :

– Pas un geste ! Personne ne bouge ! Tout le monde à son siège ! Oui, vous les salopards ! Camarades, aux armes ! En position ! Tenez-les à l'œil !

Les types dévalent simultanément les trois allées, le chef les dispose au fur et à mesure, les échelonnant sur le pourtour de la salle ; alors que les FFI de l'estrade ont bondi vers leur arsenal, attrapant sur la table mitraillettes, revolvers, grenades, et soulevant les fusils-mitrailleurs pour les braquer en direction du public médusé. Rivier est arrivé en bas et les interroge :

– Alors ? Ils sont où ? Les meneurs ?

– Les meneurs ?

– Oui, les gars du PPF ! Les fascistes, les espions, ceux qui font des signes !

– Des signes ?

– On les a vus, on a un témoin, Sonia l'a ramené au bureau. On a été chercher le capitaine Bernard mais il est retourné à l'état-major du colonel Rol. J'assume le commandement en son absence !

– Mais moi j'ai rien vu, mon capitaine…

– Parce que t'es un con ! (Il se tourne vers ses hommes.) Mettez-les en joue ! Au moindre geste suspect, tirez dans le tas ! Et s'ils se rebellent, balancez des grenades !

Les prisonniers, plus encore que d'habitude, sont paralysés par la terreur. Sadorski évalue quel serait le résultat d'un jet de grenades au milieu des cent vingt à cent trente personnes serrées sur les fauteuils et les strapontins. Arrosées de balles par-dessus le marché. Les deux tiers au moins y passeraient. Et l'on aurait des victimes même chez ces crétins de jeunots qui n'ont pas vécu la vraie guerre. Rivier est un imbécile incompétent. Tirs croisés, éclats de grenades, souffle des explosions dans cet espace fermé : en conséquence, un bordel et une boucherie indescriptibles. Sans compter les difficultés à soigner tous les blessés et agonisants. Les SS, eux, ne se foulaient pas, à Oradour par exemple ou en Russie, comme il a entendu dire. Les Fritz enfermaient les gens dans les granges ou dans les églises, ils arrosaient d'essence et foutaient le feu en jetant des grenades par les ouvertures. La technique allemande. Tout le monde *kaput* vite fait et réduit en cendres, c'est beaucoup plus efficace ! Il reste à nos bolchos du département de la Seine pas mal à apprendre des nazis.

De plus en plus inquiet, il observe les individus lourdement armés qui guettent, l'index sur la détente, le poing crispé sur le manche en bois d'une grenade boche ou le métal quadrillé d'une « tomate » Mills. On voit même des femmes, dont la brune Sonia qui a fini par rappliquer, et la dactylo rousse du bureau d'accueil, moins molle et moins aimable – elle arbore elle aussi un gros revolver, le manipulant de façon ni expérimentée ni convaincante. Un coup est vite parti, et Sadorski se méfie des amateurs… Rivier, lui, enquête, il pose des questions, s'efforce de distinguer les « meneurs », et de trier le bon grain de l'ivraie. Au terme de ses investigations, peu concluantes en apparence, il grimpe sur scène et prend la parole :

– Écoutez-moi ! Vous les collaborateurs, les traîtres ! On ne me la fait pas, à moi, le capitaine Rivier ! Il se passe ici des choses suspectes ! Il se pourrait bien que les « durs » ici dans cette salle, les miliciens, les PPF, bref les salopards, aient été prévenus que la cinquième colonne allait tenter un coup de main ! Dans l'idée de les délivrer ! Et ils se préparent à nous attaquer, nous les FTP, du dedans ! Histoire de nous prendre en tenaille ! À cet effet ils échangent des signes, des signaux discrets, ils se préparent… Mais un détenu les a vus et dénoncés ! Leur projet sournois est donc repéré et compromis ! Grâce à l'intervention rapide de nos braves fils du peuple, les héros de la Résistance, de l'insurrection victorieuse, toujours prêts et vigilants ! Donc, les faiseurs de signaux et les traîtres fascistes feront bien de se tenir tranquilles, désormais ! On vous a à l'œil ! Au moindre geste, les balles vont parler !

Il indique, pointant le canon de son pistolet à droite et à gauche, les armes de divers calibres braquées sur l'orchestre. Et reprend, d'un ton plus débonnaire, avant de s'exciter de nouveau :

– Je sais qu'il y a des innocents ici, dont le cas reste à éclaircir, et des gens qui n'ont pas commis grand-chose de mal… Nous hébergeons à la fois les durs et les mous ! Ceux-là, en priorité, écoutez-moi : n'hésitez pas à dénoncer comme aujourd'hui les menées séditieuses, les intentions louches, de ceux que j'appelle les durs ! Ça fera des bons points pour vous, on en tiendra compte ! Maintenant je m'adresse à tous : comme l'a expliqué Jacques Duclos, il faut, en plus de faire droit aux légitimes revendications des masses ouvrières, et d'empêcher les patrons, aveuglés par la haine du peuple, de saboter la reprise du travail et les intérêts de la France, il faut, voyez-vous, que les traîtres paient ! *Nous voulons châtier les traîtres*. Vous qui êtes ici, méditez, examinez votre conscience, et songez à ces vers de notre grand poète communiste Paul Eluard : « Il n'y a pas de ciel plus éclatant / Que le matin où les traîtres succombent[1]… » C'est beau, non ? C'est *dithyrambique* !… (Il se rengorge.) Voyez-vous, cela signifie que les Milices patriotiques et le Parti communiste entendent mener avec une *extrême vigueur* la campagne de châtiment de ceux qui ont pactisé avec l'ennemi, ou, pire encore, livré des Français à la Gestapo ! Les anciens membres de la milice de Darnand, de la LVF, du PPF, du RNP, des Francistes, etc., doivent payer !

1. Cet extrait du poème « Les vendeurs d'indulgence » a été reproduit dans un tract des Jeunesses communistes en 1943.

Les Français, hommes et femmes, qui entretenaient des relations mondaines avec les Abetz[1] et autres hauts fonctionnaires boches, doivent payer ! Il serait scandaleux que ces privilégiés de la fortune soient moins frappés que les petits, il faut au contraire que la justice frappe d'autant plus fort qu'elle frappe plus haut ! Tous les fonctionnaires français nommés depuis juillet 1940 et qui appartenaient à un mouvement prohitlérien doivent payer ! En ce qui concerne la police parisienne (Sadorski a l'impression que Rivier le regarde), nous saluons l'activité des policiers patriotes qui ont pris la préfecture et l'Hôtel de Ville, mais nous n'oublions pas qu'à côté d'eux il y en a qui ont commis des crimes, je pense aux bandits de la Brigade spéciale ! Pour eux, qu'ils le sachent, nous n'aurons aucune pitié ! Aucune ! Le camarade Thorez l'a dit, depuis Moscou : « Pas de quartier pour les vils auxiliaires des bourreaux hitlériens, pour tous ces criminels qui ont sur les mains le sang des patriotes. Rien ne subsistera de l'édifice vichyssois, de cet affreux régime de trahison et de boue[2]. »

Rivier doit s'interrompre, le souffle court, puis se tourne vers ses subordonnés :

– Comprenez-vous, camarades, le Parti et les communistes veulent voir la France devenir une véritable démocratie ! Mais d'aucuns voudraient frustrer le peuple français de sa victoire sur le fascisme de l'extérieur, comme, en 1936, les hommes à la tête des trusts avaient tenté de le frustrer de sa victoire contre le fascisme de l'intérieur… Ce sont les mêmes hommes qui, rêvant, dans l'ombre, de l'instauration d'un néofascisme, ont organisé ces jours derniers des provocations dans Paris et perpétré des fusillades,

1. Ambassadeur du Reich à Paris durant toute l'Occupation.

2. Allocution du 10 août 1944 au peuple français sur Radio Moscou, reproduite dans *L'Humanité* du 23 août.

en vue d'aboutir au désarmement des FFI ! Donc, méfiez-vous, protégez-vous, restez armés, les criminels de la cinquième colonne et du fascisme *sont toujours là*, et la vigilance populaire, l'action énergique de nos Milices, plus indispensables que jamais ! Alors, camarades, notre mot d'ordre est : vigilance ! Sévérité et vigilance ! Et vous, les traîtres dans cette salle, les lâches tueurs aux ordres de Darnand et de Doriot, soyez sûrs que le régime infect que vous avez défendu, nous l'extirperons *jusqu'à la racine* ! Contre les traîtres, la répression doit être impitoyable ! pour qu'enfin, avec notre glorieux Parti communiste, agissant sous l'exemple brillant du camarade Staline, la France se donne un régime de liberté, une véritable République, en assurant *effectivement* la souveraineté du peuple !

Il a terminé et toise, ravi, son auditoire. Chez qui, à part les FTP, règne un silence de mort encore plus profond si possible. L'expression « on entendrait une mouche voler » prend tout son sens. Sadorski observe les gardes aller et venir, le long des strapontins, ou face au premier rang des fauteuils, jetant aux captifs tremblants des regards chargés de soupçons. Outre Rivier, un personnage paraît en position d'autorité : la quarantaine, petit, trapu, frisé, le nez juif typique – l'ex-caïd de la 3e section s'y connaît –, le teint livide, il est vêtu de façon assez négligée et entièrement en noir. Les détenus le considèrent avec terreur, et jusqu'à certains des gardiens placés sous ses ordres. L'homme, mitraillette au poing, ne sourit pas, semble violent et haineux, quand il s'exprime c'est en mauvais français avec un fort accent polonais. S'il l'avait croisé jadis sur la voie publique, l'inspecteur l'aurait aussitôt interpellé pour jeter un coup d'œil à sa carte d'identité, et, s'il n'était pas en règle, arrêté avec plaisir, ramené à la caserne ou consigné au poste de police ; pour embarquement le jour même dans la navette de Drancy, avant les camps de l'Est, c'est-à-dire retour au bercail et bon débarras ! Mais à présent la situation est inversée. Les fils d'Abraham ont repris du poil de la bête, ils ne tarderont pas à se venger. Sadorski prie pour ne pas se retrouver devant cet énergumène, à l'interrogatoire, dans les caves… lui qui a eu l'imprudence, à la PP, de se vanter auprès des collègues d'avoir envoyé plus de 70 youpins marxistes se faire fusiller au mont Valérien !

Son voisin de droite se penche insensiblement vers lui. Et chuchote, remuant les lèvres au minimum, en fixant toujours l'écran blanc :

– Le frisé, là, attention, c'est un tueur… Son nom c'est Thomas ou « capitaine Paul ». Il est pire encore que le capitaine Bernard… Il a appris son boulot en Espagne. Il était dans les Brigades…. Il contrôle tout, il espionne tout… même les chefs, il leur fait peur…. Ici, c'est le maître à tuer… Et au tribunal il joue les commissaires du peuple. Après il commande en personne les exécutions au jardin… là-bas, de l'autre côté du mur…

– Derrière l'écran ?

Sadorski a chuchoté lui aussi. La réponse arrive, à voix basse :

– Oui… derrière l'écran… Il y a un haut-relief… Vous verrez.

De l'autre côté du mur. Dans les jardins. Un haut-relief. C'est donc à cet endroit qu'on fusille. C'est là que lui, Sadorski, va mourir…

Car le fait est inéluctable. S'il quitte l'Institut dentaire ce sera les pieds devant. Il l'a compris quand il a vu, tout à l'heure, les yeux morts et glacés du capitaine Bernard. Il l'a su une nouvelle fois en découvrant la figure cruelle, implacable, du petit Juif polonais Thomas. Ces gens-là, comment pourraient-ils lui pardonner ses terribles états de service ? Sa complicité avec la Sipo-SD… Son rôle de pourvoyeur des camps ou du poteau des otages… Les arrestations qu'il a opérées de leurs camarades… Marc Bourbeau, Gisèle Rollin, déportés ensuite… Et cette espionne communiste infiltrée dans les bureaux nazis, Thérèse Gerst[1]… Il lui a tiré trois balles dans le dos. En « légitime défense », car on l'avait agressé, mais quand même… Tout cela doit figurer dans les archives, dans les dossiers. À la PP comme dans les armoires des divers services de la Gestapo de Paris. Où, en ce moment, des équipes de poulets résistants – nouvellement résistants – se font une joie de fouiller pour dénicher les preuves. Les preuves contre leurs collègues moins chanceux. Qui n'ont pas eu le flair, les pauvres, de retourner leur veste lorsqu'il était encore temps d'établir avec netteté son « patriotisme »… C'est ainsi, dans l'administration française, que l'on se débarrasse des concurrents. Et que de simples brigadiers mal notés se retrouvent du jour au lendemain commissaires divisionnaires !

– Vous étiez policier ?

Encore son voisin de droite. Ce bavard va les faire repérer…

– Oui.

– Moi aussi. Inspecteur principal à la PJ… mais retraité, en 38. Je vous ai déjà vu… dans les bistrots de la Cité. Quoique, ça doit faire longtemps… dix ans ou plus…

– J'ai été suspendu de 34 à 39.

– Ah, ça explique… Mais quand vous étiez à la préfecture, vous alliez à l'Henri-IV ?

– Oui…

– Et chez Moreau ?

– Euh, oui…

Il souhaiterait que le collègue se taise. Ou, au moins, qu'il attende un moment plus favorable.

– Je vous ai sûrement croisé là-bas. Pierre Pescadère. Enchanté, monsieur…

– Sadorski, Léon. IPA à la 3e des RG…

– De mon temps, on l'appelait la SSR.

1. Voir *L'Affaire Léon Sadorski.*

Le principal adjoint acquiesce brièvement. Son compagnon poursuit :

– Ils vous ont bien tapé, hein ?

Hochement de tête. En fait ce n'était pas ici au PC Fabien, mais la foule en furie du premier arrondissement, le 26 août… Inutile de rentrer dans les détails… Si ce type pouvait la fermer, ce serait mieux.

– Ah, les salopards… Méfiez-vous, ce sont des dingues… Des sadiques… Le pauvre petit Godard… un blondinet de la LVF… pas pu supporter les tortures, il s'est jeté du deuxième étage… ils l'ont ramassé en bas, les jambes brisées, le bassin fracturé…. L'un d'eux l'a ramené ici dans la salle… les jambes du jeune lui pendaient dans le dos, comme des choses mortes… On l'a balancé sur une civière, dans un coin… Personne n'a pu dormir ! Il criait de douleur… Il appelait sa mère… Et il râlait longuement… Pas un seul pour le soigner… à quoi bon. On devait le fusiller avec Herkel, c'était prévu le lendemain. Les FFI, en passant, le traitaient de salaud… lui ordonnaient de se taire. Au matin on l'a porté au jardin sur son brancard. L'Hévéder et Guichet ont assisté à la scène… Le petit ne pouvait se tenir droit contre le mur, il retombait tout le temps… comme un pantin disloqué… Alors… ils l'ont fusillé à même le brancard.

Un moment de silence.

– Ils assassinent également les femmes, vous savez… La pauvre folle, Mme Goa, ils lui ont réglé son compte à elle aussi… Comme elle leur tirait la langue – je vous ai dit qu'elle était folle –, ils lui ont bandé les yeux… M. L'Hévéder, qui est député socialiste de Lorient, a été témoin de la fusillade… Il paraît qu'ils l'ont retournée et le peloton lui a tiré trois balles dans le dos[1]… Mme Corlu,

1. Exécutée par erreur sur ordre du capitaine Rivier, Madeleine Fontarabie, épouse Goa, résistante du service médical du Front

elle, un frêle bout de femme en robe rose… on est venu la chercher en lui disant que quelqu'un était là pour témoigner en sa faveur… Elle est sortie toute contente. Puis elle a compris, à leur mine… alors elle s'est enfuie… ils lui ont couru après, l'ont rattrapée dans l'escalier des cuisines… et pan ! une balle dans la nuque.

– Que font-ils des corps ?

La question obsède Sadorski. Son dernier lieu de repos sera-t-il les jardins fleuris du square de Choisy ? Il existe pire comme villégiature. Mais Yvette et le petit Bernard ne sauront jamais, ils ne viendront jamais le visiter, fleurir sa tombe…

– Les corps ? On les couche sous les buissons, une capote par-dessus. Les gars récupèrent les chaussures ou les bottes… Et puis on les embarque. J'ai entendu dire qu'ils vont les déposer devant leur domicile, dans la rue… avec un papier épinglé sur la poitrine[1]… « Voici le sort réservé aux traîtres et aux délateurs ! » Enfin, ce genre de choses…

Nouveau silence. Avec son large pansement sur le côté droit du visage, et l'œil en dessous mort de toute manière, Sadorski n'a pas encore vu clairement la physionomie de son voisin. Au moment de s'asseoir il n'y faisait pas attention, l'esprit accaparé par Mme de Laperouse. Juste eu l'impression que c'était un vieux, dans les soixante ans, petite moustache, en veston et chemisette d'été avec une cravate grise à rayures. Le gars s'est tu à présent. Ce

---

national, dont le mari avait déjà été lynché le 25 août par la foule hystérique et précipité sous un char, sera déclarée en 1946 par le ministère des Anciens combattants « morte pour la France ».

1. Lucienne Triplet, épouse Corlu, a été retrouvée ainsi le 29 août 1944 à 22 h 45, vêtue de vieux chiffons lui enveloppant le tronc et d'un slip noir, rue du Château, sur le pont du chemin de fer, une balle dans la tête.

n'est pas trop tôt. À gauche, le gandin au teint olivâtre continue de se gratter la base des doigts.

Rivier repart, laissant d'ultimes instructions à ses hommes. Thomas le suit. L'atmosphère se détend insensiblement après qu'ils ont quitté la salle. Mais la nuit risque d'être longue. La brune Sonia est remontée sur les planches pour déclarer d'une petite voix aigre, le visage tragique, le revolver menaçant :

– Bon, écoutez-moi, enfants de salauds ! Vous allez pas réussir à m'entortiller ! On va marcher au pas, à partir de ce soir ! D'abord, rien à bouffer ! Et silence absolu ! Vous savez, j'entends clair, moi, j'ai pas les oreilles constipées ! Toi, le cocu, là-bas !

Elle pointe le canon de son arme vers le voisin ex-collègue de Sadorski.

– Je t'ai entendu, causer dans ta barbe, eh toi, le cocu ! Eh ben à cause de lui, m'sieurs-dames, oui vous tous tas de salopards, z'êtes privés d'eau en plus de privés de dîner ! Pas la peine de me supplier, d'essayer de m'entortiller avec des phrases au sucre candi… Et défense de dormir ! Si j'en vois un qui ferme l'œil, il aura affaire à nous ! On l'fera courir sur place avec une baïonnette derrière le cul ! Ouais, gare à tes miches, mon bonhomme ! Et si je le chope à nouveau, hein, à la deuxième infraction, c'est la balade au jardin ! La *dernière* balade, si vous pigez ce que j'ai voulu dire ! Quant à çui qui f'sait des signes, hein, t'as intérêt à pas recommencer ! Ou tu repasses à la cave. La tête en ballon, que les camarades y vont t'faire à nouveau. Gare à tes dents, coco ! T'as pigé, espèce de saloperie de traître ? de nazi ?… Ouais ! On vous tient à l'œil !

Sonia a rengainé le revolver et croise les bras fièrement devant l'assistance. Elle jouit de son pouvoir sur ce troupeau de séquestrés muets, immobiles. Sadorski l'étudie depuis sa place dans la partie droite de l'orchestre. À vrai dire c'est un beau brin de fille, bien en chair et cependant élancée, et mince de taille. Sous la jupe à larges carreaux on devine des jambes de statue grecque. Comme son Yvette à lui, sa chérie, sa biquette aimée disparue il ne sait où, à Drancy peut-être, ou quelque autre bagne où s'exerce la revanche du populo sur les « traîtres »... En attendant, la Sonia est belle, et doit le savoir, de même qu'elle ne doit pas manquer de tempérament. Dans des circonstances différentes il n'aurait pas hésité à l'entreprendre. Lui proposer un bock de bière en terrasse. Et plus ensuite, si elle était d'accord. En dépit de ses propres handicaps – une bobine disgracieuse, un physique trapu, et ces cheveux blanchis trop vite –, le caïd du Rayon juif a toujours fait preuve de débrouillardise avec les mousmés.

À côté, Pescadère glisse, entre ses dents :

– Chez nous on la surnomme « la Pasionaria »...

Elle doit l'entendre chuchoter. Avec son ouïe prétendument fine... c'est sûrement vrai, la nénette ne se vantait pas ! On la voit, devant la table jonchée d'armes, se renfrogner, scruter les rangs. Dans leur direction. Bon Dieu, qu'il ferme son clapet ! prie Sadorski.

– ... parce qu'elle est chaude, vous savez, je l'ai vue se faire serrer dans les coins par des FFI...

Son auditeur lui décoche un bon coup de coude dans les côtes. Et reprend la position.

Le flic retraité semble avoir compris le message. Il soupire mais se tait. Pas trop tôt. Sur l'estrade, la révolutionnaire au chemisier rouge va et vient, elle darde des coups d'œil suspicieux, sa longue jupe flottant sur ses chevilles, le calibre 9 mm toujours prêt. La démarche guerrière, résolue. Sadorski a pourtant du mal à prendre ses menaces complètement au sérieux. Cette frangine est dangereuse, certes, une balle de revolver ça part vite ; ou elle peut appeler ses copains pour jouer des poings ou de la mitraillette, avec des conséquences mortelles. Mais le policier des RG, par expérience ou par instinct, la jugerait au fond bonne fille... Son parler trivial, il le trouve un peu forcé. En des temps plus cléments ce serait une compagne de goguette des plus agréables. Une Française dans la meilleure acception du terme. Bâtie pour baiser, rire, boire le vin avec les hommes et donner au monde de jolis enfants. Rien à voir avec la salope de bignole de Mme Lantin, par exemple. Oui, c'est cela le peuple de France, réfléchit-il. Sans qu'on ait besoin de le combler d'éloges « dithyrambiques » à la Eluard ou à la Duclos – ces beaux parleurs à la sauce de Moscou, ces fouteurs de bordel, ces fauteurs de crimes !... Le peuple français ressemble à Sonia. La tête chaude, le verbe haut... mais le sourire vif et tendre, dès qu'on a enterré la hache de guerre. Il en est persuadé.

Ce soir, le natif de Tunisie n'en regrette que davantage d'avoir échoué ici dans le mauvais camp. Celui des vaincus... De ceux qui ne verront ni le futur ni la paix. Qui connaîtront la vie brève et seront livrés désormais, sans recours, à la meute humaine.

11

Nous sommes les maîtres, nous sommes le Guépéou

Le lendemain, toujours serré dans ses habits mal ajustés puant la transpiration, après une nuit blanche, et fraîche car l'automne arrive, Sadorski découvre peu à peu l'ordinaire du PC Fabien.

À 6 h 30, réveil. Un réveil de théorie puisque personne n'a été autorisé à dormir. Les stores remontent lentement vers le plafond, mus par une commande électrique. Les plus malades parmi les détenus, ceux à qui on a accordé le privilège d'un matelas, se dépêchent de le porter jusqu'à la pile, dans un coin, et de reprendre aussitôt leur place de fauteuil, le corps bien droit, immobiles. La permission de boire est redonnée. À cet effet, un seau d'eau demeure en permanence, rempli chaque fois que nécessaire, dans un coin de la salle à droite. Il est accompagné d'un unique verre, dans lequel boivent tour à tour les enfermés après avoir fait la queue.

Deux ou trois fois par semaine – c'est le cas ce dimanche matin –, avant que l'on se rende en groupes successifs de six, escortés par deux gardes, aux cabinets pour la toilette commune, un FTP parcourt les allées, telle une ouvreuse de cinéma. Porteur d'une grande boîte en carton jaune il s'égosille :

– Serviettes hygiéniques ! Mesdames, mesdemoiselles… Qui veut des serviettes hygiéniques ?

Les arrivées les plus récentes rougissent en levant le doigt, et cela pas trop haut, timidement. Elles n'ont pas encore l'habitude. En prison les pudeurs tombent tôt, Sadorski est payé pour le savoir. Dans quelques jours elles ne feront plus ces mines embarrassées. Pendant la distribution, comme s'il en avait reçu la consigne, un autre camarade commente à voix très haute :

– Voyez, nous, nous ne sommes pas des Allemands... Nous donnons aux femmes des serviettes hygiéniques... Les Allemands, eux, vos amis les Allemands, ils ne donnaient pas de serviettes à nos femmes... Ils leur faisaient des piqûres ! Vous entendez, ils les piquaient, pour les empêcher d'avoir leurs règles... Ils les piquaient avec des saletés... et elles en mouraient, souvent !... Mais nous ne sommes pas des Allemands... Nous, nous sommes bons !...

De l'œil gauche, Sadorski épie sa relation féminine chez les séquestrés. Mme de Laperouse a réclamé, sans hésitation particulière, mais poliment, des serviettes. On est noble mais pas pour autant une mijaurée, une faiseuse de chichis. Et puis la vie d'infirmière ça vous familiarise avec la vie, justement. Même si l'on possède une particule et qu'on a grandi dans les beaux quartiers. Du moins il l'imagine. Quoi qu'il en soit, cette vicomtesse lui plaît. Non seulement avenante mais courageuse. Elle a risqué gros pour tenter de lui sauver la mise, l'autre nuit au Val. Et il se sent un peu responsable : si elle a perdu sa liberté et, probablement, subi un viol à répétition de la part des voyous cocos, c'est de sa faute à lui, Sadorski.

Pour la toilette les femmes sont conduites aux W-C du premier étage, les hommes à ceux du rez-de-chaussée, dotés, à l'identique, de quelques robinets et de cuvettes de lavabo. Il s'y rend avec ses voisins, l'inspecteur principal à la retraite et le maigre au teint basané, le galeux. Celui-ci est vénitien, il se présente, avec un fort accent, sous le nom d'Omero Veronese. Sa maîtresse, prénommée Lydia, est détenue elle aussi au PC Fabien et il s'inquiète à son sujet. Le type se vante auprès de Sadorski d'appartenir au consulat d'Italie, mais Pescadère, en aparté, renseigne son collègue :

– Cet aventurier est très défavorablement connu à la PJ, avec plusieurs dossiers pour émission de fausse monnaie, abus de confiance, trafic de bijoux, infractions aux règlements concernant les étrangers… Expulsé en 35, et toujours resté chez nous grâce aux autorisations temporaires… Officiellement, il était interprète pour les Italiens mais je le soupçonne d'être un agent boche. Méfiez-vous, il vaut mieux ne pas le fréquenter ! Surtout ici ! À mon avis il ne coupera pas à la condamnation à mort par leur « tribunal »…

Les six hommes debout devant les lavabos font ce qu'ils peuvent pour se laver sans gant de toilette, sans serviette et sans brosse à dents. Les morceaux de savon sont rares et disparaissent vite. Heureusement, les gardiens restent dehors, ils fichent la paix aux prisonniers le temps de leurs ablutions. On peut même fumer, Sadorski inhale, avec volupté, le tabac de la dernière gauloise. Les autres fument aussi, des mégots récupérés, échangent leurs histoires, conseils ou confidences. Ces cabinets semblent le seul espace de liberté et on en profite au maximum : la demi-heure accordée à chaque groupe tend à durer quarante minutes. À ce rythme, il est plus de midi quand le public entier de la salle en a terminé avec l'hygiène quotidienne. Laquelle est complétée par la venue, dans les allées, de FTP chercheurs de poux dans la tête. L'expression correspond ici à la réalité. Les internés du square de Choisy sont infestés de poux, de puces et quelques-uns de morpions. Lors de la revue on doit y passer un à un, c'est l'occasion de bien rire chez les geôliers, et de s'autocomplimenter de nouveau :

– Parce qu'on aurait pu vous tondre tous, n'est-ce pas ? Nous sommes bien bons… de ne pas le faire, de prendre la peine d'épouiller vos sales têtes de collaborateurs ! Vous devriez nous remercier !

Pescadère ricane, et glisse à Sadorski :

– Faut essayer de choper des morpions... Y a un gars qui en avait, résultat il a écopé d'un séjour à l'infirmerie ! Au moins il peut se reposer tranquille...

– Bonne idée... Mais quand est-ce qu'on mange ? Je n'ai rien avalé depuis un sandwich hier matin.

– Oh ! pour ça, y a encore de l'attente, mon vieux... On ne sert que deux repas, le premier vers 17 heures... le second, pas avant 23 heures...

L'IPA jure. Une double privation le tourmente, les aliments et le tabac. Il ne semble pas régner ici de marché noir, contrairement à Drancy à l'époque des Juifs, où gendarmes français et autres intermédiaires engrangeaient des fortunes sur le dos des futurs déportés. Ces cons de communistes sont trop honnêtes. Ils font la bêtise de confisquer l'argent lors de la fouille à l'entrée sous le contrôle du capitaine. Si on avait laissé aux collabos tout leur pognon, un trafic extraordinairement rentable aurait pu se développer !

– Quand vous ne tiendrez plus, mon vieux, faites comme les autres... Ramassez les mégots des FTP. Y en a qui sont chics, ils ne fument que les deux tiers de leur clope et la balancent. Comme lorsqu'on émiette un bout de pain aux pigeons ou aux moineaux !

Sadorski médite sur la comparaison, et questionne :

– Vous avez fait quoi, monsieur le principal, pour atterrir ici ?

– Mais rien du tout, mon vicux ! Rien du tout ! Quand je pense qu'à la préfecture j'ai fourni des fausses cartes d'identité à des Juifs... J'ai même tenté d'aider Max Jacob, le poète... mais il est mort à Drancy, le pauvre. Après ma retraite j'ai été embauché en 42 comme chef de bureau aux Assurances sociales, boulevard de Charonne. Un boulot de vérificateur... Je suis strict, dans le travail, cela m'a attiré des inimitiés. Il a dû y avoir une dénonciation. On m'a traité de « milicien »... En rapport avec cette femme, là-bas, celle avec la robe d'été aux rubans tricolores...

Il indique discrètement une quadragénaire brune, plantureuse, dont Sadorski a déjà noté l'attitude délurée et les plaisanteries lancées aux gardiens.

– Elle s'appelle Lucienne... Lucienne Cordier. Divorcée... Et moi je suis veuf. Nous avons eu... hum, une aventure. (Il hausse les épaules.) Je ne suis pas le seul, remarquez ! Lucienne a du tempérament et ne s'en cache pas. Mais y a toujours des envieux, des jaloux... Un autre employé, ou une rivale, ou une épouse soupçonneuse ? Allez savoir ! Et puis son chef de service, Reber, qui l'aurait éconduite, était paraît-il résistant, les feldgendarmes l'ont serré en juin dernier, il est déporté... Quelqu'un aura vu là un coup de Lucienne, une dénonciation aux Boches pour se venger. Absurde ! Mais il y a eu une rumeur... qui s'est transformée en certitude. Pas de fumée sans feu... Alors c'est elle qu'on a dénoncée. À la commission d'épuration des Assurances sociales. Et vous ?

– Moi aussi je suis innocent... Mais les RG sont depuis des années la bête noire des bolcheviks...

Inutile d'entrer dans les détails. Sadorski se méfie de tout et de tout le monde. Moins ce bavard incorrigible en sait sur lui, mieux ça vaut ! Car il n'y a pas de raison que le recours à la délation, anonyme ou pas, s'arrête à la porte de l'institut Eastman... Lui-même a fourni au capitaine, la veille, une liste bien fournie de suspects ! La plupart des gens assis dans cette salle, il en est convaincu, sont capables de tout afin d'échapper aux douze balles dans la peau... Qu'ils les méritent ou non n'est pas le problème. C'est une affaire de simple survie. L'humain, au contraire de l'animal, sait qu'il va mourir, il se sait de toute façon condamné. Et pourtant, même s'imaginant admis ensuite au paradis – lui, c'est plutôt l'enfer –, il fera le maximum pour retarder l'issue fatale… L'homme est prêt à ramper, à lécher les pieds de ses exécuteurs, pour gagner quelques heures, quelques minutes de sursis. *Encore un instant, monsieur le bourreau.* S'il vous plaît ! Laissez-moi regarder une dernière fois le grand ciel bleu, humer encore l'air doux de l'été, le parfum des fleurs, les essences du jardin luxuriant et la brise qui porte jusqu'ici les embruns des fontaines du square… ou respirer la merde des chiottes engorgées du PC Fabien. Avant que ma conscience s'efface, qu'elle crève comme une bulle de savon… Et après, plus rien ! Les autres continueront leurs conneries sans moi. Était-ce donc si agréable, de vivre ? Lorsque, comme lui, on a déjà tout perdu ? Yvette. Julie. Le petit Bernard. Leur nid d'amour, leur foyer du quai des Célestins. Sa carrière bien notée par ses chefs à la PP, ce labeur qu'il poursuivait avec joie au service de l'ordre public, de l'État, de la Révolution nationale, car Sadorski est un flic de métier et de vocation… Enfin, cette ultime enquête – dont il se foutrait complètement, d'ailleurs, si la libération d'Yvette n'était pas en jeu – que les pontes rouges lui avaient confiée, et que leurs crétins de subordonnés l'empêchent de mener jusqu'à son terme…

L'Alsacien sur son brancard râle faiblement. Il a râlé toute la nuit. Un moins robuste serait déjà mort, abandonné sans soins, trois balles de mitraillette dans le corps… Mais il dure. Les résistants de l'estrade font comme s'il n'était pas là. Et là-haut, sous le balcon, la femme au matelas geint toujours, son dos à vif exposé à l'air libre, ses cicatrices sanglantes menacées d'infection, de gangrène. On l'a assise car elle n'a droit à sa paillasse que durant la nuit et, de temps en temps, par grâce exceptionnelle, pendant le jour car elle souffre trop. Des gens ici la connaissent, l'inspecteur a appris, par les bavardages aux W-C, qu'elle se nomme Maximilienne Albertini dite « Maxe » ; son mari, ex-socialiste de la tendance pacifiste, fasciné par les régimes de Mussolini et d'Hitler, était secrétaire général du RNP ainsi que directeur du cabinet de Déat au ministère du Travail et de la Solidarité nationale. On l'a d'abord conduite au siège du Parti communiste pour qu'elle avoue où se cache le traître Georges Albertini. Elle leur a donné une fausse adresse, peut-être parce qu'elle ne savait rien – le ménage bat de l'aile et, à l'insu de madame, le politicien couche avec son assistante, une certaine Gilberte Altmayer (les toilettes de l'Institut dentaire sont une énorme boîte à potins). Au siège du PC les interrogateurs ont courbé Mme Albertini sur le dossier d'une chaise, les mains en avant. On la tenait par les poignets et par les pieds. Ils l'ont frappée à coups de ceinturon, pendant un temps qui lui a paru des heures. L'ardillon de la boucle entrait dans les chairs, faisait éclater la peau. Comme elle ne parlait pas, ils ont appliqué sur les plaies le bout allumé de leurs cigarettes. Quand elle s'évanouissait ils la ranimaient. Ils ont aussi amené son fils Claude au siège du Parti, un bébé de dix-huit mois, dans une pièce voisine elle l'entendait pleurer. Ils ont dit à Mme Albertini que le petit avait faim, mais qu'il ne mangerait pas, qu'il mourrait[1] si elle ne révélait pas la planque du traître... Quand on lui a raconté ces détails, Sadorski a pensé que la Gestapo, décidément, avait fait des émules chez ses anciens adversaires ! Et après cela, le gamin, ces salauds l'ont mis à l'Assistance publique, tandis qu'ils envoyaient la mère au square de Choisy...

En début d'après-midi, un couple de nouveaux internés pénètre dans la salle de projection, on les voit descendre l'allée centrale, escortés *manu militari* par les

1. Transféré finalement à l'hôpital de la Cité universitaire, l'enfant y est mort le 26 décembre, d'une broncho-pneumonie contractée à l'Assistance publique.

partisans. La femme est du genre boulotte, entre deux âges, l'homme, assez petit, qui boite bas et gémit de douleur, un beau spécimen de tête au carré. On les pousse brutalement devant la scène afin qu'ils s'enregistrent. Aujourd'hui le sergent Maurice n'est pas là, c'est Sonia qui pose les questions.

– Nom, prénom ? Toi, d'abord, le moustachu. T'es croquignolet, on t'a joliment rectifié le portrait…

– D-dagron… Machime…

– Hein ? « Machine » ?

– Mm… Ma-xchime. Maxchime Dagron…

Sadorski ouvre la bouche de stupéfaction. Ben merde alors ! C'est le résultat de l'avoir dénoncé au capitaine Rivier. Le crémier du Bon Beurre de Normandie, à Neuilly, le champion toutes catégories du marché noir, et de tous les partis collaborationnistes, l'ancien sergent du 135e RI, médaillé de la Grande Guerre et fidèle de Pétain et de Darnand chef de la Milice… Le père de cette ordure de franc-garde, Claude Dagron, le jeune sous-off' qui a massacré cette pauvre Monique le mois dernier…

– Ah bon, tout s'explique, fait Sonia. T'as un zoli seveu sur la langue, mon cocu ! (Les FTP éclatent de rire.) Faudrait qu't'ailles urgent au dentiste. Et toi, la pouffiasse ? La pouffiasse au cocu Maxchime ? T'es sa femme ou sa concubine ? Nom, prénom ?

– Germaine. Euh, Dagron Germaine… C'est mon mari… Ils l'ont frappé, battu… On nous a tout pris, le magasin, dévalisé… Tout ! Ces messieurs sont venus avec un camion…

Elle pleurniche et la jeune femme à la table se marre.

– Qui c'est qui t'a tout pris ? Les Boches ?

– Euh, non… Ce matin… La police FFI… Pourtant on nous avait dit qu'à partir de septembre les réquisitions chez les commerçants étaient interdites…

– C'est sûrement parce que vous êtes des crapules d'enrichis au marché noir ! Pas de pitié ! Le peuple aura vot' peau ! (D'une écriture laborieuse, elle reporte les identités sur le cahier du sergent. Et se lève.) Bon, je vais vous placer.

Mari et femme la suivent dans l'allée de gauche. Mme Dagron demande, hésitante :

– Vous pouvez nous mettre ensemble ? Mademoiselle ?…

– On dit pas « mademoiselle ». On dit « mademoiselle Sonia », pour ta gouverne ! Ou « camarade Sonia ». Tu vas rester ici un bout de temps, la vieille, alors autant que t'apprennes tout de suite ! Et, non je vous mets pas ensemble les cocus. C'est interdit ! Pas deux suspects dans la même affaire. Et puis les mecs et les gonzesses on les sépare, c'est la règle ici !

Ils montent vers les rangées du haut, échappent au champ de vision de l'éborgné. Ce dernier se réjouit intérieurement. La vengeance, comme dit l'autre, est un plat qui se déguste froid. Et même pas si froid que ça, en l'occurrence ! Monique Mézard a été tuée le 24 août, on est le 3 septembre… Dix petits jours. Mais pour que la vengeance soit totale il faudrait que le fiston criminel l'apprenne. Qu'il sache où sont ses parents et ce qui va continuer de leur dégringoler dessus comme emmerdes. Le père, surtout, pour qui les carottes semblent cuites. Rivier l'avait annoncé : *On va lui faire la tronche format ballon puis le coller au mur ! Ici, dans le jardin, comme les autres ! Une bonne giclée de mitraille !* C'est bien, Sadorski ne sera pas seul à crever. Et si, espérons-le, Dagron passe avant lui il pourra le voir, le crémier ratiboisé. La cervelle répandue sur les massifs, du rose et du rouge pour ajouter aux coloris des fleurs…

Ces réflexions agréables l'aident à tenir le coup jusqu'au repas de l'après-midi, le premier de la journée. Il débute par tout un cérémonial, qui ne s'annonce pas rapide. Des femmes FTP, préposées au service, distribuent à toute l'assemblée une fourchette par tête de pipe.

Puis elles repartent aux cuisines, reviennent un quart d'heure plus tard avec des assiettes. Il n'y en a pas assez pour tout le monde, il manque une vingtaine de couverts. Sadorski et ses compagnons immédiats font partie des privilégiés de la majorité.

– Monsieur le principal…

– Appelez-moi Pierre.

– Si vous le permettez… Dites, Pierre, ceux qui n'ont pas eu d'assiette et de fourchette, comment font-ils pour bouffer ?

L'autre ricane :

– Ils doivent attendre que leur voisin ait fini, pour emprunter ses ustensiles. Et se dépêcher car ce sera froid…

Un nouveau quart d'heure passe puis c'est la distribution du pain. Un morceau ridicule qui pèse à peine cinquante grammes. Sadorski l'engloutit presque immédiatement. Un quart d'heure de plus, et le plat principal débarque des cuisines, dans une énorme bassine que tiennent par les anses deux résistants costauds. Ce dimanche le menu c'est pois cassés. Selon Pescadère, les deux autres plats servis fréquemment sont les nouilles et les légumes déshydratés, provenant sans doute des stocks de l'institut, du temps des Boches.

– Et c'est bon ?

– Vous verrez. Soit mal cuit, soit brûlé, soit froid. Mais le problème grave c'est qu'on ne nous en sert vraiment pas beaucoup… Une cuillerée à soupe et c'est tout !

La lourde bassine fumante a été déposée devant la scène. Tout le monde, dans les rangées, patiente, l'assiette sur les genoux, ou sans assiette pour ceux qui n'en ont pas. Cela fait plus de dix heures qu'on est pleinement réveillé et qu'on attend de manger… L'estomac de Sadorski gargouille. Il n'est pas le seul.

Sonia, en bas, scrute l'orchestre. Un mauvais sourire aux lèvres.

– Faut-il le répéter, les cocus ? Je vous l'ai dit, je ferai pas la distribution tant qu'y aura pas le silence ABSOLU. Alors cessez vos *circonférences* ! Vous pigez ? Ou vous êtes sourds ?... (Elle croise les bras, et attend.) Ho ! Là-bas... Si, si, y en a encore un qui cause, j'vous dis... Je t'ai vu parler, le cocu... Eh bien, vous autres, vous attendrez encore, grâce au cocu ! Moi, j'm'en fous, hein... J'ai déjà mangé, moi ! Parce que c'est nous les maîtres, ici, comme y dit, le capitaine Bernard : *NOUS SOMMES LES MAÎTRES, NOUS SOMMES LE GUÉPÉOU !* Savez ce que c'est, bande de cocus, hein, le Guépéou ? C'est la police du peuple ! Y a Aragon, le grand poète du Parti, et le grand poète tout court, oui merde, même si ça vous fait pas plaisir les bourgeois... Il l'a écrit, Aragon : « Je chante le Guépéou qui se forme / En France à l'heure qu'il est / Je chante le Guépéou nécessaire de France / Je chante les Guépéous de nulle part et de partout[1]... » Ça, c'est envoyé, hein !... Qui c'est qui veut un Guépéou ? Demandez un Guépéou ! Pour préparer la fin d'un monde, votre monde de capitalistes et de nantis ! Hein, les cocus ! Vous voulez que j'vous récite d'autres poésies ? J'en ai plein, vous savez ! J'ai des lettres, moi...

Elle déclame un poème d'Eluard. Le temps s'écoule, les pois cassés tiédissent, la vapeur ne s'élève plus de la bassine en métal.

– C'est chaque fois la même chose, grommelle Pescadère.

– Chut, Pierre, taisez-vous...

Sadorski a soufflé ces mots avec désespoir. Il aimerait prendre Sonia à la gorge, étouffer sa voix aigre, sentir sous ses pouces le cartilage céder, lui rompre le cou... La

1. « Prélude au temps des cerises », in *Persécuté persécuteur*, Éditions Surréalistes, 1931. Disponible dans la Pléiade, Éditions Gallimard.

« Pasionaria » au corsage rouge vif ne trouve plus grâce à ses yeux – son œil –, tout ce qu'il souhaite maintenant c'est la voir, entre ses mains, s'étrangler, se débattre, couiner, crever, clamecer, crounir… Rendre à Dieu sa sale petite âme de mégère, de garce inhumaine, perverse, ce n'est pas possible, on n'a jamais vu ça, une affameuse, une engeance pareille ! Il trépigne, ses doigts crispés sur la faïence grasse, collante, de l'assiette mal lavée ainsi que sa fourchette. L'ex-caïd de la 3e section – Sado le bouffeur de Juifs et de marxistes, le Légionnaire, la terreur des inspecteurs, des standardistes ou des plantons, le volcan de la PP – est sur le point d'exploser.

Il était moins une lorsque Sonia s'approche de la bassine, remue la louche en aluminium, fait semblant de humer l'appétissant fumet qui monterait des pois.

– Mmmm !… On est trop bons pour vous ! Les salopards de collabos… Vous méritez pas toute c'te bonne bectance, les cocus ! Que les camarades se sont donné tout le mal de vous préparer… afin de remplir vos grosses bedaines de trafiquants ! vos ventres d'enrichis du marché noir ! D'affameurs sans scrupule, d'ennemis du peuple ! Allez ! On y va ! Par ici la bonne soupe !…

Les FTP trimbalent le récipient dans les allées et le long des sièges. Sonia officie, avec force commentaires argotiques et décousus, délivre une cuillerée par assiette, pas plus. Incrédule, Sadorski contemple les grains froids qui forment un petit tas vert pâle au milieu de son couvert. Et, n'y tenant plus, ingurgite, sans en oublier un seul, en s'aidant des doigts, les pois cassés mous et friables, à l'arrière-goût de brûlé. La minute d'après il ne lui reste, dans la bouche, que de la salive qui cherche à s'employer, de même que son estomac, déçu, presque vide encore, languit pour des aliments à digérer un peu consistants. En vain.

Les deux ex-inspecteurs terminent en léchant leur assiette, comme des animaux.

Les heures ont passé. Derrière les hautes fenêtres de l'institut George-Eastman, le ciel s'éteint peu à peu, le soleil disparu sous un banc de nuages violets, par-delà les avenues de Choisy et d'Italie que remontent des convois militaires américains. La nuit tombe, sur le treizième arrondissement et sur la capitale, au dixième jour depuis leur libération du joug nazi. Paris et les Parisiens sont libres ; mais pas tous. Raidi et courbaturé, les reins, le cou douloureux, Sadorski apprend à dormir assis et l'œil ouvert. Avec un peu d'entraînement, et par la force des choses, on y arrive. Il perd de temps en temps conscience, sans tomber sur le côté ni se faire remarquer. Sur sa gauche et sur sa droite Veronese et Pescadère dorment eux aussi. Le premier a cessé de se gratter mais le second ronfle. Pas très fort, mais tout de même. En bas, l'Alsacien ne gémit plus, on l'a emmené ailleurs. Il y a eu des cris, des hurlements suivis de coups de feu dans les jardins, puis ceux qu'ils avaient réveillés se sont rendormis. Là-haut Mme Albertini geint et quelqu'un, toujours le même, tousse avec régularité. Peu après 23 heures, une nouvelle bassine arrive des cuisines, précédée par les minuscules morceaux de pain, et les assiettes et les fourchettes grasses. Dans la bassine de ce soir ce sont des nouilles. Molles et farineuses, et refroidies évidemment après les discours de Sonia, elles gardent un goût prononcé d'eau de vaisselle. Cela rappelle à Sadorski les menus de la Santé ou de Fresnes, tels qu'il les a subis au printemps et au début de cet été. Mais ici les portions sont moindres. Pescadère lui chuchote que la perte de poids associée sera d'environ trois kilogrammes par semaine. Et qu'au bout de trois mois de cette plaisanterie ils seront tous morts.

Le souper achevé, on a reçu enfin l'autorisation de dormir, sous les lumières allumées en permanence. Sonia a présidé à la distribution des quelques paillasses réservées aux plus mal en point. Les FTP, à la table du bas, jouent aux cartes, s'amusent à démonter et remonter leurs armes, à les mettre en joue ; comme ils ne sont pas experts, parfois un coup part accidentellement, et fait sursauter tout le monde. Les gars boivent de l'alcool, rient, chantent, *Le Petit Vin blanc* ou des rengaines révolutionnaires. Sadorski essaie de se rendormir en dépit du vacarme. C'est un supplice, que de rester autant d'heures assis sur le même siège ! Il remue dans son demi-sommeil, cherche un endroit pour appuyer la tête, s'affaisse, se recroqueville, se ratatine sur lui-même, tel le passager d'un voyage interminable sur une banquette de troisième classe. Dans ce convoi immobile. Un train qui ne s'ébranle jamais, qui n'arrive jamais nulle part. En voiture, messieurs-dames ! et surtout personne ne descend… Un voyage au bout de la nuit comme dirait Céline… L'œil fermé, sous la lueur froide des néons, la mâchoire tombante, la carcasse douloureuse… les os blessés par la dureté du bois. Au bout d'un certain temps il se sent partir… glisser dans des rêves… il parle à Julie. Elle est debout dans la cuisine. Avec un tablier. La fenêtre est grande ouverte, on caille. Pourquoi laisser la fenêtre ouverte en dépit du black-out ? Yvette a oublié, ou quoi ? *Je vous ai fait du chou aux marrons... je sais que vous adorez ça... – Julie...*, répond-il, dans un souffle… *– Et tante Yvette a préparé une tarte... – Julie, Julie... mais où es-tu ? Je sais que je rêve... Les Allemands t'ont prise... Où es-tu maintenant ?... Dis-moi... je viens te chercher... je t'aime, ma petite chérie*… Il voit flou. À cause des larmes. Trop de lumière, le plafonnier, dans cette cuisine…

On le secoue. Une pogne lui secoue l'épaule.

– Sadorski ! Léon Sadorski !

Il rouvre l'œil. Hagard. La bouche pâteuse. Il grelotte. La salle de projection est glacée.

– Debout ! Tribunal !

L'homme qui lui aboie dessus est un grand brun, jeune, puissamment charpenté, en vareuse d'uniforme avec des galons mal cousus de lieutenant. Et une culotte de cheval, et des bottes. Mâchoire épaisse, front bas, l'expression obtuse. Bref, un faciès de brute. Au passage il déclare à Pescadère, en lui tapant sur l'épaule :

– Ton affaire va s'arranger... je leur ai causé, là-haut... Ne t'en fais donc pas ! J'en suis bien sorti, moi... Tu t'en sortiras toi aussi !

L'ancien flic remercie profusément. Le grand brun lui adresse un sourire bizarre, incertain ou faux – avant de saisir le bras de Sadorski pour le faire lever, et gagner l'allée.

Deux autres individus braillent, sur le côté gauche de l'orchestre :

– De Laperouse ! Où est-elle ?... De Laperouse ! Debout ! Tribunal !

– Bourdier Geneviève ! Tribunal ! Allez, on se dépêche...

Les convoqués sont conduits sans ménagement vers la porte aux hublots. Avant la sortie, dans l'ombre du balcon, il a la surprise de reconnaître, assis côte à côte sur une paire de chaises, après le dernier rang des fauteuils d'orchestre, le socialiste Château et sa femme. Il les croyait libérés depuis longtemps ! Partis retrouver leur petit Jacques... Mais les voilà eux aussi, pâles et immobiles, le visage tourné vers l'écran blanc. Deux figures de cire, comme les autres... Pas le temps d'échanger des salutations, des politesses, d'ailleurs interdites, l'inspecteur et les deux détenues – l'infirmière et une jeune fille à tête rasée – sont poussés dans le vestibule par leurs guides. C'est le grand lieutenant brun, que ses camarades appellent « José », qui ouvre la procession, ses bottes de cavalerie résonnant virilement sur les dalles. Le sol est froid et glissant sous les chaussettes de Sadorski. Pas de lumière au guichet du bureau des entrées, où peut-être le capitaine Rivier s'est assoupi, tout habillé sur son matelas... L'obscurité complète règne au-dehors entre les hautes colonnes de brique, sur la terrasse plantée d'arbres, le square et les pièces d'eau et les immeubles lointains au sud du treizième. On entend gronder des avions. Le bâtiment doit faire comme un îlot compact de lumières au milieu de la noirceur du quartier. Assis dans des recoins du hall ou sur les marches, des FFI jouent aux cartes et boivent, leurs armes posées près d'eux sur le sol. L'inspecteur est heureux de se dégourdir le dos et les jambes, mais inquiet. Le « tribunal », à présent ! Au cœur de la nuit. Pour s'entendre condamner à être fusillé, probablement. Et quel sera le sort des autres ? Mme de Laperouse, et la jeune inconnue au crâne marqué par la « coupe 44 » ? Ses cheveux commencent à peine à repousser, sur la peau striée de croûtes laissées par les ciseaux, où l'on distingue encore la croix nazie peinturlurée au goudron.

On grimpe les escaliers monumentaux, dont l'élégance moderniste est à peine entamée par le folklore bolchevique, les drapeaux rouges, les banderoles, les poèmes et les graffitis. Ici aussi c'est du *Vive Staline !* et du *Vive Leclerc !* en veux-tu en voilà… Sadorski se demande jusqu'à quand tout ça va durer. Quand viendra-t-on enfin remettre de l'ordre ? La police, la vraie, même gaulliste on s'en fout… mais un service sérieux. Une société en a besoin, pour fonctionner, sinon c'est le bordel généralisé, la chienlit, la loi de la jungle. Et au bout du compte le malheur pour tous, à l'exception de quelques-uns, les plus vicelards ou les plus cruels qui auront su tirer les marrons du feu ! Cela devait ressembler à ça, Petrograd en octobre 1917… Il souhaite à tous ces énergumènes une petite balade éducative en URSS. Voir si l'on y mange si bien, là-bas chez le petit père des peuples, dans le mirobolant royaume des Soviets ! Et s'il n'y a pas des files d'attente devant les commerces encore vingt fois plus longues qu'à Paris !

Là-haut, les néons de l'étage, en rangs réguliers et

grésillants, illuminent une enfilade réfrigérante d'appareils de soins dentaires. C'est dans cette longue salle que les praticiens allemands de la *Wehrmacht Zahnklinik* de l'*Abteilung 680* faisaient ouvrir la bouche toute grande aux troufions. Fauteuils opératoires basculants de couleur crème avec dossier en cuir noir, grands réflecteurs électriques à bras télescopique, sièges d'opérateur à potence articulée, tablettes roulantes, tours à polir, stérilisateurs, meubles métalliques à tiroirs, cabinets aseptiques, becs de gaz, plaques en opaline et vitrines garnies de daviers et instruments divers, de moulages, de prothèses… Il flotte encore une vague odeur d'éther. Le front moite, le policier espère que les cocos n'ont pas eu l'idée de se fournir ici en outillage de torture ! Ils obtiendraient des résultats rapides. Du moins si les interrogés ont des renseignements valables à fournir… Lui-même sait bien que ce n'est pas toujours le cas. Il se rappelle, avec des frissons incontrôlables, le visage mafflu du *Doktor* Yodkum penché sur lui, tandis que le gestapiste limait ses dents…

Le lieutenant José entraîne son groupe dans un corridor, à l'extrémité de la salle de soins. Il frappe à une porte, où un planton FTP monte la garde, sa mitraillette Sten en bandoulière. Une voix résonne à l'intérieur :

– Entrez !

Un bureau assez petit et sombre. Une table en métal, derrière laquelle ils sont reçus par quatre individus assis, muets, à côté d'une chaise vide. Au mur du fond est accroché un portrait de Joseph Staline. Sur le plateau de la table, des bougies allumées éclairent une tête de mort. Celle-ci, propre et nette, a la couleur jaune pâle, presque translucide, des traditionnels squelettes de classe de sciences naturelles ; on la croirait en plastique. Ils ont dû la récupérer à l'institut, l'extraire en rigolant d'une vitrine ; ce n'est pas quelque trophée macabre déterré dans un cimetière… Mais l'effet est tout de même garanti. Les invitées retiennent leur souffle. Sadorski est partagé entre terreur et colère. À quoi riment ces simagrées ? On n'est pas dans un feuilleton populaire à deux sous… Si vous devez nous condamner à mort, condamnez, et vite, qu'on en finisse ! *La mort, sans phrases*, merde. Et sans accessoires de grand-guignol ! La photo du moustachu, sur le mur, suffit largement !

Au milieu des juges l'inspecteur reconnaît le capitaine Bernard. Ce soir il porte un pince-nez, qui lui donne l'air encore plus sévère, et une tenue de l'armée française. Avec les galons correspondant à son grade, et un étui de revolver à la ceinture. Il désigne aux trois prévenus les chaises rangées de part et d'autre de la porte. Pendant que le lieutenant contourne la table pour s'emparer du siège vacant, près de Thomas, le petit Juif frisé toujours vêtu de noir. Ce dernier est le seul à ne pas porter d'uniforme. Il consulte des feuilles de papier éparses devant lui, sous le halo d'une lampe de bureau. En allumant une cigarette américaine.

– Je suis le capitaine Paul, secrétaire du tribunal international du PC Fabien, prononce-t-il avec son lourd accent polonais. Et assesseur permanent, en même temps que je suis le commissaire du peuple. On commence par Bourdier, Geneviève, 34, rue Raynouard, Paris seizième. Nous avons pas temps à perdre ! Lève-toi, tu viens devant nous !

La jeune tondue obéit. Thomas, ou le « capitaine Paul », considère son crâne, avant de cracher :

– Vendue aux Allemands ?

Elle réplique, sur le même ton :

– Je n'ai pas dû coûter bien cher !

12

Œil pour œil et dent pour dent

Sadorski ne s'y attendait pas. Épaté par son aplomb, il observe le dos de l'interrogée, ses vêtements de qualité un peu ternes. Les juges ont froncé les sourcils. Les yeux de Thomas lancent des éclairs.

– Ferme ta gueule, ou tu vas voir ce qui va t'arriver !

Elle ne bronche pas. Se tait. Le capitaine Bernard jette un coup d'œil au dossier. Lui aussi fume une cigarette de parachutage ou distribuée par les soldats de l'*US Army*. Il annonce, glacial :

– Je préside ce tribunal placé sous la haute autorité du colonel Fabien. La consigne reçue de mes chefs est : « Répondre à la terreur par la terreur, pour un œil les deux yeux. » Notre tâche est de protéger la population et les forces de combat contre l'action possible d'une cinquième colonne laissée à l'arrière par l'ennemi. Vous êtes soupçonnée d'appartenir à cette cinquième colonne. Pourquoi avez-vous adhéré aux Jeunes de l'Europe nouvelle ? La section jeunesse du groupe Collaboration. On a un de vos chefs, ici, Pasquier de Franclieu… Un monsieur ayant fait beaucoup de mal à des vrais Français.

– J'ai adhéré parce que je suis pétainiste. J'ai cru ainsi me conformer à la volonté du Maréchal.

Un silence de mort accueille ses paroles. À l'une des

extrémités de la table, un juge avec un accent d'Europe de l'Est, peut-être hongrois, lui demande ce qu'elle pense des communistes.

– Je suis contre, parce que je suis catholique. Le pape a donné à leur égard des directives que j'ai toujours suivies.

Le juge étranger a un sourire peiné.

– Mais, que leur reprochez-vous ?

Après avoir hésité, Mlle Bourdier concède qu'elle ne les connaît pas bien. Le ton s'est modifié – Sadorski a l'impression que maintenant elle joue l'ignorance, la naïveté. Tactique dictée par la prudence ? Elle aurait changé d'avis ?

– On vous reproche à vous, reprend Bernard de sa voix atone, d'avoir assisté à des manifestations en l'honneur de la LVF, à des réunions salle Wagram, notamment le 24 mars 1943, d'avoir été membre des équipes du COSI[1]…

– Le comité avait des bureaux tout près de chez moi. Enfin, de chez mes parents. J'ai voulu me rendre utile…

– J'ai voulu me rendre utile, *monsieur le président.*

– J'ai voulu me rendre utile, monsieur le président.

– L'enquête de voisinage a révélé que la collaboratrice Corinne Luchaire, fille du collabo Jean Luchaire, tous deux en fuite, habite dans votre immeuble, 34, rue Raynouard. Vous la connaissez ? Quels rapports entretenez-vous avec elle ?

– Mais… aucun, monsieur le président. Nous avons dû prendre l'ascenseur ensemble une ou deux fois… c'est tout.

1. Comité ouvrier de secours immédiat : organisation collaborationniste fondée en 1942 par des dirigeants du RNP et du PPF, afin de venir en aide aux sinistrés à la suite des bombardements alliés. Les sommes allouées aux victimes provenaient pour une large part de biens spoliés juifs, et des sommes versées par l'État français à l'Allemagne au titre de frais d'occupation.

– La concierge vous a vue emporter un bout de papier qu'elle vous avait donné.

– Je lui avais demandé un autographe… C'est une actrice très connue.

– On t'a vue avec chemise bleue, indique le « capitaine Paul ».

– Non, l'uniforme, pour les filles des JEN, sauf à Lyon, était la chemise blanche et la jupe bleu marine, monsieur.

– On dit *monsieur le commissaire du peuple*. Alors c'est que tu portais l'uniforme des jeunes du PPF, oui. Les Jeunesses populaires françaises. Chemise bleue avec cravate noire… Tu es une sale petite fasciste ! Que j'écraserai sous ma chaussure comme une merde.

– Je ne sais pas bien ce qu'est le fascisme. Et ma tenue, monsieur, était celle des Jeunes de l'Europe nouvelle…

Elle continue de jouer les idiotes. Sadorski l'approuve : la fille est encore jeune, fraîche, assez jolie lui a-t-il semblé malgré son crâne abîmé, pourquoi se précipiter au-devant des balles ? Ce serait dommage. Si elle joue son jeu en finesse, il lui reste encore une chance de s'en sortir. Ils ne peuvent quand même pas les fusiller tous ! Et dans quelques années, chemise bleue, chemise brune, chemise noire, chemise rouge… tout sera pardonné, ou presque. À tort ou à raison. À tort ou à raison, se répète-t-il. N'importe. Ce qui compte c'est de rester vivant jusque-là !

Le capitaine Bernard observe froidement Mlle Bourdier debout devant son « tribunal international ». José a haussé les épaules et ricané. L'officier à l'accent hongrois secoue la tête en examinant son stylo. Thomas fixe la prévenue avec haine. Le quatrième juge, qui ne s'était pas manifesté jusqu'à présent, un capitaine aux yeux bleus et cheveux châtains taillés en brosse courte, intervient :

– Qui vous a arrêtée ? Et quand ?

– C'était le mercredi 23 août. Une Citroën traction

avant noire s'est garée devant l'immeuble rue Raynouard. Le chef des FFI était un ouvrier qui travaillait dans l'usine dont mon oncle est directeur. Je dois dire qu'ils ont été très polis. Nous avions été dénoncés par un voisin, paraît-il. On nous a emmenés sans mandat ni rien. Mon père, ma mère, ma sœur et moi-même.

– Où sont-ils ? votre famille ?

– Je ne sais pas, monsieur. On m'a conduite dans une villa occupée par les FFI. Beaucoup étaient plus jeunes que moi. Il y avait une dizaine de personnes arrêtées, dont un milicien, une concierge, et deux dames à qui on reprochait d'avoir eu des amants allemands. On m'a interrogée et on m'a demandé de dénoncer des gens. Je ne savais pas trop quoi répondre…

Bernard joue avec son lorgnon et la surveille sans un mot. Avec son regard mort. De la fumée s'élève de la cigarette posée sur un coin de cendrier.

– Et ensuite ? ricane José.

– Après deux jours on m'a emmenée, toujours avec une traction avant, à un grand magasin parisien. J'étais dans une petite pièce, gardée par un vieux monsieur très gentil. Il m'a dit qu'il était communiste. Je suis passée devant leur tribunal. Dehors une foule s'était rassemblée, ils criaient : « À mort ! Livrez-les-nous ! »

– C'est normal, commente le capitaine Paul. C'est justice du peuple.

– On nous a coupé les cheveux. Enfin, aux femmes. Et ils nous ont promenées dans la rue, avec les FFI qui marchaient autour de nous et nous protégeaient de la foule… Très efficacement je dois dire. Après, on nous a ramenées au magasin. On nous a informées que nous ne resterions plus très longtemps. Et avant que je ne parte pour ici, deux FFI sont venus me trouver. Ils m'ont dit : « Vous avez été très courageuse. On va vous serrer la main. »

Le lieutenant José fait la moue.

– Ça suffit, décrète le capitaine Bernard. Allez vous rasseoir à la porte. Jugement mis en délibéré. Au suivant !

Thomas lit un nom sur une feuille.

– De Laperouse, née Aubrais, Henriette. Domicile 45 rue Hippolyte-Maindron, Paris quatorzième. Viens devant le tribunal.

Sadorski voit la vicomtesse se lever. De près, on constate que la blouse froissée garde des traces de salissures, et de sang. Le grand chef tire une bouffée de cigarette avant d'interroger :

– Vous êtes infirmière au Val-de-Grâce ?

– Oui.

– Oui, *monsieur le président.*

– Oui, monsieur le président.

– Nous avons enquêté à l'hôpital au sujet de votre affaire. Avez-vous reçu des appels téléphoniques de province ?

Silence interloqué. Les cinq membres du tribunal attendent, leurs visages dénués d'expression. Mme de Laperouse finit par dire :

– Ce… cela a pu arriver. Je ne me souviens pas avec précision.

– Une infirmière de l'accueil a déclaré que vous aviez reçu un appel le 21 ou le 22 août, du département de la Drôme. Avant que le téléphone soit complètement coupé entre Paris et les autres départements.

– Je… je ne sais pas, c'est possible.

– C'est possible, *monsieur le président.*

– C'est possible, monsieur le président.

– Et vous ne vous souvenez pas de qui vous appelait ?

La jeune femme hésite. Sadorski tend l'oreille, intrigué. Il pensait qu'on allait lui reprocher en priorité d'avoir aidé un flic à se planquer des FFI. À moins que cela ait un rapport ?

– Non, je ne me souviens pas. *Monsieur le président.*

Bernard étire les lèvres en son sourire froid.

– Je vais vous aider. L'employée du Val affirme que le correspondant qui vous réclamait a prétendu être votre frère. Non ?

– Ah. Oui, à présent, je me rappelle… Je me rappelle, *monsieur le président*. Pendant l'insurrection il m'a téléphoné de Valence.

– Le prénom de votre frère est Guy ?

– Oui, monsieur le président.

Thomas énonce, pointant une feuille du dossier :

– Aubrais Guy, né 22 avril 1921, à Le Vésinet. C'est ça ?

– Oui. Euh, oui monsieur. Mon frère est né comme moi au Vésinet.

– Monsieur *le commissaire du peuple*.

– Oui, monsieur le commissaire du peuple.

– Il est ton petit frère ?

– Guy a quatre ans de moins.

– Et il fabrique quoi, Guy Aubrais ? Dans la vie.

– Il est élève officier de marine marchande. Notre père est capitaine de vaisseau…

Bernard coupe sévèrement :

– Vous prétendez ignorer que votre frère appartient à la Milice française ?

Il y a un petit silence.

– Je… je l'ai appris le mois dernier. Lors de ce coup de téléphone, justement. Justement, monsieur le président.

– Il a téléphoné de Valence, pendant que on se battait à Paris, pour te dire je suis milicien ? ironise le capitaine Paul.

– Plus exactement, pour me dire qu'il venait de déserter de la Milice… Mais j'ignorais que Guy en faisait partie, je vous le jure ! Lui et moi ne nous sommes pas vus depuis deux ans, monsieur le commissaire du peuple. J'avais appris par une lettre de ma mère qu'il s'était établi comme cultivateur près de Tarbes, afin de se soustraire au travail obligatoire en Allemagne. Mon frère s'est marié là-bas, avec une très jeune femme, ils ont un enfant. Que je ne connais pas encore…

Le président rechausse son pince-nez.

– D'après le Comité médical de libération, qui a transféré votre dossier au Comité d'épuration de la préfecture de la Seine, non seulement votre frère est pétainiste et fasciste mais dans une conversation avec des patients de l'hôpital vous auriez critiqué les mesures prises contre les collaborateurs et les traîtres. On vous a entendue dire notamment : « Les gens sont devenus fous. Ils dénoncent, volent, tondent les femmes. On est suspect sans raison, accusé de n'importe quoi… » Selon un témoignage, vous vous êtes vantée d'avoir un parent milicien en Ariège – c'est du reste ce qui a provoqué ce complément d'enquête auprès des nouvelles autorités départementales. Le nommé Guy Aubrais a été condamné à mort par contumace, et à la confiscation de ses biens, par le tribunal populaire de Pamiers le 27 août 1944 et serait actuellement en fuite.

– Si ton salopard de frère est ici, grince le Polonais, je le colle contre le mur et *pan*, *pan* ! Deux balles dans la nuque. Après qu'on l'a passé à la casserole, dans la cave. Et toi aussi. Tu sais ce qu'il a fait ?

Bernard répond à la place de l'interrogée.

– Je vous lis cet extrait que nous a transmis le secrétariat du colonel Aubert, commandant les FFI de l'Ariège et organisateur des cours martiales chargées de venger les victimes du fascisme. « Procédure contre le nommé Aubrais, Guy, 23 ans, milicien à Foix puis à Pamiers, en fuite, accusé de trahison.

« Résultant de l'information, Aubrais, Guy, dont le père serait l'amiral Aubrais, a adhéré à la Franc-Garde de la Milice à Foix et a été nommé chef de dizaine, affecté à l'état-major.

« En juillet 1944 il a été affecté à l'école des cadres de la Milice à Pamiers, caserne Sarrut, où l'encadrement était assuré par d'anciens Waffen SS ayant combattu sur le front russe.

« Soit avec les seules troupes de la Milice, soit en collaboration avec les troupes de la Wehrmacht, il a participé à des opérations dirigées contre le maquis de l'Ariège, notamment à Roquefixade où plus de cinquante patriotes ont trouvé la mort, et à Gudas.

« Le 16 août 1944, il s'est enfui avec le convoi de miliciens qui a fait route avec l'ennemi.

« Il y a des charges suffisantes contre ledit Aubrais, Guy, d'avoir sur le territoire français dans le courant des années 1942, 1943 et 1944, en tout cas depuis un temps non prescrit :

« étant de nationalité française, porté les armes contre la France et de s'être ainsi rendu coupable du crime de trahison prévu et puni par l'article 75, paragraphe I, du Code pénal,

« étant de nationalité française, entretenu, en temps de guerre, des intelligences avec une puissance ennemie, en l'espèce l'Allemagne, ou avec ses agents en vue de favoriser les entreprises de cette puissance contre la France et de s'être ainsi rendu coupable du crime de trahison prévu et puni par l'article 75, paragraphe I, du Code pénal.

« Pour les Milices patriotiques, signé : commandant Jacky, commandant d'armes de la place de Pamiers. Pour le tribunal populaire, signé : capitaine Oscar. »

Il pose la feuille, et ricane.

– Le jour où on le retrouve, Guy Aubrais… les douze balles dans la peau.

Après un nouveau silence, le juge hongrois se penche en avant.

– Vous disiez que votre père est capitaine. Dans la marine de guerre ou la marine marchande ?

– Il est en Afrique du Nord actuellement. À Tunis ou à Alger. Au service de l'armée française.

– Mais il s'agit de l'amiral Aubrais ?

– Non. Voyez-vous, messieurs, mon frère est… un peu hâbleur. Il aime se vanter. Je crois qu'il raconte autour de lui qu'il est fils de l'amiral, mais c'est faux. C'est juste une homonymie. Nous n'avons pas de lien de famille.

Assis près de la porte, Sadorski n'y comprend plus rien. Sa bienfaitrice, autant qu'il se souvienne, avait affirmé au rouquin, le capitaine Coty, qui l'interrogeait dans le bureau du médecin du Val : « Mon frère Guy est lieutenant de vaisseau, il a participé au débarquement en Provence sous les ordres du général de Lattre de Tassigny… » Dans la nouvelle version, le frangin serait élève officier de marine marchande, ensuite cultivateur dans les Hautes-Pyrénées, jeune marié, jeune père et, accessoirement et sans que Mme de Laperouse l'ait su de prime abord, sous-officier dans la Franc-Garde chargée de la répression du maquis ariégeois… Et un vantard qui se prétend le fils d'un amiral alors que c'est faux. Quant à sa participation au débarquement allié de Provence le 15 août, on n'en cause plus, c'était de toute façon contradictoire pour des raisons de lieux et de dates. La question qui se pose désormais est : l'aimable vicomtesse ne serait-elle pas une sacrée chiqueuse également, comme son petit frère ?

Dans tous les cas, tout cela semble très mauvais pour tout le monde. Pour l'infirmière, sœur de milicien en fuite, et par ricochet pour lui, Sadorski, « tortionnaire » protégé au Val-de-Grâce par une aristocrate qui se permet de critiquer l'épuration, et de plus suspecte de sympathie à l'égard de la Milice…

– Le cas de Guy Aubrais est très très grave, gronde Thomas, agitant une feuille, sa figure au teint terreux convulsée de rage. Je te lis déposition jointe à dossier, d'une saloperie de milico, Assémat, Élie, 23 ans, détenu à Toulouse, et j'espère déjà fusillé. « J'ai connu Aubrais Guy chef de dizaine à la Franc-Garde de Foix en juin 1944 avant d'être affecté à Pamiers. Il venait de la région de

Tarbes. Il a pris part aux opérations contre les maquis de l'Ariège pendant les mois qui ont précédé la Libération, notamment à Arvigna, à Gudas, et à Roquefixade. Il a quitté le département avec le convoi de la Franc-Garde le 16 août 1944. Lecture faite, persiste et signe... » (Il se rapproche de l'accusée.) Tu sais ce qui s'est passé, à Roquefixade ? Tu sais ?

– Non...

– Les fascistes de Vichy ont attaqué les nôtres le 6 juillet, par traîtrise. Ils ont tué des maquisards, massacré des blessés, incendié des granges... On a eu douze morts le premier jour, et les Boches sont arrivés le jour après, ils ont tué encore seize camarades. Presque tous ils étaient des jeunes de la région... Très jeunes... C'était la glorieuse 3101e compagnie des FTPF, qui a eu beaucoup de morts et blessés ! Avec aussi des camarades guérilleros espagnols de la 3e brigade de l'AGE[1]. Ils seront vengés, tu entends ! Les milicos on va les retrouver un par un et ils passeront à la casserole !

– Actuellement, où est-il, votre frère ? questionne Bernard.

– Je ne sais pas, monsieur le président.

– Un conseil, citoyenne. *Si vous savez quelque chose, dites-le-nous*. Le devoir des bons Français est clair. Il fallait tuer l'Allemand pour libérer notre territoire. Il nous reste à tuer les traîtres, tuer celui qui a dénoncé, tuer celui qui a aidé l'ennemi. Tuer le policier qui a contribué d'une manière quelconque à arrêter des patriotes. Tuer les miliciens, les exterminer, les abattre comme des chiens enragés au coin des rues, les pendre aux réverbères, les détruire comme on détruit la vermine ! Ce n'est pas moi qui l'ai dit, c'est le commandant Philippe[2], du maquis

1. *Agrupación de guerrilleros españoles*.

2. Le résistant Philippe Viannay, *alias* « Indomitus ».

de Seine-et-Oise Nord, dans *Défense de la France*, un journal absolument non communiste. Les patriotes sont unis pour châtier les assassins ! *Où est* votre frère ?

– Mais je ne sais pas, monsieur ! Au téléphone Guy m'a expliqué que ne pouvant rester à l'arsenal de Tarbes, où il avait trouvé un emploi de secrétaire qui a été supprimé, et craignant toujours d'être requis pour le travail obligatoire, il s'était engagé, à titre temporaire, dans la Milice, où on l'a employé dans les bureaux… Il ne portait pas d'arme…

Les juges ont des rires sceptiques et José commente :

– Un bon Français réfractaire au STO rejoignait les maquisards – pas les milicos à Darnand ! Ton frère est un *mauvais* Français. De la pire espèce !

– Et quand sa patrie est libérée on s'enfuit pas…, ajoute le commissaire du peuple. Sauf si on a crimes graves à se reprocher !

– Je ne connaissais rien des crimes en question. D'après ce qu'il m'a dit, ayant reçu l'ordre de partir, il a voyagé en camion vers Nîmes, où la plupart des camions ont été détruits par des attaques aériennes… Avec des moyens de fortune, lui et ses camarades ont réussi à atteindre Valence. C'est de là qu'il m'a téléphoné, pour m'annoncer qu'il avait déserté et allait essayer de se rendre à Lyon, à pied ou en auto-stop…

Le capitaine aux yeux bleus rigole et le lieutenant José l'imite.

– Valence-Lyon ? s'étonne le président. En pleine zone de combats ?

– Ça castagnait ferme, renchérit José. Entre Amerlots, Boches et FTP, autour de la nationale 7… Hein, à ce que j'ai entendu dire…

– Lyon vient de tomber entre nos mains aujourd'hui même, signale Bernard. La XIXe armée allemande est en déroute après avoir subi des pertes considérables. Où se trouve votre frère ?

– Je n'ai pas eu de nouvelles. Je n'en sais pas plus. Je vous le jure !

– Il ne vous a pas dit qu'il comptait remonter vers Paris ?

– Pas dans un avenir proche. Je ne sais pas, monsieur le président… Vous savez, Guy et moi on n'entretient pas des relations très chaleureuses…

L'autre hausse les épaules. De sa voix atone :

– En attendant, vous avez caché un flic collabo, Sadorski Léon, dans l'hôpital où vous êtes employée. C'est grave. Pourquoi ?

– Vous voulez dire, pourquoi est-ce grave ?

– Non, pourquoi l'avez-vous caché ? Ne faites pas l'idiote avec moi !

– Pardon. J'avais pitié de lui, monsieur le président, je croyais que c'était un garde républicain, un patriote. Il a perdu un œil dans le bombardement du 26…

– Tu as voulu le prendre à justice du peuple ! crie Thomas. Voulu le sauver de ce qu'il mérite ! Le poteau et douze balles !

– Je craignais qu'il fût victime d'un malentendu… On commet beaucoup d'erreurs ces jours-ci…

– Mieux vaut tuer un innocent que laisser échapper un coupable, fait Bernard sèchement.

– Madame, vos critiques contre la justice populaire, comme votre comportement en général, sont très suspects, observe le Hongrois.

– Je suis une patriote. Je demande à ce qu'on me laisse retourner au Val, où le Dr Larruy a besoin de moi pour soigner les blessés… Si j'ai commis une faute, ce que j'accepte de reconnaître, je sollicite l'indulgence du tribunal. S'il vous plaît, messieurs.

Le président consulte sa montre. Puis, écrasant son mégot dans le cendrier :

– Vous n'avez rien à demander. Moi je suis resté des années en prison, j'ai souffert. À votre tour, ça vous apprendra ! Jugement mis en délibéré. Retournez à votre place. Au suivant !

– Sadorski, Léon… 50, quai des Célestins, Paris quatrième.

L'appelé se lève, et croise, dans la pièce étroite, à la lueur des bougies et de la lampe, son infirmière qui paraît très pâle. Ils échangent des regards. Mme de Laperouse a haussé les sourcils à son intention, creusant les joues, avec une mimique complice, genre : « Ça ne plaisante pas… » Mais où se croit-elle ? On n'est pas à l'école, devant un conseil de discipline. Avec ce bolcho sinistre dans le rôle du directeur… Il n'y a pas de quoi faire sa maligne, ni son insolente. Si ça se trouve elle est déjà, dans leur tête, promise au peloton. En bas dans les jardins, sous le haut-relief et les briques rouges. Avec le féroce Juif polonais à l'accent métèque pour tirer le coup de grâce. Dans la tempe, ou dans la nuque…

– Attendez !

L'ordre a été lancé par le petit homme en noir. Il poursuit, blême de colère :

– Tu mens ! Tu es une mauvaise Française ! Salope ! Elle sait, elle sait où se cache le milico Guy Aubrais ! Pareil qu'elle a caché le flic, c'est une milicienne, une fasciste, elle est infiltrée, envoyée par la cinquième colonne ! Tu as bochi ! Tous les témoignages dans ton hôpital disent tu as bochi ! Je vais te faire parler, moi ! À la casserole ! Les docteurs se passeront très bien de toi, d'ailleurs le Comité médical de libération t'a renvoyée. (Il se tourne vers le lieutenant brun au faciès obtus.) José, tu l'embarques à côté, salle d'interrogatoire ! Sous garde des FTP ! Je m'occupe d'elle, tout à l'heure. Pour aider on ira chercher Marcel. Et puis tu fais raccompagner la tondue, Bourdier Geneviève, à salle de projection…

Le président a approuvé d'un signe rapide de tête.

L'ex-caïd des Renseignements généraux se tient face à lui, anxieux et tremblant, devant le regard mort en lame d'acier. Il entend les gardes emmener les deux femmes et fermer la porte.

Bernard se tourne vers le juge à cheveux en brosse assis à sa droite.

– Capitaine Gilbert. Tu vas nous lire le rapport du Front national police.

Le désigné fait pivoter l'abat-jour de la lampe de bureau. Il examine une liasse de feuilles tapées à la machine. Une liasse plutôt épaisse.

– La copie de ce rapport est arrivée de la préfecture, où nous avons demandé une enquête. Ce sont nos camarades qui l'ont rédigé. Ils ont l'air de bien connaître l'individu.

Ce dernier lève les yeux au plafond. Il s'attend au pire de la part de ses anciens collègues. Le nommé Gilbert commence à voix haute :

– « Les délégués de la 3e section des RG à la Commission d'épuration. Nous avons déjà signalé à la commission l'attitude de l'IPA Sadorski qui recevait des ordres des autorités allemandes. Il nous est possible maintenant d'établir qu'il était en relations directes avec la Gestapo de Berlin. Il prenait plus particulièrement contact avec ses chefs nazis le dimanche, en effet c'est le lundi que Sadorski chargeait des inspecteurs de son groupe d'identifier et de loger les individus recherchés par les Allemands, notamment des réfugiés politiques. Nous vous signalons, à toutes fins utiles, que Sadorski recevait des enquêtes extra-administratives du bureau allemand suivant : IV E 3 BERLIN.

« En 1941, il est nommé chef du Rayon juif, jusqu'à la création du SSAJ de M. Permilleux. Il a eu à traiter des affaires sur des notes qui provenaient du Service des affaires juives. Il a apporté une aide infatigable dans le but certain de se faire valoir comme il n'a jamais cessé de le faire antérieurement.

« Déporté à Berlin en avril 1942 il a été interrogé et confronté avec son ancien commissaire M. Louisille sur des affaires traitées par la 3e section (SSR) et concernant la propagande anti-hitlérienne en France. Les Allemands voulaient connaître les informateurs. Il semble que Sadorski a été plus bavard que M. Louisille, ceci est démontré par l'attitude méprisante prise par celui-ci et vis-à-vis de celui-là.

« Arrêté à nouveau le 30 octobre, il a été déporté à Karlsruhe, mais sa détention fut moins longue. À son retour il a reçu la visite de policiers allemands qu'il avait connus en Allemagne. Ces policiers l'ont chargé de fournir des renseignements sur des personnes dont ils donnaient les noms, d'accord avec M. Baillet, directeur des Renseignements généraux.

« M. Stocanne Ernest, né le 6 janvier 1894 à Gentilly, inspecteur principal à la 3e section des Renseignements généraux, est en possession d'un dossier sur Sadorski, dans lequel on trouve un original de rapport daté de juillet 1944 où Sadorski relate sa réception en compagnie des inspecteurs Quéau et Vilfeu par le milicien Knipping délégué au Maintien de l'ordre en zone Nord et le milicien Radici son chef de cabinet. Knipping les a félicités, a "déclaré être heureux d'avoir fait notre connaissance et apprécie notre travail, il nous a demandé de continuer et nous a offert un paquet de cigarettes".

« M. Mercereau Maurice, né le 20 août 1901 à Brux (Vienne), inspecteur principal adjoint à la 3e section des Renseignements généraux, a déclaré : "Sadorski a toujours déployé un zèle formidable dans les affaires juives. À ma connaissance il s'est flatté d'avoir au moins 60 à 80 Juifs fusillés au mont Valérien dont il a fourni les listes aux autorités allemandes, sans compter les centaines d'arrestations sur la voie publique, les internements et les déportations qui en résultèrent. Je l'ai vu interrogeant une femme de race juive, la menaçant d'un nerf de bœuf qu'il tenait à la main, mais je ne l'ai pas vu mettre sa menace à exécution. Je sais qu'il frappait fréquemment les détenus afin de leur faire avouer leur véritable identité, mais je n'ai jamais été témoin de ces voies de fait."

« M. Vilfeu Marcel, René, né le 20 novembre 1913 à Paris dix-septième, inspecteur à la 3e section des Renseignements généraux, a déclaré : "Sadorski qui avait ses entrées à la rue des Saussaies a mis de l'acharnement à poursuivre les israélites. Sur la voie publique, Sadorski était le chef, c'était lui qui opérait l'arrestation ou donnait l'ordre aux inspecteurs qui l'accompagnaient de l'effectuer. Il n'hésitait pas en cas de doute pour discerner un israélite, à lui faire sortir sa verge pour s'assurer s'il était circoncis, ceci dans l'arrière-boutique d'un café ou dans un corridor. Très souvent lorsque les israélites étaient amenés afin de leur faire avouer leur véritable identité, il n'hésitait pas à les frapper à coups de pied et de poing, en particulier la nommée : Cwyrenbrucher, Rula, Juive polonaise, domiciliée 49, rue de Colombes à Asnières, que Sadorski n'a pas hésité à faire rester quatre jours dans nos bureaux et qui a fait l'objet de sévices…" »

Le capitaine Paul, qui avait du mal à se contenir, a dégainé un automatique. Un gros Walther P-38 de l'armée ou de la police allemandes, calibre 9 mm. Il braque le canon vers l'abdomen de Sadorski.

– Toi… tu… Espèce salaud ! Ordure…

Sous le coup de l'émotion, le commissaire du peuple jargonne un français encore plus étranger que d'habitude.

Le menacé n'ose pas sortir un mot, de peur de lui faire presser la détente.

À côté, le capitaine Bernard grogne :

– Vous êtes un ignoble individu, inspecteur ! Mais vous ne perdez rien pour attendre ! Continue à lire, camarade…

– *Je vais te crever*, poursuit le Juif. Te saigner, comme le porc que tu es ! J'ai fait guerre d'Espagne, moi… dans les Brigades… et ma famille polonaise est déportée…

– Calme-toi, Thomas. Laisse Gilbert conti…

– … C’est peut-être toi, Sadorski, qui les as arrêtés !… Ma tante, ses enfants… mes neveux et nièces… ils avaient pourtant nationalité française… Mon grand-père… lui est sûrement mort, maintenant, tellement il était déjà malade… Tu les as renvoyés dans leur pays, chez les hitlériens… Je vais t’arracher deuxième œil ! Œil pour œil, et dent pour dent… Te péter toutes les dents avec cette crosse, tu vois ? Et on va lui couper testicules, camarades. Comme faisaient les franquistes… Les enfoncer dans sa bouche… Ces salopards à Franco, ils m’ont arraché ongles de pied !… Moi j’étais à Valence, à Albacete, à Barcelone… Lutté contre les fascistes, les nazis, les hitléro-trotskistes…

– Notre peloton d’exécution FTP, ça devrait suffire, camarade commissaire du peuple. Gilbert, tu reprends la lecture du rapport…

– « “… Sentant venir la Libération après le débarquement des troupes alliées, et lorsqu’il arrêtait des Juifs en infraction sur la voie publique, il s’écartait de nous avec eux et après avoir parlementé il les relâchait, en prenant soin toutefois de relever leur identité dans l’espoir de s’en servir ultérieurement. Sadorski qui possédait un livre d’écrou propre à son bureau et divers cabriolets de classement, a effectué diverses opérations où des individus arrêtés et relâchés par la suite n’ont pas été notifiés dans son livre.”

« M. Beauvois René, né le 23 juillet 1906 à Paris douzième, inspecteur à la 3e section des Renseignements généraux, a déclaré : “Je n’ai fait pour le compte de Sadorski que du secrétariat, mais après septembre 1943 j’ai été amené à participer à des opérations sur la voie publique ce qui m’a permis de constater que Sadorski faisait une répression de sa propre initiative contre les éléments de la colonie juive étrangère du département de la Seine, et s’était spécialisé dans la recherche des fausses cartes d’identité. Au cours de la vérification de papiers des suspects qu'il avait désignés, Sadorski s'approchait du groupe des inspecteurs et questionnait lui-même l'intéressé de crainte que les hommes sabotent le travail ; à mon avis sur toutes les arrestations opérées les huit dixièmes ont été faites sur son initiative. Lorsqu'un israélite ayant une fausse carte d'identité, ayant une activité politique extrémiste de gauche, ne voulait pas avouer sa véritable identité et dissimulait son adresse, Sadorski avait fréquemment recours à la violence."

« "Au début 1941, devant les nombreux attentats, les Allemands demandèrent les listes d'otages de race juive à la direction des Renseignements généraux, le directeur général transmettait au commissaire de la 3e section les ordres en ce sens et celui-ci chargeait Sadorski d'établir les listes. Sadorski les établissait en choisissant parmi les adhérents d'associations politiques d'obédience communiste."

« M. Jacquelin André, né le 1er mai 1910 à La Celette (Cher), inspecteur à la 3e section des Renseignements généraux, a déclaré : "Sadorski opérait des arrestations. Il provoquait des enquêtes contre les Juifs où sur les notes il était mentionné la plupart du temps que la personne visée était membre de la sous-section juive du Parti communiste. Il était interdit de mettre de bons renseignements sur la personne et il fallait retranscrire dans le rapport le motif de l'enquête, et terminer en demandant l'internement."

– Ça, ça veut dire envoyer à Drancy…, gronde le commissaire du peuple, braquant encore son Walther 9 mm sur le ventre de l'accusé. Internement à Drancy… d'où ils partaient, les trains. Ma famille est partie sur ces trains… Personne n'est revenu, encore ! Personne ! Il y avait des très vieux, des malades, et des enfants tout petits… On n'a pas de nouvelles… personne n'a plus de nouvelles… Radio Moscou dit depuis longtemps : les nazis, à l'Est, ils massacrent les Juifs. Des millions de Juifs !… *Je vais te tuer*. Tu sais que je vais te tuer. Moi, Thomas. Tu n'as plus que quelques heures pour vivre... Et je vais te faire souffrir, avant de tirer le coup dans ta nuque... Tu souffriras tellement, que tu me vas me supplier de te tuer !...

– Je continue ? demande Gilbert.

– Continue !

– « M. Bedou Pierre, né le 12 avril 1913 à Châtenay (Seine), inspecteur à la 3e section des Renseignements généraux, a déclaré : "J'ai connu Sadorski au Rayon juif de la 3e section d'octobre 1939 à juillet 1942. Il a toujours eu une activité débordante, aidé en cela par l'indicateur juif Rosenberg actuellement détenu au fort de l'Est. Sur les conseils de celui-ci, Sadorski cataloguait tous les adhérents de l'association Les Brocanteurs de Belleville, comme militants communistes. Il ne s'embarrassait pas de préjugés pour qualifier de communiste un Juif sur lequel il n'aurait pas de renseignements au point de vue politique, il le faisait à la tête. Il fallait, même si l'enquête ne le prouvait pas, faire mention que la personne était membre de la sous-section juive du Parti communiste, et c'est ainsi que beaucoup de Juifs furent catalogués à tort ou sans aucune preuve : communistes, et fusillés par la suite."

« M. Gibault Moïse, né le 19 février 1900 à Bagneux (Indre), inspecteur à la 3e section des Renseignements généraux, a déclaré : "Je considère Sadorski comme un exalté. À son retour de Berlin où il était incarcéré, il change d'attitude et devient pro-allemand." M. Roy Jean, né le 1er avril 1913 à Azans (Jura), inspecteur à la 3e section des Renseignements généraux, a déclaré : "Sadorski était un gradé très zélé. Je l'ai vu frapper sauvagement une femme juive ayant de faux papiers ; d'autre part, il a fait déshabiller un Juif, lui a fait mettre les bras en l'air pendant une journée et chaque fois qu'il baissait les bras, Sadorski le giflait." »

Thomas pousse un long soupir.

Le capitaine poursuit :

– « M. Martz Paul, né le 4 juillet 1893 à Paris, commissaire de police, a déclaré : “Sadorski était un gradé très zélé, écoutant à la lettre les ordres donnés, les outrepassant même, voulant montrer par là qu'il était supérieur à ses collègues, mais pourtant son principe était : Du moment que j'exécute les ordres donnés par mes chefs, je ne serai pas inquiété par les groupes de Résistance, lorsque les Allemands seront vaincus…” »

Sadorski s'insurge :

– Martz ? Comment ça, « commissaire » ? Mais il est inspecteur principal technique…

– Je crois que depuis, il a été nommé commissaire. Pour faits de Résistance.

– Quoi ? Quoi ? ! (Il hurle.) Mais c'est lui, mon supérieur direct, qui nous engueulait quand on n'avait pas ramené assez de crânes ! Il parcourait les couloirs de la PP en braillant : « Je veux des crânes !… Il me faut des crânes de youpins !… » Résistant ? lui ? Laissez-moi rire !

– Vous pouvez rire, observe le juge hongrois. Moi je ne ris pas du tout. Et le capitaine Paul et les autres non plus…

– On s'en fout, coupe Bernard, du grade de ce fonctionnaire, ou de comment il l'a obtenu ! C'est *vous* que nous jugeons, inspecteur Sadorski. Et je vous vois mal barré. Quand je dis « mal barré », c'est un euphémisme.

Le capitaine Gilbert extrait une feuille de la liasse.

– Il y a eu aussi une enquête de voisinage. Mme veuve Lantin Augustine, née le 13 février 1892 à Dreux, concierge du n° 50, quai des Célestins, Paris quatrième, qui déclare : « Sadorski Léon je le connais depuis des années. Et sa femme Sadorski Yvette. Tous les deux une paire de collabos comme pas un. Le Sadorski il était policier à la préfecture, à cette saloperie de Renseignements généraux qui a tant arrêté et torturé de courageux résistants. Il doit avoir sur la conscience je sais pas combien de morts de patriotes, sans compter ceux qui ont été déportés chez Hitler et on sait pas quand ils reviendront. L'épouse du collabo Sadorski elle m'a raconté que son homme, à Berlin, avait serré la main à Himmler et que cette ordure de grand chef de la police nazie l'avait complimenté d'avoir fait fusiller autant de Juifs en France. Et qu'il lui a offert des cigares et du champagne. La nommée Yvette, de son côté elle couchait avec les Fritz, elle a bochi à tire-larigot pendant toute l'occupation, je l'ai vue qui en embrassait un, sur l'île Saint-Louis, pas loin de mon domicile, avant de rentrer ici comme une sainte-nitouche. Les Sadorski mari et femme ce sont vraiment des embochis de première. Tout ce qu'ils méritent c'est le poteau et douze balles dans la peau. »

L'intéressé s'étouffe d'indignation.

– Ce culot ! Non, mais ce culot ! C'est elle, la saloperie de bignole, l'embochie ! D'abord, je n'ai jamais rencontré Himmler ! C'est de l'invention pure ! Des fariboles… Des contes de fées !… Je vous jure, messieurs, je l'ai entendue je sais pas combien de fois, cette proboche fanatique, louer Hitler et se féliciter de ce qu'il faisait aux Juifs ! Justement, pas plus tard qu'hier j'ai exposé son cas au capitaine Rivier. Il a mon rapport. Où je disais que Lantin Augustine, que je connais bien en effet en tant que ma concierge, répétait sans cesse, de même que sa copine infernale, Mme Marc : « À mort les Juifs, on aura votre peau ! », « Mort aux youtres, tout ce qui est arrivé c'est de leur faute ! », « Faut les traquer sans pitié ! Éradiquer le cancer juif ! » et ainsi de suite !… C'était une collabo enragée ! Et c'est *elle* qui couchait avec les Boches ! Soldats, sous-officiers, feldwebels, tout ce qui lui tombait sous la main, pour lui échauffer les sens, à cette nymphomane ! Et évidemment, depuis la Libération, madame fait de la Résistance ! Fraîche du jour ! Une patriote à la coque ! Si j'étais vous, j'enverrais fissa un groupe de FTP pour l'arrêter et la ramener ici… l'immonde, la dégueulasse, l'infâme salope !

Le juge hongrois a souri, avant de commenter :

– C'est votre parole contre la sienne.

– Faites-la venir ! Organisez une confrontation ! Demandez à des habitants honnêtes de l'immeuble de témoigner ! Tout le monde l'a entendue, la vieille garce, pendant quatre ans, déblatérer contre les you… enfin, contre les Juifs. Mais elle, elle disait les youpins.

Thomas le fixe d'un air sombre. Il a posé le pistolet sur la table. Entre les bougies et le crâne.

– Les Français y en avait beaucoup qui pensaient et disaient mal des Juifs. Et voulaient en être débarrassés. *Tak*[1]. Mais toi, tu as *directement* causé leur mort. Alors tu vas payer. Toi. Je m'en fous, de ta putain de concierge. On va s'occuper d'elle plus tard si on trouve le temps.

– Mais puis-je dire quelque chose pour ma défense ? Monsieur le président ?

Thomas intervient :

– Non. Ta gueule ! Ta gueu-eule !

– Vous avez cinq minutes, pas plus.

Le policier prend une grande inspiration. Et se concentre au maximum.

– Mes collègues de la préfecture m'ont bien chargé. Mais ne perdez pas de vue que les mensonges ou les exagérations sont un moyen pour eux de sauver leurs fesses ! Ils ont arrêté et fait fusiller beaucoup plus de Juifs que moi… enfin, moi je ne l'ai fait que quand il était impossible de faire autrement ! On avait nos chefs sur le dos ! Le désir d'être bien noté m'a toujours animé, comme vous pouvez le constater dans mon dossier, et m'a peut-être amené à faire preuve, dans quelques circonstances, d'un zèle qui s'est révélé inopportun… mais

1. « Oui », en polonais.

j'ai été d'une docilité pratiquement inconsciente, entre les mains de mes supérieurs.

Le capitaine Paul renifle avec mépris.

– … Aujourd'hui, monsieur le président, monsieur le commissaire et messieurs les juges, on n'hésite pas à me désigner à la vindicte publique. On me charge de toutes les malédictions et de toutes les haines. Vous faites mon procès mais en vérité il faudrait faire le procès de tout mon service ! Eux sont de faux résistants, ou de la dernière minute, moi j'en étais un vrai. J'ai tout expliqué au capitaine Rivier, il a pris des notes de mes déclarations… Demandez-lui, il confirmera… Lisez ces notes ! Je vous en supplie !

– Rivier est beaucoup trop indulgent. Il voulait que je relâche le social-traître Château et sa femme… On les garde, ça leur apprendra ! Et Rivier n'est plus membre de ce tribunal. Il sera remplacé par le camarade Marcel.

Sadorski prononce, avec des trémolos dans la voix :

– Je défie qui que ce soit, messieurs les juges, de dire et de prouver que je me sois livré à un quelconque acte malpropre contre mon pays, ou contre n'importe quel être humain ! Les nazis, lorsqu'ils m'ont déporté à Berlin, m'ont notamment reproché d'entretenir des relations amicales et même intimes avec des anti-hitlériens… À Paris, j'ai caché chez moi une lycéenne juive, pendant deux ans, et qui a malheureusement été prise par les SS le 25 août et sans doute déportée… Je pleure tous les jours quand je pense à elle ! En mon âme et conscience je me suis toujours comporté en Français, véritable et sincère, en patriote, et aujourd'hui encore je défie quiconque d'apporter la preuve d'une forfaiture !…

Il se sent patauger. Dans le passé il lui est arrivé d'être bien meilleur. Surtout avec les plus faibles que lui. Le regard mort de Bernard achève de le déstabiliser. L'officier communiste consulte sa montre.

– Bien, votre temps est écoulé. Jugement mis en délibéré, vous serez averti de la décision. La séance du tribunal international est levée ! Ramenez le détenu dans la salle de projection. J'ai assez vu cette sale gueule. Ah oui, demain, mettez-le à la corvée des chiottes, ça lui apprendra.

13

Les aspirines de Mlle Loucheur

Escorté par un jeune garçon muni de sa Sten, il redescend très déprimé, en chaussettes, les larges marches glissantes, pour traverser dans l'autre sens l'immense hall à colonnes. Dehors c'est toujours la nuit, où l'on ne distingue pas d'étoiles. Sadorski retrouve la salle et ses rideaux noirs, ses fauteuils, ses lampes perpétuellement allumées sur le public morne et silencieux de statues d'où s'échappent quelques ronflements. Il s'installe auprès de Pescadère, qui ne dormait pas et qui l'interroge à voix basse :

– Le lieutenant José… il vous a parlé de moi ?

– Hein ? Euh, non…

– J'étais très emmerdé lorsque je l'ai reconnu ici, parmi les cocos… Et lui aussi, sans doute. Voyez-vous, c'est un jeune collègue… Oui, un flic… mais pas un flic résistant.

Son auditeur hausse les sourcils. L'intarissable bavard chuchote, réprimant une certaine agitation :

– Au début de la guerre, en 39, on m'a mobilisé et affecté au service de la répression des fraudes. C'est là que plus tard j'ai connu Pedrossa… José Pedrossa. Il venait d'être embauché comme inspecteur auxiliaire au contrôle économique, en septembre 41… Je n'ai pas tardé à m'apercevoir que le gars avait monté un petit manège. Il prenait en contravention des marchands de vin qui fraudaient… et, en échange de sommes d'argent, il passait l'éponge. On a fini par le piquer, sur enquête du commissaire Massu il a été révoqué… et a écopé de dix-huit mois de prison ferme… Pedrossa est sorti de taule en mai de cette année… C'est donc un « patriote » assez récent.

Sadorski acquiesce, non sans intérêt, tout en gardant l'œil sur la table des surveillants, les armes de toutes sortes et de tous calibres et, derrière, sous le grand écran blanc, les tableaux noirs couverts de graffitis et de poèmes vengeurs. Les FTP sont très occupés par une partie de belote. Leur chef en ce moment est le sergent Maurice, lequel au bout du compte s'est révélé parmi les moins agressifs et les moins pointilleux. Sauf lorsqu'il a un verre dans le nez… là, il cogne dur sur les détenus. Et en ce qui concerne les femmes, le gros rougeaud a les mains baladeuses. L'ex-principal de la brigade criminelle poursuit :

– Je crains que Pedrossa me soupçonne de l'avoir fait arrêter, en 42… d'être responsable de sa révocation. Alors que j'étais déjà parti en retraite définitive !… Ce n'est pas ma faute, je ne peux être tenu pour responsable… Moi, je suis un chic type… Toujours prêt à aider les autres. Ici voyez-vous, je note les adresses, les numéros de téléphone, les personnes à contacter en cas de… Et vous, avez-vous quelqu'un à avertir ? De la famille ?… Au fait, comment s'est passé le tribunal ?

– Pas bien.

– Ne perdez pas courage… Leurs décisions sont bizarres… incohérentes… Ils épargnent des gens qui à mon avis méritent le pire… et fusillent des innocents comme cette malheureuse folle… Je n'y comprends rien. Pour mon affaire, vous croyez que si j'écris au capitaine Bernard ça pourrait donner des résultats ?

Le policier des RG secoue les épaules.

– Il m'a produit une mauvaise impression.

– Oui, il est sévère… implacable… Même les FFI ont peur de lui… Mais je crois que c'est un homme intelligent. Et capable de justice parfois… ce doit être un admirateur de Robespierre en plus de Staline. J'essaie de cerner sa psychologie… Je vais lui écrire une lettre et la faire passer. Vous savez, j'ai été arrêté devant la porte de mon domicile… et amené ici dans la tenue d'été que j'avais sur le dos… Mais les nuits deviennent fraîches, je souffre abominablement du froid… Je suis tuberculeux. Vous pensez qu'il me ferait attribuer une couverture ? En attendant que je puisse faire venir de chez moi les objets et vêtements qui me sont indispensables…

– Comment voulez-vous que je sache ? Et vous ne devriez pas tant parler, ils vont finir par entendre.

– Non c'est Maurice ce soir, il est très coulant. La plupart sont de braves types… Il faut juste se méfier de Thomas, c'est un maître à tuer, un adepte des violences les plus extrêmes… il contrôle tout, il surexcite tout, on le voit partout à vérifier, fureter, questionner, avec son revolver au poing… Je crois qu'il fait peur même à Bernard ! Et puis il y a aussi Marcel, un Italien. Un grand gaillard à la figure jaune, qui parle à peine le français… il est pourtant le secrétaire officiel du capitaine ! Dès qu'il s'agit de s'occuper d'un collaborateur un peu dur, ce sont Marcel et Thomas, aidés par des FTP bien musclés, qui le conduisent dans les étages ou aux caves, pour le faire « passer à la casserole », comme ils disent…

Avec un frisson, Sadorski songe à Mme de Laperouse. En ce moment en salle d'interrogatoire. En compagnie de ce Rital et du Juif, précisément.

– Ils frappent aussi les femmes ?

– Moins. Mais il y a eu des cas… La pauvre folle, ils ne cessaient de la taper, surtout qu'elle leur répondait… Et puis plusieurs ont été fusillées, je vous l'ai dit. C'est terrible. Quand on annonce une exécution, ils vont tous voir le spectacle, au jardin… Les femmes, les jeunes filles, émoustillées, y vont en courant, en dansant, en brandissant leurs armes… Je me demande quel vent de folie souffle sur le monde… Ce devait être pareil en 1793… Et, vous avez rencontré Gaby ? la dactylo, au bureau des entrées ? La jolie rousse, toute gentille…

– Oui…

– C'est une personne serviable, pas méchante pour un sou. Toujours à essayer de résoudre les problèmes des gens… Mais voyez-vous, le jour où Blondeau, le cordonnier RNP, a été exécuté, un gars bien qui a refusé d'écrire les dénonciations qu'ils exigeaient, et leur a rendu le stylomine et la feuille de papier blanche… eh bien Gaby m'a raconté sa fin, quand il est tombé, sous la salve… « Mais il n'était pas mort encore, a-t-elle ajouté. Il geignait : "Que je souffre, Seigneur ! Faites-moi mourir…" Et nous, vous pensez comme nous rigolions ! » Voilà ce qu'elle m'a dit, la chère petite !

Pescadère se tait. Un ange passe, puis décide de s'installer. L'inspecteur continue de broyer du noir. Il a faim, froid, sommeil, mal aux fesses, mal au dos, mal à la tête… Mal à la cicatrice et à l'emplacement vide de son œil foutu. Sa peau le gratte, il a dû attraper des poux ou des puces – voire la gale, un cadeau du voisin numéro deux, Veronese, le fluet rastaquouère vénitien. Et il supporte de plus en plus mal la privation de tabac. Tout à l'heure il fera comme les autres, ramassera des mégots, rampant pour cela aux pieds des gardes du PC Fabien… Mais pour l'instant, le mari d'Yvette et le protecteur de Julie cherche surtout une position moins inconfortable sur son siège. Et espère les revoir, ses deux amours disparues, dans ses rêves…

Au lever, décrété à 6 h 30 comme chaque jour, il profite de la permission de se joindre – tout courbaturé et grelottant, se grattant à cause des saloperies de bestioles – à la file d'attente devant le seau d'eau et l'unique verre, de plus en plus sale, pour chercher de l'œil sa vicomtesse revenue de l'interrogatoire par les camarades.

Mais pas trace d'une blouse et d'un voile blancs. Ni dans le tiers gauche de l'orchestre réservé aux femmes, ni dans la procession hagarde des assoiffés le long de l'allée.

Cela doit faire trois ou quatre heures que Sadorski a perdu de vue l'infirmière, embarquée par les résistants. Au cours de la nuit, mais plus tard, un peu avant l'aube peut-être, il lui a semblé dans son demi-sommeil entendre des coups de feu. Une nouvelle exécution ? Ou l'un de ces coups partis par mégarde à cause d'un gamin maladroit ? Ou des tirs quelque part en ville, comme cela persiste à se produire depuis la Libération ? règlements de comptes, traque des tireurs des toits et autres agents de la mystérieuse cinquième colonne… Mais où est passée Mme de Laperouse ? Les FTP ne mettent quand même pas autant de temps à l'« interroger », la pauvre… Ou bien si ? Il se rappelle le dos de la gémissante sur son matelas, avec ses plaies à vif… Et de toute manière, que pourrait répliquer la prévenue à leur feu roulant de questions ? Il est probable qu'elle n'a aucune idée d'où se planque le milicien Guy Aubrais. Mais si Marcel et Thomas sont des sadiques, ce n'est pas cette idée qui les empêcherait de cogner. Au contraire… Ils la frapperont à qui mieux mieux, sans écouter ses réponses puisqu'elles ne les intéressent pas.

Lui-même a déjà vécu ce genre de situation chez les nazis et ne voudrait pas être à sa place.

Elle ne revient pas. Rien d'autre à faire que patienter, dans le silence, les chuchotements, les conversations étouffées, recouverts de temps en temps par les chansons beuglées par les occupants des lieux, partisanes ou plus légères, outre *Le Petit Vin blanc* : *Dédé de Montmartre*, *On chante dans mon quartier*, *Y a le feu chez Adèle*, *La Polka des poussins*, *Au jardin de mon cœur*, *Querida*,

Y a pas de printemps… Ce serait divertissant en d'autres circonstances. D'ailleurs, on ne s'ennuie pas, à l'institut George-Eastman parcouru de révolutionnaires, garçons et filles, ces dernières assez nombreuses. On danse, même, au son de l'accordéon ou des guitares. Les échos de ces petits bals improvisés arrivent jusqu'à la salle de projection. Où les gardes, qui boivent du vin en fumant des cigarettes et en lisant les journaux, surtout *L'Humanité*, mais aussi *Combat*, *Le Populaire*, *L'Aube*, *Le Franc-Tireur*, *Le Parisien libéré*, tous réduits à une simple feuille recto verso en raison des restrictions de papier, racontent aux séquestrés les horreurs commises, du haut des toits, par les tireurs miliciens qu'ils nomment « vos frères », ceux des collabos et des traîtres ; les cocos en répétant cela font comprendre à leurs auditeurs que l'on se paiera bientôt sur leur peau. Et ils en rajoutent : à les croire, Paris la nuit venue serait à feu et à sang, des bandes du PPF, de la LVF, de la Milice parcourent la capitale et sa banlieue dans des voitures volées, tirent, tuent, incendient, opèrent des coups de main contre les prisons pour délivrer leurs camarades… Veronese et Pescadère sont d'avis que c'est impossible, ce doit être des craques ou de grossières exagérations. Les troupes américaines sont présentes en ville pour faire régner l'ordre.

Dans la matinée, on vient extraire un prisonnier nommé Poupard et prétendument membre de la Légion antibolchevique. Des résistants FFI d'un autre quartier sont venus le chercher. Le bruit court ensuite que ce sont ses copains qui l'ont libéré, munis de faux papiers ! Les gardiens, de très mauvais poil après cette nouvelle, redoublent de violences sur les détenus, ça barde, plusieurs prennent des coups de matraque ou sont obligés de rester debout face au mur, bras levés, pendant plus d'une heure. En début d'après-midi, les instructions du capitaine Bernard n'ayant pas été oubliées, on vient requérir Sadorski, avec trois autres déveinards, pour la « corvée des chiottes ». Il a eu l'occasion de fréquenter l'endroit et se doute que cette expérience non plus ne sera pas drôle. C'est encore pire que ce qu'il imaginait. Les bombes allemandes, le 26 août au soir, tombant autour de l'institut ont sectionné quelques conduites d'eau. En conséquence toutes les chasses des W-C fonctionnent mal. De plus, les femmes détenues, ne sachant où s'en débarrasser, y jettent leurs serviettes hygiéniques, causant à brève échéance des engorgements. Ses compagnons reçoivent en guise d'outil une petite cuiller par personne ; le « tortionnaire des Brigades spéciales » apprend des FTP rigolards que lui, par consigne et faveur spéciales, devra « se démerder » simplement avec ses mains.

Les quatre désignés se rendent ensuite, étroitement surveillés, portant les sacs de merde, dans le jardin ombragé face au square et à ses fontaines. Les gardiens leur donnent des pelles pour creuser une fosse où enfouir les excréments. « Ce ne sont pas des tombes…, plaisante un détenu, le sexagénaire frêle et tuberculeux qui tousse en permanence. C'est pour de la merde, ça nous portera bonheur ! » Sadorski rit jaune, il n'est pas très optimiste ces jours-ci.

Au retour, exténués, leurs doigts et leurs outils puants, les plantes de pied de l'inspecteur meurtries par le gravier des allées, la corvée de latrines défile sous le fameux haut-relief de l'aile ouest, derrière le mur et l'estrade de la salle de projection. Inscrit dans un vaste cercle, un Hercule de pierre, nu, solidement planté sur ses jambes musclées légèrement écartées, brandit une énorme massue dotée de pointes, tout en repoussant, avec une petite plante tenue dans son autre main, une espèce d'hydre dont les cuisses se prolongent en deux ondulantes queues de serpent. La symbolique – lui a expliqué Pescadère – est des plus édifiantes : « la maladie combattue par la médecine ». Passant devant la sculpture, signée par son auteur *SARRABEZOLLES* au bas à droite en bordure du cercle, Sadorski remarque que plusieurs briques à hauteur d'homme ont éclaté sous l'impact de balles, et que des morceaux de ce qui ressemble à de la cervelle sont répandus sur le rebord ; ils dégoulinent, à demi figés, dans les rainures sous le haut-relief. Les traînées de sang, brun foncé sur le rouge vermillon des briques, se voient un peu moins et certaines paraissent plus anciennes que d'autres. On distingue des touffes de cheveux châtain clair mélangées aux débris et à la bouillie rose. De plus en plus inquiet, le policier se demande si cette cervelle humaine toute fraîche n'appartenait pas à Henriette de Laperouse, née Aubrais. La malheureuse aura parlé, ou non, sous les coups, et ils ont choisi de se débarrasser d'elle au petit matin. Expédiée vite fait, sans tambour ni trompette. L'ambiance 44…

Les gardes le houspillent, pas de temps à perdre à admirer le décor ! Il file avec les autres aux cabinets du rez-de-chaussée, se récurer un minimum, espérant dénicher là-bas les restes d'une savonnette. Mais pour des journées et des nuits entières Sadorski sait qu'il gardera ce délicat parfum de merde collé à la peau.

En début de soirée, Sonia remplace le sergent Maurice au poste de chef de salle. L'assistance a droit de sa part à un nouveau récital de poésie, déclamé non sans fautes ou approximations par la petite voix aigre et perçante. Nos deux grands poètes soi-disant résistants sont naturellement à l'honneur. Ayant tout le loisir de comparer – la conférence littéraire est partie pour durer longtemps –, Sadorski juge Aragon de loin meilleur qu'Eluard (auquel en plus on ne comprend à peu près rien), ses phrases belles et bien balancées, animées d'un vif sentiment patriotique, et avec un chouia de fesse, ce qui ne gêne pas. Mais il leur voue à tous deux la même franche exécration ! Ces surréalistes de pacotille qui ont déniché la bonne planque, ces prétentieux troubadours cocos, les apôtres zélés de Staline et des Terreurs rouges…

Défense de parler, bien entendu, Sonia a l'ouïe fine et moins de tolérance que le gros sergent. Même Pescadère se tait, il se contente de glousser lorsque la récitante maltraite un peu trop abusivement la langue française. Ce spectacle est interrompu par Gaby, la rousse du bureau des entrées, qui introduit un couple de visiteurs. Dont une infirmière en blouse et voile blancs. Mais lorsque parvenue à la table du bas elle se retourne, Sadorski ne peut que constater qu'il s'agit d'une autre. Celle-ci, vêtue de la tenue réglementaire de la CRF, est une femme entre deux âges, replète, l'expression énergique et calme à la fois. L'accompagne un bourgeois aux allures de toubib, porteur d'une serviette en cuir. Ils n'ont pas exactement l'air de nouveaux suspects venant s'enregistrer. Après un conciliabule avec la « Pasionaria », la dactylo Gaby explique à son auditoire de statues de cire :

– Vous avez de la chance ! On vient s'assurer que vous allez tous bien ! Mlle Loucheur et le Dr Duhamel, de la Croix-Rouge, nous ont apporté un stock de comprimés d'aspirine. C'est parfait, parce que justement on en manquait. Ils ont visité notre infirmerie et félicité le docteur. Avant de repartir ils ont insisté pour voir un peu comment les choses se passent ici…

– Alors, l'interrompt Sonia, c'est pas le moment de se payer des cocus qui racontent des mensonges ! (Elle a posé la main sur la poignée de son revolver.) Vous êtes heureux ici. Non ? Si y en a un qui veut se plaindre, n'hésite pas mon gars ! Tout le monde est libre de s'exprimer. La démocratie, ça s'appelle. Alors ? Celui qui n'est pas content, qui s'estimerait brimé, c'est le moment de le dire ! La Croix-Rouge nationale est là. Soyez pas timides !

L'exhortation tombe dans un silence de mort. Les FTP postés sur le pourtour de la salle se sont levés et braquent négligemment leurs Sten en direction de l'orchestre. Sadorski observe, depuis sa place, les visages perplexes du médecin et de la soignante. Le couple a échangé des regards. Puis ils remontent lentement l'allée centrale. S'arrêtant à peine aux visions les plus douloureuses, les plus choquantes. Les « têtes au carré », celles qui ont viré du noir au violet, du violet au jaune, et reviennent lentement de la taille d'une petite citrouille à des proportions plus normales. Et les crânes rasés, où un duvet recouvre peu à peu les croix nazies barbouillées et les cicatrices. L'infirmière est femme elle aussi et semble particulièrement émue. Cependant, elle a dû voir nombre de choses ces dernières années – peut-être l'intérieur du Vél' d'Hiv en juillet 42, et les camps où s'entassaient les Juifs sous la surveillance des gendarmes français ou des SS – et apprendre à maîtriser ses réactions. Le policier n'a qu'un seul espoir : que Mlle Loucheur et le Dr Duhamel conservent leur sang-froid jusqu'au bout, jusqu'à la sortie de l'institut, ne se fassent pas remarquer par des indignations imprudentes, saluent aimablement et, une fois hors de vue des gardes du PC Fabien, prennent leurs jambes à leur cou, ou leur voiture s'ils sont motorisés, pour gagner le commissariat le plus proche ou, mieux, la préfecture de police… Et y signalent la présence d'un monumental, invraisemblable centre de séquestration, de tortures et d'assassinats, au cœur de Paris !

Reconduit avec sa compagne sous le balcon surplombant l'entrée, avant de franchir la porte, le toubib – a-t-il aperçu Mme Albertini prostrée à côté de sa paillasse, et ce dos nu ravagé de plaies ? – interroge Gaby :

– Mais enfin, qu'attendent tous ces gens ?

La rouquine ne répond pas, c'est un résistant à mitraillette qui s'en charge.

– Que nous les jugions, camarade !

– Oui, et après ? questionne Duhamel.

– Après, nous les emmenons…

Cela a été prononcé avec un sous-entendu sinistre.

Il y a un instant de silence. Sadorski tend l'oreille, sur des charbons ardents. Le visiteur finit par répondre, avec sécheresse :

– Je comprends.

Les battants se referment. Les pas s'éloignent sur les dalles du grand hall illuminé.

Sonia regagne l'estrade, remonte sur les planches, avec un ample mouvement de la jupe à grands carreaux noirs et blancs.

– Bon, vous avez été sages, mes cocus ! Demain, pigé, vous aurez droit à une belle distribution d'aspirine ! Voyez comme on est bons avec vous ! C'est pas les SS qui auraient donné de l'aspirine à nos patriotes ! Alors, pour vous récompenser, voici un poème magnifique du camarade Aragon. On y cause de l'orage, des cieux, des flammes, des marguerites, de l'océan, des étoiles ! Mais aussi y a de la guerre, de la résistance, du refus. Et des villes et des régions de notre belle France, enfin libre de l'oppresseur… Le poète, il dit merde aux tyrans et aux traîtres ! Vous qui avez choisi le mauvais parti, collez-vous bien ça au fond du ciboulot ! Je vous en récite seulement quelques strophes parce que c'est assez long… (Elle prend une inspiration, gonfle sa poitrine voluptueuse.)

« Femme vin généreux berceuse ou paysage
« Je ne sais plus vraiment qui j'aime et qui je peins
« Et si ces jambes d'or si ces fruits de *cordage*
« Ne sont pas au *courant de la Bretagne et ses bains*

« Gorgerin de blancheur où ma bouche mendie
« Cidre et lait du bonheur *amplitude* à dormir
« Pour toi vont se crever secrète Normandie
« Les soldats en exil aux ruines *des palmiers*

« *Je sais plus trop vraiment* où commencent les charmes
« Il est des noms de chair comme les *Andelysses*
« L'image se renverse et nous ouvre ses larmes
« Taisez-vous taisez-vous Ah Paris mon Paris[1] ! »

Elle fait une pause, inspecte son public, triomphante.

– Ça, c'est envoyé, hein ! Envoyé et pesé, par ici les tickets ! Je vous explique la dernière strophe au cas où des cocus auraient pas compris. Voilà : les salopards de pétainistes se taisent, nous pleurons nos morts, et Paris et le peuple sont libérés ! J'en ai d'autres en réserve pour vous, les cocus. « Du poète à son parti », vous connaissez ? Non ? Eh bien ouvrez grandes vos esgourdes ! « Je savais seulement que la nuit était noire / Mon parti m'a rendu mes yeux et ma mémoire[2]… » Ça vous f'ra passer le temps jusqu'à l'heure du dîner ! Ce soir c'est légumes déshydratés variés. Parce que le camarade cuistot, il a dit que vous en aviez peut-être marre de nos pâtes et des pois cassés !

La séance est terminée, pas trop tôt, mais on retombe dans le marasme et l'ennui. Abruti par tant de littérature prolétarienne, puis marinant de nouveau dans l'anxiété et la dépression, l'œil fixé sur l'écran blanc où il commence à discerner des formes vagues, mouvantes, irréelles, Sadorski craint de perdre la notion du temps. De tout

1. Extrait du poème « Plus belle que les larmes », in *Les Yeux d'Elsa*, Seghers, 1942. Sonia en massacre les vers par l'ajout de plusieurs bourdes « surréalistes » reproduites ci-dessus en italique. Les mots véritables du poète sont « corsage », « au couchant la Bretagne et ses pins », « Je ne sais plus vraiment où commencent les charmes » ; et le *s* final des Andelys ne se prononce pas. Ce recueil est considéré comme le grand recueil de la poésie de la Résistance.

2. In *La Diane française*, Seghers, 1944.

mélanger, ne plus savoir quel jour on est… Il n'a même pas de montre, il l'a jetée la nuit du bombardement. Aujourd'hui, il en est sûr au moins, c'est lundi. Le lundi 4 septembre 1944. Paris est libéré depuis dix jours. Pas tous les Parisiens cependant. Mme de Laperouse n'est pas réapparue. La Croix-Rouge française n'a pas débarqué non plus avec des renforts, qu'ils soient médicaux ou militaires, gaullistes ou yankees… La détention va durer. Les menaces et la malnutrition aussi. D'ailleurs, l'heure du premier repas, celui de 17 heures, est dépassée, ce qui est inhabituel. Largement dépassée. Les estomacs vides gargouillent, Sadorski se tortille sur son siège, l'attente est intolérable. Le soir, dehors, descend sur la ville, les promeneurs ont déserté le square. À gauche de l'inspecteur, l'Italien, le gestapiste du seizième arrondissement, se gratte furieusement la base des doigts, il grommelle des mots indistincts dans sa langue. À droite, Pescadère bougonne également.

– Ce n'est pas possible ! Qu'est-ce qu'ils foutent ?

– Les cuisines se sont peut-être mises en grève, blague Sadorski. Ils réclament une augmentation, soutenus par leur syndicat…

L'ancien principal ricane.

– Cherchez pas si loin, mon vieux. Juste une nouvelle technique pour nous faire souffrir !

– Salopérie de commounistes, grince Veronese.

– Je n'aurais jamais cru que Sonia me manquerait, soupire Pescadère.

– Ni les miettes de pain rassis et la cuillerée de légumes brûlés…

Il se produit soudain un remue-ménage dans le vestibule, puis à l'entrée de la salle. Une troupe nombreuse fait irruption. Dévale l'allée centrale. Le grand maître Bernard en tête. Il tient son revolver au poing, les capitaines Gilbert et Rivier suivent. Et Marcel, l'Italien costaud aux cheveux grisonnants, connu pour ses brutalités. Une dizaine d'hommes, dont le sergent Maurice, pénètrent après eux, avec PM et grenades. Et deux gars qui trimbalent, en ahanant, une mitrailleuse munie de son trépied. Bernard glapit des ordres. Blême, paraissant hors de lui, il fait monter la mitrailleuse sur la scène, en plein centre, braquée vers l'orchestre. Deux servants accroupis derrière, prêts à ouvrir le feu. D'autres FTP, grenades à la ceinture, se positionnent aux quatre coins de la salle, leurs Sten pointées sur le public. Les visages de tous les communistes sont froids, fermés, tendus. Aussi impassibles et hostiles que les sentinelles SS, rue des Saussaies devant l'immeuble de la Gestapo.

Le silence ordinaire a comme gagné en épaisseur, de façon prodigieuse, chez les détenus. Tous retiennent leur souffle, pétrifiés d'épouvante. Ces canons noirs luisants braqués sur eux ne peuvent signifier qu'une chose : un massacre généralisé va débuter.

Grimpé sur l'estrade, le capitaine Bernard prend la parole. La voix étrangement basse, comme contenue, ce qui la rend d'autant plus impressionnante. Tout ce qui transpire, c'est la dureté et la haine.

– D'après certaines informations que j'ai reçues… il est hors de doute… qu'à la nuit tombée, *l'institut va être attaqué*. Par une bande du PPF et de la Milice. Ces crapules fascistes ont formé le projet de vous délivrer. La bande sera bien reçue ! vous pouvez y compter… Mais il va de soi que nous, FTP, nous entendons ne laisser aucune possibilité à l'ennemi de nous attaquer à revers. C'est-à-dire d'ici, *de l'intérieur*. Avec l'intention de leur prêter main-forte, à ces salopards. Il est donc… *à partir de ce moment même*… ABSOLUMENT INTERDIT de vous déplacer… sous quelque prétexte que ce soit. Et même *interdit de bouger*. Celui d'entre vous qui ferait le moindre geste suspect… sera immédiatement abattu. Du reste… (il a un sourire glacé) il est inutile de nourrir le moindre espoir de délivrance. J'ai charge de vous. Le colonel Rol, chef héroïque de l'insurrection parisienne, m'a confié cette mission, et je l'assumerai sans faiblir et sans pitié. J'ai ordre de vous garder pour le châtiment que vous méritez. *En aucun cas je ne vous laisserai sortir d'ici*. J'ai tout prévu. Si vos amis, malgré notre résistance déterminée, parvenaient jusqu'à cette salle, les combattants que je viens de disposer autour de vous ont reçu l'ordre *de vous tuer tous*, jusqu'au dernier, à coups de grenades, de mitraillettes et de mitrailleuses. Vos amis ne vous retrouveront donc pas vivants. (Il rit – doucement, de manière presque mécanique. Sadorski prend conscience à cet instant que le personnage est fou à lier. Cette observation lui fiche encore plus la frousse. Tout est perdu. Rien ne sert d'argumenter avec un maboul…) *Tenez-vous-le pour dit.* Et souhaitez que nous repoussions l'attaque. C'est votre seule chance de survivre… *du moins ce soir.*

Il conclut par un ricanement. Et quitte la scène, pour remonter l'allée à enjambées souples et alertes, suivi de son état-major au complet. Seul l'Italien Marcel demeure sur place afin de commander les FTP de la garde.

… la garde des 120 à 130 séquestrés, paralysés par une commune terreur.

Dans le silence.

La nuit du samedi, on avait déjà eu droit à une fausse alerte, gamberge Sadorski, cherchant à se rassurer. Le tabassé qui faisait des gestes curieux que les autres imbéciles avaient pris pour des signaux, des préparatifs de révolte… Aujourd'hui ce doit être la même chose. Une agitation vaine, une panique irraisonnée due à la crainte récurrente, chez les bolcheviks, de la cinquième colonne ou d'un retour, pourtant improbable, des militants collabos du PPF ou des miliciens… Mais le visage entrevu du sergent Maurice le glace. Visiblement mal à l'aise, celui-ci ne rit plus, ne plaisante plus. Il y a comme une expression traquée dans son regard. Et les joues naguère rougeaudes paraissent bien pâles… On dirait qu'il a reçu des consignes qui ne lui plaisent pas du tout. Que sait-il de plus que ce qu'a déclaré Bernard ? et qui était déjà suffisamment inquiétant… Mais le silence, et le calme, continuent de régner. Chacun retient son souffle. De peur de provoquer la première rafale. Même le tousseur chronique, là-haut, que l'on n'entend plus.

Quelqu'un court, le long des couloirs débouchant sur le hall. Un FFI débarque hors d'haleine à l'entrée de la salle de projection. Il annonce, dans un murmure, quelque chose aux autres, qui s'assombrissent. Une nouvelle grave ? Marcel, dans un français minimal que souligne son fort accent, ordonne de se tenir prêts, fusil ou pistolet au poing. Les gars arment les PM, enclenchent les chargeurs, il y a des cliquetis métalliques de tous les côtés. Des grenades roulent sur la table, à portée de main. Les servants font le dos rond derrière la mitrailleuse, le tireur a l'index crispé sur la détente. Un seul gardien présente une attitude non belliqueuse, Maurice. Le gros sergent a posé sa Sten et ses grenades allemandes sur le plancher, il s'assied, adossé au mur, retire, simulant des efforts pénibles, un soulier puis se met à dérouler, toujours sans hâte, délicatement, une bande qui lui entourait le pied et la cheville. Sadorski voit l'Italien s'approcher de son subordonné, la figure mauvaise, il crache :

– Ma tou es fou ! Tou fais quoi, là ?

– J'ai mal au panard, la bande me fait mal, elle est trop serrée…

– Tou té fous de moi ?

– Mais si, enfin non, chef, c'est la bande, faut la replacer mieux…

– Alors tou grouilles, merde ! *Fottuto coglione !*

Le joufflu acquiesce, se dépêche sans se dépêcher. Clairement, il tente de retarder quelque chose, de faire diversion, de calmer le jeu. En un sens, cela rassure, c'est sympathique de sa part, mais ce qu'il souhaite éviter, lui tout seul et qui semble l'effrayer à ce point, n'en est que plus terrifiant. Sadorski conclut que cette nuit, leur vie à tous, les séquestrés, est réellement en danger. On est à quelques minutes du carnage général. De l'hécatombe.

Maurice a rebandé, après plusieurs essais infructueux, son premier pied, l'a rechaussé, puis il refait et défait plusieurs fois le lacet jusqu'à trouver le bon degré de serrage… Maintenant, il retire le second soulier, commence lentement à dérouler la seconde bande. L'officier FTP l'a vu, il bondit, braquant son revolver :

– *Porca puttana troia ! Pezzo di merda ! Terrone ! Figlio di buona donna ! Figlio di puttana ! Rompicoglioni !* Tou arrêtes tes conneries, là, Maurizio ! Debout ! Merde ! *Balordo ! Stronzo !* Tou va *mettere le mani in pasta, coglione* ! Et plous vite que ça ! Sinon je té descends ! *Imbecille ! Stupido ! Babbeo ! Cretino !…*

Le réprimandé soupire, se redresse, récupère sous l'avalanche d'injures la mitraillette et les grenades, l'air malheureux. Presque aussi malheureux que ses captifs.

Le silence est brisé par un coup de feu. Sadorski a sursauté. Ça venait de l'extérieur. Encore un, et encore un autre… Puis une mitraillette crépite à travers les jardins. Il se produit donc, réellement, une attaque. On vient les délivrer ? Mais qui ? Une armée de collabos, de miliciens, arrive à leur secours ? Si c'est vrai, Bernard fera mettre ses menaces à exécution. Les gardes ouvriront le feu dans la grande salle. Débuter par le plus facile : massacrer des gens désarmés. Dont des femmes. Elles poussent des petits cris, certaines s'effondrent sur leur siège, s'évanouissent, blafardes, les visages renversés, absentes – échappant de ce fait à l'horreur qui menace. Cela tiraille à présent un peu partout, autour de l'institut. Une bataille rangée paraît se dérouler dans la nuit, au-delà des murs de brique et des rideaux noirs baissés. Soudain une grenade éclate. Toujours dehors. Avec un bruit énorme et mat. Une deuxième fait trembler les vitres. C'était encore plus près. Le sergent Maurice est blanc comme un linge. Veronese gémit, marmonne des prières en italien. Pescadère murmure des phrases sans suite, Sadorski étouffe des jurons. Clamecer ici, sous une grêle de balles, dans les explosions, les éclats des grenades, le bois fracassé, l'enfer qui se déchaîne… Partir tous ensemble, les innocents comme les coupables, les faibles comme les forts. Au milieu d'une mare de sang, sous le poids des corps en charpie, les oreilles déchirées par les cris et les déflagrations, l'odeur de poudre, de merde, et les projectiles venant fouiller les chairs…

Quelques personnes se sont couchées sur le sol, en dépit de la consigne. Ou se courbent derrière les fauteuils. La salle de projection est devenue un vaste rectangle de panique, de gens affolés, cherchant à s'abriter… On pleure, on gémit, on perd connaissance, les grenades continuent d'exploser dans le jardin, à proximité. Les hauts murs vibrent, ainsi que les fenêtres derrière leurs rideaux. Les *tac-tac-tac* des mitraillettes n'en finissent pas. Sadorski surveille le sergent Maurice, guette ses réactions. Le FFI a une grenade en main, il la tient prête. La transpiration luit sur son visage épais de bon garçon, de fils d'ouvrier. On croit lire ses pensées dans ses yeux. Il a des ordres et malgré tout, il hésite. Le sergent rechigne à lancer, si la brute de Rital lui crie de le faire, sa grenade dégoupillée. Sur cette foule hagarde, disparate, remplie d'innocents ou de cas douteux, où les bras se lèvent, s'agitent, en des gestes dérisoires, pitoyables, d'autoprotection…

Le temps passe et le rythme des coups de feu paraît ralentir. Quelques *tac-tac-tac* encore… quelques courtes salves… des claquements de revolver ou de pistolet… Sadorski tend l'oreille. Pescadère, voûté dans le fauteuil voisin, ses mains tremblantes sur la tête, chuchote :

– Ça va mieux… ça va mieux… Vous ne pensez pas ?

– Si. Peut-être…
– Ça va mieux, vous dis-je. Ils ont repoussé l'attaque…
– Vous êtes sûr ?
– Leurs ennemis… qui que ce soit… ils se replient. Afin de nous épargner, peut-être…
Des coups de feu, encore, qui s'éloignent. À intervalles très espacés. Sadorski questionne :
– Des francs-gardes, à votre avis ? Ou des doriotistes ?
L'ancien principal de la PJ secoue la tête.
– Ça m'étonnerait. Ils ont fui Paris. Non, hormis les Sten des cocos, j'ai reconnu le bruit de pistolets-mitrailleurs MAS 38, en majorité chez les assaillants…
– Il m'a semblé aussi…
– C'est l'armement de la police française. *C'étaient les collègues*… Des flics gaullistes, sans doute. Qui obéissent au gouvernement provisoire. De Gaulle veut rétablir l'ordre. Depuis que la Croix-Rouge a fait son rapport, ils nous savent ici… Ils comptaient nous sauver, mais ça a foiré !

14

Durs et mous

Le lendemain, dans l'après-midi, le capitaine Rivier débarque à nouveau, sans son état-major. Le teint grisâtre, les yeux cernés, il monte sur l'estrade pour haranguer les détenus :

– Nous avons remporté une victoire écrasante, cette nuit, sur les restes de la cinquième colonne ! Ceux-ci, on l'a vu, ne sont pas tous hors d'état de nuire, ils préparent déjà leurs futurs attentats contre la nation. C'est bien la preuve que, comme l'écrit *L'Humanité*, la vigilance populaire doit rester à l'ordre du jour ! Le peuple de Paris, le peuple de France entend être digne de ses héros fusillés et déportés, digne de ses enfants, les FFI qui exterminent l'ennemi dans les campagnes, digne de son insurrection victorieuse ! La Garde patriotique, ou Milice patriotique, doit être constituée *immédiatement* et partout, afin de poursuivre ces actions, protéger le peuple, empêcher les sabotages du ravitaillement, soutenir la police patriote, et ainsi de suite… *Chaque* département français doit constituer son Comité de vigilance patriotique, chargé de surveiller spécialement l'application des mesures d'épuration et de sûreté nationales ! Et des mesures complémentaires sont nécessaires : la population parisienne réclame de la préfecture de police la publication des noms des agents provocateurs qui ont fait arrêter des patriotes… Pendant qu'il faut absolument que soit gardée intacte l'armée populaire, avec des cadres propres ! Le Conseil national de la Résistance est d'accord et va appuyer cette exigence auprès du nouveau gouvernement ! *Bref, ce que veut la nation est clair*. Elle entend en finir par une victoire *totale*, ce qui signifie l'écrasement moral et politique *complet* du fascisme ! Le travail a commencé, d'ailleurs, avec six miliciens de Darnand qui ont été fusillés dimanche à Grenoble… La première de nos cours martiales fonctionne ! L'œuvre de justice est commencée !

« Je vous répète à ce propos ce que disait Saint-Just à la Convention, le 8 ventôse de l'an II : "L'étranger veut régner chez nous par la discorde ; étouffons-la en *séquestrant* nos ennemis et leurs partisans ; rendons *guerre pour guerre*, nos ennemis ne peuvent plus nous résister longtemps…" C'est également la position du Parti communiste… Et hier, en photographie dans le journal, au chant de la *Marseillaise* notre héroïque bataillon FFI Saint-Just – justement – (Rivier sourit) quittait la caserne de Reuilly pour rejoindre le bataillon République et le colonel Fabien, qui a déjà établi son PC à Nanteuil-le-Haudouin… et marcher à l'ennemi ! Afin de bouter le Boche hors de France ! Partant de Paris et de ses banlieues ouvrières, ce sont les formidables combattants des nouvelles batailles de Valmy !

(Il fait une pause, reprend un peu de souffle en considérant son auditoire avec amabilité.)

« Cependant ici à l'institut, nous avons réfléchi. Si, hier soir, comme nos FTP en avaient reçu l'ordre de leurs officiers, nous avions tout exterminé dans cette salle, on aurait exterminé à la fois des hommes qui étaient coupables, et d'autres qui l'étaient moins. Voire, certains qui étaient *innocents* ! »

On perçoit des remous sur les sièges. De vagues exclamations de surprise. Il a dit « innocents », c'est vrai ? Il y a donc de l'espoir ? Les innocents, on les libère… non ? Sadorski demeure sceptique. Et quoi qu'il en soit, après ce qui a été dit de lui lors de son passage au tribunal, une telle mesure ne peut le concerner…

– Je dois avouer, poursuit le capitaine, qu'il se trouve, dans nos murs, des personnes qui ont été arrêtées par erreur… et d'autres qui n'avaient commis que des imprudences. On ne leur en demandera pas compte bien durement ! La justice du peuple doit savoir se montrer bienveillante…

Des rumeurs incrédules s'élèvent de l'assistance. Rivier sourit toujours, et hoche la tête.

– En même temps, il y a, chez vous, des « durs », des dangereux, ceux-là seront remis aux tribunaux pour être jugés, condamnés et subir leur peine…

Sadorski écarquille son œil unique. Il aurait encore une chance d'aboutir devant une juridiction légale ? Une chance de récolter la perpétuité, ce qui signifie plus tard des aménagements, plutôt que les douze balles définitives du peloton ? ou la balle de 9 mm dans la nuque promise par Thomas ?

– … car le peuple, qui a tant souffert, n'admettrait pas qu'un seul de ceux qui se sont faits les complices de l'ennemi, échappe au châtiment… Tandis que les « mous », les innocents ou presque innocents, donc, nous les libérerons après quelques formalités…

Après un court silence stupéfait, des murmures de joie parcourent les rangs. Pescadère, à droite, chuchote : « Sauvé, sauvé… Je vais rentrer chez moi… »

– … La direction du PC Fabien a décidé de ne plus traiter de la même manière les uns et les autres. *Nous allons procéder à un triage*. Les durs seront conduits dans une autre salle, au premier étage de l'institut. On les soumettra à une surveillance et une discipline extrêmement sévères. En attendant leur transfert à Fresnes ou à un autre lieu de détention. Les mous seront regroupés dans la bibliothèque, au rez-de-chaussée. Et, comme vous ne serez plus mélangés aux durs, aux traîtres et collabos, eh bien vous les mous profiterez d'un traitement de faveur. Vous serez autorisés à parler entre vous, à fumer, tout ça à l'intérieur de la bibliothèque, naturellement, et à condition de ne pas faire trop de désordre et de bruit...

Une femme crie :

– On vous promet, mon capitaine !

– Chut, chut ! sourit Rivier. Ne commencez pas... Pour le moment, le capitaine Bernard et son secrétaire sont occupés à étudier le cas de chacun de vous... en vue de l'affecter soit aux durs soit aux mous. Dès qu'ils auront terminé, vous allez déménager !

Et il repart, se frottant les mains – l'air heureux d'avoir accompli une bonne action, annoncé de bonnes nouvelles... Pensif cependant, et sans répondre à aucune des multiples questions qui fusent des fauteuils, de tous les côtés.

L'attente, après cela, est insupportable. Qui sera dans les durs, et qui dans les mous ? Certains ne se font aucune illusion à ce sujet. Veronese, à gauche de Sadorski, ne cesse de geindre. « Jé serai dans les dours, dans les dours... et Lydia ? La *povera*... pourvou qu'ils la mettent dans les mous... Elle n'a presque rien fait... Elle tenait jouste lé bar... Et on couchait ensemble... Moi, jé suis foutou, c'est sour... »

En tout cas, les exécutions ont cessé. Il n'y a plus de coups de feu dans les jardins. Ni d'appels suivis de disparitions mystérieuses. Les gardiens de la salle, magnanimes, détendus, se montrent moins pointilleux sur le respect des consignes. Ils se consacrent à leurs parties de cartes, toujours bien arrosées au vin rouge ou aux liqueurs. Gaby, la dactylo, a déserté le bureau des entrées et vient flirter avec des jeunes FFI, qui ne se gênent pas pour peloter ses formes aguicheuses. Les mitraillettes traînent sur la table, délaissées, ainsi que les grenades. On chante, on fume, on rigole. On organise des concours de pets. Le sergent Maurice, jovial et rubicond, bavarde avec Pescadère et son collègue de l'ex-Rayon juif, leur confie son soulagement :

– Sûr, j'aurais pas eu de remords à liquider certains des salauds qui sont ici… par exemple ceux qui ont dénoncé et fait fusiller des camarades… (Sadorski a levé la tête vers le plafond, comme s'il surveillait le vol des mouches.) Mais j'sais bien qu'y a dans cette salle des gens qui ont rien à se reprocher… ou quasiment rien… Et puis aussi quelques jolis sujets, de beaux petits lots… ç'aurait été dommage ! Vous savez, les potes et moi, à l'infirmerie on va les voir la nuit, celles qui sont malades ou blessées ou qu'ont été trop tapées… Y en a toujours au moins quatre ou cinq… dont, disons trois de baisables. Les hommes malades ils ferment leur gueule, ça les concerne pas, y z'ont pas intérêt à l'ouvrir ! Elles se laissent faire, dans l'obscurité… Elles ont peur, ou bien c'est qu'elles aiment ça. Les FTP on a des grosses queues. Des queues bolcheviques, ce qui veut dire en russe taille maximum. Demandez à Sonia ! Nous, on l'envoie au septième ciel la Sonia. Hein, c'est les fachos qu'ont de petites bites…

Pescadère a souri, par prudence autant que par solidarité masculine. De toute façon il semble d'excellente humeur depuis les annonces du capitaine. Être classé politiquement parmi les mous est devenu pour lui une certitude.

Sadorski a soudain une idée. Il se penche vers le sergent.

– Dites, je n'ai pas revu Mme de Laperouse… On l'a libérée ?… ou bien…

– L'infirmière ?

– Oui…

Maurice a l'air gêné. Sadorski craint désormais le pire.

– Un beau morceau, commente le FFI.

– Euh, oui… Mais au tribunal ça ne s'est pas bien passé pour elle…

– J'suis au courant. Elle a un frangin milico.

– Et… donc… ?

– Ben, euh, Marcel et le capitaine Paul ils l'ont cognée sévère. Je sais pas si elle a parlé. Ils la jugeaient pas nette, j'sais pas, hein, c'est eux qui sont compétents pour diagnostiquer les traîtres…

– Ah. Mais… elle n'est pas morte ? Ou…

– Oh, non, non ! Juste faut pas qu'elle s'regarde dans une glace avant un bout de temps, hein… Remarque c'est pas trop grave : elle a presque pas de dents cassées, qu'elle m'a dit, et dans le noir heureusement on lui voyait pas la figure pendant que j'trempais mon poireau… D'ailleurs y a les Angliches qu'avaient débarqué, et plus récent que le 6 juin ! j'm'en suis rendu compte après coup c'est l'cas de le dire ! Ça avait peut-être facilité les choses, hein, c'était pas que juste mes capacités naturelles… (Il leur fait son plus large et innocent sourire de faux modeste.) Bref, c'est seulement ce midi, en plein jour, en repassant là-bas que j'ai constaté que sa tête elle avait doublé de volume ! Grâce à Marcel et Thomas l'autre soir en salle d'interrogatoire. Oh, vous en faites pas, ça va désenfler… J'lui ai pas parlé aujourd'hui, elle sait même pas qui c'était, y faisait sombre comme dans un four ! (Maurice rigole, et retire la feuille pliée de *L'Humanité* qu'il avait coincée sous son bras.) Tenez, monsieur Pescadère, vous voulez jeter un œil au journal ? C'est çui d'hier, moi je l'ai déjà fini…

Les nouvelles (communistes) ne sont pas mauvaises. Les FTP partent pour le front ; la foule avenue des Champs-Élysées et place de la République acclame les héroïques volontaires. Les trois couleurs flottent sur Metz et Nancy libérées, dans l'Île-de-France les FFI poursuivent l'anéantissement des groupes de SS isolés. Du

20 au 31 août les armées soviétiques d'Ukraine ont exterminé 210 000 envahisseurs et fait 280 000 prisonniers. La police française a arrêté les chefs de la Carlingue : Pierre Bonny, « le trop fameux inspecteur de police taré des scandales Stavisky », et Henri Chamberlin, douze fois condamné, dont une fois à mort par contumace, sinistrement connu sous le nom de Lafont (Sadorski les a rencontrés et a passé de mauvais moments chez eux rue Lauriston[1]) ; vingt-quatre de leurs complices ont été arrêtés à Rueil, au domicile de la princesse Tchernitcheff, malheureusement en fuite ; le comte Stenbock, arrêté, dissimulait pour eux 20 millions de bijoux. Mais ses complices de l'aristocratie dorée restent en liberté. *Ces noms et ces chiffres en disent long*, s'indigne l'auteur de l'article. *Ils nous rappellent ces longues listes de comtes, vicomtes et marquis adhérents du PPF, ou des amis de la LVF qui applaudissaient à chaque victoire d'Hitler parce qu'il matait le peuple. De cette joie, qui faisait si bon marché de la France, à la collaboration directe avec la Gestapo il n'y a pas loin pour qui connaît les mœurs et les besoins d'argent de certains milieux nobles. Si l'on veut vraiment anéantir la cinquième colonne, c'est là qu'il faut chercher en même temps que sur les toits et aux postes de commande des trusts. Chacun des Français doit dire ce qu'il sait et contrôler l'utilisation de son renseignement ; que les Comités de Vigilance de chaque quartier, de chaque bourg, donnent à leurs Comités de Vigilance régionaux toutes les indications qu'ils peuvent obtenir : réunies, elles permettront l'arrestation des traîtres*... Et ainsi de suite.

Les commissaires d'État communistes François Billoux et Fernand Grenier sont arrivés d'Alger avec le gouvernement provisoire. En même temps que sont

1. Voir *L'Affaire Léon Sadorski*.

de retour les camarades André Marty (en très grosses lettres), Florimond Bonte, Étienne Fajon, Pierre Fayet, André Mercier et Virgile Farel. « *Maurice Thorez à Paris !* » réclame, au cours de deux grands rassemblements, la population des onzième et quatorzième arrondissements. Marcel Cachin, dans son éditorial, s'insurge contre les diviseurs de la patrie, rappelle que nul autre groupement de Français n'a été frappé aussi brutalement par la répression nazie et vichyssoise que le Parti communiste, s'inquiète des campagnes systématiques qui s'organisent contre ce parti, y voit la main des hommes des trusts, des privilégiés, et avertit que ceux qui voudront renouveler les manœuvres de division de la Gestapo et de la cinquième colonne subiront le sort de ces misérables traîtres. Le colonel Rol-Tanguy s'est rendu à l'Hôtel-Dieu au chevet des blessés de l'insurrection, et, à chacun, il a adressé, très fraternellement, une parole amicale, puis il a quitté les glorieux blessés pour rejoindre son PC. Plus au nord, la Belgique est à la veille du combat décisif pour sa libération. Sur le front germano-soviétique les soldats allemands désertent en masse. Enfin, chez nous les stades et les vélodromes ont connu dimanche leur activité habituelle ; sur la photo, l'entraîneur Kimpton récemment libéré des geôles allemandes a retrouvé avec plaisir les footballeurs Aston et Simenyl ; par un très beau soleil, Paris libéré a fêté la reprise du sport par de nombreuses manifestations dont beaucoup étaient organisées au profit des FFI ; partout, en football, natation, cyclisme et athlétisme, les champions et espoirs du sport français ont été acclamés par une foule dense et enthousiaste ; et, si aucune performance digne d'être retenue n'a été réalisée, les résultats sont cependant satisfaisants dans l'ensemble, et prouvent que le sport français peut entreprendre avec confiance son effort de redressement !

En bas de la page 2, un entrefilet exhorte à souscrire et faire souscrire pour *L'Humanité*, le plus grand journal de France, tandis qu'un encadré plus important – avec lignes vierges à remplir, *Nom*, *Prénoms*, *Âge*, *Profession*, *Adresse*, *Ville* – propose : *ADHÉREZ AU PARTI DES FUSILLÉS !*

Il rend le journal à son voisin. *Le Parti communiste est le Parti de la lutte sans merci contre l'ennemi et les traîtres*… Sadorski ne doute pas que le PCF va connaître un bond spectaculaire en nombre d'adhérents. L'arrivée au pouvoir s'accompagne toujours d'un afflux de bonnes volontés, généralement intéressées. L'été 1940, l'inspecteur des RG a vécu cela de près : ils étaient 40 millions de bons citoyens patriotes, à offrir leur confiance et leur soutien au Maréchal et à la Révolution nationale… Quant à *L'Humanité*, ces mêmes mois de juillet et d'août, ses dirigeants, avec la bénédiction de Jacques Duclos, négociaient auprès des Boches la reparution du journal interdit sous Daladier en 1939. L'Humanité *se fixerait pour tâche de poursuivre une politique d'amitié franco-soviétique, qui serait le complément du pacte germano-soviétique, et ainsi créerait les conditions d'une paix durable*… Pire encore, dans ses notes secrètes Duclos argumentait : *Le PC n'a pas cédé sous la dictature du Juif Mandel et du défenseur des intérêts capitalistes anglais Paul Reynaud*… Justification à la fois antianglaise et antisémite ! Gisèle Rollin, résistante communiste internée à l'isolement à Fresnes, aujourd'hui déportée à Ravensbrück, a déballé au policier toute l'histoire… Histoire qui avait peut-être coûté la vie à son amie Simone Vaillant, participante peu enthousiaste à ces négociations – qu'on préfère aujourd'hui oublier –, puis liquidée dans les bois de Sucy-en-Brie en 1942 par « Raph », le fidèle agent de liaison en chef du secrétaire du Parti…

Le capitaine Rivier ne revient pas avant le lendemain, avec une liste, pour informer les détenus du verdict rendu par Bernard et son secrétaire, l'Italien Marcel qui cause à peine le français.

– Je débute par la liste des « durs ». Écoutez bien, je n'ai pas l'intention de répéter ! À l'appel de son nom, chaque « dur » ramassera ses affaires et se dirigera vers la sortie, où un FTP le mènera à la salle de conférences du premier étage. Vous êtes environ cinquante…

Il lit un premier nom sur sa feuille :

– Pasquier de Franclieu, Bruno !

Un bonhomme se lève dans les rangs du bas, après un peu de flottement, et gagne l'allée centrale. Les regards convergent sur l'individu, habillé d'un veston noir, d'un pantalon noir à rayures, d'un tricot de laine d'où dépasse le col d'une chemise rose. Taille moyenne, la quarantaine ou un peu moins, les cheveux gris, assez corpulent. Sadorski se souvient d'avoir bavardé avec lui aux toilettes : Franclieu était chef de section au MSR, chef adjoint de ces Jeunes de l'Europe nouvelle dont faisait partie Geneviève Bourdier, vice-président de la Ligue nationale de défense sociale… Un type plutôt effacé, mais avec de pareilles activités sous l'occupation pas étonnant qu'on le classe parmi les « durs ».

– Leguilloux, Raymond !

Il est tout jeune, le visage enfantin, l'air ahuri, stupéfait d'être appelé. Pescadère murmure :

– Incroyable ! Ce pauvre gosse, vous savez, c'est un des leurs ! Un FTP !

– Hein ?

– Lui et ses copains sont accusés d'avoir détourné de l'argent d'un hold-up au Comptoir national d'escompte, rue Rambuteau, début août… Un hold-up des cocos, pour la Résistance soi-disant, sauf que c'est tout le contraire ! Le capitaine qui dirigeait l'opération, Verdier, s'est mis une partie du butin à gauche, 300 000 francs ! Un tiers de la somme volée dans les coffres… L'officier des petits jeunes, ayant constaté la différence, s'est plaint au colonel

Fabien, ou du moins à un type se prétendant le colonel Fabien… Résultat : c'est lui, un nommé Letourneau, qui se retrouve arrêté et coffré ici avec ses gars, dont le petit Leguilloux, sous une fausse accusation…

Rivier appelle au même instant :

– Letourneau, Henri !

– Tenez, souffle l'ancien inspecteur principal. Oh je n'aimerais pas être à leur place !…

Un jeune homme quitte son siège, avec le bras gauche dans le plâtre. Il remonte l'allée centrale, l'air inquiet et troublé. Des gardiens, là-haut, s'emparent de lui.

– Dagron, Maxime !

C'est au tour du crémier de Neuilly-sur-Seine. Sa figure rouge n'a guère désenflé depuis son arrivée, on a dû le cogner de nouveau. Il emprunte l'allée, après avoir adressé un signe d'impuissance à Mme Dagron assise un peu plus loin.

– Burg, François !

Un hôtelier d'Arcueil, prétendument membre du PPF. C'est une des plus terribles « têtes au carré » de l'institut. Les gars des Milices populaires qui l'ont interpellé à son domicile de Montrouge l'ont tabassé dès le premier jour, ça ne semble pas avoir cessé depuis. Il se plaint qu'on a tout volé, argent, bijoux de sa femme, etc., lors de la visite des FTP, et ces récriminations n'ont pas dû améliorer son sort.

Sadorski s'attend à être appelé d'une seconde à l'autre. La sueur coule le long de son échine. Son front est moite et chaud, sous le bandage sale qui n'a pas été changé depuis des jours. Il se retient d'espérer, c'est inutile, car il redoute, lorsqu'on l'appellera, de tomber dans la désillusion comme dans un grand trou noir… Mieux vaut se résigner tout de suite. Le capitaine continue l'appel :

– Contofrydis, Solon !

Pescadère chuchote :

– On lui reproche d'avoir dénoncé sa femme, juive…

– Barbeaux, Louis !

– Celui-là est accusé de marché noir, et d'être un indic, mais en réalité un gardien d'immeuble qui a refusé à des FFI de les laisser réquisitionner un camion… Il m'a dit que c'est injuste, il cachait des Juifs arméniens dans l'immeuble, et faisait partie des gardes civiques d'Ivry durant l'insurrection…

– Allain, Émile !

– Noël, Georges !

– Monti, Marcelle, Lydia !

À gauche, le gestapiste italien pousse un gémissement. Il observe son amie se lever, dans le secteur des femmes : une brune pulpeuse, environ quarante ans, avec un corsage à rayures horizontales rouges, bleues et vertes. Allure d'entraîneuse des petits rades du quartier de la place de Clichy ou de Pigalle. Elle remonte l'allée, son visage livide sous le maquillage, le regard figé.

– Ah, Lydia… *Poverina*… Nous sommes foutous !…

– Veronese, Omer, Virgile !

Il se lève à son tour, serre la main de Sadorski.

– Jé m'en doutais… *Addio*, messieurs !

– On se reverra, dit sombrement l'inspecteur.

– Bonne chance, mon vieux, fait Pescadère. Lorsqu'ils m'auront libéré, je téléphonerai au numéro que vous m'avez donné.

– *Grazie*…

– Guichet, Jean !

Un quinquagénaire à cheveux blancs, petit et corpulent, crémier charcutier qui a fait fortune dans le marché noir. On dit qu'il offre régulièrement aux chefs de l'Institut dentaire des millions de francs – en plus de celui qu'ils lui ont déjà confisqué à son arrivée – en échange de sa libération et de celle de sa maîtresse.

– Bernier, Octave !

La litanie des noms continue. Parfois c'est une femme qui se lève. Sadorski a la surprise d'entendre appeler une grosse dame à cheveux gris, pour le moins sexagénaire, à l'interrogatoire de laquelle il avait assisté lors de son arrivée au bureau du capitaine Rivier. Une concierge de la place d'Italie. La fille de cette Mme Steigmann aurait couché avec un Allemand, le fils serait milicien… On ne sait pas très bien, mais on s'est rattrapé en arrêtant la mère et en la conduisant square de Choisy. Le capitaine a failli la relaxer mais il a changé d'avis, dans un accès inhabituel de sévérité : « Vous êtes innocente, certes, mais j'ai de très mauvais renseignements sur vous. Dans le quartier, on dit que vous êtes une vieille insupportable, que vous avez un sale caractère, passez tout votre temps à médire du voisin, à clabauder et radoter partout… Je vais vous donner une leçon, je vous garde ici huit jours ! » Sadorski se remémore ces mots en voyant la bignole monter l'allée en pleurnichant. Rivier, lui, semble avoir oublié, il se concentre sur sa liste, en accélérant le rythme :

– Allons, dépêchons un peu ! Turci, Ottavio !
– Vivet, Roger !
– Vivet, Odette !
– Ferrari, Max !
– Tonelli, Mario !
– Aubert, Pierre !
– Guyot, Henri !
– Imhof, Hans !
– Marin, Robert !
– Fresse, Roger !
– Tollemer, Renée !
– Laforge, Henri !
– Ponroy, Arthur !
– L'Hévéder, Louis !

Sadorski reconnaît le tuberculeux qui creusait avec lui la fosse à merde, l'autre jour dans les jardins. Le tousseur chronique. Un peu surprenant que ce vieux député socialiste de Lorient, des plus anodins ici à part sa maladie, figure chez les durs. Peut-être le capitaine Bernard ne lui pardonne-t-il pas d'avoir voté, en 1940, les pleins pouvoirs au Maréchal…

– Richez, Lauriane !

Une jeune femme potelée, les cheveux châtains, en manteau gris foncé, coiffée d'un petit chapeau gris en forme de béret, surmonté d'un nœud. Ses élégants souliers beiges en cuir à semelles de bois cliquettent sur le sol en pente. Elle avait déjà attiré l'attention de Sadorski, il croit l'avoir vue quelque part…

– Sadorski, Léon !

Merde.

Il se lève. Pescadère, compatissant, lui serre la main.

– Bonne chance, mon vieux…

– Merci, Pierre. Vous savez, je m'y attendais…

– Les cocos vous transféreront à Fresnes. Là-bas à l'infirmerie on soignera votre œil. Et le tribunal sera peut-être clément, ils finiront bien par se calmer… D'ici deux ou trois ans vous serez dehors. Votre épouse vous attendra à la sortie… La mauvaise passe finira. Courage !

Sous le balcon, dans l'entrée, il retrouve la jeune appelée. Pas très grande, hanches larges, jolie, le nez retroussé, les joues pleines. Dans les vingt, vingt-deux ans. Un visage agréable et sympathique. Leurs regards se croisent. Après une brève hésitation, la nommée Richez questionne :

– On se connaît, non ?

– Il me semble. Mais…

Elle sourit légèrement, ce qui lui creuse de petites fossettes. Il s'exclame :

– Ah, j'y suis ! Samedi au défilé de l'armée Leclerc, rue de Rivoli ! Avec votre amie… Mlle Huvet…

– Dany. Mais oui, et après y a ces flics qui vous ont embarqué… Je m'appelle Lauriane.

– Vous êtes toutes les deux de Bois-Colombes… Et, ce jour-là avez-vous dégoté des GI ? comme vous l'espériez ?

– Oh, vous avez bonne mémoire !…
– À la maison poulaga c'est naturel, hein. Mais vous…
– C'est pas fini, de bavarder ? coupe un FTP.
– Allez, on y va, grogne un de ses camarades en pointant sa Sten.

Les « durs » sont escortés, en file indienne, vers les grands escaliers aux balustrades modernes, étincelantes. Les pistolets-mitrailleurs restent braqués sur eux. Dehors le temps paraît avoir changé brusquement : il pleut, il vente. Les bourrasques secouent les frondaisons. L'automne est là. D'ailleurs on a eu très froid la nuit dernière. Sadorski murmure à sa connaissance :

– Mais qu'avez-vous fait pour être ici ?
– Moi, rien. Vous pensez ! Je suis innocente… J'ai jamais collaboré. Mais mon ami Jean a fait des bêtises, il s'est engagé dans la Milice…
– Votre « ami » ?
– Oui, mon petit ami, quoi.
– Ils l'ont arrêté ?
– Non, il se cache je sais pas où. Mais ils insistaient pour que je leur dise… Des saletés de voisins de mes parents, à Boico, m'ont dénoncée. Aucune idée, moi, de où il est, mon Jeannot ! Loin, j'espère. D'ailleurs, même si je le savais…
– Et Dany ? votre copine Mlle Huvet… On l'a interpellée ?
– Non, non. Je ne crois pas…
– Tu vas la fermer ?

Lauriane Richez obéit à l'injonction du garde. Elle frissonne, et paraît nue, ou presque, sous le gros manteau gris sombre en faux astrakan. Sadorski n'ose pas demander la cause et les détails. Il a déjà entendu assez de récits comme celui du sergent Maurice.

Dans un coin, il aperçoit la Pasionaria, en larmes. Elle hoquette : « Des enfants de salauds, que vous êtes tous, vous les hommes… » Un chagrin d'amour ? avec un beau militant coco ? Pas le temps d'épiloguer, les jeunes à mitraillette poussent les prisonniers le long d'un couloir. C'est dans l'aile ouest, au-dessus de la grande salle de projection où patientent encore les « mous » avant leur départ pour la bibliothèque. À l'étage, une porte s'ouvre sur une nouvelle salle. Relativement vaste, munie de rangées de sièges pour les étudiants, mais au plafond moins haut que la précédente. Lorsque Sadorski et Mlle Richez franchissent le seuil, un garde les prévient : « C'est la salle des condamnés à mort. »

Un FTP est monté sur l'estrade. Il prend une pose avantageuse, le revolver à la ceinture. Et une fois la cinquantaine de détenus massée devant lui :

– Ho, les durs ! Vous n'avez pas le droit de parler ! Discipline *totale* ! Pas de matelas ! Asseyez-vous !

L'inspecteur s'installe, la jeune femme prend place à côté, sans un mot. Veronese et son amie se sont mis un peu plus loin vers la droite. Ici il n'y a pas de séparation des sexes. Le public est du reste en grande majorité masculin. Quant aux « conférenciers », à la chaire, ce sont des types armés jusqu'aux dents qui se relaient pour assurer la surveillance des collabos. Le moindre écart de conduite est prétexte à une sévère correction. Sadorski se demande si un voyage à Fresnes est vraiment dans les perspectives possibles. Après l'avertissement du gars de l'entrée, il commence à douter franchement. Cependant nombre de personnes ici sont de toute évidence inoffensives, pourquoi les condamner à mort ? À commencer par sa compagne, une gentille gosse de banlieue, charmante à tous égards et qui ne ferait pas de mal à une mouche ! Mais de nos jours, avoir eu un fiancé « milico » peut se révéler un véritable passeport pour l'enfer. Il suffit pour cela d'avoir des voisins au stylo facile. La délation, depuis quatre ans, était le sport favori des Français – y compris lui-même –, on ne voit pas de raison pour que ça s'arrête ! Ben voyons !

Ici l'atmosphère est réfrigérante. Un lourd silence règne. Pas de Sonia, ni ses cocus et cocues ni son Aragon. Dans cette salle de conférences les durs sont gardés par les vrais durs ; pas par des littéraires ou prétendus tels, par des affables ou des rigolos avec leurs concours de pets. On a sélectionné les FFI les plus baraqués, les plus impavides. Anciens de la guerre d'Espagne ou jeunots combatifs issus des quartiers prolétariens. Visiblement ils considèrent le troupeau dont ils ont la charge comme un dangereux ramassis de fascistes. Du gibier de potence, ou plutôt de rafale de Sten. Le policier, regardant discrètement autour de lui, a la surprise de reconnaître Klein le colosse alsacien, le malheureux interprète troué de trois balles : il le croyait mort, exécuté, or le revoilà. On l'aura soigné à l'infirmerie. Il est assis désormais au milieu des autres, pas en grande forme, mais vivant. Quant au reste des détenus on y trouve beaucoup de miliciens et de miliciennes, et des inscrits au PPF ou au RNP. Donc tous prétendants à la mort subite, sous l'épuration communiste. En revanche, comment expliquer la présence de sa voisine Mlle Richez ? ou du pitoyable cacochyme L'Hévéder ? Il tousse, là-bas un peu plus loin, avachi, épuisé par la montée des marches. Une toux bizarre, qui lui fait tirer la langue, comme s'il avait été pendu. Ses bras tremblent. Cela donne à Sadorski un peu d'espoir : un tel cas ne saurait être destiné à la liquidation sommaire ; aurait-on fait venir aussi ceux pour qui l'enquête n'est pas terminée ? tout simplement ?

– Berryer ! L'Hévéder !

Un infirmier en blouse blanche est entré dans la salle. Après avoir appelé ces deux noms il parlemente avec un garde, un FTP russe d'aspect féroce. Le type a du mal à se laisser convaincre, mais finit par céder. L'infirmier va chercher le tousseur décharné, lui met la main sur l'épaule.

– Monsieur L'Hévéder ! Comme vous et Berryer êtes malades, j'ai obtenu que vous couchiez à l'infirmerie. Le régime là-haut va être effroyablement dur…

« Là-haut ? » Il veut dire ici à l'étage, traduit Sadorski. Cela ne fait que confirmer ses très mauvais pressentiments. À partir de maintenant on va *vraiment* souffrir. Tout ce qu'il a vécu depuis son arrestation le 26 n'était qu'un hors-d'œuvre. Lui et Lauriane échangent des regards. La jeune femme nue sous son manteau grelotte. Pas seulement de froid.

Les coups pleuvent, à la moindre incartade. Poings, matraques, tuyaux de caoutchouc, pointes de baïonnette. On annonce que dormir est interdit. Un des Italiens a eu le malheur de déplaire à son compatriote le secrétaire Marcel. Celui-ci, tout en hurlant des injures dans leur langue, lui brise les dents de devant, les enfonce dans sa bouche ensanglantée. Le prisonnier se rassied et finit la soirée avec un mouchoir rougi pressé contre le bas du visage.

Le lendemain, vendredi 8 septembre, visite surprise. Un représentant de l'état-major parisien FFI. En uniforme français impeccable avec calot à pointes, c'est un grand gaillard qui vient investiguer, fait le tour de la salle de conférences, pose quelques questions aux internés – il n'obtient que des réponses prudentes – et au capitaine Bernard guidant son visiteur ou trottinant à sa suite, étrangement doux et déférent, servile même. Pourtant le nouveau venu ne porte que des galons de lieutenant, ce n'est pas une huile comme le colonel Rol-Tanguy ou le colonel André… Mais il se déclare envoyé par le 2e Bureau, leur service de renseignement. Ceci explique peut-être cela. Et l'on entend le capitaine bredouiller : « En bas, en bas, *mon lieutenant*. À la bibliothèque vous verrez les libérables… »

Les officiers s'en vont. Mais, *et ici ?* aurait voulu savoir l'ex-chef du Rayon juif. Ici que sommes-nous – nous les, par conséquent, « non-libérables » ? Les futurs transférés à Fresnes ? Ou bien les morts en sursis ?

Les heures passent, le ciel se couvre alors que le soir descend sur les arbres du square de Choisy, dont on distingue les feuillages à travers les baies vitrées. Puis on ferme les rideaux. Peu avant minuit, le vieux chauve du bureau d'accueil, le clerc de notaire, vient appeler des détenus. « Transfert à Fresnes ! » Entre-temps Sadorski a appris son nom, Marcel Loze. Il est d'ailleurs le père de la rousse Gaby. À l'institut Eastman on bosse en famille. Les appelés se lèvent, incrédules pour quelques-uns, et quittent la salle. Cela fait des sièges libres dont on ne profite pas : défendu de s'allonger, ou d'étirer les jambes. La nuit est longue, sous les lampes allumées en permanence. Mieux vaut feindre de rester éveillé, les gardiens sont à l'affût. Mais on est déjà un peu moins nombreux. Lauriane Richez s'est assoupie, sa respiration se fait plus régulière. Parfois retentissent des coups de feu, quelque part dans le bâtiment – difficile de savoir où. La rumeur circule que l'on procède à des exécutions dans les caves. Ces transferts à Fresnes, c'est plutôt curieux, à une heure pareille. Pas très vraisemblable. Les hommes de Bernard n'osent plus fusiller au jardin depuis que la hiérarchie est au courant ; alors on aurait privilégié d'autres méthodes, moins voyantes. On pourrait aussi les laisser mourir de faim. Dans la salle des durs, on ne sert presque rien à manger.

Le policier déchu essaie de s'accoutumer à l'idée de la mort prochaine. De *sa* mort. Tous ces gens autour de lui dans la même situation mais il est seul. Désespérément seul. Les seules qui comptent – Yvette, Julie – sont au loin. Il n'est même pas certain qu'elles soient vivantes. Surtout Julie. Il ne saura jamais. Lequel d'entre eux, elle, lui, est mort le premier. Et elle non plus ne saura jamais. On n'informe pas les esclaves, dans les camps. Les voyageurs partis en Allemagne ou en Pologne sans grand espoir de retour. Gardés par les SS. Il souhaite soudain qu'elle soit morte. Qu'elle ait terminé de souffrir. A-t-elle au moins, derrière les barbelés, retrouvé son père ou sa mère ? sa mère déportée à cause de lui, Sadorski… Et en résultat de tels abus de pouvoir, de tels péchés, de telles dégueulasseries sans nom, après s'être effondré haché par les balles il grillera bientôt, demain, peut-être, en enfer !

Pour l'éternité.

Samedi 9 septembre.

Aux toilettes, il a croisé Pescadère et recueilli des renseignements neufs. La bibliothèque réservée aux mous serait devenue presque une zone de fête. Surtout après la visite de ce lieutenant FFI et l'annonce qu'ils sont « libérables ». Depuis, on parle, on plaisante, on fume, des cercles quasi mondains se sont formés, par affinités. Janson, journaliste sportif, Château, chroniqueur politique et député, sa femme la fidèle Jane, Rouchez, Martinelli, industriels, Mme Albertini qui va mieux, et lui-même Pierre Pescadère, inspecteur principal de la brigade criminelle à la retraite… Il a retrouvé son amie Mme Cordier, des Assurances sociales du boulevard de Charonne. C'est une boute-en-train, elle divertit beaucoup, jusqu'à leurs gardiens FTP, pliés de rire à l'en croire. Seul regret, les ouvrages de la bibliothèque demeurent sous clé dans les vitrines. Mais de toute façon ce ne sont que des bouquins universitaires, des chiffres, des graphiques, des photos de gencives et de dents ! Bientôt on lira de *vrais* livres…

Sous bonne garde, Sadorski est remonté à l'étage des durs écœuré. Merde, il va crever, ses voisins là-haut vont crever, enfin pour la plupart, et leurs anciens codétenus s'amusent. Mlle Richez le voit revenir, lui sourit. Il retrouve avec plaisir, attendrissement presque, ses jolies fossettes. Il préfère une gosse de Bois-Colombes à tous ces bourgeois, ces notables. Pour un peu il deviendrait communiste ! Mais sans aller jusque-là le natif de Tunisie a gardé une fibre sociale. La victoire du pot de fer contre le pot de terre l'a toujours révolté, et quoique fervent soutien de Pétain il comptait parmi les abonnés de *La France socialiste*[1]. « Ne vous en faites pas, lui glisse-t-il, avec un sourire paternel. Vous, au moins, allez vous en sortir… Patience, ce n'est qu'une question de temps ! »

Peu avant minuit, le clerc de notaire revient. Avec un nouveau bout de papier. Il s'éclaircit la voix, et lit :

– Prenez vos affaires ! Sadorski, Léon ! Transfert à Fresnes !

L'appelé sent son cœur s'arrêter. Il écoute à peine la suite…

– Aubert, Pierre ! Transfert à Fresnes !

– Marin, Robert ! Transfert à Fresnes !

– Leguilloux, Raymond ! Transfert à Fresnes !

Chancelant, Sadorski se lève. Dans peu de temps il en aura le cœur net. Fresnes… ou…

Il adresse un sourire d'adieu à sa voisine. Un sourire triste. Elle et lui ont dormi deux nuits ensemble, si l'on peut dire. L'un à côté de l'autre. Sans se toucher, mais tout près. Il lui en est reconnaissant. Si elle n'avait pas été là, ce bref séjour eût été beaucoup plus pénible. Mais après ces deux nuits il n'y en aura pas de troisième.

Derrière eux, à l'entrée de la salle, M. Loze, avant de replier son papier, crie un dernier nom.

– Richez, Lauriane ! Transfert à Fresnes !

1. Dirigé par des hommes de gauche dont le député de la Charente René Château, ce journal s'adressait à la petite bourgeoisie comme aux masses ouvrières. Sous l'Occupation il était en fait contrôlé par l'ambassade d'Allemagne, *via* le trust Hibbelen créé en mars 1942.

15

Que la nuit était noire

Ses joues d'enfant ont pris une pâleur de cire. Elle s'est levée et suit Sadorski vers la sortie. Descendre le grand escalier. Les semelles de bois claquent sur les marches. Dans le hall illuminé, au cœur de la nuit.

Le bâtiment est plongé dans le silence. Le bureau des entrées fermé, sa lumière éteinte. On les emmène dans un corridor de l'aile ouest. Des FFI armés attendent dans une des salles d'étude du rez-de-chaussée, ils surveillent une femme sans souliers, en bas de soie et combinaison, aux cheveux longs bouclés et mouillés, foncés par l'eau. Elle a les poignets liés devant elle avec du fil électrique. De face, son visage gonflé fait peur : les yeux, dénués d'expression, ont presque disparu sous les paupières boursouflées ; les joues bleuies d'hématomes pendent de chaque côté d'une bouche déformée, aux lèvres craquelées et saignantes. Sadorski a déjà vu semblable spectacle dans le bureau du SS *Hauptsturmführer* Bolle, rue des Saussaies : la résistante juive de l'Est arrêtée par lui dans le Marais. Il sait que c'est le résultat de gifles assenées durant des heures. Auxquelles s'ajoutent des coups de poing.

On ordonne aux arrivants :

– Tendez vos poignets !

Leurs gardiens les attachent au plus serré. Le fil de cuivre mord dans la peau, entrave la circulation. Ils font un groupe piteux, lamentable ; les deux femmes à moitié déshabillées, les hommes avec leurs barbes de plusieurs jours, et leurs vêtements disparates. L'un d'eux – que Sadorski se rappelle avoir vu pleurer, dans la salle de projection, lorsqu'on l'a séparé de sa jeune épouse –, un trentenaire à petite moustache, en caleçon, a les jambes entièrement nues et grelotte dans sa chemise de toile bleue. Un autre, de petite taille, nettement plus âgé, en veste de serge grise, chemise, cravate bleue et tricot de laine kaki sans manches, a noué autour de son cou une des serviettes de l'institut, récupérée aux toilettes. Sans doute pour se protéger du froid.

L'amie de Sadorski sanglote.

– Je n'ai rien fait… Ce sont des salauds qui ont écrit une lettre… que des mensonges… tout ça parce que ma mère… au magasin… elle tient une épicerie… elle a renvoyé une employée qui volait… alors cette menteuse s'est vengée… c'est pas juste… je ne veux pas aller à Fresnes… avec les voleuses… les…

– Ta gueule ! C'est pas mon affaire. Si t'es ici c'est que t'es coupable. Le Parti ne se trompe jamais ! Bon, on va faire deux groupes. (L'homme, un sergent, consulte sa feuille de papier.) Premier groupe, dans la voiture du capitaine Gilbert : les détenus Marin, Leguilloux, Richez. Deuxième groupe, dans la voiture du lieutenant José : les détenus Aubert, Sadorski, de Laperouse… Une nénette par tire, vous pigez ?

De Laperouse ? Stupéfait, Sadorski regarde la prisonnière en combinaison. Cette figure ravagée la rend méconnaissable. Il se rappelle le sourire faraud du sergent Maurice. *C'est seulement ce midi, en plein jour, en repassant là-bas que j'ai constaté que sa tête elle avait doublé de volume…* L'infirmière réagit à peine, il ignore si elle l'a reconnu, si elle y voit correctement, entre ces paupières énormes et violettes. Alors, c'est ça. Leur destin, depuis le Val-de-Grâce, était d'accomplir ensemble le voyage jusqu'au bout. Le voyage au bout de la nuit – la nuit de l'épuration. Celle de la « justice du peuple »… Il a de moins en moins l'impression que le but de ce convoi est la prison de Fresnes. Alors où les conduit-on ? ces six détenus du PC Fabien, avec les mains liées ?

En tout cas, on se rend quelque part, en auto. Ce ne sera pas l'escalier qui descend aux caves…

Thomas entre dans la pièce. Suivi par le grand Italien, Marcel. Leurs armes, un pistolet et un revolver, dans des étuis de ceinture. Marcel porte des rouleaux de fil tressé blanc, épais. On dirait du cordon à rideaux, comme celui que Sadorski a remarqué aux fenêtres de l'institut. Le petit Juif polonais tout en noir qui ne sourit jamais prononce :

– On y va ? Je veux revenir ici avant aube.

– Jé monte avec toi ?

– Non, tu vas avec José. Surveille-le, il fait des conneries. Allez, *Marcello* ! Comme aux Brigades, à Albacete… Ouste, vous, les fascistes !

Les prisonniers sont bousculés le long du couloir, mitraillette dans les reins, jusqu'à une porte que reconnaît l'inspecteur : c'est par ici qu'il est arrivé, dimanche dernier – cela fera huit jours demain. Cette petite porte latérale en bas de l'aile ouest. On retraverse le jardin dans l'ombre des feuillages. Le gravier lui meurtrit une fois de plus la plante des pieds. Le ciel nocturne semble nuageux, il ne distingue ni lune ni étoiles ; le quartier Italie sommeille invisible autour d'eux dans l'obscurité. La seule lumière filtrant des fenêtres du grand bâtiment de brique éclaire les carrosseries de deux tractions Citroën, garées après la grille, contre le trottoir de l'étroite rue asphaltée. Phares éteints, capots tournés vers l'avenue. Des silhouettes nombreuses et armées entourent les autos. On aboie des ordres. Le capitaine Gilbert, en uniforme

FFI, ouvre une portière du véhicule de tête, éclairant sa cabine. Deux détenus sont poussés brutalement sur la banquette. Puis Lauriane Richez.

– Où allons-nous ? À Fresnes ? s'inquiète l'appelé resté dehors, celui à la serviette autour du cou : un quinquagénaire de petite taille avec l'accent de Périgueux, nommé Pierre Aubert. Inspecteur divisionnaire de la SNCF, on lui a reproché son appartenance au parti de Marcel Déat ainsi que d'avoir épousé une Allemande.

– Tu verras bien, p'tite tête ! rigole le lieutenant José. Dépêche-toi, grimpe !

Il braque un automatique sur lui, le dirige vers la seconde Citroën. *Idem* ensuite pour Sadorski. La femme en sous-vêtements s'introduit après eux à l'intérieur de la cabine. Le policier sent le contact de sa cuisse contre la sienne. Et son parfum, mêlé à des relents de sueur. Marcel, après s'être débarrassé de ses rouleaux de cordon en les jetant dans le coffre, s'installe sur le siège passager avec une mitraillette Sten, pendant que José prend le volant. Les portières claquent presque simultanément.

La traction de tête que conduit le capitaine a démarré pour tourner à gauche dans l'avenue, longeant le square de Choisy. Direction la banlieue sud, et Fresnes… L'auto de Sadorski la suit de près. Les phares camouflés percent à peine la noirceur du black-out. On roule cependant vite, trop vite. La première voiture vire brusquement à droite dans un hurlement de pneus. Celle du lieutenant José l'imite. On s'engage dans la rue de Tolbiac. Mais pour reprendre à gauche avenue d'Italie ? Non, les véhicules poursuivent plein ouest… Vers où ? s'interroge l'inspecteur. Nul ne le sait parmi les passagers, mais une chose est sûre : pas la prison de Fresnes et sa banlieue, laissées définitivement sur leur gauche. José fonce dans le boyau obscur de la rue de Tolbiac, qui devient bientôt la rue d'Alésia. Treizième puis quatorzième arrondissement. Et, depuis l'église et la place encombrée par des camions de l'*US Army* garés sur l'avenue d'Orléans[1], il enfile celle de Châtillon. L'inspecteur, qui a un plan du département de la Seine gravé dans la tête, reprend espoir : ce chemin est une manière de retrouver la banlieue sud. On aura voulu peut-être éviter des barrages, ou des forces alliées stationnées Porte d'Italie ou Porte de Gentilly. Mais non. Leur pilote aborde maintenant un large boulevard – à nouveau vers l'ouest, le boulevard Brune. On dépasse l'usine Hispano-Suiza, autre centre de détention et de tortures géré par les bolcheviks. Sur les sièges avant, Marcel et José conversent en italien. Leur haleine empeste l'alcool. Les tractions accélèrent, profitant de la chaussée vaste et vide de cette longue tranchée circulaire, que découpent les boulevards des Maréchaux entre les faubourgs et la zone des anciennes fortifs. Boulevard Lefebvre… Boulevard Victor… À droite Vaugirard dans le quinzième arrondissement, à gauche Vanves, puis le ministère de l'Air et le champ de manœuvres d'Issy… On file vers la Seine et Billancourt. Vers les sites industriels de l'ouest parisien, hérissés de cheminées, les usines Renault et autres. Dans la nuit noire…

Sadorski chuchote :

– Nous n'allons pas à Fresnes.

– Je sais, souffle Aubert sur sa droite.

Un silence. Le policier se tourne vers sa voisine.

– Ça va ? Madame de Laperouse…

Pas de réponse. Il essaie de nouveau.

– Dites-moi, ça va ?… Vous avez mal ?

– Oui. Mes poignets… le fil est trop serré…

– Essayez de remuer les phalanges. Entretenir la circulation…

Il la voit, dans la pénombre de l'habitacle, sur le blanc satiné de la combinaison, bouger ses doigts.

1. Aujourd'hui l'avenue du Général-Leclerc.

Aubert pose une question à voix haute :
– Messieurs ? Comment va Sonia ?
– Hein ? fait José.
– Oui, la jolie Mlle Sonia. Je l'ai entrevue qui pleurait... Ça n'allait pas ?
Marcel ricane.
Le lieutenant répond, amusé :
– Son mari l'a plaquée pour une gonzesse... Sonia a cinq mômes de lui, et il l'a plaquée !...
– *Stronza*, décrète Marcel. *Brutta stronza*[1].
– Mais quel cul, tempère le conducteur.
– Vous avez raison, embraye Aubert dans ce qui ressemble à de la flagornerie. Savez-vous que j'ai écrit un poème pour Sonia, en hommage ? Il est ici dans ma poche... Si vous détachiez mes mains, je pourrais vous le lire...
L'Italien s'est retourné, braquant son PM par-dessus le dossier du siège. Les tractions sont en train de franchir la Seine au pont du Point-du-Jour, sous le viaduc d'Auteuil[2].
– Touche pas à ta poche. *Coglione !*
– Non, non, je... D'ailleurs je le connais par cœur. Je vais vous le réciter... (Il se racle la gorge.) Si vous lui en parlez, ça lui fera sans doute plaisir. Elle aime la poésie... tout en ayant un caractère bien trempé, hein. Alors voilà ce que j'ai composé : « Sapristi faut qu'ça barde avec cette guerrière ! / Ou bien marcher au pas ou bien être châtié / N'ayez point peur pourtant car Sonia femme fière / Intrépide mais bonne et toute à son métier / A sous son air sévère un cœur plein de pitié. » Hem, voilà...
À l'avant de l'automobile, cette déclamation est accueillie par un silence incompréhensif.

1. « Connasse, sale pute. »
2. Ce gigantesque ouvrage d'art n'existe plus, démoli en 1959 pour être remplacé par le pont du Garigliano.

– Vous aurez remarqué que ce sont des alexandrins, poursuit l'inspecteur de la SNCF. Des vers de douze pieds…

– Sonia en a sûrement rien à foutre, observe José. Elle te foutrait son pied à elle aux fesses. En te traitant de cocu…

– Oui, non, mais vous savez il y a une astuce, messieurs ! On appelle cela un *acrostiche*. Si vous prenez la première lettre de chaque vers, dans l'ordre, enfin si vous lisez le poème verticalement, avec les lettres capitales ça compose : SONIA. Je suis certain que si elle le savait elle serait touchée… Elle s'y connaît en littérature…

– Ben pas nous, se marre José.

Aubert baisse la tête, déconfit. Son voisin des RG se demande à quoi il pensait en les priant d'abord de délier ses mains. Stratégie de fuite, d'évasion ? Lui-même a songé un instant à se dresser au-dessus des sièges et, avec ses bras réunis aux poignets, attraper par surprise le cou de l'un des deux types en étau. Tirer fort en arrière, l'étrangler. Mais le problème est qu'ils sont deux. S'il débute par Marcel, José freine et fait feu illico sur son agresseur. Si Sadorski s'en prend à l'autre c'est Marcel qui balance une rafale, risquant de faucher les trois passagers de la banquette. Sans compter qu'ils auront déjà tous valsé dans le décor ! À pareille allure un accident peut être mortel. Bref, que l'on s'attaque au Français ou à l'Italien, ça équivaut à une tentative de suicide avec 90 pour 100 de chances de succès.

Ils se sont engouffrés boulevard Exelmans, le long du viaduc, ont dépassé la station Point-du-Jour du train de la Petite Ceinture. On roule à travers l'extrémité sud-ouest du seizième, par un itinéraire compliqué, des virages à gauche, à droite, Sadorski est un peu perdu. Ils ont dû entrer dans Boulogne-Billancourt à présent… En tout cas, le bois de Boulogne se trouve sur leur droite. Va-t-on les exécuter là-bas ? En août dernier, c'est au Bois que les gestapaches et les Allemands, près de la cascade, mitraillaient les jeunes résistants – il l'a vu et préférerait l'oublier. Mais au Val-de-Grâce on l'a informé que les troupes américaines et de l'armée Leclerc y bivouaquaient depuis la Libération. Les risques de rencontrer un barrage sont plutôt élevés. Un dernier espoir de s'en sortir ?

Mme de Laperouse geint à côté de lui. À l'avant, les deux cocos ont baissé la voix, causant toujours en italien. Sadorski comprend la langue, les Ritals étaient nombreux à Sfax du temps de sa jeunesse. José parle d'argent, de *beaucoup* d'argent. Marcel lui dit de la fermer. Il dit qu'ils verront plus tard. *Domani*. Question de partager entre eux. Et rester discret sur l'affaire. Le capitaine Bernard ne plaisante pas avec ça. Normalement tout doit aller dans la caisse. La caisse FTP. Pour le Parti commounista… Alors ceux qui ne donnent pas tout, ils *perdent* tout. *La vita*. Pense à *il tenente Roberto*, José, dans la bagnole devant nous. Lui, il regrette, mais c'est trop tard… *Fottutto coglione*. Tu n'es pas un *coglione*, toi ? Hein, José ?

Le grand brun à l'air obtus secoue la tête tout en conduisant. Non, il n'est pas un couillon. Ne t'inquiète pas, *Marcello*. Sadorski se demande à quoi correspond ce fric. Les gars ont braqué une banque, une mairie, un bureau de poste ? détourné un versement de Londres ? rançonné un collabo du PPF ? Cela se faisait beaucoup, dans la Résistance, et continue manifestement de se faire… Mais ça ne le concerne pas, lui. *Rien* ne le concerne plus, puisqu'il va crever.

La forme noire de grands arbres, sur leur droite. Le bois de Boulogne. L'hippodrome de Longchamp. Et plus loin en face d'eux, après ces rideaux d'arbres, la Seine.

La Citroën de tête ralentit. Des phares viennent en sens inverse. Une conduite intérieure beige, ou kaki – dans l'obscurité on distingue mal. Avec une grande étoile blanche inscrite dans un cercle peinte sur la portière.

Elle a klaxonné, puis viré pour se placer en travers de la route. La traction du capitaine Gilbert s'immobilise. José, derrière le volant, grogne un juron. On entend, dehors :

– *Stop !*

Un type casqué a mis pied à terre, il brandit une torche électrique. Il paraît immense, même penché vers la fenêtre avant gauche du véhicule de tête. José baisse sa glace à son tour. Les voix parviennent aux oreilles de Sadorski. Des voix américaines :

– *Effefaï !... Oh, yeah, effefaï !*

– *Sarge, bring the fuckin' flashlight*[1] *!*

Le capitaine Gilbert répond :

– État-major FFI Paris-Sud... On transporte des prisonniers... fascistes... nazis...

– *Oh, yeah ?*

– Regardez... Ordre de mission... signature colonel Rol...

– *Yeah. Well, we'll have a look inside, mister...*

– *Don't move, hey ? Keep your guns down*[2].

Les faisceaux de plusieurs torches parcourent la carrosserie, les fenêtres. Les GI sortis de la grande auto à l'étoile paraissent être au moins cinq ou six. Sadorski révise mentalement son anglais. Il n'a jamais été bon dans cette langue... *Help, sir ! They want to kill us... We are innocent... And there are two women...* Une lampe se tourne maintenant vers la Citroën conduite par José. La lampe est tout près, collée à la vitre. Il cligne les paupières, ébloui.

– *Fuck !...*

– *Those fuckin' effefaïs...*

1. « FFI !... Oh, ouais, FFI ! – Sergent, approchez la foutue lampe torche ! »

2. « Ouais. Eh bien, on va jeter un œil à l'intérieur, monsieur... – Bougez pas, hein ? Gardez vos flingues baissés. »

– *Look what they do to gals... Yerk.*
– *Fuckin' savages...*
– *French are ravin' mad*[1] *!*

La lumière éclaire violemment le visage tuméfié de Mme de Laperouse. Levant ses propres poignets liés bien en évidence, Sadorski coincé entre la vicomtesse et le cheminot se prépare à communiquer avec les GI. Il estime que les chances de survie des passagers sont montées brusquement de zéro à 70 pour 100. Sur le siège avant, Marcel grommelle en italien, il caresse machinalement sa Sten. Près de lui, José allume une cigarette, les doigts tremblants. La lampe se détourne. S'éloigne.

Sur la route du bois, le sergent américain discute avec un lieutenant en long imperméable vert. Ils n'ont pas l'air d'accord entre eux. Au terme d'une discussion assez vive, l'officier, grand, maigre, se dirige vers le capitaine Gilbert. Il lui restitue son ordre de mission.

– *Okay*, capitaine. Vous n'allez quand même pas les fusiller ?

– Bien sûr que non, répond le FTP d'un ton assuré. Nous les emmenons au fort de Suresnes.

– Mais contrairement à ce que vous prétendiez, la signature sur ce papier n'est pas celle du colonel Rol...

– C'est le capitaine Bernard, son adjoint, qui a signé. C'est du pareil au même. Le colonel Rol est très occupé, il ne peut pas régler tous les détails. Lisez l'en-tête de notre ordre de mission : « État-major des Forces françaises de l'intérieur Paris-Sud. »

– *Okay*. Ça ne nous regarde pas. Affaires françaises. *You can go*.

Sadorski n'en croit pas ses oreilles.

La voiture militaire leur cède le passage et poursuit sa

1. « Ces foutus FFI... – Regarde ce qu'ils font aux nanas... Beurk. – Foutus sauvages... – Les Français sont fous enragés ! »

route. Gilbert redémarre, imité par José. L'infirmière du Val laisse échapper un sanglot.

Le policier a des désirs d'assassinat. Ce salopard de Yankee parlait le français presque à la perfection, juste une pointe d'accent. Un intellectuel, un fils de bourges qui a été à l'université. Comment disent-ils, déjà, dans son pays de merde ? Sonofabitche !… Le sort des six prisonniers – les « nazis », les « fascistes » – est réglé désormais. À moins de tomber sur un second barrage. Peut-être. Des Américains ou, mieux, la 2e DB. À ces derniers on pourrait expliquer la situation. Chez eux il n'y a pas que des cocos, mais un peu de tout, toutes tendances politiques confondues. Républicains espagnols ou Français gaullistes… Et ce sont des soldats, des vétérans de la guerre sur le sol d'Afrique, des hommes d'honneur, pas des militants fanatisés. Ils sauveraient au moins les deux femmes. Mais depuis que la bataille de Paris est terminée, la division a dû recevoir son ravitaillement et continuer sa marche vers l'Est… Le poète Aubert, prostré sur la banquette, émet un long soupir. Rêve-t-il à Sonia, sa guerrière intrépide, qu'il ne reverra probablement jamais ? Sadorski remue les doigts afin d'activer la circulation veineuse. Il ne sent presque plus rien aux extrémités, ses mains sont glacées. José et Marcel ont repris leurs échanges en italien. Ils fument du tabac blond et se foutent de la gueule de ces cons d'Amerlots. Dans la nuit noire les deux tractions finissent de traverser les sous-bois en direction de l'ouest. Elles arrivent au bord du fleuve ; entre les troncs d'arbres, sa surface très large en cet endroit miroite faiblement. Sur la rive opposée se profile une masse sombre, les hauteurs de Saint-Cloud et du Val-d'Or. Vers la gauche doit se trouver le pont de Saint-Cloud, et dans le lointain à droite le pont de Suresnes. Le courant, il s'en souvient, va dans ce sens-là. L'auto du capitaine Gilbert a viré à droite, quai du 4-Septembre, pour longer l'hippodrome. La seconde traction la suit de près. On a dépassé l'aqueduc de l'Avre. Le capitaine paraît hésiter : sa Citroën ralentit, avant d'entamer un demi-tour sur le quai. José fait de même en jurant. On revient vers l'aqueduc à petite allure. Gilbert, ou Thomas à ses côtés, semble chercher quelque chose. La voiture finit par stopper, laissant tourner son moteur. José se gare derrière elle, le long du trottoir de droite au-dessus du remblai. On distingue des piles de bois, du matériel de chantier. La portière de droite s'ouvre, la silhouette trapue du petit Juif revient vers l'auto de Sadorski. Afin de héler José.

– Tu nous aides. Y a des pavés à charger dans le coffre.

– Merde. L'en faut combien ?

Le « capitaine Paul » tient son Walther 9 mm à la main. Il grince :

– Au moins six. Mais on va en prendre autres. D'avance, tu piges… Marcel, surveille tes fascistes.

Sadorski a compris comment tout cela va finir. Son cadavre nourrira les petits poissons de la Seine. *Idem* pour ses cinq compagnons. L'histoire s'arrête ici. Quai du 4-Septembre, dans la nuit du 9 au 10, à Boulogne-Billancourt vers 2 heures du matin… À peu près au niveau de la passerelle de l'Avre. Le courant finira-t-il par emporter les corps ? Ou ces pavés les maintiendront-ils au fond jusqu'à ce qu'il ne reste d'eux que les os ?

Les silhouettes, dans le chantier des berges, se penchent sur le tas de pavés pour les trimbaler jusqu'à l'arrière de la traction numéro un. Puis le coffre se referme en claquant. Sadorski a songé à se sauver, tenter sa chance et courir se réfugier dans les ombres du Bois, mais il est pris en sandwich entre Aubert et Mme de Laperouse. Le temps de s'extraire de l'habitacle, Marcel lui balancerait une rafale de Sten. Le chauffeur revient, après un conciliabule avec ses camarades. Les autos repartent. Ayant parcouru une centaine de mètres elles s'immobilisent, à hauteur de l'aqueduc-passerelle, dont les superstructures métalliques s'élancent au-dessus du fleuve. Le pont se découpe dans la brume, ponctué par les points de lumière de ses becs de gaz. Gilbert et Thomas sont sortis de la première Citroën, ils ouvrent les portes et font descendre leurs passagers.

Mlle Richez et les types jeunes. Marin et Leguilloux. Tous trois les poignets attachés devant eux.

– On commence par la fille, ordonne Thomas.

Les phares éclairent les pierres meulières du mur de soutènement, la base de l'escalier qui mène à la passerelle. Les réverbères plantés sur son parapet ajoutent leurs halos bleuâtres, ils éclairent les lieux comme un décor de cinéma, de film de gangsters.

Depuis l'habitacle de la seconde traction, Aubert, Sadorski et Mme de Laperouse fixent, penchés en avant, les yeux écarquillés, la scène muette qui se déroule à l'entrée de l'aqueduc de l'Avre.

Dans son manteau gris foncé Lauriane Richez se tient adossée aux pierres du mur. Coiffée de son petit chapeau en forme de béret, elle regarde, raidie, immobile, devant elle. De loin on ne sait pas si elle tremble, si elle pleure, si des larmes dégoulinent sur ses joues rosies par le froid.

Tout va très vite alors. Thomas a levé le Parabellum, il pose l'extrémité du canon sur sa tempe gauche.

On voit jaillir un éclair de feu.

Un jet de sang fuse de la tempe droite, un peu au-dessus de l'œil. La jeune femme s'écroule, perdant son chapeau.

Le petit Juif baisse son bras tendu et tire un nouveau coup de feu dans la tête. Le corps a eu un soubresaut. Maintenant elle ne bouge plus.

Près de l'inspecteur, l'infirmière a poussé un cri.

Ils gardent l'écho de la double détonation dans les oreilles.

Là-bas, José a sorti un pavé du coffre, ainsi qu'un rouleau de corde à rideaux, il les apporte à ses camarades.

Thomas s'agenouille et se met au boulot d'attacher solidement le pavé au cou de l'exécutée.

Marin, puis Leguilloux, en profitent pour tenter leur chance en courant. Ils trébuchent, gênés par leurs liens.

– Hé ! Jouez pas aux cons !

José et Thomas se lancent à leur poursuite, sur l'herbe des berges. Ils courent vers le bateau-ponton municipal amarré un peu plus loin, dans la direction du pont de Saint-Cloud.

Le capitaine Gilbert est resté, debout près du cadavre, pour surveiller les prisonniers.

À droite de Sadorski, l'inspecteur de la SNCF ouvre sa portière et plonge en avant. Il fait le tour de l'auto et part dans le sens opposé, vers l'hippodrome. Marcel jure en italien, se précipite, le rattrape quelques mètres plus loin, le ramène vers les tractions au bord du trottoir.

– *Coglione ! Stronzo !*

Il le force à se mettre à genoux. Dégainant son revolver, il lui tire une balle dans le côté gauche de la nuque. Elle ressort par la joue droite, en une gerbe de sang. Aubert bascule face contre le ciment et ne remue plus. L'Italien appelle le capitaine.

– Oun pavé et dé la corde ! *Prego, Gilberto !*

L'officier FTP apporte un deuxième pavé de grès du coffre de sa voiture.

On entend, loin vers Saint-Cloud, claquer un coup de feu. Puis deux encore, à intervalles rapprochés.

Gilbert ordonne :

– Prends deux pavés dans ma tire et porte-les à Thomas et José. Et de la corde. Ils les foutront à l'eau là où ils les ont descendus. Moi je m'occupe de garder les deux autres.

– *Capito*[1].

1. « Compris. »

Sa mitraillette en bandoulière, Marcel obéit. Tandis que l'officier, un automatique dans son poing droit, prend place sur le siège avant, pointe l'arme vers Sadorski et vers sa voisine. Les nerfs de Mme de Laperouse ont lâché, elle sanglote, affalée sur la banquette. L'inspecteur, lèvres tremblantes, murmure une prière. *Seigneur, que Ta volonté soit faite…*

– Écoutez-moi, Sadorski. Nous avons quelques minutes avant que ces connards reviennent. Alors on va se rappeler Stalingrad. « L'Armée rouge a vaincu sur la Volga. » Ça vous dit quelque chose ? non ?

Le condamné ouvre la bouche, stupéfait. Les instructions du colonel André… *Quiconque vient de ma part prononcera le mot de passe : « L'Armée rouge a vaincu sur la Volga. » Vous pourrez vous fier à ce camarade…* Il balbutie :

– Oui… Ça me dit quelque chose.

– Je prends le volant. Asseyez-vous à côté de moi. Vite !

L'homme a glissé l'arme dans son étui de ceinture. Et délie les poignets de l'inspecteur.

– Mais où allons-nous ?

– À la sécurité militaire, le 2e Bureau FFI installé à l'hôtel Royal Malesherbes. Le service du lieutenant-colonel Brunetière[1]. C'est le grand patron de l'épuration chez les résistants à Paris. On épure les faux résistants ex-miliciens ou ceux qui déconnent trop. Et on fait rendre gorge aux collaborateurs, avec le plus grand plaisir ! Soit dit entre nous, les chefs de ce service se mettent pas mal

1. *Alias* Aron-Brunetière. Ce jeune médecin juif résistant, chef du 2e Bureau de l'Armée secrète en 1943, arrêté par la Milice à Lyon en mars 1944 puis évadé, a organisé – dans des circonstances douteuses – l'exécution, la nuit du 26 août à l'hôtel de ville de Paris, de Solnen *alias* Mansuy, l'assassin de Georges Mandel.

de fric dans la poche par la même occasion… À l'état-major FTP, le colonel André vous a fait chercher partout, on savait pas où vous étiez passé. Hier le lieutenant Montias vous a déniché lors de l'inspection à l'Institut dentaire, sur la liste des détenus. Vous serez transféré à Fresnes demain. Pour de vrai, cette fois ! Il paraît que vous avez une mission…

– Et… elle ? Mme de Laperouse ?

– Elle a de la veine. Je l'emmène aussi chez Brunetière boulevard Malesherbes. C'est du menu fretin, ils l'interneront à Drancy. Quelques mois, je pense, le temps d'instruire son affaire. Bon, grouillez-vous ! Les autres vont rappliquer…

Sadorski sort de l'auto. Il s'arrête devant le cadavre de l'inspecteur de la SNCF. Et ramasse le pavé qui lui était destiné pour son séjour humide au fond de la Seine.

– Mon capitaine ! Venez voir, le mec est pas mort ! Seulement blessé !… Il bouge…

– Quoi ?

Le FTP met pied à terre en bougonnant.

– Vous voulez que je l'achève ? Ça va faire du bruit, c'est pas très malin…

– Y a d'autres systèmes, prononce Sadorski. Plus discrets qu'un tir de balle…

S'effaçant pour le laisser passer le long de l'auto, il lève le pavé et l'abat, par-derrière, avec le plus de force possible, sur le crâne de son sauveteur.

Le crâne éclate comme un œuf. Pour plus de sûreté, le policier frappe encore, et encore et encore… Toute la rage accumulée durant cette semaine infernale y passe. Le sang gicle, et les morceaux d'os, de cervelle. Sadorski ahane, grogne, l'œil fou, halluciné. Cette fois il est vraiment devenu une bête sauvage. Tuer, écraser, détruire, broyer, mettre en pièces à son tour… *Annihiler*. La vie n'a pas de sens. Pourquoi Lauriane est-elle morte ? Et Julie ?… Elle ne peut pas avoir survécu à l'enfer des camps. Dans ce monde devenu fou il y a des morts partout, à toutes les secondes… Depuis quatre ans la Faucheuse fauche comme jamais, à grandes enjambées, grands moulinets de ses longs bras d'os, ricanante elle fauche, fauche… Elle n'a jamais si bien mérité son surnom. Que peut vouloir Dieu avec tout ça ? Pourquoi tous ces morts, toute cette souffrance ? De qui se venger ? Frapper, massacrer… *Tu peux crever, capitaine Gilbert.* Ce soir c'est toi qui crèves ! Même si tu es venu me sauver… Oui, Léon Sadorski l'emmerde, ta mission à Fresnes ! et le colonel Zouzou et Charles Tillon et leur sténodactylo avec ses béquilles !… Vous tous, caltez, disparaissez… foutez le camp, dans la nuit des épurés, des épurateurs ! Nos âmes sont perdues quoi qu'il arrive.

– Arrêtez !… arrêtez !…

C'est l'infirmière. La femme en combinaison blanche, sa gueule enflée, son visage de cauchemar. Elle aussi… pourquoi, pourquoi ?

– Arrêtez… Calmez-vous, monsieur… Il faut partir d'ici… Ils peuvent revenir d'une seconde à l'autre…

Elle a raison. Il se penche sur le cadavre à la tête en bouillie, ouvre l'étui de ceinture, récupère l'automatique. Un 7,65 allemand.

– Rentrez dans la bagnole, madame de Laperouse. Je vais conduire. Grouillez-vous, merde…

La clé est sous le volant. Il met le contact, enfonce le pied sur l'accélérateur. Sans chaussure, mais pas d'importance. Le moteur rugit. Sadorski cherche les vitesses – cela fait longtemps qu'il n'a pas piloté de traction. Marche arrière, puis avant ; l'auto déboîte, pour effectuer un large demi-tour sur le quai du 4-Septembre, dans un hurlement de pneus.

La femme, qui a réintégré son siège, gémit :

– Où allons-nous ?

– Je ne sais pas. Restez baissée, au cas où ils nous tireraient dessus…

– Oui…

La 11 CV longe une nouvelle fois l'hippodrome. Mais à plus de cent à l'heure. Mettre la plus grande distance possible entre eux et leurs poursuivants éventuels… On n'entend pas claquer de coup de feu. Ni de rafale de mitraillette. On se contente de filer en ligne droite sur le quai le long du Bois dans la nuit noire.

– Monsieur… j'ai une idée, fait Mme de Laperouse.

– Dites toujours.

– Vous avez un endroit où nous cacher ?

– Malheureusement pas…

– On arrive au pont de Suresnes. Prenez le pont !

– Oui mais après ?

– Après, on irait au Vésinet. C'est chez moi…

– Ils ont votre adresse. Les gars du square de Choisy. Ils nous retrouveraient sans peine ! On verra la Milice patriotique du coin sonner à la porte…

– Non, Le Vésinet c'était l'adresse de mes parents, moi j'habite dans le quatorzième. Mais je ne pensais pas à notre maison…

Le pont est là, tout près. Sadorski hésite, puis il prend le virage, faisant encore crier les pneus.

Il appuie à fond sur l'accélérateur, le pied au plancher. On franchit en s'envolant presque l'immense tablier du pont vide de tout trafic. De l'autre côté, le chauffeur aperçoit les bâtiments de brique des usines du parfumeur Coty. Il les dépasse et fonce à travers la ville endormie, vire à gauche pour attaquer le boulevard de Versailles[1], la grande montée du mont Valérien.

– Vous pensiez à quoi, alors ?

– L'institution catholique des Fauvettes. C'est là que j'ai fait mes études… J'étais pensionnaire…

1. Aujourd'hui boulevard Henri-Sellier puis boulevard de la République.

Il s'esclaffe.

– Les bonnes sœurs vont nous héberger, en souvenir de leur gentille élève la petite Henriette Aubrais ? Non mais vous croyez au père Noël ?

– Vous avez une bonne mémoire des noms, monsieur... mais il n'y a plus de sœurs. L'établissement a fermé il y a quelques années... Les locaux sont abandonnés. On pourrait s'y réfugier, se reposer... Personne ne saura que nous sommes là.

Sadorski réfléchit.

– Votre baraque elle est pas déjà occupée par des clochards ? des vagabonds ?

– En juin dernier après le débarquement, lorsque j'y suis retournée avec Guy, la maison était vide. Mais encore assez confortable... Si l'on n'a pas peur des araignées. Il y a une trentaine de pièces, nous aurions chacun notre chambre... Et dans le jardin, un garage, vous pourrez y cacher la voiture. Dites, j'ai mal, voudriez-vous me détacher ?...

– Attendez, pas tout de suite. On va se garer dans un coin peinard et je vous libère. (Il tique soudain.) « Avec Guy » ? En juin dernier ? Je croyais que vous n'aviez pas vu votre frère depuis deux ans ? Et que cet été il se baladait entre Pamiers et Lyon *via* Valence, en fuite après avoir buté je ne sais combien de maquisards avec ses potes miliciens ?

Elle soupire.

– Je n'allais pas le raconter devant leur « tribunal ». Enfin, je ne suis pas idiote... Oui, quand Guy avait une permission il venait me voir. Plutôt que sa femme et sa belle-famille de Tarbes. Nous sommes extrêmement proches, lui et moi, depuis notre enfance... C'est mon petit frère chéri, en dépit de tous ses défauts... Et sa dernière permission à Paris remonte au milieu du mois de juin. Après, les trains ne circulaient plus.

– Où est-il maintenant ?

– Je ne sais pas. Vraiment, monsieur. Je n'ai pas eu de nouvelles après ce coup de téléphone au Val depuis Valence… Je suis très inquiète… Les miliciens, on les fusille, les lynche, les réduit en charpie, sans le moindre respect de la légalité ou de la justice… Ils sont presque automatiquement condamnés à mort par les cours martiales ou les tribunaux populaires. Et ceux qui ne le sont pas, la foule assiège les prisons pour les en sortir et les déchirer en morceaux… Tout ça parce qu'ils ont fait des mauvais choix, pour des erreurs de jeunesse…

La Citroën approche des hauteurs de Montretout. Pas d'autre véhicule en vue. Le pilote ralentit, il oblique à gauche en empruntant une rue qui redescend vers la station SNCF du Val-d'Or, en direction de Saint-Cloud. Sous les arbres, parmi ce qui ressemble à des jardins. Un coin paisible, surtout à cette heure. Sadorski cherche dans le lacis de petites rues en pente dont il ignore les noms. Il se gare au hasard dans l'obscurité et coupe le contact.

Dans la boîte à gants il découvre une torche électrique. Et un chiffon sale, des gants, une clé anglaise, un tournevis, une carte grise, un chargeur avec six cartouches de 7,65, un canif.

– Parfait. Faites voir vos poignets.

Il a ouvert en silence sa portière, contourne l'auto et rejoint la rescapée sur sa banquette. Après quelques minutes d'efforts les poignets sont libres. Le faisceau de la torche éclaire la peau striée de lignes rouges.

– Remuez bien les doigts et les mains. Vous avez mal ?

– Oui j'ai mal…

Sadorski lui masse légèrement les poignets. Quelques minutes s'écoulent, dans l'ombre tranquille de l'habitacle. Sa peau est très douce. Et il respire son parfum.

Le cœur du policier bat plus vite.

Mme de Laperouse est appuyée tout contre lui, il l'entend soupirer. De la main, Sadorski lui effleure la joue, sa joue enflée, repoussant les mèches de cheveux. Il ressent autant de tendresse, à ce moment, que d'excitation.

– Et là vous avez mal ?

– Encore, oui… J'ai mal partout… Ils m'ont tellement frappée…

L'homme se penche lentement vers son infirmière. C'est plus fort que lui : il faut qu'il approche ses lèvres de cette chair gonflée, dolente, de ce visage enlaidi mais doux. Elle ne bouge pas. Ne se dégage pas…

Il dépose de petits baisers, l'un après l'autre, sans précipitation, parcourant la joue, s'approchant peu à peu des lèvres grosses et meurtries.

La bouche ne s'écarte pas de la sienne. Il a l'impression qu'elle lui rend son baiser. Il retient son souffle. Leurs cœurs cognent très fort. De la main gauche, il lui caresse l'épaule. L'autre main descend le long de la bretelle de la combinaison, effleure le sein. Un sein volumineux et ferme, qui tient toutes ses promesses. Les doigts de Sadorski touchent le téton, relevé, durci. Elle n'a pas de soutien-gorge. On le lui aura pris à l'infirmerie du PC Fabien. Il continue de caresser la poitrine, lourde, qui tend le tissu soyeux de la combinaison. Mme de Laperouse gémit. Il murmure, son visage tout près du sien :

– Ma petite… ma petite douce… ma belle…

– Je ne suis pas belle… je suis défigurée…

– Non, non… tu vas aller mieux…

La main de Sadorski descend le long de la taille, retrousse le tissu bordé de dentelle, soulève la jambe, s'empare du pubis. Pas de culotte non plus, juste le porte-jarretelles. Les lèvres sont écartées, mouillées. On introduit facilement le doigt. Les gémissements, les soupirs de la jeune femme ajoutent à l'excitation de l'inspecteur. Il abaisse son pantalon, dégage sa verge raidie, l'introduit entre les cuisses ouvertes. Elle se cambre sur la banquette avec un petit cri. Sadorski la chevauche en ahanant. Il se répète qu'il est en train de calcer l'épouse d'un militaire vicomte, prisonnier au loin (bon débarras, pas la peine de revenir nous déranger) et, en dépit de cette figure tabassée martyrisée, une pin-up quand même de premier choix. Il se sent partagé, comme cela lui est arrivé souvent, entre violence et douceur. La violence sur les femmes, les Juives notamment, le fascine, et en même temps son plus grand désir est de fracasser la gueule de leurs tortionnaires à coups de marteau. C'est sa vision à lui de la chevalerie. Une vision un peu spéciale, mais il n'y peut rien. Son sexe va et vient, gonflé au maximum, elle halète, geint, grimace de douleur quand il donne des coups de boutoir. « Doucement... doucement... s'il vous plaît... Aïe... Aïe... Attention, vous me faites mal... » Mme de Laperouse pleurniche, la tête renversée, tandis que Sadorski lui souffle à l'oreille :

– Ma chérie, ma poulette, mon ange... Je te baise, je veux m'occuper de toi, te soigner... Je te protégerai, mon lapin d'amour... ma petite Henriette...

– Oui... Aïe, tu me fais mal... Mais appelle-moi « Rirette »...

– Ah... si tu veux. Je te protégerai ma Rirette...

– Aïe... Dis, dis : « Je te baise, ma petite Rirette, ma poupée chérie, je rêve à ton cul... »

Il obéit, prononce la phrase, pourquoi pas ? Plusieurs fois de suite. Le sexe de sa partenaire devient comme un lac. Cela le rend fou. Il sent la sève qui monte... il se mord les lèvres jusqu'au sang, pour durer encore. Et lui revient en mémoire, Dieu sait pourquoi, la blague radiophonique de Pierre Dac qui faisait tant rire Yvette... *Ce ne sont pas les enfants sur la banquette arrière qui font les accidents, mais bien les accidents sur la banquette arrière qui font les enfants*... Sadorski en a déjà fait un, de môme, par inadvertance, ça suffit. Les cocos ont peut-être déjà engrossé Mme de Laperouse à force de la violer. Ou peut-être non. Impossible de le savoir. Mais il ne veut pas que ça vienne de lui. Continuer de semer des moutards est contraire à sa morale…

Au tout dernier moment il se retire, d'une secousse. Le sperme gicle sur le ventre nu, sur le satin blanc de la combinaison. Elle a crié en jouissant. Puis gémi.

– Non, surtout ne t'en va pas… reviens, reste… reste…

Il s'appesantit sur elle. Tout en lui chuchotant ses petits mots gentils un peu ridicules, comme il le faisait à sa femme.

– On va se reposer… Je te conduirai à l'aube au Vésinet chez les sœurs… Tu as peut-être eu une bonne idée, après tout.

Il se débarrasse du veston – éclaboussé du sang du capitaine Gilbert – et l'en recouvre afin de la protéger du froid. Sadorski et sa compagne s'enlacent sur la banquette de la Citroën de l'institut George-Eastman. Ils s'efforcent de trouver la position la moins malaisée, ce qui prend un certain temps. La rue, les pentes du Val-d'Or autour d'eux, autour de la carrosserie noire immobile, sont calmes et obscures. Le policier est le premier à sombrer dans le sommeil.

Lorsqu'il ouvre les yeux, il fait plein jour. Clignant les paupières, ankylosé, des fourmillements dans ses membres douloureux, la langue pâteuse, Sadorski se redresse, arrachant un grognement de protestation à l'infirmière. La regardant, ahuri, il se demande s'il n'a pas rêvé tout cela.

Le départ du PC Fabien… Les deux tractions des bolchos… La traversée par les boulevards extérieurs la nuit… Le bois de Boulogne, les troufions américains… La Seine grise et plate et les taches bleues des becs de gaz trouant la brume. L'entrée de la passerelle de l'Avre…

Lauriane Richez, là-bas, le dos contre le mur. Un éclair puis le jet noir fusant de sa tempe…

Le crâne écrabouillé de Gilbert.

Mais Mme de Laperouse étendue sur la banquette, ses cuisses nues, ses cheveux ébouriffés, ses lèvres craquelées dans le visage gonflé qui paraissent ébaucher un sourire… C'est la preuve vivante que tout ce qu'il se rappelle de cette nuit est vrai.

Il pousse la portière, effectue quelques pas dans la rue où il fait encore un peu frisquet. Un franc soleil est monté assez haut dans le ciel au-dessus du Bassin parisien. Peut-être 10 heures du matin, déjà.

Plus loin en bas des pentes la Seine et, vers la rive opposée, quatre cadavres plongés sous ses eaux, retenus au fond par les pavés… Sadorski a déjà vu, au cours de sa carrière de flic, des corps ayant séjourné dans les canaux, les rivières – c'est ce qui donne les visions les plus monstrueuses. Plus le séjour est long et moins ils ont gardé une apparence humaine. Mais, avec cette lumière éclatante, et s'ils sont restés près du bord, peut-être des passants, ou des mariniers, les remarqueront-ils… Va savoir.

Le secteur est toujours aussi tranquille, envahi de verdure, des oiseaux gazouillent dans les branches. Des enfants jouent dans les allées d'un jardin public. Un bourgeois balade son chien. Il jette un coup d'œil interloqué aux chaussettes de Sadorski, puis à sa tête bandée, sa barbe en broussaille, et sa chemise débraillée.

Le caïd du Rayon juif l'ignore, levant le nez vers les indications municipales. On est à l'angle du chemin des Tourneroches et de la rue du Mont-Valérien. Quelque part donc entre Suresnes et Saint-Cloud. Il s'en va uriner, péniblement, derrière un arbre. Ce faisant il constate que ses mains sont maculées de sang séché. Celui du capitaine. Puis il retourne à l'auto. Et mémorise, par réflexe professionnel, le numéro de plaque : 9727 RN 6. Ensuite il se penche pour ouvrir le coffre.

Une mitraillette Sten. Et trois chargeurs. D'une trentaine de balles chacun.

Derrière le PM et ses munitions, une valise en cuir noir. Fermée à clé. Sadorski regagne l'avant de la « 11 légère », récupère le canif qu'il avait balancé sur le siège. En deux coups de lame les serrures cèdent.

À l'intérieur, des liasses de billets verts impeccablement rangées. C'est la première fois qu'il en voit, de ces billets spéciaux dont les Forces américaines ont inondé les zones libérées, au risque de précipiter l'inflation. Ils ne portent pas le cachet du Trésor public mais servent néanmoins de valeur d'échange. Ce paquet de talbins peut donc représenter une petite fortune. Ayant vérifié d'un coup d'œil par-dessus son épaule que nul ne s'intéresse à ses activités, Sadorski compte rapidement les liasses. Pour le détail on verra plus tard. À l'institution des Fauvettes du Vésinet…

Il trouve aussi, relégués au fond du coffre, un paquet à peine entamé de Lucky Strike et un briquet.

Allumant la première tige et inhalant sa fumée sucrée, il médite sur sa chance soudaine et insolente, ce formidable basculement de fortune.

La liberté, la vie sauve, une convalescence peinarde en odeur de sainteté dans une baraque de trente pièces, à partager avec une belle fille provisoirement un peu abîmée dont il vient de sauver les miches, et qui peut continuer à lui témoigner toute sa reconnaissance. Et une bagnole, un réservoir d'essence presque entièrement rempli, des armes et une valise renfermant 250 000 francs américains en petites coupures.

Vraiment, que demande le peuple ?

II

DES LENDEMAINS QUI CHANTENT

NOTICE INDIVIDUELLE

Nom - Prénoms SADORSKI Léon René Octave

Date et lieu de naissance Né le 10-8-1900 à Sfax (Tunisie)

Situation de famille Marié. 1 enfant (1 an)

Situation administrative

Inspecteur stagiaire le 14-12-1920

Inspecteur titulaire le 18-1-1922

Suspendu le 18-4-1934

Réintégré le 1-10-1939

Délégué dans les fonctions de brigadier-chef le 26-2-1940

Inspecteur principal adjoint le 23-1-1941

Actuellement Révoqué sans pension à dater du 29-9-1944

Manière de servir

Très bon gradé, bonne volonté évidente, rempli de passion pour son métier. Montre un zèle infatigable, déploie un travail intensif et fait preuve d'initiative (parfois un peu trop). Bon connaisseur de la population juive du département de la Seine. Peut faire un inspecteur principal. Notes pour 1941 et 1942 : 16, 17.

Distinctions honorifiques
Médaille militaire
Croix de guerre 1914-1918
Médaille de dévouement, de bronze
Médaille de dévouement, d'argent.

Gratifications 250 francs le 2-6-1942

RÉSUMÉ DES FAITS AYANT MOTIVÉ SA COMPARUTION DEVANT LA COMMISSION D'ÉPURATION

- Collaborateur notoire, accusé d'avoir opéré de très nombreuses arrestations de patriotes et de juifs, dont beaucoup ont été fusillés ou déportés. Travaillait en étroite collaboration avec la police allemande, et fréquentait les membres de la Gestapo.

AVIS DE LA COMMISSION D'ÉPURATION ET SANCTION

« Attendu que SADORSKI fait défaut, qu'il a
« dirigé le Rayon juif au sein de la 3° section
« des Renseignements généraux, qu'il est en
« fuite, la Commission propose sa révocation,
« sans pension, la transmission du dossier au
« Parquet et la recherche de l'intéressé
« en vue de son arrestation. »

Conclusions approuvées par M. le Préfet de Police.

Révoqué sans pension à dater du 29 septembre 1944.

16

La famille poulaga

Le n° 105 de la rue d'Alésia, dans le quatorzième arrondissement, est un immeuble banal de quatre étages, assez ancien, doté à son rez-de-chaussée d'une grande pharmacie qui jouxte l'entrée principale. *PHARMACIE D'ALÉSIA – ORDONNANCES ET ANALYSES – PRIX RÉDUITS – ACCESSOIRES ORTHOPÉDIQUES, BANDAGES HERNIAIRES.* Il est bientôt 7 heures du soir, le magasin va fermer, les employés en blouse blanche servent les derniers clients. Plus loin dans la rue, des queues interminables s'étirent devant une boucherie, une épicerie et une boulangerie. Comme on est resté à l'heure d'été allemande, en attendant le passage à celle d'hiver au début du mois prochain, il fait encore clair sur la capitale. Mais en ce dernier jour de septembre un vent froid balaie la rue d'ouest en est, les citadins frissonnent et l'on a ressorti des armoires les manteaux et les fourrures. Les journées chaudes et glorieuses de la Libération ne sont plus qu'un souvenir.

Sur le trottoir d'en face, un ecclésiastique court et trapu, porteur d'une serviette usée en cuir marron, observe les allées et venues devant l'immeuble. L'homme a les cheveux blancs coupés en brosse, une moustache grisonnante à poils courts taillée à la Hitler mais un peu plus large, des lunettes foncées à monture d'écaille. Sa soutane noire élimée lui descend jusqu'aux semelles. Il arpente le trottoir à une allure de flânerie tout en regardant souvent du côté de la place et du métro. Lorsqu'un quinquagénaire à forte carrure, au visage grêlé, habillé d'une gabardine beige et coiffé d'un feutre mou gris foncé à bande noire – à cent mètres on l'identifie comme un policier en civil – approche de la pharmacie en ralentissant le pas, le prêtre se fige, avant de jeter un coup d'œil à droite et à gauche puis de traverser la rue.

Le malabar au chapeau vient de pousser la porte du 105 pour disparaître à l'intérieur.

L'autre patiente encore, feint de contempler la vitrine, ses potions et ses mannequins orthopédiques, puis à son tour il pénètre dans l'immeuble. La concierge, qui arrosait ses plantes grasses dans la pénombre du hall d'entrée, lui lance un regard malveillant.

– Vous avez pas lu sur la porte ? Quêteurs et représentants sont interdits.

– Mais je ne viens pas faire la quête, chère madame. Je rends visite à de vieux amis, M. et Mme Piazza. Il m'a semblé d'ailleurs que…

– Ah. M. Piazza est rentré tout juste. Troisième étage droite.

– Je vous remercie. Que Dieu vous bénisse ma chère madame…

Il n'y a jamais eu d'ascenseur, dans ce bâtiment des plus modestes, et même s'il y en avait le courant n'est pas encore rétabli. Le visiteur, suivi par les petits yeux suspicieux de la gardienne, emprunte l'escalier, où les barres de cuivre mal vissées peinent à retenir un tapis rouge à motif de fleurs semé de taches noirâtres. Au troisième étage, il sonne à la porte de droite. Des pas résonnent de l'autre côté, on devine une présence, un œil collé au judas.

– Qu'est-ce que c'est ?

Une voix féminine, qui ajoute :

– Si c'est la quête on a déjà donné.

– Même pour les orphelins de la police ? Je désire parler à l'inspecteur Piazza. Et à son épouse Odile… J'apporte un petit cadeau.

Après un silence surpris, le battant s'entrouvre.

– Monsieur ?… Euh, mon père ?

La vendeuse de la Samaritaine est toujours aussi décharnée et moche. Une odeur d'oignons brûlés flotte dans l'appartement. L'ecclésiastique sourit.

– Jacques est là ? Il m'a semblé le voir entrer il y a une minute…

– Euh, oui, je vous en prie… Si vous mettez les patins c'est mieux.

En chemise kaki et bretelles, col déboutonné et cravate desserrée, la silhouette massive de l'inspecteur Piazza vient remplir l'embrasure de la porte du salon-salle à manger. Déconcerté autant que sa femme par l'intrusion du personnage à petite moustache et lunettes d'aveugle.

– Oui, c'est pour quoi ?

– Alors Jacques… on ne reconnaît plus son brigadier-chef ? Et vous, Odile, j'étais pourtant témoin à vos noces…

Le couple locataire de l'appartement du troisième semble littéralement frappé par la foudre. Deux figures du musée Grévin dans le clair-obscur de leur vestibule. Tout comme à la salle de projection du square de Choisy, on entendrait voler une mouche.

– Bon, si on passait au salon ? propose Sadorski, rompant le silence pétrifié. Je mets les patins. Vous avez raison Odile, c'est plus propre. Votre parquet brillant, quelle splendeur…

Son ancien subordonné bégaye :

– Ça… ça alors… Ça alors… Bon Dieu… patron, si je m'imaginais…

Odile Piazza marmonne, très secouée :

– Oh mon Dieu, mon Dieu… Ah là là…

L'époux est le premier à se ressaisir. Avec ses intonations méridionales :

– Ha, chef... Ha ! vous êtes fameusement chanstiqué[1]... vous nous avez bien eus ! Pourtant j'suis du métier ! Vite entrez, entrez... Odile, apporte des verres... Cognac, Cointreau ? Suze ? Vous restez dîner ?... N'est-ce pas, qu'il peut, ma chérie ? On mettra les petits plats dans les grands...

– Tu n'aurais pas une bonne bière, Jacques ? Belge, si possible...

– Si, bien sûr. Allez, moi aussi ! Ah, quand René va apprendre ça...

– Gaffe quand même, corrige Sadorski. Tu as l'autorisation de le dire à Magne, mais pas aux autres...

Il s'assied sans façons sur le canapé. Son hôte dégage précipitamment journaux et revues encombrant la table basse. *Le Parisien libéré*, *Le Populaire*, *Défense de la France*, *L'Humanité*. Et *Notre cœur* et *Modes & Travaux*. Seuls ces derniers ont toujours fait partie des lectures des Piazza, surtout d'Odile, naturellement. La dernière fois que l'IPA est venu avec Yvette dîner rue d'Alésia, il y a un an environ, la presse était représentée plutôt par les collaborationnistes *Paris-Soir*, *Le Petit Parisien*, *La Semaine*, sans compter, pour les langues étrangères, le magazine allemand *Signal*.

Mme Piazza apporte un plateau avec des verres et une bouteille de Westmalle de taille conséquente.

L'invité ouvre sa serviette, pour en extraire deux objets enveloppés dans du papier journal.

– Tenez, j'ai apporté du sauciflard. Et une boîte d'œufs.

– Comment vous les avez eus, monsieur Sadorski ?

– Ça doit être duraille, sans carte d'alimentation ? s'étonne lui aussi Piazza. Enfin, je suppose...

1. Expression policière : changer d'aspect physique, se déguiser.

– Produits de la ferme, sourit son ex-brigadier. À Noisy-le-Roi, un bled un peu après Marly. J'ai noué des relations avec les indigènes… Une chose qui n'a pas changé depuis qu'on est libérés : le paysan bouffe toujours mieux que le citadin ! Et il s'emmerde pas avec les réglementations à la con…

– Vous êtes planqué où ?

– Tu l'apprendras en temps et en heure. Ou jamais, peut-être. Moins on en sait, mieux ça vaut, parfois…

– Mais comment vous êtes-vous démerdé ? On vous croyait fusillé. Ou parti chez Franco ou chez les Boches !

– J'ai été arrêté par les cocos, je me suis évadé. C'est tout ce que tu as besoin de savoir pour l'instant.

Piazza a décapsulé la bouteille, il remplit leurs verres jusqu'à ce que l'écume déborde. Odile s'est rendue à la cuisine avec le saucisson et les œufs. En attendant l'affaissement de sa mousse, le gros flic observe :

– Y a pas que la campagne, chef, à Paris aussi les malins se débrouillent. Tenez, une combine dont j'ai entendu parler : des camions du ministère de la Marine effectuent régulièrement le trajet Paris-Cherbourg. Au retour, les chauffeurs font la tournée des fermes de la région, allez hop, on embarque poulets, lapins, canards, beurre, fromage, huile, eau-de-vie, etc., sans risque aucun car les véhicules relèvent de l'autorité militaire. Ni vu ni connu ! Tout ça est réparti ensuite chez des gros trafiquants de banlieue, ils en revendent une partie à des intermédiaires, gardent le reste comme produit d'échange. Le beurre entre-temps aura monté de son prix légal de 80 francs le kilo, à 800 ou 900 francs ! Et dans *L'Huma*, regardez, page deux : « Passez un soir vers minuit, dans les rues Notre-Dame-de-Lorette, Victor-Massé, Pigalle ou Blanche : vous n'aurez pas perdu votre temps car vous y verrez des choses étonnantes. Vous pourrez constater, par exemple, que plusieurs dizaines de voitures (dont la propriété ne peut même pas être attribuée aux troupes alliées) s'alignent en file indienne le long des trottoirs. Vous ne vous demanderez pas où sont les occupants, nous vous l'indiquons : ils mangent, ils boivent, ils dansent jusqu'au petit jour dans les boîtes de nuit du coin… » Et l'ex-maire du premier arrondissement, Chédeville, charcutier en gros et mandataire aux Halles, qui réservait 90 pour 100 de sa production aux grands hôtels réquisitionnés par les Boches, et en plus tripatouillait dans les deniers de la mairie, eh bien on l'a relâché le 23 septembre… Bref, le marché noir a encore de beaux jours devant lui en France !

– Tu achètes *L'Humanité*, maintenant ?

Le questionné sourit avec embarras.

– C'est Quéau et Vilfeu qui m'ont recommandé de lire la presse, et en particulier ce canard-là, hein… Faut qu'on s'adapte au nouveau vocabulaire. Pour pas dire trop de conneries le jour où on passera devant la Commission d'épuration !

– Je croyais que toi et Magne étiez membres de Honneur de la police ? Que vous aviez défendu héroïquement la caserne pendant l'insurrection de Paris ?

– Si, même que René a été blessé, ça jouera en sa faveur… quoique en réalité, il s'est tordu la cheville en se pétant la gueule dans l'escalier H alors qu'un char boche nous tirait dessus… Mais il a réussi à faire homologuer ça comme « blessure reçue au combat contre les nazis » ! (Tous les deux se marrent avant de trinquer.) À la bonne vôtre, patron ! Je suis heureux de vous revoir ! Mais cette Commission d'épuration, avec René on va pas y couper non plus malgré nos brevets de poulets résistants ! Les RG étaient trop mouillés dans la répression, vous comprenez, les Brigades spéciales et tout ça. Sans compter la chasse aux youpins – enfin là on nous emmerdera moins, je pense… Ce qui fait vraiment chier, remarquez, c'est qu'il y avait pas mal de cocos parmi eux ! ou de zèbres qu'on avait déclarés cocos sur leur fiche d'arrestation et qui, pour cette raison, ont fini otages fusillés au mont Valérien !... Et puis si on saque des gens ça créera beaucoup de places libres, où les marxistes vont se précipiter. Noyauter une direction comme la nôtre, qui est faite pour renseigner le gouvernement sur ce qui se passe, c'est utile, en politique... Euh, c'est Vilfeu qui me l'a expliqué, moi j'y aurais pas songé tout seul !

– Lesquels ont le plus d'emmerdes, chez nous ?

– Le grand patron M. Rottée, en fuite. Pareil pour les commissaires Hénoque et Labaume. On a arrêté notre taulier de la 3ᵉ, M. Bizoire, tout le monde est d'avis qu'il sera fusillé... La majorité des BS sont enfermés à Fresnes et on donne pas cher de leur peau. L'autre jour des types sont venus embarquer Cormier à la 5ᵉ, je sais pas pourquoi, paraît qu'il y a eu une dénonciation... Les rapporteurs pour la commission ont interrogé aussi l'IPT[1] Martz, mais comme il a joué sur les deux tableaux et se prétend un grand résistant, ça pourrait aller pour lui... En revanche les ordres venus d'en haut encouragent nettement la délation. Le nouveau préfet, M. Luizet, a envoyé une note à tous les services, j'ai jamais vu un truc pareil : « Désormais tous les rapports d'inspecteur ayant trait à des faits politiques seront dactylographiés *sans qu'aucune référence soit produite, l'original étant remis à son auteur pour qu'il soit détruit.* Tout rapport transmis au ministre de l'Intérieur ou à tout autre organisme officiel le sera sous forme de note impersonnelle sans indication d'origine. » Merde ! moi ça m'fout les chocottes... N'importe quel collègue peut me dénoncer en inventant des conneries ! Sans qu'on sache qui c'est le dénonciateur ! D'ailleurs dénoncer devient quasi obligatoire. Dans le onzième, j'ai vu un tract des Milices patriotiques informant concierges, gardiens et hôteliers « qu'ils

1. Inspecteur principal technique.

sont responsables de l'ordre dans l'immeuble dont ils ont la garde ; et seront passibles de sanctions pouvant aller jusqu'à la peine de mort s'ils ne dénoncent pas les individus ayant appartenu à des organisations antipatriotiques – LVF, Milice de Vichy, RNP, PPF, Francisme, Front social du travail – habitant ou ayant habité dans leurs immeubles... » (Piazza regarde soudain Sadorski curieusement.) Euh, faites excuse, chef, mais votre œil, là... vous avez été blessé ?

L'ecclésiastique retire ses lunettes de soleil. Son ancien subordonné étouffe une exclamation.

– Ah, merde, alors ! Vous y voyez plus de l'œil droit ?

– Non. J'ai plus d'œil, donc forcément. Le populo enragé, le 26 août, ils ont cru que j'étais des Brigades spéciales. Lors de ma première arrestation. Faut que je dégote un toubib et qu'il me colle un œil de verre... Ça peut attendre un peu.

– Ah merde, répète Piazza. J'suis vraiment désolé...

– J'ai perdu plus grave que mon œil, Jacques. As-tu des nouvelles de ma femme ?

– Ah. Non, enfin, pas récentes. Je sais qu'on l'a gardée quelques jours au Dépôt, après ça ils l'ont transférée à Drancy. Elle y est peut-être encore...

La maîtresse de maison, revenue dans la pièce dresser la table, ajoute sur un ton apitoyé :

– Cette pauvre Yvette... j'espère qu'elle sortira bientôt ! Qu'est-ce qu'ils peuvent trouver à lui reprocher, à la malheureuse ?... d'être mariée avec vous ? Moi je suis bien mariée avec mon Jacquot et personne s'est pointé pour nous faire des ennuis...

Le susnommé fait remarquer, levant l'index :

– De nos jours, il faut entretenir de bons rapports avec sa bignole et son voisin ! C'est es-sen-tiel ! Sinon *tout* peut arriver... et personne viendra à votre secours ! Ils ont tous trop peur... Les PTT transmettent encore plus de courrier anonyme qu'au temps du Maréchal !

– La concierge d'en face, elle a dénoncé un de ses jeunes locataires, soi-disant qu'il portait un uniforme bleu sous l'occupation. On l'a arrêté illico comme milicien et on l'a plus revu, il doit moisir à Drancy lui aussi, à moins qu'on l'ait fusillé… Alors que je sais, moi, je lui ai parlé un jour ! un brave garçon qui était tout simplement élève pilote dans l'armée de l'air ! Où l'uniforme il est bleu également…

– J'ai un compte à régler avec la mienne, de concepige, grince Sadorski.

Son collègue n'a pas entendu :

– Tillon est ministre de l'Air, il pourrait peut-être diligenter une enquête…

– Tu rigoles mais c'est pas drôle, riposte Odile. J'ai peur qu'il va y avoir encore beaucoup plus d'innocents, dans tout ce nettoyage !… En tout cas c'est la preuve qu'il faut jamais faire de politique ni donner l'impression qu'on en fait… L'heure des vengeances a sonné, et comme dit mon père : « Le peuple ne plaisante pas, sa colère est terrible, surtout qu'il est aussi bien versatile ! »

– Ton dabe est la sagesse même, déclare Piazza, histoire de caresser madame dans le sens du poil. C'est un fin connaisseur de la race humaine !

Elle opine, allumant des bougies sur les chandeliers car le jour baisse. Le mari soupire.

– Vivement qu'ils nous remettent le courant toute la journée ! Là faut qu'on attende 22 heures… Et ça recoupe à 7 heures du matin, bordel de merde. Rien ne s'est amélioré depuis que les Fritz ont foutu le camp ! Mais dites-moi, chef : qu'est-ce que vous comptez faire ? Quitter le pays ?

Sadorski secoue la tête, l'air sombre.

– Tant que j'ai pas retrouvé Yvette, pas question.

Mme Piazza y va de son commentaire ému :

– Ah c'est beau, ça, monsieur Sadorski ! Tu as entendu, Jacques ?

– Ouais, c'est beau. Mais vous la retrouverez !

– Je ne sais pas. Dites, Odile, depuis le temps, appelez-moi « Léon »… S'il vous plaît !

– J'y arriverai jamais, vous m'impressionnez… Ce doit être que je me souviens encore de quand vous nous avez interpellées dans le métro, cette pauvre Germaine[1] et moi !

– C'est grâce à ça qu'on s'est connus, signale Piazza. Donc plutôt un bon souvenir ma Didile ! Alors, tu ferais mieux de t'occuper de la bouffe. Tes oignons ils sentent déjà le cramé. Le patron et moi on a à causer. Entre hommes !… N'oublie pas, tu n'as pas encore le droit de vote !

Elle ne se fait pas prier, retourne à ses champignons farcis et à ses croquettes de restes de poisson, tandis que l'inspecteur spécial écluse sa bière. Sadorski repose la sienne – pas suffisamment fraîche, mais les réfrigérateurs ne peuvent fonctionner sans l'aide du courant électrique – et en vient aux choses sérieuses.

– Je vais avoir besoin de toi, Jacques.

– Oh, je m'en doutais un peu. Tout ce que vous voudrez…

Le sollicité promet mais paraît inquiet. Des petites gouttes de sueur coulent sur son front bas et large, il se tortille inconfortablement au bord du fauteuil, attendant la suite.

– Je veux des faux fafs, d'abord. Une carte d'identité et un permis de conduire. J'ai déniché une carte de résistant mais je suis à la merci d'un contrôle, j'aime pas ça. Et pour le moment je me déplace pas trop en bagnole, bien que j'en aie une et de l'essence. Il me faudrait plusieurs documents qui correspondent entre eux. La soutane donne l'air respectable mais on sait jamais… En plus, les

1. Voir *Sadorski et l'ange du péché*.

bolchos et la religion, ça fait deux ! En Espagne les curés ils les fusillaient juste pour le plaisir…

– Et les anarchos déterraient les nonnes, se rappelle Piazza. Ah les salopards ! (Puis il réfléchit, se grattant la tête.) Les faux fafs, oui, je pige, mais c'est pas si facile…

– Vous avez pas un service des faux papiers, à Honneur de la police ? Qui fasse des cartes d'identité ?

– Oh, si, bien sûr. Identité, travail, alimentation… Le grand faussaire chez nous c'est l'inspecteur Nédélec, il assistait les inspecteurs Guillaume et Piednoir. Tout son matériel est entreposé au « poulailler », près de l'usine Gnome et Rhône : cachets volés, certificats de travail en blanc, cartons imprimés en banlieue, etc. Des belles fausses cartes ont été faites pour les chefs du mouvement afin de leur assurer la tranquillité absolue. La plupart sont enregistrées dans les commissariats, puisqu'on peut vérifier sur les registres de naissance d'état civil…

– Moi faudrait me mettre natif d'Oradour-sur-Glane. Double avantage à ça : un, la mairie a dû partir en fumée avec ses archives, alors vérification impossible ; deux, c'est à côté de Limoges où est née Yvette. Je compte prendre comme patronyme « Réquillard », son nom de jeune fille, et me faire passer pour son frère aîné. Ça peut s'avérer utile si je dois la rencontrer au parloir, ou rechercher des informations la concernant…

L'inspecteur ouvre la bouche, admiratif.

– Ah oui, excellente idée, patron ! (Puis il se renfrogne.) Seulement, y a deux hic. Primo, à présent que les Chleuhs sont partis, qu'on ne fait plus la chasse aux résistants ou aux réfractaires, Honneur de la police a plus tellement besoin de faux papiers dans le département de la Seine. Ça risque de faire louche, cette demande. Et deuzio, vu le contexte, va falloir arroser le collègue à qui je vais réclamer ça. Et cher. Je vois pas d'aut' moyen… Personnellement je ne bosse pas du tout dans ce service, ni à l'époque ni maintenant.

– Le fric n'est pas un problème, sourit Sadorski. Je n'ai pas apporté que du saucisson dans mon cartable…

Il extrait une enveloppe contenant la liasse de billets préparée avant de venir, dans sa chambre du pensionnat des Fauvettes, au Vésinet. Chambre qu'il occupe depuis bientôt trois semaines avec Henriette de Laperouse… l'épisode de la banquette arrière s'étant renouvelé de nombreuses fois mais sur un lit des plus confortables, celui de mère Sainte-Hélène, l'ancienne directrice de l'établissement.

– Voilà, vingt mille balles… en francs US, mais ça marche aussi. Tu pourras prélever ta commission si tu veux. Je t'ai mis deux photos de ma tronche et les indications à porter sur les documents, adresse, date de naissance et *tutti quanti*…

Les yeux de l'Italien grêlé se sont arrondis de stupéfaction en contemplant les coupures.

– Mazette !

– Tu penses que ça suffira ?

– Ben en tout cas on va essayer.

– S'il faut une rallonge, tu n'as qu'à me dire. Je suis en fonds actuellement.

Après un instant d'hésitation, Piazza se lève pour aller glisser l'enveloppe dans un tiroir de son buffet Henri II. Refermant le meuble, les sourcils froncés :

– Et vous disiez, patron, que vous avez déjà une attestation comme quoi vous étiez résistant ?

– Dès que j'ai pu, j'ai pris rendez-vous avec Eggenberger. Tu te souviens, l'interprète du SD, qui logeait à l'hôtel des Deux-Mondes ? Il est resté en ville, chez son amie Marthe Richard, avenue du Général-Clavery dans le seizième… Je me suis rappelé qu'il m'avait parlé de monter une combine, avec elle et un mouvement de Résistance… Afin d'alimenter leurs caisses, les types imprimaient des cartes vierges de l'organisation, signées et tamponnées, à présent ils les vendent aux collabos qui ont besoin urgemment d'une couverture. Ça m'a coûté bonbon, car Eggenberger et son aviatrice se prennent un pourcentage comac. Le salopard de Suisse m'avait pourtant promis un prix d'ami !

– On en voit de gratinées de nos jours, philosophe l'inspecteur en se rasseyant. C'est drôle que vous me causiez de Honneur de la police. Ce mouvement fait la pluie et le beau temps à la préfecture ! Alors que – entre nous, chef – il est financé par Monsieur Jo. Oui, le ferrailleur kasher ! qui a fait fortune grâce aux Boches !

– Je suis au courant, Jacques. Parce que Magne m'en avait touché deux mots, au mois d'août, quand il m'a informé que toi et lui comptiez vous inscrire…

– Oui, et on a bien fait ! C'est devenu le mouvement le plus important chez nous, ça a vite dépassé le Front national, ou Police et Patrie… Et durant l'insurrection, à la caserne, on a vu débarquer Joseph Joinovici avec des camions d'armes, fusils, grenades, mitraillettes… Sans le youpin on aurait vite été à court de munitions.

– Des armes de parachutage ?

– Exact. Monsieur Jo les avait rachetées à Lafont et à la Carlingue de la rue Lauriston… Très très cher, mais comme le gars est riche à milliards !… Pour lui ça valait le coup, car autrement, ses trafics de métaux non ferreux avec le Reich auraient dû lui valoir aujourd'hui le poteau et les douze pruneaux dans la peau… Maintenant il fournit la PP en tractions avant ! C'est notre bienfaiteur… Le préfet gaulliste Luizet et son adjoint Pisani lui bouffent dans la main… Même s'il s'est fait serrer il y a trois semaines à cause d'une carte de la Gestapo qu'il gardait bêtement sur lui, je vous fiche mon billet que Joino ne tardera pas à sortir de taule, avec le sourire jusqu'aux oreilles ! D'ailleurs on l'a écroué à la Santuche plutôt qu'à Fresnes avec les collabos, un bon signe pour lui. (Piazza baisse instinctivement la voix.) Mais derrière tout ça, y a une très sale histoire. Au début c'était un petit groupe qui s'appelait l'Armée volontaire, ou des volontaires, je sais pas j'en faisais pas partie, naturellement ! En décembre 43 les dirigeants du mouvement, devenu Honneur de la police, se sont donné rendez-vous à la brasserie Zimmer, place du Châtelet. La brasserie a été cernée, on les avait vendus. Les gars chargés de la sauterie étaient apparemment des malfrats de la bande à Lafont. Pour eux, arrêter des poulets, une aubaine, ça a dû les faire reluire ! Bref, tout le monde a fini fusillé ou déporté, comme le commissaire Porte et le commissaire Dubent, un des fondateurs. Il n'est resté que les sous-fifres en activité. Un brigadier, Fournet, et une hirondelle[1], Piednoir. Eh bien figurez-vous, ce sont eux les nouveaux chefs de Honneur de la police, et les hommes de main de Joinovici ! Des vrais caïds ! Avec une armée de collègues autour, qui protègent le gros youtre et vont intimider tous ceux qui lui chercheraient des emmerdes. Fournet a été nommé commissaire divisionnaire, et Piednoir inspecteur principal ! Alors que tous deux, faites excuse patron, mais intellectuellement parlant ils ont même pas le niveau de René et moi ! C'est dire !

Sadorski réfléchit.

– Tu penses que Joinovici avait quelque chose à voir avec les arrestations place du Châtelet ?

– J'en sais rien, mais c'est ce qu'on chuchote… S'il était pote avec Monsieur Henri et la rue Lauriston c'est pas pour des prunes ! Et c'était plus facile pour lui et les cocos, car ils sont derrière, de gonfler ensuite Honneur de la police pour servir leurs propres intérêts, sans des gêneurs ou des types honnêtes comme Dubent, Turgné ou autres… Fournet et Piednoir, eux, feront tout ce qu'on leur ordonnera…

– Dis-moi, Jacques, tu as trouvé ça tout seul ?

1. Simple agent à bicyclette.

– Hein ? Euh, non, à vrai dire c'est Quéau qui m'a tuyauté. Lui et Vilfeu ce sont les plus futés à la section, vous savez bien…

Le policier ressert de la trappiste à son ancien chef. Celui-ci acquiesce, il est du même avis concernant les capacités de ses hommes. Quant à l'histoire de Joinovici elle est intéressante mais n'a pas de rapport avec ses besoins immédiats.

– Il me faudrait deux ou trois brassards FFI.

– Sans problème. On en a plein les bureaux, à la Cité ! C'est d'ailleurs Monsieur Jo qui les a fait fabriquer en masse, au début de la bagarre…

– Eh bien apporte-m'en la prochaine fois qu'on se voit. J'ai songé à toi également pour du boulot. Une filoche.

Piazza le dévisage avec incompréhension.

– Mais vous n'êtes plus à la PP, patron… ils sont partis pour vous révoquer, ou pire.

– Et alors ? Je te paierai. Un petit – ou même un gros – appoint à ton salaire et à celui d'Odile, ce ne serait pas à négliger, je devine. À moins que l'administration vous ait augmentés, à la direction des Renseignements généraux et des Jeux ?

L'autre sourit, mais toujours inquiet.

– Oh non, l'augmentation, c'est pas prévu tout de suite… On parle plutôt de cérémonie, de médailles, mais ça, ça leur coûte pas un rond ! Vous souhaitez filocher qui ?

– Une femme. Une résistante FTP. Je ne connais que son prénom, Régine. Elle est dactylo à l'état-major du colonel André, l'immeuble protégé par des sacs de sable et des mitrailleuses, au coin de la rue du Helder et du boulevard des Italiens… Je pourrais y aller moi-même, mais je préfère pas. La fréquentation des cocos est mauvaise pour ma santé. Ils me recherchent et ils ont obligatoirement mon signalement. L'œil qui manque, ou les lunettes noires, ça se remarque et c'est impossible à chanstiquer une fois que les gars m'auront mis le grappin dessus… Faux fafs et brassard ou pas. Et si eux me chopent, après ce qui s'est produit lors de mon évasion, ils me dessoudent direct, ça fait pas un pli.

– Mmm, ouais, je pige. Mais… moi aussi j'aurais du mal à entrer là-bas, faut montrer patte blanche !

– Personne te demande de pénétrer chez les bolchos, Jacques. Tu vas planquer dehors. La nénette est très reconnaissable. Elle porte une minerve de cuir, un corset aussi j'ai eu l'impression, et se déplace avec des béquilles… Suite aux tortures qu'elle aurait subies chez les poulets en région Nord, à ce que j'ai entendu.

– Attendez, je note…

Piazza a pris son calepin. Et continue de transpirer.

– Cheveux châtain foncé, poursuit Sadorski. De longueur moyenne, frisés ou bouclés, je me souviens pas exactement. Taille : 1,60 mètre environ. Visage ovale, nez droit, traits réguliers, ordinaires. Ni jolie ni laide. Yeux noisette il me semble. Âge : vingt-cinq ans ou un peu plus. Renseigne-toi dans le quartier, elle ne passe sans doute pas inaperçue. Tâche de savoir à quelle heure elle débauche. Si elle a des horaires fixes, ce qui n'est pas sûr… Quand je l'ai rencontrée là-bas c'était en pleine nuit. Bref, dès qu'elle sort de l'immeuble tu la files et tu la loges. Ensuite j'assurerai le relais…

– Euh… ça m'embête de vous dire ça, chef, mais je doute que ce soit possible… On est débordés, à la caserne ! Je peux pas prendre un jour de congé… Et René pareil, il trouverait pas un moment de libre…

Sadorski grommelle un juron. Son ex-collègue secoue sa large tête, l'air confus. On entend Odile qui s'affaire à ses fourneaux. L'odeur de brûlé persiste. Piazza se racle visiblement la cervelle, sans résultat.

Le faux ecclésiastique allume une gauloise. Soufflant la fumée :

– Je ne vois pas qui d'autre à qui je peux demander…

Quéau, Vilfeu, Kaiser, ce sont des bons flics mais je me méfie. Si trop de collègues sont au courant je finirai par me faire épingler. En plus ils m'aiment pas trop, et ça a pas dû s'arranger depuis le changement de régime…

– Ouais… Pff, c'est délicat… Ah, merde.

– Tu l'as dit, Jacques.

– Euh… y aurait bien… il a tout ce qu'il faut comme loisirs, lui…

– Qui ça ?

– Cuvelier.

– Hein ? Je croyais qu'il était clamecé. Ou quasiment. À la Maison de santé du gardien de la paix, dans un état désespéré[1]…

– Oh ! il a fini par se remettre. C'est du pot, parce que trois balles dans le buffet… Il est rentré à Colombes ça fait au moins quinze jours. Magne et moi on lui a rendu visite, il se fait chier chez bobonne et les mômes, le turbin ça lui manque ! Il reprend pas avant novembre, avec son interruption de travail…

– Hum. Et tu crois qu'il accepterait ?

– Sûrement ! En plus si y a du fric à la clé…

C'est un peu cela qui tempère l'enthousiasme de Sadorski. L'inspecteur spécial Joseph Cuvelier, avec qui il a mené de nombreuses opérations, officielles et non officielles, y compris quelques chantages, est un policier particulièrement malhonnête. Et d'une intelligence toute relative. Par contre, plutôt rusé. Mais pas autant que lui-même…

– D'accord, Jacques. Tu pourras lui expliquer ?

– Mais oui, chef ! On rétablit lundi le téléphone avec les départements de banlieue, je l'appellerai d'ici le matin et lui filerai rencard dans un bistrot à côté de la préfecture… Ça lui rappellera le bon vieux temps !

1. Voir *L'inspecteur Sadorski libère Paris.*

17

Rirette

Au bout du compte, et comme il l'espérait, le fugitif est resté coucher chez les Piazza. Sur le canapé du salon avec un oreiller et une couverture. Sadorski avait prévenu Henriette qu'il ne rentrerait peut-être pas le jour même au Vésinet. Ce 1er octobre est un dimanche, ni Jacques ni Odile ne travaillent, mais leur hôte préfère ne pas s'imposer davantage. Ils paraissent infiniment soulagés lorsqu'il s'en va. De nos jours, héberger un collabo et futur fusillé, c'est prendre une option pour l'accompagner au poteau. Du mauvais côté des fusils. Or l'inspecteur spécial des RG et la vendeuse du rayon parfums de la Samaritaine entendent conserver leur réputation de bons Français et rester en vie. Sadorski ne leur en veut pas, il comprend. Heureux déjà que son ancien équipier ait accepté de lui filer un coup de main…

La concierge regarde passer le prêtre avec une expression aussi soupçonneuse que la veille sinon plus. Il sort sur le trottoir sud de la rue d'Alésia, jette un coup d'œil nerveux alentour. La pharmacie a son rideau baissé, la circulation se résume à des dizaines de vélos défilant dans les deux sens, dépourvus de plaque minéralogique depuis que le gouvernement en a supprimé l'usage, à partir du 15 septembre – l'une des petites compensations destinées à rendre le quotidien de la population plus facile, et calmer le mécontentement. Sadorski remarque, fraîchement peinte en immenses lettres blanches sur le trottoir, la sempiternelle exigence des cocos : *THOREZ À PARIS*[1].

Il marche dessus avec satisfaction, puis traverse la chaussée peu avant le croisement avec la rue des Plantes ; trottinant en diagonale il se faufile pour éviter les cyclistes, récolte quelques lazzis au passage. « Alors, le cureton ? On est pressé de grimper au Ciel ? Ôte tes lunettes noires, pépé !… » Dans les files d'attente les ménagères du quartier rigolent. L'ambiance, il faut le noter – même si les cinémas n'ont pas encore rouvert leurs portes, et que les bals dans la capitale sont de nouveau interdits, à cause des bagarres –, s'est tout de même détendue depuis le départ de l'occupant. Les Parisiens ont le sourire aux lèvres. Surtout un dimanche. Et Sadorski entend derrière lui, vers la place d'Alésia, un de ces petits orchestres amateurs, accordéon, batterie, saxophone, entraîné par une femme qui chante sur l'air de *Bel-Ami* :

Dans nos campagnes et nos belles cités,
Monocle à l'œil et l'épée au côté,
Claquant tes bottes sur notre sol de France,
Tu promenais ta superbe arrogance,
Tu t'installais dans les plus beaux salons,
Des magasins tu vidais les rayons.
Par orgueil tu nous prenais tout,
Fourrures, soieries, bijoux…

1. Le secrétaire général du Parti est toujours réfugié en URSS, sous le coup d'une condamnation à mort en France pour sa désertion de 1939.

Les badauds, là-bas, reprennent le refrain en chœur :

Sale Allemand, tu voulais not' pays
Pour en faire ton esclave favori.
Tu tirais de chez eux des milliers de malheureux
Pour les faire périr à petit feu.
Nos enfants, nos savants, nos penseurs
Te gênaient, il fallait bien qu'ils meurent.
Mais tu n'as pas compris, qu'y avait les FFI,
Sale Allemand, sale Boche, sale nazi !

Le hasard organisant bien les choses, son objectif suivant se situe à moins de cinq minutes à pied de chez les Piazza. Le marcheur dans sa soutane trop longue tourne à droite rue Hippolyte-Maindron. Une cinquantaine de mètres plus loin, la porte du n° 45, fidèle à la description qu'en a faite Mme de Laperouse, s'ouvre au flanc d'une petite maison d'angle de deux étages, vieille et d'aspect miteux, aux murs noircis. Le bistrot occupe une portion du rez-de-chaussée au coin de l'étroite rue du Moulin-Vert. Un minuscule commerce de vins et charbons. *LE BOUGNAT – Café bar, Bière Meteor, Charbon, mazout, Téléphone interurbain.* Sadorski effectue un premier passage circonspect, afin d'étudier les environs. Pas d'individu louche feuilletant un journal ou consultant sa montre, l'air faussement naturel, comme lui-même lorsqu'il devait planquer, en compagnie de Piazza, Magne, Kaiser ou Cuvelier, sous les fenêtres d'un supposé terroriste – de ceux que l'on nomme désormais les « héros dc la Résistance ». C'était l'époque heureuse où les terros avaient droit à la peine de mort et lui, en théorie du moins, aux félicitations, primes et médailles décernées généreusement par M. le préfet de police à ses limiers des Renseignements généraux et des Jeux. (On s'occupait d'ailleurs plus de renseignements que de jeux – excepté la belote au troquet, quand les chefs ne surveillaient pas...) Il se retient d'allumer une cigarette. Un curé qui fume ça fait mauvais genre. Or les minutes qui vont suivre requièrent un minimum de sérieux. Et de conviction dans son rôle. Sa serviette à la main, le déguisé revient à pas lents vers le Café bar Le Bougnat.

Il médite sur l'ironie du sort. Lui qui persécutait les clandestins en est devenu un à son tour... Le caïd du Rayon juif a perdu son nom, son identité, ses relations. Plus question de revoir ni épouse ni amis, sauf deux ou trois triés sur le volet. Sadorski est désormais une brebis galeuse. Il est dangereux pour les autres de le rencontrer ; leurs réactions, comme celle de M. et Mme Piazza, le prouvent bien vite. À présent il lui faut s'accoutumer à la quasi-solitude, aux faux papiers, aux fausses attestations patriotiques, aux fausses cartes de ravitaillement, aux fausses professions... Comme naguère les communo-gaullistes, le clandestin en période d'épuration doit mentir sans cesse, dissimuler, ne jamais parler de ses projets, ni donner d'adresse de domicile, de planque ou de point d'attache. L'homme traqué se transforme peu à peu en ombre. Un semi-vivant parmi les vivants à part entière, les libérés de l'été et de l'automne 1944. Un coupable au royaume des « innocents » : les attentistes, les hypocrites, les madrés, les enrichis, les as de la lettre anonyme, les traficoteurs du marché noir, les FFS[1] et les retourneurs de veste à la toute dernière minute... Un mauvais Français chez les bons.

En murmurant, souvenir des classes de latin du collège de Sfax, *alea jacta est*, il pousse la porte du bistrot. Pour pénétrer dans son atmosphère obscure, enfumée et mal aérée. L'irruption d'un serviteur de Dieu dans un

1. « Forces françaises de septembre » : plaisanterie courante à l'époque sur les FFI de très fraîche date.

débit d'alcools fréquenté par le prolétariat du coin ne passe évidemment pas inaperçue. Des joueurs de dominos lèvent la tête, surpris, tandis que le patron, un puissant Auvergnat en chemise à carreaux, ses manches roulées sur des avant-bras velus, nanti d'une moustache noire deux fois plus épaisse que celle de l'ogre du Kremlin, s'interrompt dans sa tâche d'essuyer les verres.

– Vous désirez ?

Sadorski répond à la question par une autre question.

– Ai-je l'honneur de parler à monsieur Gaujard ?

– Lui-même.

– Mon fils, j'ai une lettre pour vous.

Il la tire de la poche de sa soutane. Le moustachu, après une hésitation, pose le torchon sur le comptoir et attrape l'enveloppe pour la décacheter avec ses gros doigts. L'électricité étant coupée, M. Gaujard est ensuite forcé d'abandonner vaisselle et évier, et de se rapprocher d'une fenêtre afin de déchiffrer le message – ce qu'il fait avec lenteur, en remuant les lèvres. Il bougonne puis s'exclame :

– Ah là là ! ben la pauvre…

– Lisez jusqu'au bout, s'il vous plaît, mon fils.

Le bougnat s'exécute en marmonnant. Au terme de sa lecture il hoche la tête, pensif, jette un coup d'œil de biais à Sadorski. Et replie la feuille, avant de la réintroduire dans l'enveloppe.

– Compris. Bon, suivez-moi…

Il ouvre la porte du fond, près du téléphone mural et de l'écriteau rappelant qu'il est défendu de vendre de l'alcool aux mineurs. Elle donne sur un étroit corridor qui sent la pisse de chat. À gauche, la porte d'entrée du n° 45 vue de l'intérieur, et une rangée disparate de boîtes aux lettres en ferraille à la peinture écaillée ; à droite, une courette qui héberge les W-C ainsi que le local des poubelles ; et au milieu, face à la porte communiquant avec le bistrot, un escalier aux marches de bois usées, sans tapis.

– Ici nous serons plus tranquilles, mons… euh,

mon père. Alors qu'est-ce qui lui est arrivé, à la p'tite Mme Aubrais ?

– La malheureuse a été heurtée par une jeep américaine, en sortant de son travail au Val-de-Grâce, invente Sadorski. C'était au début du mois dernier. Ces GI roulent comme des fous…

– M'en parlez pas ! Avant, c'était les chauffeurs boches, et là les Amerlots et les fifis c'est pareil ! Hier y en a un, seize ans tout au plus, conduisant un camion à toute berzingue, dans le sixième, il a renversé et tué, ou presque, trois passants… Un agent l'arrête, le gosse avait pas de permis de conduire ! Tous des jeunes vauriens, mon père… Et Mme Aubrais, elle est gravement blessée ?

– Une jambe et un bras cassés. Après un long séjour à l'hôpital on l'a admise dans la maison de repos dont je suis l'aumônier. J'appartiens au GOSB, le Groupement des œuvres sociales de Belleville. Mme Aubrais m'a prié de venir prendre quelques affaires chez elle… Des vêtements, car il commence à faire froid… C'est ce qu'elle vous explique dans sa lettre, mon fils. Il me faudrait donc la clé…

– Ben elle vous a pas confié la sienne ?

Un éclair de méfiance a lui dans les petits yeux noirs de l'Auvergnat. Naturellement, Sadorski avait prévu la question.

– Des personnes malhonnêtes lui ont dérobé son sac pendant que la blessée gisait sur la chaussée… Le trousseau de clés a disparu avec. Mais Mme Aubrais m'a dit que vous conserviez un double, mon fils. Au fait, elle est très inquiète : personne ne l'a cambriolée ?

L'autre secoue ses fortes épaules.

– Pas qu'je sache. Y a que les fifis, justement, qui sont venus fouiner. Les Milices patriotiques. J'leur ai répondu que je l'avais pas vue depuis quelques semaines, Mme Aubrais, et que j'avais pas sa clé. Ils ont hésité mais n'ont pas été jusqu'à enfoncer la porte de l'appartement…

– Tant mieux, tant mieux ! C'eût été rajouter à ses

malheurs, à cette pauvre jeune dame... Son salaire d'infirmière ne lui permet certainement pas de se payer une nouvelle porte. Et puis il se commet tant de vols, à l'occasion de ces perquisitions... Je puis donc prendre la clé, monsieur Gaujard ? Je vous la rendrai tout de suite. J'en ai pour une demi-heure au plus...

– La voilà, sur le tableau, elle a pas bougé. Je l'ai déjà prêtée à son mari hier. Mais lui, il était pas au courant de l'accident... il débarquait juste. Qu'elle soit pas là depuis maintenant presque un mois, ça l'a étonné... C'est dommage, mon père, vous seriez venu plus tôt on aurait pu l'informer !

– Je... pardon ?

Pris complètement au dépourvu, Sadorski réfléchit à toute allure.

– Son mari ? Il est rentré de captivité, déjà ? Ou il s'est sauvé ?

Le cafetier fait une moue perplexe.

– J'savais point qu'il était prisonnier... Du reste, je l'ai croisé plusieurs fois, M. Aubrais... Pas en uniforme, en civil. Quoique hier il était en uniforme.

– Vous l'avez croisé *plusieurs fois* ? Récemment ?

– Celle d'avant c'était en juin. Il passe tous les deux mois environ... Des vrais tourtereaux, elle et lui. Mais il vivait en province, à cause de la guerre... alors la vie les a séparés. Provisoirement... En tout cas c'est ce qu'y m'ont raconté. Euh, s'il revient, je lui dis au sujet de vot' maison de repos ? Ça se trouve où ? Qu'il puisse aller lui rendre visite...

Sadorski, troublé et préoccupé, improvise une adresse vraisemblable (la rue est longue) :

– Au 105, rue de Belleville... Hum, vous pourriez me le décrire, ce monsieur ? Pour que j'en parle à Mme Aubrais tout à l'heure, quand je la verrai à l'institut... enfin, à la maison de santé. Histoire de s'assurer qu'il ne s'agit pas d'un individu malintentionné... de ceux qui lui ont volé son sac, vous voyez, ils ont pu trouver son adresse sur la carte d'identité... Deux précautions valent mieux qu'une...

– Mais puisque je vous dis que je le connais, que j'les ai déjà vus ensemble ! Un gars plutôt jeune, cheveux châtains, mince, la figure osseuse... Toujours gai et un peu excité... fanfaron, quoi ! Faut bien que jeunesse se passe... Elle sera contente de le revoir, Mme Aubrais ! Ça devrait lui changer les idées...

Les idées de Sadorski, elles, se mélangent dans sa tête sans qu'il puisse trouver d'explication. Le mari, M. de Laperouse, ne serait plus dans son camp d'officiers en Bochie ? Et cela depuis un certain temps, puisque le bougnat le voyait ici rue Hippolyte-Maindron tous les deux mois à peu près... Mais pourquoi Henriette n'a-t-elle jamais évoqué ces rencontres ? Tout ce qu'elle lui a appris, de manière totalement contradictoire, c'est qu'aux dernières nouvelles le capiston aurait été transféré en banlieue de Lübeck, près de la Baltique, l'Oflag X C, un camp spécial réservé aux officiers ayant tenté de s'évader. Les deux années précédentes il se trouvait à l'Oflag XII B, dans la citadelle de Mayence. Ne pouvant assumer seule le loyer de leur appartement boulevard Haussmann, elle a pris cette modeste location du quartier Alésia, se faisant appeler « Mme Aubrais » de peur de détoner, avec sa particule, chez les indigènes. Mais pourquoi l'époux utiliserait-il lui aussi le nom de jeune fille de madame ? Afin d'accréditer son mensonge ? Ou de se cacher après une évasion ? Ou les deux... Pourquoi pas... Mais elle aurait pu lui en parler, merde. Ce manque de confiance de sa part chagrine Sadorski.

Quoi qu'il en soit, la réapparition du cocu – comme dirait la camarade Sonia – est une mauvaise nouvelle. En trois semaines l'inspecteur a pris ses habitudes auprès de son infirmière. La planque du Vésinet est devenue le lieu de merveilleuses vacances érotiques... Le corps de la jeune femme répond à toutes ses attentes, à toutes ses requêtes même les plus perverses, elle s'est révélée une amoureuse douée, experte même, et qui ne demande qu'à s'améliorer. Sa figure tuméfiée, soignée grâce au matériel de réserve à l'infirmerie du pensionnat, mercurochrome, pommades et bandes Velpeau, a désenflé progressivement pour retrouver la beauté qui avait charmé Sadorski la nuit du Val-de-Grâce. Il ne comprend pas, néanmoins, ce qu'elle peut bien lui trouver à lui – laid, borgne, petit et trapu. Était-ce la gratitude, l'émotion, le choc des circonstances de leur sensationnelle évasion à deux ? Mais de toute façon, allez savoir avec les nénettes ! D'ailleurs il a toujours su y faire, en dépit de son manque d'atouts physiques. Dans la vie il n'y a pas que les apollons qui enregistrent des résultats.

Faisant grincer les marches le faux aumônier est monté au deuxième étage, le dernier, jusqu'à la porte de bois clair où un petit carton punaisé affiche à l'encre violette : *HENRIETTE AUBRAIS*. Il tourne la clé dans la serrure. Pour découvrir, après l'entrée exiguë, une pièce sobrement meublée aux murs blancs et nus dont les fenêtres donnent sur la ruelle du Moulin-Vert. Suspendus de traviole, des stores en lamelles de bois, crasseux de suie et déformés par l'humidité, cachent le haut des vitres côté extérieur, doublés au-dedans par des rideaux de voile. Sadorski les tire pour davantage de lumière. Des mouches mortes sont semées sur le plancher au pied des rideaux.

Il pose sa serviette sur la table. Et s'en va inspecter la cuisine. Il a senti une légère odeur de café national. Une tasse brunie, sale, traîne dans l'évier. M. le capitaine de Laperouse *alias* Aubrais s'est servi et s'en est allé sans laisser de message ni faire la vaisselle. Mauvais point pour lui. Sadorski ne l'a jamais rencontré mais le déteste déjà. Saloperie de jeune aristo ! Évadé, réfractaire, déserteur peut-être… et fanfaron, selon l'Auvergnat. Au fait, sa photographie, à cet officier du 14e bataillon de chasseurs alpins – *dixit* Henriette, mais là non plus on n'est pas très sûr –, doit se trouver quelque part… Sur la table de chevet, par exemple. Sentant naître une pointe aiguë de jalousie il se rend dans la chambre à coucher, assez petite, et contiguë au salon.

Gagné. Un joli cadre en argent, dressé sur le meuble à côté de la tête de lit. Le portraituré est en uniforme de l'armée française de 1939, avec une fine moustache noire. Botté, les jambes un peu courtes, vareuse claire, képi, une cigarette entre les doigts. Ce capitaine de chasseurs rappelle vaguement Pierre Fresnay dans *La Grande Illusion*. Plutôt beau gosse, donc. Sadorski ne l'imaginait pas comme ça – surtout après la description faite par M. Gaujard. Lequel n'avait pas mentionné de moustache. L'époux d'Henriette a dû la raser pour cause de clandestinité. Quelle ironie, encore ! Le flic se laisse pousser la moustache et le militaire la coupe. Bientôt on ne s'y retrouvera plus, dans ce pays. Tout le monde joue un rôle et se chanstique… En ricanant, Sadorski dégage le portrait du cadre, examine le verso, par réflexe professionnel. *Photographie à la Lumière Artificielle, H. CARON, succ. Lambert, 51, rue Victor-Hugo, en face la Société Générale, Boulogne s/Mer. Fournitures Générales pour la Photographie*. Cela signifie-t-il que les Laperouse possèdent une résidence d'été sur la côte du Pas-de-Calais ?

En attendant, l'heure tourne, on n'aimerait pas que les FFI rappliquent de nouveau. Il retourne au vestibule, récupérer la valise qu'Henriette lui a indiquée, dans le placard à côté du portemanteau et du guéridon. Un bel et grand objet, solide, en pur porc, décoré d'étiquettes d'agences de voyages et de grands hôtels : Italie, Suisse, Portugal. Les jeunes mariés ont su profiter de l'avant-guerre. Appartement dans le quartier rupin du boulevard Haussmann, vacances de luxe à l'étranger, propriété au bord de la mer et ainsi de suite. Tout ce dont n'ont jamais joui Léon et Yvette Sadorski, petits-bourgeois modestes d'Afrique du Nord et de province, montés à Paris au début des années 1920… Mais la roue tourne, y compris pour les aristocrates ! Le contenu du spacieux appartement du huitième ramasse présentement la poussière au garde-meuble, on n'a transporté ici que le strict nécessaire. Dont une splendide armoire style Art déco, glace et poignées en laiton massif, dans laquelle le policier s'empare des robes, manteaux, tailleurs et chaussures de son amie pour les bourrer dans la valise. Vêtements de prix, signés par les grands couturiers. Il note les étiquettes, Piguet, Molyneux, Hermès… Sur la demande d'Henriette, il prend également une tenue d'infirmière et son voile. Puis, le cœur battant, il se dirige vers la commode. Sweaters, chemisiers de laine, tout ça pour l'hiver qui approche… Mais surtout le tiroir aux sous-vêtements. C'est un grand classique de la visite domiciliaire. La main de l'enquêteur caresse le satin des combinaisons et des slips, la soie des bas, effleure les petits rubans coquins des porte-jarretelles, les bonnets brodés des soutiens-gorge, les baleines et les élastiques des gaines souples Reinabel… Il en place une partie dans la valise, ainsi que deux chemises de nuit et les serviettes hygiéniques réclamées par Henriette, et sélectionne, pour sa propre collection – à reconstituer, puisque les deux perdreaux de la PJ venus perquisitionner quai des Célestins à la mi-août[1] ont embarqué la boîte en fer-blanc où il rangeait ses petits secrets –, une petite culotte blanche avec son liseré de dentelle, au toucher des plus soyeux. Sadorski la glisse dans une poche de la soutane. Le bon Dieu, il en est persuadé, lui pardonnera ce péché véniel ! À côté de tous les crimes que le chef du Rayon juif a commis sous l'occupation ce n'est vraiment rien.

Sur les rayons de la salle de bains il se saisit d'un maximum de produits et ustensiles de beauté – crèmes,

1. Voir *L'inspecteur Sadorski libère Paris*.

fards, brosses, crayons, pinceaux, parfums, peigne, bigoudis, tout ça n'est ni lourd ni encombrant – et les fourre dans deux trousses de toilette, qu'il s'en va ajouter au reste. Il a presque terminé. Mission accomplie, Mme la vicomtesse sera satisfaite. Par curiosité il retourne au salon examiner la bibliothèque. Leurs lectures sont une bonne information en général sur la psychologie ou les idées politiques des visités. Et puis les femmes lisent beaucoup, c'est bien connu. À partir d'un certain niveau d'éducation. Et à l'en croire Mlle Aubrais a été une bonne élève chez les sœurs. Sadorski chausse ses nouveaux verres cerclés de fer achetés chez un brocanteur de Rueil, après de patientes recherches au fond de la boîte. Ceux qui correspondaient le plus, parmi toutes ces lunettes vieilles et malpropres, à sa vision de l'œil gauche.

Elle a apporté dans son petit trois-pièces du quatorzième une quantité appréciable de bouquins. Quelques-uns sont techniques, en lien avec son métier. D'autres consacrés à la récente défaite de la France. Enfin beaucoup de romans et du théâtre. Elle semble apprécier Mauriac, François, représenté ici par pas moins de cinq volumes. Les autres auteurs connus sont Rebatet, Brasillach, Morand, Colette, Anouilh, Simenon, Farrère, Chack, Flaubert, Dumas… Et madame s'intéresse à Charles Maurras : *De la colère à la justice. Réflexions sur un désastre* ; *Barbarie et poésie* ; *Vers l'Espagne de Franco…* Sadorski n'a jamais véritablement lu la figure de proue de l'Action française, le jugeant difficile et ennuyeux, mais il partage plus ou moins ses idées. Compatibles avec le milieu d'où est originaire Henriette, officiers de marine, militaires… sans compter le frangin dans la Milice. Mais à l'interrogatoire au bureau du Dr Larruy elle s'affirmait résistante, ayant aidé des officiers alliés à s'évader de l'hôpital. Ce n'est pas contradictoire. Depuis l'invasion de la zone libre en novembre 42 par les Boches, nombreux sont les officiers du Maréchal à avoir rejoint les rangs de l'Armée secrète, et ceux de l'ORA, l'Organisation de la résistance de l'armée… Ils continuent en revanche, par tradition, de haïr les communistes. Autant que Sadorski les hait, et son infirmière de même sans doute après ce qu'ils ont vécu ensemble ces jours derniers. Mais depuis leur arrivée au Vésinet ils n'ont guère parlé des cocos. Elle et lui préféraient se reposer, manger et baiser. Le reste du monde pouvait attendre ! Et ils veulent oublier, plus que tout, l'enfer du square de Choisy et les balades nocturnes dans les tractions noires.

S'il a trouvé des verres à peu près corrects, le collabo en fuite n'a pas encore de montre-bracelet. Ou plutôt, celle payée 50 francs à l'antiquaire de Rueil est tombée en panne le lendemain, ses aiguilles n'avancent plus, définitivement. D'après le soleil on n'est pas très loin de midi. Il referme le couvercle de la valise, obligé de s'asseoir dessus pour clore les serrures. Déjà, vide, elle pesait son poids ! Le voyage de retour en métro puis en train s'annonce pénible… L'instinct, cependant, retient le policier. Cette visite n'était pas complète – il lui semble que quelque chose d'intéressant reste à découvrir. De l'argent, des documents ? Un journal intime ? Et si c'est le cas, où Henriette aurait-elle pu les dissimuler ? Pas comme les gamines du genre de Jacqueline Perret, au fond de son tiroir aux petites culottes. Elle a passé l'âge. En haut d'un placard ? Dans celui de l'entrée il ne voit rien à part des vieux journaux. Au-dessus de la pile, une édition de *Combat* du 25 août : *APRÈS QUATRE ANS D'ESPOIR ET DE LUTTE LES TROUPES FRANÇAISES ENTRENT DANS LA CAPITALE LIBÉRÉE*. Il sourit amèrement. Le jour de gloire. Ce jour-là, une jeune infirmière était tuée rue de Rivoli, pendant qu'à ses côtés le petit musicien du Val récoltait une balle tirée par la même mitrailleuse boche. Yvette était arrêtée sur dénonciation de la concierge et on lui tondait les cheveux. Julie se faisait embarquer tandis que ses copains lycéens venaient d'être massacrés par les SS, leurs visages écrasés à coups de botte. Des beaux souvenirs…

Rien non plus dans les placards de la cuisine. Il retourne à la chambre à coucher. La grande armoire Art déco. Sur l'étagère supérieure, des chapeaux qu'il n'a pu prendre faute de place dans la valise. Et, semble-t-il, un objet qui dépasse… Sadorski pose un pied sur la base du meuble et se hausse du plus qu'il peut. Les doigts de sa main droite touchent du métal. Une boîte. Il parvient à l'amener au bord, elle chute avec un bruit de ferraille et s'ouvre sur le parquet. Des dizaines d'enveloppes se répandent. Des lettres. Adressées à *Madame H. Aubrais, 45 rue Hippolyte-Maindron, Paris 14*[e]. Toutes de la même écriture fine et très penchée vers la droite.

Ayant rechaussé ses lunettes, il porte l'ensemble jusqu'à la table du salon, à la lumière. Et commence par une lettre au hasard. On entend sonner les cloches de Saint-Pierre-de-Montrouge en bruit de fond. Sadorski allume une cigarette, plissant les paupières de son œil valide. Les caractères inclinés à l'extrême rendent la lecture pénible et difficile, même avec des verres adéquats. Il jure.

Pamiers le 29 juillet 44

Bien chère Rirette

Tu me pardonneras si je ne t'ai pas écrit plutôt mais tu sais j'étais en train de murir ce que je pouvais faire ou du moins essayer de faire pour une permission je ne sais pas si ça prendra mais si Barthou veut le faire je crois que sa ira. Avant tout que fais-tu ? est-ce que ça va à peu près ? tu as beaucoup de malades à t'occuper au Val ? Pour moi toujours pareil bonne vie et l'esclavage mais d'après ce que j'entends on n'est pas ici pour longtemps car la région est presque nettoyée tu pense si tous ces gens sont contents mais ils ne se rendent pas encore compte des pertes que nous avons eues. Enfin sa viendra peut-être. Mais ce qui me fait grand plaisir [c'est] *que nous allons venir pour voir les patriotes toulousains attention à la casse taupes. J'ai téléphoné ce matin à Barthou mais au moment où j'allais lui dire ce que je voulais j'ai été dérangé et je crois que Barthou a dû le trouver drôle mais je ne pouvais faire autrement. S'il veut écrire au chef en lui disant que tu est malade et qu'il faudrait quelques jours car ni l'un ni l'autre nous n'avons personne que nous sommes seuls de famille et qu'il se permet de le lui demander vu qu'il est un de nos grands amis (chose qui est exacte) je crois qu'il ni a que se moyen pour ma permission. Si tu peux prendre un congé du Val ça ne me contrariera pas, étant là je puis passer tout le temps avec toi. Je dois te dire aussi que nous ne sommes pas payés pas même le retard je t'assure que sa m'est dur moi qui avais toujours été payé au poil. Pourtant nous faisons du beau travail contre les terros et ma trentaine a reçu les félicitations du chef et le travail continue sous le beau soleil mais les nuits sont parfois encore fraîches et la terre est dure.*

Pour l'instant ma chérie je ne vois plus rien à te dire si ce n'est de donner le bonjour à tous même aux salaupards et pour toi ma poupée bien aimée mes meilleurs baisers.

Ton petit frère qui t'aime bien

(Signature brève et totalement illisible.)

À bientôt de tes nouvelles et bonnes surtout

Sadorski retourne l'enveloppe, pour se faire confirmer le nom et l'adresse de l'expéditeur. *Chef de dizaine G. Aubrais, caserne Sarrut, Pamiers*. Avec un juron, il ouvre la lettre suivante.

Pamiers le 1er août 44

Bien chère petite Rirette

Je ne crois pas avoir grand-chose à te dire sinon que je suis toujours en attente de ma permission j'ai encore téléphoné hier à Foix mais je ne sais pourquoi je n'ai pu avoir Barthou c'est le chef Darrigade qui m'a répondu enfin j'attends pour voir si je puis compter encore sur quelques amis car je t'assure que plus on va et plus il me tarde de te voir. Mais les trains c'est de plus en plus difficile ou impossible, la dernière fois le Toulouse-Paris qui est un express faisait du 15 à l'heure les trois quarts du temps, parce que les voies étaient encombrées par des morceaux de wagons en accordéon ou complètement en miettes. À part tout cela comment va-tu ? bien je pense. La seule chose que je te demande c'est de m'écrire autant que tu pourras c'est si doux de lire des lignes d'une petite femme qui vous aime c'est l'heure des promesses et des belles. Tu as peut-être su que l'on avait assasiné un milicien à l'Isle-en-Dodon ma foi tant pis pour lui il n'avait qu'à regagner les rangs. S'est certainement ce qui arrivera à Bouche je ne faillirai pas à ma parole c'est des salaupards et des maquisards et si l'on les descend s'est bien fait pour eux ils oublient trop que nous avons prêté serment enfin sa c'est des comptes à régler entre nous. Que se passe-t-il à Paris ici ça va assez bien moi pour l'instant. J'attends de pouvoir me coucher il est trois heures du matin tu te rends compte mes yeux se ferment un peu et cet appareil qui ronfle à tous moments je vais rêver de ma Rirette je crois. Qu'elle se fait plus belle plus adorable qu'un cul qui s'affiche nu ou sous son slip. Eh bien ! ma chérie je vais te quitter en te redemandant de m'écrire toi ma vraie petite femme. Donne le bonjour à tous les amis et pour toi ma poupée chérie mes meilleurs baisers.

Ton frère qui t'aime bien

(Même signature illisible.)

Dehors on entend claquer des coups de feu, assez loin. Sadorski se lève, va à la fenêtre. Il lui semble entendre des cris. Puis le silence retombe sur le quartier. Les cloches se sont tues depuis un bout de temps. Il hausse les épaules, se rassied à la table. La lettre suivante est antérieure aux deux déjà lues. Mais toujours cette exaspérante écriture, ce style vulgaire et ce mépris de la ponctuation comme de l'orthographe. Comment ce type a-t-il pu passer les examens pour devenir sous-officier ? La Milice recrutait vraiment n'importe qui. En revanche, Henriette paraît nettement plus cultivée que son cadet. Bizarre…

Pamiers le 30 juin 44

Bien chère petite femme

Je t'avais écrit hier un peu vite et pour cause débordé de travail je n'avais pas une minute et pourtant je ne voulais pas te laisser sans nouvelles sur je ne sais trop ce que s'est. D'abord comment vas-tu ? bien je suppose après ma permission et les cinq jours au lit à s'amuser et paresser et lécher mon foutre. Est-ce que rien de nouveau ne se passe à Paris ou n'est-tu pas trop embêtée ? Il s'est fait un travail formidable ses jours si j'ai pour tout un jour à tout te raconter. Est-ce que tu sais qu'il y a quelques familles de Patte-d'Oie qui ont été arrêtées j'en suis très heureux attachées aux arbres je t'en parlerai quand nous nous verrons. J'en avais signalés quelques-uns. Pour moi je te dirais que je suis en parfaite santé et toujours avec mes salaupards ils me donnent du travail mais je t'assure que quant je peux je me venge et de bon cœur. Lundi nous avons eu un autre chef de tué je t'assure que nous l'avons bien pleuré il était si bon et si juste. Ils lui ont brûlé les pieds et lui ont creuvé les yeux voilà des vrais français. Si tu étais ici tu aurais pu te payer le luxe de voir la réception d'un prisonnier pour ma part je l'ai souagné je me suis fait mal au poignet mais cela ne va pas m'empêcher de remettre sa aujourd'hui même il faut que je le crève. Je m'arrête maintenant je t'écrirai plus longuement demain. Sache qu'à part cela je me porte toujours très bien en bonne santé nous mangeons comme des cochons. Pour terminer je dois te dire que Henriot[1] *commence d'être vengé et comment. Toutes ces salopes vont le payer cher s'est le bon chemin et maintenant ma chère petite s'est sur les mots de Vive Darnand et Vive la France que je termine en t'embrassant bien fort ma Rirette et en te chargeant de mes amitiés pour tous et pour toi ma poupée le meilleur de mon cœur.*

Ton frère qui t'aime bien

(Illisible.)

Tout ceci est des plus intéressants mais Sadorski n'est pas certain de pouvoir continuer plus loin la lecture sans déchirer les messages de ce sale connard en petits morceaux. Il en prélève quatre de plus dans la pile sans les ouvrir, les introduit dans sa serviette, et remet le reste dans la boîte – une vieille boîte à biscuits, en fer-blanc – avant de la replacer sur l'étagère en haut du meuble de la chambre à coucher. Pièce dans laquelle il ne peut s'empêcher d'imaginer les activités des deux « tourtereaux » sur le grand lit.

Il récupère la serviette et la valise, sort sur le palier en refermant à double tour. Puis il allume une gauloise, balance l'allumette sur le paillasson, rempoche le paquet et la boîte, souffle la fumée avec un soupir.

1. Éditorialiste de Radio Paris, membre de la Milice, et à partir du 6 janvier 1944 secrétaire à l'Information et à la Propagande du régime de Vichy, Philippe Henriot a été abattu le 28 juin 1944 par un commando de la Résistance.

Dans l'escalier il tombe sur la silhouette corpulente de M. Gaujard, cafetier.

– Vous avez fini ? Je montais voir…

– Mais oui, mon fils. Merci infiniment, cette pauvre Mme Aubrais sera contente d'avoir ses affaires… Voilà votre clé.

– Dites. (L'homme attrape la clé, l'air moins aimable.) C'était bien au 105 de la rue de Belleville, vot' maison de santé ? ou de repos ?

– Euh, tout à fait.

Il ne se souvient même plus du numéro qu'il a donné. Le 105, oui, c'est très possible.

– Et le nom c'est quoi ?

– Je vous demande pardon ?

– Le nom de votre établissement.

L'interrogé jure en silence. Il n'avait pas prévu cette question. Vite, un nom qui sonne vraisemblable… Pas Les Fauvettes en tout cas, inutile d'attirer l'attention sur leur refuge. Sur leur *vrai* lieu de repos. Mais des oiseaux, pourquoi pas… Les Alouettes ? Les Merles ?… L'essentiel est toujours de répondre d'un ton assuré.

– La clinique des Mésanges, mon fils.

Le bougnat se renfrogne de plus en plus.

– Ça ira pas, votre histoire. Parce que j'ai regardé le Bottin. L'affaire de l'accident avec la jeep et les clés de Mme Aubrais volées c'était louche. Rue de Belleville au 105, y en a une flopée, de locataires, dans ce qui est sûrement un immeuble ! M. Comber, chauffeur, Mme Fiévet, commerçante, M. Coursot, mécanicien, M. et Mme Denis… J'oublie les autres et on s'en fout. Mais pas de clinique, de maison de repos, de santé, et pas de nom d'oiseau…

– La… la maison est derrière l'immeuble… au fond de la cour.

– Y a pas de fond de la cour qui tienne. Vous vous êtes bien payé ma gueule.

– Mais monsieur…

– J'ai téléphoné au commissariat. Je vous conseille de pas bouger, on va attendre le car ensemble. Y avait déjà les vols aux faux policiers, maintenant les vols aux faux curés !… On aura tout vu, quelle misère.

Il fait mine de retrousser davantage ses manches, sur ses avant-bras monstrueux. En combat à mains nues Sadorski se ferait forcément ratatiner. Jetant sa cigarette, il sort de sa poche le semi-automatique Mauser M 1914 de feu le capitaine Gilbert, calibre 7,65. Une arme sans doute récupérée sur un Boche… Le gestapiste Berger en possédait une semblable. En dépit de sa taille compacte il n'est pas particulièrement rassurant d'en voir le canon braqué sur soi.

– Reculez, monsieur Gaujard, laissez-moi passer.

L'Auvergnat, la mine stupéfaite, obéit, sans qu'il soit la peine d'insister. Sadorski prie pour que ce coup de fil au poste n'ait pas été donné il y a trop longtemps. Pour l'instant on n'entend pas la sirène à deux tons de police secours. Mais ils peuvent aussi débarquer avec une traction. Il en circule énormément ces temps-ci, dans les services dévolus au maintien de l'ordre ou à la chasse aux collabos et aux miliciens. Elles roulent vite et lorsqu'elles freinent devant la porte il est trop tard, c'est foutu. Le faux prêtre achève de dévaler les marches quatre à quatre. En hurlant un avertissement :

– Je te conseille pas de me suivre ! Mes amis attendent dehors et ils sont armés !

Il vire à droite dans le corridor qui pue l'urine et les poubelles, rempoche son pistolet, pousse la porte du n° 45 vers l'extérieur. Personne. Il hésite une fraction de seconde. Éviter les artères un peu importantes comme la rue d'Alésia, qu'emprunterait en priorité un car ou une voiture de police déboulant du commissariat, à la recherche d'un voleur travesti en curé. Privilégier le dédale des petites rues. Celle du Moulin-Vert est parfaite, étroite et obscure à souhait. Mais l'enfiler à droite ou à gauche ? vers la rue des Plantes, ou la rue Didot ? Il opte pour cette dernière et prend ses jambes à son cou. Arrivé à l'angle de la rue il tourne à droite. Ralentissant prudemment l'allure – car même non signalé un ecclésiastique à lunettes noires et cheveux blancs qui court ventre à terre avec des bagages constitue un spectacle hors du commun. Et de toute façon, il a le souffle court, le front dégoulinant de sueur, le cœur qui bat la chamade, et ressent un vilain point de côté. Assurant sa prise, les doigts moites et glissants, sur les poignées de la valise et du cartable, Sadorski poursuit son échappée à vitesse réduite. Intersections avec les petites rues des Thermopyles, de Plaisance, et, tout de suite après, la rue Pernety. L'arrondissement semble tout à fait tranquille, midi un dimanche. Il a l'intention de prendre cette rue et marcher vers le métro. La station Pernety est toute proche, il suffit de rejoindre la rue de Vanves[1].

L'inspecteur est arrivé au carrefour. On aperçoit déjà, de l'autre côté, sous le grand immeuble en briques rouges aux balcons incurvés, l'entrée de la station de métro.

Ainsi que les barrages FFI.

1. Aujourd'hui rue Raymond-Losserand.

18

5, allée des Fauvettes

Les gars sont une petite dizaine de chaque côté, armés de Sten, et surveillent le carrefour. Il distingue des filles parmi eux. Tout le monde très jeune. Dans la plus pure tradition 1944, ils braquent leurs armes sur le ventre des passants et vérifient avec brutalité les papiers.

Impossible qu'ils aient déjà son signalement… Ça n'a rien à voir avec lui. Le hasard, la faute à pas de chance. Faire demi-tour en les apercevant serait une grossière erreur. Au temps béni de l'occupation, le brigadier-chef et ses adjoints, dans les couloirs du métro, dans les gares, repéraient immédiatement ceux qui s'arrêtaient, changeaient de direction ou faisaient demi-tour en vue d'un barrage. C'était en général des résistants ou des Juifs. Ou les deux à la fois. Quoi qu'il en soit on leur fonçait dessus et s'ils s'arrachaient ils passaient un mauvais quart d'heure, une fois rattrapés : tabassage, fouille, les pinces aux poignets derrière le dos, ensuite direction le Dépôt de la préfecture ou le commissariat le plus proche. Les malins, eux, continuaient calmement tout droit en priant pour s'en sortir. Avec les Allemands ça pouvait marcher car ils étaient cons, et n'imaginaient pas qu'une jolie jeune *Matemoiselle* transporte des tracts, des revolvers et des grenades dans son sac à main, ou dans la sacoche de sa bicyclette. Avec les poulets français c'était plus duraille – sauf s'ils avaient de la sympathie pour les terros. Dans les derniers mois avant la Libération ça se produisait quelquefois, l'individu chuchotait : « Résistance » et on le laissait filer. Conviction politique ou simple prudence, crainte des représailles... Mais la brigade de Sadorski ne relaxait pas souvent ses suspects.

Il faut décider, vite. Entrer dans la station semble exclu, c'est le plus dangereux. On ignore si d'autres attendent là planqués en bas des marches. Pour des contrôles encore plus sévères. Le prêtre tourne à gauche d'un air naturel dans la rue de Vanves, direction la banlieue sud. S'approche en souriant benoîtement du barrage. Sur le haut mur d'immeuble derrière les FFI, du côté droit de la rue, une immense réclame : *SUZE, Apéritif à la gentiane.* Il en aurait bien besoin maintenant.

– Vos papiers, monsieur.

Il pose la valise et la serviette. Et continue de sourire au jeune type boutonneux en pantalon de golf, blouson de cuir à brassard bleu, blanc, rouge, et coiffé d'un calot. Quel âge peut-il avoir ? quinze, seize ans ?

– J'ai oublié ma carte d'identité au presbytère, mon fils, mais voici ma carte de résistant. Mouvement de libération nationale, région Nord...

L'autre fronce les sourcils en lisant.

– Réquillard, Jules, Yves... Date de naissance, 1er août 1899, à Oradour-sur-Glane... Adresse, 11, rue Saint-Nicolas, Beauvais...

Une jeune fille vient regarder par-dessus l'épaule du gamin. Avec sa Sten en bandoulière, chargeur enclenché. Si elle a dix-sept ans c'est le bout du monde. Cheveux châtains bouclés, chemisette kaki, large foulard écarlate noué en ceinture, jupe courte en gros tissu bleu marine dévoilant de jolies cuisses. Lèvres rouge vermillon, joues rondes et nez en trompette. L'expression sérieuse, déterminée. Elle aussi porte un calot en biais sur la tête. Son copain observe :

– Y a spécifié : « carte provisoire d'adhérent »… Ça marche, tu crois ?

– J'sais pas…

– Y a qu'à demander au lieutenant. (Il se tourne vers un escogriffe à tignasse noire et frisée, aux galons cousus n'importe comment sur une vareuse trop courte pour lui.) Hé, chef ! Le curé il est du MLN-Nord, mais y a marqué carte provisoire… C'est bon ou pas ?

– Il n'a pas de carte d'identité, précise la fille.

Sadorski la maudit en sourdine pour son zèle. On entend, dans la direction d'où il est venu, le *pin-pon, pin-pon* d'un car de police secours.

L'officier s'approche. Revolver d'ordonnance à la ceinture, la main droite posée sur la crosse.

– Tu fais ouvrir sa valise.

Le boutonneux rend la fausse carte de résistant, désigne le bagage :

– Ouvrez, s'il vous plaît.

Il s'accroupit et obtempère. Si ensuite ils examinent la serviette, découvrent quatre lettres d'un milicien, c'est la catastrophe. Surtout au cas où elles contiendraient d'autres récits, plus détaillés, de tortures et d'exécutions de maquisards… Sadorski aura de la veine si on ne le colle pas au mur pour le fusiller sur place.

Le couvercle est soulevé, exhibant tous les accessoires féminins bourrés sous les sangles de la valise. Entre-temps, la sirène à deux tons s'est interrompue.

– Ah ben merde ! s'exclame le chef. Y fait du marché noir !

Ses équipiers s'attroupent, avec force commentaires à propos de leur découverte. Le contrôlé proteste :

– Ce n'est d'aucune manière du marché noir, messieurs… mes enfants… Enfin, voyons ! Je dépannais l'une de mes paroissiennes, femme de prisonnier, en allant lui chercher ses affaires… La pauvre est malade…

– Comment s'appelle-t-elle ? Son adresse ?

– Euh… Roselyne Bauger… Boulevard Richard-Lenoir… au nº 132…

Il a pensé, *in extremis*, à l'épouse de son bon collègue et ami l'inspecteur Bauger, des BS, déporté en Allemagne… Mais il a hésité, le lieutenant s'en est rendu compte. En plus, cette adresse est dans un quartier assez éloigné d'ici… Manque de vraisemblance.

– Fouillez-le au corps !

C'est le gamin acnéique qui s'en charge. De manière absolument non professionnelle, et risquée pour tout le monde, il pointe sa mitraillette de la main gauche sur son vis-à-vis, le canon lui touchant les côtes, et avance son autre main vers la poche correspondante de la soutane. La poche gauche du vêtement. Le 7,65 Mauser est glissé dans la poche droite.

Les doigts du fouilleur se referment sur une boule de tissu, pour l'extraire, et la secouer, stupéfait :

– Oh ! merde alors ! Un… une…

La fille aux lèvres vermillon éclate de rire.

– Une culotte ! Putain, le cureton se balade avec un slip de femme !

Le jeune garçon a rougi, sa camarade s'en empare.

– Au poil ! La dentelle… Bon, ça, c'est pour moi. (Elle ajoute, en rigolant :) D'ici que tu la revoies, Jojo, c'est pas demain la veille…

Avec une autre résistante, elles se poussent du coude, pendant que le visage du gamin tourne au cramoisi. Des témoins se joignent à l'hilarité générale. Sadorski baigne dans sa sueur. L'officier FFI considère la scène sévèrement.

– Cessez un peu de faire les marioles. Va regarder ce qu'y a dans son cartable…

Le *pin-pon pin-pon* reprend. Le car, là-bas, aura redémarré après que les poulets ont entendu les explications de l'Auvergnat. Et noté le signalement du prêtre voleur. Le surnommé Jojo se penche sur la serviette de Sadorski. On perçoit des coups de sifflet. Et des détonations. Côté nord, rue du Château, avenue du Maine…

Une traction noire, avec sur ses portières *POLICE FFI* peint en lettres blanches, débouche de cette direction dans la rue de Vanves. Et vient freiner au carrefour. Un type en chemise à col ouvert, muni d'une Sten, crie par la fenêtre ouverte :

– On les tient ! Les milicos ! Les tireurs des toits ! Venez, venez ! On va les coincer !

– Mort aux fascistes de la cinquième colonne ! Détachement, en avant !

Le grand frisé en vareuse d'uniforme rassemble ses patriotes. La Citroën repart dans un gémissement de pneus, devant le vélum et les glaces du Café bar Le Pernety, enfile la rue du même nom en direction de l'est. Au croisement avec la rue Didot elle télescope le car de police secours, dans un énorme fracas de tôle, et de verre brisé.

Les blessés, là-bas, hurlent de douleur, et tout le monde, FFI, curieux, passants, commerçants, ménagères, gosses du quartier, concierges, se précipite vers le lieu de la collision. Tout le monde sauf Sadorski.

Il referme, tremblant de frousse rétrospective, la valise, la ramasse ainsi que la serviette, se dirige, trottinant à pas discrets, vers l'auvent de la station de métro, à l'angle du carrefour. Aucun contrôle en bas des marches. À part le poinçonneur de tickets.

Le petit ecclésiastique à cheveux blancs lui tend son titre de transport, descend l'escalier vers le quai de la ligne 14[1], direction Invalides. Il a prévu de changer à

1. À l'époque, sur le tracé de l'actuelle ligne 13 qui n'avait pas encore été percée sous le fleuve, n'existait qu'un tronçon au nord

Montparnasse et prendre la ligne 12 jusqu'à Saint-Lazare. Et de là, un train de banlieue pour la gare du Pecq, qui dessert également Le Vésinet, sur la ligne de Saint-Germain. Coup de bol supplémentaire une rame arrivait justement. Sadorski grimpe dans la voiture de queue – celle jadis réservée aux Juifs –, avant que les portes à glissières ne claquent, cherche un siège libre, il n'y en a pas. Un bourgeois à chapeau au bord relevé et petite moustache lui cède fort obligeamment sa place.

La ligne de Paris au Pecq, inaugurée le 24 août 1837 par la reine Marie-Amélie et ses enfants, le roi Louis-Philippe ayant lui prudemment effectué le voyage en voiture à cheval – le policier, autodidacte féru d'histoire, apprécie ce genre de détails –, plus tard prolongée jusqu'à Saint-Germain, fut la première en France destinée au transport des voyageurs. Une gare monumentale, dont il ne reste rien, située au bord de la Seine, permettait des correspondances avec des bateaux à vapeur dans la direction de Rouen. On rejoignait Saint-Germain par un omnibus franchissant le pont. La nouvelle station du Pecq où descend Sadorski, construite à la fin du Second Empire, est un petit édifice en briques roses, pourvu d'un long auvent dentelé que supportent de minces colonnes de fonte. Le train depuis Saint-Lazare, où il a dû rester debout une bonne partie du trajet, était bourré de Parisiens allés se balader par ce beau dimanche d'automne en famille ou en couple, ou munis de leur sac à dos trouver du ravitaillement à la campagne, car le citadin moyen continue de crever de faim – les barres de chocolat et les conserves de l'*US Army* ne suffisent pas. Beaucoup de passagers

---

de Saint-Lazare vers la Porte de Clichy et la Porte de Saint-Ouen, numéroté 13 et 13 *bis*, et dans la partie sud de Paris une ligne 14 reliant Invalides à Porte-de-Vanves.

descendent au Pecq, dernier arrêt avant le terminus Saint-Germain. Excellent, il passe inaperçu dans cette foule ! Pas de contrôle à la sortie : on est loin de l'atmosphère tendue de la capitale, où les Milices dites patriotiques et autres bandes armées traquent toujours les collabos et espions nazis.

Le chemin lui est devenu familier, en trois semaines. Il suffit en sortant de la gare de prendre tout droit la route de Montesson, sur le terrain des anciennes chasses royales, écartée du centre-ville du Vésinet et bordée de platanes et de petites masures d'un ou deux étages, qui évoquent encore le siècle dernier. Une majorité de promeneurs ont imité Sadorski mais pour gagner les pelouses autour du Grand Lac, sur la droite. Des gens ont installé sur l'herbe des nappes autour desquelles ils pique-niquent. Les enfants piaillent, on entend beugler des chansons. Courbé par le poids des affaires de Mme de Laperouse, il progresse sans hâte excessive en direction du hameau du Petit-Montesson, et du croisement avec l'avenue des Pages. Le marcheur en soutane dépasse quelques commerces, une crémerie, une brasserie – *Bières de la Meuse* –, un café-restaurant, à la terrasse remplie de consommateurs. Il tourne à gauche sur l'avenue, une large artère qui s'enfonce sous les frondaisons, puis à droite rue Cugnot, d'où part, en direction de sous-bois peu fréquentés, la discrète allée des Fauvettes qui s'achève en cul-de-sac. Pas d'autre maison dans les parages immédiats, c'est vraiment la planque idéale. Sadorski arrive à la haute grille rouillée du n° 5 – une plaque de cuivre indique : *INSTITUT DES FAUVETTES pour Jeunes Filles – Pensionnat – Externat – Études complètes* – et, après un regard alentour, défait la chaîne pour pousser le battant grinçant, s'introduire par l'étroit passage et refermer derrière lui. Les persiennes du bâtiment principal, qui date du milieu du XIXe siècle, restent naturellement barricadées, au rez-de-chaussée comme aux étages, afin que nul ne s'étonne d'y voir de la lumière ; et une épaisse vigne vierge, qui commence à peine à rougir en ce début d'octobre, monte à l'assaut de la façade de brique, occultant une partie des fenêtres, ce qui ajoute à l'effet de tristesse et d'abandon.

Le faux curé s'enfonce dans le parc et contourne l'ancien pensionnat religieux avec ses grands toits d'ardoise pentus, aux pans coupés de lucarnes, ses hautes cheminées et ses massives pierres d'angle de maison de maître. Il traverse la pelouse, mal entretenue et jonchée de feuilles, longe un bassin asséché, noir de suie, et rejoint le perron de l'entrée secondaire donnant sur le jardin, hors de vue de l'allée des Fauvettes. Il pose sa valise pour toquer au carreau, selon le code convenu avec sa compagne. Trois coups brefs, puis deux, puis quatre à intervalles plus longs. Bientôt il entend ses pas résonner sur le dallage du hall. Elle demande, derrière la vitre et son rideau noir de la défense passive :

– C'est toi ?

– Non, c'est l'aumônier. Êtes-vous en règle avec votre conscience, mon enfant ?

Elle a un petit rire, la porte s'entrouvre. Il se faufile avec valise et cartable. À peine le temps de s'en débarrasser. Rayonnante, elle se jette à son cou. L'embrasse à pleine bouche, y mettant la langue – cela rappelle à Sadorski les accueils que lui ménageait Yvette jadis. En robe de chambre, et simple combinaison en dessous, la jeune femme sent encore le lit, ainsi qu'une autre odeur, vaguement sucrée, qu'il n'identifie pas sur le moment. Il la garde un peu dans ses bras, savoure la reconnaissance de sa poulette. La vie ce n'est pas que des minutes agréables ; lorsqu'elles se présentent, mieux vaut en profiter autant qu'on peut. Nul ne sait, comme dit la sagesse populaire, de quoi demain sera fait…

– J'étais mortellement inquiète, quand tu n'es pas rentré hier soir !

– Je t'avais prévenue, mon lapin, que je dormirais peut-être chez Piazza.

– Oui mais quand même… J'ai fait de mauvais rêves, je nous voyais encore à l'Institut dentaire…

– Il m'a raconté que les cocos en avaient foutu le camp. Les Américains les ont mis dehors, vers le 15 septembre. Mais y a encore des lieux de torture, à Paris et dans la banlieue, selon lui… Les flics gaullistes et l'état-major FTP n'ont pas terminé de faire la lessive ! (Il lui pelote un sein.) Tu m'as manqué. On monte à la chambre ?

Elle se raidit insensiblement. Ou est-ce son imagination ?

– Pas tout de suite, mon chéri. Je veux voir tout ce que tu m'apportes et me faire toute belle pour toi… Je te promets, tu ne vas pas le regretter !

– Comme tu voudras. Je te porte quand même la valoche là-haut, elle pèse un âne mort !

– Bien, mais tu redescends ensuite. Les femmes, tu sais, elles ont leurs petits secrets. Tu as pris les chemises de nuit ? les combinaisons ?

– Tu verras.

– En m'attendant, fais-toi du café dans la cuisine ! Et M. Gaujard, qu'est-ce qu'il t'a dit ?

– Il était très triste pour ton « accident »… Te savoir hospitalisée après être passée sous une jeep !…

Elle rit, en haut des marches.

– Alors le pauvre a bien cru à notre histoire…

– Évidemment. Ce gros cul-terreux de bougnat.

– Et… il n'a rien dit d'autre ?

– Il était trop occupé avec ses clients. Et puis y avait du barouf dans le secteur, les FFI ont l'air d'être tombés sur un nid de miliciens, ils leur couraient après…

Sadorski la suit en bavardant le long du corridor obscur du premier étage. Entre les tableaux suspendus de guingois sur des cloisons moisies, les cadres voilés de toiles d'araignée, qu'éclairent, d'une lumière pâle, les interstices des volets rabattus par la vigne vierge. Les lames du parquet, qui n'a pas été ciré depuis des années, et qu'ils ont découvert semé de crottes de souris, gémissent sous leurs pas. Henriette fait halte devant la porte de la chambre à coucher de mère Sainte-Hélène, saisit, d'autorité, le bagage, dépose un baiser rapide sur la bouche de son aumônier et s'isole à l'intérieur. Il attend quelques instants dans le couloir, l'oreille collée au battant, écoute la jeune femme pousser de petits cris de joie en récupérant ses effets. Puis il repart en sens inverse et, descendu à la cuisine, allume le gaz sous la cafetière. Autre petit miracle, les commodités de l'institut des Fauvettes, eau, gaz, n'ont pas été débranchées. Il ne manque que le courant électrique, mais on a des allumettes à foison dans les tiroirs, et des bougies partout sur les candélabres. Ainsi que des poêles Godin remplis de charbon pour se chauffer avec le retour du froid. Sadorski allume une de ses gauloises de marché noir, cherche un cendrier. Deux mégots écrasés traînent dans celui au-dessus du buffet. Sans trace de rouge à lèvres à leur bout. Il les renifle. Du tabac blond, à l'odeur légèrement différente de celle des Lucky Strike trouvées dans le coffre de la traction des FTP, et dont de toute manière il se rappelle avoir vidé le paquet depuis plusieurs jours.

Il s'assied à la table et boit son café. Puis, la tasse à la main, nerveux, l'inspecteur arpente le rez-de-chaussée, revisite la chapelle, puis la grande pièce avec le piano pour les cours de chant. Il pousse une pointe jusqu'au réfectoire, qui prolonge la maison des sœurs. Un bon quart d'heure s'écoule. À gamberger et nourrir des soupçons. L'expérience de Sadorski lui a enseigné qu'on ne se méfie jamais suffisamment des gonzesses – à part Yvette et Julie, bien entendu, ses chères amours. Mais de tels joyaux de sincérité sont rares, exceptionnels, même ! Il doit se juger extraordinairement verni de les avoir connues et aimées. Et d'avoir été aimé par elles. Tout, hélas, a une fin. Il écrase une autre cigarette dans le cendrier, et soupire.

On appelle. De là-haut.

– Tu peux venir ! Ouh-ouh.

Des petits pas pressés résonnent sur le parquet du corridor, regagnant la chambre, semble-t-il. Sadorski termine son café, se lève, grimpe l'escalier. En cas de mauvaise surprise il a toujours le Mauser du capitaine dans sa poche. Mais, pour rester dans l'esprit du jeu, ayant rejoint la porte il frappe à petits coups, imitant leur code de l'entrée. Elle répond dans le même style :

– Entrez, monsieur le curé !

Il ouvre et s'immobilise sur le seuil, interdit. Jambes gainées de bas de soie, la soignante du Val-de-Grâce a remis sa tenue de travail, celle qu'il lui a apportée. La blouse blanche immaculée. Et le long voile, marqué au front de la petite croix rouge. Mais elle n'a pas les traits fatigués, tendus, de ses collègues qu'il a vues surmenées par les tâches ingrates, les efforts pénibles, l'atmosphère toujours un peu sordide d'un hôpital en période de guerre. Reposée par les grasses matinées de ces derniers jours Henriette s'est maquillée avec soin, a rougi ses lèvres comme une actrice de Hollywood. Elle se tient debout devant le papier peint rose fané, avec à côté la petite bibliothèque vitrée remplie d'ouvrages religieux, le grand miroir au cadre doré, la tête de lit en chêne verni, son crucifix et son brin de buis, les draps neufs et la paire d'oreillers qui paraît attendre… L'infirmière lui sourit, dégrafant avec une lenteur étudiée le haut de sa blouse, sur la poitrine aguicheuse qui gonfle l'ampleur du tissu.

– Viens… Ta Rirette est prête.

Il la contemple un instant encore, estomaqué, le cœur tapant à coups sourds. Bon Dieu, encore une qui connaît à merveille les désirs des hommes ! Sadorski fait quelques pas en avant, la prend par la taille, respire le parfum capiteux dont elle s'est aspergée. Les mains de l'inspecteur palpent les fesses rebondies, retroussent légèrement le bas de la blouse, effleurent les dentelles de la combinaison, caressent le crêpe de Chine sur la chair pleine, les cuisses frémissantes. Elle lui chuchote à l'oreille.

– J'ai mis une culotte… Pour te laisser le plaisir de me la retirer…

L'érection qui tend la soutane est presque insupportable. Henriette le saisit aux épaules, approche son visage du sien, lèvres entrouvertes. Il la sent cambrée contre lui.

– Maintenant, chéri, j'ai quelque chose à te dire. Et après, on baise.

Il a un petit recul.

– Hein ? Tu veux me dire quoi ?

– Ne t'inquiète pas. Rien de grave. Au contraire…

Sadorski imagine qu'elle a peut-être ses règles. Tant pis, ça ne le dérange pas.

– Bon, ben accouche, veux-tu, mon lapin…

– Voilà. Guy est en ville.

– Hein ?

Pour le coup, Sadorski débande franchement.

– Ton frère ? Il est au Vésinet ?

– Enfin, plus précisément à Saint-Germain. Mais il est venu me voir tout à l'heure…

– Attends, je pige pas. Tu lui as dit qu'on était ici ? Tu es folle ?

– Non, non. Ne te fâche pas. Je ne lui avais pas parlé, ni écrit, depuis son appel téléphonique au Val, au mois d'août…

– Alors comment a-t-il pu savoir ?

– Il ne savait pas. Mais… vois-tu, quand il est venu en permission au mois de juin, et qu'ensemble on a visité les Fauvettes et trouvé les lieux abandonnés mais habitables, Guy a suggéré que ce serait une bonne cachette, pour lui et moi, dans l'hypothèse où les choses tourneraient mal.

C'est du reste pour ça que j'en ai eu l'idée tout de suite, la nuit où tu m'as sauvée avec la voiture… Le Vésinet ce n'était pas loin, par le pont de Suresnes…

– Assieds-toi sur le lit. Continue.

– Tu es fâché ?

– Je sais pas encore. Finis ton histoire.

– Oui. Hier en arrivant à Paris, il est allé tout de suite rue Hippolyte-Maindron. Où M. Gaujard a raconté ne pas m'avoir vue depuis un mois… Guy a deviné que j'avais des ennuis. Donc il est passé ici ce midi au cas où. Il ne connaissait pas le code pour frapper à la porte, mais je reconnaîtrais sa voix entre mille…

– Qu'est-ce qu'il fout dans le coin ?

– Je… je ne sais pas exactement, il songe à s'engager dans la division Leclerc… mais j'étais tellement heureuse de le voir ! On a toujours été très proches, tu sais.

Sadorski est tenté de répondre, méchamment : « Oui, *très* proches. J'ai lu ses putain de lettres à ce sale con… » Mais à quoi cela servirait-il ? La jalousie, la haine sont mauvaises conseillères. Et la revanche, de toutes les façons, un plat meilleur froid.

– C'est lui qui fume des américaines ? J'ai compté deux mégots dans la cuisine.

Elle fait une moue boudeuse.

– Toi, tu seras toujours flic…

– Et j'en suis fier. Je suis un policier de métier et de vocation. Qu'a-t-il fabriqué, après Valence et t'avoir téléphoné ?

– Il a gagné Lyon à pied, les camions des miliciens en fuite ayant été détruits à Nîmes par des avions américains et ses camarades s'étant dispersés. À Lyon début septembre, il y avait des combats entre les FFI et des éléments de la Milice ou du PPF. Guy m'a expliqué (elle hésite)… qu'il est passé du côté des FFI à ce moment-là. Toutefois on n'est jamais complètement sûr avec lui… il entretient des rapports assez flous avec la vérité. C'est quelque chose qu'il vaut mieux savoir lorsqu'on le fréquente.

– Il m'a l'air d'un type formidable, ton frangin.

– Oh, mais c'est la jeunesse !… Guy est merveilleux, je l'adore… J'admire son culot. Il raconte souvent qu'il est lieutenant de vaisseau alors qu'il n'a jamais fait l'École navale ! Il aime juste un peu se vanter, c'est dans sa nature. Quand il était petit je trouvais ça mignon.

– Ouais mais à présent il est grand. Continue.

– Bref, il s'est bien entendu avec les FFI, tu vois c'est un patriote, il a compris qu'avec la Milice il faisait fausse route… À Lyon il s'est battu courageusement, sa bravoure au feu a été remarquée par un officier aviateur qui s'appelle le commandant Richard… ou Robert. Non, Richard. Cet officier devait monter à Paris et avait besoin d'une ordonnance. Il a signé à Guy un ordre de mission. Ils sont partis en automobile mais en chemin ils ont eu un accident. Le chauffeur a été grièvement blessé, mon frère et le commandant étaient indemnes, Dieu merci…

– Écoute, Henriette. À vrai dire je m'en fous, de ton Guy, mais ça m'emmerde s'il se repointe chez nous au pensionnat. Trop d'allées et venues dans le quartier ça risque d'attirer l'attention. Cette planque est parfaite, on en a besoin encore quelque temps, je ne veux pas la griller.

Elle sourit, soulagée. Se lève du lit pour l'embrasser. Et lui caresser la nuque.

– Mais non, ne t'en fais pas, chéri. Il ne reviendra pas. C'est toi qui irais le voir…

– Hein ? Pour quoi faire ?

– Guy était très impressionné quand je lui ai parlé de toi. De tes états de service à la préfecture… Il pense que vous pourriez travailler ensemble. Avant qu'il ne s'engage chez les Leclerc.

– Travailler ? À quoi ?

– Je ne sais pas, mais il pense à un boulot qui rapporterait beaucoup d'argent… On en a toujours besoin. Surtout quand on doit vivre cachés comme toi et moi. Non ?

Il réfléchit.

– Où loge-t-il, à Saint-Germain ?

– À l'hôtel du Grand-Cerf. Mais ce n'est pas là que tu le rencontreras ! Il m'a demandé de t'informer du lieu du rendez-vous : à Paris, le restaurant Le Vivier, dans le huitième… Tu disais que tu aimes le poisson, c'est un très bon restaurant de poisson. Après-demain, mardi 3, à 13 heures. C'est Guy qui invite, ça lui fera plaisir il a dit. (Elle sourit de nouveau, avec ses lèvres de star de cinéma et ses dents blanches ravissantes.) Allez, monsieur l'aumônier. Reprenons où nous en étions. Viens, viens, mon chéri… baise ta Rirette.

19

A beau mentir qui vient de loin

La place du Trocadéro n'a guère changé. On ne s'est pas battu par ici, il n'a pas été nécessaire, comme ailleurs en ville après le 25 août, de déblayer blindés boches hors d'usage, voitures calcinées, amas de vitres, de gravats, restes de barricades, de fil barbelé ou de chevaux de frise, ni de repaver une chaussée éventrée. Vélos, jeeps américaines, camions, conduites intérieures, tout cela circule avec aisance autour du terre-plein central avec vue sur les deux ailes du palais de Chaillot, au centre son esplanade envahie de militaires devenus touristes, et, au-delà de la Seine, la tour Eiffel pavoisée de bleu, blanc, rouge qui veille sur la capitale libérée. À midi par ce beau temps d'automne aujourd'hui encore, les terrasses des grands cafés regorgent de consommateurs et de lecteurs de journaux. Le petit prêtre en soutane qui débouche de la station de métro cadre bien avec ce quartier des plus bourgeois où les églises honorablement fréquentées sont nombreuses.

Non sans nostalgie, voire douce émotion, Sadorski emprunte l'avenue d'Eylau pour faire halte devant son n° 28, l'immeuble cossu en brique et pierre de taille où, au cinquième étage, vivaient – vivent encore, peut-être, si la police FFI les a relaxés – les parents de Jacqueline,

M. et Mme Perret. Il pousse la lourde porte cochère, en fer forgé doublé de verre, et pénètre dans le vaste hall souvent visité déjà avec ses marbres roses, ses appliques dorées, ses lustres, ses pilastres, son escalier monumental à balustrade de pierre et, dans la cage au grillage mordoré, son étroite cabine d'ascenseur aux battants de bois verni.

Et naturellement la loge de la pipelette.

Cette dernière pointe justement son museau de fouine, sa face blême derrière les carreaux. Les concierges sont en général physionomistes, on les paie pour cela entre autres, mais le policier doute qu'elle l'identifie, il a trop changé. C'est la raison pour laquelle il retire ses lunettes noires, exhibant l'orbite vide, la peau recousue de son œil perdu. De pareils détails frappent si vivement que le témoin ne prête plus attention au reste. Sadorski s'approche en toussotant.

– Je vous demande pardon... Je cherche Mme Devulder...

– C'est moi.

– On m'avait bien renseigné, alors. Je suis le père Réquillard, du GOSB, le Groupement des œuvres sociales de Belleville. Je vous suis adressé par le Service de la protection de l'enfance, quai de Gesvres.

La femme aux bandeaux gris est prise d'une quinte de toux pénible. Sa respiration est difficile et sifflante. Toujours aussi asthmatique. Et l'expression alarmée :

– La... protection de l'enfance ?

– Tout à fait, madame. M. et Mme Perret habitent bien ici ?

Le regard de la bignole se fait plus anxieux encore.

– Euh... oui, mais... Ils ont été arrêtés en août[1]. Par un groupe de FFI du dix-septième. Parce que M. Perret travaillait avec la firme Continental qui faisait des films

1. Voir *L'inspecteur Sadorski libère Paris*.

avec les Alle… euh, avec les Boches. Et on ne les a pas libérés à ce jour… J'ai entendu qu'ils se trouveraient maintenant en prison à Fresnes. (Elle hésite visiblement sur quel commentaire ajouter : « Les pauvres ! » ou « Bien fait pour eux, ces sales collabos ! » Ce prêtre n'est pas obligatoirement un résistant, au contraire. Mais dans le doute elle finit par s'abstenir.) Et… vous leur vouliez quoi, aux Perret ?

– À eux, rien, madame. Mais on m'a informé que leur soi-disant petit-fils, le petit Bernard, né le 12 novembre 1943 à Paris quatrième, était hébergé dans leur appartement lors de l'arrestation, et aurait été sur le moment, vu les circonstances, confié à la concierge, Mme Devulder, à vous, donc. Où se trouve l'enfant à l'heure actuelle ?

Son interlocutrice a pâli davantage et paraît sur le point de défaillir.

– Mais… mais… il… il est ici. Toujours.

Le cœur paternel du visiteur fait un petit bond dans sa poitrine.

– Ici, où ?

– D-dans ma loge. Il dort… Vous… vous êtes venu le reprendre ?

– Peut-être pas, madame. Cela dépendra de… hum, je dois m'assurer de son état de santé, s'il est bien nourri, enfin vous comprenez. La Protection de l'enfance, comme son nom l'indique, se doit de protéger les enfants. Et ceux qui sont malades ou mal soignés par leurs hébergeants provisoires, le GOSB se charge de leur entretien, chez nous à Belleville, ou de les placer ailleurs, dans une famille méritante…

– Oh, mais il est très bien soigné ! Il est heureux ici ! On l'adore, ce bébé ! Et mon époux est gardien de la paix, y a rien à craindre !

– Je peux le voir ?

– Maurice ? Mais à c't'heure il est au commissariat de la rue Mesnil…

Décidément elle n'a pas changé, la bignole du 28, avenue d'Eylau. Il soupire.

– Pas votre mari, madame. Je vous demande si je peux voir cet enfant…

– Oh, pardon, mon père ! Mais oui, je vous en prie, entrez…

La loge est sombre, avec le courant toujours rationné, et il flotte une odeur de soupe aux choux. On distingue une flopée de bibelots envahissant les meubles, des fleurs artificielles plantées dans des vases, tout un fouillis de brocante et, aux murs, parmi les croûtes encadrées, une photographie neuve (on les imprime ces temps-ci par millions) du général de Gaulle. Au fond, contre la fenêtre donnant sur la cour, un berceau avec une forme assoupie à l'intérieur. Sadorski s'approche, très ému. Cela fait plus d'un mois qu'il n'a pas vu son fils. Mme Devulder retire délicatement la petite couverture en tricot, dévoilant un marmot à la figure rougeaude, suçant son pouce les yeux fermés, et bavant un peu. Il est vêtu d'une marinière qui paraît assez serrée. Ça pousse vite, un môme, son géniteur s'inquiète :

– Vous lui achetez des habits, au moins ? Les vieux vont être trop justes…

– Oh mais bien sûr ! Pour la carte de textile, Maurice s'en est occupé, il a expliqué le cas à la mairie… L'inspecteur Pinson, du commissariat, lui a fait un mot pour raconter comment… euh, enfin, les circonstances… Et puis comme la vraie mère est pas là…

– La vraie mère ?

L'expression de la pipelette se fait embarrassée.

– Euh, M. et Mme Perret m'avaient dit que le petit serait le fils de leur fils Bernard, qui a été tué par la police sous l'occupation, et d'une jeune fille qui devait se cacher, chez le commissaire Sadorski et son épouse… lesquels avaient donné leur prop' nom, quand il a fallu déclarer la naissance ! Alors Maurice est allé chez eux, enfin, chez les Sadorski, dans le quatrième, mais l'appartement était vide, Mme Sadorski aurait été arrêtée à la Libération, et son mari, un fameux collabo, est en fuite, on le cherche… s'ils le prennent il sera fusillé ! Quant à la jeune fille aucune trace, d'ailleurs la concierge là-bas, Mme Lambin ou Lantin, j'me souviens plus, elle savait même pas que cette Juive vivait cachée dans son immeuble ! Elle était la toute première surprise…

– Hum, je vois… (Il chausse ses nouvelles lunettes, sort un carnet et feint de noter ses observations.) L'enfant est en bonne santé, dites-vous ?

– Mais parfaitement. D'ailleurs s'il tombait malade, on connaît un excellent pédi… euh, pé-di-atre, le Dr Buchard… il habite à côté, au 26.

– Vous auriez de quoi payer la consultation ? les frais médicaux ?

– Oh, sûrement, mon père… Mon époux et moi on travaille tous les deux, et puis dans un immeuble comme celui-ci, dans le seizième, les résidents ils sont pas grippe-sou pour les étrennes ! Ça non alors. Ce qui fait que Maurice et moi on a nos petites économies… On garnit le bas de laine, comme on dit, hein, n'est-ce pas ?

– Et pour la nourriture ? Il mange à sa faim ?

La figure blafarde s'épanouit.

– Pour ça, mon père, nous les concierges on sait toujours se débrouiller…

– Vous voulez dire marché noir ?

Elle se mord les lèvres.

– Euh…

– C'est bon, c'est bon, madame Devulder. Ne vous alarmez pas. Je représente les œuvres sociales de Belleville, je ne suis pas la police économique. (Il referme le calepin, le range ainsi que son crayon.) Notre rôle est de nous assurer que les citoyens ne meurent pas de faim ; comment ils se procurent la nourriture ne nous regarde pas. Plus ils mangent et moins nous avons à chercher de quoi les nourrir ! Le GOSB doit s'occuper des *vrais* nécessiteux. C'est la mission que m'a confiée le Seigneur, à moi, son humble serviteur… En ces temps terribles.

Il revient vers le berceau.

– Hein mon p'tit Bernard ? Si t'es heureux ici je ne vois pas de raison pour que ça change pour le moment… Elle est gentille, Mme Devulder ? Elle te fait pas les gros yeux ?

La concierge glousse, ravie. Le bébé s'agite, commence à chouiner, agite ses petits poings. Une odeur de caca vient s'ajouter à celle de la soupe aux choux.

– Euh, mon père, je crois que c'est le moment pour que je le change…

– Ah, ah. (Sadorski étend le bras, caresse furtivement la joue du bébé, lui pince avec précaution le minuscule lobe d'oreille, avant de battre en retraite. Le petit Bernard a rougi davantage et se met à brailler.) Oh là…

– Il a d'la voix, commente Mme Devulder. Mon époux il dit que ça ferait un bon policier ! P'têt' même un commissaire principal ! Vous croyez pas, mon père ?

Sadorski a pris la ligne 6, cela représente trois petites stations direct jusqu'à Étoile. Il doit être près de 13 heures – mais, sans montre, difficile de respecter ponctuellement les rendez-vous. Enfin bon, on n'est pas des Boches, ces maniaques du chronomètre ! Et puis l'inspecteur ne souhaite pas paraître aux ordres de cet imbécile d'Aubrais. C'est déjà bien généreux de se rendre au restaurant et à la date choisis par lui. Si le frangin d'Henriette doit attendre, il attendra, ça lui fera les pieds ! Dans ce genre de situation il faut savoir montrer d'emblée qui est le chef ! Faisant claquer martialement ses talons sur les marches de la sortie du métro, le petit ecclésiastique à moustache et lunettes noires émerge, le souffle court, sur la grande place qu'il n'a pas revue depuis ce vendredi 25 août en pleine bataille, chars Leclerc contre panzers de la Wehrmacht. Avec, ensanglantant la chaussée devant l'Arc de triomphe, sous lequel le colonel de Langlade venait d'installer son QG provisoire, la dizaine de cadavres d'officiers allemands abattus par les soldats français ou lynchés par la foule, une grenade ayant éclaté par traîtrise au moment de leur prétendue reddition.

Aujourd'hui, le tombeau du Soldat inconnu est jonché de fleurs et de bleu, blanc, rouge. Un immense drapeau tricolore se gonfle au vent sous les voûtes. Plus loin, à l'entrée de l'avenue Kléber, un tank Sherman stationne face à l'hôtel Majestic, ancienne place forte de l'état-major à croix gammée. Les jeeps de l'*US Army* sont plus nombreuses ici qu'au Trocadéro, de même que les automobiles. Mais Paris commence à ressembler à Paris. La vie normale va reprendre, on le sent, et plus vite que l'inspecteur ne le pensait, en tout cas dans ces beaux quartiers de l'ouest. Seule vraie différence, le kaki a remplacé le vert-de-gris. Pour le reste c'est la capitale d'antan telle qu'il l'a connue, avec peut-être davantage de vélos. L'occupation et les pénuries d'essence ont développé le cyclisme ! Gars et filles pédalent allègrement. Sadorski se rince l'œil sur quelques belles cuisses, dévoilées par la brise retroussant les jupes. Il descend, à une allure presque de promenade, le large trottoir de l'avenue des Champs-Élysées. Les vitrines fracassées par les obus et les mitraillades ont été remplacées, on admire déjà à leurs étalages les vêtements de la nouvelle mode. Des GI font des emplettes pour leurs chéries – parisiennes ou d'outre-Atlantique. Ou pour l'une et l'autre. Il entend causer anglais. Tous ces grands gaillards en uniforme, robustes et vigoureux, à peau de bébé et aux yeux clairs, mâchent leur chewing-gum, l'air désinvolte et bovin à la fois. On note un certain nombre de couples franco-amerlots se pavanant bras dessus, bras dessous, les femmes en bas nylon tout neufs, évidemment. Ces types s'en donnent à cœur joie avec ses compatriotes du beau sexe, plus libres de mœurs que les Britanniques qu'ils ont fréquentées lors des longs mois d'attente en Angleterre avant le débarquement – une contrée prude où ils devaient se contenter, la plupart du temps, de prostituées et d'un service ultrarapide. Sadorski a entendu dire que le commandement américain distribue gratuitement et massivement aux GI des préservatifs. Et que les Françaises, peu accoutumées à l'accessoire, se sont senties plus libres depuis cet été, délivrées de l'éternel souci des conséquences. Mais si lui-même s'en était servi, réfléchit-il, on n'aurait pas eu de petit Bernard !

Quoi qu'il en soit, elles s'affichent encore davantage, il en a la preuve sous le nez, avec les Yankees qu'avec les Fritz ! Elles ne se gênent pas ! Sous l'occupation on ne voyait que rarement ceux-ci se bécoter avec leurs conquêtes, marcher enlacés. Soit que c'était mal vu, soit que les Boches seraient plus pudiques. Mais ce midi sur les Champs il regarde les filles exhiber leur mâle avec fierté, comme un brevet de patriotisme ou de résistance ! Le faux prêtre bout de colère, s'énerve tout seul. Coucher avec un étranger, c'est prouver son patriotisme ? Eh ben, faudra m'expliquer le pourquoi du comment ! La fraternisation franco-alliée a bon dos… On lui a dit aussi que salle Wagram, tout près d'ici, l'armée organise des « mardis *swing* » où les Parisiennes affluent pour danser avec les libérateurs, et que la *Military Police* refoule impitoyablement les Français du sexe masculin ! Les nénettes ça ne les défrise pas, cette ségrégation. Sur le marché du sexe le cow-boy héroïque possède tous les atouts – y compris le pouvoir de distribution de savonnettes, café, chocolat, potage en poudre et rations diverses, en plus des sous-vêtements en nylon déjà observés. Bref, une injustice totale. La baise va être rationnée pour l'autochtone et Sadorski doit s'estimer veinard d'avoir fait la connaissance d'Henriette de Laperouse… Celle du frère, en revanche, il pourrait très bien s'en passer.

Le solitaire énervé en tenue noire tourne à gauche au croisement avec la rue de Berri. Le restaurant Le Vivier se trouve un peu plus loin, lui a-t-on expliqué. Les Aubrais connaissent ; lui-même n'y a jamais mis les pieds, ce n'est pas son quartier. Par contre il est exact que Sadorski, natif de Sfax au bord du golfe de Gabès, est friand de poisson, cela depuis toujours. Il pousse la porte doublée d'un rideau de velours cramoisi, se retrouve dans une atmosphère sombre et enfumée, avec une salle tout en longueur bourrée d'individus attablés qui se gobergent, rouges, excités et bruyants. Les odeurs sont appétissantes, où le tabac blond se mêle aux effluves variés, sauces, oignon, poisson, grillades…, en provenance des cuisines.

– Monsieur ? Euh, mon père ?

Le maître d'hôtel en veste blanche le toise avec un sourire mécanique, à peine déstabilisé par le vêtement religieux et ces lunettes sombres de malvoyant.

– On m'attend, fait Sadorski. Un jeune homme, M. Aubrais… Il aura réservé pour deux.

– M. Aubrais… ça ne me dit rien. Ni de table pour deux personnes…

– Vous permettez ?

Le nouveau venu observe les convives : rien que du beau linge, et des faces couperosées, dans la fumée bleutée de tabac et le tintement général des couverts. On croirait un restau de marché noir sous l'occupation ! Le genre qui coûte cher mais où l'on ne vous demandera jamais de tickets. Beaucoup d'uniformes, aussi, avec une prédominance de kaki et de bleu. Mais pas de jeune homme seul ni de table à deux couverts attendant ses clients. Merde alors !

– Excusez-moi mon père, mais nous sommes complets. Je vous suggérerai de revenir un autre jour…

Dans le dos du maître d'hôtel, au fond vers la droite, un officier en bleu marine s'est levé, il fait de grands signes avec sa serviette. Une femme brune assise à la table regarde dans le même sens.

Le personnage cadre avec la description livrée deux jours plus tôt par l'Auvergnat débitant de vins et charbons au sujet du « mari » d'Henriette : « Cheveux châtains, mince, la figure osseuse… » Il est grand, au moins 1,78 mètre. Et paraît un peu plus vieux que son âge.

– Je crois que c'est lui, sourit Sadorski à l'employé du Vivier.

– Ah, cette table était retenue par Mme Marat. Je vous prie de m'excuser…

– Mais de rien, mon fils.

Il gagne le fond de la salle, se faisant bousculer au passage par un serveur portant un plat de soles meunières ruisselantes de beurre fondu. Le jeune homme dégingandé en tenue impeccable de lieutenant de vaisseau – cheveux coupés court, tempes et côtés de la tête très dégagés, front étroit, pommettes saillantes et sourire un peu de traviole – lui tend une main petite et fine avec de longs doigts. L'inspecteur ne distingue pas de ressemblance notable avec la vicomtesse de Laperouse.

– Père Réquillard ?

– Mais lui-même.

– Guy Aubrais. Et je vous présente mon amie Hélène Marat.

Il s'exprime avec un accent du Gers, ou du Lot-et-Garonne. La poignée est fuyante et molle. Aubrais cède à Sadorski sa place sur la banquette contre la dénommée Marat, dont la main parfumée répond plus fortement à celle de l'invité, pour s'installer sur la chaise en face de lui.

– On ne vous a pas attendu pour les cocktails (il prononce : caucktails). Vous buvez quoi ?

– Jamais d'alcool, mon fils. Je prendrai une eau minérale.

En réalité il souhaite surtout garder la tête froide, en présence d'un individu dont il a toutes les raisons de se méfier. Aubrais possède ce je-ne-sais-quoi dans l'attitude qui fait reconnaître les jeunes gens habitués des bars chics et des restaurants du marché noir.

– Comme vous voudrez ! Mais c'est moi qui régale, hein ! Il n'est jamais trop tard pour changer d'avis… Et puis, Rirette m'a mis au courant. Pas la peine de jouer les enfants de chœur !

– Rirette ? s'enquiert Mme Marat.

– Rirette, c'est ma frangine. Une amie du bon père ici présent. Tu n'as pas besoin d'être jalouse, ça serait trop con, ma petite Hélène.

– Ah bon.

L'intéressée pique un fard. Sadorski l'étudie discrètement, placée comme elle est sur sa gauche, du côté de son bon œil. Entre trente et quarante ans, distinguée, une fourrure de renard autour du cou et pourvue de bijoux en quantité et scintillances des plus remarquables : boucles d'oreilles en or, barrettes de diamants, collier en platine et brillants avec deux solitaires et une émeraude, broche longue en or avec aigue-marine, bague en or avec rose et pétales or et brillants, et bague platine. Si tous ces accessoires ne sont pas du toc – le policier n'est pas un expert en joaillerie –, Mme Marat, Hélène, se balade avec plus d'un million de francs accrochés à sa personne. Une petite fortune, sans compter ce qu'elle garde probablement à la maison ou dans son coffre à la banque. Comme la dame n'est pas d'une beauté extrême, sans être moche non plus, toute cette ferblanterie pourrait expliquer l'intérêt du soi-disant lieutenant de vaisseau à son égard.

– Hélène ne déjeune pas avec nous, précise-t-il. Dès qu'elle a fini son martini elle se casse. Parce qu'elle a rencard avec sa meilleure amie au Fouquet's.

– Tu me laisses quand même le temps de boire à mon aise ? fait-elle aigrement.

– Mais bien sûr. Alors que pensez-vous de ma sœur, monsieur… euh, mon père ? La jugez-vous une baunne chrétienne ? Ou baunne tout court ?

Il a ajouté le sous-entendu en allumant une Pall Mall. Avant de présenter le paquet à Sadorski.

– Pardon. Vous fumez, monsieur Réquillard ?

– Généralement des brunes, mais…

– N'hésitez pas, hein. J'en ai autant qu'on veut de celles-ci. Avec mes relations chez nos amis de la 3e armée US !

Le prêtre se sert, le marin lui allume la cigarette avec son briquet en argent.

– J'apprécie beaucoup votre sœur, monsieur Aubrais. Qui elle-même vous apprécie beaucoup, *vous*. Mais tous deux me semblez assez différents. L'accent, d'abord…

Il rit.

– Parce qu'on n'a pas grandi ensemble, Rirette et moi. Elle au Vésinet, mézigue à Tarbes dans la famille de mon père. On se voyait seulement aux vacances. Mais là, on se voyait *beaucoup*. Qu'est-ce qu'on a pu faire comme caunneries… Rirette est l'aînée mais je lui ai presque tout enseigné, vous savez. Je suis du genre précauce. Pas vrai, Hélène ?

La femme aux bijoux réagit par un petit rire. L'autre continue, haussant les épaules :

– T'en sais rien, en fait, puisqu'on se caunnaît que depuis peu ! Tu n'as eu droit qu'aux haurs-d'œuvre, attends un peu voir, ma poulette… (Il adresse un clin d'œil à Sadorski.) J'ai plu à notre belle Hélène ici présente parce que je suis un héros de la Résistance et de la Libération. Elle en cherchait un, justement, pour aider à oublier que ses amis d'avant étaient plutôt des héros du front russe… côté Waffen SS !

– Enfin, Guy ! Tais-toi un peu… Nous ne sommes pas seuls. Et que va penser le père Réquillard ?

Le marin souffle la fumée, puis, cambré sur le dossier de sa chaise, avale une gorgée de cocktail. Il ricane :

– Oh, le bon curé, il aurait aussi des choses à cacher… Comme des tas de gens en France de nos jours ! Mais ne craignez rien, mes amis. Si vous avez des ennuis – vous savez de quels ennuis je parle, c'est courant, hein, faut pas avoir honte ! –, demandez au fils de l'amiral Aubrais.

Sadorski est tenté de répliquer qu'il y a un imposteur ayant intérêt à ce que soit oublié son passé à lui, milicien en Ariège, fusilleur de maquisards… Et qui risque sacrément plus de ces ennuis que sa compagne. Elle le regarde, en reposant son verre de martini.

– Ton père est *vraiment* amiral ?

– Tu en doutes ? T'as jamais vu sa photo dans les journaux ? Tout le monde dit que je lui ressemble. En ce maument, papa est en traitement à l'hôpital de Toulon, parce qu'il a été blessé au débarquement de Sainte-Maxime. Mais un paquet de ses bons caupains sont ici au ministère de la Marine. Je peux aller les voir quand je veux pour te rendre service. Ou aussi mes amis anglais. Vu que je suis aufficier de liaison à l'Amirauté britannique de Saint-Germain…

Les avertissements d'Henriette se confirment. *Guy entretient des rapports assez flous avec la vérité. C'est quelque chose qu'il vaut mieux savoir…* Amusé, en fin de compte, l'inspecteur le questionne avec un sourire bonhomme :

– Votre sœur me dit que vous avez combattu héroïquement à Lyon ?

Le résistant répond sans s'embarrasser de modestie.

– Si elle l'affirme, c'est que c'est vrai. Pas seulement là-bas, du reste. J'étais élève officier sur le croiseur *Champenois*[1], qui a été coulé par les Chleuhs au large de Casablanca, je fais partie des survivants. J'ai sauvé beaucoup de mes camarades de la noyade ! Mais en effet ça a été très chaud, à Lyon, les 3, 4 et 5 septembre. On a eu des chefs de tués par les salaupards. Le caummandant Richard, mon chef, un haumme bon et juste, m'a auffert

1. Il s'agit en réalité d'un cargo, échoué en 1941.

un revolver modèle 92, pour remplacer le flingue que les Boches m'avaient piqué le jour où j'ai été blessé...

– Tu as été blessé ?

– Oh, je te l'avais pas dit, ma poulette. Pas très gravement, on voit même plus la cicatrice... C'était au mois d'août pendant le débarquement de l'armée de Lattre... où je me suis illustré aussi par ma bravoure au feu. Citation à l'ordre de l'armée ! Papa était fier de moi...

– Et à Lyon, monsieur Aubrais ? Racontez un peu...

– J'y suis arrivé dans la nuit du 2 au 3 septembre. J'étais à pied, le half-track que je caummandais avait été touché par un obus allemand, et mes compagnons tués... En ville les gares et ateliers de Perrache et des Brautteaux cramaient, les Magasins généraux, l'arsenal de La Mouche... Les flammes montaient, ça faisait un beau feu d'artifice !... L'ennemi avait fait sauter les ponts sur le Rhône... le pont Gallieni, le pont de l'Université, et ainsi de suite en remontant le fleuve... Les conduites d'eau et de gaz se rompent quand les ponts sont coupés, ça fout un de ces bordels ! Au pont Serin, sur la Saône, trois Boches, tués par les matériaux praujetés par les explosions, sont restés sur le pavé... J'ai réussi à empêcher la destruction des ponts Saint-Vincent et l'Haumme-de-la-Rauche... car à l'École navale j'avais appris comment fonctiaunnent les caisses d'explosifs placées aux clés des arches... Le caurdon reste visible, il suffit de tirer dessus et la caisse est désamaurcée ! N'écoutant que mon courage, sous le feu de l'ennemi je me suis paurté volontaire et j'ai tiré sur les caurdons[1]...

Mme Marat le considère avec admiration.

1. L'exploit que s'attribue Aubrais a été accompli en réalité par le lieutenant de réserve Joseph Laval qui défendait le fort Saint-Jean.

– Simple ruse, commente Aubrais humblement. Je n'ai pas eu à faire le coup de feu… à ce maument-là. Après, ça a été aut' chose !

– Ces messieurs dame ont choisi ?

Le maître d'hôtel s'incline vers eux, bloc-notes et stylo en main.

– … Je vous recommande nos langoustines en sauce…

– Ah, merde, répond Aubrais, on a pas encaure regardé les menus ! Y a pas le feu, rappliquez plus tard… ou, attendez, une eau de Vichy pour le curé ! avec un deuxième martini pour moi. Et presto ! Où j'en étais ? cet âne bâté m'a distrait…

– Aux coups de feu après que vous avez sauvé ces ponts, sourit Sadorski.

– Ah oui. Le 3 septembre à 6 heures du matin, des éléments de la 1re armée française attaquaient de concert avec les FFI les derniers points d'appui boches… Les rues étaient désertes… Le caummandant m'a envoyé en avant-garde, cette confiance était tout à mon haunneur, ça prouvait une fois de plus que mes qualités de combattant et de national… euh, de patriote, étaient recaunnues. Avec mon groupe, on est parvenus place Bellecour à 9 h 30… L'ennemi – miliciens, Gestapo, Wehrmacht – nous canardait depuis les toits… Les salaupards ils hésitaient pas à tirer sur les passants ! J'ai aurganisé mes hommes en petites équipes pour nettoyer chaque pâté de maisons. Travail délicat et dangereux, mais qui convenait très bien à mon tempérament. On a eu une trentaine de tués et blessés… Moi j'ai buté au moins dix Chleuhs ou milicos…

– Pardon, avec quelle arme ? Je croyais que les Allemands vous avaient pris votre revolver…

Aubrais jette à son vis-à-vis un coup d'œil torve.

– Euh, le caummandant Richard m'avait déjà filé le M 92.

– Excusez-moi, j'oubliais.

– Ensuite, les prisaunniers qu'on a faits on les a conduits en bas dans la rue. Je les ai souagnés, faites-moi confiance ! Bon, on a reçu l'ordre de les encadrer mais ça a été impaussible, tous les milicos ont été foutus en pièces par la foule… y restait plus que des maurceaux de barbaque dans la poussière…

Sa compagne a blêmi.

– Quelle horreur !

– Voyons, ça ne t'arrivera jamais, ma poulette. Ton lieutenant veille au grain. T'as éclusé ton martini ? Ta caupine t'attend au Fouquet's, je te rappelle.

– Nicole peut patienter encore un peu.

– Elle pourquoi pas, mais nous on a à causer entre haummes. Faut te faire un dessin ? Y a des fois où je me trouve trop bon trop con, hein, avec les souris.

La femme se lève, repiquant un fard.

– Oh ça va, j'ai compris.

– Parfait. On se revoit ce soir à 19 heures au Triomphe. Je t'emmène dîner après chez Ledoyen.

– Tu as toujours ma gourmette ? Je ne la vois pas…

– Mais si. T'auccupe. Mes respects à Nicole, bon après-midi.

Il recule son siège pour lui permettre de se glisser entre les tables. Mme Marat se retourne, serre la main de son voisin.

– Au plaisir, mon père.

Celui-ci la gratifie d'un baisemain à peu près correct – Sadorski n'est pas vraiment un champion de ce genre de politesses, mais il se débrouille. Yvette naguère lui a donné des cours afin qu'il s'entraîne. Au cas où dans une réception à la PP il devrait faire du plat à l'épouse du préfet de police. À présent emprisonné.

Les deux hommes la suivent des yeux tandis qu'elle s'éloigne, tortillant de la croupe, entre les dos des chaises des consommateurs. Un garçon la salue : « Belle journée, madame Marat ! » Sans doute une habituée de l'établissement. D'ailleurs, les feux de ses bijoux sont le meilleur des passeports pour qui espère récolter de l'amabilité de la part des uns et des autres. Ainsi que collectionner les gigolos.

Aubrais ricane en se rasseyant.

– Sa gourmette, entre nous, je l'ai déjà vendue. 10 000 balles. Ça paye largement les martinis ! Et le dîner chez Ledoyen ce soir !

Sadorski opine, toujours amusé. Il commence à prendre la mesure du personnage. C'est peut-être exactement ce qu'il lui faut. Aucune moralité ni aucun scrupule. Et d'une intelligence qui doit rencontrer assez tôt ses limites.

– Vous avez fait sa connaissance récemment, disiez-vous ?

– Avant-hier. Elle habite rue des Marraunniers, à la Muette. Un charmant appartement que lui a laissé son mari. Je m'y suis installé peinard, le roi n'est pas mon cousin. La rombière est aux petits soins pour mézigue et je m'auccupe de ses affaires. Ça durera ce que ça durera…

– Mme Marat est veuve ?

– Non, divaurcée. Elle m'en a raconté de vertes et de pas mûres, sur son mecton ! M. Michel Danville, square du Bois-de-Boulogne, Paris scizième… Industriel, ami persaunnel de Knochen et de Boemelburg, les pontes du SD, il se rendait régulièrement en Espagne et au Paurtugal, infiltrer les réseaux alliés… Il a dénoncé à la Gestapo un certain Donati, qui habitait précisément dans la rue où nous bouffons à cette heure et avait fait passer en Espagne des milliers de youpins nantis de faux fafiots… Le gars Danville a même refilé aux Boches des renseignements sur la date et le lieu du débarquement en Normandie, mais ces cons ils l'ont pas cru ! Merde alors… On serait pas dans un bauxon pareil. Mais bon, y a toujours moyen de se démerder. Danville, par exemple, dès qu'il a senti le vent tourner il a pris le bateau pour l'Amérique du Sud… Il a écrit à Hélène, il vient de créer une maison d'édition à Rio de Janeiro !

Un serveur apporte sur un plateau l'eau minérale et le nouveau martini. Aubrais s'est tu, avant de reprendre :

– Rirette me dit que vous aussi vous êtes un malin. Vous lui auriez même sauvé son cul à ce qu'il paraît. Elle vous aime beaucoup.

– Oui…

– Vous étiez dans la paulice, avant ?

– C'est exact.

– Alors vous savez vous servir d'une arme à feu ? Je veux dire, vous êtes bon ? Et, pour impressionner les gens ?

– Je sais faire.

– Elle m'a dit aussi que vous avez, euh… récupéré des armes et des munitions ? Et une bagnaule ? Le soir où vous avez échappé aux baulchos ?

– Possible. Si vous parliez un peu moins fort ce serait mieux.

– *Okay*. Comme disent nos amis ricains. *Okay*, monsieur Réquillard… (Il se penche en avant sur la table.) J'ai de l'argent. L'idée c'est de s'en faire plus. *Beaucoup* plus. Et de partager, bien entendu.

Il y a un petit silence. Le faux prêtre écrase sa blonde dans le cendrier.

– D'abord, monsieur Aubrais, expliquez-moi comment vous avez fait depuis Lyon. Pour vous changer de FFI de fraîche date, avec peut-être quelques affaires à vous faire pardonner, en lieutenant de vaisseau plein aux as à Paris… Mis à part les bontés de Mme Marat ex-Danville…

Son interlocuteur sourit.

– Jouons cartes sur table alaurs, monsieur le curé. Le 23 septembre le caummandant Richard, qui m'avait à la baunne, me signe un ordre de mission. Pour que je lui serve d'aurdonnance à Paris. On prend sa tire, en chemin le con de chauffeur se paie un platane, lui est à l'haustau gravement blessé, moi et le caummandant on confisque une autre Citroën et on monte à la capitale, on arrive le 30 septembre. J'ai des relations à Saint-Germain, qui datent de l'épauque des vacances chez Rirette et ma mère au Vésinet. Je suis sans un flèche, mais je prends une chambre à l'hôtel du Grand-Cerf, on est pas aubligé de raquer tout de suite, hein, et je vais au baurdel, dont je caunnaissais le prauprio, Gendreau. Sur mon haunnête mine, et nos souvenirs caummuns, il m'avance 10 000 francs. Et le bon con me file en plus 24 000 balles pour un achat bidon de Cinzano au marché noir… (L'officier de marine s'esclaffe.) Un prêté pour un rendu, le Gendreau il m'avait repassé jadis, il s'en souvient plus… mais il est pas près de les toucher, ses bouteilles de Cinzano ! Ni de revoir son prêt et me revoir moi ! Une autre Pall Mall ?

Il tend le paquet à Sadorski. Puis fait claquer son briquet sous la cigarette de son invité.

– Mon idée, monsieur Réquillard, la voici : chez Hélène j'ai fouillé un peu et déniché son carnet d'adresses. Là-dedans, un bon paquet de salaupards qui ont fait leur beurre avec les Boches sous l'auccupation ! Eh bien ces mecs-là, par les temps qui courent, ceux qui sont pas encore à Drancy ou à Fresnes ou fusillés ils se chient dessus de trouille ! De voir les FFI débarquer ! À cause d'une lettre de dénonciation, ou autre…

– Probablement, en effet.

– Alors si c'est nous, vous et moi, donc, qui saunnons à leur porte, munis de brassards bleu-blanc-rouge, et on leur braque sur le bide une Sten et un revolver, y a pas de raison qu'ils nous prennent pas au sérieux, pas vrai ?

– Pas de raison.

– Et nous on leur praupose un marché. Ils raquent tout ce qu'ils peuvent, flouze, joncaille, bons au porteur… et la Résistance accepte de passer l'éponge. Au revoir m'sieurs-dames, finalement votre cas était pas si grave, vous avez moins caullabauré que nous ne pensions… (Il rit.) Qu'en dites-vous, mon père ?

– Moi je dis que je le connais, ton truc. Sous l'occupation ça s'appelait le « vol aux faux policiers ». De nos jours ça s'appelle le « vol aux faux résistants ». Vous n'avez rien inventé, monsieur Aubrais.

Ce dernier se renfrogne et réfléchit en sirotant son cocktail.

– J'sais bien. Mais que ce soit caunnu ça signifie pas que ça marche pas, la combine. Dans tous les articles que j'ai lus, les mecs s'en sont tirés sans praublème, on leur a pas couru après. Ils ont laissé aux suspects de caullabauration que leurs yeux pour pleurer… et un cauffiot complètement vide.

– Mouais.

– Alors nous, on pourrait peut-être améliaurer le système… Histoire d'être plus convaincants, vous avez raison. Et les plus convaincants, aujourd'hui, c'est les « emm-pi »…

– Hein ?

– *Military Police.* Les gros mecs aux épaules d'orang-outan avec le casque blanc et la matraque. En peu de temps, les Américains sont devenus chez nous les rois du trafic ! De *tous* les trafics. Ces gens-là, ils voient tout en grand, ils font tout à grande échelle. Et de nature ils sont décontractés. Leurs comptables n'attachent donc aucune impaurtance à la disparition au cours des manutentions de quelques caisses de rations ou de cigarettes. Tout ce qui n'est plus là est nauté comme « avarié » ou « impraupre à la distribution »… On revend des treillis, des rangers, des pneus, de l'essence, et même des armes ! Avec mes relations chez eux, je peux me praucurer deux casques de MP, des matraques et une paire d'unifaurmes, incluant les gaudillots et les guêtres !

Sadorski se marre.

– Y en aurait jamais à ma taille. Tes Amerlots, ils sont déjà baraqués, mon gars. Et pour la police militaire ils recrutent les plus grands et les plus costauds.

Le lieutenant se gratte la tête.

– C'est vrai. Mais, parmi vos anciens caullègues… euh, si on en mettait un ou deux sur le coup… vous caunnaîtriez pas des armoires à glace ?

L'ex-chef du Rayon juif lisse les poils de sa petite moustache. L'œil rêveur, à l'abri des lunettes. Il vient de songer à ses deux adjoints.

Magne et Piazza.

20

Les filles de l'air

La devanture du caboulot indiqué par Cuvelier ne paie pas de mine. Au 10-12, rue de la Rosière, quinzième arrondissement. Une rue étroite, bordée de bâtiments insalubres de trois ou quatre étages, Sadorski y arrive par la rue de l'Église, il est sorti du métro à Félix Faure. L'établissement, qui occupe le rez-de-chaussée de deux maisons étroites et basses à la façade lépreuse, affiche sur son vélum relevé : *CAFÉ – M*[son] *PONS – CHARBONS – POSTILLON – CLAIRET – VINS À EMPORTER*. L'ecclésiastique pousse la porte branlante, salue vaguement, s'installe à une table près de la vitre, laquelle aurait bien besoin des services du laveur de carreaux. La salle est assez vaste et presque déserte, les oreilles indiscrètes se trouvent plutôt loin. Derrière son zinc le cafetier jette un coup d'œil méfiant, on n'a jamais vu ce prêtre dans le secteur. Et encore moins dans son débit de boissons tout à fait minable. Les autres clients sont une prostituée qui fume en silence, hébétée devant son verre de calva, et, au comptoir, trois pochetrons locaux en bleu de chauffe, le nez violacé, penchés sur leur pinard de base en échangeant des propos typiques de bistrot, dénués d'intérêt. Sadorski déplie le numéro de *Libération* daté du 4 octobre qu'il vient de ramasser sur un banc, au débouché de la station de métro. Il retire ses verres noirs pour chausser ceux du magasin d'antiquités de Rueil.

– Qu'est-ce que ce sera ? questionne le patron, la voix rocailleuse.

– Un café, s'il vous plaît.

L'autre hausse les épaules, place une tasse sous le percolateur, en bougonnant.

Le canard, à la une, annonce des élections à partir du 1er février prochain ; la ration de pain portée à 350 grammes ; une percée profonde de 17 km de la ligne Siegfried ; la fin à Varsovie de la « bataille des ruines » – *Pendant 62 jours, un million d'êtres humains qui se nourrissaient de chiens et de rats ont vécu dans les caves...* ; la prise par les Américains du fort Driant et des hauteurs dominant la ville de Metz ; la promesse de l'Argentine de ne pas donner asile aux criminels de guerre ; la poursuite de l'épuration dans la magistrature – *Le procureur général Caous, qui présida la cour de Riom, est suspendu de ses fonctions* ; une résolution du CNR sur la composition de l'assemblée consultative ; un grand rassemblement au Vél' d'Hiv le 7 octobre ; et, enfin, s'interroge : *Où en est l'Afrique du Nord ?* La Tunisie libérée, est-il ajouté, devant résorber 2,5 milliards de fausse monnaie imprimée par les Allemands…

Suite en page 2, ça intéresse Sadorski, natif de là-bas, il passe donc au verso (les quotidiens continuent d'être imprimés sur une seule feuille) :

(De notre envoyé spécial en Afrique du Nord, CLAUDE CHABERT.*)*

Tunis, septembre. – À quatre cents mètres sous nos ailes, l'aérodrome d'El Aouina se déploie brusquement en éventail : l'avion attaque un virage et pointe vers le sol. À droite, Tunis passe très vite, en arc blanc sur le fond ocre et mauve des montagnes lointaines.

C'est un paysage d'une étourdissante diversité de couleurs, un paysage chargé de légendes et d'histoire qui monte vers nous avec la colline blanche de Byrsa, l'éclat bref et métallique du port minuscule de Carthage, où s'amarraient jadis les trirèmes d'Amilcar, la rouge falaise de Sidi-bou-Saïd et sa cascade de verdure et de lumière, le miroir glauque du Bahira dont on distingue à peine les flamants roses.

Il est 17 h 45, heure de France. À 8 heures, ce matin, nous avons laissé le pays sous son voile de brume. La première liaison régulière Paris-Tunis est faite. À la cadence de trois par semaine, les autres vont suivre. Moins d'un mois après la libération de Paris, passant sur les ruines des aéroports de Bron et Marignane, touchant la terre d'Ajaccio au cœur d'un cirque de montagnes, les appareils français renouent les fils de l'Empire...

– V'là vot' café.

Sadorski lève la tête, arraché à sa rêverie exotique, à ses souvenirs. *Le fond ocre et mauve des montagnes lointaines... Une étourdissante diversité de couleurs...* Putain, c'est bien torché, c'est tout à fait ça. Chapeau, le journaliste ! Il est rare que le policier reconnaisse quelque mérite à un pisse-copie – en règle générale il les déteste, cette race de planqués et de menteurs.

– Merci bien.

Le patron regagne son zinc sans un mot. La porte branlante s'ouvre cinq minutes après, faisant tinter sa vitre. Un client. Qui, après une brève hésitation, s'approche du lecteur :

– Bonjour, chef. Euh, enfin, mon père...

Cuvelier. Lui et l'IPA ne se sont pas vus depuis la mi-juillet. Cela quelques jours avant que l'équipier de Sadorski se fasse allumer de trois balles, un soir près de chez lui à Colombes, par des gestapaches de la bande Berger.

– Prends la chaise, Joseph. Qu'est-ce que tu bois ?

– Euh... une fine, je peux ?

– Bien sûr. (Il élève la voix.) Patron, un cognac !

L'inspecteur spécial des RG pose son chapeau sur la table, défait la ceinture de sa gabardine, sans aller jusqu'à la retirer – le bistrot est mal chauffé. Il s'installe avec un soupir. Secouant la tête, incrédule :

– Tout de même extraordinaire, sapristi, chef ! Piazza m'a raconté. Si on m'avait dit qu'un jour je vous verrais chanstiqué en curé…

– Cause pas si fort. Ça aurait pu arriver. Pendant une filoche…

– Ouais, c'est vrai. Mais on se déguise plus souvent en gazier ou en aveugle… Oh, pardon ! Il m'a dit aussi, pour votre œil. J'suis vraiment désolé… Ah, les salopards !

– C'est la foule, qu'est-ce que tu veux. Un socialo que j'ai rencontré à l'Institut dentaire, le député René Château, prisonnier comme moi, m'a expliqué le truc, il avait raison. Tu comprends, quand tout le monde se met à gueuler : « À mort ! »… eh ben ça enivre. Personne ne se sent directement responsable. On est heureux de tous se montrer du même avis, on partage une colère, une indignation communes, on se croit un héros, et un héros peinard, en plus, parce qu'on risque rien. Celui qui ramasse tout, c'est le malheureux sur lequel on tape. Et qui voit la mort au bout de son calvaire… Alors qu'au fond personne n'a de vraie preuve de sa culpabilité.

– Oui, patron. C'est très juste. Enfin, injuste, plutôt…

– Lundi, je passe sur le billard. Une opération pour me réparer mon « préjudice esthétique », comme disait le toubib du Val-de-Grâce. On va m'enlever ces points de suture, me charcuter un peu avant d'en refaire d'autres, et me doter d'un bel œil en verre. Je fais faire ça à la clinique Bergeret, à Auteuil. On avait enquêté sur eux, du temps de la SSR, en 39 pendant la drôle de guerre. Le directeur est le beau-frère d'un Russe blanc émigré, indicateur du « cercle Goutchkov », une organisation d'aristos et d'ex-officiers du tsar qui travaillait à l'étranger pour la Gestapo à partir de 1934, et que le Guépéou avait infiltrée par la suite pour espionner les ennemis de Staline à l'Ouest… Enfin, tant que je lui règle ses honoraires, le professeur Bergeret n'en a rien à foutre que je sois le père Réquillard ou un collabo en fuite… Ils attendent juste ma carte d'identité, pour les paperasses. Et toi ? Ça va mieux ? On donnait pas cher de ta peau, cet été…

– Ça va. Ça peut aller. Faut simplement que je fasse attention, pas courir, pas de gestes brusques, je me fatigue vite.

Le cafetier dépose le verre de liqueur à côté du chapeau.

– Merci.

Puis Cuvelier reprend :

– Ça chauffe, en ce moment, à la préfecture. Tout le monde a les foies de se retrouver devant les épurateurs… J'suis concerné moi aussi, à ce que disent les collègues de la section…

– Malgré ta blessure, reçue en service ? Et t'as pas eu de médaille ? ou touché de prime ?

– Vous rêvez, patron. En juillet-août le préfet et le dirlo ils avaient d'autres chats à fouetter…

– Eh bien le nouveau préfet pourrait te décorer, lui ! Vu que t'as été attaqué par des types de la Gestapo !

La victime de l'attentat secoue les épaules.

– Mais j'suis dans le même panier que les autres, à la 3e, chef ! On a quand même passé trois ans sinon plus à embarquer les youpins et les cocos… C'est précisément ces derniers qui la tiennent en main, la putain de commission ! (Il soupire avant d'avaler une gorgée de cognac.) Bon, enfin, comme je vous l'ai dit au téléphone, Piazza a obtenu ce que vous vouliez…

Il extrait une enveloppe kraft, passablement gonflée, de la poche intérieure de la gabardine.

– … Fausse carte d'identité, permis de conduire au nom de Réquillard Jules, né à Oradour-sur-Glane, domicilié à Beauvais. Et des brassards FFI tout ce qu'y a de plus authentique.

– Je regarderai plus tard, sourit Sadorski en ramassant l'enveloppe, qu'il range dans sa serviette. Et la dactylo ? tu l'as retrouvée ?

– Ça n'a pas été facile. Je me suis pointé mardi rue du Helder, j'ai posé des questions discrètement. Y a des gens qui se souvenaient d'elle, mais on l'avait pas vue depuis au moins quinze jours !... Et puis je suis tombé sur un garçon de café qui la connaissait. Elle s'appelle Régine Noirtier. Elle ne bosse plus à l'état-major du colonel André... mais au ministère de l'Air, boulevard Victor. Pas trop loin d'ici, c'est pour ça que j'ai suggéré ce petit rade rue de la Rosière pour notre rendez-vous.

– Bravo, Joseph. C'est logique, j'ai idée qu'elle aura suivi Charles Tillon au ministère. Le mec est nommé là depuis le 9 septembre, et quand je l'ai rencontré une semaine avant, il m'a donné l'impression de l'avoir à la bonne, cette petite greluche.

Les yeux de l'inspecteur spécial se sont arrondis à la fois de plaisir et d'admiration :

– Mazette, chef ! Vous aviez mis dans le mille : boulevard Victor, on m'a renseigné que, justement, Mlle Noirtier est une des secrétaires attitrées du nouveau ministre...

– Tu l'as vue, elle ?

– Oui. Facile à reconnaître, comme vous l'avez dit à Piazza. Et au ministère ses horaires sont plus réguliers que chez les bolchos du boulevard des Italiens. Voici mes deux premiers rapports de filature.

Il tend des feuilles manuscrites à Sadorski.

– T'aurais pu les taper, merde.

– Navré, chef, mais j'ai pas de machine à la maison... Et si je les avais donnés à Piazza pour qu'il les frappe au bureau, c'est dangereux, imaginez qu'un collègue coco voie qu'on filoche une de ses camarades !

Le faux prêtre grommelle un assentiment, déplie les feuilles et commence à lire, à la lumière indécise des vitres sales. L'écriture de Cuvelier est ronde, naïve et relativement aisée à déchiffrer.

Affaire NOIRTIER Régine.
Rapport JC n° 1 à patron.
Mercredi 4 octobre.

Je suis en planque devant le ministère de l'Air, 26, boulevard Victor, Paris (15e). 18 h 35 la nommée Noirtier Régine sort du ministère. Signalement : vingt-cinq ans, 1 m 60, nu-tête, teint clair, visage ovale, nez droit, traits réguliers, cheveux châtains foncé, imperméable bleu. Porte une minerve et, probablement, un corset, se déplace à l'aide de béquilles. Elle est accompagnée de deux femmes (collègues ?) dont voici les signalements : la première, que j'appellerai « Victorine[1] », vingt-deux ans, 1 m 70, mince, nu-tête, teint clair, visage allongé, cheveux blond foncé, manteau beige avec martingale ; la seconde, que j'appellerai « Astrakan », quarante-cinq ans, 1 m 60, coiffée d'une toque en astrakan noir, visage rond, nez camus, cheveux bruns, manteau marron. Toutes les trois marchent en direction de la station Balard. La filature est facile parce qu'elles ne marchent pas vite (« Victorine » et « Astrakan » ralentissant le pas afin de ne pas distancer leur amie), mais difficile parce que je risque d'être repéré en marchant aussi lentement.

Elles prennent le métro direction Charenton, descendent à La Motte-Picquet pour la correspondance

1. Dans leurs rapports, les enquêteurs des RG donnaient un surnom à tout suspect non identifié en s'inspirant soit d'une caractéristique physique ou vestimentaire, soit du lieu où la première filature avait débuté ou s'était achevée.

avec la ligne 6, direction Nation. « Astrakan » quitte les deux autres à Denfert-Rochereau, je continue la filature de Noirtier Régine qui est restée dans la rame avec « Victorine ». Celles-ci descendent à Place d'Italie pour la correspondance avec la ligne 7, direction Porte d'Ivry. Elles quittent le métro à Maison Blanche et font des achats dans un magasin d'alimentation rue du Tage. Puis elles se rendent, empruntant la rue du Moulin-de-la-Pointe, au 6, rue Keufer, dans la cité HBM[1] *du boulevard Kellermann. Renseignements pris chez le gardien, Noirtier Régine habite depuis le 18 septembre 1944 un appartement dans cette cité, qu'elle partage avec « Victorine », que j'appellerai désormais par son vrai nom : Kuhn Suzanne, qui elle loue cet appartement depuis 1942.*

L'appartement est situé escalier 9, quatrième étage. Les suspectes ne ressortent pas de la soirée. J'abandonne la filature en comptant la raccrocher le lendemain, boulevard Victor devant le ministère, à la pause déjeuner de midi.

Le premier rapport s'arrête là. Le lecteur observe :

– Quand j'ai vu Régine Noirtier la première fois à l'état-major FTP, le colonel André a raconté qu'elle avait été libérée de la Petite Roquette avant l'insurrection et avait rejoint les résistants de Chelles, ses copains, soi-disant. Elle est peut-être originaire de là-bas, tu pourrais vérifier à la mairie. Ça te donnerait l'adresse de la famille, pour glaner des renseignements de voisinage…

1. Les HBM parisiens (pour « Habitations à bon marché »), ancêtres des HLM, sont des cités d'immeubles en brique, de six étages environ, édifiés entre 1921 et 1939 sur l'emplacement de l'ancienne enceinte fortifiée, le long des boulevards des Maréchaux.

Cuvelier fait la grimace.

– Pff, c'est loin, patron.

– C'est à l'intérieur des limites de la Seine-et-Oise. Merde, la Libération te rend flemmard, Joseph ? Je te paye, oublie pas.

– Bon, bon, j'irai…

– Comme elle n'avait sans doute pas de domicile à Paris même, ayant été résistante en région Nord – là où elle s'est fait serrer par des collègues à nous et peut-être la Gestapo, résultat ongles arrachés, minerve et corset –, et ensuite en taule à la prison pour femmes, j'imagine qu'elle aura cherché pour se loger auprès de ses nouvelles collègues… Et que la nommée Kuhn était contente de trouver quelqu'un pour régler la moitié du loyer.

– Sans doute, chef. C'est une p'tite jeune, son salaire fait probablement pas lerche. Et deux gonzesses ensemble ça s'entend bien… Au fait, Kuhn, c'est pas juif, ça, comme nom ? Kohn, Cohen, Kahane…

– Mais non, abruti. Un nom courant en Alsace-Lorraine, ça veut dire « hardi, brave ». Je le sais, ma mère était d'origine alsacienne. C'est pour ça que je cause le boche. Une connaissance utile, ces derniers quatre ans. Maintenant va falloir étudier l'angliche, mon vieux…

Sadorski vide son fond de tasse.

– Patron ! Vous me remettez ça, s'il vous plaît ?

Il allume une cigarette avant de se pencher sur la feuille suivante. Pendant ce temps, le filocheur, lui, s'intéresse à l'actualité sportive au verso de *Libération*. Discipline, méthode sont à la base du renouveau du football national ; en cyclisme la réouverture du Vél' d'Hiv est pour bientôt ; tandis qu'en boxe, la question est : que va-t-il advenir du titre des welters ? Mastrantuono doit se défendre contre son éternel adversaire l'ex-champion Walter Momber, mais un certain Marcel Cerdan aurait aussi son mot à dire dans cette catégorie…

Affaire NOIRTIER Régine.
Rapport JC n° 2 à patron.
Jeudi 5 octobre.
À midi, devant le 26, boulevard Victor, je constate que peu d'employés sortent déjeuner à l'extérieur. Noirtier Régine n'apparaît pas. Renseignements pris au poste de garde, en exhibant ma carte de réquisition, j'apprends que la cité de l'Air, siège du ministère, dispose d'une grande cantine et que presque tout le personnel l'utilise régulièrement. Sous prétexte d'enquête administrative des RG je pénètre dans la cité et me dirige vers les bureaux du ministre M. Tillon. Par chance j'aperçois Noirtier Régine et ses collègues, dont Kuhn Suzanne et « Astrakan », qui vont déjeuner. Je me mêle à la foule des employés et me colle à elles dans la file d'attente. On ne vérifie pas à l'entrée de la cantine les cartes du personnel. Je parviens à m'asseoir à proximité du groupe des secrétaires. D'après ce que je peux entendre de leur conversation, Noirtier Régine et Kuhn Suzanne sont communistes et inscrites au PCF. Elles souhaitent le retour de Maurice Thorez et pensent que l'action de leur ministère s'inscrit dans la marche du pays vers le socialisme. Elles espèrent que le gouvernement va nationaliser l'aviation civile française. Kuhn Suzanne exprime une admiration fanatique pour Charles Tillon, je constate que Noirtier Suzanne semble plus réservée à cet égard. En tout cas elles souhaitent toutes deux une large épuration dans les services. Elles jugent que trop de hauts fonctionnaires et d'officiers supérieurs sont compromis avec Vichy et représentent un obstacle à la volonté des communistes. Et du côté gaulliste elles déplorent que le nouveau ministre se soit attiré l'inimitié du général Juin, chef d'état-major des armées et du général Valin, chef d'état-major de l'armée de l'air.
Je retourne à ma surveillance boulevard Victor à l'extérieur de la cité. À 18 h 05, soit plus tôt que la

veille, Noirtier Régine et Kuhn Suzanne sortent du ministère et se rendent à la station Balard, où elles reprennent le métro de la ligne 8, direction Charenton. Elles quittent la rame à la station Concorde et sortent du côté de l'avenue des Champs-Élysées. Elles continuent à pied jusqu'au théâtre Marigny, où a lieu une représentation de l'opérette bouffe Là-Haut, *de Maurice Yvain, reprise au profit des familles des FFI morts pour la libération de Paris. Les suspectes possèdent déjà des billets, je réussis à acheter une des dernières places d'orchestre. Lorsque je les retrouve dans le hall les deux femmes semblent attendre quelqu'un. À 18 h 55 un individu les rejoint, que j'appellerai « Marigny ». Signalement : trente-cinq ans, 1 m 75, mince, visage allongé, front large, lèvres très minces, cheveux bruns lissés en arrière, veste et pantalon bleu foncé, chemise blanche, cravate marron à pois blancs.* (Sadorski pousse un juron. On dirait « l'homme aux lèvres minces », l'assassin de Simone Vaillant… le voilà qui débarque dans le paysage ! L'enquêteur sent qu'il brûle… S'intéresser à la dactylo du boulevard des Italiens était en fin de compte une très bonne idée.) *Les trois gagnent l'orchestre, « Marigny » s'assied entre les suspectes, ma place est située trop loin pour que je puisse entendre leur conversation avant le début du spectacle. Je peux me rapprocher d'eux durant l'entracte, à la buvette. « Marigny » se montre très attentionné envers Noirtier Régine, peut-être en raison de son handicap. Il se montre également aimable avec Kuhn Suzanne, et va chercher à boire aux deux femmes. Ce que je peux saisir de leurs propos n'a pas d'intérêt particulier, ils parlent surtout du spectacle, des robes portées par les Élues, et des comédiens, notamment Jacques Pills et le comique Louisard. À propos du texte et de sa nouvelle version, Noirtier Régine fait observer que la plaisanterie sur Saint-Pierre faisant de l'épuration avec les anges*[1] *n'est pas très drôle. « Marigny » abonde dans son sens, mais Kuhn Suzanne répond qu'elle, ça l'a bien fait rire, de même que le public.*

Sadorski lève la tête du rapport de son subordonné.

– Les prochaines fois, Joseph, tu pourras remplacer « Marigny » par « Raph »…

– Hein ? Vous le connaissez, patron ?

– Jamais vu, mais je reconnais son signalement. « Raph » c'est le surnom, chez les bolchos, de l'agent de liaison principal et garde du corps en chef de Jacques Duclos.

Cuvelier ouvre grand la bouche de stupéfaction.

– Ah ben merde alors !

– Et ce type est une franche ordure. Tu te souviens de l'affaire Bourbeau ?

– Euh… vaguement…

– Marc Bourbeau, un terro que j'ai sauté en juillet 1942, rue des Moines, alors qu'il participait à un attentat contre une nénette du PPF, Raymonde Bonnet[2]… À l'interrogatoire par la Brigade spéciale il a avoué aussi le meurtre d'une communiste nommée Simone Vaillant, dans le bois des Bruyères, à Sucy-en-Brie. Le commanditaire du crime, qui était présent ce jour-là pour donner le signal de lui tirer un pruneau dans la nuque, c'est ton gars aux lèvres minces, là, « Marigny »… celui qui fait le joli cœur auprès de deux militantes et les invite au théâtre !

– Je pige pas, les communistes se tuent entre eux ?

– Te fais pas plus con que nature, Joseph ! T'as jamais entendu parler de la terreur en URSS ? L'espionnite règne depuis toujours chez les Rouges, ils voient des traîtres

1. Ce clin d'œil à l'actualité avait été ajouté au livret par les auteurs.
2. Voir *L'Étoile jaune de l'inspecteur Sadorski.*

partout… et à plus forte raison quand ça les arrange. Y a une sale histoire là-dessous, et j'ai plus ou moins promis à une femme de venger sa copine Simone…

– C'est pour ça que vous m'avez demandé de filocher Régine Noirtier ?

– Enfin, en partie. Je voudrais savoir pourquoi je me suis fait embarquer à l'Institut dentaire plutôt qu'à Fresnes… Mais t'occupe. On verra plus tard. Lis ta chronique des sports.

… À la sortie du théâtre, les suspects, qui chantonnent des airs de l'opérette, « Nous sommes les anges… », puis « Aime-moi Emma », rejoignent en riant une traction Citroën bleu foncé à gazogène garée avenue Gabriel, immatriculée 810 RN 4. « Marigny » prend le volant, Kuhn Suzanne assise à côté de lui, Noirtier Régine à l'arrière avec ses béquilles. Le véhicule se dirige vers la place de la Concorde et, étant à pied, je suis contraint d'abandonner la filature.

Le faux prêtre est arrivé en bas du dernier feuillet. Il réfléchit, fumant sa gauloise, et relit, lentement, le compte rendu de cette seconde filature depuis son début. Malgré lui, il entend trotter dans sa tête l'absurde ritournelle de la célèbre pièce qu'il a été voir jadis en compagnie d'Yvette. C'était en 1932, avec Maurice Chevalier en vedette au théâtre des Gobelins, aux premiers temps de leur amour… Sadorski jeune encore, à la sortie du spectacle, chantait à son épouse en faisant le clown : *Aime-moi, Emma, aime-moi, Emma, mon Emma dis-moi, dis-moi mon Emma, aime-moi, Emma, aime-moi, Emma, Emma aime-moi comme je t'aime moi… Aime-moi, Emma, aime-moi Emma, mon Emma dis-moi, dis-moi mon Emma, aime-moi Emma, Emma aime-moi, mon aimée, mon Emma, vois mon émoi !…* Sadorski se concentre autant qu'il peut en dépit de la chanson horripilante. Finalement, écrasant son mégot dans le cendrier :

– Bon, Joseph, voilà ce qu'on va faire. Tout à l'heure boulevard Victor, on surveille la sortie des employés. On filoche les gonzesses à deux, sans se causer, bien sûr. Si elles se séparent, tu suis Suzanne Kuhn et moi Régine Noirtier. Dès que possible, hors de vue de sa camarade, tu arrêtes la fille Kuhn une fois qu'elle est seule.

– Hein ? sous quel prétexte ?

– Attends. Tu vas sortir ta brème et taper aux fafs[1]. Lorsque tu vois son nom sur la carte d'identité, tu t'excuses gentiment, et tu dis qu'y avait erreur sur la personne. Tu lui expliques que tu cherchais une espionne fasciste de la cinquième colonne, qui lui ressemblait… Avec un peu de chance ça va la faire marrer, elle te dira qu'elle, c'est tout le contraire. Tu lui fais ton sourire de don Juan ou ce qui s'en approche le plus, et tu l'invites à prendre un verre. La môme a que vingt-deux ans, un poulet ça va l'impressionner, surtout si c'est un poulet héros de la Résistance. Tu racontes comment t'as été blessé par la Gestapo. T'as même des vraies cicatrices à lui montrer ! Authentique, garanti sur facture !

– Euh, ouais…

– Important : tu dis que t'es communiste. Non, elle va te demander ta cellule, ça irait pas. Alors au moins, sympathisant du grand Parti des travailleurs… Et si elle parle de son patron Charles Tillon, tu t'écries que tu l'admires, un type sensass, le meilleur ministre du gouvernement ! Tu racontes que t'es un fils de prolétaire toi aussi, un patriote, tu montres à la fille Kuhn ta carte de Honneur de la police…

– Mais j'en ai pas, chef… J'étais à l'hosto…

1. Expressions policières : exhiber la carte de réquisition et contrôler les papiers d'identité.

– Tu demandes à Piazza, il t'en filera une. Passe le voir demain à la caserne.

– D'accord. Mais c'est quoi, l'idée ?

– L'idée, c'est pas que tu couches avec elle, enfin oui si tu veux, mais surtout que tu l'invites un soir. Au théâtre, ou au ciné quand ils rouvriront. Comme ça, pendant ce temps, moi je serai libre d'interroger la Régine…

Cuvelier émet un long sifflement admiratif.

– Y a pas à dire, patron, vous êtes fortiche !

– Hé.

– Par contre, tout ça, ça commence à faire des frais… Euh, Piazza il m'a dit que vous alliez me filer des sous…

Son ancien supérieur met la main à son portefeuille.

– Ben il mentait pas. Tiens, voilà cinq mille… des américains, mais j'ai que ça pour l'instant en grosses coupures. Ah, j'y pense… (Il sort son calepin, arrache une feuille pour y inscrire des noms.) Quand tu verras Piazza, dis-lui de faire une petite recherche à la 1re section dans les fichiers concernant les bolcheviks… On a peut-être quelque chose sur Régine Noirtier et sur Suzanne Kuhn, datant de l'occupation ou même avant. Et aussi, que Piazza aille voir aux Sommiers judiciaires ce qu'il peut dégoter sur un certain Guy Aubrais, né au Vésinet en 1921… Ça m'étonnerait pas qu'il ait déjà été condamné, celui-là.

Il se lève pour aller régler les consommations. Et, dans un élan inhabituel de générosité, abandonne 3 francs de pourboire dans la soucoupe.

En route pour le ministère de l'Air, l'inspecteur spécial en congé et l'inspecteur principal adjoint révoqué commentent l'actualité du jour. Les Boches évacuent Athènes sous la pression des Rosbifs, tandis que les cocos, Russes, Bulgares et partisans de Tito foncent vers Belgrade. Côté ouest, les Amerlots débarquent du matériel de chez eux sur les côtes normandes à raison d'un bateau toutes les quatorze secondes ! Y a pas à dire, l'hitlérisme est bientôt foutu en Europe. Les nazis ont du souci à se faire… Comme, chez nous, les collabos. En ce moment on arrête à tour de bras dans les milieux de la presse et du spectacle, précisément. C'est la brigade mondaine, *dixit* Cuvelier, qui est chargée d'examiner tout ça. Ses cinquante-quatre inspecteurs doivent se taper les dossiers de soixante-deux journaux ! Il leur faut non seulement éplucher les documents saisis au cours des perquisitions, mais aussi dépouiller les collections de tous les numéros parus depuis juin 1940.

– Vous savez ce que m'a dit l'inspecteur Geneste ?

– Non…

– « Je n'ai pas lu un journal depuis quatre ans, et maintenant faut que je les absorbe tous d'un coup ! » Le pauvre !

Les deux marcheurs rigolent.

– Mais nos collections des RG n'ont pas été embarquées par les Boches, vous savez, patron. Dans les rapports de quinzaine y a les extraits d'articles de presse les plus significatifs. Avec les noms des signataires reproduits en bas. Les journaleux qui ont trop déconné, ils risquent la peine de mort ou les travaux forcés à perpète !

– Tu vois, y a pas que moi, sourit amèrement Sadorski.

– Oui. Oh, euh, désolé, chef… Mais je suis certain que vous vous en tirerez ! Doit bien y avoir encore un peu de justice en ce bas monde…

Ils ont rejoint l'avenue Félix-Faure par la rue de Lourmel et se rapprochent de la station de métro Balard. Les longues files d'attente devant les commerces attirent leur attention. Cuvelier est d'avis qu'on en a encore pour longtemps à manger mal, à manquer de tout. Café, chocolat, beurre, quand reviendra-t-on enfin à la normale ? Et puis, les Boches n'ont pas décampé si loin encore : dans la nuit de mercredi à jeudi un V2 est tombé sur Châtillon, on a entendu la détonation jusqu'à Colombes ! Par chance il n'y a pas eu de victimes.

Arrivés au boulevard, ils demeurent côté nord de la chaussée, face au gigantesque bâtiment en brique du ministère. La nuit du 9 septembre, les deux tractions sont passées par ici, à toute berzingue, roulant vers Boulogne avec leurs captifs promis aux eaux de la Seine ; le décor est plus riant en plein jour. La sortie du personnel est pour bientôt. Il fait beau mais un peu frais. Les inspecteurs sont postés à portée de voix l'un de l'autre, s'ignorant mutuellement. Sadorski déplie le numéro de *Libération* qu'il n'a pas fini de lire. Page 2, l'enquête sur la Gestapo de la rue Lauriston se poursuit. L'ex-« premier flic de France », Bonny, s'est mis à table dans les grandes largeurs, semble-t-il. Ses réponses rempliraient déjà deux cents pages dactylographiées. À en croire l'auteur du papier, les révélations, crimes sordides etc., se poursuivent...

– Hep, chef !

Il lève le nez du journal. Cuvelier, du menton, indique le portail du ministère. On entend des pétarades. Deux motocyclistes casqués de cuir franchissent la grille ouverte, devant la guérite du planton et l'écriteau *ENTRÉE INTERDITE À TOUT VÉHICULE*. Des militaires en long manteau bleu marine, coiffés de casquettes plates à visière ou de calots portés de biais, gagnent également la sortie. Et, à leur suite, un petit groupe de femmes que l'on voit approcher en papotant. L'une d'elles, vêtue d'un imper bleu, se déplace avec lenteur, des béquilles coincées sous les aisselles, un sac en bandoulière. Le foulard qu'elle garde autour du cou laisse entrevoir le haut de son accessoire orthopédique. Sadorski reconnaît sans peine Régine Noirtier.

La grande blonde mince à ses côtés doit être Suzanne Kuhn. De loin elle paraît assez jolie. Et la boulotte entre deux âges, avec une toque noire, probablement « Astrakan ». Tout cela est parfaitement attendu. Mais, première surprise : les camarades s'embrassent, Kuhn et « Astrakan » se dirigent, comme la plupart de leurs collègues du sexe féminin, vers Balard. Alors que Régine

Noirtier reste un instant sur place, échange quelques paroles avec un militaire qui allume une cigarette, puis s'éloigne, seule, dans la direction opposée.

Les policiers se regardent. Comme convenu, Cuvelier repart vers l'ouest et la station de métro, l'œil sur les sept ou huit employées qui remontent le trottoir opposé, à pas vifs cette fois, et toujours en bavardant. Le collègue est un bon filocheur, elles ne remarqueront pas sa présence sur leurs talons. Si Suzanne Kuhn se sépare ensuite des autres pour regagner son HBM du 6, rue Keufer, il pourra procéder dès ce soir à sa fausse interpellation sur la voie publique. Et démarrer la tentative de mise en confiance puis de séduction. Par ce beau soleil d'automne, un verre en terrasse après le turbin avec un inspecteur résistant aimable et chevronné, partageant vos opinions politiques, est une invite qu'on n'a pas de raison de refuser, à vingt-deux ans…

Dans l'autre sens, vers l'est, la silhouette de la dactylo des FTP est toujours visible, progressant au ralenti sur ses béquilles, le long des grands bâtiments administratifs et des jardins. Plus loin on distingue l'entrée monumentale de style soviétique et les tourelles de l'ex-Foire de Paris, Porte de Versailles, où les expositions ont été interrompues le temps de la guerre. Après un coup d'œil à droite et à gauche, le curé en soutane noire traverse la chaussée. Il n'a pas prévu d'autre tenue pour se chanstiquer, mais peu importe : une nénette le cou coincé dans une minerve aurait du mal à se retourner pour détecter les suiveurs éventuels. De toute sa carrière d'enquêteur, il n'a jamais connu pareille sinécure dans le filochage ! S'il ne tenait pas à sa dignité d'homme d'Église, il se baladerait les mains dans les poches. C'est du reste impossible, avec ce porte-documents. Il s'amuse et sifflote, pas trop fort : *Aime-moi Emma*…

À l'intersection avec la rue de la Porte-d'Issy, au lieu de traverser Régine Noirtier tourne à droite, longeant toujours l'immense cité de l'Air, dont on a atteint l'angle nord-est. Sadorski la file à distance. La femme se dirige vers la banlieue. Puis, fatiguée peut-être, elle ralentit l'allure pour faire halte au pied d'un platane. Penchée sur son petit sac en bandoulière, elle en extrait un miroir de poche et se refait une beauté. Est-ce bien le moment ? s'interroge son suiveur. Puis elle remballe son matériel et consulte son bracelet-montre. Comme si elle attendait quelqu'un, dans cette rue rectiligne et déserte tracée sur l'ancienne zone des fortifs. Guère de circulation par ici, quelques vélos, une camionnette… Sadorski s'adosse à un tronc. Attendant la suite des événements. Il réprime l'envie d'allumer une gauloise. Dix à quinze minutes s'écoulent – difficile à savoir sans montre. Régine Noirtier poireaute toujours. Il commence à souffler un vent frisquet. Le prêtre frissonne. Une traction Citroën arrive derrière lui de la gauche, à petite vitesse, en provenance du boulevard. Elle s'immobilise devant la silhouette appuyée sur ses béquilles.

C'est une 11 CV bleu foncé, avec trois cylindres de gazogène sur son toit. Sadorski ayant repris sa marche déchiffre bientôt l'immatriculation : 810 RN 4. Un brun en veston sombre a quitté le volant, il passe devant la calandre et vient tenir la porte côté passager à Régine Noirtier. Il la débarrasse des béquilles, l'aide galamment à s'installer sur le siège. Puis il referme la portière, pour regagner sa place de chauffeur. Le policier se hâte. Mais l'auto ne repart pas tout de suite : sa mécanique continue de ronronner, un peu de fumée s'élève du pot d'échappement.

Il progresse le long de la traction. Comme il est petit, il discerne sans trop avoir à s'incliner ce qui se déroule, en silence, à l'intérieur.

Régine Noirtier est renversée contre le dossier du siège, l'individu brun, dont on ne distingue pas, vu la position des visages collés l'un à l'autre, les lèvres minces, caresse la jeune femme passionnément. Sa main gauche – Sadorski, la tête tournée, emporte cette vision en dépassant la cabine – s'est introduite sous la jupe retroussée, lui empoignant le pubis, à travers la culotte qui envoie au prêtre indiscret un éclair blanc.

21

Un si brave garçon

Uriage le 27 janvier 44

Bien chère Rirette

Je vais peut-être te faire de la peine et te causer des inquiétudes mais je me suis vu dans l'obligation de résilier mon contrat pour aller aux Francs-Gardes de la Milice Française. Je suis parti le lundi soir dans la nuit je prenais le train pour Vichy avec une quinzaine de copains dans mon cas et j'arrivais mardi à 9 heures. Après l'incorporation on nous a habillé en uniforme bleu puis on nous a armé et mercredi c'est-à-dire hier on nous amenait avec des cars de la police à l'École de Cadres d'Uriage dans les Alpes. Nous sommes arrivés hier soir et aujourd'hui nous avons fait des exercices de tirs réels et d'attaques nous continuons l'instruction deux ou trois jours et nous montons à l'attaque comme on nous l'avait promis. Je suis tireur au fusil-mitrailleur et je me défens bien, j'ai fait aujourd'hui un tir magnifique et je souhaite aux salaupards de ne pas trop résister car ils n'auront pas froid.

Je sais ma Rirette que tu vas penser tout de suite que je suis jeune... etc. et que je me suis laissé entraîner mais n'en crois rien car il y a longtemps que j'y réfléchi et tant pis pour Lucile elle comprendra. Je monte de suite en ligne et c'est surtout pour sa que je suis parti j'en avais marre de ne servir à rien et maintenant j'en suis enchanté car je t'assure qu'on va bientôt entendre parler de nous. Je ne peut pas te dire grand'chose là-dessus mais j'espère t'en parler si j'ai une permission et que je monte à Paris. En tout cas pense que c'est pour la France et qu'à ma place tu aurais fait comme moi car le pays en a vraiment besoin. Devant l'impuissance de la police nous prenons l'affaire en mains et nous saurons maintenir l'ordre ! Nous ne tolérerons pas que les traîtres et les assassins à la solde de l'étranger fassent régner la terreur. Que les cocos et les gaullards sachent bien que nous serons impitoyables et que nous répondrons à la terreur par la justice ! Assez des crimes des Rouges et des agissements de leurs complices ou sympathisants !

L'extinction va sonner et je dois m'arrêter je tacherais de t'écrire encore demain mais ne t'étonne pas si tu ne reçois pas de nouvelles tout de suite car on doit d'abord aller bien souagner ces salaupards. Sache qu'à l'idée de monter au feu je suis heureux et sois tranquille je ne m'exposerai pas inutilement. Je te demande de ne pas trop m'en vouloir ma poupée chérie et je t'envoie mes meilleurs baisers.

Ton petit frère qui t'aime bien

(Signature illisible.)

Sadorski pose la première des quatre lettres saisies l'autre jour en vitesse dans l'appartement de la rue Hippolyte-Maindron, avale une gorgée de cognac (ça lui est nécessaire lorsqu'il doit se taper la correspondance bourrée de fautes, mal écrite et exaspérante de Guy Aubrais), avec autour de lui le bourdonnement chic de la brasserie Fouquet's. La tête lui tourne un peu, les points de suture tirent sur la peau autour des paupières et de l'œil de verre, sous le pansement de gaze et les sparadraps. Il aurait peut-être dû rester un jour de plus à la clinique Bergeret. Mais l'inaction lui pèse. Et l'idée de laisser Henriette seule trop longtemps aux Fauvettes avec ce lieutenant de vaisseau de mes deux, toujours susceptible de débarquer – et la baiser –, n'est pas supportable. Ce soir, le faux ecclésiastique sera de retour au Vésinet.

Thonon le 24 février 44

Rirette ma petite femme chérie

Voici un mois que je suis Franc-Garde permanent à la Milice Française et malgré trois ou quatre lettres que je t'ai envoyé je n'ai jamais reçu une seule lettre de toi ce qui commence à m'inquiéter beaucoup j'espère que tu n'es pas malade ou que tu n'as pas eu un accident. J'espère que cette fois-ci je vais avoir une prompte réponse et savoir ce que tu penses de moi. Je t'envoie ce mot recommandé et te conseille de faire de même.

Aujourd'hui je suis fatigué car je viens de monter la garde après m'être battu tout un jour contre 8 terroristes armés jusqu'aux dents et qui se sont défendus jusqu'à la mort après nous avoir tués 5 camarades et blessés autant car c'était des tireurs émérites et ils avaient une maison très facile à défendre. Nous avons combattu depuis le jour jusqu'à la nuit à 800 m d'altitude de la neige jusqu'aux genoux et 25° au-dessous de zéro, 29° le soir. Aussi quelques camarades ont eu les pieds et mains gelées d'autres sont malades. Moi j'ai bien tenu le coup mais je commençais à avoir les orteils gelés je les piquais avec le couteau et je ne sentais rien mais maintenant c'est guerri. Mais tout sera vengé. Nous en avons déjà fusillés quelques-uns et ce n'est pas fini. Lundi nous avons fait 8 prisonniers Franc-Tireurs-Patriotes [sic] *et dimanche une trentaine et nous avons laissé 2 camarades sur le terrain.*

Tu vois bien ma petite femme que nous travaillons vraiment pour le pays et je suis fier d'être venu à la Milice. Je n'ai jamais été si bien portant que depuis que j'ai couché toute une journée dans la neige à moins 25° et sous la douce musique des balles et des grenades. Je crois quand même que nous serons bientôt relevés par de nouveaux camarades et que nous rejoindrons Vichy et puis une bonne petite permission que nous avons tous bien gagnée et je viendrai à Paris par le premier train. Tu vas voir une belle queue que tu n'as pas vu depuis longtemps celle dont tu raffoles et qui va te faire passer des nuits de rêves et de saveurs qui ne peut pas s'oublier et qui souhaite en gicler partout tellement elle aime...

Sa viendra me préparer à de nouveaux efforts car ce n'est pas fini et il était temps que nous nous occupions de ces salaupards qui assasinent tous les jours, encore plus que je ne pensais. Notre métier est très dur mais je suis fier de le faire car quand je reviendrais rejoindre mon petit pays et ma famille j'aurais la conscience tranquille j'aurais fait ma part de révolution et je pourrais vivre en paix. Dis aux amis que les miliciens font vraiment quelques chose et qu'ils en ont dans le ventre ; je te le certifie pour l'avoir vu.

Donne de mes nouvelles aux amis car je n'ai pas beaucoup de temps vu que les moments libres sont employés à dormir ou du moins se reposer. Je te demande de ne pas trop t'en faire pour moi, et pour toi ma poupée le meilleur de mon cœur.

Ton frère qui t'aime bien
(Signature illisible.)

Écris-moi en recommandé à :
Franc-Garde Aubrais Guy
Hôtel École Savoie et Léman
Thonon-les-Bains
Haute-Savoie

Plusieurs militaires américains, officiers et sous-officiers, se sont installés à quelques tables de distance de Sadorski. Ils parlent extrêmement fort, une caractéristique yankee semble-t-il, manifestant une indifférence totale à l'égard de leurs voisins. L'enquêteur éprouve du mal à se concentrer sur les lettres du franc-garde. Décidément il préférait les Fritz, même s'il ne les portait pas dans son cœur. La plupart, en ce qui concernait la vie mondaine, et même les choses courantes, étaient bien élevés. Ils ne hurlaient que lorsqu'ils s'adressaient à leurs subordonnés ou aux Juifs.

Uriage le 29 avril 44

Bien chère petite femme chérie

J'espère que tu es en bonne santé et que la situation ne s'aggrave pas avec les attentats les vols et ces fermetures de boulangeries dont tu parles. Il paraît qu'il y a 500 morts avec les bombardements à Noisy-le-Sec et Villeneuve-Saint-Georges sans parler de Rouen. Et le Maréchal est à Paris, as-tu été le voir passer et l'applaudir ? Ici nous sommes au repos depuis le 25 nous étudions les mortiers car ma trentaine se spécialise là-dessus, j'ai demandé à conserver mon F.M. aussi j'assure leur sécurité avec un copain de l'Aveyron je crois que nous allons rester ici encore quelque temps car nous sommes à 12 km de la capitale communiste : Grenoble où VIVE L'ARMÉE ROUGE ET À MORT LA MILICE sont inscrit sur tous les murs en peinture rouge et en grosses majuscules et où les devantures sont à courants d'air. J'espère qu'on ira bientôt leur rendre visite car ils font beaucoup de mal : le mois dernier 26 assasinats. Avant-hier on enterrait une famille milicienne du fils de 2 ans criblé dans son berceau jusqu'à la grand-mère 81 ans, en passant par le père la mère la belle-mère etc[1]... tu te rends compte d'une lâchetée. Les assassins et complices sont arrêtés ils ne sont que 25 et qui ?... des copains du fils, de l'école professionnelle. Ils vont passer en cour martiale à Vichy et j'espère que leur compte est bon trop bon même car ils ne méritent pas d'être fusillés !

Au cinéma Éden la semaine dernière à Grenoble on en parlait aux actus et un militaire assis derrière mon copain et moi a crié pour provoquer : « J'approuve l'assasinat on en descend jamais assez, c'est emmerdant pour le gosse mais s'il avait pas été tué il aurait crié... D'ailleurs les miliciens faut pas m'en parler se sont des vaches et des salauds. » On l'a embarqué sans ménagement place Victor-Hugo au siège de la Milice et on lui a foutu une sévère rouste j'ai eu mal au poignet deux jours après et ensuite les gendarmes de Saint-Martin-d'Uriage nous ont emmerdés pour coups et blessures mais qu'ils aillent se faire enculer !

Le 24 à Valence on décorait à titre postume de la Légion d'Honneur deux miliciens dont un chef de centaine qui avaient été torturés et qui n'ont pas dit un mot ! voici le résultat de l'autopsie : les ongles des pieds et des mains arrachés, les oreilles percées les corps grillés,

1. Aubrais fait allusion à l'assassinat, le 20 avril, du chef milicien de Voiron, Ernest Jourdan – industriel, ancien de l'Action française, responsable de nombreuses exactions en cette période d'extrême violence dans l'Isère entre Milice et maquis –, de sa famille et de deux miliciens, par un commando de quatre jeunes élèves de l'école professionnelle. Leur maître d'internat Paul Durand, considéré comme responsable ayant fourni les armes, et deux élèves faisant partie des meurtriers, ont été condamnés à mort le 3 mai par une cour martiale de la Milice et exécutés dans le dos, devant leurs camarades. L'auteur de la lettre commet une légère erreur : l'enfant assassiné de cinq balles était une petite fille de trois ans.

les yeux creuvés puis la langue arrachée puisqu'elle ne voulait rien dire elle ne servait plus à rien et pour finir le criblage habituel de la bonne mitraillette anglaise qui marche si bien, quelques fagots pour recouvrir le tout et on peut repartir tranquille.

Le mois dernier aux Glières j'ai vu qu'on est très estimés des Allemands et quand ils nous voient ils viennent tous nous serrer la main nous à la Französische Miliz *! Nous avons fait des jolis cartons on a fait la chasse aux salaupards ensemble et dans la nuit du 25 mars nous avons pris trois types j'étais couché et on m'a fait lever à ce moment, on est partis à trois dans la nature et à un croisement de chemin on les a fait passer devant on a armé nos mitraillettes et sans rien dire on leur a lâché des rafales dans le dos. Ils sont tombés sans faire « ouf » ensuite j'ai pris mon Parabellum et je leur ai tiré une balle à chacun dans la tempe j'étais content comme tout et c'est une vengeance bien minime à côté de ce qu'on leur doit.*

Enfin parlons d'autres choses. J'ai vu ici un franc-garde de Castres, Estrade, qui suit les stages je ne sais pas s'il est de la famille du lieutenant qui est en oflag avec ton mari. Tu me pardonneras si je ne t'ai pas écrit plutôt mais les salopes nous donnent du travail. Écris-moi j'attends tes lettres ma Rirette, salue les amis même les cons et pour toi ma poupée chérie mes meilleurs baisers.

Ton petit frère qui t'aime bien

(Signature illisible.)

Le lecteur réfléchit en fumant et en dégustant son verre de fine. La première de ces quatre lettres qu'il a classées par ordre chronologique est datée du 27 janvier, où Aubrais informe sa sœur, depuis Uriage, de son incorporation volontaire dans la Milice. Devant le « tribunal international » du capitaine Bernard, l'infirmière jurait ses grands dieux n'avoir appris cet engagement qu'en août, le 21 ou le 22, par le coup de téléphone passé depuis Valence… Mais ce mensonge est de bonne guerre, elle tentait de les défendre tous les deux. En profitant du fait que les renseignements transmis aux FTP de Paris-Sud par leurs camarades ariégeois ne mentionnaient pas de date d'inscription aussi avancée que le début de 1944. Un témoignage, lu par Thomas, d'un milicien détenu à Toulouse signalait la présence d'Aubrais à la Franc-Garde de Foix seulement dans le courant du mois de juin. Rien qui concerne Uriage, Grenoble, et une participation aux côtés de la Wehrmacht à la traque des maquisards des Glières en Haute-Savoie, cet hiver… Sadorski suppose que le frère d'Henriette a été muté ensuite à Foix, au plus tôt en mai. Une fraction de son passé semble donc effacée pour l'instant aux yeux des épurateurs. La dernière de ces lettres est la plus tardive de toutes :

Pamiers le 12 août 44

Bien chère Rirette

Je profite d'une occasion pour t'écrire et faire passer cette lettre car toutes les communications sont coupées. Les salaupards encerclent la ville et nous sommes en état de siège. Tu m'écris que les terros font de plus en plus leur apparition à Paris et qu'une insurrection serait imminente que se passe-t-il ? je te demande de te méfier beaucoup ainsi que certains amis il faudrait réfléchir à je ne sais quel moyen de se mettre à l'abri de ces salods car je ne sais quel vent souffle mais ils sont de plus en plus nombreux et partout sans exception aussi bien dans la plaine que dans la montagne et ses soi-disant Français s'attaquent journellement aux femmes, aux enfants, aux vieillards, aux convois funèbres, aux trains, en un mot à tout et par tous les moyens.

La nuit dernière 23 camarades partis en expédition à quelques km d'ici ont été attaqués dans le car par des salaupards postés sur le bord de la route et en grand nombre : résultat 3 morts une dizaine de blessés et la dispersion obligatoire de nos copains qui ne se battait plus que par groupes de 3 ou 4. Plusieurs ont du faire les morts pour en réchapper. Une voiture d'alerte leur a été envoyée en renfort avec 17 de mes meilleurs camarades. Il en est revenu 5 d'entiers, 6 de blessés et 6 de morts. Après des renforts sont arrivés de partout et les ont vaincu ; je ne connais pas encore le résultat mais je sais que ses bandes n'étaient pas moins de 300, vivaient tranquillement (c'est façon de parler) dans des villages entièrement occupés par eux et ont employé un matériel formidable de camions, voitures et des armes terribles telles que lance-bombes et mitraillettes silencieuses, balles retournées etc.

Enfin nous avons une bonne vingtaine de blessés et lundi matin nous porterons 18 morts sur nos épaules jusqu'au cimetière. Mais il en reste pour les venger et je ne voudrais pas être maquisard dans la contrée, ni même village dans les environs car ils pourraient avoir chaud ces jours-ci. Tous les jours on dégage des routes occupées par eux ils abattent une dizaine de platanes qui barrent et ils s'installent sur les bords ; on arrive, ça siffle des balles de tous côtés et finalement ils détalent. Aujourd'hui il y a une grande bagarre mais malheureusement je suis de garde à la caserne. Enfin c'est dur mais on travaille. Rassure-toi nous ne sommes pas seul et nous avons ce qu'il faut. Je n'insiste pas car je dois remettre la lettre à quelqu'un qui va en voiture à Paris. Je ne crois pas que la poste fonctionne avant un bout de temps, essaie de m'écrire quand même mais surtout ne mets rien de compromettant dessus. Je termine en

– Je vous demande pardon…

Surpris, Sadorski lève la tête.

Un type, debout devant lui et la table du Fouquet's. Entre trente-cinq et quarante ans, grand, mince, petite moustache châtaine, teint clair. Costume prince-de-galles des plus distingués. L'expression perplexe en contemplant le prêtre et son gros pansement sur l'œil, il s'exprime avec embarras.

– Je suis désolé, mon père, de vous importuner, mais… euh… C'est à propos d'un nommé Aubrais, Guy, de la marine de guerre française… enfin, soi-disant officier. Voyez-vous, le barman m'apprend à l'instant que, cet après-midi, celui-ci prenait un verre avec vous… À cette table. Il portait un uniforme de lieutenant de vaisseau…

L'interrogé hésite. Est-il dangereux d'avoir été vu en compagnie de l'ex-milicien ? Oui, sans doute. Mais nier face au témoignage d'un employé de cet établissement serait pire encore. Il adresse au nouveau venu son sourire le plus patelin.

– À vrai dire je le connais à peine. Nous avons échangé quelques mots, sympathisé, et de fil en aiguille cet officier de marine s'est assis à ma table et nous avons prolongé la conversation…

L'autre paraît déçu.

– Alors vous ne comptez pas le revoir ? Vous ne savez pas où il habite ?

– Mais… non.

Sadorski se hâte de plier les lettres pour les ranger, avec leurs enveloppes, dans la serviette, pendant que son interlocuteur poursuit :

– Je suis très impoli, pardonnez-moi mon père, je ne me suis pas encore présenté. Voici ma carte de visite…

Il lui tend un bristol portant l'inscription : *CHARLES FRANÇOIS, ancien capitaine de la marine marchande, expert maritime. 2 rue Lord-Byron, Paris 8e, tél. BAL 36-80*. Avant de toussoter :

– Et, euh, à qui ai-je l'honneur ?

– Jules Réquillard, aumônier à la maison de santé des Œuvres sociales de Belleville…

L'individu en prince-de-galles ne peut s'empêcher de sourire ironiquement :

– Vous en êtes loin, ici aux Champs-Élysées…

– Ma foi oui, cher monsieur. J'ai rendez-vous avec un inspecteur de police, au sujet d'un de nos protégés… Mais que vouliez-vous à ce M. Aubrais ?

Il se demande ce que signifie au juste « expert maritime ». Peu importe, d'ailleurs.

– Je vais vous expliquer, mon père, ce que je lui veux, comme vous dites… Hum, vous permettez ?

– Mais asseyez-vous, je vous en prie.

Le nommé François s'empare de la chaise occupée précédemment par Guy Aubrais.

– Figurez-vous que mardi dernier, 3 octobre, il y a donc tout juste une semaine, attendant des amis devant le cinéma Normandie, peu avant 18 heures, j'ai vu passer, sous l'uniforme de lieutenant de vaisseau, cet ancien camarade avec lequel j'avais navigué en 1940… L'ayant interpellé, nous allâmes prendre ensemble un apéritif ici au Fouquet's. Comme je lui disais mon étonnement de le retrouver sous ce grade dans la marine de guerre, alors que, en 1940, il n'était qu'un très jeune élève officier de la marine marchande, Aubrais m'expliqua, faisant preuve d'un certain aplomb, qu'après notre dernière rencontre, qui eut lieu à Dakar en décembre 1941, il avait été bloqué là-bas et que, par suite de sa brillante conduite au feu sous les ordres du général de Lattre de Tassigny, il avait gagné ces galons et quatre décorations…

– C'est ce qu'il m'a raconté pareillement, commente Sadorski avec prudence.

– Voyez-vous. De plus, il me déclara devoir partir en mission samedi pour Lyon, et sachant que ma famille se trouve dans le Midi et que je souhaitais la revoir bientôt, il m'offrit de partir avec lui. Là-dessus, nous prîmes rendez-vous pour déjeuner le lendemain midi…

L'ex-capitaine s'interrompt pour allumer une Chesterfield.

– Pardon, vous fumez, mon père ?

– Non merci. Je reste fidèle aux gauloises.

– J'ai donc retrouvé mon camarade à midi au Fouquet's et il m'emmena ensuite déjeuner au Vivier, rue de Berri, je ne sais pas si vous connaissez…

– Euh, oui, enfin j'ai entendu parler.

– Là, Aubrais me dit qu'il s'occupait de faire réquisitionner une voiture car il avait écrasé la sienne contre un platane en venant de Lyon. Lui-même s'était tiré indemne de cet accident, mais son ordonnance avait été assez grièvement blessé et se trouvait à l'hôpital.

– Ce lieutenant de vaisseau m'a fait un récit identique…

– Il me parla alors de son père, l'amiral Aubrais, et me rappela qu'il m'en avait déjà parlé lorsque nous étions embarqués ensemble sur le *Colombie*. Et après déjeuner, il me quitta pour se rendre à l'Amirauté britannique, dont il serait officier de liaison. Jusqu'ici, mon père, rien que de très sympathique, et de bon augure, de la part d'un ancien camarade aussi vite monté en grade… J'étais heureux pour lui. Nous étions convenus de nous retrouver le soir même à 19 heures au Triomphe pour mettre définitivement au point notre départ à Lyon. (Il écarte les bras en signe d'impuissance.) Et là, j'attendis en vain, de 19 heures à 20 heures !

– Votre ami vous aurait posé un lapin ?

– Et comment ! Afin d'être définitivement fixé, je revins ici le lendemain à midi, espérant le revoir. M'étant renseigné auprès du barman, il me répondit par la négative, mais me désigna un monsieur qui l'attendait aussi. Comme pour vous, j'allai trouver ce monsieur, nommé Hubert Gendreau et qui tient une maison close à Saint-Germain, il m'avoua également désirer parler à Aubrais et me laissa son adresse afin de lui faire signe au cas où je le rencontrerais. J'ai eu l'impression que mon camarade devait de l'argent à ce Gendreau.

– Quelle histoire ! s'exclame Sadorski. C'est un véritable roman policier…

– Voyez-vous, n'est-ce pas. Le vendredi 6 je me rendis au Fouquet's à 12 heures puis à 19 heures, personne ne l'avait revu. Je suis allé en vain aussi au Luigi's Bar, rue du Colisée, qu'il m'avait dit fréquenter. Et le samedi midi, retournant au Fouquet's, il n'avait pas réapparu. Cela me semblait bizarre et j'ai repensé à son ascension fulgurante en seulement quatre ans. Sachant qu'Aubrais n'était jamais passé par l'École navale – du reste son éducation comme son orthographe m'ont toujours paru insuffisantes, sans parler de ce grossier accent du terroir que vous avez dû remarquer… –, tout ça était quand même étonnant ! En plus, sa disparition depuis trois jours m'inquiétait. On déplore beaucoup de faits divers actuellement, des arrestations arbitraires, des vols, parfois des meurtres… Il sévit toutes sortes de brigandages ! Je ne sais pas ce que vous en pensez mais nous vivons l'occupation à l'envers… Guy m'avait dit aussi être très familier avec le contre-amiral Auphan qui était installé au ministère de la Marine. Me rappelant que ce dernier avait été chef de la marine marchande sous le gouvernement de Vichy, cette histoire me parut curieuse. J'allai au ministère de la Marine de guerre et demandai à voir le secrétaire de l'amiral Auphan afin d'essayer d'obtenir des nouvelles du lieutenant de vaisseau Aubrais. Il me fut répondu que cet amiral n'avait pas ses services au ministère et que le général de Gaulle l'avait fait arrêter à la Libération.

– Stupéfiant ! Et votre ami ne le savait pas…

– Eh non, voyez-vous. Il me vint alors des doutes sur le droit de ce lieutenant de vaisseau de porter ses galons.

J'allai voir le capitaine de frégate chargé du personnel, à qui j'expliquai mes craintes. On vérifia la liste des officiers du général de Lattre de Tassigny et on ne trouva pas son nom. Le capitaine de frégate me dit qu'il ne pouvait se charger de cette affaire et que je devrais m'adresser à la police.

– Il avait sûrement raison.

– Je passai ensuite à la police judiciaire où on me pria de m'adresser au commissariat de mon quartier. Là, j'arrivai trop tard et ne pus voir le commissaire. Un inspecteur à qui j'expliquais l'affaire me dit que je devrais vérifier si mon ami faisait effectivement partie de l'Amirauté britannique de Saint-Germain. Je me rappelai alors un de ses camarades, le lieutenant de vaisseau Legros, dont il m'avait parlé la semaine dernière, et qui habite à l'hôtel Mondial. Je lui rendis visite et lui communiquai le résultat de mes démarches au ministère et à la police…

Le faux prêtre étudie son vis-à-vis. De toute son existence de flic il n'a jamais croisé pareil emmerdeur, obstiné à se mêler de ce qui ne le regarde pas, ou à peine. En revanche, ce Charles François expert maritime aurait sans doute fait un bon policier. L'homme possède toute la ténacité nécessaire. Maintenant il faut souhaiter que ses efforts méritoires ne l'aient pas conduit, entre autres, jusqu'à Henriette de Laperouse et à la planque du 5, allée des Fauvettes, au Vésinet…

– … Le lieutenant de vaisseau Legros déclara ne connaître Guy Aubrais que depuis quelques jours, et affirma que celui-ci n'avait jamais appartenu à l'Amirauté britannique de Saint-Germain… et qu'il le savait pour la bonne raison que Legros en faisait partie lui-même !

– C'est peut-être ce fait qui lui a donné l'idée, à votre ami Aubrais, de s'en vanter auprès des gens qu'il voit ces jours-ci…

François lève sa cigarette.

– Très juste ! Vous auriez fait un bon policier, mon père…

– Peut-être…, sourit Sadorski, mais je préfère m'occuper des déshérités.

– Voilà qui vous honore. Quoi qu'il en soit, le lieutenant de vaisseau Legros, indigné par cette succession d'impostures, m'assura qu'il ferait le nécessaire auprès du 2e Bureau et de la Sécurité militaire américaine. (L'inspecteur se rappelle, avec une nouvelle pointe d'inquiétude, que le frère d'Henriette a promis, aujourd'hui encore, de fournir pour leur projet de vol aux faux résistants des uniformes, casques et matraques empruntés à ses « copains » de la 3e armée…) Par ailleurs, lorsque j'avais déjeuné avec Aubrais le mercredi, il m'avait dit incidemment que sa cantine avait été déposée au Luigi's Bar. J'y allai après avoir quitté l'hôtel Mondial et cette cantine s'y trouvait toujours. Notre ami n'était donc pas parti pour Lyon et l'on pouvait espérer le retrouver dans le quartier des Champs-Élysées… Le dimanche 8, soit avant-hier, étant passé au Fouquet's je rencontrai M. Gendreau qui le cherchait encore. Je l'interrogeai avec plus de précision sur les motifs de son inquiétude, et Gendreau admit lui avoir avancé 34 000 francs, et depuis ce jour, évidemment, il ne l'avait plus revu. J'exposai alors à cet homme ce que je savais, et l'encourageai à porter plainte. Mais il craignait ce faisant d'être accusé de marché noir, une part de cet argent étant destinée à un achat de liqueurs pour sa maison close. J'insistai, et, l'après-midi, revoyant le lieutenant de vaisseau Legros auquel je racontai l'affaire du prêt, cet officier me répondit qu'il avait déjà alerté la Sécurité militaire américaine et qu'Aubrais était recherché.

– J'espère qu'il sera arrêté ! Quelle affaire rocambolesque ! (Sadorski se tamponne le front avec son mouchoir.) Heureusement que ce vilain escroc ne m'a pas emprunté d'argent !…

– Vous avez eu de la chance, mon père. Sous ses dehors bien élevés, polis, Aubrais est un aigrefin redoutable ! Car figurez-vous que ce n'est pas fini… Hier je discutais avec M. Gendreau, ici au Fouquet's, quand le barman nous signala la présence d'une dame qui connaissait bien le lieutenant de vaisseau Aubrais. Cette personne fort distinguée, qui habite au 2, rue des Marronniers, à la Muette, est une autre de ses victimes… Mme Marat l'a hébergé quatre ou cinq jours, et lui a même offert une splendide gourmette, eh bien il l'a vendue et, comme ils se sont fâchés et qu'elle lui réclamait la gourmette, Aubrais a avoué son indélicatesse et lui a remboursé, à contrecœur, 5 000 francs, sans doute prélevés sur l'argent de M. Gendreau… Ce n'est pas tout, Mme Marat voulait une bague. Aubrais lui avait dit : « Donnez celle que vous avez, je vous en offrirai une plus belle. » Et il est parti avec, naturellement ! Nous avons conseillé à la dame de porter plainte. M. Gendreau nous a révélé qu'à Saint-Germain l'imposteur avait laissé d'autres ardoises, et pris à un nommé Cornillon sa canadienne, mais l'a dédommagé en lui donnant une montre… d'où venait-elle ? Certainement pas la sienne… Un autre « emprunt », je suppose…

À cet instant, Sadorski aperçoit Mme Marat qui pénètre au Fouquet's par l'entrée des Champs-Élysées, coiffée d'un grand chapeau, très maquillée, une cigarette entre les doigts. Il jure intérieurement. Si elle les reconnaît et vient les saluer, l'expert maritime et lui… Le danger est que la bourgeoise mentionne, dans la conversation, ce déjeuner à trois au Vivier la semaine dernière !… Et lui qui a prétendu avoir rencontré Aubrais aujourd'hui pour la première fois ! Et ne connaître ce restaurant que par ouï-dire !

– Je vous demande pardon, cher monsieur François, mais auriez-vous l'heure ? J'ai égaré ma montre… (Il sourit nerveusement.) Bien entendu, ce n'est pas parce que votre lieutenant de vaisseau me l'aurait barbotée cet après-midi tandis que nous causions !...

– Ha ha, voyez-vous c'est qu'il en serait capable. Bientôt 17 heures, mon père. Dans trois minutes.

– Oh, mais je n'ai pas vu le temps passer ! Il faut que je file...

– Mais... et votre rendez-vous avec cet inspecteur de police ?

– Euh... justement ! Ce n'est pas ici mais devant le Grand Palais ! Je dois me dépêcher...

L'ecclésiastique fouille fébrilement dans ses poches, trouve un billet de 20 francs, le glisse sous la soucoupe.

– Vous direz au garçon de garder la monnaie...

Il serre la main du détective amateur et s'éloigne en vitesse, bousculant un quidam qui revenait des toilettes, du côté opposé à celui où a débarqué Hélène Marat. Poussant la porte vitrée, vers le trottoir de l'avenue George-V envahie de badauds et de soldats des forces alliées, Sadorski se cogne presque dans son adjoint Piazza stupéfait, un porte-documents à la main.

– Ça alors, patron ! Mais pourtant je suis pile à l'heure au rencard...

– Tais-toi, Jacques.

Il lui prend le bras, et le dirige avec force vers le bas de l'avenue.

Un vif coup d'œil à gauche vers la vitrine de la brasserie lui montre la femme aux bijoux et le marin en costard prince-de-galles, debout près de la table qu'il vient de quitter, et qui semblent regarder dans la direction prise par les deux hommes – tout à fait divergente de celle du Grand Palais.

– Grouille-toi. Ça sent le roussi. Je t'expliquerai...

À l'intersection suivante ils tournent rue François-Ier, puis à gauche encore rue Pierre-Charron, ce qui les ramène aux Champs-Élysées mais assez loin du Fouquet's. Ils traversent l'avenue et sa circulation plus cycliste que motorisée, pour aller s'asseoir sur des chaises de jardin public – non loin du théâtre Marigny où « Raph », l'homme aux lèvres minces, le meurtrier de Simone Vaillant, emmenait ses petites communistes voir et entendre l'opérette bouffe *Là-haut*…

On ne semble pas les avoir suivis. Au pire, Piazza pourrait exhiber sa brème, il est inspecteur en activité, résistant du réseau Honneur de la police, les problèmes se résoudraient fissa. Et Sadorski possède maintenant tout un jeu de faux papiers qui correspondent. Faudrait quand même pas venir emmerder deux bons et honnêtes patriotes ! Il a repris son souffle et allume tranquillement une gauloise.

– Tu as dégoté quelque chose dans les fichiers de la 1re sur les souris dont Cuvelier t'a donné les noms ? Noirtier Régine et Kuhn Suzanne ?

– Négatif, patron. Enfin presque rien. La dénommée Noirtier a été pincée en novembre 38 à une distribution de tracts devant les usines Renault, on l'a relaxée le lendemain. Elle n'a pas fait causer d'elle depuis. Quant à l'autre, inconnue au bataillon. Désolé…

Lui aussi a allumé une cigarette. Sur deux autres chaises, à proximité du flic corpulent en gabardine et du petit curé au pansement sur l'œil, une paire de jeunes filles de milieux aisés, à en juger par leurs vêtements, parlent tout haut de leurs relations avec les officiers américains. Ceux-ci ont un club, l'*Independence*, qui organise des « matinées dansantes » chaque samedi à l'hôtel Crillon, place de la Concorde. Quant au club des simples GI, il s'appelle le *Rainbow Corner*, et celui des Canadiens se trouve avenue Montaigne dans un grand hôtel réquisitionné. Un nouveau club canadien va ouvrir boulevard des Capucines, paraît-il. Les Canadiens ne seraient pas aussi beaux que les Américains, se confient-elles en gloussant. « Mais tu comprends, nous leur apportons le charme français. – Et la littérature !… – Sans compter que nos parents ne sont pas tellement contre, vu les conserves que nous ramenons à la maison ! – Les GI s'étonnent, disent que nous ne pensons qu'à manger... Mais, dame ! c'est qu'on a été privés de tout ! » Le but du jeu pour les demoiselles, outre l'espoir de dénicher un beau mâle et passer ensemble quelques nuits sans risque grâce au préservatif, est de gagner, à l'issue de la danse du samedi sur les parquets du Crillon, le ticket d'accès aux salles de restaurant du premier étage. Les Amerlots ont le droit d'y inviter une compagne chacun, pas plus. Et là-haut c'est bombance ! Lait concentré, Coca-Cola, vin blanc, steaks et gâteaux à la crème... arrosés de vrai café, cela va de soi. Après quatre années de misère et d'occupation ce n'est pas à dédaigner. C'est presque plus important que le reste, en réalité. Surtout que l'hiver approche et que les problèmes de ravitaillement de la capitale, tout comme de chauffage, ne sont pas résolus, bien au contraire. Le Parisien moyen continue de crever de faim et il va bientôt claquer des dents.

– Mais ensuite ? interroge une des filles, rougissante. Tu... tu le fais vraiment ?

– Madeleine, elle l'a fait. Moi, je n'ai jamais de chance... je tombe sur un type qui n'a pas la permission de nuit, ou qui est caserné en banlieue et doit remonter dans son *truck* à 10 heures...

– Et s'il est libre ?

– Faudrait qu'il ait une chambre en ville... Puisque chez papa et maman pas question.

– Mais tu flirtes, au moins.

– Ça, oui... (Elle chuchote à l'oreille de sa voisine. Les deux se mettent à pouffer, les joues cramoisies.)

– Non !...

– Si, si. Tu te rends compte !...

– Enfin c'est le rêve, non ? Flirter et n'avoir pas à subir les conséquences... Tu m'emmènes, hein, samedi ? Jure-le-moi !

Piazza et Sadorski sont tout ouïe, les joues échauffées presque autant qu'elles. Le sujet de leur entrevue de travail est passé au second plan. L'Italien grêlé finit néanmoins par se pencher sur son cartable, et en extraire une chemise cartonnée issue des rayons de la préfecture.

– Par contre sur le milicien Guy Aubrais, je suis pas bredouille, chef. Voilà. Tout frais daté d'hier ! Ça chôme pas, les recherches, actuellement…

Le faux prêtre chausse ses lunettes de brocante, et lit :

G.M.P[1]. 5/JM/ar
B.S.M. 407
2e Section Paris, le 9 Octobre 1944

RENSEIGNEMENTS d'ARCHIVES.
A U B R A I S Guy, Louis
né le 22.4.1921 au VÉSINET (S. & O.)
marié – 1 enfant
Cultivateur (pour ne pas partir en Allemagne)
Actuellement : en fuite

RENSEIGNEMENTS.
Études jusqu'en 1937 à TARBES et TOULOUSE.

Ensuite 1 an en Angleterre à NEWCASTLE-on-TYNE (Armstrong College).

Puis dans la marine marchande, pilotin jusqu'à la guerre.

Engagé à TOULON le 10 Octobre 1939 au 501e Dépôt de Chars à TOURS. Démobilisé le 31 Août 1940 à TARBES.

Rembarqué le 10 Septembre 40 dans la Marine Marchande jusqu'en juillet 1942, navigue en tant qu'élève officier sur plusieurs cargos. Rengagé d'un an

1. Gouvernement militaire de Paris.

au 7e Chasseur à cheval à NÎMES. Réformé pour maladie mentale à fin de contrat en Octobre 1943.

Rentré à MARSEILLE pour rejoindre TUNIS, mais le débarquement en Afrique du Nord est arrivé et il n'a pas pu rejoindre TUNIS.

En Octobre 1943, il rejoint CASTELNAU RIVIÈRE BASSE (H.P.) où il a de la famille. Est resté quelques mois établi comme cultivateur, s'est marié le 23 Octobre 1943 avec MESNARD Lucile (ils ont un enfant, né le 15 Septembre 1943). D'après renseignements non contrôlés il aurait commis là-bas un certain nombre de délits, se faisant remettre des sommes variables d'argent pour des marchandises qu'il ne livrait pas, principalement des chaussures.

Est entré à la Milice en juin ou juillet 1944 à FOIX pour échapper à une plainte en abus de confiance de 40.000 Frs confiés pour achat de cognac et dilapidés.

Resté à la Milice jusqu'au 20 Août 1944, moment où la Milice passait à VALENCE pour BELFORT.

A fait VALENCE-LYON à pied. À LYON s'est mis en faux uniforme. Il y a connu le Commandant RICHARD des F.F.I. aviation qui lui a donné un Ordre de Mission pour PARIS et l'a pris dans sa voiture pour se rendre dans la Capitale. Arrivée à PARIS : le 30 Septembre 1944.

Séjour à St GERMAIN, à l'Hôtel du Grand-Cerf. Est parti sans régler sa note. Il est revenu à PARIS vers le 2 Octobre, où il a fait la connaissance de Mme MARAT Hélène chez qui il a habité 4 jours, 2, rue des MARRONNIERS (16e).

D'après renseignements non contrôlés aurait été condamné le 20.11.1942 par défaut à MARSEILLE (où il séjournait en mars 1942 au Grand Hôtel et à l'Hôtel de Noailles, sans bénéficier de permission de sortie) pour vol d'une valise à une danseuse qui a porté plainte, et en janvier 1944 pour abus de confiance à CASTELNAU RIVIÈRE BASSE.

Sa sœur Henriette Janine AUBRAIS épouse De LAPEROUSE, arrêtée à PARIS le 1.9.1944 et détenue chez les F.F.I. de PARIS-sud, est recherchée par le B.S.M. 407 et par le 2e Bureau F.F.I. (Hôtel Royal Malesherbes) pour le meurtre du Capitaine GILBERT, des F.T.P., le 9.9.1944 à BOULOGNE-BILLANCOURT (est recherché également dans cette affaire l'Inspecteur Principal Adjoint Léon SADORSKI, révoqué, en fuite, de la 3e Section des Renseignements Généraux de la Préfecture de Police).

D'après le Lieutenant de Vaisseau Hervé LEGROS, de l'Amirauté Britannique de St GERMAIN, demeurant à l'Hôtel Mondial, 5, cité BERGÈRE (9e), Guy AUBRAIS porterait un faux uniforme de Lieutenant de Vaisseau de la Marine de Guerre et des fausses décorations.

OPINION DU POSTE.

Dévoyé. Son séjour à la Milice n'a été que de courte durée. À rechercher néanmoins. Son arrestation pourrait amener celles de De LAPEROUSE et de SADORSKI recherchés dans l'enquête concernant le meurtre du capitaine F.T.P. GILBERT.

DESIDERATA.

Dossier à transmettre aux Autorités Militaires, au 2e Bureau F.F.I. (Lt. Colonel BRUNETIÈRE), au secrétariat du Ministère de la Marine de Guerre et à la Préfecture de Police de Paris.

Les jeunes femmes sont parties pendant que Sadorski lisait, il ne s'en est même pas rendu compte. Piazza, lui, les a suivies des yeux. Imaginant sans doute leurs flirts poussés avec nos libérateurs, les vainqueurs bien nourris, les mâcheurs de chewing-gum. Son brigadier tire du paquet une nouvelle gauloise, joue avec sans l'allumer. Songeur, tracassé par l'information concernant Henriette et lui-même, il marmonne :

– Le gars a du souci à se faire.

– Comme beaucoup de monde aujourd'hui, philosophe Piazza. C'est emmerdant qu'ils vous recherchent également...

– Ça signifie quoi, l'en-tête : « BSM 407 » ?

– Bureau de sécurité militaire. Et 407 c'est le poste régional de Paris. Leur PC est situé au 100, rue de Richelieu. Ils sont rattachés à l'Organisation de résistance de l'armée, et à la Direction de la sécurité militaire... Enfin moi, j'y comprends pas grand-chose... Ils font du renseignement, c'est des anciens du 2e Bureau de Vichy, qui résistaient depuis le début de l'occupation en fait... Maintenant ils s'occupent des miliciens pour les arrêter.

– Le nommé Guy Aubrais, surveille-le de près quand on bossera ensemble.

– Hein, patron ?

– Parce que c'est un des membres de notre équipe. Je vais t'expliquer, et toi tu répéteras à Magne. On sera quatre en tout. Pas besoin de Cuvelier, il est encore convalescent et en plus je me méfie trop de lui.

– Vous avez pas tort. Mais Aubrais ? Et c'est quoi, cette histoire de « réformé pour maladie mentale » ? Je marche pas avec un maboul, moi ! Pas question !

– Il n'a rien d'un fou. Je l'ai vu et me suis fait mon idée à son sujet. À mon avis il a été réformé pour une autre cause, amoralité ou instabilité, on l'aura décrété indésirable dans l'armée française, mais les commissions de réforme emploient ce genre de qualificatif, « débilité mentale », parce que c'est plus commode. De toute manière on travaillera pas éternellement avec lui. Deux ou trois coups puis on arrête. Après, on partage et chacun s'en va de son côté. Moi ce que je veux, c'est retrouver ma femme.

– C'est beau, chef. Mais vous la reverrez j'en suis sûr... À propos, vous vous souvenez de Lavigne ?

– Le petit jeune[1] ? Qui avait quitté notre section pour les BS ? Dans le groupe Le Mével ?

– Affirmatif. Eh bien figurez-vous qu'il vient de passer inspecteur principal adjoint ! On l'a muté à la brigade criminelle, ça s'annonce au mieux pour lui.

Sadorski secoue la tête, incrédule.

– Un type qui a été aux Brigades spéciales ? Il est pas à Fresnes ? Menacé de douze balles dans la peau ?

– Non, c'est plutôt le contraire. Parce que Lavigne, sans qu'on le soupçonne, il était résistant ! Un vrai, lui ! Il appartenait au Parti socialiste, et le réseau Libération Police Patrie l'avait infiltré à la BS 2…

– Ah ben merde.

– Comme vous dites. Bref, je le croise ce midi aux archives et il m'a fait passer un message pour vous.

– *Quoi ?* Tu lui as dit qu'on se voyait ?

Piazza sourit.

– Bien sûr que non, chef. Faites pas cette tête. Simplement Lavigne c'est un malin, sous ses airs de pomme, et il a imaginé que peut-être vous aviez repris contact avec un ou plusieurs de votre ancienne équipe… alors il pêche à la ligne.

– Et c'est toi l'hameçon ?

– Moi ou d'autres. Il a parlé à Magne aussi.

– Mais qu'est-ce qu'il me veut ? C'est quoi, son message ?

– Voilà, je cite de mémoire, hein : « Si l'IPA Sadorski a des informations sur les assassinats commis par les FFI de l'Institut dentaire du treizième arrondissement et qu'il nous les fournit, son cas pourrait être examiné avec indulgence par des résistants non communistes au sein de la police… »

Le sollicité réfléchit. Après tout, ce n'est pas invraisemblable. Il y aurait une guerre interne entre poulets

1. Voir *L'Affaire Léon Sadorski* et *La Gestapo Sadorski.*

gaullistes, socialistes, et communistes… Et on a pensé à Sado pour apporter quelques munitions à l'une des parties.

– Lavigne voudrait que je devienne son indic ?

– Je sais pas, chef. Mais ça en a tout l'air. Il propose un rendez-vous « en terrain neutre »… Mais en intérieur, pas sur la voie publique. Il aurait des documents confidentiels à vous montrer. Lavigne a suggéré une rencontre à l'amiable dans l'appartement d'un collègue. Chez moi, ou chez Magne, ou comme vous voudrez… « C'est Sadorski qui choisit », il a dit. Et ajouté : « En souvenir des verres qu'on a bus ensemble à l'Henri-IV du temps où je débutais dans le service… »

Le policier révoqué allume sa cigarette, aspire puis souffle la fumée, rêveur. *Son cas pourrait être examiné avec indulgence*… Oui, le vent peut tourner. Et les bolcheviks ne pas tenir indéfiniment le haut du pavé… Si ça se trouve, de Gaulle compte les foutre à la porte du gouvernement d'ici peu. Il a l'armée américaine derrière lui pour prêter main-forte en cas de baroud. Et l'épuration, la chasse aux mauvais Français, ça ne durera pas éternellement non plus… On va faire machine arrière, pas trop tôt !

– Ce serait pas un piège, Jacques ? Pour m'alpaguer ?

L'Italien hésite.

– Si vous voulez le fond de ma pensée, enfin pour ce qu'elle vaut… Ben non, je crois pas. Lavigne, je le connais depuis qu'il est entré à la PP, c'est vraiment un brave garçon ! Y ferait pas de mal à une mouche…

22

Aux frais de la comtesse

Sur un banc, avenue de Malakoff, un petit homme est assis. Ce vendredi 20 octobre. L'individu, pour le moins septuagénaire, est étrange et contraste étonnamment avec le luxe des larges artères du seizième autour de l'Étoile ; dans ses vêtements élimés et débraillés on dirait presque un clochard. Chapeau de laine informe, bésicles, mitaines, il trimbale un filet à provisions presque vide. Un vieux monsieur mal rasé, la figure fripée, des cheveux filasse hirsutes et gras, une bouche qui semble édentée… Et, détail un peu absurde, ce napperon de dentelle qui pendouille d'une poche de son vieux paletot aux manches usées. Avant de s'asseoir à son tour sur le banc, Sadorski – en veste de cuir noir et, en dessous, le Mauser 7,65 glissé dans la ceinture – jette un coup d'œil à gauche et à droite sur l'avenue, qui croise un peu plus loin la verdure de l'avenue Foch, à proximité des immeubles réquisitionnés naguère, avant leur départ en catastrophe lc 17 août, par les principaux services de la Sipo-SD, autrement dit la Gestapo.

– Je vous demande pardon, fait le bonhomme d'une voix coassante, mais auriez-vous l'heure, cher monsieur ?

– Désolé, ma montre est arrêtée.

– Ah. Voilà qui est ennuyeux. J'ai oublié la mienne, on m'attend pour déjeuner et je ne sais pas si je suis en avance ou en retard…

– Il y a dix minutes environ, quand je suis sorti du métro, j'ai vu qu'il était 12 h 40, le renseigne Sadorski.

– Information des plus importantes. Si je dois vous croire, il serait présentement 13 heures moins dix.

– Affirmatif.

– Vous êtes militaire ?

– Non.

– Les militaires disent « affirmatif ». Ainsi que les policiers…

– Je suis policier, sourit-il brièvement tout en surveillant le carrefour. Du bureau de sécurité militaire 407, 2e section.

Le vieux a une espèce de gloussement.

– Et votre montre ne marche pas. Nous sommes bien lotis.

– Beaucoup de choses ne marchent pas, de nos jours… Et vous, vous faites quoi ? retraité ?

Il a posé la question en allumant une gauloise.

– Ha ! ça n'existe pas, la retraite, pour les êtres de mon espèce. J'écris.

– Tiens ? Moi je n'ai pas le temps de vous lire, ni aucun auteur. Ma femme elle aimait Pierre Benoit, c'est son romancier préféré…

L'autre hausse les épaules.

– Il est en prison, à Dax, je crois, Pierre Benoit. Les FFI l'ont arrêté, relâché puis de nouveau arrêté. Il a eu le tort de présider, depuis vingt ans, un comité pour le rapprochement franco-allemand… La littérature cela devient plutôt violent par les temps qui courent, mon cher monsieur. Dommage que je ne sois pas caricaturiste, pour les dessiner, ces nouveaux Fouquier-Tinville ! Dans le dernier numéro des *Lettres françaises*, un courageux anonyme a écrit : « Il est inadmissible que ces traîtres puissent sortir librement et se mêler aux honnêtes gens. » Cet indigné parlait de ses confrères. La littérature n'adoucit pas les mœurs, au contraire de la musique... Gentiment il précise qu'il faudrait désormais venir à leurs assemblées avec des mitraillettes. (Le vieil homme glousse.) Elles font fureur, c'est la dernière mode ! Je pense que bientôt elles remplaceront avantageusement le revolver. On aura une mitraillette lorsque l'on rentre tard chez soi dans l'obscurité. Les querelles de jalousie se régleront à coups de mitraillette. Si vous vous suicidez, faites-le avec une mitraillette ! Et à la maison, si vous avez peur des cambrioleurs... une mitraillette !

Sadorski réprime un sourire. Lui-même a vu un peu trop de PM ces dernières semaines.

– La mitraillette, poursuit son interlocuteur, et, pour les cas plus graves, la guillotine ! À celle-ci près – mais qui viendra peut-être –, ce que nous voyons n'est pas loin de 93[1], mon cher monsieur.

– Je suis d'accord avec vous.

– Et pourtant vous arrêtez les gens, vous aussi.

– Chacun son métier. J'obéis à la consigne.

– Voilà ! Et la consigne maintenant c'est dénonciations, exclusions, arrestations. Ce spectacle n'est que le même, inversé, que sous les Allemands. Jusque dans la presse. Le côté bouffon de tout cela, de cet absurde jeu de bascule, devrait agir sur l'esprit des justiciers, les persuader qu'ils vont trop loin... mais, non ! Quels sots ! Quelles intelligences bornées ! (Il se lève d'un coup, récupère le filet qui traînait sur le banc.) Cinq minutes au moins sont passées, je présume... Mme Gould m'attend

1. Paul Léautaud, lettre à Jean Paulhan, 2 octobre 1944. Certaines remarques du personnage s'inspirent du *Journal littéraire* de Léautaud, entrées du mois d'octobre 1944 (tome XVI, Juillet 1944-Août 1946, Mercure de France, 1964).

en face. Elle se lève tard et par conséquent déjeune tard… J'espère qu'elle aura du tabac pour moi. Mes paquets de gauloises. Et de la viande pour mes bêtes. C'est curieux, je ne vois personne se rendre chez elle. Peut-être suis-je le seul aujourd'hui. Ça me gênerait de la déranger… Oh, j'y vais, après tout ! J'ai fait le chemin depuis Fontenay-aux-Roses…

– Vous allez perdre ce napperon… là, dans votre poche.

– Oh merci ! Je suis très distrait, la semaine dernière chez Mme Gould, en quittant la table, j'ai cru que c'était mon mouchoir et je suis parti avec ! On va me prendre pour un voleur de lingerie… (Encore un gloussement.) M'en étant aperçu en rentrant chez moi, et de crainte d'oublier de le rapporter aujourd'hui, je l'avais mis tout de suite dans la poche de mon manteau… Enfin, bonne journée et au plaisir, cher monsieur !

Avec son filet à provisions, d'une démarche erratique il traverse, au mépris total des cyclistes arrivant des deux côtés, la chaussée de la très classieuse avenue de Malakoff. L'inspecteur le regarde disparaître sous la porte cochère du n° 129 – un lourd et cossu immeuble haussmannien, semblable à ses voisins qui bordent l'avenue. Sadorski n'y est pas retourné depuis le printemps 1942. Il connaissait à peine Julie, c'était le début de son obsession pour elle. La petite ne portait même pas encore l'étoile jaune… Ce devait être à la fin du mois de mai. Et lui-même enquêtait sur les sœurs Metzger[1]. Le trafic de drogue pour la Gestapo du boulevard Flandrin. Sa filature de l'assureur russe Goloubine l'avait conduit ici, avenue de Malakoff, au pied de l'appartement d'une soi-disant comtesse Ostnitska. Une droguée qui recevait du beau monde et se croyait un talent de comédienne. Mais la

1. Voir *L'Affaire Léon Sadorski*.

comtesse n'a tourné qu'un seul film, *Le Bal des malvenus*. Une histoire d'archers et de loup-garou qui se déroule au Moyen Âge. Lorsque Sadorski a repéré son nom, l'autre jour, sur la liste des collabos relevée par Guy Aubrais en parcourant le carnet d'adresses de Mme Marat, il s'est trouvé ramené soudain deux ans en arrière.

La Citroën n'arrive toujours pas. Histoire de réviser son style de justicier FFI, Sadorski déplie le numéro du jour de *L'Humanité*, acheté au kiosque à journaux devant la bouche de métro. On dirait presque un canard soviétique : les photographies du général Tcherniakovsky et du maréchal Joukov encadrent le nom du quotidien avec en son centre la faucille et le marteau. Titre en lettres énormes : *POUR LES NAZIS LA DERNIÈRE HEURE SONNE et la radio de Moscou ajoute : Le cœur de l'Allemagne sera transformé en champ de bataille*. Dédaignant les informations guerrières, il commence par l'article *Quand la justice n'est plus un vain mot... CINQ TRAÎTRES EXÉCUTÉS, TROIS AUTRES CONDAMNÉS À MORT*.

La moitié de droite de la une est consacrée aux commémorations des martyrs du camp de Châteaubriant.

C'EST BIEN PUCHEU L'ASSASSIN DES HÉROS FUSILLÉS...

En bas de page, une photographie horizontale, légendée : *Un groupe de détenus du camp de Châteaubriant avant que le sinistre Pucheu désigne les otages. La croix indique notre jeune camarade Guy MOCQUET* [*sic*[1]], *17 ans, qui devait tomber sous les balles nazies*.

Il observe distraitement les bobines des internés alignés comme pour une photo de classe : les plus grands derrière, les moyens au milieu, et les deux premiers rangs

1. L'orthographe correcte est Môquet. Il ne figurait pas sur la liste initiale de Pucheu, ce sont les Allemands qui l'ont rajouté, le ministre ayant épargné les anciens combattants décorés, pour aboutir au nombre total d'otages, presque exclusivement des communistes.

composés d'une dizaine de gars accroupis ou assis en tailleur. Le petit Mocquet est le premier à gauche, un genou en terre, et le coude posé sur celui-ci ; l'air d'un gentil môme, ma foi, concède le lecteur qui dans l'ensemble a toutes les raisons de haïr les bolcheviks. Bah, sa courte vie ne lui aura pas laissé le temps, se dit Sadorski, de devenir un tueur fanatique comme ceux qu'il a eu l'occasion de croiser récemment... Poursuivant son examen, il sursaute. Le troisième installé en tailleur à partir de la droite, premier rang, lui rappelle quelqu'un. Merde alors ! Ce menton ovale, ce front large, ce visage assez beau, cheveux lissés sur le côté et paupières plissées sous la lumière du soleil... Et ce même pull gris à col arrondi, qu'il portait en entrant à l'institut George-Eastman le samedi soir 2 septembre, pour s'entretenir avec Rivier au guichet du bureau des entrées... C'est le capitaine Bernard ! Rien d'étonnant, au fond : il l'a entendu plusieurs fois, là-bas, se plaindre d'avoir été emprisonné durant des années, d'avoir souffert... Mais ça fait quand même quelque chose de le revoir, ne serait-ce qu'en photo dans le journal ! Un petit frisson désagréable. Sadorski se demande où il peut être à l'heure présente. Piazza l'a informé que l'institut avait été évacué de force par les Américains à la mi-septembre. Et que certains de ses militants se sont engagés dans les troupes du colonel Fabien, parties en découdre avec les Boches dans l'est de la France... Dans ce cas bon débarras, l'ex-séquestré du square de Choisy leur souhaite de se faire trouer la peau ! Un prêté pour un rendu, comme dirait le milicien Guy Aubrais.

La brise fait bruisser les grands arbres le long de l'avenue. Leurs feuillages commencent à prendre de belles teintes dorées. Sadorski fume sa cigarette avec une nervosité grandissante, il espère qu'il ne s'est pas produit d'anicroche avec la bagnole. Un flic qui aurait reconnu les plaques, si elle est signalée comme volée, ou une vérification de papiers qui tourne mal… Les deux opérations précédentes ont marché comme sur des roulettes. La première chez une riche bijoutière, Mme Delalune née Sénéchal, réfugiée de Berck Plage, au 123, rue de Longchamp dans ce même quartier rupin et peinard. La bourgeoise était absente, il n'y avait que la bonne, qui a eu très peur devant la mitraillette et les flingues et a gardé tout le temps les mains en l'air. Pas besoin de rien fracturer, les clés étaient sur les meubles ! Joli butin : mitraille d'or destinée à l'orfèvrerie, stock de bijoux en or, 100 000 francs en billets de cent francs, 50 000 francs en billets de mille, un bon du Trésor de 10 000 francs payable à Berck Plage, diverses obligations et valeurs pour une somme de 250 000 francs, un livret de la Caisse d'épargne au nom de jeune fille de la bijoutière portant une somme de 40 000 francs, deux bons au porteur de la société la Séquanaise payés à 5 000 francs chacun, et un petit coffre-fort qui, ouvert ensuite lors du partage, s'est révélé ne contenir que de la paperasse sans intérêt pour eux : livret militaire et pièces de réforme du mari Albert Delalune, contrat de mariage, baux de maisons de commerce, actes d'achat de maisons et terrains, contrats d'assurance, etc. Ça a fini brûlé dans le poêle…

L'opération numéro deux, chez une Mme Bidard née Lefébure, au 50, avenue Henri-Martin, a été légèrement décevante : « seulement » 30 000 francs en billets de banque, 10 000 francs en bons au porteur, un collier de perles fines, une bague diamant, une barrette diamant, une chaîne de montre gourmette en or, deux bagues en or, une montre homme en or, un bracelet en or, et une fourrure de renard argenté – que Sadorski a offerte à Mme de Laperouse. Comme pour l'affaire de la rue de Longchamp, ils sont repartis sans problème, après avoir ordonné, pour rire, mais aussi pour la petite touche de vraisemblance, à la dévalisée de se présenter le lendemain matin au « service de sécurité militaire américain, place de l'Opéra » à des fins d'interrogatoire, faute de quoi elle connaîtrait de graves ennuis. La tactique du groupe est : choisir des femmes riches et seules, c'est ce qui rapporte le plus avec le plus de sécurité. On ne risque pas de tomber sur un ancien combattant qui garderait une arme de poing chargée dans le tiroir de son secrétaire. Car parfois les gens réagissent, ou la bignole téléphone aux flics. Un article lu trois jours plus tôt dans *L'Aurore* rapportait que la PJ du quai de Gesvres annonçait un chiffre de 179 faux FFI arrêtés entre le 1er et le 30 septembre dernier, soit une moyenne de 6 par jour ! Et plus de 20 millions ainsi récupérés par la police… Une nouvelle de nature à tranquilliser les rentiers, commentait le journaliste, avant d'ajouter que l'on interrogerait les plaignants sur l'origine de leur fortune avant de leur restituer leurs biens… Sage précaution.

Il balance sa gauloise, la Citroën arrive, pas trop tôt ! Elle vient de la Porte Maillot et s'immobilise en douceur le long du trottoir, devant la porte cochère du 129, à côté du restaurant Berlioz. C'est Aubrais qui tient le volant, Piazza sur sa droite, l'éléphantesque inspecteur Magne occupant la banquette arrière. Sadorski traverse l'avenue de Malakoff pour les rejoindre, tout en s'affublant du brassard à croix de Lorraine. Il a toujours son pansement sur l'œil, ça fait très « résistant ». En tenue kaki à large ceinturon blanc, Piazza et Magne s'extraient du véhicule, la longue matraque battant leurs jambes, leurs rangers décorées de guêtres blanches, et coiffent le gros casque blanc américain orné des lettres noires *MP*. Ils ont glissé leur pistolet personnel, dotation de l'administration française, dans l'étui de ceinture vide fourni avec l'uniforme. Le chauffeur est allé ouvrir le coffre, il en tire la mitraillette avec son chargeur.

Les quatre hommes débarquent dans le hall luxueux que Sadorski a déjà visité une fois en 1942. Mais il n'était pas monté dans les étages. Les imposants policiers US se figent devant la grande glace, au garde-à-vous, ayant reçu l'ordre de ne surtout pas ouvrir la bouche, puisqu'ils ne causent pas un mot d'anglais. En supplément d'authenticité, on aurait peut-être dû leur filer des chewing-gums. Aubrais, en pantalon bleu marine et blouson de cuir marron doté lui aussi du brassard bleu, blanc, rouge, le revolver M 92 dans son étui de ceinture, braque la Sten sur la loge de la bignole, pendant que l'ex-caïd du Rayon juif tape au carreau.

– Sécurité américaine, ouvrez ! gueule-t-il.

La concepige n'a pas varié d'un poil, conforme à ses souvenirs : faciès maigre et jaunâtre, lèvres carmin, et cette vilaine verrue sur l'aile du nez. Son expression était inquiète deux ans auparavant ; aujourd'hui, arrondissant les yeux sur le canon du pistolet-mitrailleur, elle paraît franchement terrorisée. Parfait.

– Vous… vous venez pour Mme Gould ?… Les… les FFI sont déjà passés, on l'a arrêtée mais libérée. Elle m'a dit que tout est en ordre…

– En ordre ?

– Oui, je dois dire à… enfin, si quelqu'un… Mme Gould ne recevait jamais d'Allemands, c'est une erreur… elle est résistante, du reste M. Gould, son époux, est américain… On ne voit chez elle que des patriotes… M. l'amiral Muselier, chef des… des f-forces navales de la France libre… M. Oberlé, de la Bibici… M. François Mauriac…

– Je m'en tape, de François Mauriac, grogne Sadorski. Et de votre Mme Gould. Elle peut inviter qui elle veut, comme le clodo que je viens de voir entrer. (Il hurle :) BUREAU DE SÉCURITÉ MILITAIRE 407, 2e SECTION ! Enquête spéciale ! *On est là pour la comtesse Ostnitska !* Qui, elle, en recevait, des Boches, vous allez pas me contredire ! Cette saloperie d'ambassadeur Otto Abetz, par exemple, avec sa femme ou sa maîtresse. Et des vedettes collabos, Mistinguett, Cécile

Sorel… Et vot' comtesse elle couchait avec des officiers SS, des nazis ! Bon, assez perdu de temps, la Ostnitska est à la maison ?

La figure étroite de la pipelette s'est décomposée.

– Euh, je… je crois… elle se lève très tard…

– Si je me souviens bien, elle a une gamine… c'est ça ? Qui fait du cinéma ?

– Tout à fait, m-monsieur… La petite Bijou. Mais elle est partie…

– Où ça ?

– À… à la campagne, je crois…

– Y a qui, en ce moment, chez la comtesse ? (Sadorski préfère éviter les mauvaises surprises.)

– Euh, la bonne, et madame, et peut-être M. Lifar…

Le frère de Rirette s'impatiente, il agite son PM :

– On y va, merde ?

– Attends, petit gars. Et c'est qui, madame, ce M. Lifar ? C'est pas lui qui aurait fait visiter l'Opéra à Adolf Hitler en juillet 40 quand il est venu à Paris ? Pareil pour Goebbels ? Et qui a fait des tournées en Allemagne en 42 ?

Avant de passer à l'action, Sadorski s'est fait livrer par ses anciens inspecteurs quelques extraits des dossiers respectifs, aux archives des RG, d'Irène Blachère dite Mathilde, comtesse Ostnitska, née à Turin en 1916, et de son amant Serge Lifar, maître de ballet et danseur étoile de l'Opéra de Paris, et collabo notoire dès les premiers jours de l'occupation.

– Je… je ne sais pas, monsieur… Mais on ne le voit plus beaucoup ici… Il m'avait juste semblé que hier… Mais j'ai dû aller au ravitaillement, alors M. Lifar, si c'était lui, a pu ressortir sans que je le sache…

– Bon, on verra bien, tranche Sadorski. (Il s'adresse à la paire corpulente de ses adjoints « américains » :) Frank ! Joe ! vous montez à pied ! Nous, on prend l'ascenseur. Quel étage, déjà, madame ?

– Au cinquième…

– *Fifth floor !* claironne Aubrais, histoire d'étaler ses connaissances en langues étrangères.

Lui et le petit résistant trapu à cheveux blancs s'introduisent dans l'étroite cabine d'acajou clair, à battants vitrés. Sadorski appuie sur le bouton du cinquième. Au moins ici on a du jus. L'ascenseur s'ébranle, puis s'élève avec lenteur ; sa machinerie ronronne là-haut tandis que Magne et Piazza, soufflant comme des phoques, grimpent péniblement les marches du monumental escalier revêtues d'un tapis rouge cossu. Aubrais sifflote en caressant le métal de sa Sten. L'équipe se réunit sur un vaste palier aux murs plaqués de marbre rose éclairés par des appliques de verre et d'or, devant la porte en bois laqué où brille une plaque de cuivre : *Comtesse Mathilde Ostnitska.*

L'inspecteur du BSM 407 s'annonce en grand style : tambourinage violent du poing gauche sur le panneau, l'index de l'autre main enfoncé sur la sonnette. Et nouvelle grosse gueulante.

– SÉCURITÉ AMÉRICAINE ! OUVREZ !

Ils n'ont pas à attendre trop longtemps pour que la porte s'entrebâille, puis s'ouvre de manière complète. Sur une soubrette blonde à robe noire et petit tablier rond, dévoilant de jolies jambes moulées dans la soie. Sadorski dégaine son automatique, elle recule, épouvantée.

– On cherche Mme Ostnitska. *Military police* et police FFI, bureau 407 de la sécurité militaire, 2e section…

– On sait qu'elle est là, ajoute Aubrais en pointant son arme. Et l'autre salaupard où est-il ? Allez, les mains en l'air, ma poulette !

– Ma… Madame n'est pas levée…

– Tous des feignants ces bourgeois, gronde Sadorski en pénétrant dans le large vestibule, suivi des trois autres. Et M. Lifar, il pionce encore, lui aussi ?

– M-monsieur Lifar est reparti hier soir… Il n'est pas là…

– C'est vrai ces putain de mensonges ? Parce que si on le trouve, le caupain à Hitler et à Goebbels, on va le souagner !

Sadorski intervient :

– Ramenez-nous la comtesse, fissa !

– Frank ! Joe ! *Have euh louque insaïde !* Exécution !

La domestique, les genoux flageolants, traverse, suivie par l'inspecteur et par le jeune homme, un immense salon meublé d'un piano à queue laqué noir et de plusieurs canapés submergés de coussins aux tissus et motifs variés, pour s'en aller toquer, le plus légèrement possible, à une porte au fond vers la droite. Sadorski observe autour de lui les murs blancs et nus sous les moulures du plafond et les appliques tarabiscotées, les marques de cadres absents, et les cartons d'emballage ficelés pleins à craquer qui s'empilent entre les paravents, les lampadaires torsadés, les commodes aux plateaux chargés de bibelots, de statuettes, de vases piqués de fleurs en tous genres et le meuble-bar d'ébénisterie dernier cri. Se dresse également au milieu de la pièce une malle-cabine ouverte, remplie de cintres et de fourrures. Cela fait penser à un déménagement en cours ou imminent.

– Madame ! Madame ! C'est la police militaire… les Américains…

On finit par percevoir une réaction derrière le battant. Et un objet qui chute, accompagné d'un juron émis par une voix féminine. La porte s'ouvre sur une mince blonde éthérée, au teint livide et aux yeux hagards. Mathilde comtesse Ostnitska, *alias* Irène Blachère, a un visage allongé, un nez long et légèrement busqué, des lèvres minces avec un pli amer aux commissures. Elle serait assez séduisante sans ces paupières bouffies, ces traits brouillés par un mauvais sommeil, peut-être l'abus d'alcool et de médicaments. Sadorski se rappelle sa photo sur la couverture de l'hebdomadaire *Vedettes*, que lisait régulièrement son épouse. Ce devait être fin juin 1942, avant les vacances en Bretagne. Et, dans un autre numéro qui publiait une critique du *Bal des malvenus* à sa sortie sur les écrans l'année suivante, le pisse-copie de service la couvrait de dithyrambes : *Belle, blonde, triste, lointaine, sensible, seule, la ravissante Estelle semble traîner derrière elle les fantômes et les malédictions qui se sont abattus sur le château... C'est Mathilde Ostnitska qui joue ce rôle, et c'est là son premier film... L'élève de Tonia Navar s'affirme d'ores et déjà comme un des plus sûrs espoirs du cinéma français... D'ailleurs, comment pourrait-il en être autrement ? Étrangement belle, étrangement blonde... Et douée d'un beau talent de médium, capable de lire à travers vous comme dans un livre ouvert (je le sais, j'en ai fait la stupéfiante expérience)... Car Mathilde Ostnitska est, dans la vie de tous les jours, telle que nous la voyons sur la pellicule avec son beau visage grave, dont seuls les yeux qui brillent d'une flamme ardente ont l'air de vivre, de vivre une vie intense particulièrement pour l'Art...*

Pour l'instant, ces yeux brillent surtout de la flamme égarée d'une morphinomane, et c'était sûrement déjà le cas à l'époque – quand elle gérait, depuis cet appartement, pour le compte du lieutenant Nosek de la Gestapo du boulevard Flandrin, un lucratif trafic de stupéfiants, lequel permettait en outre à cet officier retors de faire chanter les drogués et de les recruter comme informateurs. Sadorski se demande si le fric de la SS n'a pas servi aussi à stipendier le journaliste, ou arroser la direction du magazine afin de promouvoir la carrière d'une actrice inconnue et à vrai dire, dans ce rôle d'ailleurs secondaire, complètement nulle, ainsi qu'Yvette et lui ont pu le constater en voyant le film à l'Olympia.

– Vous... vous désirez, messieurs ?

Elle porte une longue chemise de nuit en fin voile de laine blanc, à manches longues et bouffantes, ornée d'un gilet incrusté en satin blanc. Une tenue signée Yrande, ou Molyneux, ou Olga Hitrovo… La femme de Piazza, qui a travaillé au rayon lingerie de la Samaritaine, saurait identifier son créateur. Peu importe. Toujours est-il que, si la lumière du jour n'inondait pas ce salon par toutes ses fenêtres, on pourrait croire à une apparition surgie droit des corridors poussiéreux, tendus de toiles d'araignée, du manoir hanté du *Bal des malvenus*. Ou de ceux du pensionnat des Fauvettes. Les deux MP la considèrent avec ahurissement. Sadorski a son Mauser 7,65 au poing. Il grogne :

– Vous êtes bien Mme Garnier née Blachère Irène, le 7 décembre 1916 à Turin, et qui se fait appeler Mathilde Ostnitska ? Soi-disant comtesse ?

– Je… oui, je suis la comtesse Ostnitska.

– De fraîche date. Depuis votre fréquentation d'un autre prétendu noble, le comte polonais Stanislaw Ostnitski, espion envoyé en Europe de l'Ouest par les services de Berlin avant la guerre, agent double surveillé par le renseignement français, et qui, sous la botte hitlérienne, détournait de l'argent de l'organisation Todt… Il a fini, une fois ses trafics découverts, par être arrêté ici même par la Gestapo, début 1942, et déporté à Berlin… Vous lui avez juste fauché son nom et son titre avant qu'on l'envoie se faire décapiter là-bas, ou crever dans un camp de concentration de Silésie… Je me trompe ? Madame Garnier ? Mon petit doigt me dit que c'est peut-être même vous qui l'avez dénoncé aux Boches…

La comédienne était déjà livide, à présent toute trace de sang a déserté la peau diaphane de ce visage figé. On dirait un mannequin de vitrine, dans sa longue et fine chemise de nuit de haute couture, et un mannequin chancelant dans les courants d'air… Il suffirait d'une pichenette pour qu'elle perde l'équilibre et s'effondre, renversant les verres et les cocktails, parmi ses tapis de peluche et ses coussins.

– À vingt et un ans, poursuit Sadorski qui a bien mémorisé sa fiche des RG, vous avez épousé un certain

Garnier Louis, disparu depuis, vous laissant cette fillette née en 1938. Je ne la vois pas, elle est où, la petite Bijou ?

– Elle… euh, elle est en vacances chez des amis… dans la vallée de Chevreuse.

Il indique les cartons entassés le long des plinthes :

– Vous déménagez ? Pour la rejoindre ?

– Non, je… je pars pour Marseille après-demain. Je compte séjourner au Maroc.

L'interrogateur ricane.

– L'air de Paris serait devenu malsain pour vous ?

– Pas du tout, je…

– Parce que des enquêtes pourraient être diligentées, madame Garnier. À propos, tout particulièrement, d'un trafic de…

Aubrais le coupe.

– Dites, pendant que vous lui mettez le nez dans sa merde, à la caullabauratrice, moi je surveille la baunniche ! Je l'emmène à la cuisine, elle nous foutra la paix…

– Comme tu veux, grommelle Sadorski agacé. Madame, vous savez comment vous êtes notée, aux Renseignements généraux ? « une aventurière d'envergure, et élément suspect au point de vue national » ! De nos jours, ce n'est pas recommandé, d'être un élément suspect. Les gens ont vite fait de vous peindre une croix gammée sur la porte. Et après c'est le début des ennuis. Des ennuis graves… (Il brandit une pelure carbone, et chausse ses lunettes.) *L'intéressé* – il s'agit de votre ex- ou actuel amant, et célèbre collabo, le danseur Lifar, né à Kiev en 1905 – *a fait l'objet d'un rapport des services de la brigade mondaine de la Police judiciaire, concernant ses relations avec une femme galante nommée Blachère Irène, épouse Garnier, vivant séparée de son mari. Celle-ci, après s'être livrée à des séances licencieuses collectives* – vous comprenez ce que ça veut dire, hein ! – *à ses différents domiciles, a vécu de juillet 1941 à février 1942 avec Ostnitski van Osten, né en 1898 à Tarnov (Pologne). Ce dernier, arrivé en France le 1er mai 1937, après avoir dirigé à Berlin l'agence de presse Europa et avoir été signalé comme agent de la 5e colonne en Tchécoslovaquie, en Autriche et en Espagne, a été interné au stade Roland-Garros en 1940 puis au camp du Vernet (Ariège). Il s'est échappé dudit camp le 21 septembre 1940, puis est venu se placer sous la protection des Allemands à Paris. Il a sous-loué alors un appartement 43 avenue George-V et se disait le mandataire en France des mines de Plass (Pologne), qu'il avait en réalité acquises pour le compte des Allemands. Après avoir fait la connaissance d'Irène Blachère il a élu domicile avec cette dernière en juillet 1941 au 129 avenue de Malakoff (16e). Le couple a organisé des réceptions auxquelles étaient conviés des officiers allemands, Otto Abetz, ambassadeur d'Allemagne et sa femme. Irène Blachère se faisait appeler « comtesse Ostnitska ». Serge Lifar a été reçu à ces réceptions et après la déportation d'Ostnitski, survenue le 26 février 1942, a repris la vie commune avec Irène Blachère…* Etc., etc. (Sadorski replie la feuille.) Bref, vous êtes mal barrée, madame Garnier. En plus d'être défavorablement connue des services de police sur le plan des mœurs, vous avez été la concubine, voire la complice, d'un agent de la cinquième colonne. Maintenant, une question : *où* planquez-vous l'argent du trafic de drogue ?

Il la surveillait attentivement. Elle a sursauté, bien sûr, mais surtout elle a jeté un regard très bref en direction d'un des quatre murs de la pièce. L'inspecteur a suivi son regard. La comtesse se ressaisit.

– Pour Serge Lifar je peux tout vous expliquer. Ma relation avec lui est terminée depuis la débâcle… euh, depuis la Libération. Même avant.

– Que foutait-il ici hier, alors ?

– Il est venu chercher des vêtements qu'il avait laissés. Serge a passé des mauvais moments, les FFI l'ont arrêté en août et interné au Vélodrome d'hiver, il en est sorti le mois dernier, on a reconnu son innocence… Il a pu produire une attestation du Comité de… d'action anti-vlassoviste[1] en France… 77 rue de Lourmel, vous pouvez vérifier… en date du 31 août, comportant des remerciements pour… l'aide effective accordée par Serge dans leur action dirigée contre les Alle… contre les Boches, et pour sa collaboration dévouée à partir de mars 44… Il a hébergé des prisonniers russes, avant de les faire passer dans les rangs des FTP… D'ailleurs, quand il a été convoqué par la Commission d'épuration de l'Opéra, il s'y est présenté avec une vingtaine d'amis, dont deux FFI armés…

– Qui ont été arrêtés, ricane Sadorski. Des individus louches et qui n'avaient rien à faire avec des armes devant cette commission. Eh oui, madame Garnier ! nous, au Bureau de sécurité militaire, nous connaissons tout et savons tout. Comme la Gestapo, presque. Parlant de Gestapo, vous avez beaucoup fréquenté le lieutenant Nosek ?

Ses yeux de droguée sont noyés de panique, elle secoue la tête, de droite à gauche. Les doigts aux longs ongles mauves se crispent sur le tissu de la chemise de nuit.

– Non, je… Je ne vois pas qui c'est. Non, non…

– Nosek ne venait peut-être pas chez vous, madame Garnier, mais il organisait tout depuis son bureau de la section VI N 1, au n° 11, boulevard Flandrin… pas très loin d'ici…

1. La ROA, pour *Rouskaïa osvoboditelnaïa armia*, « Armée de libération russe », commandée par le général Andreï Vlassov, rallié à Hitler, regroupait des prisonniers et déserteurs volontaires pour combattre aux côtés de la Wehrmacht. Ils ont été déployés sur le front de l'Est contre l'Armée rouge et les partisans mais aussi à l'Ouest.

– Non…

– La « société Beowulf », ça vous dit quelque chose ?…

Ses yeux s'écarquillent.

– Non… non…

– Marguerite Metzger, avant de mourir, avait avalé un ticket de métro avec ce nom écrit dessus[1]…

L'actrice semble sur le point de tomber dans les pommes.

– … Et sa sœur aînée Yolande… une jolie pépée, elle aussi… Les Corses l'ont envoyée à l'hosto… après lui avoir écrasé les dix doigts… Je l'ai vue, là-bas… Les toubibs ont dû lui rafistoler la mâchoire avec du fil de fer…

– Je… je ne sais pas de quoi vous parlez…

– Pourtant vous les connaissiez toutes les deux, madame Garnier. Elles venaient *ici*, dans ce « somptueux appartement proche des frondaisons du bois de Boulogne », comme il est écrit dans *Vedettes*… Marguerite et Yolande étaient vos livreuses. Une trouvaille du lieutenant de la Gestapo. Elles étaient d'assez bon milieu, fiables, de mœurs remarquablement libres pour leur jeune âge, couchaient avec une quantité sidérante de troufions boches – ce qui permettait d'approvisionner ceux-ci en morphine ou en opium, et d'enregistrer les noms des soldats qui se droguaient, pour en informer leur hiérarchie… Quand les deux sœurs ont disparu, vous avez assuré la relève, très convenablement, à en croire Nosek… que nous avons capturé et interrogé hier au BSM 407, rue de Richelieu… Votre compte est bon, madame Garnier. Ce sera douze balles dans la peau ! Ils en ont déjà fusillé, des femmes, cette semaine, je l'ai lu dans le journal…

1. Voir *L'Affaire Léon Sadorski*.

Elle crie :

– Mais ce n'est pas moi !… Ce n'était pas mon idée, je n'ai rien fait, je ne sais rien !… C'était Serge !… Serge Goloubine !…

Sadorski sourit méchamment. Elle est presque à point. D'ici une minute, elle livrera tout. Tout son fric, tous ses bijoux, tout ce que recèle cet énorme appartement. *Tout*… dans l'espoir de vivre. De ne pas finir devant le peloton d'exécution.

– Goloubine ? réplique-t-il. Mais de toute façon il est mort, Goloubine ! Étranglé dans son appartement de la rue Lancret, dans le seizième… le matin du 8 juin 1942. Étranglé avec du fil de fer. Et ensuite, le type qui l'a buté lui a noué deux torchons sur la figure, ligoté sur sa chaise, et lui a aplati la gueule à coups de marteau…

Mathilde Ostnitska recule contre le mur. Comme si elle avait aperçu un spectre. Alors que son tourmenteur poursuit :

– … Au fait, je me demande si ce n'est pas vous, madame Garnier, qui…

Prise de tremblements, les yeux exorbités, elle hurle. Pointant vers Sadorski un index accusateur.

– *Je vous vois !*... Avec des vêtements bleus… dé… d-déguisé en… en employé du gaz… Vous, vous… *Je vous vois tenir un marteau*... Il y a du sang !… Du sang partout !… Mais vous aviez vos deux yeux… des yeux féroces…

Le policier a blêmi à son tour. Merde, elle est voyante extralucide, ou quoi ?… Ce jour-là, rue Lancret, il était effectivement chanstiqué en employé du gaz. Et comment sait-elle que son œil droit, derrière le coton et le sparadrap, est à présent mort, remplacé par un œil de verre ? (Il jure.) Si, c'était dans l'article ! *Douée d'un beau talent de médium, capable de lire à travers vous comme dans un livre ouvert... J'en ai fait la stupéfiante expérience...* La droguée continue, avec haine :

– D'ailleurs, comment pourriez-vous connaître autant de détails sur ce meurtre ?... Nosek m'a dit que la police française n'avait pas tout raconté à la presse... mais *lui* a vu le commissaire, et il me l'a raconté à moi... Assassin ! Assassin ! Monstre ! Horrible monstre !...

C'est comme si elle leur jouait une séquence du *Bal des malvenus*. Sous les regards du metteur en scène et des techniciens. Mais les seuls spectateurs, hormis l'accusé, sont Piazza et Magne, muets, la bouche ouverte, qui n'y pigent rien. Il contre-attaque – mais est-ce encore raisonnable, face à une pareille hystérique ?

– Je connais les détails, parce que je suis flic, justement. J'ai participé à l'enquê...

Nouveau hurlement. En provenance cette fois du fond de l'appartement.

On appelle à l'aide. Une voix de femme.

Les deux MP se précipitent dans cette direction, suivis par Sadorski. Les cris viennent de la cuisine. Qui, comme souvent dans ces immenses appartements haussmanniens, se trouve très loin du séjour des maîtres, à l'extrémité d'un étroit couloir incurvé, et donne sur la cour.

La soubrette blonde est installée à plat ventre sur la table au milieu de la pièce, sous les batteries de casseroles en cuivre, les séries de couteaux de longueurs diverses dans leurs râteliers. Ses jambes sont écartées, les bas de soie filés, rabattus sur les cuisses, sa robe retroussée ; le milicien Guy Aubrais la maintient solidement, il est en train d'essayer de la violer par-derrière. Lorsque les deux gigantesques poulets casqués débarquent, elle attrape le poignet de son agresseur, y plante les dents. Aubrais pousse un hurlement de rage. Se dégageant, il ramasse la mitraillette qui traînait sur l'évier, pour balancer un coup de crosse métallique dans la tempe de sa victime. Elle bascule et s'affaisse dans un coin, un filet de sang traverse en biais son visage sillonné de larmes. La mâchoire tombante, les yeux révulsés.

Sadorski dégaine son Mauser, braque le canon sur la poitrine du frère d'Henriette. Lequel, blouson ouvert, débraillé, remballe en maugréant un sexe qui paraît énorme.

– La salaupe…

– Arrête ces conneries ! Ou je t'abats sur place !

Il a le doigt sur la détente et très envie de tirer. Brusquement, il se retourne vers ses collègues.

– Hé ! Qui surveille la comtesse ?

Personne.

Sadorski éructe un juron.

– Jacques, viens avec moi ! René, tu restes ici, garde la fille ! Occupe-toi d'elle… Tu nous rejoins seulement quand je t'en donne l'ordre !

– Euh, oui, mais je m'appelle Joe, chef…

– On s'en fout, maintenant ! Crétin !

L'inspecteur et Piazza cavalent le long du corridor, suivis avec un peu de retard par Aubrais. Le salon est vide. Aucune trace de Mathilde Ostnitska. Paniqué, Sadorski rejoint le vestibule. La porte d'entrée est bien fermée, il ne l'a pas entendue claquer. Merde, il ne manquerait plus que ça, qu'elle ameute les voisins…

– Vous entendez pas, chef ? Y a une voix, par là…

Le gros MP à figure grêlée désigne une porte, vers l'autre extrémité du séjour. Fermée.

– C'était ouvert, tout à l'heure…

– Ça correspond à quoi ?

– Un bureau, il m'a semblé…

Sadorski court coller son oreille au battant. À l'intérieur, des propos affolés, rapides.

– Oui… oui… inspecteur Pinson… Mme Ostnitska, 129, avenue de Malakoff… vous vous souvenez de moi… Oui, encore un vol aux faux policiers… Ils sont quatre… J'ai peur, venez vite…

Le verrou a été poussé de l'autre côté. D'un coup d'épaule, Sadorski tente d'enfoncer la porte. Piazza et Aubrais arrivent en renfort. Peine perdue.

– C'est pas possible, patron… Doit y avoir un blindage, c'est sécurisé…

– Ho, je m'en auccupe ! Planquez-vous…

Le milicien pointe le canon de la Sten contre la serrure. Et balance une rafale. Des esquilles de bois peint jaillissent, le battant se perce d'une ligne de trous. Il y a un cri perçant derrière la porte et la conversation téléphonique s'interrompt. Les douilles cliquettent en se répandant sur le parquet. Aubrais cesse le tir, appuie sur le panneau mais le blindage comme la serrure résistent toujours. Sadorski lui arrache le PM des mains. La pièce s'est mise à sentir la poudre.

– Ça suffit. On se casse !

– Ben merde, et le fric ?

– Par là !

Il désigne le mur où la comtesse avait porté son regard, lorsqu'il la questionnait à l'improviste sur l'argent du trafic de drogue. En s'approchant, on constate que la surface blanche dissimule un placard encastré. Les contours du double battant apparaissent nettement, et l'on remarque un petit orifice de serrure. Inutile de chercher la clé, Sadorski envoie plusieurs coups de crosse du pistolet-mitrailleur. Le bois, de piètre qualité, cède facilement. Des rangées de tiroirs garnissent l'intérieur. Il les ouvre les uns après les autres. Dossiers, chemises, paperasses sans intérêt – factures, ordonnances, dessins d'enfant, dont l'un avec gribouillé *Bon anniversaire, Maman*. Boîtes de trombones et d'élastiques. Piles d'enveloppes classées par taille, des longues, des petites, des moyennes. Blocs de papier à lettres. Tampons encreurs. Coupe-papier, ciseaux, stylos, crayons, gommes, porte-mine. Séries de timbres, restés à l'effigie du Maréchal. Prospectus d'agences de voyages. Photos de famille. Cartes postales. Cartes de visite. Cartes de ravitaillement. Pièces de monnaie. Tubes d'aspirine… Tout valse sur le tapis, avec les tiroirs. Ah, enfin du pognon ! Des coupures de mille et de cinq mille francs, plusieurs liasses. Le policier les enfourne dans ses poches. Et en refile d'autres à ses compagnons. Il garde l'oreille aux aguets. D'ici quelques minutes le car de police secours, venant du commissariat de la rue Mesnil – où il connaît très bien l'inspecteur Pinson –, freinera devant la porte cochère du 129, et toute une bande de gardiens de la paix en sortira. Revolver au poing.

– Bon, on y va !

– Et les bijoux ?

– Y a plus le temps. De toute manière, c'est difficile à négocier…

Il rend son arme au milicien, gagne en vitesse le vestibule, tire à lui le battant de la porte d'entrée. Le palier est désert, silencieux ; mais des questionnements inquiets semblent venir des étages inférieurs. La salve de mitraillette, et les cris, ne sont pas passés inaperçus.

– Allez, on descend ! Vite !

Aux témoins effarés qui se montrent dans l'embrasure des portes palières, il crie, brandissant le 7,65 :

– Rentrez chez vous, y a rien à voir ! Opération de police ! Résistance ! FFI ! Sécurité américaine ! *US Army !*

Idem à l'adresse de la pipelette qui pointait un museau affolé et blême depuis sa loge.

L'équipe déboule sur le trottoir de l'avenue de Malakoff, devant la traction garée, immobile. Sadorski prend la place du conducteur. Mais il a l'impression qu'il manque quelqu'un.

– Hé ! Où est Magne ?

Piazza jure :

– Merde, merde, patron ! À la cuisine… Vous lui avez dit de nous rejoindre seulement sur ordre !…

On entend le *pin-pon* de police secours. Le son vient de la place Victor-Hugo, la direction du commissariat de la rue Mesnil. On aperçoit le car, même. À quelques centaines de mètres, fonçant vers l'intersection avec l'avenue Foch.

– Tant pis pour René, hurle Sadorski en tournant la clé de contact. Grimpez, on s'arrache ! Sauve qui peut !

23

Le tableau de chasse

PRÉFECTURE DE POLICE
COMMISSARIAT DE POLICE
DE LA CIRCONSCRIPTION
DE BOULOGNE-BILLANCOURT

dix septembre huit heures trente
Maurice PRÉVEL

HOMICIDES VOLONTAIRES
AFF. C/.....X...
INFORMATION

TRANSPORT ET
CONSTATATIONS

Sommes informé téléphoniquement, par la gendarmerie de Boulogne-Billancourt, qu'un cadavre apparaît dans la Seine à proximité de la passerelle de l'Avre, quai du Quatre-Septembre à Boulogne. Accompagné du secrétaire et d'un inspecteur de notre Commissariat, nous transportons sur les lieux, où étant nous procédons aux constatations suivantes.

À deux cent cinquante mètres
environ de la passerelle,
en direction de St. Cloud, nous
apercevons dans l'eau, à un
mètre cinquante de la berge
le corps d'un humain presque
nu, reposant sur le ventre,
les membres légèrement repliés.
Aidés de gardiens de notre
Commissariat nous ramenons
sur la berge ce cadavre.
Nous sommes alors
en présence d'un homme
dont le cou est fortement
serré par une grosse corde
tressée de couleur blanche de
très bonne qualité, en coton
semble-t-il. La corde est
terminée par une grosse pierre
solidement attachée par ladite
corde et une ficelle.
La face présente une plaie sur
la joue droite à hauteur du nez.
Sur la nuque nous relevons
deux traces de coups de feu
par lesquelles sort du sang
de couleur rouge. L'une de ces
traces constitue une ouverture
correspondant à l'entrée
d'une balle d'un calibre moyen.
L'autre trace située sur le côté
droit de la nuque présente
de fortes traces de brûlures
ayant grillé les cheveux
sur une surface de plusieurs
centimètres carrés.

Nous ne trouvons sur le corps qu'une chemise bleu [sic] *col tenant, genre toile d'avion, portant les marques M.B. manuscrites à l'encre de Chine, paraissant être des marques de blanchisseuse, et un maillot en laine kaki avec col et manches longues. Le cadavre paraît être celui d'un homme de vingt-cinq ou trente ans. Les cheveux sont châtains, les yeux bleus, une petite moustache se dessine sous le nez. Sur le ventre on découvre une cicatrice verticale, une autre en forme d'angle obtu* [*sic*], *cicatrices d'opérations antérieures, sur la partie gauche de l'abdomen. La bouche ouverte laisse voir un chicot à l'endroit de la deuxième molaire supérieure droite, et un autre à la troisième molaire inférieur* [sic] *gauche.*

Nous retirons pour la saisir une alliance en métal blanc, passée à l'annulaire gauche et portant à l'intérieur M.B. – R.M. 25.7.1944.

En examinant les abords du lieu où le corps a été jeté à l'eau on remarque sur le sol des traces de sang qui se perdent sur une longueur d'environ trente mètres dans l'herbe, mais se retrouvent sur le trottoir. Là nous suivons la trace du sang qui s'étend sur environ deux cents mètres où nous

nous trouvons alors, non loin de la passerelle de l'Avre, en présence d'une flaque de sang recouverte de terre, la trace se continue ensuite sur une dizaine de mètres environ et se termine par une seconde flaque de sang recouverte également de terre, et celle-là semblant contenir des matières cervicales.
Aux endroits où nous avons découvert les flaques de sang nous remarquons également de nombreuses traces de pas nettement marquées en particulier sur le remblai. Les empreintes laissées permettent de croire que ces lieux ont été l'objet de luttes.
Sur la berge même du fleuve nous trouvons des traces de quelques gouttes de sang.
L'examen de la Seine ne permet à cette heure de ne [*sic*] *rien découvrir d'autre.*

Télégramme — *Par télégramme avisons Monsieur le Procureur de la République et les diverses Directions intéressées de notre Administration, de la découverte de ce cadavre.*

Recherches — *Chargeons les inspecteurs LARUE et LE MÉTAYER de notre Commissariat de procéder à enquête sur cette affaire.*

Réquisition	*Requérons le Directeur des*
Aux Pompes Funèbres	*Pompes Funèbres pour faire transporter le corps désigné ci-dessus à l'Institut médico-légal ; aux fins d'autopsie et d'identification.*

Sadorski repose la feuille sur la table. Son œil pique, en raison de la tabagie intense qui sévit dans la salle de séjour des Cuvelier, à Colombes. Leur appartement a été choisi comme « terrain neutre ». L'épouse du collègue et les mômes sont sortis, ce samedi 21 octobre, encourager l'aîné qui s'entraîne au stade avec son équipe. Ils sont cinq poulets, en comptant lui-même, le flic révoqué, à tenir une réunion dans cette pièce sur l'initiative du jeune et récemment promu inspecteur principal adjoint Lavigne, de la PJ, section spéciale du cabinet du commissaire Pinault, installée quai de Gesvres sous la direction de l'inspecteur principal Berthomet. Il connaît déjà Lavigne et Cuvelier, naturellement ; les autres sont l'inspecteur Deschamps, venu de Paris avec Lavigne, et l'inspecteur Le Métayer du commissariat de Boulogne-Billancourt. Ce dernier questionne :

– Vous sauriez l'identifier, déjà, ce cadavre-ci ?

– Euh... Comme il est jeune, il fait forcément partie des deux qui se sont sauvés le long de la berge, poursuivis par les cocos. La petite moustache, je me rappelle... Son nom de famille était Marin... Je suis pas certain du vrai prénom, mais les FTP l'appelaient le « sous-lieutenant Robert ». C'était un de leurs camarades à l'origine. Il aurait extorqué 250 000 balles à un gérant collabo, en échange de le laisser filer, mais omis de reverser la totalité de la somme dans la caisse... Alors le capitaine Bernard l'a fait arrêter comme « FFI malhonnête »... Oui voilà, je m'en souviens. Il était sûr qu'ils allaient le tuer, et ça le désespérait, en tant que jeune marié, il tombait du haut de son bonheur. Je l'ai vu chialer. Sa femme était arrêtée aussi, un jour ils l'ont appelée et elle n'est pas revenue. Le gars s'en est inquiété, mais le sergent Maurice lui a dit : « T'en fais pas, elle, ils l'ont libérée. » Il a pleuré, il aurait voulu l'embrasser une fois encore... (Sadorski est ému en parlant, il songe à Yvette.) « Elle aussi, a dit le sergent à Marin, elle voulait t'embrasser mais ils ont pas voulu. » Après il était comme perdu, il voulait plus manger, il répétait : « Qu'ils ne traînent pas, maintenant. Qu'ils le fassent tout de suite. Je suis trop malheureux depuis qu'elle est partie... »

– Pour un marin, finir dans la Seine..., rigole Cuvelier.

Les autres inspecteurs lui jettent un regard noir.

– Robert Marin, les initiales collent avec l'alliance, observe Deschamps. « M.B. – R.M., 25.7.1944... » Les autres, celles de son épouse, seraient donc M.B. et ils se sont mariés le 25 juillet de cette année... C'est une indication utile.

Lavigne, un grand brun bien charpenté, domicilié à Épinay-sur-Seine, signale :

– On a trouvé les mêmes lettres sur cette marque manuscrite à l'encre de Chine, sur la chemise... Sa femme serait blanchisseuse ?

Deschamps fait la moue. Le Métayer tend deux nouvelles feuilles à Sadorski.

– Lisez la suite. On a eu une journée chargée, ce 10 septembre...

dix septembre
quinze heures

Nouvelle information : Découverte de deux cadavres présentant les mêmes caractéristiques que le cadavre découvert ce matin.

Sommes informé par le gardien de la paix chargé de la surveillance du cadavre de l'individu repêché dans la matinée que deux autres corps apparaissent dans la Seine très éclarée [*sic*] *par le soleil. Ces deux corps d'hommes présentent la même caractéristique que le premier, ils portent une grosse pierre au cou attachée par une grosse corde qui paraît être du même genre que la corde trouvée ce matin.*

Transport et constatations

Nous transportons sur les lieux aux fins de constatations. À environ cinquante mètres de la passerelle nous apercevons dans l'eau le corps d'un être habillé, portant au cou une grosse pierre attachée par une corde. Le corps est à un mètre de la berge.

Nous procédons au repêchage de ce cadavre aidé de notre personnel.

Nous sommes en présence du cadavre d'un homme sur la nuque duquel nous découvrons la trace d'une entrée de balle. Les cheveux sont roussis sur quelques centimètres carrés. Une blessure de trois centimètres environ se voit sur la tempe droite. Le cou est serré par une grosse corde de couleur verte mais de même matière que la corde trouvée sur le premier noyé. À l'extrémité est fixée une grosse pierre.

L'homme paraît avoir entre 25 et 30 ans. Il est châtain moyen, il porte une barbe de plusieurs jours. Les ongles sont rongés.

L'habillement se compose d'une chemise à rayures, col tenant, d'un costume marron chiné, portant intérieurement la marque « TOM » 33 Bd. Poissonnière, deux paires de chaussettes et une ceinture de cuir.

Les poches ne contiennent aucun objet ou papier permettant l'identification.

Nous remarquons que la découverte de ce cadavre se situe aux environs de la tache de sang vue le matin à environ vingt mètres de la passerelle, et à l'endroit où se révélaient des traces de pas. L'examen du sol nous permet d'ailleurs de découvrir une douille que nous saisissons car elle semble se rapporter à cette affaire.

Troisième cadavre

Nous apercevons ensuite un troisième corps habillé, à deux mètres de la berge. Nous nous trouvons alors en présence du corps d'un homme de 55 à 60 ans.

Sur le côté gauche de la nuque apparaît une plaie, entrée de balle, présentant à la périférie [*sic*] *des traces de noir et de brûlures des cheveux. Une plaie béante se montre sur la joue droite, du sang suinte de cette plaie et sa couleur permet de penser que la mort ainsi que celle des deux autres corps repêchés est récente.*

L'homme est vêtu d'un maillot de corps nid-d'abeilles, d'une chemise blanche col tenant portant les indications suivantes : M. Picat Chemiserie, 18 rue Adrien Dubouche, Limoges, d'un caleçon long en coton bleu, d'une paire de bretelles, d'une cravate rayonne bleu fantaisie, d'un tricot laine kaki sans manches, d'un veston serge grise, d'un pantalon gris uni, d'une paire de chaussettes grises, d'un slip de laine blanche.

Dans les poches nous trouvons un mouchoir à carreau [*sic*] *et un autre tout neuf blanc.*

Dans une autre poche nous trouvons un peigne de couleur marron et trois papiers sur lesquels est écrit au crayon le texte suivant :

S apristi ! Faut qu'ça barde avec cette guerrière !
O u bien marcher au pas, ou bien être châtié !
N 'ayez point peur, pourtant, car SONIA, fille fière,
I ntrépide mais bonne, et toute à son métier,
A sous un air sévère un cœur plein de pitié.

Nous saisissons ce peigne et les trois papiers. Autour du cou avec la corde terminée par une grosse pierre nous trouvons une ceinture de cuir et une serviette de toilette portant l'inscription suivante, brodée en fil rouge : Institut Eastman.
L'homme semble mesurer environ 1 m 55 il porte des cheveux grisonnants et une barbe de plusieurs jours. Il ne porte aucune bague, aucun objet, aucun papier permettant de l'identifier.
Les abords du lieu de repêchage ne présentent rien de particulier.

Télégrammes

Avisons par télégrammes séparés Monsieur le Procureur de la République, et les diverses directions interr[ess]*ées de notre Administration,*
du repêchage de ces deux corps...

– Le poème… Je me rappelle très bien. Il nous l'a récité, dans la bagnole… Donc il l'avait copié en trois exemplaires… Je suppose qu'il comptait lui en offrir un.

– C'est qui, cette Sonia ? s'enquiert Lavigne.

– Une bolchevique de l'institut du square de Choisy… Je n'ai jamais su son nom de famille. C'était une sacrée garce, mais pas la pire.

– Et lui, vous sauriez nous dire son nom ?

– Aubert Pierre, inspecteur divisionnaire de la SNCF. Les gars lui reprochaient d'avoir été au RNP… Je l'ai vu se faire descendre, à côté de la voiture. Il avait tenté de s'enfuir…

– Qui l'a tué ?

– Un Italien, nommé ou surnommé Marcel. Une espèce de grande brute qui cognait tout le monde, en jurant en rital. Teint jaune, visage rectangulaire, cheveux gris… C'était un des plus violents.

L'inspecteur Deschamps prend des notes.

– Et le maccab numéro deux ? demande Le Métayer.

– Ah lui, un gamin, une vraie tronche d'innocent. D'ailleurs il m'a paru plus jeune que les vingt-cinq à trente ans constatés sur ce PV… Je l'avais remarqué dans la salle de projection, quand ils nous ont appelés pour nous mettre parmi les « durs »… On m'a dit qu'il était FTP, ayant participé au hold-up du Comptoir national d'escompte, en août… Le capitaine qui dirigeait l'opération s'est mis une grosse part du butin dans les fouilles, et a fait porter le chapeau aux autres… Le gosse, son nom c'était Leguilloux, je crois… Leguilloux Raymond… (Il réfléchit.) Après que lui et Marin se sont échappés, on a entendu trois coups de feu, assez loin, vers Saint-Cloud. Leurs deux poursuivants, un nommé José Pedrossa et un Juif surnommé Thomas, les auront rattrapés, abattus sur place, puis ils auraient ramené le corps de Leguilloux vers la passerelle. Ça explique la longue traînée de sang. Concernant Pedrossa, j'ai des informations, vous le retrouverez sans peine : il a été inspecteur auxiliaire au contrôle économique, à partir de septembre 41… Révoqué pour malversations il a pris dix-huit mois de taule. Libéré au mois de mai dernier. Tout ça selon un inspecteur principal à la retraite de la PJ, Pierre Pescadère, qui était détenu avec moi…

Deschamps note avec application, Lavigne soupire.

– Bon, passons à la femme.

Il tend une feuille à Sadorski.

dix septembre
dix-sept heures

HOMICIDE VOLONTAIRE *Affaire contre X...* *INFORMATION* *Nouvelle information : Découverte d'un cadavre présentant les mêmes caractéristiques que les trois cadavres découverts ce jour.*	*Sommes avisé par le rapport des gardiens de la paix CLAIR, DUMONT, STANISLAS, et PIERROT, de notre Commissariat, joint à notre P.V. du 10/9/44, qu'un nouveau cadavre avait été repêché en Seine, quai du Quatre-Septembre, à proximité de la passerelle de l'Avre.*
Transport et constatations	*Accompagné du secrétaire et d'un inspecteur de notre Commissariat, nous transportons sur les lieux, aux fins de constatations.* *À environ trente mètres de la passerelle de l'Avre, nous nous trouvons en présence du corps d'une femme présentant la rigidité semi-cadavérique et paraissant avoir séjourné plusieurs heures dans l'eau.*

Le cou est fortement serré par une grosse corde tressée blanche, du même matériel que les précédentes, solidement fixée à un pavé de grès.

La tête porte trois plaies saignantes, la première à 4 c/m environ de l'oreille gauche, la seconde, sur la tempe droite (orifice de sortie), à trois c/m environ du coin de l'œil, la troisième à la tempe gauche, à quatre c/m environ au-dessus de l'œil gauche. La face est très violacée. En outre, une plaie saignante est visible au poignet droit.

Le corps est vêtu d'un manteau mouton laine artificielle gris foncé, d'un slip rose, de chaussures cuir à semelles de bois de couleur beige.

Le cadavre est celui d'une femme d'environ vingt-cinq ans, cheveux châtains, taille 1 m 65, yeux marron, deux des dents sont revêtues de couronnes, l'une en métal jaune, l'autre en métal blanc.

Il n'a été trouvé sur le cadavre aucun papier, bijoux ou objets quelconques.

Le lecteur, assez déprimé, saute les télégrammes divers adressés par le commissaire Prével et parcourt le tout dernier paragraphe.

Corps médico-légal

Faisons transporter à l'institut médico-légal les corps repêchés en Seine. Le greffier de l'institut nous délivre les reçus ci-annexés. 1265, 1266, 1267, 1268.

– Elle aussi je l'ai vue se faire buter… Contre le mur de pierre, à l'entrée de la passerelle de l'Avre.

– Qui l'a tuée ?

– Un petit youtre polonais. Celui qui s'appelle Thomas, *alias* le « capitaine Paul ». Cheveux bruns frisés, type israélite prononcé, d'habitude habillé de noir. C'était le commissaire politique, là-bas. Il m'a dit que plusieurs membres de sa famille ont été déportés par les Allemands.

– Et elle ? Comment s'appelait-elle ?

– Richez Lauriane. Domiciliée à Bois-Colombes et fille d'épicière. Je n'en sais pas davantage. Sauf que c'était une gentille gosse… et que tout ce qu'on lui reprochait c'était d'avoir un fiancé dans la Milice, en fuite. Alors ils se sont vengés sur sa gonzesse. Le Thomas je lui écraserais avec joie la gueule à coups de marteau !

Deschamps note toujours, une cigarette au coin des lèvres.

Lavigne se gratte le menton.

– Vous n'avez pas vu d'autres morts, dans cette affaire, inspecteur Sadorski ?

L'interrogé est reconnaissant à son ancien subordonné de lui donner encore son titre d'« inspecteur ». Bien qu'il soit révoqué et recherché. Le climat en est plus détendu, comme si tous ces collègues travaillaient ensemble, en harmonie, dans le but de coffrer des criminels comme au bon vieux temps… Il répond, sans se presser, car là on marche sur des œufs :

– Non. Simplement ces trois hommes et la fille Richez.

– Hum. Pourtant les fiches vous concernant, du BSM 407 d'une part et du 2e Bureau FFI de l'hôtel Royal

Malesherbes d'autre part, mentionnent le meurtre d'un capitaine Gilbert, des FTP.

– Connais pas !

– Vous êtes sûr ? demande Deschamps.

– Certain ! À mon avis les bolcheviks auront liquidé ce type eux-mêmes, ailleurs, comme ils l'ont fait pour leurs camarades Marin et Leguilloux, et maintenant ils essaient de me faire porter le chapeau !

– Possible.

Lavigne lève sa cigarette :

– L'une des flaques de sang contenait des matières cervicales. Pourtant l'examen des cadavres ne mentionne que des tirs dans la nuque ou la tempe, sans plaie de sortie importante avec fracas du crâne… À mon avis, pas de quoi répandre suffisamment de cervelle pour que, mélangé à du sang, ça apparaisse lors de constatations sommaires…

– Je ne sais pas.

– Et une nommée de Laperouse Henriette, née Aubrais ? Elle figure également sur les fiches…

– Je la connais, c'est une infirmière, elle a voulu me filer un coup de main pour me faire échapper du Val-de-Grâce… Ce qui lui a valu les pires emmerdements avec les cocos, ils l'ont internée de même à leur « PC Fabien ». Je l'ai revue là-bas plusieurs fois, ensuite elle a disparu. Il se peut qu'ils l'aient exécutée ailleurs elle aussi.

Lavigne et Deschamps se regardent. Ce dernier relève :

– On a plusieurs femmes non identifiées. (Dans un nuage de fumée de tabac, ils examinent d'autres documents, rapports manuscrits, procès-verbaux dactylographiés sur papier pelure. Deschamps ramasse une série de feuillets.) Tenez, ici, rapport daté du 12 septembre, par des inspecteurs du commissariat de police de Charenton… « Alfortville, quai Jean-Baptiste-Clément… deux cadavres flottaient dans la Seine devant la maison Leblanc… deux femmes entièrement nues portant des traces de blessures à la tête et ayant chacune un pavé lesté autour du cou… Cadavres conduits à l'IML, autopsiés sous les numéros 1279 et 1280… Les deux femmes avaient été tuées par un coup de feu dans la tête… corde passée autour du cou après le coup de feu… Le cadavre n° 1279 femme mesurant 1 m 58… En état de putréfaction… Le cadavre n° 1280 femme mesurant 1 m 67, également en état de putréfaction… Les deux corps ont été inhumés par la voie administrative au cimetière de Thiais, le 29 septembre… Aucun renseignement pouvant amener l'identification… Témoignage Prévost Roger, chef de chantier… un bateau déchargeait aux Charbons Leblanc, lorsqu'il a quitté le quai les remous ont fait remonter les cadavres… Rien remarqué d'anormal auparavant… » (Il lève les yeux vers Sadorski.) Y a pas d'âge ou de couleur de cheveux, on n'a que les tailles. 1 m 58, 1 m 67… Ça pourrait correspondre à votre Mme de Laperouse ?

– Euh… La première, peut-être ?

– Faudrait vous montrer les photographies, mais je ne les ai pas, pour les homicides d'Alfortville… Quoique, des noyées putréfiées ayant séjourné un certain temps dans la flotte… L'identification n'est pas évidente. (Deschamps fait la grimace.) Désolé, inspecteur Sadorski, mais on démarre à peine le boulot ! Lavigne et moi on a pris un peu d'avance, mais la PJ n'a reçu que ce matin la commission rogatoire du juge d'instruction militaire, le commandant Blin, pour cette série de crimes s'étant déroulés dans le département de la Seine. L'enquête est secrète, nous demandons aux témoins de ne pas l'ébruiter…

– Si dans certains milieux, complète Lavigne, on apprenait que nous enquêtons sur ces faits, il y aurait des protestations et des histoires, même au gouvernement… Et les quelques rescapés du square de Choisy que nous avons interrogés sont terrorisés. Ils ont peur de représailles…

– Surtout quand ils ont reconnu, sur les photos de ces cadavres, autant de « mous » que de « durs » parmi leurs compagnons de détention… Ça leur fout les chocottes, ils pigent qu'ils auraient pu y passer aussi, et que les gars pourraient revenir leur chercher noise. Cette fois de façon définitive. Tiens, fais-lui voir…

Le jeune inspecteur se penche sur son cartable, en extrait une chemise cartonnée avec écrit : *I.M.L.* Il la pose sur la table, des tirages photographiques s'en échappent.

Écoutant ses collègues, Sadorski d'abord inquiet se sent saisi à présent d'une sorte de fièvre justicière, d'un espoir neuf : ainsi, alors que l'épuration bat encore son plein, il se trouverait, à la PP, des policiers qui ne l'entendent pas de cette oreille ! On aurait tout de même une justice en France ! De nouveau, dans notre pays, des magistrats, des juges ne considérant pas tous ces enlèvements, ces séquestrations, ces tortures, ces viols, ces fusillades, ces noyades, comme de simples débordements compréhensibles, de la part de patriotes tout juste libérés et donc énervés… Un crime, désormais – et comme naguère avant ces années de folie –, va être désigné pour ce qu'il est, un crime. Désigné et, espérons-le, puni.

Il se renseigne, néanmoins :

– Je suis prêt à fournir toutes les informations, mais est-ce que ça veut dire que je serai appelé à la barre pour témoigner ?

Deschamps hausse les épaules, Lavigne sourit :

– D'abord vous êtes en fuite et nous avons passé un accord que nous respecterons. Vous sortirez libre tout à l'heure de chez Cuvelier. Et je gage que nous ne nous reverrons pas de sitôt… Mais le tribunal, avec des responsables arrêtés et inculpés, on n'en est pas encore là, inspecteur.

– Pas question, hélas, explique son collègue plus âgé, de donner avant bien du temps une suite judiciaire à cette enquête de la brigade criminelle… Simplement la justice est bien forcée d'agir, ou faire semblant d'agir, ayant été saisie d'un nombre considérable de plaintes.

– Vingt-cinq mille pour la seule région parisienne, m'a dit un avocat, renchérit Lavigne. Des victimes, ou des familles dont des membres ont disparu, sans nouvelles… L'avocat prétend que ce sera un beau scandale, si un jour on instruit tout ça !

– Faut pas rêver, commente son camarade. Ce n'est pas parce que les plaintes s'entassent sur les bureaux des procureurs… Nous travaillons aujourd'hui pour un avenir lointain et plutôt imprécis. Bon, vous jetez un œil aux photos ? Je vous préviens c'est pas beau à voir. Mais vous êtes de la maison, vous avez l'habitude.

Il lui montre les premiers tirages. Les images caractéristiques de l'Institut médico-légal. Pour chaque visage, une de face et une de profil. Dans le cas de celle-ci, afin de mieux présenter le mort on lui relève la tête, à un angle de quarante-cinq degrés, au moyen d'un morceau de bois sur lequel repose la nuque. Outre ces doubles portraits individuels en moyen format, les enquêteurs de la PJ ont apporté une large farde d'étudiant des Beaux-Arts, dont ils sortent trois panneaux de carton recouverts chacun de dizaines de petites photos collées côte à côte, formant une mosaïque de faciès inanimés.

– Y en a une centaine en tout, commente Lavigne.

– Mais pas tous expédiés par les équipes du square de Choisy, tempère Deschamps. Les exécutions extrajudiciaires, ça s'est vu de tous les côtés, ces dernières semaines. Alors, hein, qui a fait quoi…

– Vous noterez quand même une tendance à crever les yeux.

Le Métayer et Cuvelier observent, bouche bée. Et Sadorski, puisqu'on le lui demande, examine les panneaux de près, chaussant ses lunettes, à la lumière d'une des deux fenêtres du séjour qui donne sur la rue Édouard-Vaillant, dans cette banlieue paisible de Colombes.

Orbites vides de leurs yeux. Nez affreusement écrasés. Sourires morts incroyables aux lèvres énormes, et très peu de dents. Orifices de sortie de balle – plaies larges, déchirées. Un visage de femme, en particulier, son front, à ras des sourcils, n'existe plus : éclaté, faisant penser à une maison dont une bombe aurait tranché les plus hauts étages. Il poursuit son examen. Visages tordus de souffrance. Visages pétrifiés de surprise au moment où la balle pénètre la nuque. Visages brouillés, fondus, monstrueusement gonflés par l'eau de la Seine. Visages grotesques, un œil fermé et l'autre grand ouvert. Comme cette femme, là. Il peut l'identifier, sans aucun doute. C'est Lucienne Cordier, divorcée Senan. L'amie de l'inspecteur retraité Pescadère. L'employée des Assurances sociales, à la robe avec les rubans tricolores – parce qu'ils l'ont arrêtée, comme lui-même, le 26 août au défilé de la Victoire…

– Je la reconnais, dit Sadorski.

Il leur donne son nom et quelques détails. Entre autres, que c'était une rigolote, une marrante, une courageuse, tous les internés l'aimaient, ainsi que ses gardiens, même. Elle chantait, racontait des histoires drôles, réconfortait les femmes qui perdaient espoir. Il ne comprend pas : pourtant on l'avait classée parmi les « mous », les libérables…

– Vous savez, répond Deschamps, je n'ai pas vraiment l'impression qu'ils respectaient ces catégories… Regardez, vous nous direz.

Les visages morts continuent de défiler. Sadorski reconnaît Klein, le colosse, l'interprète alsacien blessé. Cette fois on lui a arraché les yeux. Puis l'Italien, Veronese, le gestapiste qui se grattait à cause de la gale. Son amie, Lydia, exécutée et jetée dans la Seine également. Et Franclieu, le nobliau, chef adjoint des Jeunes de l'Europe nouvelle. Et Guichet, le crémier-charcutier enrichi au marché noir. Et sa maîtresse, Yvonne Cotty. Et Hoffman, que le capitaine Bernard est venu chercher une nuit et qui se croyait libéré. Parfois l'inspecteur Deschamps s'approche derrière Sadorski, pour murmurer : « Regardez bien celui-ci. Le visage est très abîmé. Mais il était là-bas, avec vous. Le reconnaissez-vous ?... » Le témoin revoit Burg, l'hôtelier, sa figure toujours démesurément gonflée par les coups. Et plus loin il identifie Berthe Verly, une blanchisseuse de Garches, dénoncée par sa voisine voleuse et jalouse. Et Trabis, le gardien de square qui, par déveine, avait été cité dans la presse pour avoir cherché à stopper des terros, après un attentat contre un officier allemand... Sur la deuxième planche Sadorski reconnaît Guyot. Et Imhof. Et Contofrydis. Et Barbeaux. Et Mme Steigmann, la vieille concierge de la place d'Italie, totalement innocente et que Rivier avait failli laisser repartir...

Et...

Pierre Pescadère.

La balle est sortie au niveau de la cavité orbitaire gauche, la faisant éclater. Autour du cou, un sillon résulte de l'application de la corde tressée, fortement serrée, reliée au pavé de grès, sans qu'apparaisse d'ecchymose – la corde, comme pour les autres victimes, a donc été nouée après la mort. Son second portrait, de profil, permet de distinguer les cheveux grillés et l'orifice d'entrée du projectile, à bout touchant, sur le côté gauche de la nuque.

L'ex-prisonnier se souvient de ces pommettes saillantes, de ces joues rentrées, de la moustache grise soignée et du sourire poli de petit vieux bien propre. Il entend de nouveau ses bavardages, ses confidences, ses angoisses. L'ancien inspecteur de la brigade criminelle avait peur de Pedrossa. Parce qu'il en savait trop à son sujet. Pescadère l'avait arrêté pour escroquerie...

Sadorski se retourne vers ses deux collègues, leur dit tout ce qu'il se rappelle à ce propos. L'un s'est remis à prendre des notes, l'autre récapitule :

– À Boulogne-Billancourt, la commune de l'inspecteur Le Métayer ici présent, on a repêché en tout *onze* corps ; le 10 septembre puis les 14 et 15, également au niveau de la passerelle de l'Avre. Toujours en banlieue ouest : au pont de Puteaux, le 15 septembre, deux corps, et à Rueil, le long du chemin de halage, les 14 et 17 septembre, six corps. À Paris, au quai du Point-du-Jour, le 16 septembre, deux corps, et au pont National, le 22 septembre, un corps. En banlieue sud-est, quai d'Ivry, les 20 et 27 septembre, deux corps. À Alfortville, le 12 septembre, deux corps. À Vitry-sur-Seine, à l'écluse du Port-à-l'Anglais, les 7, 15 et 23 septembre, cinq corps. Quai Jules-Guesde, les 12 et 21 septembre, quatre corps… Les photos qu'on vous montre sur les panneaux représentent la majorité des cadavres retrouvés ces derniers jours en divers lieux de la région parisienne, victimes apparemment d'exécutions extrajudiciaires. Trente-cinq ont été repêchés dans la Seine, avec le même mode opératoire, balle dans la tête et pierre attachée au cou. La corde étant toujours identique, je pense qu'on peut les imputer sans crainte d'erreur au service du capitaine Bernard, de l'institut George-Eastman…

– Le 15 septembre, dans la nuit, signale Le Métayer, deux gardiens de la paix de mon commissariat, Taurand et Maheraut, ont interpellé un individu qui, descendu d'une traction, ramassait des pavés, au carrefour rue Thiers et boulevard de la République. Y avait deux tractions Citroën neuves, de couleur noire. Deux autres individus sont sortis des bagnoles et ont menacé mes collègues avec des mitraillettes. Ils ont déclaré qu'ils avaient besoin de cailloux et qu'on leur foute la paix. Les gardiens ont compté quatre passagers dans chaque tire, et remarqué dans l'une d'elles un amas de chemises qui recouvraient une forme volumineuse, emballée. Un corps ? Les deux bagnoles sont reparties sans qu'on ait pu relever les numéros d'immatriculation…

Lavigne hausse les épaules.

– Avec tout ce qui se passe depuis deux mois la préfecture est débordée, les commissariats de Paris ou de banlieue sont débordés, le docteur Paul et les médecins légistes sont débordés, les employés de l'IML sont débordés… et en plus on manque de bons flics parce que beaucoup de nos meilleurs sont arrêtés !… Le commissaire Massu, le commissaire Veber, par exemple.

– Allez faire une enquête sérieuse dans ces conditions ! abonde Deschamps.

– On se tape les règlements de comptes – FFI ou vengeances personnelles –, les collabos rançonnés, les vols aux faux policiers, et jusqu'aux communistes qui viennent nous emmerder pour qu'on leur refile les noms des indics que les RG avaient chez eux…

L'autre inspecteur de la brigade criminelle se marre :

– Ça, c'est ta faute, t'avais qu'à pas être infiltré toi-même aux BS…

– Moi aussi ils m'ont fait chier avec ça, observe Sadorski. À l'état-major FTP, quand ils m'ont arrêté le 2 septembre. Ils voulaient que je tire les vers du nez à l'inspecteur Bourgeade, à Fresnes…

– Je l'ai interrogé, lui, réagit Deschamps. Un coriace, on l'a tapé tout ce qu'on a pu, il a rien voulu dire… Selon moi il garde des munitions pour plus tard.

– Faire chanter les cocos ? s'étonne Lavigne.

– S'il a des noms, ouais, pourquoi se gêner… Les types préféreront raquer plutôt que de se faire descendre par leurs copains… finir dans la Seine… Heureusement, on en a un autre qui a parlé.

– Qui ça ?

– Je t'avais pas dit ? Picard et Texier de la 1re section sont en fuite mais on a serré l'inspecteur Moret.

– Ouais, je le connais.

– Il a donné plusieurs indics.

Sadorski dresse l'oreille.

– Hein ? Et vous vous souvenez des noms ?

– Euh…

Deschamps ne paraît pas enclin à échanger des confidences en dehors de son service. Le collègue révoqué insiste :

– Il n'y avait pas un surnommé Raph, parmi eux ?

– Ça me dit rien. Vous avez pas son vrai nom ?

– Tout ce que je sais, c'est qu'il était l'agent de liaison principal de Jacques Duclos. Dans la clandestinité.

– Ah… Vous voulez parler de Ducouré. Léon-Raymond Ducouré.

– Il aurait un frère qui a été fusillé.

– Oui c'est ça. Prénommé Arthur. Un cadre important du Parti, permanent du Comité central… Il a été exécuté sans avoir parlé. Encore des coriaces. Les deux frangins venaient de Nantes. L'un était métallo, l'autre boucher.

– Moret ne l'a pas cité comme indic ? Ce Léon-Raymond ?

L'autre secoue la tête.

– Non, non. Pas que je sache. Le cadet Ducouré, il avait juste signé un papier mais c'était bidon. Le gars, une fois qu'on l'a laissé s'évader, ben on l'a jamais revu ! Ça se produisait souvent…

– Merde. Et les autres, vous vous rappelez ?

– De la liste de Moret ? Pff, non… Ah si, y avait une femme. Simone… euh, Nortier. Son mari était prisonnier en stalag, alors Moret et Bourgeade lui ont fait miroiter son retour, en échange de quelques tuyaux. Et après, prise dans l'engrenage, elle a continué…

Sadorski écarquille son œil unique.

– Vous voulez dire… *Régine Noirtier* ?

– Voilà. C'est ça. Je confonds toujours Régine et Simone… Vous la connaissez ?

Une fois l'audition de Sadorski par les hommes de la section spéciale du commissaire Pinault terminée,

Cuvelier raccompagne son ancien chef de brigade sur le trottoir de la rue Édouard-Vaillant. Hors de portée des oreilles des collègues, il s'exclame :

– Ben merde alors ! La poulette qu'on surveillait boulevard Victor, c'était une chiqueuse ! Elle trahissait ses potes les Rouges…

– « Trahissait », c'est peut-être un grand mot… J'ai du mal à la voir sous ce nouveau jour. En tout cas, j'aurai un paquet de questions à lui poser, à la Régine. Et lui balancer des paires de claques, minerve ou pas. Son torticolis, avec moi, il va pas s'arranger !

– Justement je voulais vous dire, patron. Les affaires progressent avec la petite Kuhn…

– Tu lui as roulé des patins, déjà ? Voire davantage ?

Cuvelier glousse.

– Non, pas encore, vous savez ces nénettes du Parti elles sont plutôt sérieuses. Ou elles font semblant. Je dois penser chaque fois à planquer mon alliance ! Avec cette Suzanne, il faut montrer des garanties. Et persévérer. (Il sourit d'un air faraud.) Bref, je la sors mardi soir. Dans trois jours.

– Très bien. Toute la soirée ?

– Je vais la chercher à la grille du ministère. Dommage que j'aie pas de bagnole, pour en installer[1]…

– Oh, j'suis sûr qu'elle préfère les prolétaires aux bourgeois… Tu lui as dit que tu faisais quoi, déjà, avant de devenir flic ?

– Comptable dans les assurances.

Sadorski rigole, car Cuvelier a exactement une bobine de comptable. Ou de surveillant de grand magasin.

– Parfait, et ensuite ?

– On prend le métro à Balard, et on va voir *Un jour de guerre en URSS*, au Normandie. Depuis le 14 on peut

1. Argot de l'époque. Aujourd'hui on dirait « pour frimer ».

enfin retourner au ciné se payer des toiles, aux pommes, hein, patron !

– C'est elle qui a choisi le film ?

– Euh, c'était mon idée. Mais elle a dit oui tout de suite ! Quoique, c'est un documentaire, on risque de se faire un peu chier. J'aurais dû proposer *Femmes en mission* ou *2e Bureau contre Kommandantur*…

– Bon, essaie de l'embarquer au restau après. Tiens, voilà un billet de mille. (Il lui passe un de ceux de la comtesse Ostnitska.) Les Champs-Élysées, c'est pas donné.

– Merci, chef, mais si elle veut pas ?

– Invite-la au moins à prendre un verre. J'ai besoin que tu me laisses le plus de temps possible pour cuisiner Régine Noirtier à leur domicile.

– Pigé. Vous pouvez compter sur moi.

Les deux collègues se serrent la main – mieux vaut ressembler à des pékins ordinaires qu'à des conspirateurs –, Cuvelier retourne au 138, rue Édouard-Vaillant où il attendra le retour de madame et de leur progéniture, Sadorski tourne le coin de la rue du Docteur-Roux, traverse la rue de Nanterre[1]. Il s'enfonce dans un dédale de ruelles, opérant de brusques changements de direction, des demi-tours surprise, technique classique afin de s'assurer qu'il n'est pas suivi. Sa confiance dans les inspecteurs Lavigne et Deschamps a des limites. À l'angle de la rue de Bellevue il allume une gauloise, la fume entièrement en réfléchissant, tout en gardant l'œil sur les environs. La Régine Noirtier, en tout cas, elle l'a bien eu… avec ses manières de sainte-nitouche résistante, d'héroïne rouge, de staliniste endurcie ! Et pendant ce temps, jusqu'à la Libération, on renseignait la police honnie, les fascistes vichyssois, les complices français

1. Aujourd'hui la rue Gabriel-Péri.

d'Hitler ! Si le camarade Tillon savait ça ! Sa fidèle collaboratrice jouait double jeu. Cela entraîne, notamment, qu'elle avait tout à redouter de confidences éventuelles de l'inspecteur Bourgeade, et que l'idée que celui-ci rencontre Sadorski, missionné par les FTP, devait la mettre en panique. D'où son trouble, durant la conversation rue du Helder, ainsi que, grâce à ses contacts chez les camarades, l'envoi subséquent du policier dans un centre de détention plus sévère que prévu, et plus tard direction la Seine à minuit avec un pavé ficelé au cou !

Il jette sa cigarette dans le caniveau et, après un dernier regard alentour, quitte le renfoncement de mur où il patientait pour se diriger plus loin du côté de l'est, vers la gare. Du crachin commence à tomber, Sadorski rabat son chapeau et relève le col de son imperméable. De temps en temps il se retourne, mais personne de suspect sur ses talons. Au bout d'un quart d'heure de marche il aperçoit, garée rue Saint-Denis à une vingtaine de mètres de la brasserie du Cadran, la traction avant noire volée aux communistes cette nuit sur les rives du fleuve. L'inspecteur rejoint l'automobile, ouvre la portière, s'assied au volant. Une minute à peine s'écoule, Henriette sort de la brasserie, marche vers la Citroën d'un pas décidé et, avec naturel, se pose à côté de lui sur le siège passager. Dans l'ombre de l'habitacle, elle se jette à son cou, l'embrasse.

– J'ai eu si peur, mon chéri !

Se dégageant doucement, il se demande quoi faire d'elle, lorsqu'il aura retrouvé sa femme. Que celle-ci sera sortie de prison. Mener une vie double ? Dans la clandestinité, tout en continuant d'essayer d'échapper aux épurateurs ? Ce ne sera pas simple. Mais, se dit-il, le père Sado est un rusé, il a déjà su résoudre des équations plus complexes… Il la gratifie d'un large sourire :

– Pourquoi avoir peur, bichette ? Je t'avais promis que je ne risquais rien. Lavigne est un flic de parole.

– Oui mais quand même…

– Quand même rien du tout. (Il tourne la clé de contact, puis se fige.)

Après qu'il a démarré et quitté le bord du trottoir, elle observe :

– Tu fais une drôle de tête, Léon.

– Absolument pas.

Non, il a dû rêver. Mais un instant, dans le rétroviseur, Sadorski a cru reconnaître, sortant à son tour de l'établissement, le détective improvisé, l'expert maritime… avec son très chic costume prince-de-galles. Charles François. L'ancien capitaine de la marine marchande qui au Fouquet's cherchait à tout prix à remettre la main sur Guy Aubrais.

24

Prom'nons-nous dans les bois

– On est dans la merde, prononce Sadorski, au volant de la traction, repliant l'exemplaire de *L'Aube* du 22 octobre que le milicien est allé lui acheter au kiosque à journaux.

– Faites voir.

– Tu regardes au verso. Entre « LA PEINE CAPITALE POUR SIX AGENTS DE L'ENNEMI » et « NOUVELLES ARRESTATIONS EN PROVINCE ».

Aubrais ricane.

– Ouais, c'est pas de bon augure. (Puis, lisant à voix haute :) « FAUX AMÉRICAIN MAIS VRAI POLICIER. Deux faux FFI accompagnés de deux faux MP ont pénétré, sous prétexte de perquisition, chez Mme Ostnitska, 129, avenue de Malakoff, où ils se sont emparés d'une somme de 150 000 francs. La propriétaire et sa domestique ont été blessées. L'un des malfaiteurs a été pris la main dans le sac : l'inspecteur René Magne, 42 ans, des Renseignements généraux de la préfecture de police. Le préfet M. Luizet affirme qu'on agira avec la plus extrême sévérité contre les brebis galeuses. Les complices de Magne sont recherchés. » Votre copain il est mal barré…

– Par ta faute, connard. Et s'il se met à table, toi aussi tu es concerné, je te rappelle.

– Il connaît pas l'adresse du Vésinet. Ni même mon nom de famille !

Sadorski redémarre, en grommelant.

– Mais il connaît le mien. Et s'ils font le rapport avec les plaintes que ton expert maritime François dépose un peu partout à ton sujet ?

– François, c'est un con. Un salaupard et un con. Je sais pas ce qui me retient de retourner au Fouquet's ou chez Luigi et le buter.

– Si tu fais ça, c'est que t'es encore plus con que lui. Et à propos, il m'a eu l'air d'un type plutôt intelligent, au contraire. Casse-couilles, mais intelligent.

Aubrais a un reniflement de mépris. Il allume une Pall Mall, souffle la fumée vers le pare-brise. La « 11 légère » est repartie de la place du Châtelet et emprunte le quai de Gesvres, puis le quai de l'Hôtel-de-Ville. L'inspecteur est une nouvelle fois travesti en curé. Il n'a plus son pansement sur l'œil – les témoins de l'avenue de Malakoff ayant dû le signaler – et a remis ses lunettes sombres. Il n'a encore rien commis de trop sérieux avec ce déguisement. Ou si, peut-être ? Les menaces envers le bougnat, dans l'escalier du bistrot rue Hippolyte-Maindron. Et c'était en rapport avec Henriette de Laperouse, elle aussi recherchée… mais seulement par la sécurité militaire. Et avec tout le boxon ambiant, que soulignait avec pertinence l'inspecteur Lavigne, comment les divers services policiers pourraient-ils coordonner des milliers d'enquêtes en tous genres ? Surtout si les plus fins limiers de la PJ sont enfermés, accusés d'avoir collaboré.

On arrive en vue du quai des Célestins. De chez lui. Cela faisait longtemps. Sadorski est ému, outre la nervosité – à mesure que l'opération dont il rêve depuis deux mois, depuis l'arrestation de son épouse, depuis l'écroulement de toute leur vie, cette opération qu'il a minutieusement mise au point, approche. Ce moment suprêmement délicieux de la vengeance… comme chez Dumas. Son seul regret est de devoir l'accomplir avec l'aide d'un pareil imbécile, en plus d'un rival. À la suite de son éviction de chez Mme Marat, contraint et forcé le jeune homme a trouvé asile au pensionnat des Fauvettes et, même si le policier et l'infirmière continuent de faire chambre à coucher commune, Sadorski répugne à laisser les Aubrais ensemble : il ne sait que trop bien ce qui risque de se passer dès qu'il aura le dos tourné. Et il n'a jamais abordé le sujet franchement avec Henriette. Enfin, là aussi il croit avoir trouvé une solution.

– C'est un peu plus loin, sur la gauche…

– Vous êtes certain qu'elle sera chez elle, la bignaule ?

– Dans la vie, on n'est jamais certain de rien, mon gars. C'est ça l'unique chose dont on soit certain, d'ailleurs.

– Qu'on est certain de rien ? Ha ha ! Ouais p'têt' bien, vous avez raison…

– Un dimanche en fin de matinée, d'habitude elle est là. C'est pas le genre à se rendre à la messe. T'as compris ce que tu dois faire ?

– Oui, oui, vous bilez pas… La cousine de Dreux, malheur dans la famille, oh là là caumme c'est triste… recueillir son dernier soupir… moi j'suis pas trop au courant mais monsieur le curé il est venu vous chercher… sans oublier les histoires de succession…

– La seule chose qui compte pour elle, à mon avis. Cette vipère de Mme Lantin !

Le faux ecclésiastique, lunettes noires et sourire aux lèvres, gare l'automobile devant la vitrine de la teinturerie Espaillac 50. Le rideau de fer est baissé, pour cause de fermeture dominicale. Il coupe le contact. Aubrais ouvre sa portière et met le pied sur la chaussée pavée, où l'humidité fait briller les rails du tramway.

– La Sten est sous les sièges ? vérifie Sadorski. On la remarque pas trop ?

– Ouais, ouais, c'est bon…

Le faux résistant claque la porte, contourne l'auto par le devant, coiffant sa casquette d'officier de marine qui lui donne un air franc et respectable. En plus du brassard tricolore à croix de Lorraine sur le blouson de cuir. L'aspect général est celui d'un sympathique jeune officier des Forces françaises de l'intérieur, ou des Forces françaises libres. On lui donnerait le bon Dieu sans confession. D'une démarche souple et assurée il disparaît à l'intérieur du hall du 50, quai des Célestins.

Sadorski s'assure une fois de plus que l'automatique du capitaine Gilbert est bien dans la boîte à gants. Chargé.

Il se retient d'allumer une cigarette. Un curé qui fume ça manque de gravité…

Au bout de même pas deux minutes la porte cochère s'ouvre à nouveau, sur deux silhouettes. Le lieutenant FFI et la concierge. Aubrais la guide et se penche pour lui ouvrir la portière côté passager.

– Installez-vous, madame…

– Mais…

Dans l'ombre le chauffeur incline la tête, avec le sourire.

– Entrez, entrez… Vous êtes bien madame veuve Lantin, Augustine, native de Dreux ?

– Euh, oui, mon père, mais…

– Asseyez-vous, chère madame, vous serez plus à l'aise. Je suis le père Jules Réquillard. Vous ne me connaissez pas, mais j'ai l'honneur de connaître votre malheureuse cousine…

Mme Lantin prend place sur le siège, complètement déroutée.

– Je ne comprends pas, le lieutenant me dit qu'elle est…

– Très gravement malade, oui. Une issue fatale est à craindre hélas…

Aubrais intervient :

– Je ferme la porte, vous êtes dans les courants d'air.

– Mais…

– Nous devons nous dépêcher, fait Sadorski. Je suis parti tôt de Dreux ce matin, et j'ai d'autres visites dans la capitale.

– Mais enfin, je n'y comprends rien, mon père… Elle peut pas être malade, Adélaïde, vu qu'elle a été tuée la nuit du 9 au 10 juin… pendant le grand bombardement par les Anglais !

Le jeune homme s'est assis sur la banquette, derrière leur invitée.

– Vas-y, Guy, ordonne le prêtre.

Aubrais dégaine le gros revolver modèle 1892 et pose l'extrémité du canon sur la nuque d'Augustine Lantin.

– *Vous ne bougez pas*, madame.

Sadorski tourne la clé de contact.

La kidnappée hurle, tandis que la voiture quitte le trottoir.

– Mais j'ai mon ragoût sur le feu !

– Ah ça, tant pis. Vous êtes en état d'arrestation !

– Mais pourquoi, mais comment ? J'suis une résistante ! Une patriote ! Depuis l'premier jour !…

Le conducteur ricane.

– C'est ce que la commission d'enquête établira. Vous faites l'objet d'une dénonciation anonyme. Ce que l'on vous reproche est très grave, madame Lantin.

– C'est pas possible !… On peut pas m'arrêter, moi !… J'me suis battue sur les barricades !… Où m'emmenez-vous ?

– Au fort de Vincennes.

– Les camarades vont te souagner, là-bas. Mais si tu pouvais fermer ta grande gueule tout de suite, ça serait mieux. Tu nous fatigues…

La veuve obéit, pour l'instant du moins. Sadorski se fait allumer une cigarette par Aubrais, conduit en fredonnant. On se dirige vers la sortie est de Paris. Il se remémore cette splendide journée du mois de juin 1942…

Lui et Yvette, chacun sur son vélo, filaient sur cette même route du bois de Vincennes. Son épouse chantait à pleins poumons. Il la regardait pédaler, son fessier charnu, moulé dans une jupe-culotte blanche immaculée, oscillait en danseuse au-dessus de la selle du Gnome et Rhône. Sa biquette portait un chemisier orange à manches courtes, imprimé d'un motif de dominos. Les passants du sexe masculin se retournaient et guignaient ses jambes. Les pelouses de la Porte Dorée étaient envahies de promeneurs ; familles et couples paressaient à l'ombre des arbres, les pétales des marronniers neigeaient blanc sur vert. Des rengaines à la mode s'élevaient des gramophones, les enfants couraient en riant. On entendait jacasser ou rugir au loin les bêtes du zoo. D'autres cyclistes roulaient à proximité de Sadorski et d'Yvette, ils se joignaient à eux en chœur, célébraient, par cette chanson idiote mais revigorante, la joie simple des pépiements d'oiseaux, des casse-croûte, du vin et des bons copains. Le plaisir de s'aimer et de vivre un beau jour de printemps même sous l'occupation… Mais deux années ont passé, et l'automne est venu, avec lui le froid. Le vent souffle en rafales, les feuilles tombent, se bousculent sur la chaussée ou le long des trottoirs. On a eu des ondées durant la nuit et le macadam est encore mouillé. Yvette n'est plus là. L'heure n'est plus à la chanson mais à la vengeance. Puisqu'il faut bien que les coupables – si on a le bol d'en tenir un – trinquent, qu'ils paient l'addition de leurs crimes. *Qui sème le vent récolte la tempête.* Non ?

Mme Lantin commence à s'alarmer franchement en voyant la traction obliquer à droite et prendre la direction de la Marne.

– Hé ! mais le château de Vincennes, c'est pas par là !

– Vous avez raison, madame, concède le père Réquillard, rétrogradant les vitesses, pendant que derrière eux le lieutenant des FFL glousse en ramassant la mitraillette.

Sadorski cherche un petit chemin de traverse, dans le bois ça ne manque pas. La Citroën s'engage entre les broussailles, pour faire halte à l'abri des regards venant de la route. Aubrais vient chercher la prisonnière, l'arrache à son siège, la Sten pointée pour plus de persuasion. Mme Lantin glapit. L'inspecteur a pris de la corde et des chiffons dans le coffre, il ligote et bâillonne son ancienne concierge. Ensuite les deux hommes la couchent au bas de la banquette, poignets attachés dans le dos, sur le plancher du véhicule, sous les dossiers des sièges avant. Sadorski la recouvre de sa gabardine.

– Pourquoi on fait pas ça ici ? tout de suite ? questionne l'ex-milicien.

– Trop de monde, à Vincennes. En plus un dimanche. On la trouverait trop vite.

Elle a entendu, se débat frénétiquement, en vain. Les portières claquent, l'auto recule et rejoint la route. On remet le cap sur le sud-est. Les panneaux indiquent Maisons-Alfort. Ce même chemin qu'il suivait en juin 42 avec Yvette. L'expédition nouvelle de ce 22 octobre 1944 se met à ressembler à un pèlerinage. Pourquoi pas, en effet ? L'inconscient de Sadorski a dû le guider tandis qu'il échafaudait son plan. Et puis il y a l'avantage de déjà connaître les lieux. Pas besoin d'aller repérer. Surtout que c'est assez loin, Sucy-en-Brie…

La nationale est droite, peu encombrée. Bordée de maisons démolies, ou privées de toit. Çà et là des charpentes noircies émergent des piles de briques et de tuiles. On s'est battu, ou on a bombardé, par ici. Dans quelques mois on s'attellera à reconstruire. Un pays nouveau renaîtra des ruines. Dirigé par de Gaulle, par les communistes, par les Ricains… Qu'importe, après tout ? Ceux qui verront le futur ne sont pas forcément les plus heureux.

Bientôt les bords de la Marne. Et comme c'est le week-end et que les bals sont permis, après quatre années d'abstinence, d'austérité sous la férule du Maréchal, en expiation de la défaite, alors aujourd'hui le populo s'en donne à cœur joie. Les guinguettes ont fait le plein, en dépit des averses et du froid, il y a des rumeurs d'accordéon. *Le petit vin blanc qu'on boit sous les tonnelles, quand les filles sont belles, du côté de Nogent…* arrive aux oreilles des passagers de la traction.

– Tu entends, la viauque ? persifle Aubrais assis à droite de Sadorski. Paraît que tu fautais avec les Allemands ?… C'est c'qu'on m'a raconté, en tout cas… (Il reprend, de sa voix sonore aux accents du Sud :) *Pour fauter, pour fauter, dans les bois, dans les prés, du côté, du côté de Naugent…* Ça te dit quelque chose ? Hein, salaupe ! Pute à Boches… On ira se payer un vin blanc, après ? Et guincher ? N'est-ce pas, monsieur le curé ?

L'interpellé ne répond pas. Tout cela lui évoque un peu trop la nuit de Montreuil, et le sergent Maurice qui chantait dans l'automobile des FTP. Une autre traction. Une autre balade… Il soupire. C'est ça, une fin de guerre. Lorsque l'ordre public n'est pas encore tout à fait rétabli. Si l'on en croit la comptabilité macabre des inspecteurs Lavigne et Deschamps, l'impunité de l'automne 1944 donne naissance à beaucoup de petites promenades en voiture dans ce genre. Avec leur argot pittoresque, les types du milieu nomment cela vous mener en belle. Le policier lui-même en a été la victime, plusieurs fois de suite ces temps derniers, cette fois il tient les commandes. Il possède le droit de vie et de mort sur cette femme allongée derrière le siège. Une fois les scrupules mis de côté – et le caïd du Rayon juif n'en a jamais eu énormément –, c'est une sensation un peu enivrante.

La valse musette, ce sera pour plus tard. Le chauffeur attaque, en seconde, l'interminable montée vers Sucy-en-Brie. Il se souvient de combien c'était pénible à vélo. Et, comme jadis, les cloches de l'église sonnent lorsque les arrivants rejoignent le centre du village, et qu'ils passent rue du Moutier devant le bar-tabac. Celui-ci est comble, malgré le climat maussade on se goberge aussi en terrasse, où l'on a ajouté des tables. Sadorski reconnaît le patron, le gros moustachu originaire de l'Aveyron, surnommé « Tartarin »... Il tenait également un petit relais de chasse, une buvette au bois des Bruyères, et avait suggéré à Yvette et son mari d'y venir un jour déguster un civet de lièvre, ainsi qu'une tarte aux prunes, la spécialité de madame. Là-bas aussi on jouait de l'accordéon. Mais ils ne s'y sont jamais rendus en fin de compte. Ce midi le gars paraît en forme, la lettre de dénonciation[1] le concernant n'a pas eu d'effet trop néfaste...

Sadorski est obligé de demander son chemin, il se souvient mal. Une dame âgée, de retour de la messe, le renseigne. Il l'a sélectionnée parce que avec ses lorgnons et sa vue basse elle ne remarquera pas la forme couchée sous la banquette.

– La forêt de Notre-Dame ? Ah oui vous devez d'abord traverser le lotissement... Par là, entre la rue Royale et la route de Lésigny... Y a la guinguette La Terrasse fleurie, vous passez devant, et la forêt est là, juste après... Vous allez au château des Marmousets ?

– Oui c'est ça... Merci beaucoup, Dieu vous bénisse, chère madame !

Ils repartent. Aubrais se renseigne.

– Un château ? Vous m'aviez pas dit...

– On ira pas jusque-là.

Plus tard le faux curé ajoute :

– On se paie plutôt le quartier des ouvriers.

La Citroën roule en cahotant sur un sentier pierreux entre de fragiles maisons d'un seul étage, bâties dans les

1. Voir *L'Étoile jaune de l'inspecteur Sadorski.*

années vingt. Des familles déjeunent, ou se prélassent, dans les jardinets au-delà des clôtures ; les ménagères retirent le linge étendu à sécher car le temps menace. Un ciel lourd et nuageux, un vent aigre qui balaie la plaine en bourrasques. Les chiens aboient tandis que des regards curieux accompagnent la conduite intérieure noire qui se dirige vers la forêt. Un poteau indicateur, planté à la sortie du lotissement, annonce : *CARREFOUR DES HUIT-ROUTES*. Le conducteur craint que la traction ne s'enlise, dans la gadoue résultant des pluies de la nuit. Il essaie de porter les roues sur les gros cailloux et les reliefs herbeux exposés au vent. Si les flaques se multiplient, se changent en fondrières, il faudra quitter le véhicule et poursuivre à pied.

C'est bientôt le cas. Par chance, à une vingtaine de mètres seulement du couvert des arbres. Les hommes détachent les chevilles de leur captive mais lui laissent le bâillon et les mains liées. Aubrais la pousse vers les sous-bois, le canon dans les reins, Sadorski, son Mauser glissé au fond d'une poche, ouvre la procession. Ils pénètrent dans l'ombre des épais feuillages. On ne croise aucun chasseur ni promeneur – en cas de rencontre intempestive il a une explication toute prête ; assortie d'un bon conseil, comme en donnaient les cocos rencontrés la nuit à Boulogne armés de PM : « Foutez-nous la paix. » Les gens, même de la police, obéissent en général. Trop heureux d'arriver vivants au terme de ces quatre années, nul désir de figurer au palmarès des occis de la dernière heure ! Les promenades fatales en forêt sont monnaie courante ; on y part à plusieurs et l'on revient moins nombreux, c'est comme ça en France depuis l'été, dans tous les départements. Les comptes se règlent et personne ne s'avise de poser de questions, ce n'est pas encouragé. L'ex-milicien, derrière lui, chantonne :

Prom'nons-nous dans les bois
Pendant que le loup n'y est pas
Si le loup y était
Il nous mangerait
Mais comme il n'y est pas
Il nous mangera pas...

Aubrais ricane, avant de beugler :

Loup y es-tu ? Entends-tu ? Que fais-tu ?
– Je mets ma culautte...

Il glousse et reprend : « Prom'nons-nous dans les bois... » Sadorski grogne :

– Tu peux pas la fermer ?

– Ça vous plaît pas ? Pourtant c'est Rirette qui me l'a apprise... du temps qu'on était mômes, naturellement.

– Naturellement.

– Ça me fichait les grelots... (Il rit. Et finit quand même par se taire.)

La lumière diminue progressivement, sans doute pour cause de pluie, mais les gouttes ne pénètrent pas jusque dans la futaie. Ils progressent quelque temps en silence. On arrive à un carrefour, d'où rayonnent des allées cavalières que garde une lourde et vaste maison aux toits pentus. Sadorski s'en souvient ; le tueur des « tâches spéciales », Marc Bourbeau, s'en souvenait de même, qui la décrivait lors de son interrogatoire : *Sous la conduite du camarade, j'ai marché pendant une demi-heure à peu près jusqu'à un gros pavillon de chasse, de style normand, avec des colombages et des hautes cheminées. La femme que je devais exécuter nous attendait là, devant le pavillon. Je ne l'avais jamais vue.*

« Il s'agissait d'une femme de trente-cinq ans environ, plutôt grande et mince, avec des lunettes, les cheveux châtains coupés assez court. Portant un sac à main,

elle était vêtue d'un imperméable et d'une jupe marron. Tous les trois avons marché ensemble pendant environ un quart d'heure. Nous avons quitté le chemin forestier pour entrer dans les taillis, en suivant un sentier étroit qui disparaissait sous les broussailles. Le camarade marchait devant, la femme était au milieu et moi derrière... »

C'est Raph qui marchait devant. Sadorski sait enfin son nom, grâce à cet inspecteur rencontré chez Cuvelier. Le vrai nom de l'homme aux lèvres minces, de l'amant de Régine Noirtier, est Léon-Raymond Ducouré. Lui aussi est venu ici. Tout cela ressemble un peu à un rêve, ou à un cauchemar. Un lieu, une scène que l'on revisite surgie d'un passé trouble, sinistre, dont on ne sait plus très bien si on l'a réellement vécue ou s'il s'agit d'un simple songe récurrent, né de vagues angoisses, de récits, de phantasmes... L'enquêteur a parcouru un jour ces taillis des Bruyères mais aujourd'hui, bizarrement, il en est moins sûr. Yvette, déjà, n'est plus là pour le confirmer. Dans ses souvenirs, elle et lui se sont enfoncés au milieu des fougères en tenant leurs bicyclettes par le guidon. Plus loin il y avait un étang. À sa surface les insectes voltigeaient d'un nénuphar à l'autre, leurs petites ailes scintillantes, et des mouches bourdonnaient dans la chaleur de juin après les orages.

Elles bourdonnaient de même autour du cadavre.

C'est Sadorski qui a découvert, au hasard de ce pique-nique avec sa femme, le cadavre de Simone Vaillant. Cela sentait la terre humide, les feuilles molles et pourries, et cette odeur rance de viande faisandée, qui piquait le nez. Il a fait quelques pas de plus dans la forêt, repoussant les branches, les brindilles.

La femme était nue. Son corps aux membres inférieurs recroquevillés dessinait une tache pâle sur le sol boueux, la peau marbrée parcourue de veines violettes, et le bas-ventre avait pris une couleur verdâtre. Des sangsues se baladaient, presque immobiles sur le thorax. Le visage, qu'il a découvert sous les feuilles, réprimant un cri d'horreur, faisait penser, lisse et dépourvu de nez, à une énorme citrouille blafarde où deux yeux globuleux de masque à gaz le fixaient, figés par la mort et la décomposition. La bouche affaissée avait laissé échapper son dentier, et les larves nécrophages grouillaient sur tout le bas de la figure et sur le cou.

– Ça commence à bien faire, rouspète Aubrais, coupant ces réminiscences. Combien de temps encore on va aller comme ça ? Y a personne, de toute façon…

– Je cherche une mare ou un étang.

– Aux Glières, y avait pas tant de chichis. On partait dans la nature, sous les grands sapins… on faisait passer les gars devant nous, on armait nos mitraillettes et sans prévenir, *tac-tac-tac* dans le dos. Les mecs ils tombaient sans dire « ouf ». Je sortais mon Parabellum et *pan !* le coup de grâce dans la tempe… On laissait les morts aux bêtes. Ces salaupards, ils méritaient pas une vraie tombe. Pas vrai ? J'suis certain que vous en avez dégaummé aussi un paquet, des Rouges, hein ?

– Peut-être. Des Boches aussi, tu sais.

Aubrais a l'air surpris.

– Ah ouais. Vous voulez dire à la guerre ?

– Non, pas seulement, mon gars. Les ordures, moi, *je fais pas de différence.* Je m'en fous, de l'uniforme ou de la couleur politique. Une ordure est une ordure. Mais chez les bolcheviks, que je déteste en général, j'ai connu deux ou trois gonzesses à qui j'aurais voulu tirer mon chapeau. On pouvait leur taper dessus tant qu'on voulait, elles ne parlaient pas.

Le franc-garde ricane.

– Avec moi elles auraient parlé. C'est que vous aviez pas la méthaude caurrecte. Faut se fatiguer le poignet, hein ! Du temps où j'étais à Foix, par exemple, à la fin du mois de mai on est tombés sur une baraque où se planquaient des guérilleros espagnols, des antifranquistes.

On descend du car, ils se défendent, fusils, grenades, PM, ils nous tuent le chef de trentaine. On a déplauré un mort et deux blessés graves. Ça a été un sanglant combat, où j'ai fait mes preuves contre les bandits. Une fois de plus, vous voyez ! Les chefs, ils m'ont félicité. Y en a un d'Espingouin qui tentait de fuir par-derrière, je l'abats d'une rafale dans le ventre. On le ramène, avec deux prisaunnières, au lycée de Foix que la Milice avait réquisitionné… Le gars il a fini par crever sous mes coups. Les femmes on les a souagnées et comme elles causaient toujours pas on les a emmenées à la villa Lauquié, le siège de la Gestapo… Eux, ils fouettaient à la cravache, ça y allait… J'ai pris des cours, on peut dire.

Sadorski sourit :

– Moi, les cas intéressants, je les fignole au marteau.

– Hein ?

– Je t'expliquerai. Bon, c'est vrai, y en a marre. Retire-lui son bâillon, à la concepige.

Il obéit. La femme a écouté la conversation et ce visage décomposé est l'image même du malheur. Son expression confine à l'épouvante lorsque le curé retire ses lunettes de soleil, pour donner à contempler son œil droit couturé et figé.

– Vous ne me reconnaissez pas, madame Lantin ? Votre locataire du troisième… Faites pas attention à la petite moustache, imaginez-moi sans. Et avec les tifs moins courts, pas en brosse.

– Mons… m-monsieur S-sadorski… C'est-y pas Dieu possible…

– Pas possible n'est pas français, madame Lantin. Non seulement on se connaît, mais vous avez dit le plus grand bien de moi à votre comité de quartier… « L'inspecteur Sadorski il doit avoir sur la conscience je ne sais pas combien de morts de patriotes, sans compter ceux qui ont été déportés chez Hitler et on ne sait pas quand ils reviendront… Les Sadorski mari et femme ce sont vraiment des embochis de première. Tout ce qu'ils méritent c'est le poteau et douze balles dans la peau... » Et ainsi de suite, madame Lantin. Je ne fais que citer de mémoire... je peux me tromper. Mais le sens général y est. Vous jugez donc que je mérite douze balles dans la peau ? Madame Lantin ?

– Je... j'ai jamais dit ça...

– Et ma femme ? Vous ne l'avez pas dénoncée, ma femme ?

– Ça, non, jamais ! C'est pas moi !

– Tiens donc !

– Je vous jure ! Sur le bon Dieu et la Sainte Vierge et tous les anges et les saints du Paradis ! Et sur Notre-Seigneur Jésus-Christ que son Nom soit sanctifié ! J'étais avec Mme Marc, ensemble on est allées voir les combats au central téléphonique Archives !... Les gars de la 2e DB ils forçaient les Allemands à retirer les mines qu'ils avaient posées partout au central... Quand j'suis rentrée quai des Célestins quelqu'un dans l'immeuble avait donné le nom de vot' épouse aux FFI et ils sont montés chez vous ! J'ai rien à y voir !...

Elle s'est mise à sangloter.

– Chiqueuse !

– Non ! Je vous jure !

Sadorski fait un geste vers Aubrais.

– Donne-moi la Sten.

L'autre obtempère. Pendant que Mme Lantin recule. Les traits ravagés par la peur brute. Ses dents claquent, elle a de la peine à respirer, la morve coule de son nez. Elle trébuche et manque valser en arrière parmi les broussailles.

– Restez avec nous, madame Lantin.

Il a visé le ventre et appuie sur la détente. Il tire une dizaine de balles en élevant progressivement le canon. Des deux dernières à toucher leur cible, l'une a fait éclater la pommette, l'autre scalpe la calotte crânienne, emportant un toupet de cheveux gris avec un bout de cervelle. Le reste de la salve se perd dans la nature. Le corps a basculé et touché terre en même temps que giclait le dernier étui de cartouche. La blessée râle une minute ou deux puis demeure les yeux ouverts, tournés vers le ciel.

– Bravo, y aura pas besoin de coup de grâce, commente le milicien.

– Fouille-la.

– Oh je l'ai rien vue empaurter de chez elle…

– Fais-lui les poches quand même.

Aubrais ne trouve qu'une liste de commissions.

– Déchire-la. Maintenant retire les bagues et l'alliance.

Celle-ci est trop serrée. Le jeune homme a du mal, il jure. Sadorski propose :

– T'as pas un couteau sur toi ?

– Si, mais…

– Alors.

– Putain, vous l'aimiez vraiment pas, vot' concierge… (Il tire un couteau à cran d'arrêt de sa poche de pantalon.) Allez, on y va.

Il s'est agenouillé auprès de Mme Lantin pour cisailler son annulaire, à l'articulation de la première phalange. Le faux prêtre avance d'un pas, pointe la mitraillette au milieu du dos de son compagnon, presque à bout touchant, et presse la détente. Il garde l'index appuyé jusqu'à vider le chargeur, déchiquetant la colonne vertébrale d'Aubrais qui s'effondre sur l'assassinée. Du pied, Sadorski le repousse sur le côté. Et sourit, ayant trouvé l'épitaphe convenable.

– Toi non plus, t'as pas eu le temps de dire « ouf ».

La Citroën n'a pas bougé, au sortir des bois. Le survivant de la balade aux Bruyères range la mitraillette, avec son chargeur vide, dans le coffre de l'auto. Il a récupéré les papiers du jeune homme, son portefeuille, des billets de banque, le revolver, le briquet plaqué argent et le cran d'arrêt. Le doigt, enveloppé dans un mouchoir, l'alliance et les bijoux de la défunte bignole, le brassard FFI et la casquette d'officier de marine, il les a balancés à mesure en passant dans les fourrés, loin des corps. Ceux-ci, il les a traînés à l'abri sous les broussailles avant de les recouvrir sommairement de terre meuble, de fagots et de feuilles. Il n'a rien laissé qui puisse faciliter l'identification. On n'est d'ailleurs pas certain qu'elle sera possible. La disparition d'Aubrais, en tout cas, ne va pas être signalée avant longtemps. À Henriette, il dira que son frangin est parti s'engager dans la division Leclerc. Et qu'il a prié Sadorski de lui transmettre ses adieux. Verbalement.

« Je t'aime, ma Rirette. J'ai pas voulu te faire de la peine ni te voir pleurer. On se reverra après la guerre, quand j'aurai tué tout plein de Boches... »

Elle avalera ça très bien, se dit-il en s'installant derrière le volant ; la guerre on n'en revient pas toujours et les portés disparus sont légion. Les pneus de la voiture, au démarrage, patinent dans les ornières. Il jure. Enfonce l'accélérateur au plancher. Saleté de pluie ! temps de merde ! L'inspecteur est obligé de trimbaler des pierres et de les caler sous les roues. Ses chaussures sont vite crottées, sans compter le bas de la soutane. Il s'escrime une vingtaine de minutes jusqu'à pouvoir repartir. Le reste du chemin, jusqu'aux lotissements et à la rue Royale, s'effectue avec un maximum de précautions. De retour à Sucy-en-Brie, il gare la traction devant l'église et déplie sur ses genoux un plan de la région parisienne. L'idée est de rentrer aux Fauvettes en évitant la capitale, d'effectuer une large boucle par Versailles puis Louveciennes. S'il suit cet itinéraire, la bourgade du Plessis-Robinson se trouvera sur son chemin, ce n'est même pas un détour. Et là aussi, le mari d'Yvette a une petite visite amicale à rendre.

25

Une mauvaise Française

Sadorski n'a jamais pu piffer Nadine Bucquoy.

La meilleure amie de sa femme.

Ce dimanche en milieu d'après-midi il n'est pas impossible que madame soit chez elle. Sinon il attendra son retour, assis tranquillement dans la Citroën en fumant des cigarettes. Les planques ont toujours fait partie du boulot des policiers, surtout aux RG ; l'ex-chef de la brigade antijuive a l'habitude.

La conduite intérieure noire tourne l'angle de la rue des Bleuets et remonte au ralenti le parcours sinueux du boulevard de l'Union[1], à la recherche du n° 37. Contrairement à Sucy-en-Brie, il n'est jamais venu dans le coin, ne le connaît que par des récits d'Yvette. En découvrant ce lieu on croit contempler une maquette d'architecture en grandeur réelle. Les cités-jardins du Plessis-Robinson, bâties dans l'entre-deux-guerres, composent, cernées de collines de bois touffus, un paysage d'immeubles aux teintes claires, neufs et proprets, de taille petite ou moyenne selon les cas, disposant de tout le confort

1. Aujourd'hui avenue de la République ; la rue des Bleuets s'appelle maintenant rue Joseph-Lahuec.

moderne et de jardins familiaux – potagers, enclos à poules, clapiers – que bordent des clôtures de piquets blancs, le tout relié par des voies aux noms fleuris.

Le 37 et son voisin immédiat le 35 sont des logis mitoyens dont le premier étage, coiffé d'un toit-terrasse dépassant sur les côtés et discrètement décoré d'une frise sculptée de style égyptien antique, s'orne de larges fenêtres carrées soulignées de margelles. Le bâtiment paraît frais, hygiénique, harmonieux et petit-bourgeois. Une simple barrière blanche laissant voir les parterres de fleurs et les rosiers longe les habitations tout au long du boulevard, avec, face à chaque entrée, une porte basse en lattes de bois verticales à claire-voie. Environ tous les dix mètres, on a planté dans le trottoir de jeunes charmes, dont le feuillage léger a déjà viré au roux.

Les entrées jumelles du 35-37 se partagent un mince auvent de béton, qui fait écho aux lignes horizontales des toits et aux rebords des larges fenêtres. La façade au-dessus de cet auvent central est percée d'une paire d'œils-de-bœuf rappelant les hublots de l'institut George-Eastman, postérieur d'une dizaine d'années seulement ; mais ici, pas de briques rouges ni de coulures de sang ou de débris de cervelle humaine… Sous l'égide de l'Office public des habitations à bon marché de la Seine, une rue et un décor paisibles, loin de Paris et des furieuses rancœurs politiques. Pour le repos et l'agrément de ses habitants, les concepteurs de la cité, inspirés par des utopies sociales en vogue dans les années 1920, ont créé un quartier aux formes élégantes et variées, rythmé entre ses espaces de verdure par l'alternance de ces pavillons individuels mitoyens et de petits immeubles collectifs ne dépassant pas les quatre étages. Sadorski a garé l'auto contre le trottoir d'en face. Traversant la chaussée, il remarque au n° 37, à droite au-dessus de l'auvent, une fenêtre entrouverte d'où proviennent des bruits de dispute. Une sévère engueulade, même. Le visiteur a l'impression de débarquer en pleine scène de ménage chez les Bucquoy. Est-ce une bonne chose, ou non ? Il verra bien. Et appuie vigoureusement son index sur le bouton de sonnette.

Les vociférations, au premier, s'interrompent.

Après moins d'une minute, on entend des pas résonner sur des marches d'escalier. Puis une voix masculine, derrière le carreau en verre sans tain de la porte :

– Ouais, qui c'est ?

– Le père Réquillard.

Un bref moment d'incompréhension, puis le battant s'ouvre.

Sadorski n'a jamais rencontré le mari de Nadine. Du reste celui-ci est souvent en voyage d'affaires, paraît-il. Dommage que ce ne soit pas le cas ce week-end. À moins qu'il ne s'agisse de l'amant de Mme Bucquoy – si elle en a un. Yvette n'a jamais rien raconté à ce sujet ; petits secrets entre femmes. L'individu debout dans l'entrée n'a rien d'un apollon. Moyen de taille, le front bas, la lèvre inférieure grosse et un peu proéminente, porteur d'un pantalon de golf qui semble avoir été enfilé à la hâte, et d'un maillot de corps blanc sale faisant voir le haut d'un torse velu et des épaules flasques.

– Vous avez dû vous tromper. Ou alors si c'est pour les bonnes œuvres, on a déjà donné.

– Je ne suis pas chez M. et Mme Bucquoy ?

– Si, mais…

L'homme est sur le point de refermer la porte. Sadorski ne se tient pas pour battu :

– Ma sœur est la meilleure amie de Mme Bucquoy. De Nadine. J'aurais voulu lui…

– Nadine est occupée.

– Comprenez-moi, mon fils. C'est une affaire grave, ma sœur Yvette a disparu, et je me suis dit que peut-être… elle aurait donné des nouvelles…

Le type fait une gueule de plus en plus hostile. Roulant des mécaniques, il jette :

– Hé ! Vous voulez parler d'Yvette Sadorski ?

– Oui, je…

– Celle qui est mariée à ce flic, Léon Sadorski ?

– Hum, mon beau-frère, c'est exact…

– À cette saloperie de collabo.

– Je… je préfère ne pas me mêler de ces histoires de politique… concernant ma famille, n'est-ce pas, mon cher monsieur. Du reste je le connais à peine, ce M. Sadorski. Je suis juste très inquiet pour Yvette… on m'a dit qu'elle avait été arrêtée, mais…

– Et c'est bien fait ! C'était une fameuse embochie en plus d'une morue. (Il se radoucit légèrement.) Pardonnez, mon père, je me laisse emporter mais c'est plus fort que moi. Les salauds qui ont trahi la France, ça me débecte. D'ailleurs votre sœur c'est une femme, elle risque pas grand-chose, mais cette crevure de Sadorski, vivement qu'on lui mette la main dessus et qu'on le colle au poteau ! Les vrais patriotes exigent la vengeance, le châtiment impitoyable, l'épuration *totale* ! Y a qu'à ce prix qu'on pourra redémarrer le pays sur une base saine. Les Français veulent un meilleur ravitaillement, le retour de Maurice Thorez, la parole au peuple, Pétain et Laval au poteau quand on les aura ramenés ici, et l'épuration de tous les profiteurs, les ordures et les salopards !

Sadorski se rappelle que d'après Yvette, l'époux de Nadine Bucquoy, ancien Croix-de-Feu, s'était inscrit au RNP dès la création de ce parti. Et que dans son entreprise il faisait des pieds et des mains pour qu'on saque tous les syndicalistes et les communistes. Quelques lettres anonymes, aussi, ça n'aurait rien de surprenant de sa part. Ce qui lui donne l'idée d'en rédiger une belle à son tour, bien tournée, adressée aux Milices patriotiques locales. *À propos de M. Bucquoy,*

37, boulevard de l'Union... Le faux ecclésiastique sourit humblement.

– J'appartiens moi-même à la Résistance, cher monsieur Bucquoy, mais aujourd'hui c'est l'amour fraternel qui m'inspire… Ma pauvre Yvette… n'a-t-elle vraiment jamais donné de ses nouvelles à votre femme ?

L'autre secoue les épaules.

– Jamais. Si elle l'avait fait, je vous le dirais.

– Je ne pourrais pas voir madame Nadine ? Seulement une minute…

– Pfff. Vous avez les escalopes bouchées, ou quoi ? Elle est occupée. Je trouve que vous manquez pas de culot, déranger les honnêtes gens, le dimanche ! Et sans prévenir !

Le battant est presque complètement refermé. Sadorski se sent tenté de pousser le pied dans l'embrasure, et coller des baffes au sale connard, suivies du canon du 7,65 enfoncé dans la pomme d'Adam. Mais il réprime ses impulsions. Si la greluche, au premier étage, se met à hurler et ameuter les résidents de la cité… Un week-end de mauvais temps il doit y avoir du monde chez soi par ici, à ronfler, baiser, bâfrer ou écouter la TSF. Se faire arrêter par les gendarmes du Plessis-Robinson, et fusiller ou guillotiner en conséquence, n'était pas du tout l'objectif de sa visite chez les Bucquoy. Il soupire.

– Navré de vous avoir ennuyé, mon fils. Je vous prie, parlez-en tout de même à madame votre épouse. Si elle se souvenait de quelque chose à propos de ma sœur… Je me permettrai de vous téléphoner. Agréable dimanche, monsieur Bucquoy, et que Dieu vous bénisse…

À la fenêtre du premier il lui semble avoir vu bouger une ombre. Il hésite. Et, regagnant son véhicule, le prêtre s'immobilise, une main sur la poignée de la portière. Au lieu d'ouvrir il s'adosse à la carrosserie, allume sans se dépêcher une gauloise. À l'aide du briquet de Guy Aubrais. Puis il déambule sur le trottoir, faisant les cent pas, d'est en ouest et retour. De l'étage lui parviennent des éclats de voix, la bagarre reprend de plus belle. Il entend glapir : « Salaud ! Peau de vache ! Tronche-plate[1] ! Pauvre truffe !... », à quoi répond : « Morue ! Connasse ! J'te pisse à la raie, t'entends ? Salope... » Accompagné d'un bruit de gifle, de sanglots, de chutes d'objets divers et de nouveaux cris. Une quinzaine de minutes s'écoulent de la sorte ; le promeneur a jeté la cigarette pour en allumer une deuxième. Par bonheur il ne pleut pas. Sadorski finit par appuyer ses fesses à une barrière, devant le petit immeuble collectif qui fait suite au n° 37. Sur le même trottoir, donc hors de vue de la chambre des Bucquoy. Sa patience est récompensée. Peu après que la querelle a cessé là-haut, il voit une silhouette franchir le jardinet, pousser la porte basse, regarder à droite puis à gauche. En direction de l'individu en soutane crottée qui fume en silence devant la barrière de l'immeuble, sous les balcons et les jardinières débordant de fleurs.

Elle a pris sa décision, et marche vers lui à pas vifs. Dans sa main droite Nadine Bucquoy tient une enveloppe.

Ils se regardent dans les yeux. Ceux de la femme sont rouges, les paupières gonflées.

– Je vous ai reconnu. Et je sais qu'Yvette n'a pas de frère mais deux sœurs... Tenez, c'est arrivé hier. Je ne l'ai pas ouverte. Je n'ai rien de plus à vous dire, Léon. Alors maintenant, filez !

D'une main tremblante il a saisi la lettre. La meilleure amie de son épouse tourne les talons, se hâte de retourner au 37, chez la peau de vache, la tronche-plate, la truffe en maillot de corps et aux grosses lèvres... Le collabo reconverti qui sans doute a déjà sa carte du PCF.

1. Argot de l'époque : désigne une personne dénuée de toute envergure.

La porte d'entrée se ferme en claquant très fort. Sadorski a glissé l'enveloppe dans sa poche, il regagne la Citroën, s'assied au volant. Il démarre sur les chapeaux de roues – mieux vaut ne pas traîner, les gens changent parfois d'avis, sans compter que M. Bucquoy commence peut-être à s'interroger… –, il quitte l'agglomération, ses pavillons nets, ses jardins, ses routes en lacet et prend la direction de Versailles. Sous le ciel gris, la « 11 légère » longe à cent vingt à l'heure les pistes de l'aérodrome de Villacoublay. Le cœur du chauffeur est léger lui aussi, mais bat la chamade. Avant Versailles il n'y tient plus, gare l'auto sur une voie de traverse, près du pont du chemin de fer qui s'en va vers Les Loges-en-Josas. Chaussant ses lunettes, il relit l'adresse sur la grosse enveloppe, tracée d'une écriture qu'il connaît si bien – celle d'Yvette.

À l'intention [*sic*] *de Monsieur Léon Sadorski,*
aux bons soins de Mme Bucquoy,
37 boulevard de l'Union,
Cité-jardin basse,
Le Plessis-Robinson

Les timbres portent un cachet ordinaire de la poste centrale du dix-septième arrondissement, daté du 18 octobre. Ne figure aucune mention d'un établissement pénitentiaire ou camp d'internement. Au verso de l'enveloppe, tracé au stylo, un simple « Y ». Résistant au désir de la décacheter hâtivement de ses gros doigts, Sadorski se penche pour attraper le canif dans la boîte à gants – celui qui lui a servi à libérer les poignets d'Henriette, une nuit noire de septembre – et ouvre, avec une douceur infinie, l'enveloppe. Il a déjà les larmes à l'œil en découvrant les premiers mots de ces lignes toutes serrées, sur du papier défraîchi qui sent la prison.

Gaillon, Eure, le 12 octobre 1944
Mon biquet aimé,
je ne sais pas si tu liras cette lettre. J'ai écrit en même temps à Julie, quai des Célestins, je suppose qu'elle est toujours dans l'appartement. Elle au moins, notre petite chérie, est sûrement sauvée. Je m'inquiète quand même pour le ravitaillement, a-t-elle de quoi ? car quand ils sont entrés chez nous et qu'elle s'est réfugiée sous le canapé j'ai vu des gens ouvrir les tiroirs et voler des billets et aussi des provisions dans la cuisine... Mais bon, Julie peut toujours s'adresser aux Perret, surtout que son bébé est là-bas, ou à Marie-Paule pour avoir de l'aide. (Sadorski soupire. Yvette ne sait *rien*. Les Perret sont en cellule à Fresnes, le bébé chez la bignole, quant à Marie-Paule Cogez, les SS l'ont mitraillée avant de lui aplatir le visage à coups de botte, le 25 août… Et pour ce qui est de Julie…) *Heureusement que tu n'étais pas à la maison, je crois qu'ils t'auraient tué. Les plus féroces c'était ceux qui m'ont dénoncée, le couple Blin, tu sais les confiseurs, au deuxième en dessous de chez nous. Alors que moi je me méfiais plutôt de la concierge, ou de la veuve Géraud sur notre palier ! Comme quoi, hein. Les gens ne sont pas ce qu'on pense ou pas exactement. Mme Lantin, je l'ai vue débouler ensuite accompagnée de Mme Marc, quand j'étais déjà sur une estrade en compagnie d'une quinzaine de dames, devant le lycée Charlemagne, et qu'on nous a passées au coiffeur... Les gens me giflaient, me crachaient à la figure, j'ai été déshabillée comme les autres. Les hommes riaient et se rinçaient l'œil. J'ai cru mourir de honte. Mon biquet chéri, si tu m'avais vue, mais tu n'étais pas là. Je pensais à toi, je me répétais « Heureusement, heureusement, Léon est sauf, quelque part, mon Dieu faites qu'il se cache, que tous ces excités ne le trouvent pas... » Penser à toi m'a aidée à tenir le coup, à ravaler mes larmes, à mépriser ces imbéciles et ces salauds. Parce qu'ils m'en*

ont fait voir ! Un gamin m'a même lancé une pierre, j'ai encore la marque, sur l'épaule. Pendant ce temps la mère Lantin m'agonisait [*sic*] *d'injures, me traitait d'espionne, de gredine et de tapineuse... J'aurai deux mots à lui dire à celle-là lorsqu'on se retrouvera. Une bonne paire de gifles pour débuter. Bref, les FFI, qui se sont opposés à ce qu'on nous massacre sur place comme l'exigeaient les Blin et Mme Marc ou les plus énervés dans la foule, nous ont conduits au Dépôt, on était surtout des femmes mais aussi des hommes, qu'ils avaient bien tapés, saignant de partout, les malheureux.*

Au Dépôt, sous la Conciergerie, j'ai pensé à Marie-Antoinette... mais je ne suis pas une reine de France, moi ! Par contre j'y ai rencontré des actrices, Ginette Leclerc, et Arletty ! En vrai, tu te rends compte, on était parmi environ deux cents autres femmes dans la même grande salle voûtée, noire et humide en sous-sol (infestée de souris et de rats) et je leur ai d'ailleurs demandé des autographes, pour moi et Julie, pour sa collection, la petite sera contente à mon retour... Arletty elle est drôle, et gentille, distinguée et simple comme à l'écran, la pauvre était assise près d'une pile de paillasses, un jour elle s'y appuie et tout lui dégringole dessus, les paillasses sales et dégoûtantes avec des traces de sang, elle s'est écriée « Ah ! ça, c'est ma chance, c'est bien ma veine... » C'est la seule fois où je l'ai entendue se plaindre. Il y a de tout, chez les femmes. Des prostituées, des voleuses, mais beaucoup d'innocentes, qui payent pour les autres... La vie est injuste. Moi j'étais classée « politique » mais chez les droits-communs j'ai vu des femmes se mettre nues devant les hommes, qui avaient leur secteur en face, après les gardiens ont cloué des barres de bois... C'était un vrai cirque, de quoi devenir folle. Et pour aller aux interrogatoires, de l'autre côté dans les bureaux du Palais de justice, on se faisait siffler, insulter au passage, par la foule hurlante, menaçante qui attendait : « À mort ! À mort ! » Le trajet paraissait long, je t'assure !... Nous étions encadrées par des FFI. Quinze ou seize ans, des enfants qui font joujou avec des mitraillettes...

Après trois jours j'ai été transférée avec beaucoup d'autres femmes, dans des fourgons cellulaires, au Vél' d'Hiv. Là où tu m'as parlé que tu as vu les Juifs enfermés au mois de juillet il y a deux ans... Si j'avais su que j'y serais un jour, et pas pour suivre une course cycliste ! Les hommes prisonniers étaient déjà là, assis ou allongés sur la « pelouse », le terre-plein central. Nous avons fait une entrée sensationnelle : menées en troupeau, 300 environ, plusieurs de tondues comme moi, quelques-unes blessées (la foule essayait de nous cogner à la descente des fourgons), et presque toutes nous pleurions. Mais, en voyant les hommes, on s'est senties un peu rassurées, moins seules. Les gens n'oseraient plus nous frapper, pensions-nous. Et ensuite les pas tondues dans le groupe se sont occupées gentiment de nous les tondues. Elles se privaient de leurs écharpes, de leurs foulards, pour les draper sur nos têtes, et même se coupaient des mèches de cheveux afin de les glisser le long de nos joues ou sur le front, et ça tenait comme par enchantement et on s'est remises à sourire !

Nous les femmes avons été parquées sur la piste, entre des barrières de chaque côté, et un cordon de FFI braquaient sur nous leurs mitraillettes. Plutôt que de nous protéger... Ah elle est devenue belle, la France, que je pensais, mon biquet. On s'est couchées sur le sol dur, avec les lumières allumées au-dessus de nous toute la nuit. La plupart dormaient donc sur le ventre, ou la figure dans le bras replié, pour ne pas être aveuglés. Les chanceux disposaient de couvertures, pas moi. Nous étions, en tout, plus de mille. Personne sur les gradins autour, là où on aurait pu au moins s'asseoir ! Tu m'as dit que les Juifs au Vél' d'Hiv étaient encore plus nombreux, au moins notre Julie n'aura pas connu cet enfer !...

On a fini par nous apporter à manger. Pour chacun, dans une assiette rouge en celluloïd, des nouilles froides, en petite quantité, aspergées de confiture. Sans cuiller ni fourchette ! Nos gardiens ont bien rigolé en nous observant laper notre nourriture comme des animaux. On a vu le lendemain, enfin, des infirmières et une distribution de médicaments. Sans nous le dire mais on l'a su, les gardiens ont libéré M Carcopino, un petit vieux, ancien ministre, qui avait été tapé en sortant du fourgon et qui saignait de la tête. Les FFI ont d'ailleurs été remplacés par des gendarmes, ceux-ci ont été acclamés à leur arrivée. Après, des civils en veston et chapeau se sont fait installer des tables et des chaises au bout de la pelouse, et on a annoncé : « Interrogatoire ! Interrogatoire !... » Quand j'y suis passée ça a été de nouveau : « Vos nom, prénoms et qualités... » Encore des questions, et répéter les mêmes réponses... Née à Limoges... Femme au foyer... Mère de famille... Ça n'en finissait pas et mon espoir d'être libérée s'est évanoui. La seule chose qui m'a soulagée un peu, puis au contraire inquiétée, j'ai vu, sur leur papier, en lisant à l'envers : « Motif de l'arrestation : ignoré. » S'ils ne savent pas pourquoi ils m'ont arrêtée, alors ils peuvent me garder jusqu'à ce qu'ils aient déniché une raison ou un prétexte... Étant donné qu'ils s'en fichent, ça peut durer longtemps ! Jusqu'à la saint-glinglin ! Même si je ne suis pas condamnée je me doute qu'avec ma guigne je serai parmi les toutes dernières à sortir... Dans un an ? deux ? trois ?... Lorsque je pense à ça, mon chéri, je pleure et je perds tout espoir.

Une Américaine est venue, pour s'enquérir de notre santé et de nos conditions, elle a été très choquée visiblement de découvrir des femmes tondues, alors elle nous a rejointes pour nous embrasser, toutes autant qu'elle pouvait, les gendarmes n'étaient pas contents. Le bruit a couru qu'on nous transférait le lendemain soir à Drancy. Tout le monde s'interrogeait sur le pourquoi, et Sacha

Guitry (j'ai oublié de mentionner qu'il était là au vélodrome, et au Dépôt avant, même si je ne l'ai pas vu là-bas, enfin bref lui aussi j'ai obtenu son autographe !) a déclaré : « J'ai compris ! Le Dépôt, le Vél' d'Hiv et Drancy, c'était l'itinéraire que les Allemands faisaient suivre aux israélites... Soit. Mais quelle singulière façon de haïr les gens, que de les prendre pour modèles, ne croyez-vous pas ? » Hein, je trouve qu'il dit vrai. Les Fritz déjà que ce n'était pas des enfants de chœur, mais là on imite et on pourrait même dépasser !

Nous sommes sortis entre une double haie de gardiens de la paix, ils nous protégeaient de la foule, plus calme que l'autre jour mais qui nous insultait quand même tout en essayant de reconnaître les plus célèbres parmi les collaborateurs – ou accusés de l'être. Les badauds se moquaient de M. Guitry, on criait « Moâ ! Moâ ! Moâ ! », c'était salaud mais ça m'a fait rire, tout de même, faut pas perdre le sens de l'humour, mon biquet, et ça aide à supporter les pires choses qu'on vous inflige dans la vie.

On nous a fait monter dans des autobus de la TCRP[1] *avec écrit dessus « Ravitaillement », c'est drôle. Nous étions 44 par bus, et en nous voyant passer il y a une grosse commère qui criait « À bas les* trahisseurs *! » et, quand elle a vu l'inscription elle a dû penser qu'on était punis pour une infraction au ravitaillement et elle a hurlé : « À bas les* affamateurs *! » Et quelqu'un sur la plate-forme d'un bus lui a riposté qu'elle, elle devait peser au moins 200 kgs,* désossée. *Du coup ça lui a fermé son clapet, à la gravosse ignare... Moi j'étais morte à force de rigoler en entendant ça ! Et un peu plus loin, un monsieur distrait est monté par erreur, ayant cru que*

1. Ou STCRP : Société des transports en commun de la région parisienne (réseau de surface : autobus et, jusqu'à leur disparition en 1938, tramways).

c'était son bus normal qui arrivait ! Encore une occasion de rire, hein, mon chéri, plutôt que de pleurer... Sauf que là-bas on ne l'a pas laissé sortir ! Pendant des semaines ! Lorsque je suis partie du camp il y était encore...

Bon, Drancy, tu y es allé souvent pour ton service alors tu peux imaginer, mon pauvre Léon, tu connais ces laids bâtiments, neufs mais déjà délabrés. Sauf que désormais, enfin jusqu'à la moitié de septembre, les maîtres absolus là-bas ce n'était plus les gendarmes ou les SS mais les FFI. Les Milices patriotiques du coin plus exactement. Dirigées par deux grands chefs, soi-disant capitaines, un Espagnol et un Russe. Le premier un type hâlé et replet, plutôt quelconque, en uniforme tout neuf avec un calot fendu incliné sur l'oreille, et armé d'un fouet en plus de sa mitraillette Sten ; le second, le Slave, un gars maigre et pâle, en chemise crasseuse et pantalon retenu à la ceinture par une vieille cravate. Difficile d'oublier son nez crochu et son front barré de deux mèches de cheveux raides et noirs, sur une figure ravinée où manquent des dents. Eh bien malgré tout ça il avait beaucoup d'allure ! Et ses yeux fiévreux fixaient les femmes, de manière indécente. Il avançait d'une démarche de chat avec ses bottes allemandes courtes et souples et se baladait à travers le camp armé d'un nerf de bœuf, dont il menaçait tout le monde. Bizarrement il a une voix très douce, même quand il vous insulte, c'est un personnage horrible mais séduisant.

On m'a logée au bloc I, à droite, réservé aux femmes : c'est juste au- dessus des lieux d'aisances, merci pour l'odeur, tu sais le long bâtiment de brique en rez-de-chaussée surnommé le « Château rouge ». Dans la chambre du bloc où j'étais enfermée (avec Mary Marquet, en deuil parce qu'elle a perdu son fils, encore une grande comédienne, et pour Julie et moi deux autographes !), presque plus de vitres aux fenêtres, des morceaux de carton goudronné pour obturer les courants d'air, des murs en ciment armé couleur de boue, et quant aux W-C collectifs, la porte ne fermait pas, il n'y a qu'une ampoule au plafond, et nous étions cinquante-deux femmes sur nos cinquante-deux paillasses grouillantes de poux, conchiées par nos prédécesseurs les pauvres israélites disparus, dans une espèce d'appartement de 30 mètres carrés qui n'a jamais été fini... Il restait encore par terre des étoiles jaunes. Sur les murs pour passer le temps, à part écrabouiller les punaises, je déchiffrais les messages laissés par les Juifs. Et là, figure-toi que j'en trouve un d'écrit par la maman de Julie ! Je l'ai recopié soigneusement, pour la petite plus tard : « Mardi 28 juillet 1942. Nous partons demain matin sur un convoi vers Metz, destination finale inconnue. Peut-être la Pologne. J'ai très bon moral et ma santé est excellente. J'espère que là où nous allons je retrouverai mon mari Jacques. Baisers pour toi ma petite Julie adorée, reprends le piano quand tu le pourras, ta maman qui sera heureuse : Raissa Odwak née Bychovska le 19/2/99 à Stanislavtchik, Russie. » Qu'est-ce que j'ai pleuré en lisant ces lignes ! Mais peut-être qu'elle reviendra, Mme Odwak est encore assez jeune et en bonne santé. N'est-ce pas, mon biquet ? Notre petite chérie serait tellement contente de retrouver sa maman... et peut-être le père aussi, car le bon Dieu fait des miracles, oui, ça existe ! Moi j'y crois.

Dans le Drancy que j'ai connu il y avait également des garçons et filles tout jeunes, 14 ou 15 ans, on se demande ce qu'ils ont pu faire comme « collaboration » ! Mais j'en ai entendu se réunir et chanter : « Maréchal, nous voilà ! » Au début nous étions environ mille internés, mais bientôt 2 000, 3 000, 4 000... De toutes les nationalités et de toutes les classes sociales. Il en arrivait tous les jours. On devait serrer les paillasses, puis celles-ci ont été enlevées pour être remplacées par de la simple litière répandue sur le sol, comme pour les bêtes. Finalement on nous a apporté des lits à sommiers métalliques, mais ça ne faisait que deux lits pour cinq dormeuses. Si on appelle ça dormir ! Au sous-sol, il y a une grande cave qui servait de cachot. Chaque nuit on entendait toutes sortes de cris, et puis des coups et des hurlements. Les FFI et les FTP leur administraient la schlague. Et le matin ils lavaient le sang à seaux d'eau... On a aussi retrouvé des cadavres, soi-disant qui s'étaient pendus durant la nuit. Tu parles, les médecins ont constaté qu'ils avaient été pendus après *leur mort ! Bref, l'infirmerie du camp s'est vite remplie, prévue pour cent malades, le total a dépassé 300... Beaucoup de femmes ont été torturées, brûlées à la lampe à acétylène, avaient la plante des pieds en sang. Une jeune fille avait les seins brûlés à la cigarette et on lui avait introduit des fils électriques dans le... et aussi dans le..., pour la torturer. Ils l'ont heureusement libérée assez vite après, comme s'ils avaient honte. D'ailleurs une autre Américaine est venue nous visiter, elle a déclaré : « C'est une grande honte ! C'est pareil aux Allemands ! » Je ne te parle pas des viols, ça aussi il y en a eu beaucoup. Un interné, un poète, a écrit un long poème à la Sainte Mère, les « Litanies de Notre-Dame de Drancy » que ça s'intitule, qui a été recopié et a circulé aussitôt dans le camp. Je l'ai gardé avec moi, tu te souviens que la poésie j'aime ça, sauf que c'est une drôle de poésie celle-là que j'ai vécue ou vue de près... il dit entre autres, après qu'il a parlé des quatre cents femmes tondues, des poils brûlés au briquet, des bougies dans le cul, des nerfs de bœuf, des passages à tabac, des courses à quatre pattes, des lunettes cassées, des lunettes perdues, des maladies sans médicaments, des plaies sans pansements, des diarrhées, des coliques, des punaises, des poux, des choux mal cuits, de la crasse gluante, des insomnies, on arrive à, je te le mets pour que tu saches, que tu t'imagines : « Notre-Dame des femmes violées, Notre-Dame des femmes plusieurs fois violées, Notre-Dame de la fillette violée, Notre-Dame des femmes marquées au fer rouge, Notre-Dame du manchot qu'on a mutilé, Notre-Dame des crachats en plein visage, Notre-Dame des dents cassées, Notre-Dame des souvenirs qui ont perdu leur charme, Notre-Dame de la vengeance, Notre-Dame des deux voyeuses, Notre-Dame du capitaine... à l'uniforme trop neuf, Notre-Dame du sermon aux injures, Notre-Dame de la plèbe déchaînée. Mère des gamins féroces, Mère des détenus et, aussi, Mère des FFI, Mère des gendarmes placides, Notre-Dame du phare dans la nuit sur le camp... » Alors là pour ce qui est du viol, crois-moi ou pas mais moi j'y ai échappé, j'ai eu de la chance. Ou parce que je ne me suis pas laissé faire, tu me connais je peux leur dire leurs quatre vérités quand je veux, et ça leur fait peur à ces faux hommes mais vrais salauds. Pour eux d'ailleurs dans leurs têtes d'imbéciles ce n'était même pas du viol : c'est punir une femme accusée d'avoir couché avec un Allemand. Lui apprendre à vivre, quoi ! Dans l'idée de la punir on en profite, hein, tant qu'à faire, et elle devrait en éprouver de la reconnaissance... se faire tringler par un résistant, vrai ou faux, c'est un honneur ! une régénération ! Oui ben merci bien, merde. Va te faire foutre ailleurs, sale connard, tu crois que t'en es un mais t'es pas un homme...*

Si nos gardiens décidaient qu'il y avait trop de monde dans la cour, ils la dégageaient en tirant à la mitraillette dans les jambes de ceux qui ne détalaient pas assez vite ! Alors qu'il y avait des femmes avec des enfants, et des femmes enceintes. Chaque garde possédait une arme, improvisait des ordres, les ponctuait de coups de feu tirés en l'air, voire de rafales de mitraillette. Bref ça crépitait incessamment dans l'enceinte du camp. Une infirmière a dû intervenir pour sauver la comédienne Dita Parlo, internée avec sa mère, toutes deux morphinomanes et en crise de manque, un des commandants FFI assisté de quatre hommes voulait en profiter pour abuser de l'actrice, sous prétexte qu'elle est allemande... Tu te souviens qu'on l'avait vue ensemble dans « La Grande Illusion », et puis dans « L'Or du Cristobal » ?... (Est-ce que nous retournerons un jour au cinéma, mon chéri ?) Enfin, au milieu de septembre, on a connu deux ou trois jours de remue-ménage, d'animation chez nos gardiens. Le 18, on a appris qu'ils s'en allaient et qu'on les remplacerait par des gendarmes. Ils sont partis en effet, non sans formuler des récriminations et des menaces assez inquiétantes. J'ai entendu dire qu'en réalité ils n'étaient pas heureux à la perspective d'être incorporés dans l'armée régulière et de là sérieusement risquer leur peau contre les Boches. Parce que combattre à l'Est, c'est plus dangereux que de taper sur un milicien ou supposé tel, attaché à des anneaux de fer dans une cave ! Parmi nos gardiens nous avions même, paraît-il, d'anciens de la Milice de Darnand ou de la Gestapo, ils ne faisaient que continuer de cogner, mais au service de nouveaux maîtres... Bref, on a accueilli les gendarmes avec joie. Nous n'avions pas terminé d'avoir peur, du reste, car les types des Milices patriotiques, qui traînaient toujours autour du camp, criant des insultes, gesticulant des menaces, confisquant nos colis et faisant la chasse aux parents et amis qui faisaient des signes de loin, les types sont revenus, la nuit du 20 puis du 24 septembre, ils ont attaqué le camp en criant « À mort ! À mort ! » et la seconde fois ils ont voulu y mettre le feu. Les gendarmes, qui avaient dû doubler la garde, ont obéi aux ordres et riposté, bref, plus de peur que de mal ! On a raconté après que l'Espagnol et le Russe ont été arrêtés, je n'y croyais pas trop, les camps tu sais c'est la foire aux bobards, un peu comme la vie en général, d'ailleurs. Mais au bout de quelques jours nous les avons vus arriver entre quatre gendarmes ! Direction le « gnouf », le cachot, puis on les en a extraits pour les emmener je ne sais où. Le bruit a couru ensuite qu'ils ont été fusillés.

J'ajoute aussi que, surtout après que la garde a été confiée aux gendarmes, on craignait moins et on mangeait un peu mieux. Alors les mâles sont devenus plus vigoureux et les femmes ont songé à la bagatelle. Parmi les tondues et les non-tondues il y avait des jolis sujets, et certaines à la cuisse leste. Alors ça se pourchassait et ça lutinait, bref on forniquait un peu dans tous les coins. Les pressés ou les peu difficiles faisaient ça dans les cages d'escalier ou derrière un coin de mur. On se donnait rendez-vous aussi dans les caves, les greniers... Et pour les raffinés il y avait, à condition d'avoir des relations, l'infirmerie ou même, en son absence, une des chambres réservées à l'aumônier. Quant aux tapins, elles ont vite retrouvé une clientèle ! et roulaient des yeux et des fesses en passant devant les gendarmes. Le directeur a fini par ordonner un enclos de barbelés réservé à la promenade des femmes ! Les couples même légitimes ont donc été séparés.

Avant que j'oublie, une histoire drôle (ici à Gaillon, à part compter les punaises et les poux que je massacre et tricoter des chaussettes j'ai encore tout le temps pour écrire... puisque je ne sortirai pas de sitôt !), je la dirai aussi à Julie, ça l'amusera : un monsieur détenu à Drancy a été convoqué à la commission d'enquête, on lui a déclaré : « Vous voulez absolument savoir pourquoi vous avez été arrêté ? Eh bien nous allons vous le dire. Vous avez été dénoncé par votre concierge. » Ce monsieur pleurait de rire en racontant l'histoire aux autres, après, dans la cour. Parce que le concierge de l'immeuble, c'était lui ! Tu vois, y a du sérieux dans leurs enquêtes... Toi je gage que tu saurais faire mieux !

Je n'y ai jamais été convoquée, tu sais, à leur fameuse commission, mon nom n'a jamais été appelé par les haut-parleurs. Je finissais par conclure qu'on m'avait oubliée. Même ceux qui m'aiment semblaient ignorer où j'étais, puisque je ne recevais ni lettre ni colis. De toi, c'était normal, j'imaginais que tu te cachais, et je prie pour que tu restes caché le mieux et le plus longtemps possible mon pauvre chéri, s'ils t'arrêtaient et te fusillaient j'en mourrais, mais des autres aucun signe – ni Julie, ni Clara ni mon beau-frère, ni Nadine... Bon, c'est qu'ils ne savent rien en ce qui me concerne, sûrement. Mais en dépit des amies ou connaissances que je me suis faites dans ce camp j'étais bien seule et triste, en plus d'être affreuse avec mes cheveux coupés. Ils repoussent, cependant, quoique pas assez vite à mon gré, mais avec des mèches blanches, ce qui est le cas de nombre de tondues. Je pense que c'est notre corps qui ne peut oublier ce qu'on nous a fait. L'esprit non plus ne peut oublier, la nuit je me réveille en croyant sentir sur ma peau les crachats, entendre les rires, les cris de « Salope ! », de « Pute à Boches ! »... et je n'arrive plus à me rendormir.

Vu qu'il y avait vraiment trop de prisonniers à Drancy, on a commencé à les évacuer vers d'autres camps. Alors on m'a déménagée ailleurs, j'ai cru au début que mon sort était réglé, que j'avais été jugée en mon absence et que maintenant je partais dans cet autocar pour purger une longue peine de prison... Non, mon chéri, c'était juste un autre camp d'internés, mais loin, loin de Paris ! En Normandie, à une centaine de kilomètres, dans un vieux château, le château de Gaillon. Pas très loin je crois d'Andigny, où nous allions en week-end dans ce petit hôtel au bord de la Seine... En fait le lieu où on m'a débarquée était beaucoup plus terrible que Drancy ! À notre arrivée, on nous a confisqué tout notre argent, pour ceux et celles qui en avaient, et on nous a avertis du règlement : debout le matin à 6 heures (alors qu'à Drancy on pouvait paresser sous nos couvertures si ça nous chantait), défendu de s'étendre avant le soir. Ici aucun chauffage alors qu'il commence à faire joliment froid, et ça sera de pire en pire avec l'hiver ! La moindre infraction vous envoie au cachot, une ancienne buanderie aux murs épais et au sol en ciment, ou à la corvée de latrines – qui sont abominables. Et le plus terrible, le directeur, qui est logé au château avec son épouse : c'est un ancien déporté de Buchenwald et on croirait qu'il se venge sur nous. Un bel homme, du reste, qui ne paraît pas amaigri par ses mauvaises expériences chez les Fritz (je soupçonne qu'on l'avait arrêté il n'y a pas très longtemps, et plutôt pour marché noir que pour résistance !). En revanche il semble avoir appris là-bas toute la cruauté des nazis, et il met à profit cette éducation...

Le château, que je te décrive un peu, date de plusieurs époques différentes, la plus ancienne est Renaissance, à ce qu'on m'a dit, et son entrée est magnifique, je n'ai jamais rien vu de pareil. D'autres parties sont démolies ou en très mauvais état. Mais la partie réservée actuellement aux détenus est plus récente, du temps de Louis XIV : deux énormes ailes parallèles, dont une qui, je crois, servait jadis d'orangerie, séparées par une vaste pelouse centrale, ou plutôt un terrain vague. Les hommes dans une aile, les femmes dans l'autre. Dans chacun de ces bâtiments les cellules, étroites et humides, se trouvent au rez-de-chaussée, le long d'un couloir interminable avec un plafond bas et voûté. Nous sommes environ 300 en tout pour le moment, hommes et femmes sont (mal) traités de la même façon, et la nourriture mauvaise et insuffisante. En guise de supplément on a droit à une croûte de pain de temps en temps, donnée à celles qui tricotent des chaussettes destinées aux prisonniers quand ils rentreront. Tu sais que j'ai toujours tricoté bien et vite, alors je ne maigris pas trop ! Je me demande par contre si ces chaussettes ce ne sont pas plutôt les gardiens qui en profitent... Après tout ce que j'ai vu ça ne m'étonnerait pas !

Vivre entre femmes dans ce genre de conditions c'est très pénible. On n'est pas triées, y a à la fois des comtesses et des prostituées, et des Françaises et des

Allemandes ou des Autrichiennes, et des domestiques ou des travailleuses des Halles. Tout cela s'accorde plutôt mal que bien. C'est connu que les femmes sont généralement sans pitié les unes envers les autres. La nature nous porte plutôt à aimer ce qui nous est opposé, ou complémentaire. On aime les hommes, on aime les enfants. Sauf exception, les autres femmes, à moins d'être gouine, on se méfie et même on déteste. Alors on voit chez nous en prison cent fois plus de bagarres, de mouchardages, de réclamations, que chez les hommes en situation équivalente. Enfin, ici, et par la force des choses, on se regroupe par affinités sociales. Comme il commence à faire froid, les fourrures de castor, de vison, d'opossum, en sont venues à constituer un petit cercle très fermé qui ne se mélange pas aux pauvres manteaux de lapin ou de drap. Et moi qu'on a arrêtée en été et qui n'ai rien pu prendre chez nous, ni recevoir de colis de ma famille...

(L'écriture de la lettre se fait plus rapide.)

Mon chéri, peut-être un petit miracle : un prêtre vient nous rendre visite, je l'ai reconnu c'est l'aumônier qui disait la messe à Drancy ! certainement il se souvient de moi. Aujourd'hui le directeur n'est pas là, je vais essayer de confier cette lettre et celle pour Julie à l'aumônier, je suis sûre qu'il acceptera de les poster. La tienne j'ai pensé à l'adresser chez Nadine, avec l'espoir que tu aies l'idée d'aller au Plessis-Robinson ou de lui téléphoner... si tu peux. Voilà je finis en vitesse. Mon biquet chéri, mon bien-aimé, pardonne-moi les mots durs et méchants que je t'ai dits quand j'étais fâchée, en août quand tu as appelé... Sache que tu es mon homme pour toujours, mon Léon, oh oui ! je t'aime, je t'aime si fort, je t'aime... Je m'endors tous les soirs en pensant à toi, tout ce qui me vient de toi est bon, jusqu'aux larmes... Prends soin de toi, Léon chéri, fais attention, reste caché, je tremble à chaque minute pour toi, je prie tous les jours le bon

Dieu pour que nous soyons réunis. Léon, Yvette, et aussi notre chère petite Julie.

Ta petite femme qui t'adore et t'adorera toujours,

Mille bons et plus doux baisers et l'amour de celle qui t'aime, et qui t'embrasse bien fort et partout,

ton Yvette

26

La camarade

Par précaution, la planque a débuté dès 18 h 30 – à l'horloge publique – dans le treizième arrondissement. L'heure à laquelle en temps normal les filles de la cité de l'Air débauchent boulevard Victor, de l'autre côté de Paris dans le quinzième. Si tout se déroule comme prévu, Régine Noirtier sortira sous peu du métro station Porte d'Italie, ou de la station précédente, Maison Blanche, elle fera peut-être quelques courses dans le quartier, avant de rejoindre, à vitesse réduite sur ses béquilles, la cité HBM qui domine le virage du boulevard Kellermann. Pendant ce temps, Suzanne Kuhn aura rejoint quelque part en ville l'inspecteur Cuvelier pour s'installer avec lui au cinéma Normandie, avenue des Champs-Élysées, et visionner le film documentaire *Un jour de guerre en URSS*. Sadorski est venu du Vésinet avec la traction, a garé son véhicule à l'angle de la rue Damesme et du boulevard. Ce poste d'observation minutieusement choisi lui permet de surveiller toutes les directions possibles d'arrivée de sa cliente, tout en n'attirant pas les regards. Installé au volant il grille gauloise après gauloise, à l'abri de l'édition de ce mardi 24 octobre de *Libération* qu'il parcourt distraitement. Comme il fait frais dehors il a remonté les glaces, et l'habitacle s'est rempli d'une épaisse brume de fumée de tabac brun. Au point que sa gorge et son œil valide commencent à piquer.

Principal titre, *GEORGES SUAREZ CONDAMNÉ À MORT.*

Le lecteur laisse échapper un juron. Suarez, le fondateur du canard *Aujourd'hui*. Si l'on fusille désormais en priorité les journalistes et les directeurs de journaux… Alors assurément son compte est bon, à lui Sadorski, complice effectif de la Gestapo, dans le cas où il se retrouverait devant ces juges pressés de faire oublier qu'ils ont prêté serment naguère au Maréchal ! En dépit des promesses rassurantes de Lavigne et de Deschamps, cette indulgence des tribunaux à son égard… Tu parles ! Et ensuite personne, *a fortiori* le grand Charles, qui s'en occupe dit-on, en tant que chef du gouvernement, ne signera jamais son recours en grâce. Le poteau, les douze balles, suivies du coup de revolver dans la tempe. Le flic révoqué, calomnié, damné, le parfait bouc émissaire aura payé pour tous ses collègues… Ça lui rappelle *Les Animaux malades de la peste*, la fable du bon La Fontaine… « Ce pelé, ce galeux, d'où venait tout leur mal. / Sa peccadille fut jugée un cas pendable… » Haro sur le collabo Sadorski ! Lui aussi ne peut expier que par la mort, et on le lui fera bien voir !

La Cour de Justice de Paris a tenu, hier, sa première audience. Enfin !

Son premier inculpé, un entre tant d'autres, hélas ! a travaillé, des années durant, à plein tarif, pour l'ennemi. Il ne semble point qu'il ait conscience, maintenant encore, de la gravité de son crime.

– Trahison ! ah ! surtout pas ce mot-là, s'écrie-t-il…

Et sa protestation trouve des échos dans une partie de l'opinion chez ceux qui, collaborateurs mineurs, ont tendance à prêcher l'indulgence, l'oubli, dans l'espoir qu'une lessive générale blanchirait, du même coup, leur propre linge sale.

Le faux curé ne peut s'empêcher de rire : leur linge il est sale, ou propre ? faudrait savoir. Ce pisse-copie ne se relit même pas en déversant sa bile résistantialiste…

Eh bien, non ! De tels procès, précisément, ont ce triste avantage d'étaler au grand jour toute une série de forfaits qui, pour ceux qui n'ont pas souffert, étaient en train de s'estomper.

Un Georges Suarez, comme les autres, a soutenu Montoire, vanté la relève, honni les soldats de De Gaulle, prêché la dénonciation et absout les tortionnaires et les bourreaux.

Sa plume était sanglante, comme une hache.

Et ces taches-là ne s'effacent pas d'un coup d'éponge…

Mécaniquement, Sadorski lève la tête, pour un coup d'œil de routine vers les environs. Il jure de nouveau : une Citroën bleu foncé, trois tubes de gazo sur le toit, vient de tourner l'angle du boulevard, venant de l'ouest, et s'immobilise rue Keufer peu avant la grille du n° 6. Immatriculée 810 RN 4. Le chauffeur – le brun en veston sombre, au front dégagé et à la bouche mince – contourne maintenant l'auto afin de tenir la porte à sa passagère.

Régine Noirtier apparaît à son tour, vêtue du même imperméable bleu. Son compagnon l'aide à caler la paire de béquilles sous ses aisselles. Le couple franchit la grille et s'engage dans les jardins entre les immeubles. Dans la traction noire, le policier replie le journal, en grommelant et se maudissant pour son imprévoyance. Comme l'autre fois, Ducouré est venu chercher sa maîtresse en bagnole à la sortie du travail, ça va beaucoup plus vite que le métro, à présent il la dépose aimablement à son domicile. Et, profitant de l'absence de la colocataire, tous deux montent à l'appartement, où ils comptent probablement se payer du bon temps au plumard, avant que Suzanne Kuhn revienne de sa séance de ciné. Sadorski, d'humeur exécrable, se reproche de n'avoir pas fait vérifier par ses enquêteurs si le prénommé Léon-Raymond était bien marié… et si on n'est pas en présence d'une classique affaire d'adultère. Il se souvient déjà d'une histoire de femmes, dans la confession de Marc Bourbeau aux inspecteurs de la BS 2, à propos du meurtre de Simone Vaillant… *C'est ce camarade* (Ducouré alias « Raph », donc) *qui m'a appris que j'étais chargé d'exécuter une militante qui trahissait. Son nom ne m'a pas été donné. Il me fut seulement dit que cette femme, qui occupait un poste assez élevé dans l'organisation, s'était vu supplanter par une autre camarade femme, plus qualifiée pour tenir le poste, mais qui devait accoucher prochainement. Aigrie, la première avait profité du séjour à l'hôpital de celle qui lui avait succédé, pour envoyer à la police une lettre la dénonçant. Lettre à la suite de laquelle la jeune accouchée fut arrêtée. Pour éviter d'autres indiscrétions, le Parti avait décidé de supprimer la délatrice…*

L'intuition de Sadorski lui souffle que, motif ou pas de liquider Simone Vaillant en l'assassinant dans un bois de la banlieue parisienne, l'accouchée en question était l'épouse de Ducouré. Mais ce n'est qu'une intuition. Peu importe, d'ailleurs ! Le problème actuel, inattendu, est qu'il devient impossible d'aller interroger Régine Noirtier comme il en avait eu l'intention. Tout est à refaire ! Cuvelier, la petite camarade Kuhn, un nouveau rencard pour se payer une toile ou un restau… Et l'on ne dispose pas d'un très long délai, avec la PJ et les services de renseignement FFI qui doivent s'intéresser de plus en plus à eux après le hold-up chez la droguée… Il donne un coup de poing rageur sur son volant. Merde, merde, et merde !

Allumant une nouvelle cigarette, il réfléchit. Quand le coco ressortira, y aurait-il intérêt à le suivre ? Le loger ?

Afin de le questionner lui aussi… Mais il se révélera sans doute beaucoup plus dangereux qu'une femme handicapée. Ou alors, froidement, le descendre. Depuis la fenêtre de la traction, une salve de Sten en passant. Style Chicago, ou style 1944. Un tel procédé fera plaisir à Sadorski. Il reste deux chargeurs pleins dans le coffre. Les militantes Simone Vaillant et Gisèle Rollin seraient vengées. Mais l'opération est risquée. Pourquoi s'exposer ainsi ? Il ne leur doit rien, à ces filles. Simone est tombée victime d'un de ces règlements de comptes au sein du Parti, comme il y en a eu dans ce pays des dizaines, des centaines… Et, en URSS, leur formidable paradis du socialisme, des millions peut-être.

Du temps s'écoule, difficile à mesurer sans montre au poignet. C'est idiot, il aurait dû la remplacer depuis longtemps ! Ce n'est pas l'argent qui manque. Ou en faucher chez une des rombières qu'ils ont visitées. Il y a parfois de ces oublis stupides, qui perdurent et dont on ne prend conscience que lorsqu'il est trop tard. Sadorski baisse légèrement la vitre pour expulser son mégot sur la chaussée. Le dernier paquet de gauloises est presque vide. Journée de merde, et journée perdue. Mieux vaudrait redémarrer immédiatement et regagner Le Vésinet. Il y serait dans une heure. Lutiner son infirmière, dans la vaste maison tranquille et vermoulue, pendant que le camarade Raph s'amuse avec la dactylo du ministre. Les bons moments dans l'existence sont si rares, en comparaison avec les mauvais, alors profitons-en ! C'est d'une sagesse élémentaire. Il a pris sa décision, tend la main vers la clé de contact, sous le tableau de bord… et stoppe son geste.

Là-bas rue Keufer l'homme aux lèvres minces est de retour. On le voit ouvrir la portière de la Citroën bleue, se mettre au volant. De la fumée jaillit du pot, à présent le véhicule fait marche arrière. Manœuvrant rapidement, il rejoint le boulevard Kellermann et fonce en direction de la Porte d'Italie. Stupéfait Sadorski le regarde s'en aller, bientôt la traction est hors de vue de l'angle de la rue Damesme. La question de le suivre ou non ne se pose plus.

En revanche, l'interrogatoire de Mme Noirtier revient à l'ordre du jour. Sa camarade, en ce moment, admire les exploits cinématographiques de l'Armée rouge, assise à côté de l'inspecteur en congé Cuvelier, faux célibataire et ex-comptable. Il reste au bas mot une heure, sans risque, où tirer les vers du nez à l'handicapée. Pour un poulet chevronné comme Léon Sadorski c'est plus qu'il n'en faut.

Il démarre, traverse le boulevard afin d'aller garer sa « 11 légère » le long du trottoir que vient de quitter le véhicule à gazogène. À l'emplacement exact, soit une quinzaine de mètres de la grille. Le prêtre passe sans problème devant la loge du gardien, traverse une cour plus étroite que ce à quoi il s'attendait, entre les hauts immeubles modernes mais vaguement sinistres. Leurs façades mêlent le gris du ciment au rouge des briques, dans une composition géométrique où les fenêtres, les grandes comme les petites, sont coiffées du trait horizontal d'un linteau de béton blanc. Un grillage que borde un parterre de broussailles sépare la cour de celle qui lui fait suite. La porte d'entrée de l'escalier 9, abritée ainsi que ses voisines par un chétif auvent rectangulaire, se trouve au fond à droite. Dans le petit hall une des boîtes à lettres de ferraille couleur bordeaux associe les noms de Noirtier et Kuhn. Il y a du courant, l'ascenseur porte Sadorski jusqu'au palier du quatrième, sans qu'il ait aperçu quiconque au rez-de-chaussée ou dans la cage d'escalier. Le son d'un gramophone lui parvient depuis un appartement du troisième. La voix d'Henry Garat, qui chante *Tout est permis quand on rêve.* « Il n'existe rien entre nous, / À nos rendez-vous / Nous nous disons “vous” / Mais en rêvant je vous dis “tu” / Ce n'est pas défendu… » Le visiteur cherche parmi les portes palières. L'une d'elles n'est pas complètement fermée. Il s'approche, lit sous le bouton de sonnette : *SUZANNE KUHN* et, en dessous, rajouté à la main sur le rectangle de bristol : *Régine Noirtier*. De la musique, ici également, mais en sourdine. On dirait la TSF. Du classique, violon, piano… Sadorski hésite à sonner. Il élargit l'ouverture, fait un pas en avant, s'introduit dans le vestibule. Referme complètement derrière lui – mais sans pousser de verrou. Puis, de l'intérieur, il toque sur le battant pour s'annoncer.

– Hum, il y a quelqu'un ? C'est la quête… les bonnes œuvres de Belleville…

Silence.

Il l'aura effrayée, peut-être ?

– Je suis bien chez Mlle Kuhn ? Ou chez Mme Noirtier ?

Il a gaffé, et se mord les lèvres. Comment un quêteur venu d'un arrondissement lointain saurait-il – ce n'est pas précisé sous la sonnette – que l'une est mariée et l'autre non ? Pareille invraisemblance ne peut qu'inquiéter davantage la locataire. Et les Rouges, après des années de clandestinité, sont méfiants. Il risque, au mieux, un coup de rouleau à pâtisserie sur la tête. Au pire, un tir de revolver, de la part d'une ex-résistante qui a combattu les Fritz. Amie intime, en plus, du garde du corps en chef de Jacques Duclos. Il a pu lui prêter un flingue…

Ou bien tout simplement elle pourrait se mettre à hurler.

De nature les gonzesses possèdent les moyens, et les cordes vocales, pour ameuter *illico presto* tout le voisinage.

La main de Sadorski palpe, dans la poche de la soutane, le métal rassurant du Mauser.

Il pousse une porte, arrive dans un salon-salle à manger. Les larges fenêtres modernes laissent entrer la lumière du jour finissant. Avec le passage à l'heure d'hiver il fait déjà un peu sombre. Étalée sur la table, une édition de *L'Humanité* datant de dimanche. *IL Y A*

TROIS ANS, CHÂTEAUBRIANT... EN HONORANT LES MARTYRS renouvelons le serment de faire triompher leur cause : LIBÉRATION, ÉPURATION, RENAISSANCE... Le corset en cuir et la minerve de la jeune femme sont posés sur une des chaises. On n'aperçoit pas les béquilles.

– Madame Noirtier ? Vous êtes là ? N'ayez pas peur, c'est juste pour les orphelins du vingtième...

Pas de réponse. Aucun son hormis la radio. Et, depuis l'étage du dessous, la chanson crétine. « Tout est permis quand on rêve, / On a tous les droits, / Chérie, c'est pourquoi / Je te murmure sans trêve / Jusqu'au petit jour / Mon amour. / Sais-tu comment il s'achève / Ce rêve qui m'a grisé ?... / Tout est permis dans un rêve / Et le mien finit dans un baiser... » Le curé tient son automatique à demi sorti de la poche. Il gagne une porte au bout de la pièce. La cuisine, ou ?...

La chambre à coucher.

Un lit à une place, et un canapé qui semble avoir été ajouté, prenant trop d'espace dans cette chambre de taille modeste. Une combinaison bleu pâle et des bas sont jetés en travers du canapé. L'une des béquilles dépasse de sous ce meuble, l'autre s'appuie à l'angle du mur, près d'une commode en bois clair.

Accrochée au-dessus du lit, encadrée sous verre, une photographie en couleurs du moustachu du Kremlin. Ses petits yeux cruels et malicieux semblent se moquer de Sadorski.

Et dans le lit on distingue une forme immobile, sous les couvertures. Allongée sur le ventre puisqu'on ne distingue, de la tête, qu'une masse de cheveux châtains. Régine Noirtier s'est assoupie, fatiguée sans doute par sa journée de turbin au ministère. À répondre au téléphone et taper la correspondance de Charles Tillon. Trop crevée pour baiser avec son amant, voilà qui explique le départ rapide de ce dernier. Reste donc à réveiller madame qui a le sommeil lourd.

Sadorski opte pour la méthode choc.

D'un coup, il arrache la couverture et le drap.

Dévoilant, à sa stupéfaction, un corps en slip et soutien-gorge blancs étendu *sur le dos*. Le nombril à l'air. Les bras le long du corps. Les cuisses un peu écartées.

Avec sa main gauche, l'inspecteur veut repousser les cheveux pour voir le visage.

Ses doigts touchent *l'arrière* d'un crâne.

La tête de Régine Noirtier est entièrement retournée. Le visage pressé au creux de l'oreiller.

Il cherche son pouls, par acquit de conscience. Rien. Morte.

Le corps est encore chaud. Un décès qui remonte évidemment à très peu de temps. Rien d'accidentel. Celui qui a fait ça a dû la saisir par les oreilles, et, d'un geste extrêmement violent, lui tourner la tête, déboîtant les cervicales. C'est peut-être cette minerve, ce cou fragile, qui le lui aura suggéré. La méthode nécessite de la force, sans compter la haine, la colère ou une totale absence de scrupules, mais Léon-Raymond Ducouré exerçait la profession de boucher, à Nantes puis à Paris. Soulever des carcasses de bœuf, ça vous fait les muscles. Sadorski a envie de vomir. Il range son arme, s'éloigne du lit, hésitant sur la marche à suivre. Pour l'interrogatoire, plus la peine d'y songer ; pour une perquisition, on ne dispose que de peu de temps. Le mieux est d'évacuer les lieux le plus vite et le plus discrètement possible. Sans laisser d'empreintes digitales. Les services de la police scientifique seront là tôt ou tard, avec leur matériel. En présence du procureur de la République et d'un inspecteur principal ou commissaire de la PJ. Aucun médecin ne signerait de permis d'inhumer à partir de ces premières constatations. L'infortunée Régine Noirtier va finir charcutée par le docteur Paul sur une table de l'Institut médico-légal.

Le disque, en bas chez les voisins, a cessé de tourner. À la TSF, le concerto de musique de chambre se poursuit *pianissimo*. On entend donc parfaitement se refermer la porte métallique de l'ascenseur sur le palier. Et, aussitôt après, une clé qui joue dans la serrure de l'appartement.

Dans le vestibule la porte d'entrée s'ouvre en grinçant, accompagnée par une voix jeune et féminine.

– Tu n'as pas mis la lumière ? Tu as déjà mangé ?

Bruit de trousseau de clés posé sur le guéridon. Sadorski se plaque contre le mur. Elle continue :

– Tu n'as rien raté, tu sais. Bon, au début, c'était bien, l'aube se levant sur Moscou, le défilé des soldats en rangs serrés, dans les rues désertes, pour monter en ligne... Ça vous fait quelque chose ! Et le combat des chars, le fasciste écrasé comme une galette sous les chenilles d'un tank russe, bien fait pour lui mais quand même... Par contre après, la propagande c'était un peu lourd, j'ai trouvé. Toujours le meilleur aviateur, le meilleur tireur, la meilleure infirmière... J'aurais aimé plus de naturel, plus d'objectivité... Et puis Joseph aussi il était lourd. Déjà avant, mais là côte à côte, ça devenait insupportable... C'est pas le champion de tir, lui, mais le champion des mains baladeuses !... J'en ai eu marre, avant de lui coller une baffe j'ai préféré le planter là ! Hou hou ? Tu m'écoutes ?

La questionnée ne répond pas, et pour cause. Sadorski, lui, adossé au mur de la chambre, transpire à grandes eaux.

– ... Du coup j'ai manqué la fin du film. On ira ensemble, samedi ? en voir un autre, je veux dire. Au Caméo ils passent *La Marseillaise*... Ou si tu veux, *Six destins*, j'ai vu que ça jouait au Biarritz, à côté des Champs... Ou bien *L'Insoumise*, au Gaîté-Clichy...

La lumière s'allume dans le salon.

– ... T'es déjà couchée ? Tu dors ?

Des pas résonnent sur le parquet. La porte s'entrebâille.

Sadorski discerne une haute silhouette mince à cheveux blonds. Il l'attire brutalement contre lui, tord le bras droit de Suzanne Kuhn derrière son dos, avec un claquement, l'articulation du coude cède, merde il lui a pété le bras, tant pis. Il attrape le Mauser par le canon, assenant une série de coups de crosse. La chevelure blonde se teinte de rouge. La jeune dactylo s'est effondrée entre le canapé et le lit. Son agresseur donne quelques coups de plus, par sécurité ; puis il rempoche le 7,65, se tourne pour ouvrir un tiroir de la commode, en balance le contenu sur le canapé. Dans le tas il déniche des foulards, au moyen desquels il bâillonne, le plus serré possible, sa victime évanouie, lui ligote les chevilles, puis les poignets sur les reins, tirant sur son bras cassé désarticulé.

Il se redresse et, avec son mouchoir, essuie précipitamment le meuble, le tiroir, la poignée de porte et tout ce qu'il se rappelle avoir touché.

Un coup d'œil sur le palier. Personne. Sadorski referme en douceur la porte de l'appartement derrière lui, se dirige à pas feutrés vers la cage d'escalier. Il devine une présence derrière l'une des portes. Un œil collé au judas, peut-être. Se dépêchant il descend les marches. Entre le troisième et le deuxième étage, il croise une adolescente à lunettes et à la figure boutonneuse. Elle le dévisage d'un air insistant. Une fois passé il jure en sourdine. Déjà *deux* témoins. L'affaire devient de plus en plus grave pour lui. Et ce déguisement il faudra bientôt penser à l'abandonner. Raser la moustache, aussi. Il retraverse la cour en sens inverse, détourne la tête en filant devant la loge, tire le portail de la grille et rejoint la Citroën garée contre le trottoir.

Pendant le trajet jusqu'en banlieue ouest, il a tout le loisir de gamberger à propos du meurtre de Régine Noirtier. Encore une poulette du Parti supprimée par « Raph » Ducouré, après Simone Vaillant. Aujourd'hui, on peut envisager deux hypothèses : la première est que les camarades ont fini par apprendre le rôle d'indicatrice joué par Régine auprès des Renseignements généraux. Cela par l'inspecteur Moret, ou par son collègue Bourgeade, tous deux arrêtés et interrogés par les enquêteurs de la Résistance. Ou simplement Lavigne ou Deschamps aura donné l'information. En échange d'une autre. Cela se fait, entre services de la maison poulaga. À moins que l'inspecteur Le Métayer, du commissariat de Boulogne-Billancourt, présent chez Cuvelier à la réunion du samedi, soit un coco… ou qu'il ait vendu la mèche afin de se faire bien voir d'eux ; possible également, par les temps qui courent. Dans tous les cas, la nouvelle de la trahison de Mme Noirtier sera remontée au plus haut échelon du PCF avant le retour de Thorez : *on a averti Jacques Duclos*. Le nabot implacable, le représentant en France de la police secrète des Soviets… Et celui-ci, comme souvent au cours de la guerre, et sans doute avant, a signé, sans états d'âme, l'ordre de lui régler son compte. Ordre transmis à son fidèle agent de liaison Ducouré, responsable des tâches spéciales. Tout cela est parfaitement vraisemblable et logique.

Deuxième hypothèse : le crime passionnel. Ou plutôt sa variante froide et sans pitié, le coup de balai définitif à l'encontre de la maîtresse gênante. Régine Noirtier exigeait peut-être de son amant un divorce. Et Léon-Raymond ne désirait pas aller jusque-là. Sans doute un homme à femmes, un baiseur de naïves militantes, accoutumé à ce type de situation. Simone Vaillant, par exemple, sans doute une conquête de Benoît Frachon, numéro deux de la direction clandestine, autre grand coureur de jupons communiste, devait être une emmerdeuse, une instable. Or la Résistance, la clandestinité, la menace permanente de l'ennemi, quoi de plus commode si l'on souhaite se débarrasser de quelqu'un ? On monte un joli dossier d'accusation. Trotskiste, fasciste, informatrice, élément peu fiable… Dangereuse hystérique. Une petite promenade en banlieue parmi les fougères, *pan !* une balle dans la nuque et tout est réglé.

Le faux prêtre fume en conduisant. La dernière clope du paquet – heureusement sa réserve de tabac l'attend aux Fauvettes. Il suit en ce moment le même itinéraire que la nuit de septembre. La grande boucle des boulevards des Maréchaux jusqu'au viaduc d'Auteuil. Il est passé devant les bureaux fermés de la cité de l'Air. Le ministre Tillon aura besoin d'une sténodactylographe de rechange. Pauvre Régine ! Et Suzanne aussi devra être remplacée, jusqu'à ce qu'elle soit en état de reprendre le boulot. Sadorski s'inquiète un peu, il espère n'avoir pas frappé trop fort. Il a vu beaucoup de sang – mais c'est normal, le cuir chevelu saigne énormément, même en cas de simple coupure, la zone est très irriguée… Elle en sera quitte pour une commotion cérébrale, et un bras plâtré cinq ou six semaines. On peut gager que le Parti continuera de lui verser son salaire durant ce temps. Pour ce qui est de la protection sociale ils sont fortiches, les cocos… Tout n'est pas mauvais chez eux, on est obligé de le reconnaître.

Reste une troisième hypothèse, le cumul des deux précédentes. L'homme aux lèvres minces trouvait son handicapée un peu encombrante à la longue et cette accusation de trahison arrivait à point nommé. Et comme on n'est jamais mieux servi que par soi-même… Le plus irritant, en revanche, est que cette visite inespérée du flic collabo à la cité du boulevard Kellermann a fourni à Ducouré un coupable en or ! Le dernier à être entré dans l'appartement est ce petit bonhomme en soutane… Il a tué Mme Noirtier et sauvagement agressé Mlle Kuhn qui débarquait quelques minutes après, pour son malheur. Se débarrasser du témoin gênant. Tout cela est limpide, inutile de nier, espèce de salaud… Si l'on pince Sadorski, celui-ci sera exécuté en lieu et place du vrai meurtrier ! C'est vraiment dégueulasse…

Paris et la région parisienne deviennent de plus en plus malsains. Le moment n'est-il pas venu de se rendre en

Normandie ? Depuis qu'il a lu, et relu des dizaines de fois, la lettre d'Yvette, son époux brûle de la retrouver. Au parloir du camp de Gaillon d'abord, ce doit être faisable. Il suffit d'expliquer, avant de prendre la route, à Mme de Laperouse qu'il a besoin d'un petit changement d'air. Le chauffeur de la traction sourit. Le voici dans un dilemme comparable à celui de l'assassin Raph : partagé entre la maîtresse et la légitime ! Enfin, on verra bien. D'ailleurs Yvette, à l'en croire, n'est pas près de sortir de sa cellule au château, de toute façon. Les retrouvailles définitives du couple Sadorski, le retour à la vie commune, cela devra attendre. Des années, peut-être. Que les esprits se calment, qu'on cesse d'appeler à la vengeance, au châtiment des traîtres, au bain de sang. Il faudra bien que les Français apprennent à vivre ensemble à nouveau… Entre ex-collabos, gaullistes et marxistes… sans oublier la part la plus importante de la population, en réalité, le grand, l'immense parti des attentistes !

Le soir a presque fini de tomber quand le fuyard arrive au Vésinet. Il roule vers l'ouest sur la route de Montesson, on n'est plus très loin du pensionnat. Des bandes de nuages mauves barrent le reliquat d'un ciel embrasé, par-delà les frondaisons des anciennes chasses royales. Les deux tons d'une sirène de police secours naissent puis augmentent d'intensité, derrière la traction filant sur la route rectiligne bordée d'arbres et de maisons basses. Inquiet, le conducteur plisse les paupières de son œil unique, crispe les mains sur le volant. Dans le rétroviseur un car apparaît qui se rapproche à vive allure. Sadorski hésite entre ralentir et accélérer. Rien ne prouve que ce soit pour lui. Une accélération soudaine le désignerait aux yeux des agents, ils se lanceraient à sa poursuite. La 11 CV les sèmerait sans peine mais l'alerte serait donnée, ça peut mal finir. Il lève le pied, laisse le car bleu foncé venir à sa hauteur. Le véhicule le dépasse, ne se rabat pas pour lui faire une queue de poisson mais poursuit à toute berzingue, dans le vacarme de sa sirène. *Pin-pon, pin-pon*… Soulagé, l'inspecteur le regarde s'éloigner. Puis ralentir. Et, au niveau du boulevard de Belgique, freiner et virer à droite. Vers l'allée des Fauvettes.

Il semble y avoir du monde là-bas. Sadorski continue d'avancer avec circonspection. On distingue entre les arbres des lueurs de phares, de torches électriques, ainsi que les formes sombres de cars et d'automobiles qui stationnent. Et l'on perçoit des cris, des ordres, des appels. Tout cela est de très mauvais augure. Que faire ? Son signalement a-t-il déjà été diffusé ? Dans cette éventualité, interroger un gardien de la paix serait imprudent. Il roule sur une centaine de mètres, incertain de la marche à suivre, puis avise un quidam promenant son chien. Et qui, effectuant ce même trajet, a dû se trouver à proximité de l'attroupement.

Sadorski baisse la glace de la portière droite :

– Pardon, monsieur…

– Monsieur ?

– Dites-moi, vous sauriez ce qui se passe ? Là-derrière, les voitures de police…

– Oh là là, vous pensez ! Ils ont arrêté un réseau de la cinquième colonne !

– La *cinquième colonne* ?

– Une bande de collaborateurs. Je ne sais pas, moi, des miliciens, des espions fascistes… Paraît que c'est eux les auteurs des vols aux faux policiers ! Ou aux faux FFI… La police judiciaire est occupée à perquisitionner. Une maison qu'on croyait abandonnée… Quelle histoire !

Le cabot tire sur sa laisse en geignant, son maître tire dans l'autre sens. Dans la cabine de l'auto, Sadorski jure. Si la plus grande partie du butin est en sûreté, en revanche il a commis la bourde d'offrir la splendide fourrure de renard à Henriette. Un objet figurant sur la liste de ceux dérobés chez Mme Bidard, 50, avenue Henri-Martin… Et puis la part de Guy. Qu'il a certainement laissée dans sa chambre…

– Ils ont arrêté ces collabos, alors ?

– Euh, seulement une femme, à ce que m'a dit un agent. Le car de police secours c'est sûrement pour la conduire à la PJ de Paris…

– Ah. Et vous ne savez pas ce qui les a mis sur la piste de ces criminels ?

– C'est ça le plus fort ! Un *détective amateur* ! Comme Sherlock Holmes ou Arsène Lupin…

– Sans blague !

– Eh oui ! Ce serait un ancien capitaine de bateau, un expert maritime… Enfin, c'est ce que racontait le policier à qui j'ai parlé. On voit de tout, ces temps-ci ! Quelle époque…

– Comme vous dites. Merci beaucoup, monsieur… Je vous souhaite une bonne soirée.

– À vous de même…

Le pilote redémarre, consterné. Pauvre Henriette ! Elle est dans les emmerdements jusqu'au cou. Les juges de l'épuration vont la condamner au moins à dix ans de taule… À présent il lui faut appliquer le plan d'urgence. La catastrophe n'est pas encore complète. Il l'a échappé belle ! S'il était rentré une heure plus tôt… Au bout du compte, le meurtre de Régine lui a peut-être sauvé la mise. Pour l'instant… Le problème c'est qu'il est tard, très tard. À quelle heure ferme la consigne ?

Il appuie sur la pédale d'accélérateur. La station du Pecq est tout près, par cette même route. On voit encore des lumières aux fenêtres du petit édifice tout en longueur, au toit presque plat. Et les quais déserts éclairés par des becs de gaz. Sadorski fait halte devant l'entrée, coupe le contact, se précipite dans le hall vide de voyageurs. Un employé bâille derrière son guichet de vente, tandis qu'un autre achève de descendre le rideau de fer sur le comptoir de la consigne. Affolé, le faux curé brandit le ticket qu'il a retrouvé dans son portefeuille :

– Hé ! Monsieur ! Monsieur ! Je viens chercher une valise…

– On est fermé. Revenez demain matin à partir de 8 heures.

Le type corpulent en bleu de travail se caractérise par une épaisse moustache noire, une trogne rougeaude et un air borné sous sa casquette à visière. Il se remet à tourner sa manivelle.

– Mais je vous en supplie, mon fils ! Je dois absolument reprendre mon bagage…

– Vous êtes dur de la feuille ? J'ai dit revenez demain.

– Mais demain je serai au Havre ! Mon train part de la gare Saint-Lazare à la première heure !

– Que voulez-vous que j'y fasse ?

– Vous pourriez me donner la valise.

– Le règlement me l'interdit. Quand c'est fermé c'est fermé.

– Mon fils… Je fais appel à votre cœur… Je porte des cadeaux pour les orphelins du grand bombardement de septembre… Songez un peu !… Il y a eu plus de 5 000 morts chez les civils !…

– C'est pas de ma faute. Allez vous plaindre aux Anglais s'ils ont ratiboisé Le Havre…

– Mais les enfants, les pauvres enfants !… Imaginez leur déception si j'arrive là-bas les mains vides… Leur détresse…

Le moustachu lève les yeux au ciel.

– C'est votre faute, aussi ! Fallait vous pointer à l'heure ! Quand même pas sorcier, non ?

– J'ai été bloqué par un convoi américain, sur le boulevard… Mon fils, songez aux petits ! Le bon Dieu vous le rendra… au centuple…

– Pfff…

– Et puis… je ne voudrais pas être obligé d'expliquer à la Milice patriotique que les orphelins des FFI ont été privés de leurs jouets par la faute d'un obstacle administratif… De mauvaises volontés… Imaginez que *L'Humanité* fasse un article là-dessus ! Tout de suite on chercherait les responsables… les anciens collabos… ceux qui persistent à vouloir brimer le peuple héroïque qui a tant souffert et lutté…

– C'est pour moi que vous dites ça ? Moi un cheminot résistant ? « Mauvaise volonté », « obstacle administratif » ?…

– Euh, non, mais d'autres pourraient croire… De nos jours, mon fils, les gens s'emballent facilement… On exige des boucs émissaires… Le moindre…

– Bon, ça va, ça va. (Il ouvre une petite porte à côté du rideau de fer.) Filez vot' ticket.

Sadorski s'exécute, en se félicitant une fois de plus de sa connaissance de la psychologie humaine. Particulièrement celle des petits fonctionnaires. La période, il faut l'avouer, abonde en moyens de pression… Son interlocuteur est de retour, grimaçant sous le poids de la valise de la vicomtesse de Laperouse.

– Sont lourds, ces jouets !

– Que voulez-vous, mon fils… Nos paroissiens se sont montrés fort généreux… Tenez, et soyez béni !

Il lui tend un billet de 10 francs. Le moustachu l'empoche en bougonnant.

– Oh, fallait pas !… Ben, merci quand même.

– Dites-moi, sauriez-vous d'où je pourrais téléphoner ?

– Vous sortez de la gare, tournez à gauche vers le pont sur le chemin de fer. Y a une cabine publique, là tout de suite.

L'ecclésiastique récupère son dépôt, grimace à son tour en le soulevant par la poignée, et s'éloigne en affichant l'expression rassérénée de qui va pouvoir se consacrer de nouveau à ses bonnes œuvres. Il ouvre le coffre de la Citroën, pour y enfourner la splendide valise en pur porc, avec ses étiquettes internationales qui évoquent une existence de luxe et des destinations romanesques, mer ou montagne, dans des établissements classieux. Et qui contient – outre quelques affaires de rechange pour cas de déménagement urgent – des liasses de billets, des bons au porteur, des bijoux, des fourrures, le tout représentant une valeur supérieure à 2 millions de francs, au bas mot. Les parts de Piazza et de Magne sont incluses, il s'occupera plus tard de les redistribuer. En toute discrétion et par des temps meilleurs. Lorsque Magne sera sorti de prison, par exemple. C'est-à-dire pas tout de suite.

Il ferme le coffre à clé et gagne la cabine téléphonique. À vrai dire Sadorski s'inquiète vaguement au sujet de Suzanne Kuhn. Non seulement il a cogné un peu fort, mais la possibilité existe que personne n'aille sérieusement prendre des nouvelles des deux colocataires avant plusieurs jours. Et cette inquiétude lui a donné une idée.

Après avoir introduit une pièce il compose le numéro, qu'il connaît par cœur, de l'ex-*Petit Parisien*. Provence 15-21.

– *Le Parisien libéré*, j'écoute…

– Allô, excusez-moi je voudrais parler à un de vos journalistes des faits divers…

– Pardon ?

– Oui, auriez-vous quelqu'un qui travaille encore dans les bureaux ce soir ? Et s'occupe des chiens écrasés, tout ça… J'aurais une information importante à lui communiquer.

– Quelle information ?

– Une information *très* importante. Vous pouvez aller me chercher ce journaliste ? Ou je téléphone à un autre canard…

– Attendez. Ne quittez pas…

Psychologie toujours. Les êtres humains sont relativement faciles à manipuler. Sadorski philosophe ainsi, patientant à l'intérieur de la cabine devant la gare déserte, dans l'éclairage glauque des réverbères. Il aurait besoin d'une cigarette mais il n'en a plus. Quelle fichue journée…

– Allô ?

Une voix nouvelle. Nettement plus jeune que celle d'avant. Plutôt froide et sèche.

– Vous vouliez me parler ?

– Oui, à qui ai-je l'honneur ?

– Fabrice Lebret, service faits divers. Et vous, monsieur ?…

– Mon nom n'a aucune importance. J'étais un ami d'Edmond Loiseau.

– Edmond Loiseau ne travaille plus au journal.

– Je m'en doute, ricane Sadorski. Les premiers seront les derniers, comme on dit dans l'Évangile. Bon, je vais vous filer un fameux tuyau. Un *scoop*, vous appelez ça, n'est-ce pas ? Dans les milieux de la presse…

– Allez-y.

– Une femme vient d'être assassinée, au 6, rue Keufer, dans la cité HBM sur le boulevard Kellermann. Escalier 9, quatrième étage. Vous avez de quoi noter ?

– Je note.

– Son nom est Régine Noirtier. C'est la secrétaire de Charles Tillon.

Petit silence au bout du fil.

– Vous êtes toujours là, monsieur Lebret ?

– Oui…

– Il y a une autre femme dans l'appartement. Blessée et ligotée. Suzanne Kuhn, qui bosse également au ministère de l'Air. Faudrait penser à envoyer une ambulance.

– Vous pouvez m'en dire un peu plus ? Et comment êtes-vous au courant ?

– Je peux vous dire le nom de l'assassin.

– J'écoute.

– Léon-Raymond Ducouré, qui était l'agent de liaison de Jacques Duclos, quand la direction du PCF se planquait au sud de Paris… Son *alias*, chez les cocos, était « Raph ». Régine Noirtier était sa maîtresse. En même temps qu'une indicatrice des Renseignements généraux sous Vichy.

Le journaleux écrit à toute allure, là-bas au 18, rue d'Enghien, Sadorski en est persuadé. L'information est assez sensationnelle. Quoique difficilement publiable. Mais tant pis. Au moins les collègues de la PJ auront la puce à l'oreille et remonteront le fil de l'enquête. Cela pourrait éviter à Sadorski une condamnation à mort et la guillotine.

– … Le crime a été commis aux alentours de 19 heures. Un témoin se trouvait sur place à l'insu du meurtrier. Ce témoin risque d'être soupçonné mais il est innocent.

– Pourquoi ne contacte-t-il pas la police ?

– Il a peur.

– Et pourquoi me racontez-vous tout ça à moi ?

– C'est ma bonne action du jour. À vous de transmettre le renseignement aux flics, monsieur Lebret. Ils en feront ce qu'ils voudront. Mais au moins quelqu'un va forcer la porte de Mme Noirtier et de Mlle Kuhn, et on transportera celle-ci à l'hosto, ce dont elle a urgemment besoin. Le reste regarde le procureur de la République.

– Je vois.

– Et c'est bon pour vous également. Ça fait longtemps que vous travaillez au journal ?

– Non, j'appartiens à la nouvelle équipe. Je ne suis là que depuis trois semaines. J'étais à Londres.

– Aux *Français parlent aux Français* ?

– Non. Dans les Forces françaises libres. Je viens d'être démobilisé.

– Pourtant la guerre n'est pas finie…

– Réformé pour blessure grave.

– Ah. Je dois raccrocher, monsieur Lebret. Dépêchez-vous. Et vous me revaudrez ça un jour, peut-être. Mon surnom est « Lionel ».

– Merci. C'est noté. Bonsoir, Lionel.

Sadorski repose le combiné et quitte la cabine. Il se remet au volant de la traction des communistes. Tourne la clé de contact.

Direction le département de l'Eure. Là où il a passé tant de jolis petits week-ends avec Yvette.

Une belle route. La nationale 190 puis la nationale 13. Saint-Germain-en-Laye, Flins, Aubergenville, Mézières, Mantes, Rosny, Rolleboise, Bonnières, Vernon…

Il s'arrêtera quelque part et dormira dans la voiture.

Il arrivera à Gaillon au matin.

27

Les souvenirs qui ont perdu leur charme

Le canton s'étend de la rive droite de l'Eure à la rive gauche de la Seine. Épargné par les bombardements aériens de juin 1940 qui ont durement frappé Vernon et Andigny, et plus loin Rouen, il abonde en vestiges médiévaux : églises romanes ou ogivales, manoirs délabrés, vieilles maisons à colombages, et ce gigantesque château épiscopal, partiellement détruit à la Révolution puis reconverti en prison et en caserne, adossé à un long plateau bordé de forêts. Il chapeaute le bourg de Gaillon de sa forme massive face à la vallée, ici très large et naguère marécageuse du fleuve qui enfile ses méandres depuis Paris jusqu'à la mer. On aperçoit l'édifice à des kilomètres lorsqu'on arrive de Vernon par la nationale. Sadorski, les mains raidies sur le volant, la tête lourde et chaude, le sang battant les tempes, épuisé au sortir d'une nuit inconfortable garé dans les bois de Rosny-sur-Seine, garde l'œil fixé sur ces murs et ces toits lointains, où est internée sa femme. Il n'a pas mangé depuis hier midi, et ses joues auraient besoin d'un coup de rasoir. La jauge d'essence a baissé de manière inquiétante, refaire le plein serait également nécessaire. Reste à trouver une station et un pompiste. Pénétrant dans la ville par une artère centrale calme à cette heure mais nantie de nombreux commerces, le pilote de la traction interroge la première indigène en vue. Une dame volumineuse, tout en noir et munie d'un panier à provisions.

– Une pompe à essence ? Oh là, j'sais pas, moi, j'ai point de voiture… Nous ne sommes relogés que depuis dix jours, avant, nous vivions à Aunay-sur-Odon, y a plus une pierre debout là-bas sauf le clocher de l'église… À cause de ces salauds d'Anglais et d'Américains !… Euh, pour l'carburant c'est à mon mari qu'y faudrait demander.

– Et il est dans le coin, votre mari ?

– Oh oui… Enfin, pas tout de suite. Il est parti livrer à Venables avec la camionnette de son patron. Y s'ra rentré bientôt…

– Bientôt ça veut dire quand ?

– Ben ça veut dire bientôt. D'ici une heure ou deux, quoi.

Sadorski réfrène son exaspération. Mais bon, le renseignement on pourra le lui fournir au poste de garde, là-haut. Le réservoir de la Citroën contient encore quelques litres. La petite localité paraît aimable et paisible sous le soleil. Au mur de la boulangerie, on remarque une affiche fraîchement collée : *CITOYENS ! VOUS ÊTES LIBRES ! DÉSORMAIS LE PAIN DE FRANCE APPARTIENT AU PEUPLE FRANÇAIS. LE MARCHÉ NOIR DEVIENT UN CRIME CONTRE LA PATRIE. POUR SAUVER VOS FRÈRES SORTEZ LES STOCKS. TOUS UNIS CONTRE LE MARCHÉ NOIR !*

Il sourit à la grosse femme :

– Comment monte-t-on au château de Gaillon ?

– Si c'est pour visiter c'est pas la peine. Il est à moitié en ruine et de tout' façon y sert plus que d'camp d'internement. En 39 y a eu des réfugiés espagnols, qu'on m'a dit… En 40 c'était un stalag tenu par les Allemands pour nos prisonniers d'guerre, ensuite gardés par les gendarmes on y a mis les politiques, les communistes, les résistants… Après, les Boches l'ont réoccupé, et à présent on y enferme les profiteurs, les miliciens, les dénonciateurs, tout ça…

– Je sais, chère madame. En tant qu'aumônier des prisons j'y ai une personne à voir. Il me faut passer par où ?

– Alors continuez tout droit, mon père, vers la route de Rouen, mais avant sur vot' gauche y aura la rue de la Colonie… Vous la prenez pas, vous continuez et à droite y a l'allée du Château, qui s'en va dans l'aut' sens… Ça vous mènera tout en haut…

Il remercie poliment, repart. L'automobile longe l'église du bourg, trapue et modeste, de style XVIIIe, puis une grande et très ancienne bâtisse à colombages, qui doit dater du temps de Jeanne d'Arc. Au rez-de-chaussée, un Café de la Paix jouxtant une imprimerie, et sa terrasse avec dans l'ombre du vélum les silhouettes de quelques clients attablés devant leurs consommations. Plus loin il découvre l'allée indiquée, progresse sur les vieux pavés inégaux en direction d'un parvis en terrasse, que barre une haute grille dont le portail est encadré par d'épais montants de pierre. Ils sont précédés chacun d'une guérite demeurée aux couleurs allemandes. Là-bas discutent des hommes armés, en civil, équipés de fusils et de pistolets-mitrailleurs. Une motocyclette est garée contre la grille.

Depuis la terrasse la vue est magnifique. La vallée s'étale sous le regard du camp en une immense boucle, fermée à l'arrière-plan par le plateau du Vexin, et ses falaises de craie vers le nord-est où l'on distingue, minuscules dans la brume, les ruines du château fort d'Andigny parmi les collines et les bois dorés par l'automne. Le chauffeur parcourt encore quelques mètres, fait halte devant les gardes armés, coupe le contact et met pied à terre. Avec un large sourire :

– Bonjour messieurs. Je suis le père Réquillard, je viens m'entretenir avec une détenue…

Les types, coiffés de bérets et ceinturés de cartouchières, n'ont pas l'air des plus aimables.

– Le cureton de Drancy est déjà venu, grogne un jeune homme d'une vingtaine d'années, qui arbore un gros Parabellum Luger P08 sans doute pris à un officier de la Wehrmacht au cours des combats d'août dans la région. Il est le plus âgé du groupe, et s'exprime avec l'accent normand un peu traînant.

– J'en suis informé, réplique Sadorski, justement, c'est lui qui m'a appris que ma sœur cadette était écrouée ici. Voici mes papiers, vous pouvez vérifier, mes enfants. J'appartiens à la Résistance, mouvement Libération-Nord.

Ils examinent avec attention le certificat, la carte d'identité ainsi que le permis de conduire. L'un des FFI tient sa Sten pointée vers le prêtre, comme si celui-ci était un redoutable agent de la cinquième colonne. Le gars donne l'impression d'avoir très envie de faire un carton.

– Et qui c'est qu'vous voulez voir ? questionne le chef.

– Ma sœur, Yvette Sadorski. Née Réquillard, à Limoges, le 27 septembre 1905. Elle est arrivée chez vous voici quelques semaines, transférée de Drancy. Je souhaite simplement une autorisation de parloir. Nous avons été séparés par la guerre, vous comprenez… Et je peux vous garantir que c'est une patriote. On l'aura arrêtée par erreur…

L'individu au Luger ricane, avant de hausser les épaules.

– On dit ça… Bon, bougez pas, j'vais m'renseigner. Gardez-le à l'œil, hein !

Ses camarades adoptent les postures belliqueuses appropriées, braquant leurs armes sur le visiteur. Il pousse un soupir – tous les mêmes, ces miliciens patriotes ! –, et fait mine de s'intéresser au panorama. Se limitant à quelques pas prudents sous la menace des PM, il lève le nez vers l'architecture du pavillon d'entrée Renaissance qui domine le parvis et les douves, avec ses fenêtres à croisillons sculptés, ses tourelles hexagonales, aux élégants toits d'ardoise. Ces deux tours symétriques, de part et d'autre du portail, sont coiffées par un dernier étage d'aspect moins ancien, percé de trois fenêtres sinistres, noires et hargneuses. Avec un cri perçant, une buse ou un faucon survole le décor, un petit rongeur capturé entre ses serres. On entend des pigeons roucouler sous les corniches, claquant des ailes ils s'envolent en bandes bruyantes pour regagner leurs nichoirs entre les pierres. Tout cela a une tonalité lugubre. Les fastes de l'Ancien Régime ont disparu depuis longtemps, avec eux tout le charme de ces vieilles ruines. Les gardiens fument en surveillant Sadorski, ils plaisantent, échangent des ragots au sujet de l'épouse du directeur : cette dame aurait une aventure avec le jeune médecin du camp, interné mais autorisé à l'accompagner faire ses courses en ville. Les commentaires sur le « dirlo cocu » rappellent à l'ancien séquestré du square de Choisy les éructations de Sonia. Des souvenirs qu'il préfère aussitôt oublier…

Le chef des FFI revient.

– Vot' sœur, vous pourrez pas la voir. Désolé.

C'est comme une pierre frappant le cœur de Sadorski.

– Mais… mais pourquoi ?

Soudain il comprend qu'elle est morte. Ou très malade. Ou punie de cachot, peut-être ?

– Pass'qu'elle est plus là. On l'a libérée ce matin.

– *Libérée* ? Vous êtes sûr ?

– M. le sous-directeur a vérifié sur le registre. Y avait bien la levée d'écrou signée. J'ai vu sa signature à elle aussi. Yvette Satory.

– Euh, Sadorski.

– Ouais c'est ça, Sadorski.

– Mais pourquoi ? Pourquoi l'a-t-on relaxée ?

L'autre secoue de nouveau ses fortes épaules.

– Ben ça devrait vous faire plaisir. Moi j'en sais rien. De temps en temps ils en libèrent un ou une. Ça fait de la place, y a trop d'monde, là-dedans !

Un des jeunots, petit, sa figure butée criblée de taches de rousseur, commente avec un accent du cru presque incompréhensible :

– Qu'on est trop bon pr'eux, les p'tain d'collabos ! J'ai qu'à t'les fuchiller, moué, chi on veut gagner d'la plache…

– Vous l'avez vue ? Vous savez quelle direction elle a prise ?

Le chef allume une cigarette.

– J'étais pas d'garde à c'moment-là. Mes potes non plus, on vient d'arriver.

Sadorski réprime un juron. C'est trop stupide ! À une heure ou deux près… Si seulement il n'avait pas dormi dans la voiture, s'il était arrivé plus tôt ! Yvette et lui se seraient retrouvés ici, se jetant dans les bras l'un de l'autre. Fous de bonheur…

– Comment fait-on pour rejoindre Paris ?

– Ben vous avez vot' bagnole. Prenez la nationale, tout droit vers Vernon.

– Non, oui, mais elle ? Ma… euh, ma sœur. En partant d'ici à pied ? Il y a une ligne d'autocar ?

– Jusqu'à Paris ?… Ben…

Ils se concertent. L'un affirme que l'on peut prendre le car depuis Évreux. Celui au Parabellum signale :

– Le plus facile c'est quand même le train. Z'avez la gare à Saint-Pierre-la-Garenne…

L'inspecteur le sait parfaitement. Au bord de la Seine, à une dizaine de kilomètres de Gaillon. Il connaît bien la ligne, avec sa femme ils descendaient là, au hameau du Goulet devant l'écluse, pour leurs week-ends en amoureux à Andigny, dont la gare SNCF est désaffectée depuis le début de la guerre. De Saint-Pierre-la-Garenne le couple prenait un taxi jusqu'à l'hôtel. Les trains omnibus s'arrêtant à cette toute petite station n'étaient déjà pas si fréquents, et le trafic, après la libération de l'Ouest, reprend à peine. Avec un peu de chance, en fonçant vers

Le Goulet, au bord du fleuve… Yvette peut encore être rejointe. Une fois dans la capitale, ce sera plus compliqué… et surtout plus dangereux.

– Où puis-je faire le plein d'essence ? Mon réservoir est pratiquement à sec.

– Y a le garage Luzurier, route de Paris[1]. Au numéro 21… ou 23…

– Et où se trouve-t-elle, cette route de Paris ? Je fais demi-tour par où je suis arrivé ?

Ses interlocuteurs reprennent leur attitude martiale. Il faut bien justifier cette affectation à un poste des plus importants.

– Non non, l'allée du Château c'est sens unique ! Vous risquez de tomber sur le camion qui apporte les légumes !

– Continuez tout droit. Quand vous aurez passé les jardins familiaux vous tournez à droite. Et à la mairie, à gauche ! C'est après la place de la Fontaine…

Il est pressé de repartir, écoute à peine leurs indications, appuie sur l'accélérateur. La descente cahotante sur les pavés le fait longer, sur sa gauche, s'élevant des douves comblées de terre et d'herbes folles, d'énormes soubassements de grosses pierres grises, creusés çà et là d'une embrasure – bouches sombres scellées de lourds barreaux, derrière lesquels on devine des marches avalées par l'obscurité. Les murs austères de l'ancien palais des évêques de Rouen alignent de hautes baies aux carreaux brisés pour la plupart, sous des corniches en voie d'écroulement, des gouttières bancales, des toitures édentées. Une longue galerie, ouverte sur le val, évoque les fêtes données par les propriétaires du lieu à travers les siècles. L'ensemble aujourd'hui est sinistre et inquiétant à souhait. Et par les froids qui viennent, un nid à courants d'air, sinon à fantômes, ses résidents privés de tout

1. Aujourd'hui avenue du Maréchal-Leclerc.

chauffage racontait Yvette. On doit y crever facilement de pneumonie. Au moins elle a échappé à cet enfer ! Passant la tête au-dessus de la glace baissée, Sadorski croit apercevoir la grande aile Louis XIV qu'elle décrivait dans sa lettre. L'ex-orangerie, qui ressemble davantage à un bâtiment de caserne, sous laquelle on croupit dans les cellules au bord d'une pelouse devenue un terrain vague. Il entend une captive chanter derrière l'enceinte, invisible du dehors. Entre-temps la Citroën est arrivée en bas de la côte, devant les petits jardins potagers avec leurs cabanes. Sadorski prend le virage serré à droite pour rejoindre le centre-ville. La route de Paris et le plein d'essence. Fébrilement, il retraverse le bourg placide et ses affiches tricolores de lutte contre le marché noir. La route de Paris est large et rectiligne, bordée de tilleuls, le rouge et le blanc des pompes s'aperçoit de loin, et le toit de tôle ondulée du garage. Le faux prêtre freine derrière une camionnette bâchée. Ses occupants en grande discussion avec un bonhomme en bleu de travail graisseux, aux mains et avant-bras velus noirs de cambouis.

– Mais non ! J'aurai pas la pièce avant demain ! Si on a de la chance, hein… Pass'que d'nos jours…

– Putain, c'est pas possible ! Enfin merde !

– Mais j'y peux rien si vos pignons sont usés, moi…

Les deux jeunes types énervés qui s'en prennent au mécanicien ont des revolvers à la ceinture et l'un d'eux une Sten en bandoulière. Il paraît vaguement familier à Sadorski.

Le second est gratifié d'un fort gabarit et d'un nez cassé de boxeur. Il empoigne le garagiste par le col.

– Dans ce cas tu nous prêtes une tire. Fallait qu'on soit à Paris avant midi !

– Je regrette, j'ai pas d'auto à prêter, messieurs.

– Alors on se passera de ton autorisation. File-nous les clés de la Peugeot qu'est là !

Ils ont à présent chacun le revolver au poing. Leur vis-à-vis ne se démonte pas, il les toise, mains dans les poches et bombant le torse.

– J'vous le conseille pas, les gamins. Mon beau-frère est le lieutenant de gendarmerie, chez nous… De même que j'connais très bien M. Capet, du réseau Libre Résistance, président du comité de libération de Gaillon.

Le boxeur déclare, furieux :

– Et moi je suis le lieutenant Roro, du bataillon La Marseillaise, caserne Valmy, à Paname !… On est sous les ordres du colonel Rol, chef de l'insurrection glorieuse contre les Boches, et du lieutenant-colonel Froger. Si vous nous mettez des bâtons dans les roues vous aurez de sacrées emmerdes !

Derrière son volant, Sadorski pense à reculer fissa pour chercher du carburant ailleurs. Dans le copain du lieutenant Roro il vient d'identifier le sergent Lejeune. Lui aussi de la fine équipe de l'usine Valeri, à Montreuil. Par qui le « tortionnaire des Brigades spéciales » a manqué de peu se faire mitrailler avec les autres au bord d'un cratère de bombe, devant le fort de Noisy-le-Sec. D'ici que eux, à leur tour, le reconnaissent… Mais il faisait nuit. Ils ne l'ont rencontré qu'à la lueur des phares. Et la tête bandée. Il débraye et passe la marche arrière.

Trop tard.

– Hep ! Toi, le curé ! Montre-nous tes papiers !

L'interpellé obéit. Pas le choix. Le sergent étudie les documents, grommelle :

– Réquillard Jules… Et de Libé-Nord, hein ?

– Affirmatif, camarade. Vous cherchez des milicos, je suppose ? Y a encore de ces salauds dans le coin ?

– Ouais, non, on a mission de transporter des armes à la caserne Valmy…

Sadorski a discerné de la gêne dans sa réponse. En voilà un qui n'a peut-être pas la conscience tranquille… Son acolyte au nez amoché s'approche à son tour.

– Elle marche, votre Citroën ? Vous êtes pas ici pour une panne ?

– Euh… Je n'ai plus d'essence. Mais…

– Parfait, on va faire le plein. Vous descendez, monsieur, je vous prie.

Le lieutenant Roro a gardé son pistolet dégainé. Un 7,65 type destroyer. Il le pointe négligemment vers Sadorski. Lequel obtempère, bien obligé, se doutant de ce qui va suivre. Quelle nouvelle journée de malchance. La série noire continue… Henriette arrêtée, Yvette libre mais qui va lui échapper…

Comment procéder ? Il se doute qu'ici, la fable des orphelins du Havre ne fonctionnerait pas… Il opte pour une part de franchise. Chaque minute compte.

– C'est que… je suis pressé, camarades. Je dois retrouver ma sœur à la gare…

– Votre sœur elle se démerdera comme une grande. Nous aussi on est pressés. (L'officier FFI s'installe sur le siège du conducteur et manœuvre vers la pompe réservée aux engins de tourisme.) Patron, le plein, siouplaît !

Celui-ci, à contrecœur, s'essuie les mains à l'aide d'un chiffon sale, se penche à droite du coffre et dévisse le bouchon de réservoir. Sadorski proteste :

– Mais enfin, c'est *ma* voiture !

– On va vous signer un bon de réquisition provisoire, sourit le lieutenant. Vous pourrez venir la récupérer.

– Oui mais quand ? et où ?

– À la mairie de Montreuil-sous-Bois.

– Et comment j'y vais, moi, à Montreuil, sans ma traction avant ?

– Prenez le train.

Il réfléchit.

– Vous pourriez me déposer à la gare, alors ? Saint-Pierre-la-Garenne, c'est sur le chemin de Paris…

Les autres se consultent du regard. Le boxeur secoue la tête négativement.

– Y aura pas la place. Avec tout ce qu'on doit transbahuter de la camionnette ! D'ailleurs vous allez nous aider.

– Et j'en fais quoi, moi, de vot' véhicule ? intervient le garagiste. J'commande la pièce ou pas ? Pass'qu'il faudrait me verser des arrhes…

Le lieutenant Roro se gratte la tête.

– Euh, après qu'on soit partis, téléphonez à Joué-du-Plain dans l'Orne, c'est entre Écouché et Rânes, vous demandez la ferme de Georges Buffon. Vous expliquez l'affaire à Jean Buffon, du groupe Foccart[1], il viendra ou enverra quelqu'un s'en occuper. Oubliez pas, hein ! N'en profitez pas pour garder la putain de camionnette ! Sinon vous recevrez un joli p'tit cercueil par la poste… Vous savez ce que ça veut dire !

Le Gaillonnais a blêmi et termine le plein sans un mot. La demi-heure suivante s'écoule à trimbaler des caissons et des paquets de la fourgonnette bâchée jusqu'à la « 11 légère ». Pour cela il a fallu retirer du coffre la valise d'Henriette avec le magot. Sadorski s'en est occupé tout de suite, ayant pris l'expression la plus naturelle possible. Par bonheur on ne lui pose pas de question sur son contenu. Il la range devant la porte du bureau – où une femme observe la scène avec une attitude inquiète –, et surveille ensuite l'objet du coin de l'œil tout en aidant au transfert. Les caisses, elles, sont bien bourrées d'armes : fusils américains Garand, Springfield, pistolets-mitrailleurs Thompson, Sten Mark II, MAS 38, grenades Mills et DF 37, grenades à manche allemandes, mortiers

1. Il s'agit du fameux Jacques Foccart (1913-1997), résistant et trafiquant dans l'Orne, plus tard l'homme des missions politiques secrètes du général de Gaulle, notamment sur le continent africain, membre fondateur du SAC (Service d'action civique), et l'un des principaux suspects dans l'affaire de l'assassinat du ministre Robert Boulin en 1979.

60 mm Brand… Un véritable arsenal. Pour la révolution rouge en France, la guerre à l'Est contre les Boches, ou le marché noir ? Les colis et paquets, en revanche, ne font aucun doute. Café, eau-de-vie, cartouches de cigarettes Philip Morris, chocolat, beurre, jambon, poulets, sucre, huile de colza, fruits de mer, haricots secs, céréales… Le sergent Lejeune explique, d'un air sournois, à l'intention de sa nouvelle recrue :

– Qu'ess' tu veux, faut bien approvisionner not' caserne ! Les copains vont partir combattre les Boches le ventre plein ! Ho, fais gaffe à pas casser les œufs ! Mets-les au-dessus ! On veut pas d'omelette avant d'arriver…

Lorsqu'ils ont achevé le transbordement, l'habitacle est rempli depuis la banquette jusqu'au toit, le coffre bâille, retenu par une ficelle, la Citroën devenue si lourde que ses garde-boue masquent la partie supérieure des roues et que le pare-chocs arrière touche le sol. Roro ordonne au garagiste d'augmenter la pression des pneus. Puis il lui paie sans barguiner ses litres d'essence. À Sadorski, il offre un « bon de réquisition » griffonné à la diable sur un coin de papier déchiré.

Avec un mélange de tristesse et de soulagement, l'ecclésiastique regarde s'éloigner, à une allure poussive, entre les tilleuls de la route de Paris, la conduite intérieure qui lui a tant servi depuis qu'il l'a fauchée au capitaine Gilbert, paix à son âme. La situation est ironique et ne manque point d'une certaine justice : l'auto volée aux communistes retourne aux communistes. À leur insu, mais quand même. Sadorski se demande s'il n'a rien oublié. De toute façon il est trop tard. Puis il jure : le revolver M 92 de Guy Aubrais ! L'arme est restée dans la boîte à gants… Après réflexion, ce n'est pas trop grave. En mettant la main dessus le lieutenant ou le sergent se dira que le curé résistant voyageait en prenant ses précautions. Rien de plus.

Il se retourne vers le patron du garage.

– Vous n'auriez pas vu passer une femme, ce matin ?

– Quelle sorte de femme, mon père ?

– Seule. Brune, les cheveux très courts. J'ignore si elle avait des bagages, pas grand-chose, je pense. Elle se rendait probablement à Paris mais avec pas ou peu d'argent.

– Elle comptait faire de l'auto-stop ?

Le mari d'Yvette hausse les épaules.

– Je n'en sais rien. Peut-être... Ou prendre le train à la gare.

– J'ai vu personne qui corresponde à votre description.

– Et à Évreux ? Il y a des autocars ?

– Pour ça, oui. Quoique jusqu'à Paris, j'en doute. Et les horaires sont pas réguliers, on est pas encore revenu à la normale. Mais faudrait que vot' dame elle soit allée jusqu'à Évreux...

– C'est loin ?

– Environ 25 kilomètres. De ce côté... (Il indique le sud-ouest.) Donc elle serait pas passée devant chez moi.

– Et le train de Paris ? Y en a un bientôt ?

L'homme consulte sa montre-bracelet.

– Dans cinq minutes. S'il a pas de retard... Le suivant est vers 17 heures. Enfin, pour le premier c'est foutu...

Sadorski acquiesce. Plus guère d'espoir de la rattraper. Yvette en ce moment se prépare à monter dans une voiture de troisième classe, elle s'est levée en guettant anxieusement la fumée de locomotive au bout de la voie ferrée, venant de Rouen... La libérée serre contre sa poitrine un pauvre balluchon. Peut-être dissimule-t-elle la honte de son crâne tondu sous un foulard ou une écharpe. Que fera-t-elle, une fois dans la capitale ? En priorité elle retournera au 50, quai des Célestins. Imaginant y retrouver Julie. Sinon elle ira avenue d'Eylau chez les Perret. Si elle interroge la concierge on lui montrera Bernard dans son berceau. Légalement, Yvette, bien que stérile puisqu'elle et son époux n'ont jamais eu d'enfant ensemble, est la mère du petit, depuis la déclaration de naissance à la mairie du quatrième ; elle pourrait le récupérer auprès de Mme Devulder. Mais comment s'en occuper ? Sans argent, dans un domicile vide, pillé... Pour l'instant mieux vaut qu'il demeure aux bons soins de la bignole et de son gardien de la paix de mari. Au moins, le bébé bouffera à sa faim.

L'estomac de Sadorski gargouille. Manger, oui voilà l'urgence désormais. À Gaillon il en profitera pour s'informer, poser des questions à droite à gauche, quelqu'un peut-être a remarqué la voyageuse solitaire... Allait-elle vers la gare SNCF, ou vers Évreux ?

– Pour déjeuner, vous me recommandez un établissement ? Dans le centre-ville si possible...

– Si j'étais vous, mon père, j'irais à l'hôtel du Soleil-d'Or... Dans la Grande-Rue, la haute maison de brique avec une paire de lucarnes sur l'toit, juste après la fontaine. Vous y êtes en trois minutes, voyez on l'aperçoit d'ici... Y vont bientôt ouvrir la salle de restaurant. Dites que vous venez d'ma part. Garage Luzurier. Et si vot' portefeuille est suffisamment garni, j'vous conseille de demander à la patronne les « spécialités qui ne figurent pas sur la carte... » (Il cligne de l'œil.) Leur pâté de lapin est fameux ! Une merveille ! Ça vous consolera un peu d'la perte de la bagnole... Quoique, les cocos vous la rendront peut-être si vous allez jusqu'à Montreuil... Hé, n'oubliez pas vot' valise !

Le garagiste n'avait pas tort concernant le pâté et les spécialités cachées de l'hôtel. Fumant une gauloise pour accompagner sa tarte aux mirabelles et son café, Sadorski en conclut que chez nous la fin du marché noir n'est pas pour demain[1]. En attendant, il a englouti les plats, bu une

1. Il ne disparaîtra qu'en 1949 avec le retour à la normale du ravitaillement.

bouteille de vin rouge et, l'estomac calé au maximum, se sentirait même prêt pour une bonne sieste. S'il n'avait pas des recherches à effectuer.

Au Soleil-d'Or, personne n'a vu d'étrangère seule. Les commerçants et chalands de la Grande-Rue non plus. La valise d'Henriette est de plus en plus lourde à porter, il n'a pas osé la laisser en dépôt à l'hôtel. La propriétaire semblait honnête mais on n'est jamais trop prudent. Exténué, le front trempé de sueur, passant devant l'église près des gravats d'une maison soufflée par une bombe il a l'idée d'entrer prendre le frais, et de faire une petite prière, cela peut aider. Sous le clocher-porche de la façade principale il pousse une vieille porte en bois, se signe en entrant avec une légère génuflexion. L'intérieur est éclairé par de hautes baies cintrées, les murs fraîchement repeints à la chaux : une maison de Dieu toute nette et simple. Davantage que l'église gothique ou la collégiale d'Andigny, où Yvette et lui ont assisté à des messes. Deux ou trois paroissiens habillés de noir marmonnent voûtés sur leur prie-Dieu. On ne voit pas de curé. Les confessionaux paraissent déserts. Sadorski, saisi par ce calme et ce silence, est persuadé d'avoir choisi le lieu idéal pour sa demande. Après avoir admiré le grand vitrail de l'entrée avec son Christ crucifié, sa Vierge et son saint Jean, il se promène dans les bas-côtés en examinant sculptures et tableaux, peu nombreux du reste, et finit par s'immobiliser devant la statue d'une Marie à l'enfant. Ayant trouvé de la monnaie dans son portefeuille et fait claquer le briquet d'argent de Guy Aubrais, il allume un cierge.

Son bagage à côté de lui sur les dalles, le visiteur en soutane place ses genoux sur un antique prie-Dieu en bois de noyer. La tête inclinée, le menton contre ses mains jointes, Sadorski se recueille quelques secondes, rassemblant ses souvenirs du catéchisme à la cathédrale

Saint-Pierre-et-Saint-Paul de Sfax. Puis il prononce en chuchotant :

– Mère auguste du Rédempteur, porte du ciel toujours ouverte, étoile de la mer… venez au secours d'un malheureux qui veut se relever de ses chutes… Vous qui, par prodige, avez enfanté votre Créateur sans cesser d'être vierge ; vous qui avez reçu cette glorieuse salutation de l'ange Gabriel, ayez pitié d'un pauvre pécheur… Vous qui êtes demeurée sans tache après votre enfantement, ô Vierge sainte, Mère de Dieu, intercédez pour moi, Léon Sadorski, et pour mon épouse Yvette Sadorski née Réquillard… Daignez répandre votre grâce dans nos âmes, afin qu'ayant connu, par le ministère de l'ange, l'Incarnation de Jésus-Christ votre Fils, nous puissions, par les mérites de sa Passion et de sa Croix, parvenir à la gloire de sa Résurrection… Je vous salue, glorieuse Reine du ciel, porte sainte d'où est sortie la lumière du monde, mon épouse Yvette vous salue, et priez pour nous Jésus-Christ ! Faites que nous puissions nous relever de nos iniquités… Accordez à notre faiblesse le secours de votre grâce, ô Reine, mère de miséricorde… notre vie, notre douceur et notre espérance… Malheureux exilés nous élevons nos cris vers vous ; nous soupirons, gémissons et pleurons dans cette vallée de larmes… (L'œil valide du pénitent se mouille, des larmes coulent sur ses poings serrés, ses doigts noués et pâles.) Tournez vers nous, nous Léon et Yvette, vos regards miséricordieux… Priez pour nous, ô sainte Mère de Dieu, afin que nous nous retrouvions, et que nous devenions dignes des promesses de Jésus-Christ… Prenez-moi, s'il le faut, comme à Job tout ce que je possède de biens terrestres… mais accordez-moi d'être délivré des maux présents, et de la mort éternelle ! Accordez-nous la grâce de nos retrouvailles, à Yvette et moi… Ô Sainte Marie, Vierge incomparable et vraiment ravissante, obtenez-nous, avec le pardon de nos fautes, la douceur et la joie de notre réunion, écartez de notre chemin tout danger, afin qu'admis à contempler Jésus nous goûtions pour toujours les joies du Paradis !... *Amen. Amen. Amen…*

Sadorski a prononcé sa longue supplication d'une seule traite. Avec toute la passion dont il était capable. Une prière décousue, il en est conscient, un peu fourre-tout, de bric et de broc mais indubitablement sincère. Propre à émouvoir, jaillie du fond du cœur. Son cœur rempli de ses deux amours : l'une au Ciel, l'ayant écouté, peut-être, assise auprès de Dieu et de leur Fils, l'autre dans le siècle. Perdue quelque part sur les routes normandes en ce mois d'octobre 1944… Et, flûte, dans sa requête il a oublié Julie ! dont il ne sait si elle est morte ou vivante. Trop tard, ce sera pour la prochaine fois. Espérons-le, pour une prière d'actions de grâce, en remerciement d'avoir exaucé déjà celle-ci ! Revigoré, et toujours fortement ému, Sadorski fait le signe de croix, se relève, les genoux ankylosés et meurtris, puis parcourt le bas-côté dans la lueur tremblotante des cierges en titubant comme un homme ivre. Il rebrousse chemin car il avait oublié la valise. Elle est toujours là, dans les rayons de lumière argentée qui tombent du vitrail.

Il rouvre le battant de la vieille porte, et se retrouve dehors, clignant des paupières et frissonnant sous le soleil voilé et un petit vent frais. En face, la terrasse du Café de la Paix semble l'attendre, au pied de la grande maison du Moyen Âge, avec ses encorbellements successifs que soutiennent des corbeaux naïvement taillés dans le bois. Le prêtre traverse la rue pour aller s'asseoir à une table. Lorsque le garçon apparaît il lui commande un calva, avant d'allumer une cigarette.

Au retour de l'employé, il pose une énième fois sa question :

– Vous n'auriez pas vu une femme, ce matin ? Seule, brune, les cheveux très courts… Avec un petit bagage, je suppose. Ou pas.

– Grande ? Mince ?

Ses doigts se crispent sur le pied du petit verre, manquant renverser l'eau-de-vie.

– Oui, c'est ça ! Enfin je suppose qu'elle a maigri… Elle avait bien les cheveux courts ?

– J'sais pas, elle portait un fichu noué sous le menton. Mais c'est possible. Vous savez, dans le coin, beaucoup de femmes qui ont eu des p'tits soucis à la Libération, elles gardent le foulard sur la tête, comme ça… J'ai eu le sentiment qu'elle en faisait partie. Elle était assise où vous êtes. Non, la table à côté. J'lui ai servi un café et un croissant avec de la confiture. Pour dire vrai, ce croissant j'y en ai fait cadeau, vu qu'elle paraissait gênée question sous. Et elle avait faim, le croissant elle l'a dévoré en cinq sec !

Le cœur de Sadorski bat très fort.

– Où est-elle allée ensuite ?

– Ça, j'saurais pas vous dire précisément. Elle m'a demandé le meilleur moyen pour rejoindre Paris. J'y ai indiqué le chemin vers la station du Goulet. Mais comme elle s'informait aussi pour les cars, j'y ai expliqué qu'on pouvait les prendre depuis Évreux.

– Et quelle direction a-t-elle choisie ?

– Là aussi, difficile à dire, mon père, vu qu'à peine elle avait dépassé la fontaine, y a un camion américain qui l'a embarquée…

– *Embarquée ?*

– Oui, pour lui faire gagner du temps, je pense. Et puis comme c'était une belle fille ! Ça aide, quand on pratique l'auto-stop.

– Vous pourriez me décrire ses vêtements ? Pour le cas où…

– Un imper bleu ciel avec, il m'a semblé, une robe noire en dessous. Et, comme j'vous disais, un fichu. En soie, blanc avec des fleurs roses et violettes.

– Elle portait un balluchon ?

– Non, une petite valise jaune. (Le garçon de café hésite.) Si j'avais été à côté, j'l'aurais avisée de pas monter, dans l'camion…

– Hein ? Pourquoi ?

– Une belle fille, j'vous ai dit. D'ailleurs sans doute vous la connaissez, vu que vous me posez toutes ces questions. Les GI, vous comprenez, ils violent. Alors que les Boches, ça fait drôle de le remarquer, ben eux presque jamais ! Mon patron m'a expliqué qu'y seraient du genre timide avec les nénettes, ou d'esprit chevaleresque, j'sais pas. Sauf les SS, eux y z'ont commis des massacres, tué des femmes et des bébés, enterré des gens vivants, bref de vrais salopards. Enfin, les Fridolins c'est pas qu'on les regrette, pour sûr, mais…

Sadorski est devenu livide. L'autre corrige :

– Non voyons, faut pas vous alarmer, m'sieur le curé ! J'aurais pas dû raconter ça. Les troufions ricains c'est surtout quand ils sont schlass qu'y violent les gonzesses. Le reste du temps ils sont très gentils. Ceux-là, si ça se trouve, y z'avaient pas d'idée derrière la tête… Et il était encore tôt. Buvez vot' calva, ça vous fera du bien !

Il obéit et vide le verre d'une rasade, s'étrangle, se racle la gorge.

– Le… le camion, il a pris la route de Saint-Pierre-la-Garenne ou celle d'Évreux ?

– Désolé, j'ai pas vu, j'avais des clients au même moment… Quand j'ai regardé à nouveau, les Amerlots ben y z'étaient plus là…

Le garçon s'en va faire de la monnaie. L'inspecteur lui laisse un pourboire généreux – il songe au croissant offert – et, avant de quitter la terrasse, se ravise, attrape une pièce de 50 centimes, en décrétant mentalement : *Pile, Le Goulet. Face, Évreux.*

Il la claque sur son avant-bras. Puis retire sa main droite, découvrant la pièce.

Face.

Il la remet parmi les autres sur la table. Peinant sous le poids de sa valise, Sadorski descend la Grande-Rue jusqu'à la place de la Fontaine. Un peu plus loin à droite il va se poster devant le poteau indicateur, le pouce levé à l'approche des véhicules empruntant cette direction.

N. 316. SAINT-AUBIN. AUTHEUIL-AUTHOUILLET. ÉVREUX. CONCHES. VERNEUIL-SUR-AVRE. ALENÇON. LE MANS.

Le quatrième à s'arrêter (les trois précédents en dépit de leur bonne volonté allaient ailleurs) est un camion frigorifique Berliet gris immatriculé à Paris. Sur son flanc, en énormes lettres rouge vif : *MAISON DURAND, 12, BLV DE LA CHAPELLE, PARIS 18E, COMMERCE EN GROS.*

Son chauffeur, un monsieur jovial aux larges épaules, en costume sombre et cravate bleue à pois, le mégot coincé à la commissure des lèvres, se penche à la fenêtre de la cabine.

– Vous allez où ainsi, mon père ?

– À la gare routière d'Évreux.

Le sourire s'élargit.

– Évreux, c'est ma destination du jour. Demain, Lisieux. Allez hop, montez !

28

Le chauffeur de Mantes

Ouest-France – le canard qui remplace, lui dit-on, le collaborationniste *L'Ouest-Éclair* – n'a rien imprimé à son sujet ; en revanche, la lecture de la dernière édition de la veille du *Parisien libéré*, distribuée en Normandie tôt ce matin du 26 octobre 1944, donne à Sadorski des sueurs froides.

UN RÉSEAU DE LA 5e COLONNE DÉMANTELÉ AU VÉSINET. La Police Judiciaire a effectué une descente hier mardi dans un établissement scolaire religieux désaffecté au 5, allée des Fauvettes, au Vésinet dans la banlieue parisienne. Une femme, Henriette Aubrais, 27 ans, a été appréhendée. Son frère Guy Aubrais, 23 ans, milicien condamné à mort, est en fuite. Des armes, des documents, et un important butin provenant de récents vols aux faux résistants, ont été découverts. Les autres membres de la bande, dont un prêtre aperçu à plusieurs reprises par des voisins, sont activement recherchés.

La salle de restaurant de l'hôtel est vide autour du client en soutane. Dehors il fait gris et sombre, les nuages s'amoncellent sur la région d'Évreux. Sadorski respire un mélange d'odeurs de café, de beurre fondu et de tabac brun. Les nouvelles en page 2 paraissent plus mauvaises encore.

LA SECRÉTAIRE DU MINISTRE TILLON ASSASSINÉE. Hier soir mardi, la police avertie par un appel anonyme a découvert au 6, rue Keufer, Paris 13ᵉ, le corps inanimé de Régine Noirtier, 26 ans, sténodactylographe au ministère de l'Air. Elle aurait succombé à des fractures des vertèbres cervicales, infligées volontairement. L'autre habitante de l'appartement, Mlle Suzanne Kuhn, 22 ans, employée au même ministère, retrouvée grièvement blessée, est décédée à l'hôpital Cochin sans avoir repris connaissance. Deux témoins ont noté un individu à cheveux blancs en habit de curé quittant précipitamment les lieux, à l'heure approximative du crime. L'un des témoins, un enfant, affirme que le suspect avait une moustache grise et une cicatrice à l'œil. M. Tillon, absent de Paris, n'a pu réagir mais Jacques Duclos, depuis le siège du Parti communiste français, a déclaré : « Notre camarade Régine Noirtier, héroïque résistante de Chelles, est tombée victime du fascisme. À travers notre sœur martyre, c'étaient de toute évidence les ministres communistes, ainsi que notre grand Parti des fusillés, qui étaient visés par ce lâche attentat de la 5ᵉ colonne. Les traîtres doivent être châtiés ! La police et les Milices patriotiques doivent poursuivre impitoyablement leur action ! une action inlassable pour arracher le fascisme en France jusqu'à ses racines, pour la défense de la République et la renaissance de la patrie. » L'enquête, selon le commissaire Pinault, de la Brigade Criminelle, avance à grands pas et l'on peut s'attendre à l'arrestation de l'assassin dans les jours qui viennent.

Cet article-ci est signé *F. Lebret*. Le jeune journaliste des chiens écrasés a bien rempli la tâche que son informateur « Lionel » lui avait confiée. Mais, pour Suzanne Kuhn, il était manifestement trop tard. Ces coups de crosse sur le crâne assenés avec trop de force, sous l'effet de la panique… Au rez-de-chaussée de l'hôtel Moderne, petit et confortable, situé sur la paisible rue du Meilet, le prêtre « activement recherché » peine à finir son repas. Les croissants dorés et luisants de beurre de Normandie passent mal, le café au lait a pris soudain un goût étrange et amer, en dépit de la saccharine. Quelle hypocrisie, quel toupet, ce Jacques Duclos… Le signataire – Sadorski en est convaincu à présent – de l'ordre de liquider Régine Noirtier, indicatrice des flics des Brigades spéciales, et qui a confié ce boulot comme de coutume au fidèle exécutant « Raph » !

– Eh bien, mon père ? Vous avez l'air tout chamboulé !

Le faciès large et rubicond de M. Durand, commerçant en gros, 12, boulevard de la Chapelle… L'homme occupait une chambre au bout du couloir du deuxième étage, à quelques portes de distance de la sienne.

– … C'est le souper d'hier soir qui vous pèse sur l'estomac ? Mme Meunier me dit que vous avez mangé ici. Avez-vous au moins goûté son lapin sauté ? ou son poulet cocotte ?… Et le clafoutis limousin… Arrosé d'un vieux calvados maison ! Je suis pourtant sûr de vous avoir indiqué une bonne adresse ! meilleure et plus économique que le Grand-Cerf ou le Normandy… (Il change d'expression, prend une mine douloureuse.) Oh ! je comprends… Toujours pas trace de votre malheureuse sœur… Je suis navré. Comment ça s'est passé à la station de cars ?

Sadorski hausse les épaules.

– Au guichet ce n'était plus le gars du matin. Et le trafic semble complètement désorganisé. J'y retourne tout à l'heure. Normalement il sera là et avec un peu de chance se souviendra d'elle… Enfin, si Yvette a pris un billet ici. On n'est même pas sûr qu'elle ait atteint Évreux !

– Ah. Et vos soldats américains ?

– Je suis allé jusqu'au cantonnement de l'*US Army*. Le capitaine qui m'a reçu prétend qu'aucun de leurs camions n'a traversé Gaillon… Peut-être des types qui dépendaient d'un autre secteur… (Il soupire.) Je suis assez découragé.

– Vous avez pensé à porter plainte au commissariat, pour le vol de votre voiture ?

– À quoi bon…

M. Durand sourit.

– Allons, allons, rien n'est perdu, mon père ! Je me permettrai de vous rappeler que les voies du Seigneur sont impénétrables… Déjà, il m'a placé sur votre route ! À mon avis c'est bon signe. (Le commerçant glousse, regarde sa montre.) Écoutez, j'ai déjà déjeuné, dans dix minutes je pars pour Lisieux. Allez chercher votre bagage, réglez la note et je vous dépose devant la gare… C'est un peu loin, vous serez mieux dans la cabine du Berliet. Le ciel est lourd et je prévois du mauvais temps.

Traversant le chef-lieu du département de l'Eure, le mari d'Yvette constate de nouveau l'étendue des dégâts causés par les bombardements alliés de juin dernier, pendant la période du Débarquement. La gare et ses voies étaient naturellement visées, mais, à leur habitude, les aviateurs anglo-saxons ont vu large et atteint la zone entière, mutilant gravement le centre-ville et rasant le quartier de La Madeleine. Les maisons à charpente de bois caractéristiques des cités normandes ont flambé comme des torches, tandis que de vieilles constructions en pierre du XIIe ou du XIIIe dressent leurs pans de murs ravagés au milieu d'un amas inextricable de ruines, plus déprimantes encore sous cette couverture de nuages couleur de plomb.

– On va rebâtir, commente M. Durand, mégot au bec, manœuvrant son poids lourd dans les ruelles biscornues, entre des façades déchiquetées, des fenêtres béantes, des piles de gravats. Mais ça prendra des années ! On manque de matériaux, l'économie française est à genoux, les techniciens qualifiés se comptent sur les doigts de la main, tout ce qui reste c'est le courage et l'huile de coude… Oh, tenez, vous savez ce que c'est, ce truc-là ?

Au centre de la place de la Gare, il désigne un long tertre parsemé de bouquets frais ou fanés, piqué de croix déglinguées, parfois coiffées d'un casque rongé de rouille ; l'ensemble surmonté par une très haute croix de bois qui semble indiquer aux rares automobiles un sens giratoire. Une pancarte est plantée devant le tertre que commence à mouiller la pluie.

– Sur l'écriteau on signale que c'est un charnier, poursuit le conducteur. Plus d'une soixantaine de cadavres là-dessous… Lorsque les Messerschmitt ont attaqué le nœud ferroviaire, en 40, des soldats d'un train militaire, et des voyageurs et cheminots affolés, ont voulu se sauver en gravissant le talus d'herbe, là, face à la gare, et se sont fait faucher direct par les éclats d'obus… Y a pas eu assez de place pour enterrer tout ce monde au cimetière. Alors ils les ont foutus ici dans une fosse commune ! J'sais pas si on va les laisser ici encore longtemps… (Il contourne lui aussi le tertre funéraire, pour se garer devant la station où, contrairement à la veille, Sadorski ne voit aucun car.) Voilà, mon père ! Vous êtes rendu. Je vous souhaite du fond du cœur de retrouver votre sœur Yvette…

Il l'aide à prendre la valise. L'averse dégringole de plus en plus dru, le voyageur serre la main de M. Durand et se hâte vers le comptoir de vente de billets, sous les bâches et les échafaudages d'un provisoire qui menace de durer un certain temps.

Le guichetier est un inconnu à courte moustache poivre et sel, et lunettes rondes épaisses dénotant un cas sévère de myopie. Sadorski doit patienter dans la file une bonne quinzaine de minutes. Dès que vient son tour, il s'avance, la valise au bout du bras :

– Je vous demande pardon, monsieur, c'est vous qui étiez ici hier dans la matinée ?

– Exact.

– Une femme seule ne vous a pas acheté un billet pour Paris ?

– J'ai vu beaucoup de femmes… Des accompagnées et des seules.

– Grande, mince, en imperméable bleu clair… Avec un foulard blanc sur la tête. Blanc à fleurs violettes et roses… Elle portait une petite valise jaune.

L'employé se mord l'intérieur des joues. L'air de réfléchir intensément.

– Mouais… Hier j'ai vu une femme en imper bleu. Avec un fichu comme vous dites.

– Ah. Et… elle allait à Paris, donc ?

– Oui et non.

– Je vous demande pardon ?

– Oui elle voulait aller à Paris. Non, parce que les cars ils vont que jusqu'à Rouen, Vernon, Lisieux, Verneuil ou Mantes. Et de toute façon, cette dame avait pas assez d'argent.

Sadorski jure intérieurement.

– Alors elle est repartie bredouille ?

– Oui et non.

– … ?

– Oui elle est partie. Non pas bredouille parce que je lui ai quand même vendu un billet. Correspondant à ce qu'elle pouvait payer.

– Un billet pour où ?

– Attendez… (Il fronce les sourcils, roule des yeux pâles derrière ses triples foyers, mâchouille le creux de sa joue, se gratte la moustache avec application.) Ça, j'me rappelle plus ! Des billets j'en vends tous les jours et à des milliers de gens… Comment voulez-vous ?

– Faites un effort. Je vous en supplie, mon fils. C'est très important !

Derrière, les clients commencent à s'impatienter. Le guichetier a sorti un crayon et le promène le long d'un indicateur, qu'il a rapproché de son visage.

– Pour Mantes elle avait que la moitié à peu près dans son porte-monnaie… La moitié ou un peu plus… Mmm…

Pacy-sur-Eure, Bonnières, Rolleboise… pas plus loin que ça, j'dirais… Oh, je crois plutôt que c'était Pacy-sur-Eure.

– Quand est parti son car ?

– Ceux du matin, autour de 7 h 30 donc c'était plus la peine. Celui de Mantes du soir il part à 16 h 30. Mais y en a pas tous les jours. C'est un fameux bordel, monsieur le curé, pardonnez l'expression… Je lui ai conseillé en attendant d'aller se soigner dans une pharmacie.

– Hein ? mais pourquoi ?

– Sa figure avait un beau coquard, et la lèvre enflée. Une manche de l'imper était déchirée aussi. Elle m'a dit qu'elle s'était ramassé un gadin mais moi j'ai déduit que son mec lui avait foutu une trempe. J'ai raison, non ? Enfin, ça me regarde pas. Une fois repartie on voyait qu'elle boitait.

Sadorski serre les poings. Ça devait être à cause des GI…

– Vous l'avez vue monter dans le car ?

– Non, l'après-midi moi je bosse pas, mon père.

– Bon, c'est pas bientôt fini, ces parlotes ?

Le ton monte dans la file d'attente du guichet. Le prêtre se retourne avec des envies de fusillade. Il a toujours le Mauser dans la poche de sa soutane. Mais menacer les gens n'est peut-être pas la bonne solution. Lorsque le commissaire Pinault de la Brigade criminelle de la PJ recherche un individu répondant exactement à son signalement, et que ces informations sont reproduites à des centaines de milliers d'exemplaires…

– Bon, donnez-moi un billet.

– Pour Pacy-sur-Eure ?

– Non, le terminus. Mantes, c'est ça ? De là je prendrai le train pour Paris, ou un autre car.

– Depuis Évreux celui de la compagnie Jacquemard il est à 16 h 30. Normalement y en a un aujourd'hui. Ça vous laisse du temps, mais le ratez pas !

Une marchande de fleurs a poussé sa charrette sous

l'auvent de la gare SNCF, à côté de la porte centrale. On est à quelques jours seulement de la fête des Morts… Billet en poche, Sadorski traverse la chaussée luisante de pluie, enjambant les flaques. Il gagne le buffet de la station pour descendre en catimini aux toilettes. L'urgence première est de changer de costume ! Il s'enferme dans un cabinet et retire la soutane, sans oublier de récupérer le 7,65. Puis il ouvre le bagage posé à ses pieds afin d'en extraire, tassés entre les liasses de billets de banque et les enveloppes farcies de bijoux, une chemise propre et un complet de rechange. Dans sa nouvelle tenue de bourgeois, il patiente le temps d'une cigarette avant de ressortir, ayant pris soin d'actionner la chasse d'eau pour plus de vraisemblance. Dans la grande salle du buffet il va s'asseoir sur une banquette en velours vert, sa valise à portée de main, commande un sandwich et un Viandox. Fumant gauloise sur gauloise, il réfléchit à sa situation. Pas brillante. Si la police le coince, ce n'est plus aux douze balles qu'il aura droit, ou, par une mansuétude éventuelle des juges, aux simples travaux forcés à perpétuité en tant que collabo… mais, de façon certaine, à la *guillotine*. Le couteau de la Veuve. Quelle ironie ! Se tirer, au fil des ans, d'il ne sait plus combien de crimes – ou actes selon lui de pure justice, mais qu'importe – pour tomber à cause du seul, de l'unique, dont Sadorski soit 100 pour 100 innocent : le meurtre de Régine Noirtier. C'est plus qu'ironique, en fait. C'est proprement monstrueux ! Il enrage en avalant sa tasse de Viandox. Et se lève sans avoir terminé le sandwich. La salle autour de lui est comble, la serveuse débordée, on se bouscule dans le brouhaha général ; les gens entrent et sortent, ouvrant ou repliant leur parapluie. Et l'on n'y voit rien à l'extérieur. L'averse ruisselle sur les vitres embuées, derrière les rideaux et les portemanteaux. Quel temps de merde, en plus ! La Toussaint avec de l'avance…

Mieux vaut ne pas trop traîner. Ne pas oublier l'horaire

du car… Sadorski se dépêche, le crâne et le visage trempés sous les larges gouttes et le vent qui souffle en bourrasques. Trouver en ville un chapelier pour compléter son apparence d'honnête voyageur. Il fait l'emplette d'un feutre en alpaga gris qu'il a repéré en vitrine. Chez le barbier le plus proche, rue Victor-Hugo, il demande au patron de lui raser vite fait joues et moustache et de teindre ses cheveux en noir. « Ça vous donnera un coup d'jeune », rigole en lui savonnant la figure le brave type qui sans doute ne lit pas *Le Parisien libéré* ou la grande presse de la capitale. Son client quitte la boutique se sentant tout neuf, frais et en relative sécurité par rapport à tout à l'heure. Les limiers du commissaire Pinault ou les agents du 2e Bureau FFI n'ont plus aucune raison de le reconnaître… Même Yvette (il sourit tendrement à cette idée) aurait des doutes si elle le croisait dans la rue !

Un gros autocar Renault type AEMD, avec son arrière surélevé caractéristique, stationne devant la gare routière. Le panneau planté au bord du trottoir annonce :

1er DÉPART MANTES par LE VIEIL-ÉVREUX, MISEREY, CAILLOUET, PACY-SUR-EURE, CHAUFOUR-LES-BONNIÈRES, BONNIÈRES, ROLLEBOISE, ROSNY-SUR-SEINE

Le départ suivant, garé à quelques mètres de distance sous la pluie, est un modèle ZPDF plus vétuste, appartenant lui à la compagnie des Courriers normands et à destination de Rouen *via* Louviers. Aucun des deux véhicules n'est équipé de gazogène, il semble que l'on revienne progressivement au pétrole. La double porte avant droite du car de Mantes est déjà ouverte, ses panneaux repliés, le chauffeur absent. Sadorski s'installe parmi les premiers, sélectionnant le siège du deuxième rang à droite, contre la vitre. Un poste choisi pour observer la route et son accotement sans être remarqué ; et situé pas trop loin d'une issue, en cas d'urgence. Les deux autres, moins praticables, sont de simples sorties de secours tout au fond du car, de chaque côté de la banquette surélevée où peuvent se serrer cinq ou six passagers. Il a hissé précautionneusement la valise sur la galerie au-dessus de sa tête. Une vieille dame prend place à sa gauche, elle garde son sac noir au fermoir d'argent sur les genoux, éternue à plusieurs reprises, se mouche, s'excuse auprès de son voisin, elle tient un bon rhume. Bientôt le véhicule, jusqu'à la banquette, s'est rempli de voyageurs, dont huit n'ayant d'autre choix que d'occuper les strapontins de l'allée centrale, bouchant le passage. Sadorski se retourne et compte : dans cet espace confiné, on arrive à pas moins de quarante-cinq individus ! Cette marmelade humaine, comme dans le métro de Paris, empeste la transpiration, le tabac refroidi, le parfum bon marché, l'ail, les haleines de mauvaise digestion et, aujourd'hui, la laine humide. Sans compter ceux qui ont lâché des pets. Le chauffeur monte rejoindre son poste au volant, derrière l'immense double glace. Avec douze minutes de retard à l'horloge le car de Mantes s'ébranle lourdement vers l'hôtel de ville, où il doit refuser du monde, puis vers la sortie est d'Évreux pour prendre la nationale 13.

On progresse à 70 ou 80 km/h sur une route rectiligne, entre les platanes et à travers des rideaux de pluie. Il n'est pas si tard, mais Sadorski a l'impression que la nuit descend sur le paysage au-delà des vitres couvertes de buée. Il passe le dos de sa main sur le verre froid, dévoilant ce qui défile à sa droite, champs cultivés, bois, forêts, mares, calvaires, étables, hangars, cours de ferme, façades de moellons blanchâtres, briques, colombages… Un décor banal assombri par les éléments déchaînés de ce soir d'automne. On entend gronder le tonnerre. Les essuie-glaces balaient le pare-brise, avec un couinement obstiné et désagréable. Guère de circulation, semble-t-il. La voie libre devant ses phares, le puissant Renault 150 CV roule à la vitesse maximale. Parfois il effectue une brusque embardée pour dépasser un tracteur, un char de foin, un troupeau de vaches, ou freine violemment avant une intersection sans visibilité, à l'angle d'une haie ou d'un mur de hameau. On fonce plein est, bientôt on franchira le cours de l'Eure. Les villages et stations se succèdent, des pékins bavardent, le moteur diesel tourne à plein régime, transmettant ses vibrations aux sièges et aux vitres. La Seine, invisible encore, coule à des kilomètres droit devant ; on l'atteindra à Rolleboise, en descendant la célèbre côte. Le policier soupire. Pour résumer, un voyage pénible et probablement vain, des alentours sinistres, un temps à écraser un chien ou des canards. Il ressent des nausées, grommelle, bougonne, le moral en berne, joue avec une cigarette sans l'allumer – défendu de fumer dans la cabine –, effleure de la paume sa chevelure trop courte, grasse de teinture et de Gomina. Il ne regarde au-dehors que distraitement, par intermittence. Tant que l'on n'a pas rejoint Pacy-sur-Eure où elle serait descendue, aucune raison d'apercevoir Yvette. C'est après qu'il faudra ouvrir l'œil, surveiller les bords de la nationale ! Et encore. Les chances de tomber sur elle en chemin sont peut-être d'une sur cent mille. Ce serait trop facile ! trop beau !

Le Vieil-Évreux. Miserey. Caillouet-Orgeville… Petites localités indistinctes sous les trombes, dans la lumière déclinante, de l'autre côté des vitres embuées éclairées de l'intérieur par les plafonniers électriques. On s'arrête, on repart. Les portes s'ouvrent et se replient en chuintant. Des gens se lèvent, contournent avec difficulté les strapontins, s'engueulent, se heurtent aux dossiers, aux accoudoirs, avant de disparaître sous l'averse tandis que d'autres se présentent, chargés de paniers et de paquets. Sadorski bâille. Sa voisine tousse, éternue. Elle lui refile à coup sûr ses microbes. Sa bronchite. Manquerait plus que ça. Puis le chauffeur annonce Pacy-sur-Eure. Une agglomération un peu plus conséquente ; on circule dans des rues sinueuses, passe un pont sur la rivière, le car fait une halte prolongée devant la mairie. La vieille dame s'en va avec ses germes, remplacée par un trentenaire brun au menton proéminent et à l'air nerveux. Il dégage une forte odeur de gauloises. Les passagers sont désormais moins nombreux, personne n'encombre plus l'allée et ses strapontins. À la sortie de Pacy, près du hameau d'Aigleville, ralentissement brusque. L'homme au volant pousse un juron.

– C'est quoi, ça, encore ?

Sadorski se penche vers la glace, balaie la buée, discerne les feux arrière de plusieurs autos immobilisées. Et les formes sombres de véhicules plus impressionnants. Des voitures de police. Il jure à son tour, mais en silence. Un barrage. Dans l'autocar les voyageurs s'inquiètent. Le conducteur se plaint du retard que le contrôle va occasionner. Il a ouvert sa vitre, converse avec quelqu'un dehors. Puis on cogne à la porte avant du car. Le chauffeur actionne l'ouverture. Un gradé de GMR[1] grimpe, en uniforme noir, botté, casqué, mouillé, mitraillette Sten à la bretelle, qu'il pointe vers les civils. Deux autres le suivent, pistolet 7,65 dans l'étui de ceinturon.

– Messieurs-dames. Vérification des identités et fouille des bagages. Préparez vos documents s'il vous plaît.

Sous la surveillance du premier, planté devant la barrière du poste de conduite, les GMR se partagent les sièges de gauche et ceux de droite. Sadorski au deuxième rang voit venir son tour très vite. Il devance son voisin en présentant d'office carte d'identité, permis, et attestation de la Résistance. Celle-ci sur le dessus, histoire de faire bon effet dès le départ. Le garde mobile est muni d'une torche électrique pour s'aider à lire. Sa voix est jeune. Froide, coupante.

– Mmm… Libération-Nord… Vous faites quoi, par ici ?

– Je rendais visite à ma sœur. Elle réside à Gaillon.

1. Groupes mobiles de réserve, unité spéciale de maintien de l'ordre créée par Vichy en 1941, et qui sera remplacée fin 1944 par les CRS.

– Comment s'appelle-t-elle ?

– Yvette Réquillard. Son adresse est rue de la Colonie, pas loin de la grande maison du Moyen Âge, vous connaissez ? Ma sœur est une amie du garagiste M. Luzurier. Et de M. Capet, le président des résistants locaux…

Toujours garder un ton naturel. Ne pas se troubler. Ne pas exagérer non plus en se montrant trop volubile. Rester juste courtois. Ne livrer que des détails vraisemblables, voire insignifiants… qui ne mènent pas aux questions, aux complications.

– Non. Gaillon, j'connais pas. Suis pas du coin. (Il fronce les sourcils.) Tiens, tiens. Vous êtes domicilié 11, rue Saint-Nicolas à Beauvais ?

– Euh, oui.

– Moi j'suis né tout près, rue Biot ! Le numéro 11, c'est de ce côté, ou vers la cathédrale et le palais épiscopal ?

L'interrogé n'en sait absolument rien. Lui a vu le jour à Sfax en Tunisie et n'a jamais fichu les pieds à Beauvais. Il sue à grandes eaux.

Mais bon, le gars ne va pas vérifier immédiatement, il n'a pas de plan en poche. À moins d'une ruse… Sadorski étudie sa physionomie : un visage franc, jeune, l'air de n'avoir pas inventé la poudre. L'essentiel est de lui répondre vite, sans marquer d'hésitation.

– Plutôt vers le palais.

– Ah ? J'aurais cru le contraire. Faut avouer que ça fait longtemps que j'y suis pas retourné, à Beauvais.

Sadorski fabrique un sourire aimable. Des gouttes coulent, sous la bande intérieure en cuir du chapeau neuf. Pourvu que ce ne soient pas des gouttes noires de teinture… Quand on pense que jadis, lui et ces hommes appartenaient au même bord ! Et que les Groupes mobiles de réserve coffraient les Juifs et les « terroristes » ! En coordination avec les miliciens du genre Guy Aubrais…

Maintenant les GMR sont dotés de Sten de parachutage, comme les FFI. Et, au service du nouveau gouvernement, ils traquent les « traîtres »…

– Dommage, une très belle ville… Et votre cathédrale est superbe ! (Il ne risque rien à l'affirmer.) J'ai découvert Beauvais quand mon réseau m'a envoyé pour la Résistance…

– Vous deviez connaître le Dr Contant ? C'était un des chefs, là-bas, et son cabinet situé dans votre quartier.

Là encore, un piège ou non ? Si le dénommé Contant n'existe pas, il se grille en prétendant le connaître. Mais dans le cas contraire… Sadorski *alias* Réquillard, résistant et domicilié rue Saint-Nicolas, ne peut l'ignorer. Si c'est un traquenard il est plutôt bien monté ! Et pas le temps de jouer la réponse à pile ou face. Ne reste que l'instinct de flic. Ainsi que la protection de la Sainte Vierge…

– Oui je vois très bien. Un type formidable.

– Quel malheur qu'il ait été fusillé par les SS. (Le jeune homme lui rend ses documents.) Vous avez des bagages ? La valise là-haut c'est à vous ?

Nier serait absurde.

– Oui. Je vais l'ouvrir si vous le désirez. Vous faites une opération contre le marché noir, je suppose ? Excellente idée. À présent que nous sommes libres, il faut que cessent ces crimes contre la patrie… Je dis toujours : tous unis contre le marché noir !

Il craint d'en avoir fait trop, cette fois. Le gars le fixe avec curiosité.

– Là on recherche un individu. On trouvera peut-être des denrées clandestines, mais c'est pas l'objectif principal.

– Ah tiens, vous cherchez qui ?

– Un salopard. Bon, on se dépêche, s'il vous plaît. Descendez-moi cette valise… (Il s'adresse au voisin de gauche :) Vous, poussez-vous un peu, je vous contrôle après.

L'intéressé s'écarte, pendant que Sadorski se lève pour attraper son bien. La splendide valise en pur porc, accompagnée de laquelle Henriette de Laperouse descendait dans les plus beaux palaces d'Europe, au bras de son richard d'officier à particule… Dans quelques secondes, réfléchit-il, bandant ses muscles, il va falloir abandonner l'objet et son précieux contenu, et tenter simplement de sauver sa propre peau. L'autre GMR a contrôlé plus de la moitié de ses voyageurs, il se tient à quelques mètres de distance vers le fond de la cabine, dans la surélévation arrière, fait ouvrir un sac, des papiers à la main. Son pistolet sagement rangé dans l'étui. Le jeune qui s'occupe de Sadorski sera surpris par une action brusque – s'il lui envoie la valise dans la gueule, par exemple – et mettra du temps à sortir son arme. Le danger vient du sous-brigadier à la Sten, debout en tête du car. Il surveille, l'air professionnel, aguerri, tout prêt à tirer une salve. Au risque de blesser des gens. Sadorski devra dégainer très vite le 7,65 et lui expédier trois balles dans la poitrine. Avant de bondir à l'extérieur. Ensuite, on verra…

Il feint de rouspéter, son bagage dans les bras, reculant, en équilibre instable, contre les dossiers des sièges.

– C'est lourd, pfff…

– Vous avez quoi, là-dedans ?

À l'instant où Sadorski allait jeter l'objet à la figure du GMR, le type à côté, le nerveux au menton en galoche, lui assène un coup du tranchant de la main sur la nuque, juste sous le casque. Et fonce, tête en avant, contre son collègue, le percutant d'un coup de boule en plein thorax, sans que le gradé ait eu l'opportunité d'appuyer sur la détente. La seconde d'après le fugitif a déjà sauté dehors. On perçoit du vacarme et des cris :

– Attention !

– Mon lieutenant, il se sauve !

– Halte, ou nous ouvrons le feu !

– Dernière sommation !

– Feu à volonté !

Les *tac-tac-tac* éclatent de toutes les directions. Suivis de jurons, et de pétarades de motocyclettes qui démarrent. Le natif de Beauvais se relève, encore groggy, se massant le cou. Les deux autres ont quitté la cabine. Il sort à leur suite. Le chauffeur se penche à la portière restée ouverte :

– Qu'est-ce que je fais, moi ? On a un putain de retard…

– Attendez, attendez, lance un flic dehors. Moi aussi j'attends les ordres !…

Les minutes s'écoulent. La pluie crépite sur le toit, avec une force redoublée. Dehors la lumière continue de baisser ; des phares brillent au passage, perçant la brume et la buée des vitres. Il y a des coups de feu lointains vers le côté gauche de la nationale. Un chien aboie dans une cour de ferme. On entend de nouveaux appels. Puis un officier des GMR hèle l'employé, passe la tête à l'intérieur, sans monter.

– Le contrôle était terminé, chez vous ?

– Mais oui… Moi j'dois être à Mantes, merde. C'était quoi tout ce boxon ?

– On a signalé des parachutistes dans le secteur. Des traîtres envoyés d'Allemagne pour fomenter des troubles… Y a eu des arrestations. On a trouvé des armes et un poste radio – la preuve que c'est la cinquième colonne ! Le type a décampé mais on va l'avoir. La gendarmerie est prévenue et le GMR de Rouen fait ratisser toute la zone. Les GMR « Chevreuse » et « Île-de-France » et les gars de la Sûreté nationale attendent de l'autre côté s'il cherche à gagner Paris. Allez, c'est bon, circulez !

Le car de Mantes s'ébranle et repart, Sadorski remet la valise en place, se rassied, il l'a échappé belle. À quelques secondes près… Il s'essuie le front avec un mouchoir pendant que son cœur retrouve peu à peu une cadence normale. Le chauffeur, d'une voix de stentor, annonce :

– Messieurs les voyageurs ! et mesdames… Nous allons entrer en Seine-et-Oise[1]. Avec une demi-heure de retard sur l'horaire prévu, en raison des circonstances… Prochain arrêt : Chaufour ! Dans cinq minutes… (Puis il jure.) Ah, merde ! Mais qui m'a foutu ce connard ?

Il déboîte, d'un coup de volant brutal, klaxonne et balance une bordée d'injures. En évitant une fourgonnette noire tôlée qui roule au ralenti et encombre le passage. Sadorski la regarde depuis sa fenêtre. Une petite Simca 5 avec deux types à l'avant. Ils font à peine du dix à l'heure, sur une nationale c'est ridicule. Un problème mécanique, peut-être ? Pourtant ils n'ont pas allumé leurs feux.

On va tout droit de nouveau, le conducteur accélère. Les platanes défilent de chaque côté. Plus loin des champs, peu de haies, on quitte le bocage normand. Sous les éclairs qui de temps à autre figent le décor dans un blanc laiteux. On approche d'un bois, ou d'une forêt. Quelqu'un marche, là-bas, au bord de la route. Une silhouette en bleu. Coiffée de blanc. Qui porte un objet au bout du bras. Un objet jaune… Le car circule très vite, la silhouette grandit, une femme, en gabardine. Avec une valise jaune. On va la dépasser dans la pluie. Sadorski étouffe une exclamation. Yvette !

Il tourne la tête, observe la marcheuse, pas de doute, c'est elle. Progressant la tête basse, d'une démarche mal assurée, elle boite, ses mollets tachés de boue et d'eau… Déjà on ne la voit plus, à cause de la surélévation arrière du car. Sadorski se propulse dans l'allée centrale, court vers le chauffeur.

– Arrêtez ! Arrêtez !

1. De nos jours la limite entre le département de l'Eure et celui des Yvelines.

L'autre ralentit à peine.

– Quoi ? Qu'esse vous voulez ?

– Ma femme ! Ma femme, là, on vient de la dépasser ! Arrêtez-vous !

– Ça va pas ? On est déjà putain en retard ! Vous aurez qu'à l'attendre à Chaufour-les-Bonnières si vous voulez... C'est dans trois minutes.

– Mais non ! Elle boite, elle est blessée, elle en peut plus ! Arrêtez-vous, on la prend, le siège à côté de moi est libre...

– Ben allez vous rasseoir. C'est dangereux, les passagers ont pas le droit de parler au chauffeur. Putain, mais quelle journée ! Calmez-vous et attendez l'arrêt...

– Je paie son billet !

– J'ai dit, allez vous rasseoir !

Sadorski voit rouge. Il sort le 7,65 et pose le canon sur la tempe de l'homme au volant.

– Stoppez le car. *Tout de suite*. Ou je tire et je conduis le bahut à votre place.

Le menacé blêmit, rétrogradant ses vitesses sur la chaussée glissante.

– Non mais vous êtes complètement dingue...

– Je ne suis pas dingue, j'aime ma femme, et ceux qui se mettent dans mon chemin je les bute ! T'as compris, connard ?

Il paraît avoir compris et immobilise son véhicule.

– À présent ouvre la porte.

Les panneaux se replient en chuintant. Sadorski brandit son Mauser.

– Coupe les gaz et file-moi la clé de contact.

Le chauffeur obéit. Il lui tend sa paire de clés. Une moyenne et une plus petite. Attachées à un porte-clés publicitaire Shell. L'inspecteur empoche le trousseau.

– Attends-nous, je vais la chercher, j'arrive !

Il a sauté sur le bord herbeux de la route et se met à courir.

Vers la petite silhouette bleue tout là-bas, dans la perspective des platanes…

C'est idiot, il aurait dû ordonner au type de faire marche arrière. C'eût été plus rapide et plus simple. Mais quand on pète les plombs, on ne réfléchit plus. Il court en agitant son chapeau neuf.

– Yvette ! Yvette !

Elle avance très lentement. Sa boiterie fait mal à voir. Et la valise, si petite pourtant, semble si lourde comme elle la porte. Toujours tête baissée, comme si elle contemplait ses pieds, posés l'un devant l'autre, gauche, droite, gauche, droite… Une démarche de somnambule, à bout de forces, titubante. Il hurle :

– Yvette ! C'est moi, Léon ! J'arrive !…

Plus qu'une vingtaine de mètres. Elle lève son visage livide, encadré par le foulard à fleurs.

Elle a des paupières violacées marquées d'ecchymoses, une joue enflée. Sa bouche s'ouvre.

– Léon ?

Ses yeux s'arrondissent, elle s'arrête, dans son manteau bleu, foncé par la pluie. Trempée jusqu'aux os. Ruisselante.

– *Léon ?*

Il est tout contre elle, jette son chapeau, la prend dans ses bras. Il n'y croit toujours pas. Son Yvette.

– Léon, Léon…

Elle pleure.

– Biquette, c'est moi. Incroyable ! Je t'ai vue… Le car nous attend… L'autocar de Mantes… Mon amour, ma biquette aimée… Viens, donne-moi ton bagage…

– Mais tu as quoi à ton œil ? Léon ? Oh mon Dieu !

– T'occupe, c'est pas grave, ça va guérir, je t'expliquerai… Dépêchons…

Il la serre contre lui.

– Ce sera la belle vie, après ! Les lendemains qui chantent, tu vas voir…

Elle se crispe, et secoue la tête.

– Comment peux-tu dire ça ? Ils te cherchent, ils me l'ont répété… Pour eux tu es un collabo… Ça ne finira jamais ! Normalement même moi ils m'auraient gardée des années… Je ne sais pas pourquoi ils…

Son époux ricane.

– Oui, j'étais le collabo Sadorski. Mais ça, c'est du passé, biquette. Maintenant je t'ai. On est deux comme avant. Allez viens !

– Deux ? Et… *et Julie ?*

La question qu'elle n'aurait pas dû poser. Qui crève sa joie comme une lame pointue et rouillée, plongée dans les cœurs.

– Julie ?

– Oui, Julie. Tu sais, j'ai des petites surprises pour elle… Julie m'attend, n'est-ce pas ? Quai des Célestins ?

– Euh… Bien sûr, elle t'attend. On va la rejoindre. Dès qu'on peut. Et après on partira en Espagne. J'ai eu le temps d'y réfléchir.

– *En Espagne ?*

Une auto passe à toute allure, leur balançant une gerbe d'eau. Dans son sillage un camion bâché fait de même. La pluie augmente de violence, le tonnerre gronde.

– Ma chérie, tu en rêvais, non, de l'Espagne ? D'abord on ira à Madrid. On descendra au Ritz. Des chambres… et des lits… immenses. (Il s'emballe à mesure.) Pendant la journée on se baladera dans les grands parcs, sous les palmiers… La petite adorera ça… Je vous achèterai de belles robes. Et on mangera, on dansera. La nuit, à Madrid… (Sa voix se casse, Sadorski doit avaler de l'air afin de poursuivre :) Et puis, quand on en aura marre, on prendra le bateau… depuis Valence… ou Alicante… Un cargo. Non, mieux, un paquebot ! Le paquebot pour Tunis. Pour mon pays. Je vous montrerai les champs d'oliviers… Des *millions* d'oliviers, à perte de vue… Tu n'as jamais visité la Tunisie… Julie non plus… (Il se souvient de l'article qu'il avait lu dans le bistrot en attendant Cuvelier.) Le… le fond ocre et mauve des montagnes lointaines… Une étourdissante diversité de couleurs…

Il se racle la gorge, tandis qu'elle questionne, transie, grelottante :

– Mais comment on va payer tout ça ?… Le voyage… il faut de l'argent…

Du coup, il explose à nouveau.

– L'argent, l'argent, l'argent, toujours l'argent… Mais on en a, de l'argent ! Je suis *riche* ! (Il a attrapé Yvette par les épaules, la serrant trop fort ; il la secoue comme un prunier, faisant craquer les coutures de la manche déchirée par les GI. Elle se met à sangloter.) C'est que tu ne te rends pas compte ! Des millions…

Dans le dos de sa femme, au bout de la nationale il note un véhicule qui grandit. Et qui allume ses phares… La calandre de la petite fourgonnette Simca de tout à l'heure, celle qui gênait… Mais cette fois elle accélère. Sadorski jure. Il vient de comprendre.

– Baisse-toi ! Attention ! Planque-toi dans le fossé !

C'est pour ça qu'on l'a libérée si vite.

D'une bourrade, comme elle ne réagissait pas, il la pousse, Yvette roule dans l'herbe avec un cri. Sadorski se retourne vers la conduite intérieure noire qui n'est plus qu'à une quarantaine de mètres. Sur sa carrosserie il est écrit *POSTES* en lettres blanches. Et sur la portière de droite un numéro, *86*. On distingue les silhouettes à l'avant. Il prend l'automatique, arme le percuteur, vise, ayant serré, par réflexe, les paupières de son faux œil, celui de verre mort. Et envoie deux balles en direction du pare-brise côté gauche. Le Mauser est très précis ; le verre s'étoile par deux fois sur la forme sombre de l'individu au volant. La Simca effectue une embardée comme si celui-ci perdait le contrôle. Le tireur vise à présent le pneu avant droit, causant son éclatement à la seconde balle. Il voit la fourgonnette traverser la chaussée en diagonale pour déraper et s'encastrer dans un platane. À quinze mètres environ de Sadorski et d'Yvette, séparée d'eux par la nationale.

Le véhicule accidenté fume sous la pluie. Dans l'amas de tôle quelqu'un cherche à ouvrir la portière droite, de l'intérieur. Au bout de quelques secondes elle bascule, avec son verre fracassé, pour livrer passage à un gars en imper beige, le visage couvert de sang. Sadorski n'attend pas qu'il exhibe un revolver, et vise froidement la poitrine, dans la zone du cœur. Les détonations claquent, sèches, envoyant leur écho à travers la campagne grise où roulent les nuages. Trois balles à intervalles très rapprochés. L'inconnu s'effondre sans bruit sur le bas-côté de la route. Le caïd du Rayon juif traverse en courant, achève d'ouvrir la portière, loge une balle – la dernière de son chargeur – dans la tête du pilote affalé contre le tableau de bord. Encore un mec en gabardine beige. Des flics… Ils suivaient Yvette depuis sa sortie du camp de Gaillon. Avec l'espoir de le coincer, lui. Sa femme servait d'appât. Ces deux-là, l'inspecteur ne se souvient pas de les avoir jamais rencontrés. Il ramasse une paire de jumelles tombée entre les sièges, ça pourrait servir. Puis il se penche pour prélever les flingues. Pas des dotations de la police nationale ; les morts devaient appartenir à quelque service parallèle. Un petit 6,35 Union en acier bronzé et un Mauser 7,65 du modèle 1934 – aux jolies plaques de crosse en bois verni, d'un brun presque jaune. Le sang de son propriétaire a coulé dessus.

Lorsque les armes en poche il se retourne pour rejoindre Yvette, tout en surveillant la nationale, Sadorski constate que le car de Mantes est reparti.

Avec la valise.

Tout bon chauffeur garde sur lui un double des clés.

Glossaire

Abwehr (*Amt Ausland-Abwehr im Oberkommando der Wehrmacht* – Département étranger du haut commandement de l'armée) : Renseignement militaire allemand.
AGE (*Agrupación de guerrilleros españoles*) : Partisans républicains combattant aux côtés de la Résistance dans le sud de la France.
BS : Brigades spéciales 1 et 2 de la préfecture de police (Renseignements généraux).
BSM : Bureau de sécurité militaire.
CGTU : Confédération générale du travail unitaire (1921-1936), organisation syndicale liée au Parti communiste français, réunifiée à la CGT depuis le Front populaire.
COSI : Comité ouvrier de secours immédiat, organisation collaborationniste fondée en 1942 par des dirigeants du RNP et du PPF, afin de venir en aide aux sinistrés à la suite des bombardements alliés.
Continental Films : Société de production cinématographique créée en 1940 avec des fonds allemands, dirigée par Alfred Greven.
CRF : Croix-Rouge française.
Croix-de-Feu : Mouvement nationaliste social, présidé par le lieutenant-colonel François de La Rocque jusqu'à sa dissolution en 1936.
CSS : Centres de séjour surveillé.
2e Bureau : Organisme français du contre-espionnage.
Feldgendarmerie : Gendarmerie de l'armée allemande en campagne.

FFS : « Forces françaises de septembre » (appellation ironique).
FFI : Forces françaises de l'intérieur (dont une grande part d'effectifs FTP d'obédience communiste, et de nouvelles recrues de l'été 1944).
FTPF : Francs-tireurs et partisans français, réseau de résistance armée du Parti communiste français clandestin, qui prend la succession de l'Organisation spéciale à partir du printemps 1942.
Gestapo (*Geheime Staatspolizei*) : Police secrète d'État.
GMR : Groupes mobiles de réserve, remplacés après la Libération par les CRS.
HBM : Habitations à bon marché, ancêtres des HLM.
IPA : Inspecteur principal adjoint.
IPT : Inspecteur principal technique.
JEN : Jeunes de l'Europe nouvelle, section jeunesse du groupe Collaboration.
JNP : Jeunesses nationales populaires, milice des jeunes du RNP, le mouvement collaborationniste dirigé par l'ex-socialiste Marcel Déat.
JPF : Jeunesses populaires françaises, mouvement créé à l'instigation du PPF (Parti populaire français).
LFC : Légion française des combattants, organisation créée en 1940 par le régime de Vichy en fusionnant l'ensemble des associations d'anciens combattants.
LVF : Légion des volontaires français contre le bolchevisme, instituée en juillet 1941 après l'invasion de l'URSS par la Wehrmacht.
MLN : Mouvement de libération nationale.
MSR : Mouvement social révolutionnaire pour la Révolution nationale, parti collaborationniste créé en 1940 par Eugène Deloncle et nouvelle incarnation du CSAR / OSARN, l'organisation terroriste d'extrême droite surnommée La Cagoule.
NAP : Noyautage des administrations publiques (par la Résistance).
ORA : Organisation de la Résistance de l'armée.
PJ : Police judiciaire.

PM : Police municipale.
PP : Préfecture de police.
PPF : Parti populaire français, parti fascisant puis collaborationniste créé en 1936 par l'ex-communiste Jacques Doriot.
PSF : Parti social français, représentant une droite nationaliste et sociale, fondé en 1936 après la dissolution des Croix-de-Feu et dirigé par le colonel François de La Rocque.
RG : Renseignements généraux de la préfecture de police.
RNP : Rassemblement national populaire, parti collaborationniste créé en 1941 par l'ex-socialiste Marcel Déat.
ROA (*Rouskaïa osvoboditelnaïa armia*) **:** « Armée de libération russe », commandée par le général Vlassov, regroupant des prisonniers et des déserteurs volontaires pour combattre aux côtés de la Wehrmacht.
RSHA (*Reichssicherheitshauptamt*) : Office central de sûreté du Reich (organe suprême de la police et des services de sécurité nazis).
SD (*Sicherheitsdiendst*) : Service de sécurité du Parti nazi et de la SS.
Sipo-SD : *Sicherheitspolizei* (police de sûreté) jumelée avec le *Sicherheitsdienst* (service de sécurité de la SS et du Parti nazi). La *Sicherheitspolizei* (en abrégé : Sipo) englobe la Kripo (*Kriminalpolizei*, équivalent de la police judiciaire) et la Gestapo. L'ensemble de ces services dépend, au sommet, du RSHA.
SOL : Service d'ordre légionnaire, organisation paramilitaire créée par Joseph Darnand en 1941, et précurseur de la Milice française.
SSAJ : Service spécial des Affaires juives, dirigé par le commissaire divisionnaire Charles Permilleux à la police judiciaire, de novembre 1942 jusqu'à la Libération.
SSR : Section spéciale des recherches (à partir de 1941, 3e section des Renseignements généraux).
STCRP (ou **TCRP**) : Société des transports en commun de la région parisienne.
STO : Service du travail obligatoire en Allemagne, décrété en février 1943 et fixé à deux ans.

Sources

L'« épuration sauvage » de l'été et de l'automne 1944, et notamment les faits qui se sont déroulés à l'institut George-Eastman, puis les assassinats commis par les FTP aux ordres du « capitaine Bernard » (de son vrai nom René Sentuc[1]) sur

1. En fuite après une tentative d'arrestation le 12 septembre 1952, et s'étant présenté volontairement au juge d'instruction onze jours plus tard, René Sentuc, conseiller municipal communiste de Malakoff, résistant douteux mais soutenu par la hiérarchie du PCF à son procès pour « complicité d'assassinats », sera amnistié le 7 juillet 1955, la chambre des mises en accusation de la cour d'appel de Paris ayant déclaré l'action publique éteinte, en vertu de l'article 20 de la loi du 6 août 1953 sur l'amnistie, « le Ministère public n'ayant pas apporté la preuve que les actes reprochés [ainsi qu'à Manuel Pedrossa *alias* José et à Louis Lagauche *alias* le capitaine Verdier] sont complètement étrangers à la Résistance et à la Libération du territoire national ». Le commissaire politique « Thomas », dont le nom véritable reste inconnu, n'a jamais été retrouvé ; à en croire Alphonse Boudard dans son récit *Le Corbillard de Jules* (pp. 113-115), ce « petit brun à tignasse frisée », un « spécialiste […] [qui] avait officié dans les jours qui suivirent la Libération à l'Institut dentaire, avenue de Choisy » aurait été fusillé en Alsace vers octobre 1944 sous le nom de « capitaine Paul », avec plusieurs de ses acolytes, sur ordre du colonel Fabien, en raison de meurtres et de sévices sexuels perpétrés sur des suspects de collaboration et leurs familles, dont

les berges de la Seine en banlieue parisienne, sont documentés de manière extrêmement détaillée par le récit du député René Château *L'Âge de Caïn. Premier témoignage sur les dessous de la libération de Paris*, publié sous le pseudonyme de « Jean-Pierre Abel » aux Éditions nouvelles, 1947 ; et plus récemment dans le fascinant ouvrage *Ainsi finissent les salauds. Séquestrations et exécutions clandestines dans Paris libéré*, par Jean-Marc Berlière et Franck Liaigre, Robert Laffont, 2012 (il contient également de larges extraits du récit inédit du député Louis L'Hévéder, autre survivant de l'Institut – pour peu de temps puisqu'il est mort en 1946 des suites de sa détention). Ces deux livres ont été à la base de mes recherches pour l'écriture de *J'étais le collabo Sadorski*.

J'ai pu consulter aux Archives de la préfecture de police les rapports d'enquête sur ces crimes, et tout particulièrement ceux relatant la découverte, quai du 4-Septembre à Boulogne-Billancourt, des cadavres de Pierre Aubert, de Lucienne Cordier (divorcée Senant), des résistants Raymond Leguilloux et Robert Marin, et de l'inspecteur principal à la retraite Pierre Pescadère. Je remercie le personnel des APP pour son accueil toujours aimable, sa disponibilité et son efficacité. Mes remerciements chaleureux vont aussi au Dépôt central d'archives de la justice militaire (DCAJM), en la personne de Mme Nathalie Couloudou et de M. Bruno Érault, qui ont eu l'extrême obligeance de me communiquer les pièces de procédures suivies à l'encontre des FFI Roger Alexandre (dit le « lieutenant Roro »), le sergent Augustin Lejeune, et leurs complices dans l'exécution arbitraire de Maurice Cayet, Joseph Ehrard, Louis Lebas et Félix Potherat, la nuit du 4 au 5 septembre 1944 à Noisy-le-Sec, ainsi que dans le vol d'une automobile Citroën et le

---

une adolescente qui se serait défenestrée avant d'être achevée à la mitraillette. En revanche une des rescapées de l'Institut dentaire prétendra avoir reconnu Thomas en mars 1945, sortant des locaux de la PJ, peut-être pour interrogatoire…

transport d'armes de guerre, le 11 octobre 1944 à Villers-sur-Mer (Calvados).

Je remercie de sa générosité François Le Goarant de Tromelin, spécialiste de la Milice et de l'espionnage allemand, pour m'avoir envoyé un nombre incalculable de pièces d'archives, notamment en ce qui concerne le 2e Bureau FFI du lieutenant-colonel Aron-Brunetière, et le BSM 407.

Merci à Jean-Marc Berlière pour ses avis toujours précieux et son amical soutien, et à Joseph Beauregard pour m'avoir permis de visionner le documentaire qu'ils ont réalisé ensemble : *Règlements de comptes à l'Institut – Paris août-septembre 1944*, diffusé sur la chaîne Histoire en 2022 ; à Gregory Bouysse, auteur de *L'Encyclopédie des mouvements politiques et partis de la Seconde Guerre mondiale*, pour avoir mis en ligne sur sa page nombre d'extraits de dossiers et de correspondances de miliciens, conservés aux archives départementales ; à Antoine Lefébure pour m'avoir communiqué quantité de documents provenant de sa collection ; à Olivier Pigoreau pour ses conseils et son passionnant *Maquis blancs. La « résistance » des collabos, 1944-1945*, publié en 2022 aux éditions Konfident ; à Frédéric Charpier pour m'avoir aimablement renseigné sur les indicateurs des RG placés par les Brigades spéciales au sein du Parti communiste français, et l'usage qu'ont fait par la suite certains policiers de ces informations ; à Patrick Salotti pour m'avoir envoyé des dossiers sur l'épuration en Isère ; et à Roger Martin pour m'avoir raconté sa rencontre avec Charles Tillon.

Merci également à Lauriane Arrufat, Bernard Chambon, Jacques Dubey, Marie Dubois, Emmanuelle Lambert, Dominique Mancini, Marie-Odile Mauchamp, Joël Renaudat, Miyako Slocombe, Sandrine Perrier-Replein, Charlotte de Prémare ; et Marlène Teyssedou aux éditions Perrin.

Le personnage de Léon Sadorski n'est pas sans rapport avec les activités réelles de l'inspecteur principal adjoint Louis Sadosky (1899-1967) de la 3e section de la direction générale des Renseignements généraux et des Jeux, qui dirigeait le « Rayon juif » au sein de ce service. Pour *J'étais le collabo Sadorski*, j'ai examiné les dossiers d'épuration des policiers suivants (série KB) : les inspecteurs René Beaulieu, Prosper Cormier, Pierre Curie-Nodin, Marcel Foin, Sylvain Kaiser, René Magny, Paul Martz, Maurice Mérigeot, Jacques Plaza, Albert Quéau, Roger Randon, Louis Sadosky, Ernest Stocanne et Victor Tupinier ; et le dossier de Serge Lifar (GA178). Outre le personnel des APP, je remercie Pascal Raimbault aux Archives nationales grâce à qui j'ai pu consulter le volumineux dossier de Louis Sadosky (cour de justice de la Seine, Z6 146, n° 2050). L'historien Laurent Joly a consacré à Sadosky une remarquable étude, sous le titre : *Berlin, 1942. Chronique d'une détention par la Gestapo, par Louis Sadosky brigadier-chef aux RG*, présenté par Laurent Joly, CNRS Éditions, 2009. Jean-Marc Berlière avait lui aussi mis en évidence le rôle de ce fonctionnaire et de sa section dans son *Policiers français sous l'Occupation. D'après les archives de l'épuration*, Perrin, 2001 (avec Laurent Chabrun) ; Louis Sadosky et la direction des RG de la préfecture de police se retrouvent également dans l'indispensable somme *Polices des temps noirs. France 1939-1945*, par Jean-Marc Berlière, préfacé par Patrick Modiano et publié chez Perrin en 2018.

Mes sources bibliographiques les plus utiles ont été :

L'Agent Jacques Duclos. Histoire de l'appareil secret du Parti communiste français, 1920-1975, par Frédéric Charpier, Seuil, 2015.

Les Aventures d'une Autrichienne pendant l'Occupation, par Liliane Babitcheff, La Pensée universelle, 1982.

Les Bataillons de la jeunesse, par Albert Ouzoulias (colonel André), Éditions sociales, 1969.

Charles Tillon. Le chef des FTP trahi par les siens, par Fabien Tillon, préface d'Edgar Morin, Seuil, 2021.

Les Comtesses de la Gestapo, par Cyril Eder, Grasset & Fasquelle, 2006.

La Direction du PCF dans la clandestinité (1941-1944). « Les cyclistes du Hurepoix », par Emmanuel de Chambost, dessins de Vanessa Pinheiro, préface de Jacques Girault, L'Harmattan, 1997.

L'Épuration sauvage, par Philippe Bourdrel, Perrin, 2002, coll. « Tempus », 2008.

Été 44. L'insurrection des policiers de Paris, par Christian Chevandier, Vendémiaire, 2014.

... Et Paris ne fut pas détruit, par Pierre Taittinger, Éditions de l'Élan, coll. « Témoignages contemporains », 1948.

L'Étrange Monsieur Joseph, par Alphonse Boudard, Flammarion / Robert Laffont, 1998.

La France « virile ». Des femmes tondues à la Libération, par Fabrice Virgili, Payot & Rivages, 2009.

Gaillon, un château, des villages... des histoires, par Jean Mineray, préface de Michel de Decker, Éditions Bertout, Luneray, 1984.

Le Guide du Paris occupé, par Jean-Baptiste Ordas, Mémorabilia éditions, 2020.

Histoire de la libération de la France. Juin 1944-mai 1945, par Robert Aron, Fayard, 1959.

Histoire de l'épuration, par Robert Aron, tome I, *De l'indulgence aux massacres, novembre 1942-septembre 1944*, tome II, *Des prisons clandestines aux tribunaux d'exception, septembre 1944-juin 1949*, Fayard, 1967 et 1969.

Joanovici. L'Empire souterrain du chiffonnier milliardaire, par Henry Sergg, Éditions Le Carrousel-FN, 1986.

Le Journal d'un milicien (roman), par Jean Dorgot, Les Éditions Nagel, 1948.

Journal littéraire, tome XVI, *Juillet 1944-Août 1946*, par Paul Léautaud, Mercure de France, 1964.

Le Marché noir en Normandie 1939-1945, par Yves Lecouturier, Éditions Ouest-France, Rennes, 2010.

Liquider les traîtres. La face cachée du PCF 1941-1943, par Jean-Marc Berlière et Franck Liaigre, Robert Laffont, 2007.

1940-1945, années érotiques, par Patrick Buisson, Albin Michel, 2008.

1934-1984 : Voyage d'un communiste, par Léon-Raymond Dallidet, préface de Jean Gacon, La Pensée universelle, 1984.

Mon évasion. Autobiographie, par Benoîte Groult, Grasset & Fasquelle, 2008.

Mon fils Jean-Claude, par Mme Firmin Touche, avec une introduction de M.-J. Rouët de Journel, Librairie Bloud & Gay, 1946.

Mon journal depuis la Libération, par Jean Galtier-Boissière, La Jeune Parque, 1945.

Paris libéré 1944-1949, par Antony Beevor et Artemis Cooper, Perrin, 2004, coll. « Tempus », 2014.

Partis et mouvements de la collaboration. Paris 1940-1944, par Pierre Philippe Lambert et Gérard Le Marec, Jacques Grancher Éditeur, 1993.

Photographies 1917-1973. Paris disparu, les faubourgs, par Philippe Mellot, Place des Victoires, 2014.

60 jours de prison, par Sacha Guitry, fac-similé du manuscrit et des croquis faits à la plume par l'auteur, L'Élan, 1949.

Les Tondues. Un carnaval moche, par Alain Brossat, Manya, 1992.

La Vie des Français au jour le jour de la libération à la victoire. 1944-1945, par Raymond Ruffin, Cheminements, 2004.

La Vie d'un flic, par Maurice Vincent, Jacques Grancher Éditeur, 1982.

Vivre et survivre en France 1939-1947, par Dominique Veillon, Payot & Rivages, coll. « Histoire Payot », 1995.

J'ai consulté d'autre part les ouvrages suivants :

À l'intérieur du camp de Drancy, par Annette Wieworka et Michel Laffitte, Perrin, 2012.

Carnets de route d'un croisé de la France libre, par Raymond Dronne, France-Empire, 1984.

Carnets du pasteur Boegner, 1940-1945, présentés et annotés par Philippe Boegner, Fayard, 1992.

Les 100 000 Collabos. Le fichier interdit de la collaboration française, par Dominique Lormier, le cherche midi, 2017.

Ceux qui ne dormaient pas. Journal, 1944-1946, par Jacqueline Mesnil-Amar, préface de Pierre Assouline, Stock, 2009 (publié initialement aux Éditions de Minuit, 1957).

Le Cinéma français sous l'Occupation. 1940-1994, par René Château, Éditions René Château et la Mémoire du cinéma, 1995.

Chronicles of Wasted Time. An Autobiography, par Malcolm Muggeridge, Regent College Publishing, Vancouver, British Columbia, 2006.

Les Combattants du petit bonheur, par Alphonse Boudard, La Table ronde, 1977.

Les Crimes masqués du résistantialisme, par l'abbé Desgranges, L'Élan, coll. « Témoignages contemporains », 1948.

De Gaulle et les communistes. L'histoire secrète. Juin 1941-octobre 1944, par Henri-Christian Giraud, Perrin, 2020.

Écrit à Fresnes, par Robert Brasillach, avec une introduction de Maurice Bardèche, Plon, 1967.

En suivant Leclerc, par le général Paul de Langlade, Au Fil d'Ariane, 1964.

L'Envers du décor. 1940-1944, par André Thérive, Éditions de la Clé d'or, 1948.

L'Épuration, 1943-1953, par Herbert Lottman, traduit de l'anglais par Béatrice Vierne, Fayard, 1986.

Fabrice (roman), par Pierre Benoit, Albin Michel, 1956.

La Fabuleuse Aventure du S45, ou 40 ans d'histoire de cars Renault, par Nicolas Tellier, Éditions Ch. Massin, 1993.

La France des camps. L'internement 1938-1946, par Denis Peschanski, Gallimard, 2002.

Les FTP. Nouvelle histoire d'une résistance, par Franck Liaigre, Perrin, 2015.

Le Gang des tractions avant, par Gilbert Deflez, Jacques Grancher éditeur, 1980.

Georges Albertini : socialiste, collaborateur, gaulliste, par Pierre Rigoulot, Place des éditeurs, 2012.

Ginette Leclerc. Le Désir des hommes, par Christian Gilles, L'Harmattan, 2000.

La Grande Histoire des Français sous l'Occupation, tome IX : *Les Règlements de comptes*, par Henri Amouroux, Robert Laffont, 1991.

Les Grandes Affaires criminelles de l'Orne, par Jean-François Miniac, De Borée, 2008.

Histoire de la Milice : 1918-1945, par Jacques Delperrié de Bayac, Fayard, 1969.

Histoire du Parti communiste français, tome II, *Vingt-cinq ans de drames, 1939-1965*, par Jacques Fauvet, en collaboration avec Alain Duhamel, Fayard, 1965.

Histoire politique des intellectuels en France, 1, *Des lendemains qui déchantent : 1944-1954*, par Ariane Chebel d'Appollonia, Éditions Complexe, 1990.

Journal à quatre mains, par Benoîte et Flora Groult, Denoël, 1962.

Journal 1942-1945, par Jean Cocteau, texte établi et annoté par Jean Touzot, Gallimard, 1989.

Journal (1939-1945), par Maurice Garçon, Les Belles Lettres / Fayard, 2015.

Langue verte et noirs desseins, par Auguste Le Breton, illustré par Piem, Presses de la Cité, 1960.

La Libération inconnue. À chacun sa résistance, par Maurice Rajsfus, le cherche midi, 2004.

Les Listes noires du PCF, par Sylvain Boulouque et Franck Liaigre, Calmann-Lévy, 2008.

Lyon capitale 1940-1944, par Henri Amoretti, préface de Alban Vistel, France-Empire, 1964.

Marthe Richard. De la petite à la grande vertu, par Elizabeth Coquart, Payot & Rivages, 2006.

Marthe Richard, l'aventurière des maisons closes, par Natacha Henry, postface de Christophe Betenfeld, La Librairie Vuibert, 2016.

Les Massacres de septembre 1944, par Hary-Mitchell, Nouvelles Éditions latines, 1959.

Mémoires de guerre, tome II, *L'Unité, 1942-1944*, et tome III, *Le Salut, 1944-1946*, par Charles de Gaulle, Plon, 1956 et 1959.

1944, l'Épuration en Normandie, par Yves Lecouturier, Éditions Ouest-France, Rennes, 2011.

1944-1947. La guerre et après, par Pierre Stéphany, Ixelles Éditions, 2011.

Ombre invaincue. La survie de la collaboration dans la France de l'après-guerre 1944-1954, par Christophe Bourseiller, Perrin, 2021.

Paris, année 44. Occupation-Libération-Épuration, par Pierre Bourget, Plon, 1984.

Paris sans lumière, 1939-1945. Témoignages, par Edmond Dubois, Payot, Lausanne, 1946.

La Petite Bijou (roman), par Patrick Modiano, Gallimard, 2001.

Les Premiers Beaux Jours. 1944-1946, par Fred Kupferman, Calmann-Lévy, 1985.

Les Prisons de l'Épuration, par Philippe Saint-Germain, préface d'Hélène de Suzannet, Éditions Déterna, 2011 (précédemment paru sous les titres *Article 75. Bagnes de l'Épuration*, Bureau d'études et de publications sociales, 1951 ; *Les Prisons de l'Épuration*, Publications Henry Coston, 1975).

Quinze jours avec la Mort. La chasse au lampiste, par Henri Béraud, Plon, 1951.

La Résistance et les communistes, par le colonel R. du Jonchay, préface du général Koenig, France-Empire, 1968.

La Résistance normande face à la Gestapo, par Raymond Ruffin, Presses de la Cité, 1977.

Roger Wybot et la bataille pour la DST, par Philippe Bernert, Presses de la Cité, 1975.

The Shameful Peace. How French artists and intellectuals survived the Nazi occupation, par Frederic Spotts, Yale University Press, New Haven et Londres, 2008.

Les Six Miliciens de Grenoble, par Pascal Cauchy, Vendémiaire, 2015.

Souvenirs d'un J2. Un gamin durant la Seconde Guerre mondiale, par Jean-Guy Moron, Édition Ases, 1998.

Terreur 1944. Témoignage d'un embastillé, par Sisley Huddleston, Éditions de la Couronne, 1947.

Tu finiras sur l'échafaud. Mémoires, par R.-L. Bruckberger, Flammarion, 1978.

Une épuration ordinaire. Petits et grands collaborateurs de l'administration française, 1944-1949, par François Rouquet, CNRS Éditions, 2011.

Une poignée de misérables. L'épuration de la société française après la Seconde Guerre mondiale, sous la direction de Marc Olivier Baruch, Fayard, 2003.

Enfin, les articles, récits, journaux, sites internet et documents suivants ont contribué à l'élaboration de *J'étais le collabo Sadorski* :

Les *Archives du Comité d'histoire de la Deuxième Guerre mondiale*, consultables en ligne.

L'article « Quatre diaristes et un salon : les jeudis de Florence Gould dans les journaux de Paul Léautaud, Ernst Jünger, Jules Roy et Mathieu Galey », par Jacques Cantier, *in* revue *Littératures*, 82 / 2020, pp. 175-187.

L'article « La Résistance en accusation. Les procès d'anciens FFI et FTP en France dans les années d'après-guerre », par Fabrice Grenard, in *Vingtième Siècle. Revue d'histoire*, n° 130, 2016/2, pp. 121-136.

L'article « Pour une archéologie de la détention. Le château-prison de Gaillon (1812-1925) », par Marc Renneville, in *Revue d'histoire du XIXe siècle*, n° 58, 2019/1, pp. 85-101.

La brochure *Le B.S.M. 407. Bureau de sécurité militaire de Paris. Ce qu'il faut en savoir...*, par le colonel (honoraire) d'infanterie Gérar-Dubot, avec une présentation du général Henri Navarre.

Le dictionnaire biographique de la Résistance et du mouvement ouvrier *Le Maîtron* (*https://maitron.fr*).

Le mémoire préparatoire de M1 *Le Bureau de sécurité militaire 407 de Paris : novembre 1943-août 1944*, par Cécilia Rouilly, sous la direction d'Olivier Wieviorka, université Paris-I – Panthéon-Sorbonne.

Le site *https://liberation-de-paris.gilles-primout.fr/* et notamment l'article *https://liberation-de-paris.gilles-primout.fr/le-secouriste-des-batignolles*, incluant le journal du jeune secouriste et musicien Jean-Claude Touche, mort pour la France.

Le journal *L'Aube* du 22 octobre 1944.

Le journal *L'Humanité* des 23, 27 et 28 août, des 2, 3, 4, 5, 16, 28 et 30 septembre, et du 20 octobre 1944.

Le journal *Libération* des 29, 30 et 31 août, du 1er septembre et des 4, 5, 6 et 24 octobre 1944.

Le journal *Le Matin* du 20 avril 1944.

Le journal *Paris-Soir* du 20 avril 1944.

Le journal *Le Petit Parisien* des 20 et 21 avril 1944.

Les citations en exergue sont extraites de :

Charles de Gaulle, discours du 12 mars 1941, cité par Robert Aron dans son *Histoire de l'épuration* (tome I, *De l'indulgence aux massacres, NOVEMBRE 1942-SEPTEMBRE 1944*, Fayard, 1967, p. 181) et consultable dans son intégralité sur *https://hiram7.wordpress.com/2008/03/11/discours-du-general-de-gaulle-du-12-mars-1941/*.

La Douleur, par Marguerite Duras, P.O.L., 1985.

Le Corbillard de Jules, par Alphonse Boudard, La Table ronde, 1979.

L'Âge de Caïn. Premier témoignage sur les dessous de la libération de Paris, par Jean-Pierre Abel (René Château), Les Éditions nouvelles, 1947.

DU MÊME AUTEUR

Phuong-Dinh Express
Les Humanoïdes associés, 1983
PUF, 2002

Brume de printemps
Gallimard, 2001, 2003, « Série noire » n° 2617

Un été japonais
Gallimard, 2002, « Série noire » n° 2585
et *« Folio Policier » n° 406*

Saké des brumes
Baleine/Seuil, 2002

Averse d'automne
Gallimard, 2003, « Série noire » n° 2691

La Japonaise de St. John's Wood
Zulma, 2004

Nao
PUF, 2004

Regrets d'hiver
Fayard Noir, 2006

Envoyez la fracture !
Editions La Branche, 2007
et *« Pocket », n° 14908*

Qui se souvient de Paula ?
Syros, 2008

Mortelle Résidence
Le Masque, 2008

Lolita complex
Fayard Noir, 2008

Christelle corrigée
Le Serpent à Plumes/Le Rocher, 2009

L'Infante du rock
Parigramme, 2009

Sexy New York
Fayard Noir, 2010

Monsieur le Commandant
NiL, coll. « Les Affranchis », 2011
et *« Points Signatures », n° P5306*
adapté en bande dessinée
par Xavier Bétaucourt et Etienne Oburie
Phileas, 2022

Shanghai connexion
Fayard Noir, 2012

Première station avant l'abattoir
Seuil Policiers, 2013
et *« Points Policier», n° P3316*

Avis à mon exécuteur
Robert Laffont, 2014
et *« Pocket », n° 16673*

Un été au Kansai
Arthaud, 2015

Le Secret d'Igor Koliazine
Seuil Policiers, 2015

Des petites filles modèles…
Belfond, coll. « Remake », 2016

La Débâcle
Robert Laffont, 2019

LA SÉRIE SADORSKI

LA TRILOGIE DES COLLABOS

L'Affaire Léon Sadorski
Robert Laffont, « La Bête noire », 2016
et *« Points Policiers », n° P4640*

L'Étoile jaune de l'inspecteur Sadorski
Robert Laffont, « La Bête noire », 2017
et *« Points Policiers », n° P4848*

Sadorski et l'ange du péché
Robert Laffont, « La Bête noire », 2018
et *« Points Policiers », n° P5055*

LA TRILOGIE DE LA GUERRE CIVILE

La Gestapo Sadorski
Robert Laffont, « La Bête noire », 2020
et *« Points Policiers », n° P5422*

L'inspecteur Sadorski libère Paris
Robert Laffont, « La Bête noire », 2021
et *« Points Policiers », n° P5641*

RÉCITS, NOUVELLES, ESSAIS

L'Art médical
Temps futurs, 1983

L'Empire érotique
La Sirène, 1993

Carnets du Japon
PUF, 2003

Route 40
Belfond, 2016

Hématomes
Belfond, 2017

L'Été 64
Le Petit Écart, 2020

Les Éditions Points s'engagent pour la protection de l'environnement et une production française responsable

Ce livre a été imprimé en France, sur un papier certifié issu de forêts gérées durablement, chez un imprimeur labellisé Imprim'Vert, marque créée en partenariat avec l'Agence de l'eau, l'ADEME (Agence de l'environnement et de la maîtrise de l'énergie) et l'UNIIC (Union nationale des industries de l'impression et de la communication).

La marque Imprim'Vert apporte trois garanties essentielles :

- La suppression totale de l'utilisation de produits toxiques
- La sécurisation des stockages de produits et de déchets dangereux
- La collecte et le traitement de produits dangereux

RÉALISATION : NORD COMPO À VILLENEUVE-D'ASCQ
IMPRESSION : CPI FRANCE
DÉPÔT LÉGAL : SEPTEMBRE 2023. N° 153266-2 (3054944)
IMPRIMÉ EN FRANCE

Éditions Points

Collection Points Policier

DERNIERS TITRES PARUS

P2297. Une tombe accueillante, *Michael Koryta*
P2298. Roldán, ni mort ni vif, *Manuel Vásquez Montalbán*
P2299. Le Petit Frère, *Manuel Vásquez Montalbán*
P2321. La Malédiction du lamantin, *Moussa Konaté*
P2333. Le Transfuge, *Robert Littell*
P2354. Comédies en tout genre, *Jonathan Kellerman*
P2355. L'Athlète, *Knut Faldbakken*
P2356. Le Diable de Blind River, *Steve Hamilton*
P2381. Un mort à l'Hôtel Koryo, *James Church*
P2382. Ciels de foudre, *C. J. Box*
P2397. Le Verdict du plomb, *Michael Connelly*
P2398. Heureux au jeu, *Lawrence Block*
P2399. Corbeau à Hollywood, *Joseph Wambaugh*
P2407. Hiver arctique, *Arnaldur Indridason*
P2408. Sœurs de sang, *Dominique Sylvain*
P2426. Blonde de nuit, *Thomas Perry*
P2430. Petit Bréviaire du braqueur, *Christopher Brookmyre*
P2431. Un jour en mai, *George Pelecanos*
P2434. À l'ombre de la mort, *Veit Heinichen*
P2435. Ce que savent les morts, *Laura Lippman*
P2454. Crimes d'amour et de haine, *Faye et Jonathan Kellerman*
P2455. Publicité meurtrière, *Petros Markaris*
P2456. Le Club du crime parfait, *Andrés Trapiello*
P2457. Mort d'un maître de go, *Frédéric Lenormand*
P2492. Fakirs, *Antonin Varenne*
P2493. Madame la présidente, *Anne Holt*
P2494. Zone de tir libre, *C.J. Box*
P2513. Six heures plus tard, *Donald Harstad*
P2525. Le Cantique des innocents, *Donna Leon*
P2526. Manta Corridor, *Dominique Sylvain*
P2527. Les Sœurs, *Robert Littell*
P2528. Profileuse. Une femme sur la trace des serial killers, *Stéphane Bourgoin*
P2529. Venise sur les traces de Brunetti. 12 promenades au fil des romans de Donna Leon, *Toni Sepeda*
P2530. Les Brumes du passé, *Leonardo Padura*
P2531. Les Mers du Sud, *Manuel Vázquez Montalbán*
P2532. Funestes carambolages, *Håkan Nesser*
P2579. 13 heures, *Deon Meyer*

P2589. Dix petits démons chinois, *Frédéric Lenormand*
P2607. Les Courants fourbes du lac Tai, *Qiu Xiaolong*
P2608. Le Poisson mouillé, *Volker Kutscher*
P2609. Faux et usage de faux, *Elvin Post*
P2612. Meurtre et Obsession, *Jonathan Kellerman*
P2623. L'Épouvantail, *Michael Connelly*
P2632. Hypothermie, *Arnaldur Indridason*
P2633. La Nuit de Tomahawk, *Michael Koryta*
P2634. Les Raisons du doute, *Gianrico Carofiglio*
P2655. Mère Russie, *Robert Littell*
P2658. Le Prédateur, *C.J. Box*
P2659. Keller en cavale, *Lawrence Block*
P2680. Hiver, *Mons Kallentoft*
P2681. Habillé pour tuer, *Jonathan Kellerman*
P2682. Un festin de hyènes, *Michael Stanley*
P2692. Guide de survie d'un juge en Chine, *Frédéric Lenormand*
P2706. Donne-moi tes yeux, *Torsten Pettersson*
P2717. Un nommé Peter Karras, *George P. Pelecanos*
P2718. Haine, *Anne Holt*
P2726. Le Septième Fils, *Arni Thorarinsson*
P2740. Un espion d'hier et de demain, *Robert Littell*
P2741. L'Homme inquiet, *Henning Mankell*
P2742. La Petite Fille de ses rêves, *Donna Leon*
P2744. La Nuit sauvage, *Terri Jentz*
P2747. Eva Moreno, *Håkan Nesser*
P2748. La 7e Victime, *Alexandra Marinina*
P2749. Mauvais fils, *George P. Pelecanos*
P2751. La Femme congelée, *Jon Michelet*
P2753. Brunetti passe à table. Recettes et récits
Roberta Pianaro et Donna Leon
P2754. Les Leçons du mal, *Thomas H. Cook*
P2788. Jeux de vilains, *Jonathan Kellerman*
P2798. Les Neuf Dragons, *Michael Connelly*
P2804. Secondes noires, *Karin Fossum*
P2805. Ultimes Rituels, *Yrsa Sigurdardottir*
P2808. Frontière mouvante, *Knut Faldbakken*
P2809. Je ne porte pas mon nom, *Anna Grue*
P2810. Tueurs, *Stéphane Bourgoin*
P2811. La Nuit de Geronimo, *Dominique Sylvain*
P2823. Les Enquêtes de Brunetti, *Donna Leon*
P2825. Été, *Mons Kallentoft*
P2828. La Rivière noire, *Arnaldur Indridason*
P2841. Trois semaines pour un adieu, *C.J. Box*
P2842. Orphelins de sang, *Patrick Bard*
P2868. Automne, *Mons Kallentoft*
P2869. Du sang sur l'autel, *Thomas H. Cook*

P2870. Le Vingt et Unième Cas, *Håkan Nesser*

P2882. Tatouage, *Manuel Vázquez Montalbán*

P2897. Philby. Portrait de l'espion en jeune homme *Robert Littell*

P2920. Les Anges perdus, *Jonathan Kellerman*

P2922. Les Enquêtes d'Erlendur, *Arnaldur Indridason*

P2933. Disparues, *Chris Mooney*

P2934. La Prisonnière de la tour. Et autres nouvelles *Boris Akounine*

P2936. Le Chinois, *Henning Mankell*

P2937. La Femme au masque de chair, *Donna Leon*

P2938. Comme neige, *Jon Michelet*

P2939. Par amitié, *George P. Pelecanos*

P2963. La Mort muette, *Volker Kutscher*

P2990. Mes conversations avec les tueurs, *Stéphane Bourgoin*

P2991. Double meurtre à Borodi Lane, *Jonathan Kellerman*

P2992. Poussière tu seras, *Sam Millar*

P3002. Le Chapelet de jade, *Boris Akounine*

P3007. Printemps, *Mons Kallentoft*

P3015. La Peau de l'autre, *David Carkeet*

P3028. La Muraille de lave, *Arnaldur Indridason*

P3035. À la trace, *Deon Meyer*

P3043. Sur le fil du rasoir, *Oliver Harris*

P3051. L'Empreinte des morts, *C.J. Box*

P3052. Qui a tué l'ayatollah Kanuni ?, *Naïri Nahapétian*

P3053. Cyber China, *Qiu Xiaolong*

P3065. Frissons d'assises. L'instant où le procès bascule *Stéphane Durand-Souffland*

P3091. Les Joyaux du paradis, *Donna Leon*

P3103. Le Dernier Lapon, *Olivier Truc*

P3115. Meurtre au Comité central, *Manuel Vázquez Montalbán*

P3123. Liquidations à la grecque, *Petros Markaris*

P3124. Baltimore, *David Simon*

P3125. Je sais qui tu es, *Yrsa Sigurdardóttir*

P3141. Le Baiser de Judas, *Anna Grue*

P3142. L'Ange du matin, *Arni Thorarinsson*

P3149. Le Roi Lézard, *Dominique Sylvain*

P3161. La Faille souterraine. Et autres enquêtes *Henning Mankell*

P3162. Les Deux Premières Enquêtes cultes de Wallander : Meurtriers sans visage & Les Chiens de Riga *Henning Mankell*

P3163. Brunetti et le mauvais augure, *Donna Leon*

P3164. La Cinquième Saison, *Mons Kallentoft*

P3165. Panique sur la Grande Muraille & Le Mystère du jardin chinois, *Frédéric Lenormand*

P3166. Rouge est le sang, *Sam Millar*
P3167. L'Énigme de Flatey, *Viktor Arnar Ingólfsson*
P3168. Goldstein, *Volker Kutscher*
P3219. Guerre sale, *Dominique Sylvain*
P3220. Arab Jazz, *Karim Miské*
P3228. Avant la fin du monde, *Boris Akounine*
P3229. Au fond de ton cœur, *Torsten Pettersson*
P3234. Une belle saloperie, *Robert Littell*
P3235. Fin de course, *C.J. Box*
P3251. Étranges Rivages, *Arnaldur Indridason*
P3267. Les Tricheurs, *Jonathan Kellerman*
P3268. Dernier refrain à Ispahan, *Naïri Nahapétian*
P3279. Kind of Blue, *Miles Corwin*
P3280. La fille qui avait de la neige dans les cheveux *Ninni Schulman*
P3295. Sept pépins de grenade, *Jane Bradley*
P3296. À qui se fier ?, *Peter Spiegelman*
P3315. Techno Bobo, *Dominique Sylvain*
P3316. Première station avant l'abattoir, *Romain Slocombe*
P3317. Bien mal acquis, *Yrsa Sigurdardottir*
P3330. Le Justicier d'Athènes, *Petros Markaris*
P3331. La Solitude du manager, *Manuel Vázquez Montalbán*
P3349. 7 jours, *Deon Meyer*
P3350. Homme sans chien, *Håkan Nesser*
P3351. Dernier verre à Manhattan, *Don Winslow*
P3374. Mon parrain de Brooklyn, *Hesh Kestin*
P3389. Piégés dans le Yellowstone, *C.J. Box*
P3390. On the Brinks, *Sam Millar*
P3399. Deux veuves pour un testament, *Donna Leon*
P4004. Terminus Belz, *Emmanuel Grand*
P4005. Les Anges aquatiques, *Mons Kallentoft*
P4006. Strad, *Dominique Sylvain*
P4007. Les Chiens de Belfast, *Sam Millar*
P4008. Marée d'équinoxe, *Cilla et Rolf Börjlind*
P4050. L'Inconnue du bar, *Jonathan Kellerman*
P4051. Une disparition inquiétante, *Dror Mishani*
P4065. Thé vert et arsenic, *Frédéric Lenormand*
P4068. Pain, éducation, liberté, *Petros Markaris*
P4088. Meurtre à Tombouctou, *Moussa Konaté*
P4089. L'Empreinte massaï, *Richard Crompton*
P4093. Le Duel, *Arnaldur Indridason*
P4101. Dark Horse, *Craig Johnson*
P4102. Dragon bleu, tigre blanc, *Qiu Xiaolong*
P4114. Le garçon qui ne pleurait plus, *Ninni Schulman*
P4115. Trottoirs du crépuscule, *Karen Campbell*
P4117. Dawa, *Julien Suaudeau*

P4127. Vent froid, *C.J. Box*
P4159. Une main encombrante, *Henning Mankell*
P4160. Un été avec Kim Novak, *Håkan Nesser*
P4171. Le Détroit du Loup, *Olivier Truc*
P4188. L'Ombre des chats, *Arni Thorarinsson*
P4189. Le Gâteau mexicain, *Antonin Varenne*
P4210. La Lionne blanche & L'homme qui souriait
Henning Mankell
P4211. Kobra, *Deon Meyer*
P4212. Point Dume, *Dan Fante*
P4224. Les Nuits de Reykjavik, *Arnaldur Indridason*
P4225. L'Inconnu du Grand Canal, *Donna Leon*
P4226. Little Bird, *Craig Johnson*
P4227. Une si jolie petite fille. Les crimes de Mary Bell
Gitta Sereny
P4228. La Madone de Notre-Dame, *Alexis Ragougneau*
P4229. Midnight Alley, *Miles Corwin*
P4230. La Ville des morts, *Sara Gran*
P4231. Un Chinois ne ment jamais & Diplomatie en kimono
Frédéric Lenormand
P4232. Le Passager d'Istanbul, *Joseph Kanon*
P4233. Retour à Watersbridge, *James Scott*
P4234. Petits meurtres à l'étouffée, *Noël Balen et Vanessa Barrot*
P4285. La Revanche du petit juge, *Mimmo Gangemi*
P4286. Les Écailles d'or, *Parker Bilal*
P4287. Les Loups blessés, *Christophe Molmy*
P4295. La Cabane des pendus, *Gordon Ferris*
P4305. Un type bien. Correspondance 1921-1960
Dashiell Hammett
P4313. Le Cannibale de Crumlin Road, *Sam Millar*
P4326. Molosses, *Craig Johnson*
P4334. Tango Parano, *Hervé Le Corre*
P4341. Un maniaque dans la ville, *Jonathan Kellerman*
P4342. Du sang sur l'arc-en-ciel, *Mike Nicol*
P4351. Au bout de la route, l'enfer, *C.J. Box*
P4352. Le garçon qui ne parlait pas, *Donna Leon*
P4353. Les Couleurs de la ville, *Liam McIlvanney*
P4363. Ombres et Soleil, *Dominique Sylvain*
P4367. La Rose d'Alexandrie, *Manuel Vázquez Montalbán*
P4393. Battues, *Antonin Varenne*
P4417. À chaque jour suffit son crime, *Stéphane Bourgoin*
P4425. Des garçons bien élevés, *Tony Parsons*
P4430. Opération Napoléon, *Arnaldur Indridason*
P4461. Épilogue meurtrier, *Petros Markaris*
P4467. En vrille, *Deon Meyer*
P4468. Le Camp des morts, *Craig Johnson*

P4476. Les Justiciers de Glasgow, *Gordon Ferris*
P4477. L'Équation du chat, *Christine Adamo*
P4482. Une contrée paisible et froide, *Clayton Lindemuth*
P4486. Brunetti entre les lignes, *Donna Leon*
P4487. Suburra, *Carlo Bonini et Giancarlo De Cataldo*
P4488. Le Pacte du petit juge, *Mimmo Gangemi*
P4516. Meurtres rituels à Imbaba, *Parker Bilal*
P4526. Snjór, *Ragnar Jónasson*
P4527. La Violence en embuscade, *Dror Mishani*
P4528. L'Archange du chaos, *Dominique Sylvain*
P4529. Évangile pour un gueux, *Alexis Ragougneau*
P4530. Baad, *Cédric Bannel*
P4531. Le Fleuve des brumes, *Valerio Varesi*
P4532. Dodgers, *Bill Beverly*
P4547. L'Innocence pervertie, *Thomas H. Cook*
P4549. Sex Beast. Sur la trace du pire tueur en série de tous les temps, *Stéphane Bourgoin*
P4560. Des petits os si propres, *Jonathan Kellerman*
P4561. Un sale hiver, *Sam Millar*
P4562. La Peine capitale, *Santiago Roncagliolo*
P4568. La crème était presque parfaite, *Noël Balen et Vanessa Barrot*
P4577. L.A. nocturne, *Miles Corwin*
P4578. Le Lagon noir, *Arnaldur Indridason*
P4585. Le Crime, *Arni Thorarinsson*
P4593. Là où vont les morts, *Liam McIlvanney*
P4602. L'Empoisonneuse d'Istanbul, *Petros Markaris*
P4611. Tous les démons sont ici, *Craig Johnson*
P4616. Lagos Lady, *Leye Adenle*
P4617. L'Affaire des coupeurs de têtes, *Moussa Konaté*
P4618. La Fiancée massaï, *Richard Crompton*
P4629. Sur les hauteurs du mont Crève-Cœur, *Thomas H. Cook*
P4640. L'Affaire Léon Sadorski, *Romain Slocombe*
P4644. Les Doutes d'Avraham, *Dror Mishani*
P4649. Brunetti en trois actes, *Donna Leon*
P4650. La Mésange et l'Ogresse, *Harold Cobert*
P4655. La Montagne rouge, *Olivier Truc*
P4656. Les Adeptes, *Ingar Johnsrud*
P4660. Tokyo Vice, *Jake Adelstein*
P4661. Mauvais Coûts, *Jacky Schwartzmann*
P4664. Divorce à la chinoise & Meurtres sur le fleuve Jaune *Frédéric Lenormand*
P4665. Il était une fois l'inspecteur Chen, *Qiu Xiaolong*
P4701. Cartel, *Don Winslow*
P4719. Les Anges sans visage, *Tony Parsons*
P4724. Rome brûle, *Carlo Bonini et Giancarlo De Cataldo*

P4730. Dans l'ombre, *Arnaldur Indridason*
P4738. La Longue Marche du juge Ti & Médecine chinoise à l'usage des assassins, *Frédéric Lenormand*
P4757. Mörk, *Ragnar Jónasson*
P4758. Kabukicho, *Dominique Sylvain*
P4759. L'Affaire Isobel Vine, *Tony Cavanaugh*
P4760. La Daronne, *Hannelore Cayre*
P4761. À vol d'oiseau, *Craig Johnson*
P4762. Abattez les grands arbres, *Christophe Guillaumot*
P4763. Kaboul Express, *Cédric Bannel*
P4771. La Maison des brouillards, *Eric Berg*
P4772. La Pension de la via Saffi, *Valerio Varesi*
P4781. Les Sœurs ennemies, *Jonathan Kellerman*
P4782. Des enfants tuent un enfant. L'affaire James Bulger *Gitta Sereny*
P4783. La Fin de l'histoire, *Luis Sepúlveda*
P4801. Les Pièges de l'exil, *Philip Kerr*
P4807. Karst, *David Humbert*
P4808. Mise à jour, *Julien Capron*
P4817. La Femme à droite sur la photo, *Valentin Musso*
P4827. Le Polar de l'été, *Luc Chomarat*
P4830. Banditsky ! Chroniques du crime organisé à Saint-Pétersbourg, *Andreï Constantinov*
P4848. L'Étoile jaune de l'inspecteur Sadorski, *Romain Slocombe*
P4851. Si belle, mais si morte, *Rosa Mogliasso*
P4853. Danser dans la poussière, *Thomas H. Cook*
P4859. Missing : New York, *Don Winslow*
P4861. Minuit sur le canal San Boldo, *Donna Leon*
P4868. Justice soit-elle, *Marie Vindy*
P4881. Vulnérables, *Richard Krawiec*
P4882. La Femme de l'ombre, *Arnaldur Indridason*
P4883. L'Année du lion, *Deon Meyer*
P4884. La Chance du perdant, *Christophe Guillaumot*
P4885. Demain c'est loin, *Jacky Schwartzmann*
P4886. Les Géants, *Benoît Minville*
P4887. L'Homme de Kaboul, *Cédric Bannel*
P4907. Le Dernier des yakuzas, *Jake Adelstein*
P4918. Les Chemins de la haine, *Eva Dolan*
P4924. La Dent du serpent, *Craig Johnson*
P4925. Quelque part entre le bien et le mal, *Christophe Molmy*
P4937. Nátt, *Ragnar Jónasson*
P4942. Offshore, *Petros Markaris*
P4958. La Griffe du chat, *Sophie Chabanel*
P4959. Les Ombres de Montelupo, *Valerio Varesi*
P4960. Le Collectionneur d'herbe, *Francisco José Viegas*
P4961. La Sirène qui fume, *Benjamin Dierstein*

P4962. La Promesse, *Tony Cavanaugh*
P4963. Tuez-les tous... mais pas ici, *Pierre Pouchairet*
P4964. Judas, *Astrid Holleeder*
P4965. Bleu de Prusse, *Philip Kerr*
P4966. Les Planificateurs, *Kim Un-Su*
P4978. Qaanaaq, *Mo Malø*
P4982. Meurtres à Pooklyn, *Mod Dunn*
P4983. Iboga, *Christian Blanchard*
P4995. Moi, serial killer. Les terrifiantes confessions de 12 tueurs en série, *Stéphane Bourgoin*
P5023. Passage des ombres, *Arnaldur Indridason*
P5024. Les Saisons inversées, *Renaud S. Lyautey*
P5025. Dernier Été pour Lisa, *Valentin Musso*
P5026. Le Jeu de la défense, *André Buffard*
P5027. Esclaves de la haute couture, *Thomas H. Cook*
P5028. Crimes de sang-froid, *Collectif*
P5029. Missing : Germany, *Don Winslow*
P5030. Killeuse, *Jonathan Kellerman*
P5031. #HELP, *Sinéad Crowley*
P5054. Sótt, *Ragnar Jónasson*
P5055. Sadorski et l'ange du péché, *Romain Slocombe*
P5067. Dégradation, *Benjamin Myers*
P5068. Les Disparus de la lagune, *Donna Leon*
P5093. Les Fils de la poussière, *Arnaldur Indridason*
P5094. Treize Jours, *Arni Thorarinsson*
P5095. Tuer Jupiter, *François Médéline*
P5096. Pension complète, *Jacky Schwartzmann*
P5097. Jacqui, *Peter Loughran*
P5098. Jours de crimes, *Stéphane Durand-Souffland et Pascale Robert-Diard*
P5099. Esclaves de la haute couture, *Thomas H. Cook*
P5100. Chine, retiens ton souffle, *Qiu Xiaolong*
P5101. Exhumation, *Jesse et Jonathan Kellerman*
P5102. Lola, *Melissa Scrivner Love*
P5123. Tout autre nom, *Craig Johnson*
P5124. Requiem, *Tony Cavanaugh*
P5125. Ce que savait la nuit, *Arnaldur Indridason*
P5126. Scalp, *Cyril Herry*
P5127. Haine pour haine, *Eva Dolan*
P5128. Trois Jours, *Petros Markaris*
P5167. Diskø, *Mo Malø*
P5168. Sombre avec moi, *Chris Brookmyre*
P5169. Les Infidèles, *Dominique Sylvain*
P5170. L'Agent du chaos, *Giancarlo De Cataldo*
P5171. Le Goût de la viande, *Gildas Guyot*
P5172. Les Effarés, *Hervé Le Corre*

P5173. J'ai vendu mon âme en bitcoins
Jake Adelstein
P5174. La Dame de Reykjavik, *Ragnar Jónasson*
P5175. La Mort du Khazar rouge, *Shlomo Sand*
P5176. Le Blues du chat, *Sophie Chabanel*
P5177. Les Mains vides, *Valerio Varesi*
P5213. Le Cœur et la Chair, *Ambrose Parry*
P5214. Dernier tacle, *Emmanuel Petit, Gilles Del Pappas*
P5215. Crime et Délice, *Jonathan Kellerman*
P5216. Le Sang noir des hommes, *Julien Suaudeau*
P5217. À l'ombre de l'eau, *Maïko Kato*
P5218. Vik, *Ragnar Jónasson*
P5219. Koba, *Robert Littell*
P5248. Il était une fois dans l'Est, *Arpád Soltész*
P5249. La Tentation du pardon, *Donna Leon*
P5250. Ah, les braves gens !, *Franz Bartelt*
P5251. Crois-le !, *Patrice Guirao*
P5252. Lyao-Ly, *Patrice Guirao*
P5253. À sang perdu, *Rae Delbianco*
P5282. L'Artiste, *Antonin Varenne*
P5283. Les Roses de la nuit, *Arnaldur Indridason*
P5284. Le Diable et Sherlock Holmes, *David Grann*
P5285. Coups de vieux, *Dominique Forma*
P5286. L'Offrande grecque, *Philip Kerr*
P5310. Hammett Détective, *Stéphanie Benson, Benjamin et Julien Guérif, Jérôme Leroy, Marcus Malte, Jean-Hugues Oppel, Benoît Séverac, Marc Villard, Tim Willocks*
P5311. L'Arbre aux fées, *B. Michael Radburn*
P5312. Le Coffre, *Jacky Schwartzmann, Lucian-Dragos Bogdan*
P5313. Le Manteau de neige, *Nicolas Leclerc*
P5314. L'Île au secret, *Ragnar Jónasson*
P5335. L'Homme aux murmures, *Alex North*
P5336. Jeux de dames, *André Buffard*
P5337. Les Fantômes de Reykjavik
Arnaldur Indridason
P5338. La Défaite des idoles, *Benjamin Dierstein*
P5339. Les Ombres de la toile, *Christopher Brookmyre*
P5340. Dry Bones, *Craig Johnson*
P5341. Une femme de rêve, *Dominique Sylvain*
P5342. Les Oubliés de Londres, *Eva Dolan*
P5343. Chinatown Beat, *Henry Chang*
P5344. Sang chaud, *Kim Un-Su*
P5345. Si tu nous regardes, *Patrice Guirao*
P5346. Tu vois !, *Patrice Guirao*
P5347. Du sang sur l'asphalte, *Sara Gran*
P5348. Cool Killer, *Sébastien Dourver*

P5378. Angkar, *Christian Blanchard*
P5379. Que tombe le silence, *Christophe Guillaumot*
P5380. Nuuk, *Mo Malø*
P5381. Or, encens et poussière, *Valerio Varesi*
P5382. Le Goût du rouge à lèvres de ma mère, *Gabrielle Massat*
P5383. Richesse oblige, *Hannelore Cayre*
P5384. Breakdown, *Jonathan Kellerman*
P5385. Mauvaise graine, *Nicolas Jaillet*
P5386. Le Séminaire des assassins, *Petros Markaris*
P5387. Y. La Trilogie de K, *Serge Quadruppani*
P5388. Norlande, *Jérôme Leroy*
P5418. Le Bal des porcs, *Arpád Soltész*
P5419. Après le jour, *Christophe Molmy*
P5420. Quand un fils nous est donné, *Donna Leon*
P5421. Sigló, *Ragnar Jónasson*
P5422. La Gestapo Sadorski, *Romain Slocombe*
P5473. L'Emprise du chat, *Sophie Chabanel*
P5474. Somb, *Max Monnehay*
P5503. De cendres et d'or. Une enquête du ranger Taylor Bridges
B. Michael Radburn
P5504. Un dernier ballon pour la route, *Benjamin Dierstein*
P5505. Laisse pas traîner ton fils, *Rachid Santaki*
P5506. La Dernière Tempête, *Ragnar Jónasson*
P5507. Un dîner chez Min, *Xiaolong Qiu*
P5546. Dernier Tour lancé, *Antonin Varenne*
P5547. La Pierre du remords, *Arnaldur Indridason*
P5548. L'Ange déchu, *Chris Brookmyre*
P5549. Seul avec la nuit, *Christian Blanchard*
P5550. Une évidence trompeuse, *Craig Johnson*
P5551. Marseille 73, *Dominique Manotti*
P5552. Elma, *Eva Björg Ægisdóttir*
P5553. L'Ange rouge, *François Médéline*
P5554. Terminus Leipzig, *Jérôme Leroy, Max Annas*
P5555. Carnets d'enquête d'un beau gosse nécromant
Jung Jaehan
P5556. La Bête en cage, *Nicolas Leclerc*
P5557. Les Chiens de Pasvik, *Olivier Truc*
P5558. Xavier Dupont de Ligonnès. La grande enquête
Pierre Boisson, Maxime Chamoux, Sylvain Gouverneur, Thibault Raisse
P5580. La Maison du commandant, *Valerio Varesi*
P5581. Serial Bomber, *Robert Pobi*
P5582. L'Art de mourir, *Ambrose Parry*
P5583. Un flic bien trop honnête, *Franz Bartelt*
P5584. Le Second Disciple, *Kenan Görgün*
P5585. Maldonnes, *Serge Quadruppani*